莎士比亚喜剧
（上）

［英］威廉·莎士比亚 ◎ 著　朱生豪 ◎ 译

吉林出版集团股份有限公司

目　录

错误的喜剧 …………………………………… 1
皆大欢喜 ……………………………………… 63
爱的徒劳 ……………………………………… 155
终成眷属 ……………………………………… 249
维洛那二绅士 ………………………………… 341
仲夏夜之梦 …………………………………… 417
温莎的风流娘儿们 …………………………… 493
无事生非 ……………………………………… 589
驯悍记 ………………………………………… 683
威尼斯商人 …………………………………… 769
第十二夜 ……………………………………… 853
一报还一报 …………………………………… 939

错误的喜剧

Cuo Wu De Xi Ju

剧中人物

索列纳斯 以弗所公爵

伊　勤 叙拉古商人

大安提福勒斯
小安提福勒斯　} 伊勤及爱米利娅的孪生子

大德洛米奥
小德洛米奥　} 侍奉安提福勒斯兄弟的孪生兄弟

鲍尔萨泽　商人

安哲鲁　金匠

商人甲　大安提福勒斯的朋友

商人乙　安哲鲁的债主

品　契　教师兼巫士

爱米利娅　伊勤的妻子，以弗所尼庵中住持

阿德里安娜　小安提福勒斯的妻子

露西安娜　阿德里安娜的妹妹

露　丝　阿德里安娜的女仆

妓　女

狱卒、差役及其他侍从等

地　点

以弗所

第一幕

第一场 公爵宫廷中的厅堂

公爵、伊勤、狱卒、差役及其他侍从等上。

伊　勤　索列纳斯,快给我下死刑的宣告,好让我一死之后,解脱一切烦恼!

公　爵　叙拉古的商人,你也不用多说。我没有力量变更我们的法律。最近你们的公爵对于我们这里去的规规矩矩的商民百般仇视,因为他们缴不出赎命的钱,就把他们滥加杀戮;这种残酷暴戾的敌对行为,已经使我们无法容忍下去。本来自从你们为非作歹的邦人和我们发生嫌隙以来,你我两邦已经各自制定庄严的法律,禁止两邦人民之间的一切来往。法律还规定,只要是以弗所生长的人,只要在叙拉古的市场上出现,或者叙拉古人涉足到以弗所的港口,这个人就要被处死,他的钱财货物就要被全部没收,悉听该地公爵的处分,除非他能够缴纳一千个马克,才能赎命。你的财物估计起来,最多也不过一百个马克,所以按照法律,必须把你处死。

伊　勤　等你一声令下,我就含笑上刑场,从此恨散愁消,随着西逝的残阳!

公　爵　好,叙拉古人,你且把你离乡背井,到以弗所来的原因简单地告诉我们一下。

伊　勤　要我说出我难言的哀痛,那真是一个最大的难题。可是为了让世人知道我的死完全是天意,不是因为犯下了什么罪恶,我就忍住悲伤,把我的身世说一说吧!我生长在叙拉古,在那边娶了一个妻子,若不是因为我,她本可以十分快乐,我原来也能够让她快乐,只可惜命运多蹇。刚开始时我们两口子还相亲相爱,安享着人世的幸福,我常常到埃必丹农做买卖,每次都可以赚不少钱,所以家道很是丰裕。可是,后来我在埃必丹农的代理人突然死了,我在那边的许多货物没人照管,所以不得不离开妻子温柔的怀抱,前去主持一切。我的妻子在我离家后不到六个月,就收拾行装,赶到了我的身边。当时她已有孕在身,不久就做了两个可爱的孩子的母亲。说来奇怪,这两个孩子生得一模一样,全然分别不出来。就在他们诞生的时辰,在同一家客店里有一个穷人家的妇女也产下了两个面貌相同的双胞胎男孩,我看见他们贫苦无依,就出钱买下了孩子,把他们抚养大,侍候我的两个儿子。我的妻子生下了这么两个孩子,对他们宠爱异常,每天催促我早作归乡之计,我虽然不大愿意,终于答应了她。唉!我们上船的日子,选得太不凑巧了!船离开埃必丹农三里,海面上还是风平浪静,一点看不出将有风暴的征象。可是后来天色越变越坏,使我们的希望完全消失,天上偶然透露的微弱光芒照在我们惴惴不安的心中,似乎只告诉我们死亡已经迫在眼前。我自己虽然并不怕死,可是我的妻子因为害怕不可免的厄运,所以不断地哭泣,还有我那两个可爱的孩子虽然不知道他们将会遭到些什么,却也跟着母亲放声号哭,我见了这一种凄惨的情形,便不能不设法保全他们和我自己的生命。那时候船上的水手们都已经跳下小船，各自逃生去了，只剩下我们几个人在这艘快要沉没的大船上。我们没有别的办法，只好效法航海的人们遇到风暴时的榜样，我的妻子因为更疼她的小儿子，就把他缚在一根小的桅杆上，又把另外那一对双胞胎男孩中的一个也缚在一起，我也把大的那一个照样缚好了，然后我们夫妻两人各自把自己缚在桅杆的另外一头，每人照顾着一对孩子，此后就让我们的船随波漂流，向着我们认为是科林多的方向顺流而去。后来太阳出来了，把我们眼前的阴霾暗雾扫荡一空，海面也渐渐平静下来，我们方才望见远处有两艘船向着我们开来，一艘是从科林多来的，一艘是从埃必道勒斯来的。可是它们还没有行近——啊，我说不下去了，以后的事情，你们自己去猜度吧！

公　爵　不，说下去，老人家，不要打断话头。我们虽然不能赦免你，却可以怜悯你。

伊　勤　啊！天神们要是能够在那时可怜我，那么我现在也不会怨恨他们的不仁了！我们的船和来船相距还有三十里的时候，我们的船却在中途碰上了一块巨大的礁石，迎面一撞，就把船撞碎了，我们夫妻和孩子们，都被无情地冲散。命运是这样的安排着，使我们各人留下一半的慰藉，哀悼那失去了的另外一半。我那可怜的妻子，因为她的一根桅杆比较轻，尽管也负荷着同等的痛苦，但很快地被风吹往远处去，我望见她们三人大概是被科林多的渔夫们救起来了。后来另外一艘船把我们救起，他们知道了自己所救起的是些什么人之后，招待我们十分殷勤，他们原来还打算赶上渔船把我的爱妻和娇儿夺回，只可惜他们的船只航行太慢，因此最后只好掉转船头驶回家去。这就是我怎样被幸福所遗弃的经过，留下我这苦命的一身，来向人诉说我自己悲惨的故事。

公　爵　看在你所悲痛怀念的亲人们的分上，请你把你儿子们和你自己此后的经历详细告诉我吧。

伊　勤　我的大儿子①在十八岁时就向我不断探询他弟弟的下落，要求我准许他带着他的童仆出去寻找，那童仆也和他一样有一个不知踪迹的同名的兄弟。我因为思念生死未知的妻儿，就让我这唯一的爱子远离膝下，到如今也不知他究竟栖身何处。五年来，我走遍希腊，直达亚洲的边界，到处搜寻他们，虽然明知无望，也不愿漏过一处有人烟的地方。这次乘船归来，才到了以弗所的境内；可是我一生的故事将在这里告一段落，要是我这迢迢万里的奔波能够向我保证他们尚在人间，我也就死而无怨了。

公　爵　不幸的伊勤，命运注定了你，使你遭受人间最大的惨痛！相信我，倘不是因为我们的法律不可破坏，我自己的地位和誓言不可逾越，我一定会代你申辩无罪。现在你已经被判死刑，我也无法收回成命，可是我愿意尽我的力量帮助你。所以，商人，我限你在今天设法找寻可以援救你的人，替你赎回生命。你要是在以弗所有什么亲友，不妨一个个去恳求他们，乞讨也好，借贷也好，凑足限定的数目，就可以放你活着回去；要是筹不到这一笔款子，那就只好把你处死。狱卒，把他带下去看守起来。

狱　卒　是，殿下。

伊　勤　纵使把这残生多延续几个时辰，这茫茫人海中，又到哪里去寻找赎命的恩人呢？（同下）

第二场　市　场

大安提福勒斯、大德洛米奥及商人甲上。

---

① 原文此处为"小儿子"，但按照上文之意，此处应为大儿子，小儿子应与其母在一起。

商人甲　所以你应当向人说你是从埃必丹农来的，免得你的货物被他们没收。就在今天，有一个叙拉古商人因为犯法入境，已经被捕了；他缴不出赎命的钱来，依照本地的法律，必须在太阳西落以前把他处死。这是你托我保管的钱。

大安提福勒斯　德洛米奥，你把这钱拿去放在我们所停留的马人旅店里，你就在那里等我回来，不要走开。现在离吃饭时间不到一个钟头，让我先在街上蹓跶蹓跶，观光观光这儿的市面，然后回到旅店里睡觉，因为赶了这么多的路，我已经十分疲乏了。你走吧。

大德洛米奥　要是别人，早就真的按照你说的去做了，尤其是口袋里还揣着这么多钱，他们准愿意一走了之。（下）

大安提福勒斯　这小厮做事还老实，我有时心里抑郁不乐，他也会常常说些笑话来给我解闷。你愿意陪着我一起走走，然后一同到我的旅店里吃饭吗？

商人甲　请你原谅，有几个商人邀我到他们那里去，我还希望跟他们做成些交易，所以不能奉陪了。五点钟的时候，请你到市场上来会我，我可以陪着你一直到晚上。现在我可要走了。

大安提福勒斯　那么等会儿再见吧，我就到市上去随便走走。

商人甲　希望你玩个痛快。（下）

大安提福勒斯　他叫我玩个痛快，我心里可永不会有痛快的一天。我像一滴水一样来到这人世，要在浩渺的大海里找寻自己的同伴，结果未能如愿，到处扑空，连自己也迷失了方向；我为了找寻母亲和兄弟到处漂流，真不知哪一天才能回家。

小德洛米奥上。

大安提福勒斯　这不是那个和我同年同月同时生的家伙吗？怎么？你怎么这么快又回来了？

小德洛米奥 这么快回来！我已经来得太迟了！鸡也烧焦了，肉也炙枯了，钟已经敲了十二点，我的脸已经被太太打过。她大发脾气，因为肉冷了；肉冷因为您不回家；您不回家因为您肚子不饿；您肚子不饿因为您已经用过点心，可是我们却像悔罪的人一样为了您而挨饿祈祷。

大安提福勒斯 别胡说了，我问你，我给你的钱你拿去放在什么地方了？

小德洛米奥 啊，那六便士吗？我在上星期三就拿去给太太买缰绳了。钱在马鞍店里，我没有留着。

大安提福勒斯 我没有心思跟你开玩笑。干脆回答我，钱在哪里？异乡客地，你怎么敢把这么多的钱随便丢下？

小德洛米奥 大爷，您倘要说笑话，请您留着在吃饭的时候说吧。

太太叫我来请您火速回去，您要是不回去，我的脑壳子又该晦气啦。我希望您的肚子也像我一样，可以代替时钟，到了时候会叫起来，那时不用叫您，您也会自己回来了。

大安提福勒斯 算了吧，德洛米奥，现在不是说笑话的时候，把这些话留给今后更适合的场合吧。我让你看管的钱呢？

小德洛米奥 您让我看管的钱吗？大爷，您几时给我什么钱？

大安提福勒斯 狗才，别装傻了，你究竟把我的钱拿去干什么了？

小德洛米奥 大爷，我只知道奉命到市场上来请您回店吃饭，太太和姑太太都在等着您。

大安提福勒斯 老老实实回答我，你把钱放在什么地方了？再不说出来，我就捶死你！谁叫你在我无心斗嘴的时候跟我耍贫？你从我手里拿去的一千个马克呢？

小德洛米奥　您在我头上凿过几拳，太太在我肩上捶过几拳，除此之外，你们谁也不曾给过我半个铜钱。我要是把您给我的赏赐照样奉还，恐怕您就不会像我这样默然忍受了。

大安提福勒斯　太太！你有什么太太！

小德洛米奥　就是大爷您的夫人，也就是凤凰商店的女老板。她为了等您回去吃饭，到现在还没有吃过东西哩。请您赶快回去吧。

大安提福勒斯　啊！说过不许你胡闹，你还敢当着我这样放肆无礼吗？我打你这狗头！（打小德洛米奥）

小德洛米奥　大爷，您这是什么意思？看在上帝的面上，请您收回尊手，否则我可要拔起贱腿逃了。（下）

大安提福勒斯　这狗才一定上了人家的当，把我的钱全给丢了。他们说这地方有很多骗子，有的会玩弄遮眼的戏法，有的会用妖法迷惑人心，有的会用符咒伤害人的身体，还有各式各样化装的骗子，口若悬河的江湖术士，到处设下陷阱。倘若果有此事，我还是赶快离开的好。我要到马人旅店去追问这奴才，我的钱恐怕已经不保了。（下）

第二幕

第一场　小安提福勒斯家中

阿德里安娜及露西安娜上。

阿德里安娜　我的丈夫到现在还没有回来，叫那奴才去找他，也不知找到什么地方去了。露西安娜，现在已经两点钟啦！

露西安娜　他也许在市场上遇到什么商人，被请到什么地方吃饭去了。好姐姐，咱们吃饭吧，你也别生气啦。男人是有他们的自由的，他们只受着时间的支配；一到时间，他们就会来的。姐姐，你耐点儿心吧。

阿德里安娜　为什么他们的自由要比我们多？

露西安娜　因为男人家总是要在外面奔波。

阿德里安娜　我倘这样对待他，他定会大不高兴。

露西安娜　做妻子的应该服从丈夫的命令。

阿德里安娜　人不是驴子，谁甘心听人家使唤？

露西安娜　桀骜不驯的结果一定十分悲惨。
　　你看地面上，海洋里，广漠的空中，
　　哪一样东西能够不受牢笼羁束？

　　　　　　　　是走兽，是游鱼，是生翅膀的飞鸟，
　　　　　　　　只见雌的低头，哪里有雄的伏小？
　　　　　　　　人类是控制一切生物的主人，
　　　　　　　　天赋的智慧胜过一切飞禽走兽，
　　　　　　　　女人服从男人，这是天经地义，
　　　　　　　　你应该温恭谦顺侍候他的旨意。
阿德里安娜　原来你是怕这种服从，所以才不结婚。
露西安娜　不是怕这个，而是其他的一些纠纷。
阿德里安娜　你要是出嫁了，肯定也是想当家作主。
露西安娜　我未解风情，先要学习如何顺从丈夫。
阿德里安娜　你丈夫要是变了心把别人眷爱怎么办？
露西安娜　他会回心转意，我只需要安心忍耐。
阿德里安娜　真好的性子！可也难怪她这么说，
　　　　　　　　没有遇见倒霉事，谁都会心平气和。
　　　　　　　　听见别人在恶运折磨下哀痛地呼喊，
　　　　　　　　我们却说"算了，静些吧"！
　　　　　　　　但是轮到我们遭受同样的遭遇，
　　　　　　　　我们的呼天抢地却比他们更凶；
　　　　　　　　你又没有狠心的丈夫把你虐待，
　　　　　　　　你以为什么事都可以安心忍耐，
　　　　　　　　倘有一天人家篡夺了你的权利，
　　　　　　　　看你是否还能耐得住心头的怨气？

　　露西安娜　好，等我嫁了人以后再试试看吧。你丈夫的跟班来了，他大概也就来了。

　　小德洛米奥上。

　　阿德里安娜　你那位大爷可真行，这么慢腾腾的，现在他该回来了吧？

小德洛米奥　什么真行？就是两只手很有劲，这点我的两只耳朵可以作证。

阿德里安娜　你对他说过什么话没有？你知道他想什么吗？

小德洛米奥　是，是，他把他的想法告诉我的耳朵了，我的耳朵现在还热辣辣的呢。我真不懂他的意思。

露西安娜　他说得不大清楚，所以你听不懂吗？

小德洛米奥　不，他打了我一记清脆的耳光，我懂是不懂，痛倒很痛。

阿德里安娜　可是他是不是就要回家了？他真是一个体贴妻子的好丈夫！

小德洛米奥　嗳哟，太太，我的大爷准是疯了。

阿德里安娜　狗才，什么话！

小德洛米奥　真的疯了。我请他回家吃饭，他却向我要一千个金马克。我说，"现在是吃饭的时候了。"他说，"我的钱呢？"我说，"肉已经烧熟了。"他说，"我的钱呢？"我说，"请您回家去吧。"他说，"我的钱呢？狗才，我给你的那一千个金马克呢？"我说，"猪肉已经烤熟了。"他说，"我的钱呢？"我说，"大爷，太太叫您回去。"他说，"去你妈的太太！什么太太！我不认识你的太太！"

露西安娜　这话是谁说的？

小德洛米奥　大爷说的。他说，"我不知道什么家，什么妻子，什么太太。"所以我就谢谢他，把他的答复搁在肩膀上回来了，因为他的拳头就落在我的肩膀上。

阿德里安娜　不中用的狗才，再给我出去把他叫回来。

小德洛米奥　再出去找他，再让他把我打回来吗？看在上帝的面上，请您另请高明吧！

阿德里安娜　狗才！不去，我就打破你的头。

小德洛米奥　他再加上一拳,我准得头破血流。凭你们两人一整治,我脑袋就该成为破锣了。

阿德里安娜　快去,只会唠叨的乡巴佬!把你的主人找回来!

小德洛米奥　难道我就是个圆圆的皮球,被你们踢来踢去吗?你把我一脚踢出去,他把我一脚踢回来,你们要我这皮球不破,还得替我补上一块厚厚的皮哩。(下)

露西安娜　嗳哟,瞧你满脸的怒气!

阿德里安娜　他和那些娼妇贱婢们朝朝厮伴,
　　　　　　　我在家里盼不到他的笑脸相看。
　　　　　　　难道逝水年华消褪了我的颜色?
　　　　　　　有限的青春是他亲手把我摧折。
　　　　　　　难道他嫌我语言无味心思愚蠢?
　　　　　　　是他冷酷的无情把我聪明磨损。
　　　　　　　难道浓装艳抹勾去了他的灵魂?
　　　　　　　谁教他不给我裁剪入时的衣裙?
　　　　　　　我这憔悴朱颜虽然逗不起怜惜,
　　　　　　　剩粉残脂都留着他薄情的痕迹。
　　　　　　　只要他投掷我一瞥和煦的春光,
　　　　　　　这朵枯萎的花儿也会重吐芬芳;
　　　　　　　可是他是一头不受羁束的野鹿,
　　　　　　　他爱露餐野宿,怎念我伤心独宿!

露西安娜　姐姐,你何必如此,妒嫉徒然自苦!

阿德里安娜　人非木石,谁能忍受这样的欺侮?
　　　　　　　我知道他一定爱上了浪柳淫花,
　　　　　　　贪恋着温柔滋味才会忘记回家。
　　　　　　　他曾经答应送给我一条金项链,

看他对床头人说话有没有定准！
涂上釉彩的宝石容易失去光润，
最好的黄金经不起人手的摩损，
尽管他是名誉良好的端人正士，
一朝堕落了也照样会不知羞耻。
我这可憎容貌既然难邀他爱顾，
我要悲悼我的残春哭泣着死去。

露西安娜　真有痴心的愚人情愿被妒嫉所折磨！（同下）

第二场　广　场

大安提福勒斯上。

大安提福勒斯　我给德洛米奥的钱都好好地存在马人旅店里，听店主所说的，那谨慎的奴才出去找我去了。再按时间一计算，我从市场上把德洛米奥打发走之后，好像没有可能再碰见他。瞧，他又来了。

大德洛米奥上。

大安提福勒斯　喂，老兄，你耍贫的脾气改变了没有？要是你还想挨打，不妨再跟我开开玩笑。你不知道哪一家马人旅店？你没有收到什么钱？你家太太叫你请我回去吃饭？我家里开着一个什么凤凰商店？你刚才对我说了这许多疯话，你是不是疯了？

大德洛米奥　我说了什么话，大爷？我几时说过这样的话？

大安提福勒斯　就在刚才，就在这里，不到半个小时以前。

大德洛米奥　您把钱交给我，叫我回到马人旅店去了以后，我没有见过您呀。

大安提福勒斯　狗才，你刚才说我不曾交给你钱，还说什么太太哩，吃饭哩，你现在大概知道我在生气了吧？

15

大德洛米奥　我很高兴看见您这样爱开玩笑，可是这笑话是什么意思？大爷，请您告诉我吧。

　　大安提福勒斯　啊，你还要假作痴呆，当着我的面放肆吗？你以为我是在跟你说笑话吗？我就打你！（打大德洛米奥）

　　大德洛米奥　慢着，大爷，看在上帝的面上！您现在把说笑话认真起来了。我究竟做错了什么事，您要打我？

　　大安提福勒斯　我因为常常和你不拘名分，说说笑笑，你就这样大胆起来，人家有正事的时候你也敢捣鬼。无知的蚊蚋尽管在阳光的照耀下飞翔游戏，一到日没西山也会钻进它们的墙隙木缝。你要开玩笑就得留心我的脸色，看我有没有那样兴致。你要是还不明白，让我把这一种规矩打进你的脑壳里去。

　　大德洛米奥　您管它叫脑壳吗？请您还是免动尊手吧，我要个脑袋就够了；要是您不停手地打下去，我倒真得找个壳来套在脑袋上才行；不然，脑袋全打烂了，只有把思想装在肩膀里了。可是请问大爷，我究竟为什么挨打？

　　大安提福勒斯　你还不知道吗？

　　大德洛米奥　不知道，大爷，我只知道我挨打了。

　　大安提福勒斯　要我讲讲道理吗？

　　大德洛米奥　是，大爷，还有缘由，因为俗话说得好，有道理必有缘由。

　　大安提福勒斯　先说道理——你敢对我顶撞放肆；再说缘由——你第二次见了我还要随口胡说。

　　大德洛米奥　真倒霉，白白地挨了这一顿拳脚，道理和缘由却仍然是莫名其妙。不过，还是谢谢大爷。

　　大安提福勒斯　谢谢我，老兄，你谢我什么？

　　大德洛米奥　因为我无功受赏，所以要谢谢您。

　　大安提福勒斯　好，以后你做事有功，我也不赏你，那就可以拉平了。现在到吃饭时间了吗?

大德洛米奥　没有,我看肉里还缺点作料。

大安提福勒斯　真的吗?缺什么?

大德洛米奥　青椒。

大安提福勒斯　再加青椒,肉也要焦了。

大德洛米奥　要是焦了,大爷,请您还是别吃吧。

大安提福勒斯　为什么?

大德洛米奥　您要是吃了,少不得又要心焦,结果我又得领略一顿好打。

大安提福勒斯　算了,你以后说笑话也得看准时候,不管干什么都应该有一定的时间。

大德洛米奥　要不是您刚才那么冒火,对您的这句话我可要大胆地表示异议。

大安提福勒斯　有什么根据吗,老兄?

大德洛米奥　当然有,大爷,我的根据就和时间老人的秃脑袋一样,是颠扑不破的。

大安提福勒斯　说出来我听听。

大德洛米奥　一个生来秃顶的人要想收回他的头发,就没有时间。

大安提福勒斯　他难道不能用赔款的方法收回吗?

大德洛米奥　那倒可以,赔款买一套假发,可是收回的却是别人的毛。

大安提福勒斯　时间老人为什么对毛发这样吝啬?它不是长得很多很快吗?

大德洛米奥　因为他把毛发大量施舍给畜生了,可是他虽然给人毛发不多,却叫人脑筋更聪明,这也足以抵偿了。

大安提福勒斯　不然,也有许多人毛发虽多,见识却很少。

17

大德洛米奥　有些人是明知故犯，所以染上花柳病，把毛发丢光。

大安提福勒斯　照你这么说，头发多的人就都是傻瓜了。

大德洛米奥　越傻，丢得越快，可是不要头发的人也有他的理由。

大安提福勒斯　有什么理由？

大德洛米奥　有两个理由，而且是顶呱呱的理由。

大安提福勒斯　咳，别提顶呱呱了。

大德洛米奥　那么就叫它们可靠的理由吧。

大安提福勒斯　丢都丢光了，还讲什么可靠。

大德洛米奥　那就算是可信的理由吧。

大安提福勒斯　你说给我听听。

大德洛米奥　第一，头发少了，就不用花钱去修饰；第二，吃起饭来，也不会有一根一根头发往粥碗里掉。

大安提福勒斯　说了半天，你是想证明并不是干什么事都要有一定的时间。

大德洛米奥　不错，这不是证明了吗？生来把头发丢掉的人是没有时间收回的。

大安提福勒斯　可是你的理由不够充分，不能说明为什么没有时间收回。

大德洛米奥　且听我再补充一下，你就明白了：时间老人自己是个秃顶，所以直到世界末日也会有大群秃顶的徒子徒孙。

大安提福勒斯　我早就知道你的理由也是光秃秃的。且慢，谁在那边朝我们招手？

阿德里安娜及露西安娜上。

阿德里安娜　好，好，安提福勒斯，你尽管皱着眉头，假装不认识我吧！你是要在你相好的面前，才会满面春风的，我不是阿德里安娜，也不是你的妻子。想起从前的时候，你会自动向我发誓，说只有我说的话才是你耳中的音乐，只有我才是你眼中最可爱的事物，只有我握着你的手你才感到快慰，只有我亲手切下的肉你才感到可口。啊，我的夫，你现在怎么这样神不守舍，忘记了你自己？我们两人已结合为一体，不可分离，你这样把我遗弃不顾，就是遗弃了你自己。啊，我的爱人，不要离开我！你把一滴水洒下了海洋里，若想把它原样收回，不多不少，是办不到的，因为它已经和其余的水混合在一起，再也分别不出来。我们两人也是这样，你怎么能硬把你我分开，而不把我的一部分也带了去呢？要是你听见我有了不端的行为，我这奉献给你的身子，已经给淫邪所玷污，那时你将要如何气愤！你不会唾骂我，羞辱我，不认我是你的妻子，剥下我那副娼妇的污秽的面皮，从我不贞的手指上夺下我们结婚的指环，把它剁得粉碎吗？我知道你会这样做的，那么请你就这样做吧，因为我的身体里已经留下了淫邪的污点，我的血液里已经混合着奸情的罪恶，我们两人既然是一体，那么你的罪恶难道不会传染到我的身上？既然这样，你就该守身如玉，才可保全你的名誉和我的清白。

大安提福勒斯　您是在对我说这些话吗，嫂子？我不认识您，我到以弗所来不过两个钟点，对这个城市完全陌生，对您的话也莫名其妙；虽然您说的每一个字我都反复思索，可是仍然听不出一点道理来。

露西安娜　嗳哟，姐夫，您怎么完全变了一个人呢？您几时这样对待过我的姐姐？她刚才叫德洛米奥来请您回家吃饭。

大安提福勒斯　叫德洛米奥请我？

大德洛米奥　叫我请他？

阿德里安娜　叫你请他，你回来却说他打了你，还说他不知道有什么家、什么妻子。

大安提福勒斯　你曾经和这位太太讲过话吗？你们谈些什么？

大德洛米奥　我吗，大爷？我从来不曾见过她。

大安提福勒斯　狗才，你说谎！你在市场上对我说的话，正跟她说的一样。

大德洛米奥　我从来不曾跟她说过一句话。

大安提福勒斯　那么她怎么会叫得出我们的名字？难道她有未卜先知的本领吗？

阿德里安娜　你们主仆俩一吹一唱装傻弄诈，
多么不相称你高贵尊严的身价！
就算我有了错处你才把我回避，
也该宽假三分，给我自新的机会。
来，我要拉住你的衣袖紧紧偎依，
你是参天的松柏，我是藤萝纤细，
藤萝托体松柏，信赖他枝干坚强，
莫让野蔓闲苔偷取你雨露和阳光！

大安提福勒斯　她这样向我婉转哀求，字字辛酸，
莫不是我在梦中和她缔下姻缘？
难道我听错了，还是我昏睡未醒？
难道我的眼睛耳朵都有了毛病？
我且将错就错，顺从着她的心意，
把这现成的丈夫名义暂时顶替。

露西安娜　德洛米奥，你去叫仆人们把饭预备好了。

大德洛米奥　嗳哟，上帝饶恕我这罪人！（以手划十字）这儿是妖精住的地方，我们在和些山精木魅们说话，要是不服从她们，她们就要吮吸我们的血液，或者把我们身上拧得一块青一块紫的。

露西安娜 叫你不答应,却在那边唠叨些什么?德洛米奥,你这蜗牛、懒虫!

大德洛米奥 大爷,我已经变了样子吗?

大安提福勒斯 我想我们的头脑都有些变了样子了。

大德洛米奥 不,大爷,不但是头脑,连外表也变样了。

大安提福勒斯 你还是你原来的样子。

大德洛米奥 不,我已经变成了一只猴子。

露西安娜 你要是变起来,只好变成一头驴子。

大德洛米奥 不错,她骑在我身上,我一心想吃草。我是驴子,否则她怎么认识我,我却不认识她。

阿德里安娜 来,来,你们主仆两人看见我伤心,还把我这样任情取笑,我不愿再像一个傻子一样自寻烦恼地哭泣了。来,大家吃饭去吧!德洛米奥,好好看守着门。丈夫,我今天要在楼上陪着你吃饭,听你忏悔述说你种种对不起人的地方。德洛米奥,要是有人来看大爷,就说他在外面吃饭,什么人都不要让他进来。来,妹妹。德洛米奥,当心把门看好。

大安提福勒斯 (旁白)我是在人间,在天上,还是在地下?是梦,是醒?是发疯,还是神智清楚?她们认识我,我却不认识我自己!好,她们怎么说,我就怎么说,在这一场迷雾之中寻求新的天地。

大德洛米奥 大爷,我是不是要做起看门人来?

阿德里安娜 是,你要是让什么人进来,就得留心你的脑袋。

露西安娜 来,来,安提福勒斯,时间已经不早了。(同下)

第三幕

第一场　小安提福勒斯家门前

小安提福勒斯、小德洛米奥、安哲鲁及鲍尔萨泽同上。

小安提福勒斯　好安哲鲁先生,请你原谅我们,内人很是厉害,她见我误了时间,一定要生气,所以你必须对她这样说,我因为在你的店里看你给她做项链,所以到现在才回来,你说那条项链明天就可以完工送来。可是这家伙却会当面造我的谣言,说他在市场上遇见我,说我打了他,说我问他要一千个金马克,又说我不认我的妻子,不肯回家。你这酒鬼,你这是什么意思?

小德洛米奥　您尽管说吧,大爷,可是我知道得清清楚楚,您在市场上打了我,我身上还留着您打过的伤痕。我的皮肤倘若是一张羊皮纸,您的拳头倘若是墨水,那么您亲笔写下的凭据,就可以说明一切了。

小安提福勒斯　我看你就是一头驴子。

小德洛米奥　我这样挨打受骂,真像一头驴子一样。人家踢我的时候,我应该还踢他;要是我真的发起驴性子来,请您留心着我的蹄子吧,您会知道驴子也不是好惹的。

小安提福勒斯　鲍尔萨泽先生,您好像不大高兴,但愿我们的酒食能够代我向您表达一点欢迎的诚意。

鲍尔萨泽　美酒佳肴,我倒不在乎,您的盛情是值得感谢的。

小安提福勒斯　啊,鲍尔萨泽先生,满席的盛情,当不了一盆下酒的鱼肉。

鲍尔萨泽　大鱼大肉,是无论哪一个伧夫都置办得起的不足为奇的东西。

小安提福勒斯　殷勤的招待不过是口头的空言,尤其不足为奇。

鲍尔萨泽　酒肴即使稀少,只要主人好客,也一样可以尽欢。

小安提福勒斯　只有吝啬的主人和比他更为俭约的客人,才会以此为满足。可是我的酒肴虽然菲薄,希望您不以为嫌,开怀畅饮;您在别的地方可以享受到更为丰盛的宴席,可是不会遇到比我更诚心的主人。且慢!我的门怎么关起来了?去叫他们开门。

小德洛米奥　阿毛,白丽姐,玛琳,雪莉,琪琳,阿琴!

大德洛米奥　(在内)呆鸟,醉鬼,坏蛋,死人,蠢货,下贱的东西!给我滚开!这儿不是你找娘儿们的地方;一个已经太多了,你要这许多干什么?走,快滚!

小德洛米奥　这是哪个发昏的人在给咱们看门?喂,大爷在街上等着呢。

大德洛米奥　(在内)叫他不用等了,仍旧回到老地方去,免得他的尊足受了寒。

小安提福勒斯　谁在里面说话?喂!开门!

大德洛米奥　(在内)好,你对我说有什么事,我就开门。

小安提福勒斯　什么事！吃饭！我还没有吃过饭哪。

大德洛米奥　（在内）这儿不是你吃饭的地方，等到请你的时候你再来吧。

小安提福勒斯　你是什么人，不让我走进我自己的屋子？

大德洛米奥　（在内）我叫德洛米奥，现在暂时充当看门人。

小德洛米奥　他妈的！你不但抢了我的饭碗，连我的名字也一起偷去了。我这饭碗可不曾给我什么好处，我这名字倒挨过不少的骂。要是你今天冒名顶替我，那么你的脸也得换一换，否则干脆就把你的名字改做驴子得啦。

露　丝　（在内）吵些什么，德洛米奥？门外是些什么人？

小德洛米奥　露丝，让大爷进来吧。

露　丝　（在内）不，他来得太迟了，你这样告诉你的大爷吧。

小德洛米奥　上帝啊！真要笑死人了！给你说句俗语听：回到家里最逍遥。

露　丝　（在内）奉还你一句俗语：请你别急，等着吧。

大德洛米奥　（在内）如果你的名字叫露丝，你回答得真漂亮。

小安提福勒斯　你听见了吗，贱人？还不开门？

露　丝　（在内）我早对你说过了。

大德洛米奥　（在内）不错，你说过：就是不开。

小德洛米奥　来，使劲，砸得好！就这样一拳一拳重重地砸。

小安提福勒斯　臭丫头，让我进来。

露　丝　（在内）请问你凭什么要进来？

小德洛米奥　大爷，把门敲得重一点儿。

露　丝　（在内）让他去敲吧，疼死他！

小安提福勒斯　我要是把门敲破了，那时可不能饶你，你这贱丫头！

露　丝　（在内）你是干什么的？扰乱治安的人是要游街示众的，你等着瞧吧！

阿德里安娜　（在内）谁在门口闹个不休？

大德洛米奥　（在内）你们这里无赖太多了。

小安提福勒斯　我的太太，你在里边吗？你怎么不早点出来？

阿德里安娜　（在内）混蛋！谁是你的太太？快给我滚开！

小德洛米奥　大爷，您要是有了毛病，这个"混蛋"就要不舒服了。

安哲鲁　既没有酒食，也没有人招待，要是二者不可得兼，那么只要有一样也就行了。

鲍尔萨泽　我们刚才还在辩论丰盛的酒肴和主人的诚意哪一样更可贵，可是我们现在却要空腹而归，连主人的诚意也没福消受了。

小德洛米奥　大爷，他们两位站在门口，您快招待他们一下吧。

小安提福勒斯　她们一定有些什么花样，所以不放我们进去。

小德洛米奥　里面点心烘得热热的，您却在外面喝着冷风，大丈夫给人欺侮到这个样子，气也要气疯了。

小安提福勒斯　去给我找些什么东西，让我把门打开来。

大德洛米奥　（在内）你要是打坏了什么东西，我就打碎你这混蛋的头。

小德洛米奥　说得倒很凶，老兄，可是空话就等于空气。他也可以照样还敬你，往你脸上放个屁。

大德洛米奥 （在内）看来你是骨头痒了。还不快滚，混蛋！

小德洛米奥 说来说去总是叫我滚，请你让我进来吧。

大德洛米奥 （在内）等鸟儿没有羽毛，鱼儿没有鳞鳍的时候，再放你进来。

小安提福勒斯 好，我就打进去。给我去借一把鹤嘴锄来。

小德洛米奥 这个鹤却没有羽毛，主人，您想得真妙。找不到没有鳞鳍的鱼，却找到一只没有羽毛的鸟。咱们若是拿鹤嘴锄砸进去，保准叫他们吓得四处逃散。

小安提福勒斯 快去，找把铁锄来。

鲍尔萨泽 请您息怒吧，快不要这样子，让人家知道了，不但有损您的名誉，而且会疑心尊夫人的品行。你们相处多年，她的智慧贤德，您都十分熟悉的。今天这一种情形，一定另有原因，慢慢地她总会把其中道理向您解释明白的。听我的话，咱们自顾自到猛虎饭店吃饭去吧！晚上您一个人回家，可以问她一个仔细。现在街上行人很多，您要是这样气势汹汹地打进门去，难免引起人家的流言蜚语，污辱了您的清白的名声，也许还将成为您的终身之玷，到死也洗刷不了，因为诽谤到了一个人的身上，是会永远存留着的。

小安提福勒斯 你说得有理，我就听你的话，静静地走开。可是我虽然满怀怒气，还想找一个地方去解解闷儿。我认识一个雌儿，长得很不错，人也很玲珑，谈吐也很好，既风骚又温柔的，咱们就上她那里吃饭去吧。我的老婆因为我有时到这雌儿家里走动走动，常常会瞎疑心骂我，今天我们就到她家里去。（向安哲鲁）请你先回到你店里去一趟，把我叫你打的项链拿来，现在应该已经打好了。你可以把它带到普本丁酒店里，她就在那边侍酒，这链条我要送给她，算是对我老婆的报复。请你就去吧！我自己家里既然对我闭门不纳，我且去敲敲别人家的门，看他们会不会冷淡我。

安哲鲁　好，等会儿我就到您所说的地方来看您吧。

小安提福勒斯　好的。这一场笑话倒要花费我一些本钱哩。

（各下）

第二场　同　前

露西安娜及大安提福勒斯上。

露西安娜　安提福勒斯你难道已经忘记了，
一个男人对他妻子应尽的本分？
在热情的青春，你爱苗已经枯槁？
恋爱的殿堂没有筑成就已坍倾？
你娶我姐姐倘只为了贪图财富，
为了财富你也该向她着意温存；
纵使另有新欢，也只好鹊桥偷渡，
对着眼前的人儿献些假意殷勤。
别让她在你眼里窥见你的隐衷，
别让你的嘴唇宣布自己的羞耻；
你尽管巧言令色，把她鼓里包蒙，
心里奸淫邪恶，表面上圣贤君子。
何必让她知道你已经变了心？
哪一个笨贼夸耀他自己的罪状？
莫在她心灵上留下双重的创伤，
既然对她不忠，就不该恶语相向。
啊，可怜的女人！天生就柔弱易欺，

只尊你们说爱我们，我们就轻信；
躯体被你们占据了，给我们外衣，
我们也就心满意足，不会有疑问。
姐夫，进去吧，安慰安慰我的姐姐，
劝她不要伤心，再说一声我爱你；
甜言蜜语的慰藉倘能息争解气，
何必管它是真心，还是假意。

大安提福勒斯 亲爱的姑娘，我叫不出你的芳名，
更不懂我的名姓怎会被你知道；
你绝俗的风姿，你天仙般的才情，
简直是地上的奇迹，无比的美妙。
好姑娘，请你开启我愚蒙的心智，
为我指导迷津，扫清我胸中云翳，
我是一个浅陋寡闻的凡夫俗子，
解不出你玄妙神奇的微言奥义。
我这不敢欺人的寸心惟天可表，
你为什么定要我堕入五里雾中？
你是不是神明，要把我从头创造？
那么我愿意悉听摆布，唯命是从。
可是我并没有迷失了我的本性，
这一门婚事究竟是从哪里说起？
我对她素昧平生，哪里来的责任？
我的情丝却愿意在你身上牢系。
你婉妙的清音就像鲛人的仙乐，
莫让我在你姐姐的泪涛里沉溺；
我愿意倾听你自己心底的妙曲，
迷醉在你金黄色的发浪里安息，

> 那灿烂的柔丝是我永恒的眠床,
> 把温柔的死乡当作幸福的天堂!

露西安娜 你这样语无伦次,难道真的疯了?

大安提福勒斯 疯倒没有疯,可是有些昏迷颠倒。

露西安娜 多半是你眼睛瞧着人,心思不正。

大安提福勒斯 是你耀眼的阳光使我眩眩欲晕。

露西安娜 只要非礼勿视,你就会心地清明。

大安提福勒斯 我眼里没有你,就像黑夜没有星。

露西安娜 你要谈情说爱,请去找我的姐姐。

大安提福勒斯 你姐姐的妹妹。

露西安娜 我姐姐。

大安提福勒斯 不,我只爱你。

> 你是我的纯洁美好的身外之身,
> 眼睛里的瞳人,灵魂深处的灵魂,
> 你是我幸福的源头,饥渴的食粮,
> 你是我尘世的天堂,升天的慈航。

露西安娜 你这种话应该向我姐姐说才对呀。

大安提福勒斯 就算你是你的姐姐吧,因为我说的是你。你现在还没有丈夫,我也不曾娶过妻子,我愿意永远爱你,和你过着共同的生活。答应我吧!

露西安娜 嗳哟,你别胡闹了,我去叫我的姐姐来,看她怎么说吧。(下)

大德洛米奥慌张上。

大安提福勒斯 啊,怎么,德洛米奥!你这样忙着到哪儿去?

大德洛米奥 您认识我吗,大爷?我是不是德洛米奥?我是不是您的仆人?我是不是我自己?

大安提福勒斯　你是德洛米奥，你是我的仆人，你是你自己。

大德洛米奥　我是一头驴子，我是一个女人的男人，我不是我自己。

大安提福勒斯　什么女人的男人？怎么说你不是你自己？

大德洛米奥　呃，大爷，我已经归一个女人所有，她把我认了去，她缠着我，她不肯放松我。

大安提福勒斯　她凭什么不肯放松你？

大德洛米奥　大爷，就凭她所有者的权利，就像您对您胯下的马一样。她非得要我做她的牲口，我并不是说我像个畜生，而是说她有那么一股十足的畜生脾气，硬不肯放松我。

大安提福勒斯　她是个什么人？

大德洛米奥　那模样真够瞧的，是啊，只要提起那种人，谁都得加上一句："你瞧，你瞧！"我自己觉得这门婚事没有什么好处，可是倒颇能揩得一点油水。

大安提福勒斯　怎么揩得一点油水？

大德洛米奥　呃，大爷，她是厨房里的丫头，浑身都是油腻。我想不出她有什么用处，除非把她当作一盏油灯，借着她的光让我逃离她。要是把她身上的破衣服和她全身的脂油烧起来，可以足足烧一个波兰的冬天；要是她活到世界末日，那么她一定要在整个世界烧完以后一星期，才烧得完。

大安提福勒斯　她的肤色怎么样？

大德洛米奥　黑得像我的鞋子一样，可是她的脸还没有我的鞋子擦得干净；她身上的汗垢，一脚踏上去可以连人的鞋子都给没下去。

大安提福勒斯　那只要多用水洗洗就行了。

大德洛米奥　不，她的龌龊是在她的皮肤里面的，挪亚时代的洪水都不能把她冲洗干净。

大安提福勒斯 她叫什么名字？

大德洛米奥 她叫"八呎"，大爷。

大安提福勒斯 那她的身材怎样？

大德洛米奥 从她屁股的这一边量到那一边，足足有六七呎；她屁股宽，就和她全身的高度一样；她的身体像个浑圆的地球，我可以在她身上找出世界各国来。

大安提福勒斯 她身上哪一部分是爱尔兰？

大德洛米奥 呃，大爷，在她的屁股上，那边有很大的沼地。

大安提福勒斯 苏格兰在哪里？

大德洛米奥 在她的手心里有一块不毛之地，大概就是苏格兰了。

大安提福勒斯 法国在哪里？

大德洛米奥 在她的额角上，从那蓬蓬松松的头发，我看出这是一个很乱的国家。

大安提福勒斯 英格兰在哪里？

大德洛米奥 我想找寻白垩的岩壁，可是她身上没有一处地方是白的；猜想起来，大概在她的下巴上，因为它和法国是隔着一道鼻涕相望的。

大安提福勒斯 西班牙在哪里？

大德洛米奥 我可没有看见，可是她嘴里的气息热辣辣的，大概就在那里。

大安提福勒斯 美洲和西印度群岛呢？

大德洛米奥 啊，大爷！在她的鼻子上，她鼻子上长满了瘰疬，什么翡翠玛瑙都有。西班牙人一发现这些宝物，马上就派遣出大批舰队到她鼻子那里装载货物去了。

大安提福勒斯　比利时和荷兰呢？

大德洛米奥　啊，大爷！那种地方太低了，我望不下去。总之，这个丫头说我是她的丈夫，她居然未卜先知，叫我做德洛米奥，并且对我身上一切隐秘之处了如指掌：说我肩膀上有颗什么痣，头颈上有颗什么痣，又说我左臂上有一个大瘤，把我说得大吃一惊；我想她一定是个妖怪，所以赶紧逃了出来。幸亏我虔信上帝，心如铁石，否则她早把我变成一只短尾巴驴，叫我去给她推磨了。

大安提福勒斯　你就给我到码头上去，瞧瞧要是风势顺的话，我今晚不能再在这儿耽搁下去了。你看见有什么船要出发，就到市场上来告诉我，我在那里等着你。要是谁都认识我们，我们却谁也不认识，那么还是卷起铺盖走吧。

大德洛米奥　正像人家见了一头熊没命奔逃，我这贤妻也把我吓得魂飞魄散。（下）

大安提福勒斯　这儿都是些妖魔鬼怪，还是快快离开的好。叫我丈夫的那个女人，我从心底里讨厌她，可是她那妹妹却这么温柔美丽，风度和谈吐都叫人心醉，几乎使我情不自禁。但为了我自己的安全起见，我应该塞住耳朵，不去听她那迷人的歌曲。

安哲鲁上。

安哲鲁　安提福勒斯大爷！

大安提福勒斯　呃，那正是我的名字。

安哲鲁　您的大名我还会忘记吗？瞧，项链已经打好了。我本来想在普本丁酒店交给您，因为还没有完工，所以耽搁了许多时候。

大安提福勒斯　你要我拿这链条做什么？

安哲鲁　那可悉听尊便，我是奉了您的命把它打起来的。

大安提福勒斯　奉我的命！我没有吩咐过你啊。

安哲鲁　您对我说过不止一次两次，足足有二十次了。您把它拿进去，让尊夫人高兴高兴吧；我在吃晚饭的时候再来奉访，顺便向您拿这项链的工钱吧。

大安提福勒斯　那么请你还是把钱现在拿去吧，等会儿也许你连项链和钱都见不到了。

安哲鲁　您真会说笑话，再见。（留项链下）

大安提福勒斯　我不知道这是怎么一回事。可是倘有人愿意白送给你这样一条好的项链，谁也不会拒绝吧。一个人在这里生活是不成问题的，因为在街道上也会有人把金银送给你。现在我且到市场上去等德洛米奥，要是有开行的船只，我就立刻动身。（下）

第四幕

第一场　广　场

　　商人乙、安哲鲁及一差役上。

　　商人乙　尊款自从五旬节以后，就已满期，我也不曾怎样向你催讨；本来我现在也不愿意开口，可是因为我就要开船到波斯去，路上需要一些钱用，所以只好请你赶快把钱还我，否则莫怪我无礼，我要请这位官差把你看押起来了。

　　安哲鲁　我欠你的这一笔款子，数目刚巧跟安提福勒斯欠我的差不多，他就在我碰见你以前从我这儿拿了一条项链去，今天五点钟他就会把货款付给我。请你跟我一同到他家里去，我就可以清还尊款，还要多多感谢你的帮忙哩。

　　小安提福勒斯及小德洛米奥自娼妓家出。

　　差　役　省得你多跑一趟路，他正好来了。

　　小安提福勒斯　我现在要到金匠那里去，你去给我买一根结实的绳鞭子来，我那女人串通了她的一党，把我白天关在门外，我要去治治她们。且慢，金匠就在那边。你快去买了绳鞭子，带回家里给我。

小德洛米奥 买一条绳鞭子，每年肯定能打出一千镑来。（下）

小安提福勒斯 你这个人真靠不住，你答应我把项链亲自送来给我，可是我既不见项链，又不见你的人。你大概害怕咱们的交情会给项链锁住，永远拆不开来，所以才有意躲我吗？

安哲鲁 别说笑话了，这儿是一张发票，上面开列着您那条项链的正确重量，金子的质地，连价格一起标明。我现在欠着这位先生的钱，要是把尊账划过，还剩三块多钱，请您就替我把钱还了他吧，因为他就要开船，等着这笔钱用。

小安提福勒斯 我身边没有带现钱，而且我在城里还有事情。请你同这位客人到我家里去，把那项链也带去交给内人，叫她把账付清。我要是来得及，也许可以赶上你们。

安哲鲁 那么您就把项链自己带去给您太太吧。

小安提福勒斯 不，你送去吧，我恐怕要回去得迟一点。

安哲鲁 很好，先生，我就给您带去。那项链在您身边吗？

小安提福勒斯 我身边是没有，我希望你不曾把它忘记带在身边，否则你要空手而归了。

安哲鲁 好了好了，请您快把项链给我吧。现在顺风顺水，这位先生正好上船，我已经耽误了他许多时间，可不要误了人家的事。

小安提福勒斯 嗳哟，你失约不到普本丁酒店里来，却用这种寻开心的话来遮盖自己的不是。我应该怪你不把项链早给我，现在你倒先要向我无理取闹了。

商人乙 时间已经不知不觉过去了，请你快一点吧。

安哲鲁 你听他又在催我了，那项链呢？

小安提福勒斯 项链吗？你拿去给我的妻子，她自然会把钱给你。

安哲鲁 好了，好了，你知道我刚才已经把它给你了。你要是不肯把项链交我带去，就让我带点什么凭据去也好。

小安提福勒斯 哼！你这玩笑开得太过分了。来，那项链呢？请你给我看看。

商人乙 你们这样纠缠不清，我可没工夫等下去。先生，你干脆回答我你愿意不愿意替他把钱还我。要是你不答应，我就让这位官差把他看押起来。

小安提福勒斯 我回答你！要我怎么回答你？

安哲鲁 你欠我的项链的钱呢？

小安提福勒斯 我没有拿到项链，怎么会欠你的钱？

安哲鲁 你知道我在半个小时以前已经给了你的。

小安提福勒斯 你没有给我什么项链，你完全在诬赖我。

安哲鲁 先生，你不承认你已经把它拿了去，才真对不起人，你知道这是跟我的信用有关的。

商人乙 好，官差，我告他欠我钱，请你把他看押起来。

差　役 好，我奉着公爵的名义逮捕你，命令你不得反抗。

安哲鲁 这可把我的脸也丢尽了。你要是不答应把这笔钱拿出来，我就请这位官差把你也看押起来。

小安提福勒斯 我没有拿过你什么东西，却要我答应付你钱！蠢东西，你有胆量就把我看押起来吧。

安哲鲁 官差，这是给你的酒钱，请把他抓了。他这样公然给我难堪，就算他是我的兄弟，我也不能放他。

差　役 先生，我要把你看押起来，你听见他控告你了。

小安提福勒斯 好，我不反抗，我会叫家里拿钱来取保。可是，你这混蛋，你对我开这场玩笑，是要付重大的代价的，到那时候恐怕拿出你店里所有的金银来还不够呢。

安哲鲁 安提福勒斯先生，以弗所是个有法律的城市，它一定会叫你从此没脸见人。

大德洛米奥上。

大德洛米奥　大爷，有一艘埃必丹农的船，等船老板上了船，就要开行。我已经把我们的东西搬上去了，油、香膏、酒精，我也都买好了。船已经整帆待发，风势也很顺，现在就只在等船老板和您了。

小安提福勒斯　怎么，你疯了吗？你这头蠢羊，哪有什么埃必丹农的船在等我？

大德洛米奥　您不是叫我去雇船的吗？

小安提福勒斯　你喝多了，把头都喝昏了吗？我叫你去买一根绳子，我也告诉过你买来作什么用处。

大德洛米奥　叫我买绳子！哼，我又不要上吊，要绳子做什么！你明明叫我到港口去雇船的。

小安提福勒斯　我等会儿再跟你算账，我要叫你以后听话留点儿神。现在快给我到太太那里去，把这钥匙交给她，对她说，在那铺着土耳其花毯的桌子里有一袋钱，叫她把它拿给你。你告诉她我在路上被他们抓去了，这钱是用来取保的。狗才，快去！官差，咱们就到牢里坐一坐吧。（商人乙、安哲鲁、差役、小安提福勒斯同下）

大德洛米奥　到太太那边去！那就是我们吃饭的地方，那里还有一个婆娘认我做丈夫呢，但她太胖了，我真吃她不消。不过还是硬着头皮去一趟吧，主人之命不可违。（下）

第二场　小安提福勒斯家中一室

阿德里安娜及露西安娜上。

阿德里安娜　露西安娜，他真的这样把你引诱？

37

　　　　　　你有没有仔细窥探过他的神情，
　　　　　　到底是假意求欢，还是真心挑逗？
　　　　　　他是不是说得很正经，还红着脸？
　　　　　　你能不能从他无法遮藏的脸上，
　　　　　　看出他的心在不怀好意地跳动？
露西安娜　他先是否认你们夫妻的名分。
阿德里安娜　我没有亏待他，他自己夫道未尽。
露西安娜　他又发誓说他在这里是个外人。
阿德里安娜　可恼他反脸无情，不顾背誓寒盟！
露西安娜　于是我劝他回心爱你。
阿德里安娜　他怎么说？
露西安娜　他反转来苦苦求我把爱情施与。
阿德里安娜　他究竟向你说些什么花言巧语？
露西安娜　如果是纯洁的爱，我也许会心动，他说我美貌无双，赞我言辞出众。
阿德里安娜　那你一定很开心吧？
露西安娜　请你不要生气。
阿德里安娜　我再也按捺不住我心头的怒气，
　　　　　　管不住我的舌头把他申申痛詈。
　　　　　　他跛脚疯手，腰驼背曲，又老又瘦，
　　　　　　五官不正，四肢残缺，满身的丑陋，
　　　　　　恶毒，凶狠，愚蠢，再加上残酷无情，
　　　　　　他的心肠比容貌还要丑上十倍！
露西安娜　这样一个男人你何必割舍不下，依我说你就干脆让他滚蛋也罢。
阿德里安娜　啊，但我心里并没有这样看他，
　　　　　　只希望别人看他不是什么好东西；

正像野鸟离窝之后故意喳喳叫,
我嘴里骂他,但心头上却把他思恋。

大德洛米奥上。

大德洛米奥　到了,去,桌子!钱袋!好,赶快!

露西安娜　怎么,你话都说不清楚了吗?

大德洛米奥　跑得太快了,喘不过气来。

阿德里安娜　大爷呢?德洛米奥,他人好吗?

大德洛米奥　不好,他被抓到比地狱还糟的监狱里去了。把他抓进去的是一个身穿皮子号衣的魔鬼,这家伙有着凶恶的心肠,像妖魔一样冷酷无情,暴跳如雷;像一头狼一样,身上也是毛茸茸一片,习惯拍人的脊背,揪人的肩膀,不管是小路、小溪还是小道,他都不准你通行;像一头跟踪寻迹的猎狗,被他咬上,就不得逃生。现在末日审判还没到,他就把可怜虫儿往地狱里送进去了。

阿德里安娜　啊,是怎么一回事?

大德洛米奥　我也不知道是怎么一回事,他被他们抓去了。

阿德里安娜　怎么,他被抓去了?是谁把他告到官里去的?

大德洛米奥　我也不知道是谁把他告到官里去的,但把他捉到官里去的,就是我刚才说的那个身穿皮子号衣的官差,这点绝对没错。太太,您肯把他桌子里的钱给我,去赎他出来吗?

阿德里安娜　妹妹,你去拿一下。(露西安娜下)我倒不懂他怎么会瞒着我欠人家的钱。告诉我,他们把他绑起来了吗?

大德洛米奥　绑倒没有绑起来,可是我听他们说要把他用链子锁起来呢。您没听见那声音吗?

阿德里安娜　什么,链子的声音吗?

大德洛米奥　不,钟的声音。我现在一定要去了。我离开他的时候才两点钟,现在已经敲一点钟了。

阿德里安娜　钟会倒退转来，我倒没有听见过。

大德洛米奥　要是钟点碰见了官差，他会吓得倒退转来的。

阿德里安娜　除非时间也欠债！你倒是异想天开。

大德洛米奥　时间已经破产了，什么东西也没有。再说，时间也是个盗贼。你不是常听见人们说吗？不管白天黑夜，时间总是偷偷地溜走。既然时间是一个破产户兼盗贼，半路上遇见官差，他还敢不倒退吗？

露西安娜重上。

阿德里安娜　德洛米奥，你快把钱拿去，把大爷赎回来。妹妹，我们进去吧。我心里真是很矛盾，既感到慰藉又觉得很难过。（同下）

第三场　广　场

大安提福勒斯上。

大安提福勒斯　我在路上看见的人，都向我敬礼，好像我是他们的老朋友一般，谁都叫得出我的名字。有的人送钱给我，有的人请我去吃饭，有的人向我道谢，有的人要我买他的东西；刚才还有一个裁缝把我叫进他的店里去，给我看一匹他给我买下的绸缎，而且还给我量尺寸。我看这里的人们好像都有魔术，他们是有意用这种古怪的幻术来戏弄我。

大德洛米奥上。

大德洛米奥　大爷，这是您叫我取回来的钱。怎么，你把那穿着一身新装的老亚当给打发走了吗？

大安提福勒斯　哪里来的钱？什么亚当？

大德洛米奥　不是看守乐园的亚当，而是看守监狱的亚当。当年为浪子杀的一头牛，牛皮就让他捡去做号衣了；他像个灾星似的，跟在你身后，剥夺了你的自由。

大安提福勒斯 我完全听不懂你的话。

大德洛米奥 听不懂？这不是很清楚吗？他就像大提琴一样，老装在皮匣子里。当安分的良民累了的时候，他就拍拍他们的肩膀，叫他们不要走动；他可怜肌骨软弱的人，专给他们找挣不破的结实衣服穿；他虽然手持短棒，可是行起凶来，拿长枪的人也得让他三分。

大安提福勒斯 哦，你是说一个官差呀？

大德洛米奥 是的，大爷，就是一个官差。文书契约有什么差错，他就要找你去问话；他觉得人人都要上床去睡觉，因为他的口头语是："愿上帝保佑你安息！"

大安提福勒斯 我看你这玩笑也该安息了。今天晚上到底有没有船只开行？我们就可以动身吗？

大德洛米奥 咦，大爷，我在一小时之前就告诉您，今晚有一条船"长征号"就要出发，可是官差却偏把您抓去，要叫您等着坐"班房号"。是您叫我去拿这些钱来把您赎出去的。

大安提福勒斯 这家伙疯了，我也疯了。我们已经踏进了妖境，求上帝保佑我们快快离开这地方吧！

妓女上。

妓　女 安提福勒斯大爷，咱们遇得巧极了。您大概已经找到了金匠，这项链就是您答应给我的吗？

大安提福勒斯 魔鬼，走开！不要引诱我！

大德洛米奥 大爷，她就是魔鬼的太太吗？

大安提福勒斯 她就是魔鬼。

大德洛米奥 不，她比魔鬼还要可怕，她是个母夜叉，扮作婊子来迷惑人。姑娘们经常说："若是如何如何，愿我变个夜叉，"这也就等于说："愿我变个婊子。"许多书上都写着夜叉身

41

上会放光，光是从火里来的，火是会烧人的。因此，婊子也是会烧人的。千万要离她远一点。

妓　女　你们主仆两人真会开玩笑。大爷，您肯赏光到我家里去吃顿饭吗？

大德洛米奥　大爷，您要去的话，可就得吃大杓肉了，我看您得准备一把长柄杓子才行吧。

大安提福勒斯　为什么？

大德洛米奥　谁都知道，和魔鬼同一桌吃饭必须得使用长柄杓子才行的。

大安提福勒斯　走开，妖精！什么吃饭不吃饭！你就是个迷人的妖女，你们这儿全都是妖怪，你快给我走开！

妓　女　你把吃中饭时候向我要去的戒指还给我，或者把你答应给我的链条拿来跟我交换，我就去，不再来打扰你了。

大德洛米奥　有的魔鬼只向人要一些指甲、头发，或者一根草、一滴血、一枚针、一颗核桃、樱桃核，她却向人要一根金项链，真是一个贪心的魔鬼。大爷，您别给她迷昏了，这项链给她不得，否则她要把它摇响来吓我们的。

妓　女　大爷，请你快把我的戒指还我，或者把你的项链给我。你是贵人，不应该这样欺骗我的。

大安提福勒斯　别跟我缠绕不清了，妖精！德洛米奥，咱们快走吧。

大德洛米奥　姑娘，你看见过孔雀吗？把尾巴一张，说："滚远点！"

（大安提福勒斯、大德洛米奥同下）

妓　女　安提福勒斯一定是真的疯了，否则他决不会这样不顾面子的。他把我一枚价值四十块钱的戒指拿去，答应我他要去打一根金项链来跟我交换；现在他不但没把戒指还给我，连项链也不肯给我了。我相信他一定是疯了,不但因为他刚才那样对待我,而且今天吃饭的时候,我还听他说过一段疯话,说是他家里关紧大门不放他进去,大概他的老婆知道他时常精神病发作,所以有意把他关在门外。我现在要到他家里去告诉他的老婆,说他发了疯闯进我的屋子里,把我的戒指抢去了。这个办法很不错,我这四十块钱不能就这样白白丢掉。(下)

第四场 街 道

小安提福勒斯及差役上。

小安提福勒斯 朋友,你放心好了,我不会逃走的。他说我欠他多少钱,我就留下多少钱给你再走。我的老婆今天脾气很坏,准不会轻易相信我叫人带去的口信。她如果听说我竟在以弗所被抓起来,一定会觉得很震惊的。

小德洛米奥持绳鞭上。

小安提福勒斯 我的跟班已经来了,我想他一定带着钱来。喂,我叫你干的事怎么样了?

小德洛米奥 我已经买来了,您瞧,这一定可以叫她们大家知道些厉害。

小安提福勒斯 可是钱呢?

小德洛米奥 咦,大爷,钱我早把它拿去买绳鞭子了。

小安提福勒斯 狗才,你拿五百块钱去买一条绳子吗?

小德洛米奥 按这个价,大爷,我可以给您五百条。

小安提福勒斯 我叫你到家里去做什么的?

小德洛米奥 叫我去买绳鞭子呀,我现在买回来了。

小安提福勒斯 好,我就用这绳鞭子来欢迎你。(打小德洛米奥)

43

差　役　先生，您息怒吧。

小德洛米奥　你倒叫他息怒，我才算倒尽了霉！

差　役　好了，你也别多话了。

小德洛米奥　你叫我别多话，先叫他别打。

小安提福勒斯　你这又糊涂又无知的蠢才！

小德洛米奥　大爷，我但愿没有知觉，那么您打我我也不会痛了。

小安提福勒斯　你就像一头驴子一样，什么都是糊里糊涂的，只有把你抽一顿鞭子才觉得痛。

小德洛米奥　不错，我真是一头驴子，您看我的耳朵已经给他扯得这么长了。我从出世以来，直到现在，一直服侍着他，不但没有得到什么好处，反倒不知被他打过多少次了。我冷了，他把我打到浑身发热；我热了，他把我打到浑身冰冷；我睡着的时候，他会把我打醒；我坐下的时候，他会把我打得站起来；我出去的时候，他会把我打到门外；我回来的时候，他会把我打进门里。他的拳头永远不离我的肩膀，就像叫花婆肩上驮着的小孩子一样。我看他把我的腿打断了以后，我还要负着这一身伤痕挨门挨户乞讨呢。

小安提福勒斯　好，你去吧，我的妻子打那边来了。

阿德里安娜、露西安娜、妓女、品契同上。

小德洛米奥　太太，记住那句话："激励自己"，或者我也该像鹦鹉学舌那样作一番预言："当心绳子。"

小安提福勒斯　你还要多嘴吗？（打小德洛米奥）

妓　女　你看，你的丈夫不是疯了吗？

阿德里安娜　他这样野蛮，真的是疯了。品契师傅，你有驱邪逐鬼的本领，请你帮助他恢复本性，你要什么酬报我都可以答应你。

露西安娜　嗳哟,他的脸色多么狰狞可怕!

妓　　女　瞧他给鬼迷得浑身发抖了!

品　　契　请你伸过手来,让我摸摸你的脉息。

小安提福勒斯　我就伸过手来,赏你一记耳光。(打品契)

品　　契　撒旦,我用天上列圣的名义,命令你遵从我神圣的祈祷,快快离开这个人的身体,回到你那黑暗的洞府里!

小安提福勒斯　胡说,你这愚蠢的术士!我没有发疯。

阿德里安娜　可怜的人儿,我希望你真的没有发疯!

小安提福勒斯　你这贱人!这些都是你的相好吗?这个面孔黄黄的家伙,就是他今天在我家里饮酒作乐,把我关在门外,不许我走进自己的家里吗?

阿德里安娜　丈夫,上帝知道你今天在家里吃饭。要是你好好地待在家里不出来,也就不会受到这种诬蔑和难堪了。

小安提福勒斯　在家里吃饭!(向小德洛米奥)狗才,你怎么说?

小德洛米奥　大爷,老老实实说一句,您并没在家里吃饭。

小安提福勒斯　我家里的门不是关得紧紧的,不让我进去吗?

小德洛米奥　是的,您家里的门关得紧紧的,不让您进去。

小安提福勒斯　她自己不是在里边骂我吗?

小德洛米奥　是的,她自己在里边骂您。

小安提福勒斯　那厨房里的丫头不是也把我破口辱骂吗?

小德洛米奥　没错,那厨房里的丫头也把您辱骂。

小安提福勒斯　我不是盛怒而去吗?

小德洛米奥　正是,我的骨头可以作证,您的盛怒它领教过了。

阿德里安娜　他说话这样颠倒,你还句句顺着他,你这样做对吗？

品　契　应该这样，他的病现在正在发作，只有顺着他，他才会慢慢地安静下来。

小安提福勒斯　你唆使那金匠把我逮捕。

阿德里安娜　唉！我得知了这消息，就叫德洛米奥拿钱来保释你出来了。

小德洛米奥　叫我拿钱来！天地良心，大爷，我可没有拿到一分钱。

小安提福勒斯　你没去向她要一个钱袋吗？

阿德里安娜　他到了家里，我就把钱给他了。

露西安娜　我可以证明她把钱袋交给了他。

小德洛米奥　上帝和绳店里的老板可以为我作证，我只是奉命去买一根绳子。

品　契　太太，他们主仆两人都给鬼附上了，您看他们的脸色多么惨白。一定要把他们好好捆起来，放在黑屋子里。

小安提福勒斯　我问你，你今天为什么把我关在门外？（向小德洛米奥）还有你，为什么不肯承认拿了那一袋钱？

阿德里安娜　好丈夫，我没有把你关在门外。

小德洛米奥　好大爷，我也没有拿到过什么钱，可是咱们的的确确是被她们关在门外的。

阿德里安娜　欺人的狗才！你说的都是假话。

小安提福勒斯　欺人的淫妇！你自己才没有半点真心，你串通一帮狐群狗党来摆布我。我要把这十个指头戳进你的眼眶里，把你那双骗人的眼珠子挖出来，你别以为瞧着我这样被人糟蹋羞辱是件有趣的事儿。

阿德里安娜　啊！捆住他，捆住他，别让他走近我的身边！

品　契　多喊几个人来！他身上的鬼强横得很呢。

露西安娜　嗳哟，可怜的，他脸上多么惨白！

三四人入场，将小安提福勒斯捆缚。

小安提福勒斯　啊，你们要谋害我吗？官差，我是你的囚犯，你难道就让他们把我劫走吗？

差　役　列位放了他吧，他是我的囚犯，不能让你们带去。

品　契　把这家伙也捆了，他也是发疯的。（众人将小德洛米奥捆缚）

阿德里安娜　你要干什么，你这无礼的差人？你愿意看一个不幸的疯人伤害他自己吗？

差　役　他是我的囚犯，我要是把他放了，他欠人家的钱就要由我负责了。

阿德里安娜　我会替他付清这一笔债的，你把我领去见他的债主，等我问明白以后，我就可以如数还他。好师傅，请你护送他回家去。唉，倒霉的日子！

小安提福勒斯　唉，倒霉的娼妇！

小德洛米奥　大爷，他们这样把我们捆在一起，我真是受您的连累了。

小安提福勒斯　闭嘴！你要把我气疯吗？

小德洛米奥　难道您愿意白白地被人绑上吗？干脆就发疯吧，大爷，大呼小叫地喊几声"魔鬼！"

露西安娜　愿上帝保佑这些可怜的人吧！听他们多么语无伦次！

阿德里安娜　把他们带走吧！妹妹，你跟我来。（品契及助手等推小安提福勒斯、小德洛米奥下）告诉我是谁控告了他？

差　役　一个叫安哲鲁的金匠，您认识他吗？

阿德里安娜　我认识这个人，我丈夫欠他多少钱？

差　役　二百块钱。

阿德里安娜　这笔钱是怎么欠下来的？

差　役　因为您的丈夫拿过他一条项链。

阿德里安娜　他倒是曾经给我定做过一条项链，可是我始终没有拿到。

妓　女　他今天暴跳如雷地到了我家里，把我的戒指也抢去了，我看见那戒指刚才就在他的手指上；但后来我遇见他时，他却戴着一条项链。

阿德里安娜　也许是的，可是我却没有看见。来，官差，同我到金匠那里去，我要知道这件事情的全部真相。

大安提福勒斯及大德洛米奥持剑上。

露西安娜　慈悲的上帝！他们又逃出来啦！

阿德里安娜　他们还拔着剑。咱们快去多叫些人来把他们重新捆好。

差　役　快逃！他们要把我们杀了。（阿德里安娜、露西安娜及差役下）

大安提福勒斯　原来这些妖精是怕剑的。

大德洛米奥　叫您丈夫的那个女的，现在见了您就逃了。

大安提福勒斯　给我到马人旅店去，把我们的行李拿来，我巴不得早点平安上船。

大德洛米奥　老实说，咱们就是再多住一晚，他们也一定不会害我们的。您看他们对我们说话都是那么恭敬，还送钱给我们用。我想他们倒是一个很有礼貌的民族，倘不是那个胖婆娘一定要我做她的丈夫，我倒也愿意永远住在这儿，变一个妖精也好。

大安提福勒斯　今夜我可无论如何也不愿再待下去了。去，把我们的行李搬上船吧。（同下）

第五幕

第一场　尼庵前的街道

商人乙及安哲鲁上。

安哲鲁　对不住，先生，我耽误了你的行期，但我可以发誓他已经把我的项链拿去了，虽然他厚着脸皮不肯承认。

商人乙　这个人在本城的名声怎样？

安哲鲁　他有着极好的名声，信用也很好，在本城是最受人敬爱的人物：只要他说一句话，我可以让他动用我的全部家财。

商人乙　话说轻些，那边走来的好像就是他。

大安提福勒斯及大德洛米奥上。

安哲鲁　不错，他颈上套着的正是他绝口抵赖的那条项链。先生，你过来，我要跟他说话。安提福勒斯先生，我真不懂您为什么要这样羞辱和为难我；您发誓否认您拿了我的项链，现在却公然把它戴在身上，这就是对于您自己的名誉也是有点妨害的。除了叫我花钱、受辱和吃了一场冤枉官司，您还连累了我这位好朋友，他倘不是因为我们这一场纠葛，今天就可以上船出发。您把我的项链拿去了，现在还想赖吗？

大安提福勒斯　这项链是你给我的,我并没有赖呀。

商人乙　你明明赖过的。

大安提福勒斯　谁听见我赖过?

商人乙　我自己亲耳听见你赖过。不要脸的东西!你这种人是不配和规规矩矩的人来往的。

大安提福勒斯　你开口骂人,太不讲理了;有胆量的,跟我较量一下,我要证明我自己是个重名誉和讲信义的人。

商人乙　好,我说你是一个混蛋,咱们倒要比个高低。(二人拔剑决斗)

阿德里安娜、露西安娜、妓女及其他人等上。

阿德里安娜　住手!看在上帝面上,不要伤害他,因为他已经疯了。请你们过去把他的剑夺下了,连那德洛米奥也一起捆起来,把他们送到我家里去。

大德洛米奥　大爷,咱们快逃吧!天哪,找个什么地方躲一躲才好!这儿是一所庵院,快进去吧,否则就要被他们抓住了。

(大安提福勒斯、大德洛米奥逃入庵内)

住持尼上。

住持尼　大家别闹!你们这么多人挤到这儿来干什么?

阿德里安娜　我的可怜的丈夫发疯了,我来接他回家去。放我们进去吧,我们要把他牢牢地捆起来,送他回家医治。

安哲鲁　我知道他的神智的确有些反常。

商人乙　我现在后悔不该和他决斗。

住持尼　这个人疯了多久了?

阿德里安娜　他这一星期来,老是郁郁不乐,和从前完全变了样子,可是直到今天下午,才突然发作起来。

住持尼　他因为船只失事,损失了许多财产吗?有什么好朋友在最近死去吗?还是因为犯了一般青年的通病,看中了谁家的姑娘，为了私情而烦闷吗？在这些原因中，到底属于哪种呢？

阿德里安娜 也许是为了你所说的最后一种原因，就是在外面爱上了什么人，所以老是不在家里。

住持尼 那么你就该责备他。

阿德里安娜 是呀，我也曾责备过他。

住持尼 也许你责备他不够厉害。

阿德里安娜 在妇道所容许的范围之内，我曾经狠狠地数说过他。

住持尼 也许你只在私下里数说他。

阿德里安娜 就是当着众人面前，我也骂过他的。

住持尼 也许你骂他还不够凶。

阿德里安娜 那是我们日常的话题。在床上时，他被我劝告得不能入睡；吃饭的时候，他被我劝告得不能下咽；没有旁人的时候，我就跟他谈论这件事；当着别人的面前，我就指桑骂槐地警戒他。我总是对他说那是一件干不得的坏事。

住持尼 所以他才疯了。妒妇的长舌比疯狗的牙齿更毒。他因为听了你的詈骂而失眠，所以他的头脑才会发昏。你说你在吃饭的时候，也要让他饱听你的教训，所以害得他消化不良，郁积成病。这种病发作起来，和疯狂有什么两样呢？你说他在游戏的时候，也因为你的责骂而打断了兴致，一个人既然找不到慰情的消遣，他自然要闷闷不乐，心灰意懒，百病丛生了。吃饭、游戏和休息都要受到烦扰，无论是人是畜生都会因此而发疯。你的丈夫是因为你的多疑善妒，才丧失了理智的。

露西安娜 他在举止狂暴的时候，她也不过轻轻劝告他几句。——你怎么让她这样责备你，一句也不回口？

阿德里安娜 她骗我招认出我自己的错处来了。诸位，我们进去把他拖出来。

住持尼 不，谁也不准进我的屋子。

阿德里安娜 那么请你叫你的用人把我丈夫送出来吧。

住持尼 也不行。他因为逃避你们而躲进来，我在没有设法使他恢复神智或是承认我的努力终归无效以前，我决不能把他交在你们手里。

阿德里安娜 他是我的丈夫，我会照顾他、看护他，那是我的本分，用不着别人代劳。快让我带他回去吧。

住持尼 不要急，让我给他服下玉液灵丹，为他祈祷神明，使他恢复原状，现在可不能惊动他。出家人曾经在神前许下誓愿，为众生广行方便；让他留在我这里，你先去吧。

阿德里安娜 我不能抛下我的丈夫独自回家。你是个修道之人，怎么好拆散人家的夫妇？

住持尼 别闹，去吧；我不能把他交给你。（下）

露西安娜 她这样无礼，我们去向公爵控诉吧。

阿德里安娜 好，我们去吧；我要跪在地上不起来，向公爵哭泣哀求，一定要他亲自来逼这尼姑交出我的丈夫。

商人乙 我看现在快要五点钟了，公爵大概就要经过这里到刑场上去了。

安哲鲁 为什么？

商人乙 因为有一个倒霉的叙拉古老头子违犯本地的法律，闯进了我们境内，所以公爵要来监刑，看着他当众枭首。

安哲鲁 瞧，他们已经来了，我们倒可以看杀人啦。

露西安娜 趁公爵没有走过庵门之前，你快向他跪下来。

公爵率扈从、光头的伊勤、刽子手、差役等上。

公　爵 再向公众宣告一遍，如果有他的什么朋友愿意代他缴纳赎款，就可以免他一死，因为我们十分可怜他。

阿德里安娜 青天大老爷伸冤！这庵里的姑子不是好人！

公　爵　她是一个道行高超的老太太，怎么会欺侮你？

阿德里安娜　启禀殿下，您给我作主许配的我的丈夫安提福勒斯，今天忽然大发精神病，带着他的一样发疯的跟班，在街上到处乱跑，闯进人家的屋子里，把人家的珠宝首饰随意拿走。我曾经把他捉住捆好，送回家里，一面忙着向人家赔不是，可是不知怎么又让他逃了出来，疯疯癫癫的主仆两人，手里还挥着刀剑，看见我们就吓唬着把我们赶走。后来我招呼了许多人，想把他拖回家去，他看见人多，就逃进这所庵院里了。我们追到了这里，这里的姑子却堵住了大门，不让我们进去，也不肯让他出来。我没有办法，只好求殿下作主，命令那姑子把我的丈夫交出来，好让我带他回家去医治。

公　爵　当初你的丈夫跟着我转战有功，所以你们结婚的时候，我曾经答应尽力照拂他。来人，给我去敲开庵门，叫那当家的尼姑出来见我。我要把这件事情问明白了再走。

一仆人上。

仆　人　啊，太太！太太！快逃命吧！大爷和他的跟班已经挣脱了束缚，抓住了使女们乱打，还把那赶鬼的法师也绑了起来，然后用烧红的铁条烫他的胡子，等火着了便把一桶一桶污泥水向他迎面浇去。大爷一面劝他安心，他的跟班则一面拿剪刀把他的头发剪得像小丑一样短。要是您不赶快打发人去救他出来，这法师要被他们作弄死了。

阿德里安娜　闭嘴，蠢才！你大爷和他的跟班都在这里，你说的都是一派胡言。

仆　人　太太，我发誓我说的都是真话。这是我刚才亲眼看见的事，我奔到这儿来，简直连气都没有喘过一口呢。他还嚷着要找您，并发誓说找到了您就把您的脸也烫坏了，叫您见不得人。（内呼声）听，听，他来了，太太！快逃吧！

公　　爵　来，站在我的身边，别怕。卫士们，拿好戟子，留心警戒！

阿德里安娜　嗳哟，那真是我的丈夫！你们瞧，他会隐身术，刚才他明明躲进这庵里去，现在他又在这里了，怎么会有这种怪事！

小安提福勒斯及小德洛米奥上。

小安提福勒斯　殿下，请您看在我当年跟着您四处转战、冒死救驾的分上，给我主持公道！

伊　　勤　我倘不是因为怕死而吓得精神错乱，那么我明明瞧见我的儿子安提福勒斯和德洛米奥。

小安提福勒斯　殿下，请您给我惩罚那个妇人！多蒙您把她许配给我，可是她却不守妇道，对我百般侮辱，甚至还想害我！她今天那样不顾羞耻地对待我的种种情形，简直是谁也想象不到的。

公　　爵　你把她怎样对待你的情形说出来，我会给你们公平判断。

小安提福勒斯　殿下，她今天把我关在门外，自己和一帮无赖在我的家里饮酒作乐。

公　　爵　那真太荒唐了！阿德里安娜，你真的这样吗？

阿德里安娜　不，殿下，今天吃饭的时候，他、我和我的妹妹都在一起。他这样说我，完全是冤枉！

露西安娜　我可以对天发誓，她说的都是真话。

安哲鲁　说鬼话的女人！他虽然是个疯子，可是并没有冤枉她们。

小安提福勒斯　殿下，我并不是喝醉了酒信口乱说，也不是因为心里恼怒随便冤人，虽则像我今天所受到的种种侮辱，是可以叫无论哪一个头脑冷静的人都会发起疯来的。这妇人今天把我关在门外不让我进去吃饭；站在那边的那个金匠倘不是她的同党，他也可以为我证明，因为他那时和我在一起。后来他离开我去拿一条项链，答应我把它送到我跟鲍尔萨泽一同吃饭的酒店里；可是我们吃完饭，他还没有来，我就去找他；我在街上遇见了他，那位先生也跟他在一起，不料这个欺人的金匠一口咬定他已经在今天把项链交给了我，天知道我可没有看见过。他赖了人不算，还叫差役把我抓起来，我没有办法，只好叫我的奴才回家去拿钱，谁知道他却空手回来；于是我就求告那位差役，请他亲自陪着我到我家里；在路上我们碰见了我的妻子和小姨，带着她们的一批狐群狗党，还有一个名叫品契的面黄肌瘦像一副枯骨似的混账家伙，一个潦倒不堪的江湖术士，简直就是个活死人，这个说鬼话的狗才自以为能够降神捉鬼，他的一双眼睛盯着我的眼睛，摸着我的脉息，说是有鬼附在我身上，自己不要脸，硬要叫我也丢脸；于是他们大家扑在我身上，把我缚住手脚抬到家里，连我的跟班一起丢在一个黑暗潮湿的地窖里，后来被我用牙齿咬断了绳，才算逃了出来，立刻到这儿来了。殿下，我受到这样的奇耻大辱，一定要请您给我作主昭雪。

安哲鲁　殿下，我可以为他证明，他的确不在家里吃饭，因为他家里关住了门不放他进去。

公　　爵　可是你有没有把这样一条项链交给他呢？

安哲鲁　他已经把它拿去了，殿下，他跑进庵里去的时候，这些人都看见他套在颈上的。

商人乙　而且我可以发誓我亲耳听见你承认你已经从他手里拿走了这条项链，虽然起先在市场上你是否认的，那时我就拔出剑来跟你决斗，你后来便逃进这所庵院里去，可是不知怎么一下子你又出来了。

小安提福勒斯　我从来不曾踏进这庵院的门，你也从来不曾跟我决斗过,那项链我更是不曾见过。上天为我作证,你们都在冤枉我!

公　爵　咦,这可奇了!我看你们都喝了迷魂的酒了。要是你们说他曾经走了进去,那么他怎么说没有进去过;要是他果然发疯,那么他说话怎么一点不疯,而且还这样冷静地申诉?你们说他在家里吃饭,这个金匠又说他不在家里吃饭。小厮,你怎么说?

小德洛米奥　老爷,他是在普本丁酒店里跟她一块儿吃饭的。

妓　女　是的,他还把我手指上的戒指拿去了。

小安提福勒斯　是的,殿下,这戒指就是我从她那里拿来的。

公　爵　你看见他走进这庵院里去吗?

妓　女　老爷,我的的确确看见他走进去。

公　爵　好奇怪!去叫那当家的尼姑出来。(一侍从下)我看你们每个人都有精神病。

伊　勤　威严无比的公爵,请您准许我说句话儿。我看见这儿有一个可以救我的人,他一定愿意拿出钱来赎我。

公　爵　叙拉古人,你有什么话尽管说吧。

伊　勤　先生,你的名字不是叫安提福勒斯吗?这不就是你的奴隶德洛米奥吗?

小德洛米奥　老丈,一小时以前,我的确是叫人绑起来的奴隶,可是我感谢他把我的绳子咬断,我现在已经算是一个自由人了,可是我的名字确实叫德洛米奥。

伊　勤　我想你们俩应该还记得我。

小德洛米奥　老丈,我看见了你,只记得我们自己;刚才我们也是像你一样被人捆起来的。你是不是也因为有精神病,被那品契诊治过？

伊　勤　你们怎么看着我好像陌生人一般？你们应该认识我的。

小安提福勒斯　我从来都不曾看见过你。

伊　勤　唉！自从我们分别以后，忧愁已经使我的模样大大改变，再加上年纪老了，终日的懊恼在我的脸上刻下了难看的痕迹。可是你告诉我，你还听得出我的声音吗？

小安提福勒斯　听不出。

伊　勤　德洛米奥，你呢？

小德洛米奥　不，老丈，我也听不出。

伊　勤　我想你一定听得出的。

小德洛米奥　我确实听不出，人家既然这样回答你，你也只好这样相信他们。因为你现在是个囚犯，什么事都不能自主。

伊　勤　听不出我的声音！啊，无情的时间！你在这短短的七年之内，已经使我的喉咙变得这样沙哑，连我唯一的儿子都听不出我的忧伤无力的语调来了吗？我的满是皱纹的脸上虽然盖满了霜雪一样的须发，我的周身的血脉虽然已经凝冻，可是我这暮景余年，还留着几分记忆，我这垂熄的油灯还闪着最后的微光，我这迟钝的耳朵还剩着一丝听觉，我相信我不会认错人的。告诉我你是我的儿子安提福勒斯。

小安提福勒斯　我平生没有见过我的父亲。

伊　勤　可是在七年以前，孩子，你应该记得我们在叙拉古分别。也许我儿是因为看见我今天这样出乖露丑，不愿意认我。

小安提福勒斯　公爵殿下和这城里认识我的人，都可以为我证明你说的话不对，我平生没有到过叙拉古。

公　爵　告诉你吧，叙拉古人，安提福勒斯在我手下已经二十年了，这二十年来，他从不曾去过叙拉古。我看你大概因为年老昏愦，吓糊涂了，才会这样瞎认人。

住持尼偕大安提福勒斯及大德洛米奥上。

住持尼　殿下，请您看看一个受到冤屈的人。（众集视）

阿德里安娜　我看见我有两个丈夫，难道是我的眼睛花了吗？

公　爵　这两个人中间有一个是另外一个的灵魂；那两个也是一样。究竟哪一个是本人，哪一个是灵魂呢？谁能够把他们分别出来？

大德洛米奥　老爷，我是德洛米奥，您让他去吧。

小德洛米奥　老爷，我才是德洛米奥，请您让我留在这儿。

大安提福勒斯　你是伊勤吗？还是他的鬼？

大德洛米奥　嗳哟，我的老太爷，谁把您捆起来啦？

住持尼　不管是谁捆缚了他，我要替他松去绳子，赎回他的自由，也给我自己找到了一个丈夫。伊勤老头子，告诉我，你的妻子是不是叫做爱米利娅，她曾经给你一胎生下了两个漂亮的孩子？倘若你就是那个伊勤，那么你快回答你的爱米利娅吧！

伊　勤　我倘不是在做梦，那么你真的就是爱米利娅了。你倘若真的是她，那么告诉我跟着你一起在那根木头上漂流的我那孩子在哪里？

住持尼　我们都给埃必丹农人救了起来，可是后来有几个凶恶的科林多渔夫把德洛米奥和我的儿子抢了去，留着我一个人在埃必丹农人那里。他们后来下落如何，我也不知道。我自己就像你现在看见的一样，出家做了尼姑。

公　爵　啊，现在我记起他今天早上所说的故事了。这两个面貌相同的安提福勒斯，这两个难分彼此的德洛米奥，还有她说起的她在海里遇险的情形，原来他们两人就是这两个孩子的父母，在无意中彼此聚首了。安提福勒斯，你最初是从科林多来的吗？

大安提福勒斯　不，殿下，不是我，我是从叙拉古来的。

公　爵　且慢，你们各自站开，我认不清楚你们究竟谁是谁。

小安提福勒斯　殿下，我是从科林多来的。

小德洛米奥　我是和他一起来的。

小安提福勒斯　殿下的伯父米那丰老殿下，那位威名远震的战士，把我带到了这儿。

阿德里安娜　你们两人哪一个今天跟我在一起吃饭的？

大安提福勒斯　是我，好嫂子。

阿德里安娜　你不是我的丈夫吗？

小安提福勒斯　不，他不是你的丈夫。

大安提福勒斯　我不是她的丈夫，可是她却这样称呼我；还有她的妹妹，这位美丽的小姐，她把我当作她的姐夫。（向露西安娜）要是我现在所见所闻，并不是一场梦景，那么我对你说过的话，希望能够成为事实。

安哲鲁　先生，那就是您从我手里拿去的项链。

大安提福勒斯　是的，我并不否认。

小安提福勒斯　尊驾为了这条项链，让官差把我抓起来。

安哲鲁　是的，我并不否认。

阿德里安娜　我把钱交给德洛米奥，叫他拿去把你保释出来；可是我想他没有把钱交给你。

小德洛米奥　不，我可没有拿到什么钱。

大安提福勒斯　这一袋钱是你交给我的跟班德洛米奥拿来给我的。原来我们彼此认错了人，所以闹了这许多错误。

小安提福勒斯　现在我就把这袋钱救赎我的父亲。

公　爵　那可不必，我已经豁免了你父亲的死罪。

妓　女　大爷,我那戒指您一定得还我。

小安提福勒斯　好,你拿去吧,谢谢你的招待。

住持尼　殿下要是不嫌草庵寒陋,请赏光小坐片刻,听听我们畅谈各人的经历;在这里的各位因为误会而受到种种牵累,也请一同进来,让我们向各位道歉。我的孩儿们,这三十三年来我无时无刻不在思念着你们,我仿佛是在经历难产的痛苦,直到现在才生出你们这对沉重的双胞胎。殿下,我的夫君,我的孩儿们,还有你们这两个跟我的孩子一起长大、同甘共苦的童儿,大家来参加一场洗儿的欢宴,陪着我一起高兴吧。吃了这么多年的苦,现在是苦尽甘来了!

公　爵　我愿意奉陪,参加你们的谈话。(公爵、住持尼、伊勤、妓女、商人乙、安哲鲁及侍从等同下)

大德洛米奥　大爷,我要不要把您的东西从船上取来?

小安提福勒斯　德洛米奥,你把我的什么东西放在船上了?

大德洛米奥　就是您那些放在马人旅店里的货物哪。

大安提福勒斯　他是对我说话。我是你的主人,德洛米奥。来,咱们一块儿去吧,东西放着再说。你也和你的兄弟亲热亲热,庆贺一下吧。(小安提福勒斯、大安提福勒斯、阿德里安娜、露西安娜同下)

大德洛米奥　你主人家里有一个胖胖的女人,她今天吃饭的时候,把我当作你,不让我离开厨房;现在她将是我的嫂子,不是我的老婆了。

小德洛米奥　我看你不是我的哥哥,简直是我的镜子,看见了你,我才知道我自己是个风流俊俏的小青年。咱们一起进去瞧他们庆祝吗?

大德洛米奥　你是老大,应该你先进去呀。

小德洛米奥　这是个问题,怎样才能解决呢?

大德洛米奥　以后咱们就用拈阄来决定谁是老大吧!现在暂时还是请你先进去。

小德洛米奥　不,咱们既是同月同日同时生,就应该手挽着手,大家一起走。(同下)

皆大欢喜
Jie Da Huan Xi

剧中人物

公　爵　在放逐中

弗莱德里克　其弟，篡位者

阿米恩斯 ⎱
杰奎斯　 ⎰ 流亡公爵的从臣

勒·波　弗莱德里克的侍臣

查尔斯　拳师

奥列佛 ⎫
贾奎斯 ⎬ 罗兰·德·鲍埃爵士的儿子
奥兰多 ⎭

亚　当 ⎱
丹尼斯　⎰ 奥列佛的仆人

试金石　小丑

奥列佛·马坦克斯特师傅　牧师

柯　林　 ⎱
西尔维斯　⎰ 牧人

威廉　乡人，恋奥德蕾

扮许门者

罗瑟琳　流亡公爵的女儿

西莉娅　弗莱德里克的女儿

菲　苾　牧女

奥德蕾　村姑

众臣、侍童、林居人及侍从等

地　点

奥列佛宅旁庭园；篡位者的宫廷；亚登森林

第一幕

第一场　奥列佛宅旁园中

奥兰多及亚当上。

奥兰多　亚当,我记得遗嘱上只留给我了区区一千块钱,而且正像你所说的,还要我大哥把我好生教养,否则他就不能得到我父亲的祝福:我的不幸就这样开始了。他把我的二哥贾奎斯送进学校,据说成绩很好;可是我呢,他却叫我像个村汉似的住在家里,或者再说得确切一点,把我当作牛马一样关在家里:你说像我这种身份的良家子弟,就可以像一条牛那样养着的吗?他的马匹也还比我养得好些;因为除了食料充足之外,还要用重金雇下了骑师对它们加以训练,可是我,他的兄弟,却不曾在他手下得到一点好处,除了让我白白地傻长,这是我跟他那些粪堆上的畜生一样要感激他的。他除了慷慨地赠予我大量的乌有之外,还要剥夺去我固有的一点点天分;他叫我和佃工在一起过活,不把我当兄弟看待,尽他一切力量用这种教育来摧毁我的高贵的素质。这是使我伤心的缘故,亚当;我觉得在我身体之内的我的父亲的精神已经因为受不住这种奴隶的生活而反抗起来了。我一定不能再忍受下去，虽然我还不曾想到怎样避免它的妥当的方法。

奥列佛上。

亚　当　老爷，您的哥哥从那边来了。

奥兰多　到旁边去，亚当，你就会听到他将怎样欺侮我。

奥列佛　嘿，少爷！你来做什么？

奥兰多　不做什么；我不曾学习过做什么。

奥列佛　那么你在作践些什么呢，少爷？

奥兰多　哼，大爷，我在帮您的忙用游荡来作践那个上帝造下来的、您的可怜的没有用处的兄弟哩。

奥列佛　那么你给我做事去，别光站在这儿吧，少爷。

奥兰多　我要去看守您的猪，跟它们一起吃糠吗？我浪费了什么了，才要受这种惩罚？

奥列佛　你知道你在什么地方吗，少爷？

奥兰多　噢，大爷，我知道得很清楚；我是在这儿您的园子里。

奥列佛　你知道你是当着谁说话吗，少爷？

奥兰多　嗷，我知道我面前这个人是谁，比他知道我要清楚得多。我知道你是我的大哥；但是说起优良的血统，你也应该知道我是谁。按着世间的常礼，你的身份比我高些，因为你是长子；可是同样的礼法却不能取去我的血统，即使我们之间还有二十个兄弟。我的血液里有着跟你一样多的我们父亲的素质；虽然我承认你出生在先更有资格得到应得的尊敬。

奥列佛　什么，小子！

奥兰多　算了吧，算了吧，大哥，你还不够格这样卖老啊。

奥列佛　你要向我动起手来了吗，混蛋？

奥兰多　我不是混蛋；我是罗兰·德·鲍埃爵士的小儿子，他是我的父亲；谁敢说这样一位父亲会生下混蛋儿子来的，才是个大混蛋。你倘不是我的哥哥，我这手一定不放松你的喉咙，直等我那另一只手拔出你那说混话的舌头为止。你骂的是你自己。

亚　　当　（上前）好爷爷们，别生气；看在去世老爷的脸上，大家和和气气的吧！

奥列佛　放开我！

奥兰多　等我高兴放你的时候再放你；你听好了，父亲在遗嘱上吩咐你好好教育我；你却把我训练成一个农夫，不让我具有和学习任何上流人士的本领。父亲的精神在我心中炽烈燃烧，我再也忍受不下去了。你得允许我去学习那种适合上流人身份的技艺；否则把父亲在遗嘱里指定给我的那笔小小数目的钱给我，也好让我去自寻生路。

奥列佛　等到那笔钱用完了你便怎样？去做叫花子吗？哼，少爷，给我进去吧，别再给我找麻烦了；你可以得到你所要的一部分。请你走吧。

奥兰多　我不愿过分冒犯你，除了为我自身的利益。

奥列佛　你跟着他去吧，你这老狗！

亚　　当　"老狗"便是您给我的谢意吗？一点不错，我服侍你已经服侍得牙齿都落光了。上帝和我的老爷同在！他是决不会说出这种话来的。（奥兰多、亚当下）

奥列佛　竟有这种事吗？要爬到我头上来了吗？我要挫挫你的傲气，你也别想得到那一千块钱。喂，丹尼斯！

丹尼斯上。

丹尼斯　大爷叫我吗？

奥列佛　公爵手下那个拳师查尔斯不是在这儿要跟我说话吗？

丹尼斯　禀大爷，他就在门口，要求见您哪。

奥列佛　叫他进来。（丹尼斯下）这是一个妙计；明天就是摔跤比赛的日子。

查尔斯上。

查尔斯　早安，大爷！

奥列佛　查尔斯好朋友，新朝廷里有些什么新消息？

查尔斯　朝廷里没有什么新消息，大爷，只有一些老消息：那就是说老公爵给他的弟弟新公爵放逐了；三四个忠心的大臣自愿跟着他出亡，他们的地产收入都给新公爵没收了去，因此他巴不得他们一个个滚蛋。

奥列佛　你知道公爵的女儿罗瑟琳是不是也跟她的父亲一起放逐了？

查尔斯　啊，不；因为新公爵的女儿，她的族妹，自小便跟她在一个摇篮里长大，非常爱她，一定要跟她一同出亡，否则便要寻死；所以她现在仍旧在宫里，她的叔父把她像自家女儿一样看待着；从来不曾有两位小姐像她们这样要好的了。

奥列佛　老公爵预备住在什么地方呢？

查尔斯　据说他已经在亚登森林了，有好多人跟着他；他们在那边度着昔日英国罗宾汉那样的生活。据说每天有许多年轻贵族投奔到他那儿去，逍遥地把时间消磨过去，像是置身在古昔的黄金时代里一样。

奥列佛　喂，你明天要在新公爵面前表演摔跤吗？

查尔斯　正是，大爷；我来就是要通知您一件事情。我得到了一个风声，大爷，说令弟奥兰多明天想要假扮了来跟我交手。明天这一场摔跤，大爷，是与我的名誉有关的；谁想不断一根骨头而安然逃出，必须好好留点儿神才行。令弟年纪太轻，顾念着咱们的交情，我本来不愿对他下手，可是如果他一定要来，为了我自己的名誉起见，我也别无其他办法。为此看在咱们的交情份上，我特地来通报您一声：您或者劝他打断了这个念头；或者请您不用为了他所将要遭到的羞辱而生气,这全然是他自取其咎,并非我的本意。

奥列佛　查尔斯,多谢你对我的好意,我一定会重重报答你的。我自己也已经注意到舍弟的意思,曾经用婉言劝阻过他;可是他执意不改。我告诉你,查尔斯,他是在全法国顶无可理喻的一个兄弟,野心勃勃,一见人家有什么好处,心里总是不服,而且老是在阴谋设计陷害我,他的同胞的兄长。一切悉听你的尊意吧;我巴不得你把他的头颈和手指一起捩断了呢。你得留心一些;要是你略为削了他一点面子,或者他不能大大地削你的面子,他就会用毒药毒死你,用奸谋陷害你,非把你的性命用卑鄙的手段除掉了不肯甘休。不瞒你说,我一说起也忍不住要流泪,在现在世界上没有比他更奸恶的年轻人了。因为他是我自己的兄弟,我不好怎样说他;假如我把他的真相完全告诉了你,那我一定要惭愧得痛哭流涕,你也要脸色发白,大吃一惊的。

查尔斯　我真幸运上您这儿来。假如他明天来,我一定要给他一顿教训;倘若不叫他瘸了腿,我以后再不跟人家摔跤赌锦标了。好,上帝保佑您大爷!(下)

奥列佛　再见,好查尔斯。——现在我要去挑拨这位好勇斗狠的家伙了。我希望他送了命。我自己也不明白我为什么要那么恨他;说起来他很善良,从来不曾受过教育,然而却很有学问,充满了高贵的思想,无论哪一等人都爱戴他;真的,大家都是这样欢喜他,尤其是我自己手下的人,以至于我倒给人家轻视起来。可是情形不会长久下去的;这个拳师可以给我解决一切。现在我只消把那孩子激去就是了;我这就去。(下)

第二场　公爵官门前草地

罗瑟琳及西莉娅上。

西莉娅　罗瑟琳,我的好姊姊,请你快活些吧。

罗瑟琳　亲爱的西莉娅,我已经强作欢容,你还要我再快活一些吗?除非你能够教我怎样忘掉一个放逐的父亲,否则你怎样也不能叫我想起任何有趣的事情的。

西莉娅　我看出你爱我的程度比不上我爱你那样深。要是我的伯父,你的放逐的父亲,放逐了你的叔父,我的父亲,只要你仍旧跟我在一起,我可以爱你的父亲就像我自己的父亲一样。假如你爱我也像我爱你一样真纯,那么你也一定会这样的。

罗瑟琳　好,我愿意忘记我自己的处境,为了你而高兴起来。

西莉娅　你知道我父亲只有我一个孩子,看来也不见得会再有了,等他去世之后,你便可以承继他;凡是他用暴力从你父亲手里夺来的东西,我都要怀着爱心归还给你。凭着我的名誉起誓,我一定会这样;要是我背了誓,让我变成个妖怪。所以,我的好罗瑟琳,我的亲爱的罗瑟琳,快活起来吧。

罗瑟琳　妹妹,从此以后我要高兴起来,想出一些消遣的法子。让我想想;你想来一次恋爱怎样?

西莉娅　好的,不妨作为消遣,可是不要认真爱起人来;而且玩笑也不要开得过火,羞答答地脸红一下子就算了,不要弄到丢了脸摆不脱身。

罗瑟琳　那么我们作什么消遣呢?

西莉娅　让我们坐下来嘲笑那位好管家太太命运之神,叫她羞得离开了纺车,免得她的赏赐老是不公平。①

罗瑟琳　我希望我们能够这样做,因为她的恩典完全是滥给的。这位慷慨的瞎眼婆子对于女人的赏赐上尤其是乱来。

---

①　希腊神话中,命运女神于纺车上织人类的命运,因此命运赏罚毫无定准,故下文云"瞎眼婆子"。

西莉娅 一点不错,因为她给了美貌,就不给贞洁;给了贞洁,就叫她们生出丑陋的相貌。

罗瑟琳 不,现在你把命运的职务拉扯到造物身上去了;命运管理着人间的赏罚,可是管不了天生的相貌。

试金石上。

西莉娅 管不了吗?造物生下了一个美貌的人儿来,命运不会把她推到火里去从而毁坏她的容颜吗?造物虽然给我们智慧,来把命运取笑,可是命运不已经差这个傻瓜来打断我们的谈话了吗?

罗瑟琳 真的,那么命运太对不起造物了,她会叫一个天生的傻瓜来打断天生的智慧。

西莉娅 也许这也不干命运的事,而是造物的意思,因为看到我们天生的智慧太迟钝了,不配议论神明,所以才叫这傻瓜来做我们的砺石;因为傻瓜的愚蠢往往是聪明人的砺石。喂,聪明人!你到哪儿去?

试金石 小姐,快到您父亲那儿去。

西莉娅 你做起差人来了吗?

试金石 不,我以名誉为誓,我是奉命来请您去的。

罗瑟琳 傻瓜,你从哪儿学来的这一句誓?

试金石 从一个骑士那儿学来,他以名誉为誓说煎饼很好,又以名誉为誓说芥末不行;可是我知道煎饼不行,芥末很好;然而那骑士却也不曾发假誓。

西莉娅 你怎样用你那一大堆的学问证明他不曾发假誓呢?

罗瑟琳 噉,对了,请把你的聪明施展出来吧。

试金石 您两人都站出来;摸摸你们的下巴,以你们的胡须为誓说我是个坏蛋。

西莉娅 以我们的胡须为誓,要是我们有胡须的话,你是个坏蛋。

试金石 以我的坏蛋的身份为誓,要是我有坏蛋的身份的话,那么我便是个坏蛋。可是假如你们用你们所没有的东西起誓,你们便不算是发的假誓。这个骑士用他的名誉起誓,因为他从来不曾有过什么名誉,所以他也不算是发假誓;即使他曾经有过名誉,也早已在他看见这些煎饼和芥末之前发誓发掉了。

西莉娅 请问你说的是谁?

试金石 是您的父亲老弗莱德里克所欢喜的一个人。

西莉娅 我的父亲欢喜他,他也就够有名誉的了。够了,别再说起他;你总有一天会因为讥诮别人而吃鞭子的。

试金石 这就可发一叹了,聪明人可以做傻事,傻子却不准说聪明话。

西莉娅 真的,你说的对;自从把傻子的一点点小聪明重重压制住之后,聪明人的一点点小傻气就大大地显起身手来了。——勒·波先生来啦。

罗瑟琳 含着满嘴的新闻。

西莉娅 他会把他的新闻向我们倾吐出来,就像鸽子哺雏一样。

罗瑟琳 那么我们要塞满一肚子的新闻了。

西莉娅 那再好没有,塞得胖胖的,更好卖啦。

勒·波上。

西莉娅 您好,勒·波先生。有什么新闻?

勒·波 好郡主,您错过一场很好的玩意儿了。

西莉娅 玩意儿!什么花色的?

勒·波 什么花色的,小姐!我怎么回答您呢?

罗瑟琳 凭着您的聪明和您的机缘吧。

试金石 或者按照着命运女神的旨意。

西莉娅 说得好，极尽堆砌之能事了。

试金石 本来吗，如果我说的话不够味儿——

罗瑟琳 你的口臭病大概就好了。

勒·波 两位小姐，你们叫我莫名其妙。我是要来告诉你们有一场很好的摔跤，你们错过机会了。

罗瑟琳 可是把那场摔跤的情形讲给我们听吧。

勒·波 我可以把开场的情形告诉你们；假如两位小姐听了感到满意，收场的情形你们可以自己看一个明白，精彩的部分还不曾开始呢；他们就要到这儿来表演了。

西莉娅 好，就把那个已经陈死了的开场说来听听。

勒·波 有一个老人带着他的三个儿子到来——

西莉娅 我可以把这开头接上一个老故事去。

勒·波 三个漂亮的青年，长得一表人才——

罗瑟琳 头颈里挂着招贴，"特此布告，俾众周知。"

勒·波 老大跟公爵的拳师查尔斯摔跤，查尔斯一下子就把他摔倒了，打断了三根肋骨，几乎断了气；老二老三也都这样给他对付过去。他们都躺在那边；那个可怜的老头子，他们的父亲，在为他们痛哭流涕，惹得旁观的人都陪他落泪。

罗瑟琳 嗳哟！

试金石 但是，先生，您说小姐们错过了的玩意儿是什么呢？

勒·波 哪，就是我说过的这件事喽。

试金石 所以人们每天都可以增进一些见识。我今天才第一次听见折断肋骨是小姐们的玩意儿。

西莉娅 我也是第一次呢。

罗瑟琳 可是还有谁想要听自己肋下清脆动人的一声吗？还有谁欢喜让他的肋骨给人敲断吗？妹妹，我们要不要去看他们摔跤?

勒·波 要是你们不走开去,那么不看也得看;因为这儿正是指定摔跤的地方,他们就要来表演了。

西莉娅 真的,他们从那边来了;让我们不要走开,看看吧。

喇叭奏花腔。弗莱德里克公爵、众臣、奥兰多、查尔斯及侍从等上。

弗莱德里克 来吧;那年轻人既然不肯听劝,就让他吃些苦楚,也是他自不量力的报应。

罗瑟琳 那边就是那个人吗?

勒·波 就是他,小姐。

西莉娅 唉!他太年轻啦;可是瞧他的神气倒好像很有得胜的希望。

弗莱德里克 啊,吾儿和侄女!你们也溜到这儿来看摔跤吗?

罗瑟琳 是的,殿下,请您准许我们。

弗莱德里克 我可以断定你们一定不会感到兴趣的,两方的实力太不均等了。我因为可怜这个挑战的人年纪轻轻,想劝阻他,可是他不肯听劝。小姐们,你们去对他说说,看能不能说服他。

西莉娅 叫他过来,勒·波先生。

弗莱德里克 好吧,我先走开。(退至一旁)

勒·波 挑战的先生,两位郡主有请。

奥兰多 敢不从命。

罗瑟琳 年轻人,你向拳师查尔斯挑战了吗?

奥兰多 不,美貌的郡主,他才是向众人挑战的人;我不过像别人一样来到这儿,想要跟他较量较量我的青春的力量。

西莉娅　年轻的先生，照您的年纪而论，您的胆量是太大了。您已经看见了这个人的无情的蛮力；要是您能够用您的眼睛瞧见您自己的形状，或者用您的理智判断您自己的能力，那么您对于这回冒险所怀的戒惧，一定会劝您另外找一件比较适宜于您的事情来做。为了您自己的缘故，我们请求您顾虑您自身的安全，放弃了这种尝试吧。

罗瑟琳　是的，年轻的先生，您的名誉不会因此受到损失；我们可以去请求公爵停止这场摔跤。

奥兰多　我要请你们原谅，我觉得我自己十分有罪，胆敢拒绝这么两位美貌出众的小姐的要求。可是让你们的美目和好意伴送着我去作这场决斗吧。假如我打败了，那不过是一个从来不曾给人看重过的人丢了脸；假如我死了，也不过死了一个自己愿意寻死的人。我不会辜负我的朋友们，因为没有人会哀悼我；我不会对世间有什么损害，因为我在世上一无所有；我不过在世间占了一个位置，也许死后可以让更好的人来补充。

罗瑟琳　我但愿我所有的一点点微弱的气力也加在您身上。

西莉娅　我也愿意把我的气力再加在她的气力上面。

罗瑟琳　再会。求上天但愿我错看了您！

西莉娅　愿您得其所愿！

查尔斯　来，这个想要来送死的哥儿在什么地方？

奥兰多　已经预备好了，朋友；可是他却没有那样的野心。

弗莱德里克　你们斗一个回合就够了。

查尔斯　殿下，既然这头一个回合您已经竭力敦劝他不要参加，我包您不会再有第二个回合。

奥兰多　你要嘲笑我也请等打完再说，可不必事先就嘲笑起来。来啊。

罗瑟琳　赫剌克勒斯默佑着你，年轻人！

西莉娅　我希望我有隐身术，去拉住那强徒的腿。（查尔斯、奥兰多二人摔跤）

罗瑟琳　啊，出色的青年！

西莉娅　假如我的眼睛里会打雷，我知道谁是要被打倒的。（查尔斯被摔倒；欢呼声）

弗莱德里克　可以了，可以了。

奥兰多　请殿下准许我再试；我的一口气还不曾透完哩。

弗莱德里克　你怎样啦，查尔斯？

勒·波　他说不出话来了，殿下。

弗莱德里克　把他抬出去。你叫什么名字，年轻人？（查尔斯被抬下）

奥兰多　禀殿下，我是奥兰多，罗兰·德·鲍埃爵士的幼子。

弗莱德里克　我希望你是别人的儿子。世间都以为你的父亲是个好人，但他却是我的永远的仇敌；假如你是别族的子孙，你今天的行事一定可以使我更喜欢你一些。再见吧；你是个勇敢的青年，我愿你向我说起的是另外一个父亲。（弗莱德里克、勒·波及随从下）

西莉娅　姊姊，假如我在我父亲的地位，我会做这种事吗？

奥兰多　我以做罗兰爵士的儿子为荣，即使只是他的幼子；我不愿改变我的地位，过继给弗莱德里克做后嗣。

罗瑟琳　我的父亲宠爱罗兰爵士，就像他的灵魂一样；全世界都秉持着和我父亲同样的意见。要是我本来就已经知道这位青年便是他的儿子，我一定含着眼泪谏劝他不要作这种冒险。

西莉娅　好姊姊，让我们到他跟前去感激鼓励他。我父亲那无礼猜忌的脾气，使我十分痛心。——先生，您很值得尊敬；如果您对意中人也能信守承诺，那么您的情人一定是很有福气的。

罗瑟琳　先生，（自颈上取下项链赠奥兰多）为了我，请戴上这个吧；我是个失爱于命运的人，心有余而力不足，不过略表微忱而已。我们去吧，妹妹。

西莉娅　好。再见，好先生。

奥兰多　我不能说一句谢谢您吗？我的心神都已摔倒，站在这儿的只是一个人形的枪靶，一块没有生命的木石。

罗瑟琳　他在叫我们回去。我的矜傲早随着我的命运一起丢光了；我且去问他有什么话说。您叫我们吗，先生？先生，您摔跤摔得很好；给您征服了的，不单是您的敌人。

西莉娅　走吧，姊姊。

罗瑟琳　你先走，我跟着你。再会。（罗瑟琳、西莉娅下）

奥兰多　一种什么情感重压住我的舌头？虽然她想跟我交谈，我却想不出话来对她说。可怜的奥兰多啊，你被征服了！战胜了你的，不是查尔斯，却是比他更柔弱的人儿。

勒·波重上。

勒·波　先生，我为着好意劝您还是离开这地方吧。虽然您很值得恭维、赞扬和敬爱，但是公爵的脾气太坏，他会把您所做的一切都误会的。公爵的心性有点捉摸不定；他的为人怎样我不便说明，还是您自己去忖度忖度吧。

奥兰多　谢谢您，先生。我还要请您告诉我，刚才在这里的两位小姐中，哪一位是公爵的女儿？

勒·波　要是照行为举止上看，两个可说都不是他的女儿；但是那位矮小一点的确是他的女儿。另外一位便是放逐在外的公爵所生，被她这位篡位的叔父留在这儿陪伴他的女儿；她们两人的相爱是远过于同胞姊妹的。但是我可以告诉您，新近公爵对于他这位温柔的侄女有点不乐意；毫无理由，只是因为人民都称赞她的品德，为了她那位好父亲的缘故而同情她；我可以断定他对于这位小姐的恶意不久就会突然显露出来的。再会吧,先生;我希望在另外一个较好的世界里可以再跟您多多结识。

奥兰多　我非常感激您的好意;再会。(勒·波下)才穿过浓烟,又钻进烈火;一边是专制的公爵,一边是暴虐的哥哥。可是天仙一样的罗瑟琳啊!(下)

第三场　宫中一室

西莉娅及罗瑟琳上。

西莉娅　喂,姊姊!喂,罗瑟琳!爱神哪!没有一句话吗?

罗瑟琳　连可以丢给一条狗的一句话也没有。

西莉娅　不,你的话是太宝贵了,怎么可以丢给贱狗呢?丢给我几句吧。来,讲一些道理来叫我浑身瘫痪。

罗瑟琳　那么姊妹两人都害了病了:一个是给道理害得浑身瘫痪,一个是因为想不出什么道理来而发了疯。

西莉娅　但这是不是全然为了你的父亲?

罗瑟琳　不,一部分是为了我的孩子的父亲。唉,这个平凡的世间到处充满荆棘呀!

西莉娅　姊姊,这不过是些有刺的果壳,为了取笑玩玩而丢在你身上的;要是我们不在大道上走,我们的裙子就要给它们挂住。

罗瑟琳　在衣裳上的,我可以把它们抖去;但是这些刺是在我的心里呢。

西莉娅　你咳嗽一声就咳出来了。

罗瑟琳　要是我咳嗽一声他就会应声而来,那么我倒会试一下的。

西莉娅　算了算了;使劲地把你的爱情摔一跤吧。

罗瑟琳　唉！我的爱情比我气力大得多哩！

西莉娅　啊，那么我替你祝福吧！到时候，你就是倒下了也会努力一试的。但是把笑话搁在一旁，让我们正正经经地谈谈。你真的会突然这样猛烈地爱上老罗兰爵士的小儿子吗？

罗瑟琳　我的父亲和他的父亲非常要好呢。

西莉娅　因此你也必须和他的儿子非常要好吗？照这样说起来，那么我的父亲非常恨他的父亲，因此我也应当恨他了；可是我却不恨奥兰多。

罗瑟琳　不，看在我的面上，不要恨他。

西莉娅　为什么不呢？他不是值得恨的吗？

罗瑟琳　因为他是值得爱的，所以让我爱他；因为我爱他，所以你也要爱他。瞧，公爵来了。

西莉娅　他满眼都是怒气。

弗莱德里克公爵率从臣上。

弗莱德里克　姑娘，为了你的安全，你得赶快收拾起来，离开我们的宫廷。

罗瑟琳　我吗，叔父？

弗莱德里克　你，侄女。在这十天之内，要是发现你在离我们宫廷二十里之内，就得把你处死。

罗瑟琳　请殿下开示我，我犯了什么罪过。要是我有自知之明，要是我并没有做梦，也不曾发疯——我相信我没有——那么，亲爱的叔父，我从来不曾起过半分触犯您老人家的念头。

弗莱德里克　一切叛徒都是这样的；要是他们凭着口头的话便可以免罪，那么他们都是再清白没有的了。可是我不能信任你，这一句话就够了。

罗瑟琳　但是您的不信任并不能使我变成叛徒；请告诉我您有什么证据？

弗莱德里克　你是你父亲的女儿；还用得着其他吗？

罗瑟琳　当您殿下夺去了我父亲的公国的时候，我就是他的女儿；当您殿下把他放逐的时候，我也还是他的女儿。叛逆并不是遗传的，殿下；即使我们受到亲友的牵连，那与我又有什么相干？我的父亲并不是个叛徒呀。所以，殿下，别看错了我，把我的穷迫看做了奸慝。

西莉娅　好殿下，听我说。

弗莱德里克　嗯，西莉娅，我让她留在这儿，只是为了你的缘故，否则她早已跟她的父亲流浪去了。

西莉娅　那时我没有请您让她留下；那是您自己的主意，因为您自己觉得不好意思。那时我还太小，不曾知道她的好处；但现在我知道她了。要是她是个叛逆，那么我也是。我们一直都睡在一起，同时起床，一块儿读书，同游同食，无论到什么地方去，都像朱诺的一对天鹅，永远成双，不离不弃。

弗莱德里克　她这人太阴险，你敌不过她；她的和气、她的沉默和她的忍耐，都能感动人心，叫人民可怜她。你是个傻子，她已经夺去了你的名誉；她去了之后，你就可以显得更加光彩而贤德了。所以闭住你的嘴；我对她所下的判决是确定而无可更改的，她必须被放逐。

西莉娅　那么您把这句判决也加在我身上吧，殿下；我没有她作伴便活不下去。

弗莱德里克　你是个傻子。侄女，你得准备起来，假如误了期限，凭着我的名誉和我的言出如山的命令，要把你处死。（偕从臣下）

西莉娅　唉，我的可怜的罗瑟琳！你到哪儿去呢？你肯不肯换一个父亲？我把我的父亲给了你吧。请你不要比我更伤心。

罗瑟琳　我比你有更多的伤心的理由。

西莉娅　你没有，姊姊。请你高兴一点；你知道不知道，公爵把他的女儿也放逐了？

罗瑟琳　他没有。

西莉娅　没有？那么罗瑟琳还没有那种爱，使你明白你我两人有如一体。我们难道要拆散吗？我们难道要分手吗，亲爱的姑娘？不，让我的父亲另外找一个后嗣吧。你应该跟我商量我们应当怎样飞走，到哪儿去，带些什么东西。不要因为环境的变迁而独自伤心，让我分担一些你的心事吧。我对着因为同情我们而惨白的天空起誓，无论你怎样说，我都要跟你一起走。

罗瑟琳　但是我们到哪儿去呢？

西莉娅　到亚登森林找我的伯父去。

罗瑟琳　唉，像我们这样的姑娘家，走这么远路，该是多么危险！美貌比金银更容易引起盗心呢。

西莉娅　我可以穿了破旧的衣裳，用些黄泥涂在脸上，你也这样；我们便可以通行过去，不会遭人家算计了。

罗瑟琳　我的身材特别高，完全打扮成个男人岂不更好？大腿上挂一把出色的匕首，手里拿一柄刺野猪的长矛；心里尽管隐藏着女人家的胆怯，俺要在外表上装出一副雄赳赳气昂昂的样子来，正像那些冒充好汉的懦夫一般。

西莉娅　你做了男人之后，我叫你什么名字呢？

罗瑟琳　我要取一个和乔武的侍童一样的名字，所以你叫我盖尼米德吧。但是你叫什么呢？

西莉娅　我要取一个可以表示我的境况的名字；我不再叫西莉娅，就叫爱莲娜①吧。

罗瑟琳　但是妹妹，我们设法去把你父亲宫廷里的小丑偷来

---

① 爱莲娜 Aliena，暗示 alienated（远隔）之意。

好不好?他在我们的旅途中不是很可以给我们解闷吗?

西莉娅　他一定肯跟着我走遍广大的世界;让我独自去对他说吧。我们且去把珠宝钱物收拾起来。我出走之后,他们一定会追寻,我们该想出一个顶适当的时间和顶安全的方法来避过他们。现在我们是满心的欢畅,去找寻自由,不是流亡。(同下)

第二幕

第一场　亚登森林

老公爵、阿米恩斯及众臣作林居人装束上。

公　爵　我的流放生涯中的同伴和弟兄们，我们不是已经习惯了这种生活，觉得它比虚饰的浮华有趣得多吗？这些树林不比猜嫉的朝廷更为安全吗？我们在这儿所感觉到的，只是时序的改变，那是上帝加于亚当的惩罚①；冬天的寒风张舞着冰雪的爪牙，发出暴烈的呼啸，即使当它砭刺着我的身体，使我冷得发抖的时候，我也会微笑着说，"这不是谄媚啊；它们就像是忠心的老臣一样，谆谆提醒我所处的地位。"逆运也有它的好处，就像丑陋而有毒的蟾蜍，它的头上却顶着一颗珍贵的宝石。我们的这种生活，虽然远离尘嚣，却可以聆听树木的谈话，溪中的流水便是大好的文章，一石之微，也暗寓着古训；每一件事物中间，都可以找到些益处来。我不愿改变这种生活。

阿米恩斯　殿下真是幸福，能把运命的顽逆说成这样恬静而

---

①　亚当未逐出乐园之前，世界只有春天。见《圣经·创世记》。

可爱。

公　爵　来，我们打鹿去吧；可是我心里却有些不忍，这种可怜的花斑的蠢物，本来是这荒凉的城市中的居民，现在却要在它们自己的家园中，让它们的后腿领略箭镞的滋味。

臣　甲　不错，那忧愁的杰奎斯很为此伤心，发誓说在这件事上跟您那篡位的兄弟相比，您还是个更大的篡位者；今天阿米恩斯大人跟我两人悄悄地躲在他的背后，瞧他躺在一株橡树底下，那古老的树根露出在沿着林旁潺潺流去的溪水上面，有一只可怜的失群的牡鹿中了猎人的箭伤，奔到那边去苟延残喘；真的，殿下，这头不幸的畜生发出了那样的呻吟，真要把它的皮囊都胀破了，一颗颗又大又圆的泪珠怪可怜地争先恐后流到它的无辜的鼻子上；忧愁的杰奎斯瞧着这头可怜的毛畜这样站在急流的小溪边，将眼泪添注在溪水里。

公　爵　杰奎斯怎样说呢？他见了此情此景，不又要讲起一番道理来了吗？

臣　甲　啊，是的，他作了一千种的譬喻。起初他看见那鹿把眼泪白白流进那并不需要水源的水流之中，便说，"可怜的鹿，就像世人立遗嘱一样，把你所有的一切给了那已经有得太多的人。"于是，看它孤苦零丁，被它那些皮毛柔滑的朋友们所遗弃，便说，"不错，人倒了霉，朋友也不会来睬你了。"这时又有一群吃得饱饱的、无忧无虑的鹿跳过它的身边，也不停下来向它打个招呼；"嗯，"杰奎斯说，"奔过去吧，你们这批肥胖而富于脂肪的市民们；世事无非如此，那个可怜的破产的家伙，瞧他做什么呢？"他这样用最恶毒的话来辱骂着乡村、城市和宫廷的一切，甚至于骂着我们的这种生活；发誓说我们只是些篡位者、暴君或者比这更坏的人物，到这些畜生们的天然的居处来惊扰它们，杀害它们。

公　爵　你们离开他时，他还在沉思中吗？

臣　甲　是的，殿下，就在他为了这头啜泣的鹿而流泪发议论的时候。

公　爵　带我到那地方去，我喜欢趁他发愁的时候去见他，因为那时他最富于见识。

臣　甲　我就领您去见他。（同下）

第二场　宫中一室

弗莱德里克公爵、群臣及侍从上。

弗莱德里克　难道没有一个人看见她们吗？决不会的；一定在我的宫廷里有奸人知情串通。

臣　甲　我不曾听见谁说曾经看见她。她寝室里的侍女们都看她上了床；可是一早就发现床上的郡主不见了。

臣　乙　殿下，那个常常逗您发笑的下贱小丑也失踪了。郡主的侍女希丝比利娅供认，她曾经偷听到郡主跟她的姊姊常常称赞最近在摔跤赛中，打败了强有力的查尔斯的那个年轻人的技艺和人品；她说她相信不论她们到哪里去，那个少年一定是跟她们在一起的。

弗莱德里克　差人到他哥哥家里去，把那家伙抓来；要是他不在，就带他的哥哥来见我，我要叫他哥哥去找他。马上去，这两个逃走的傻子一定要用心搜寻探访，非把她们寻回来不可。（众下）

第三场　奥列佛家门前

奥兰多及亚当自相对方向上。

奥兰多　那边是谁？

亚　当　啊！我的少爷吗？啊，我的善良的少爷！我的好少爷！啊，您叫人想起了老罗兰爵爷！唉，您为什么到这里来呢？您为什么这样好呢？为什么人家要爱您呢？为什么您是这样仁慈、这样健壮、这样勇敢呢？为什么您这么傻，要去把那乖僻的公爵手下那个大力士拳师打败呢？您的声誉是来得太快了。您不知道吗，少爷，有些人常会因为他们太好了，反而害了自己？您也正是这样；您的好处，好少爷，就是陷害您自身的圣洁的叛徒，唉，这算是一个什么世界，怀德的人会因为他们的德行反遭毒手！

奥兰多　啊，怎么一回事？

亚　当　唉，不幸的青年！不要走进这扇门来；在这屋子里隐藏着您一切美德的敌人呢。您的哥哥——不，不是哥哥，然而却是您父亲的儿子——不，他也不能配做他的儿子——他听见了人家称赞您的话，预备在今夜放火烧掉您所住的屋子，连同您一起；要是这计划不成功，他还会想出别的法子来除掉您。他的阴谋给我偷听到了。这儿不是安身之处，这屋子不过是一所屠场，您要回避，您要警戒，别走进去。

奥兰多　什么，亚当，你要我到哪儿去？

亚　当　随您到哪儿去都好，只要不在这儿。

奥兰多　什么，你要我去做个要饭的吗？还是做一个手持下贱无耻的剑在大路上抢劫的强盗？我只好走这种路，否则我就不知道怎么办；可是不论怎样，我也不愿这样干；我宁愿忍受一个不念手足之情的残忍的哥哥的恶意。

亚　当　可是不要这样。我有五百块钱，是我在您父亲手下侍候了这许多年，曾经辛辛苦苦省下的；我把那笔钱存下，本来是预备等我没有气力做不动事的时候做养老之本，人老了，不中用了，是会给人踢在角落里的。您把这钱拿了去吧；上帝既然给食物与乌鸦，也不会忘记把麻雀喂饱的，我这一把年纪，就悉听他的慈悲吧！钱就在这儿，我把它全都给了您。让我做您的仆人。我虽然瞧上去这么老，可是我的气力还不错；因为我在年轻时候从不曾灌下过一滴猛烈伤人的酒，也不曾鲁莽地追逐欲望而伤身，所以我的老年好比生气勃勃的冬天，虽然结着严霜，却并不惨淡。让我跟着您去；我可以像一个年轻人一样，为您照料一切。

奥兰多　啊，好老人家！在你身上多么明白地表现出来古时那种忠实淳厚，不是为着报酬，只是为了尽职而流着血汗！你是太不合时了；现在的人们吃一点苦，只是为着希望高升，等到目的一达到，便耽于安逸；你却不是这样。但是，可怜的老人家，你虽然这样辛辛苦苦尽心培植，养出的却是一株不成材的树木，开不出一朵花来酬答你的殷勤。可是照你所说的做，赶路吧，我们一块儿走；在我们没有把你年轻时的积蓄花完之前，一定要找到一处姑且能安身的地方。

亚　当　少爷，走吧；我愿意忠心地跟着您，直至喘尽最后一口气。从十七岁起我到这儿来，到现在快八十了，却要离开我的老地方。许多人们在十七岁的时候出去碰运气，但八十岁的人就不做此想了；可是我只要能够有个好死，对得住我的主人，那么命运对我也不算无恩。（同下）

第四场　亚登森林

罗瑟琳男装、西莉娅作牧羊女装束及试金石上。

罗瑟琳　天哪！我的精神多么疲乏啊。

试金石　假如我的两腿不疲乏，我可不管我的精神。

罗瑟琳 我简直想丢了我这身男装的脸，而像一个女人一样哭起来；可是我必须安慰安慰这位小娘子，穿褐衫短裤的，总该向穿裙子的显出一点勇气来才是。好，打起精神来吧，好爱莲娜。

西莉娅 请你担待担待我吧；我再也走不动了。

试金石 我可以担待你，可是不要叫我担你；但是即使我担你，也不会背上十字架，因为我想你钱包里没有那种带十字架的金币。

罗瑟琳 好，这儿就是亚登森林了。

试金石 嗷，现在我到了亚登了。我真是个大傻瓜！在家里要舒服得多哩；可是旅行人只好知足一点。

罗瑟琳 对了，好试金石。你们瞧，有人；一个年轻人和一个老头子在一本正经地讲着话过来了。

柯林及西尔维斯上。

柯　林 你那样不过叫她永远把你笑骂而已。

西尔维斯 啊，柯林，你要是知道我是多么爱她！

柯　林 我有点猜得出来，因为我也曾经恋爱过呢。

西尔维斯 不，柯林，你现在老了，猜想不到了；虽然在你年轻的时候，你也像那些半夜三更在枕上翻来覆去的情人们一样痴心。可是假如你的爱情也跟我的差不多——我肯定没有人会有我那样的爱情——那么你为了你的痴心梦想，一定做出过不知多少可笑的事情呢！

柯　林 我做过一千种的傻事，现在都已忘记了。

西尔维斯 噢！那么你就是不曾诚心爱过。假如你记不得你为了爱情而做出来的一件最琐细的傻事，你就不算真的恋爱过。假如你不曾像我现在这样坐着絮絮讲你的姑娘的好处，使听的人不耐烦，你就不算真的恋爱过。假如你不曾突然离开你的同伴，

像我的热情现在驱使着我一样,你也不算真的恋爱过。啊,菲苾!菲苾!菲苾!(下)

罗瑟琳 唉,可怜的牧人!我在诊断你的痛处的时候,却不幸地找到我自己的创伤了。

试金石 我也是这样。我记得我在恋爱的时候,曾经把一柄剑在石头上摔断,叫夜里来和琴·史美尔幽会的那个家伙留心着我;我记得我曾经吻过她的洗衣棒,也吻过被她那双皲裂的玉手挤过的母牛乳头;我记得我曾经把一颗豌豆荚权当作她而向她求婚,我剥出了两颗豆子,又把它们放进去,边流泪边说,"为了我的缘故,请您留着做个纪念吧。"我们这种多情种子都会做出一些古怪事儿来;但是我们既然都是凡人,一着了情魔是免不得要大发其痴劲的。

罗瑟琳 你的话聪明得都出乎你自己意料之外。

试金石 噉,我总不知道自己的聪明,除非有一天我给它绊了一交,跌断了我的腿骨。

罗瑟琳 天神,天神!这个牧人的痴心,很有几分像我自己的情形。

试金石 也有点像我的情形;只是在我似乎有点儿陈腐了。

西莉娅 请你们随便哪一位去问问那边的人,肯不肯让我们用金子向他买一点吃的东西;我简直快要饿死了。

试金石 喂,来啊,你这蠢货!

罗瑟琳 别胡说,傻子;他并不是你的一家人。

柯　林 谁叫?

试金石 比你好一点的人,朋友。

柯　林 要是他们不比我好一点,那可就寒酸得太不成话啦。

罗瑟琳 对你说,不许胡说。——您晚安,朋友。

柯　　林　晚安，好先生；各位晚安。

罗瑟琳　牧人，假如人情或是金银可以在这种荒野里换到一点款待的话，请你带我们到一处可以歇脚吃些东西的地方去好不好？这一位小姑娘赶路疲乏，快要晕过去了。

柯　　林　好先生，我可怜她，并非为了我自己，仅仅是为了她的缘故——但愿我有能力帮助她；可是我只是给别人看羊，羊儿虽然归我饲养，羊毛却不归我剪。我的东家很小气，从不会修修福做点儿好事；而且他的草屋、他的羊群、他的牧场，现在都要出卖了。现在因为他不在家，我们的牧舍里没有一点可以给你们吃的东西；但是别管它有些什么，请你们来瞧瞧，我是极其欢迎你们的。

罗瑟琳　他的羊群和牧场打算卖给谁呢？

柯　　林　就是刚才你们看见的那个年轻汉子，可是他并不想要买什么东西。

罗瑟琳　要是真是这样，我请你把那草屋牧场和羊群都买下了，我们给你出钱。

西莉娅　我们还要加你的工钱。我欢喜这地方，很愿意在这儿消度我的时光。

柯　　林　这桩买卖一定可以成交。跟我来；要是你们打听过后，对于这块地皮、这种收益和这样的生活觉得中意，我愿意做你们十分忠心的仆人，马上用你们的钱去把它买来。（同下）

第五场　林中的另一个地方

阿米恩斯、杰奎斯及余人等上。

阿米恩斯　（唱）

　　　　　绿树高张翠幕，

>谁来偕我偃卧，
>
>翻将欢乐心声，
>
>学唱枝头鸟鸣：
>
>盍来此？盍来此？盍来此？
>
>目之所接，
>
>精神契一，
>
>唯忧雨雪之将至。

杰奎斯　再来一个，再来一个，请你再唱下去。

阿米恩斯　那会叫您发起愁来的，杰奎斯先生。

杰奎斯　再好没有。请你再唱下去！我可以从一曲歌中品出愁绪来，就像黄鼠狼吮啜鸡蛋一样。请你再唱下去吧！

阿米恩斯　我的喉咙粗哑，我知道一定不能讨您的欢喜。

杰奎斯　我不要你讨我的欢喜；我只要你唱。来，再唱一阕；你是不是把它们叫作一阕一阕的？

阿米恩斯　您高兴怎样叫就怎样叫吧，杰奎斯先生。

杰奎斯　不，我倒不去管它们叫什么名字；它们又不欠我的钱。你唱起来吧！

阿米恩斯　既蒙敦促，我就勉为其难了。

杰奎斯　那么好，要是我会感谢什么人，我一定会感谢你；可是人家所说的恭维就像是两只狗猿碰了头，倘使有人诚心感谢我，我就觉得好像我给了他一个铜子，所以他像一个叫花似的向我道谢。来，唱起来吧；你们不唱的都不要作声。

阿米恩斯　好，我就唱完这支歌。列位，铺起餐桌来吧；公爵就要到这株树下来喝酒了。他已经找了您整整一天啦。

杰奎斯　我已经躲避了他整整一天啦。他太喜欢辩论了，我不高兴跟他在一起；我想到的事情像他一样多，可是感谢上帝，我却不像他那样会说嘴。来，唱吧。

莎士比亚喜剧

阿米恩斯 （唱，众和）

　　　　　　孰能摈屏尊荣，
　　　　　　来沐丽日光风，
　　　　　　觅食自求果腹，
　　　　　　一饱欣然意足：
　　　　　　盍来此？盍来此？盍来此？
　　　　　　目之所接，
　　　　　　精神契一，
　　　　　　唯忧雨雪之将至。

杰奎斯 昨天我曾经按着这调子不加雕饰顺口吟成一节，倒要献丑献丑。

阿米恩斯 我可以把它唱出来。

杰奎斯 是这样的：

　　　　　　倘有痴愚之徒，
　　　　　　忽然变成蠢驴，
　　　　　　趁着心性癫狂，
　　　　　　撇却财富安康，
　　　　　　特达米，特达米，特达米，
　　　　　　何为来此？
　　　　　　举目一视，
　　　　　　唯见傻瓜之遍地。

阿米恩斯 "特达米"是什么意思？

杰奎斯 这是希腊文里召唤傻子们排起圆圈来的一种咒语。——假如睡得成觉的话，我要睡觉去；假如睡不成，我就要把埃及地方一切头胎生的痛骂一顿①。

---

① 《旧约·出埃及记》载上帝降罚埃及，凡埃及一切头胎生的皆遭瘟死；此处杰奎斯暗讽老公爵。

阿米恩斯　我可要找公爵去；他的点心已经预备好了。（各下）

第六场　林中的另一个地方

奥兰多及亚当上。

亚　当　好少爷，我再也走不动了；唉！我要饿死了。让我在这儿躺下挺尸吧。再会了，好心的少爷！

奥兰多　啊，怎么啦，亚当！你再没有勇气了吗？再活一些时候；提起一点精神来，高兴点儿。要是这座古怪的林中有什么野东西，那么我倘不是给它吃了，一定会把它杀了来给你吃的。你并不是真就要死了，不过是在胡思乱想而已。为了我，提起精神来吧；把死神推开，我去一去就回来看你，要是我找不到什么可以给你吃的东西，我一定答应你死去；可是假如你在我没有回来之前便死去，那你就是看不起我的辛苦了。好样的！你瞧上去有点振作了。我快去快回。可是你躺在寒风里呢；来，我把你背到背风的地方去。只要这块荒地里有活东西，你一定不会因为没有饭吃而饿死。振作起来吧，好亚当。（同下）

第七场　林中的另一个地方

餐桌铺就。老公爵、阿米恩斯及流亡诸臣上。

公　爵　我想他一定已经变成一头畜生了，因为我到处找不到他的人影。

臣　甲　殿下，他刚刚走开去；方才他还在这儿很高兴地听人家唱歌。

公　爵　要是浑身都不和谐的他，居然也会变得爱好起音乐来,那么天体上不久就要大起骚乱了。去找他来,对他说我要跟他谈谈。

臣　甲　他自己来了,省了我一番跋涉。

杰奎斯上。

公　爵　啊,怎么啦,先生!这算什么,您的可怜的朋友们一定要千求万唤才能把您请来吗?啊,您的神气很高兴哩!

杰奎斯　一个傻子,一个傻子!我在林中遇见一个傻子,一个身穿彩衣的傻子:唉,这乱糟糟的世界!我真真切切遇见了一个傻子,正如我是靠着食物活命一样真切;他躺在地上晒太阳,用头头是道的话辱骂着命运女神,然而他仍然不过是个身穿彩衣的傻子。"早安,傻子,"我说。"不,先生,"他说,"等到老天保佑我发了财,您再叫我傻子吧。"① 于是他从袋里掏出一只表来,用迷迷糊糊的眼睛瞧着它,自作聪明地说,"现在是十点钟了;我们可以从这里看出世界是怎样在变迁着:一小时之前还不过是九点钟,而再过一小时便是十一点钟了;照这样一小时一小时过去,我们越长越老,越老越不中用,这上面真是大有感慨可发。"我听了这个穿彩衣的傻子对时间发挥的这一段玄理,我的胸头的两片肺就像公鸡一样鸣叫起来了,纳罕着傻子居然会有这样深刻的思想;我笑了个不停,在他的表上整整笑去了一个小时。啊,高贵的傻子!可敬的傻子!彩衣是你最好的装束。

公　爵　这是个怎么样的傻子?

杰奎斯　啊,可敬的傻子!他曾经出入宫廷;他说凡是年轻貌美的小姐们,都是有自知之明的。他的头脑就像航海回来剩下的饼干那样干燥,其中的每一个角落却塞满了人生的经验,他都用杂乱的话儿随口说了出来。啊,我但愿我也是个傻子!我想要

---

① 英谚:"愚人多福(Fortune favours fools)。"故云。

穿一件花花的外套。

公　爵　我应允你可以有一件。

杰奎斯　这是我唯一的要求；只要您摒弃一切成见，别把我当聪明人看待；同时要准许我有像风那样广大的自由，高兴吹着谁便吹着谁：傻子们是有这种权利的，那些最被我的傻话所挖苦的人也最应该笑。殿下，为什么他们必须这样呢？这理由正和到教区礼拜堂去的路一样清楚：被一个傻子用俏皮话讥刺了的人，即使刺痛了，假如不装出一副若无其事的样子来，那么就显出聪明人的傻气，可以被傻子不经意一箭就刺穿，未免太傻了。给我穿一件彩衣，准许我说我心里的话；我一定会痛痛快快地把这染病的世界的丑恶的身体清洗个干净，假如他们肯耐心接受我的药方。

公　爵　算了吧！我知道你会做出些什么来。

杰奎斯　我可以拿一根筹码打赌，我做的事会不好吗？

公　爵　最坏不过的罪恶，就是指斥他人的罪恶：因为你自己也曾经是一个放荡不羁的浪子；你要把你那身因为你的荒唐而染上的臃肿的脓疮、溃烂的恶病，向全世界播散。

杰奎斯　什么，呼斥人间的骄奢，难道便是对于个人的攻击吗？人类奢侈的习俗不是像海潮一样浩瀚地流着，直到力竭而消退吗？假如我说城里的那些小户人家的妇女穿扮得像王公大人的女眷一样，我指明是哪一个女人了吗？谁能挺身出来说我说的是她，假如她的邻居也是和她一个样子？一个操着最微贱行业的人，假如心想我讥讽了他，说他的好衣服不是我出的钱，那不是恰恰把他的愚蠢合上了我说的话吗？照此看来，又有什么关系呢？指给我看我的话伤害了他什么地方：要是说的对，那是他自取其咎；假如他问心无愧，那么我的责骂就像是一头野鸭飞过，不干谁的事。——可是谁来了？

奥兰多拔剑上。

奥兰多　停住，不准吃！

杰奎斯　嘿，我还什么都不曾吃呢。

奥兰多　而且也不会再给你吃，除非让饿肚子的人先吃过了。

杰奎斯　这头公鸡是哪儿来的？

公　爵　朋友，你是因为落难而变得这样强横吗？还是因为生来就是瞧不起礼貌的粗汉子，一点儿不懂得规矩？

奥兰多　你第一下就猜中我了，困苦逼迫着我，使我不得不把温文的礼貌抛在一旁；可是我却是在都市生长，受过一点儿教养的。但是我吩咐你们停住；在我的事情没有办完之前，谁碰一碰这些果子，就得死。

杰奎斯　你要是无理可喻，那么我准得死。

公　爵　你要什么？假如你不用暴力，客客气气地向我们说，我们一定会更客客气气地对待你的。

奥兰多　我快饿死了；给我吃。

公　爵　请坐请坐，随意吃吧。

奥兰多　你说得这样客气吗？请你原谅我，我以为这儿的一切都是野蛮的，因此才装出这副暴横的威胁神气来。可是不论你们是些什么人，在这人踪不到的荒野里，躺在凄凉的树荫下，不理会时间的消逝；假如你们曾经见过较好的日子，假如你们曾经到过鸣钟召集礼拜的地方，假如你们曾经参加过上流人的宴会，假如你们曾经揩过你们眼皮上的泪水，懂得怜悯和被怜悯，那么让我的温文的态度格外感动你们：我抱着这样的希望，惭愧地藏好我的剑。

公　爵　我们确曾见过好日子，曾经被神圣的钟声召集到教堂里去，参加过上流人的宴会，从我们的眼上揩去过被神圣的怜悯所感动而流下的眼泪;所以你不妨和和气气地坐下来,凡是我们可以帮忙满足你需要的地方,一定愿意效劳。

奥兰多　那么请你们暂时不要把东西吃掉,我就去像一只母鹿一样找寻我的小鹿,把食物喂给他吃。有一位可怜的老人家,全然出于好心,跟着我一跷一拐地走了许多疲乏的路,双重的劳瘁——他的高龄和饥饿——累倒了他;除非等他饱餐了之后,我决不碰触一口这些食物。

公　爵　快去找他,我们绝对不把东西吃掉,等着你回来。

奥兰多　谢谢;愿您好心有好报!(下)

公　爵　你们可以看到不幸的不只是我们;这个广大的宇宙的舞台上,还有比我们所演出的更悲惨的场景呢。

杰奎斯　全世界是一个舞台,所有的男男女女不过是一些演员;他们都有下场的时候,也都有上场的时候。一个人的一生中扮演着好几个角色,他的表演可以分为七个时期。最初是婴孩,在保姆的怀中啼哭呕吐。然后是背着书包、满脸红光的学童,像蜗牛一样慢腾腾地拖着脚步,不情愿地呜咽着上学堂。然后是情人,像炉灶一样叹着气,写了一首哀伤的诗歌咏着他恋人的眉毛。然后是一个军人,满口发着古怪的誓,胡须长得像豹子一样,爱慕名誉,动不动就要打架,在炮口上寻求着泡沫一样的荣光。然后是法官,胖胖圆圆的肚子塞满了阉鸡,凛然的眼光,整洁的胡须,满嘴都是名言警句和时髦的词藻;他这样扮了他的另一个角色。第六个时期变成了精瘦的趿着拖鞋的龙钟老叟,鼻子上架着眼镜,腰边悬着钱袋;他那年轻时候节省下来的长袜套在他皱瘪的小腿上显得宽大异常;他那朗朗的男子的嗓音又变成了孩子似的,细而且颤,像是吹着风笛和哨子。终结着这段古怪的多事的历程的最后一场,是孩提时代的再现,全然的遗忘,没有牙齿,没有眼睛,没有口味,没有一切。

奥兰多背亚当重上。

公　爵　欢迎！放下你背上那位可敬的老人家，让他吃东西吧。

奥兰多　我代他向您竭诚道谢。

亚　当　您真该代我道谢；我简直无力向您开口道谢呢。

公　爵　欢迎，请用吧；我还不会马上就来打扰你，问你的遭遇。给我们来些音乐；贤卿，你唱吧。

阿米恩斯　（唱）

　　　　　　不惧冬风凛冽，
　　　　　　风威远难遽及
　　　　　　人世之寡情；
　　　　　　其为气也虽厉，
　　　　　　其牙尚非甚锐，
　　　　　　风体本无形。
　　　　　　噫嘻乎！且向冬青歌一曲：
　　　　　　友交皆虚妄，恩爱痴人逐。
　　　　　　噫嘻乎冬青！
　　　　　　可乐唯此生。

　　　　　　不愁冱天冰雪，
　　　　　　其寒尚难遽及
　　　　　　受施而忘恩；
　　　　　　风皱满池碧水，
　　　　　　利刺尚难遽比
　　　　　　捐旧之友人。
　　　　　　噫嘻乎！且向冬青歌一曲：
　　　　　　友交皆虚妄，恩爱痴人逐。

噫嘻乎冬青!

可乐唯此生。

公　爵　照你刚才悄声儿老老实实告诉我的,你是好罗兰爵士的儿子,我确实在你脸上看到他的形象,仿佛他还活着一般;我真心欢迎你到这儿来。我便是敬爱你父亲的那个公爵。关于你其他的遭遇,到我的洞里来告诉我吧。好老人家,我们欢迎你像欢迎你的主人一样。搀扶着他的胳膊。把你的手给我,让我明白你们一切的经过。(众下)

第三幕

第一场　宫中一室

弗莱德里克公爵、众臣及奥列佛上。

弗莱德里克　以后没有见过他！哼，哼，不见得吧。倘不是因为仁慈在我的心里占了上风，有着你在眼前，我尽可以不必找一个不在的人出气的。可是你当心，不论你的兄弟在什么地方，都得去给我找来；点起灯笼去找吧；一年之内，不论死活把他给我找到，否则你不用再在我的领土上过活了。你的土地和一切你自命为属于你的东西，值得没收的我们都要没收，除非等你能够凭着你兄弟的招供洗刷去我们对你的怀疑。

奥列佛　求殿下明鉴！我从来就不曾喜欢过我的兄弟。

弗莱德里克　这可见你更是个坏人。好，把他赶出去：吩咐主管官吏把他的房屋土地没收。赶快把这事办好，叫他滚蛋。

（众下）

第二场　亚登森林

奥兰多携纸上。

奥兰多　悬在这里吧，我的诗，证明我的爱情；
　　　　你三重王冠的夜间的女王①，请临视，
　　　　从苍白的昊天，用你那贞洁的眼睛，
　　　　那支配我生命的，你那猎伴②的名字。
　　　　啊，罗瑟琳！这些树林将是我的书册，
　　　　我要在一片片树皮上镂刻下相思，
　　　　好让每一个来到此间的林中游客，
　　　　任何处见得到颂赞她美德的言辞。
　　　　快，快去，奥兰多；去在每株树上刻下她，
　　　　那美好的、纯洁的、无可比拟的人儿。（下）

柯林及试金石上。

柯　林　您喜欢不喜欢这种牧人的生活，试金石先生？

试金石　说老实话，牧人，按着这种生活的本身说起来，倒是一种很好的生活；可是按着这是一种牧人的生活说起来，那就毫不足取了。照它的清静而论，我很喜欢这种生活；可是照它的寂寞而论，实在是一种很坏的生活。看到这种生活是在田间，很使我惬意；可是看到它不是在宫廷里，那简直很无聊。你瞧，这是一种很实惠的生活，因此倒怪合我的脾胃；可是它未免太寒伧了，因此我过不来。你懂不懂得一点哲学，牧人？

---

① 三重王冠的女王，指狄安娜，她在天上为琉娜（Luna），在地上为狄安娜（Diana），在幽冥为普洛塞庇那（Proserina）。

② 狄安娜又为司狩猎的女神和处女的保护神，故奥兰多以罗瑟琳为她的猎伴。

柯　林　我只知道这一点儿：一个人越是害病，他越是不舒服；钱财、资本和知足，是人们缺少不了的三位好朋友；雨湿淋衣，火旺烧柴；好牧场产肥羊，天黑是因为没有了太阳；生来愚笨怪祖父，学而不慧怨师长。

试金石　这样一个人是天生的哲学家了。有没有到过宫廷里，牧人？

柯　林　没有，不瞒您说。

试金石　那么你这人就该死了。

柯　林　我希望不至于吧？

试金石　真的，你这人该死，就像一个煎得不好一面焦的鸡蛋。

柯　林　因为没有到过宫廷里吗？请问您的理由。

试金石　喏，要是你从来没有到过宫廷里，你就不曾见过好礼貌；要是你从来没有见过好礼貌，你的举止一定很坏；坏人就是有罪的人，有罪的人就该死。你的情形很危险呢，牧人。

柯　林　一点也不，试金石。在宫廷里算作好礼貌的，在乡野里就会变成可笑，正像乡下人的行为一到了宫廷里就显得寒伧一样。您对我说过你们在宫廷里见到人不是行个礼，却是要吻手；要是宫廷里的老爷们都是牧人，那么这种礼貌就要嫌太龌龊了。

试金石　有什么证据？简单地说；来，说出理由来。

柯　林　喏，我们的手常常要去碰着母羊；它们的毛，您知道，是很油腻的。

试金石　嘿，廷臣们的手上不是也要出汗的吗？羊身上的脂肪比起人身上的汗腻来，不是一样干净的吗？浅薄！浅薄！说出一个好一点的理由来，说吧。

柯　林　而且，我们的手很粗糙。

试金石　那么你们的嘴唇格外容易感到它们。还是浅薄！再说一个充分一点的理由，说吧。

柯　林　我们的手在给羊们包扎伤处的时候总是涂满了焦油；您要我们跟焦油接吻吗？宫廷里的老爷们手上都是涂着麝香的。

试金石　浅薄不堪的家伙！把你跟一块好肉比起来，你简直是一块给蛆虫吃的臭肉！听听聪明人的教诲吧：麝香是一只猫身上流出来的龌龊东西，它的来源比焦油更脏更甚。把你的理由修正修正吧，牧人。

柯　林　您太会讲话了，我说不过您；我不说了。

试金石　你就甘心该死吗？上帝保佑你，浅薄的人！上帝把你好好针砭一下！你太不懂世事了。

柯　林　先生，我是一个地道的做农活的；我用自己的力量换饭吃换衣服穿；不跟别人结怨，也不妒羡别人的福气；瞧着人家得意我也高兴，自己倒了霉就自宽自解；我的最大的骄傲就是瞧我的母羊吃草，我的羔羊啜奶。

试金石　这又是你的一桩因为傻气而造下的孽：你把母羊和公羊拉拢在一起，靠着它们的配对来维持你的生活；给挂铃的羊当龟奴，替一头歪脖子的老王八公羊把才满一岁的雌儿骗诱失身，也不想到合配不合配；要是你不会因此而下地狱，那么魔鬼也没有人给他牧羊了。我想不出你有什么豁免的希望。

柯　林　年轻的盖尼米德大官人来了，他是我的新女主人的哥哥。

罗瑟琳读一张字纸上。

罗瑟琳

　　从东印度到西印度找遍奇珍，
　　没有一颗珠玉比得上罗瑟琳。

> 她的名声随着好风播满诸城，
> 整个世界都在仰慕着罗瑟琳。
> 画工描摹下一幅幅倩影真真，
> 都要黯然无色一见了罗瑟琳。
> 任何的脸貌都不用铭记在心，
> 单单牢记住了美丽的罗瑟琳。

试金石　这个韵我可以给您接下去，凑它整整的八年，吃饭和睡觉的时间除外。这好像是一连串上市去卖奶油的好大娘。

罗瑟琳　啐，傻子！

试金石　试一下看：

> 要是公鹿找不到母鹿很伤心，
> 不妨叫它前去寻找那罗瑟琳。
> 倘说是没有一只猫儿不叫春，
> 心同此情有谁能责怪罗瑟琳？
> 冬天的衣裳棉花应该衬得温，
> 免得冻坏了娇怯怯的罗瑟琳。
> 割下的田禾必须捆得端端整，
> 一车的禾捆上装着个罗瑟琳。
> 最甜蜜的果子皮儿酸痛了唇，
> 这种果子的名字便是罗瑟琳。
> 有谁想找到玫瑰花开香喷喷，
> 小心那些爱的棘刺和罗瑟琳。

这简直是胡扯的歪诗；您怎么也会给这种东西沾上了呢？

罗瑟琳　别多嘴，你这蠢傻瓜！我在一株树上找到它们的。

试金石　真的，这株树生的果子太坏。

罗瑟琳　那我就把它和你嫁接在一起，再把它和爱乱缠的枸杞嫁接在一起；这样它就是地里最早的果子了；因为没等半熟你就会烂掉了，这正是爱乱缠的枸杞的特点。

试金石　你尽管说吧；不过你说得到底有没有理，让森林之神评判吧。

西莉娅读一张字纸上。

罗瑟琳　静些！我的妹妹读着些什么来了；到旁边去。

西莉娅

　　为什么这里是一片荒碛？
　　　因为没有人居住吗？不然，
　　我要叫每株树长起喉舌，
　　　吐露出温文典雅的语言：
　　或是慨叹着生命一何短，
　　　匆匆结束行程到达终点，
　　只是在轻轻弹指一挥间，
　　　便早已历尽了定数天年；
　　或是感怀着旧盟今已冷，
　　　同心的契友忘却了故交；
　　但我要把最好树枝选定，
　　　缀附在每行诗句的终梢，
　　罗瑟琳三个字小名美妙，
　　　向普世的读者遍告周知。
　　莫看她苗条的一身娇小，
　　　宇宙间的精华尽萃于兹；
　　造物当时曾向自然诏示，
　　　吩咐把所有的绝世姿才，
　　向纤纤一躯中合炉熔制，
　　　累天工费去不少的安排：
　　负心的海伦醉人的脸蛋，

>　　克莉奥佩特拉威仪丰容。
>　阿塔兰忒①的柳腰儿款摆，
>　鲁克丽西娅②的节操贞松：
>　劳动起玉殿上诸天仙众，
>　　造成这十全十美罗瑟琳；
>　荟萃了各式的妍媚万种，
>　　选出一副俊脸目秀精神。
>　上天给她这般恩赐优渥，
>　我命该终身做她的仆从。

罗瑟琳　啊，最温柔的丘比特！您的恋爱的说教是多么噜苏，叫您的教民听了好生厌烦，可是您却也不喊一声，"请耐心一点，好人们。"

西莉娅　啊！朋友们，退后去！牧人，稍为走开一点；跟他去，小子。

试金石　来，牧人，让我们堂堂退却：大小箱笼都不带，只带一个书香袋。（柯林、试金石下）

西莉娅　你有没有听见这种诗句？

罗瑟琳　啊，是的，我都听见了。还不止这些呢；有些诗句里的韵脚多得让诗都累得拖不动。

西莉娅　那没关系，多出来的脚可以拖着诗走。

罗瑟琳　不错，但是这些脚原来自己就不是四平八稳的，没有诗韵的帮助，简直寸步难行；所以只能蹩脚地塞在那里。

西莉娅　但是你听见你的名字被人家悬挂起来，刻在这些树上，不觉得奇怪吗？

---

①　阿塔兰忒（Atalanta），希腊传说中善疾走的美女。
②　鲁克丽西娅（Lucretia），莎士比亚叙事诗《鲁克丽丝受辱记》中的主角。

罗瑟琳 人家说一件奇事过了九天便不足为奇；在你没有来之前，我已经过了第七天了。瞧，这是我在一株棕榈树上找到的。自从毕达哥拉斯的时候以来，我从不曾被人这样用诗句咒过；那时我是一只爱尔兰的老鼠①，现在简直记也记不起来了。

西莉娅 你想这是谁干的？

罗瑟琳 会是个男人吗？

西莉娅 而且在他的脖颈上有一根链条，是你从前戴过的。你脸红了吗？

罗瑟琳 请你告诉我是谁？

西莉娅 主啊！主啊！朋友们见面真不容易；可是两座高山也许会给地震搬了家而碰起头来。

罗瑟琳 嗳，但是究竟是谁呀？

西莉娅 真的猜不出来吗？

罗瑟琳 嗳，我用我最大力气使劲地央求你，告诉我他是谁？

西莉娅 怪啊！奇怪啊！怪到无可再怪的奇怪！奇怪而又奇怪！说不出来的怪！

罗瑟琳 我要脸红起来了！你以为我打扮得像个男人，就会在精神上也穿起男装来吗？你再耽延一刻不说出来，就要累我在汪洋大海里作茫然的探索了。请你快快告诉我他是谁，不要吞吞吐吐。我倒希望你是个口吃的，那么你也许会把这个藏在嘴里的秘密名字不期然地吐出来，就像酒从狭口的瓶里倒出来一样，不是一点都倒不出，就是一下子出来了许多。求求你拔去你嘴里的塞子，让我饮着你的消息吧。

西莉娅 那么你要把那人儿一口气吞下肚子里去是不是？

---

① 念咒驱除老鼠为爱尔兰人一种习俗。

罗瑟琳　他是上帝造的吗？是个什么样子的人？他的头戴上一顶帽子显不显得寒伧？他的下巴留着一把胡须像不像个样儿？

西莉娅　不，他只有一点点儿胡须。

罗瑟琳　哦，要是这家伙知道好歹，上帝会再给他一些的。要是你立刻就告诉我他的下巴是怎么一个样子，我愿意等候他长出胡须来。

西莉娅　他就是年轻的奥兰多，一下子把那拳师的脚跟和你的心一起绊跌了个斤斗的那个人。

罗瑟琳　嗳，取笑人留神让魔鬼抓了去；像一个正经的好姑娘似的规规矩矩地说话吧。

西莉娅　真的，姊姊，是他。

罗瑟琳　奥兰多？

西莉娅　奥兰多。

罗瑟琳　嗳哟！我这一身大衫短裤该怎么办呢？你看见他的时候他在做些什么？他说些什么？他瞧上去怎样？他穿着些什么？他为什么到这儿来？他问起我吗？他住在哪儿？他怎样跟你分别的？你什么时候再去看他？你快快地用一个字回答我。

西莉娅　那你一定先要给我向卡冈都亚①借一张嘴来才行；像我们这时代的人，一张嘴里是装不下这么大的一个字的。要是一句句都用"是"和"不"回答起来，也比考问教理还麻烦呢。

罗瑟琳　可是他知道我在这林子里，打扮作男人的样子吗？他是不是跟摔跤的那天一样有精神？

西莉娅　回答情人的问题，就像数微尘的粒数一般为难。你好好听我讲我怎样找到他的情形，静静地体味着吧。我看见他在一株树底下，像一颗落下来的橡果。

---

①　卡冈都亚（Gargantua），法国拉伯雷（Rabelais）《巨人传》中的巨人。

罗瑟琳　树上会落下这样果子来，那真可以说是神树了。

西莉娅　好小姐，听我说。

罗瑟琳　讲下去。

西莉娅　他直挺挺地躺在那儿，像一个受伤的骑士。

罗瑟琳　虽然这种样子有点可怜相，可是躺在这里，倒也是很合适的。

西莉娅　喊你的舌头停步吧；它简直随处乱跳。——他打扮得像个猎人。

罗瑟琳　嗳哟，糟了！他要来猎取我的心了。

西莉娅　我唱歌的时候不要别人和着唱；你缠得我快跑调了。

罗瑟琳　你不知道我是个女人吗？我心里想到什么，便要说出口来。好人儿，说下去吧。

西莉娅　你已经打断了我的话头。且慢！他不是来了吗？

罗瑟琳　是他；我们躲在一旁瞧他做些什么吧。

奥兰多及杰奎斯上。

杰奎斯　多谢相陪；可是说老实话，我倒是喜欢一个人清静些。

奥兰多　我也是这样；可是为了礼貌的关系，我多谢您的作伴。

杰奎斯　上帝和您同在！让我们越少见面越好。

奥兰多　我希望我们还是不要相识的好。

杰奎斯　请您别再在树皮上写情诗糟蹋树木了。

奥兰多　请您别再用难听的声调念我的诗，把它们糟蹋了。

杰奎斯　您的情人的名字是罗瑟琳吗？

奥兰多　正是。

杰奎斯　我不喜欢她的名字。

奥兰多　她受洗礼取名的时候,并没有打算要您喜欢。

杰奎斯　她的身材怎样?

奥兰多　恰恰够得到我的心头那样高。

杰奎斯　您怪会说俏皮的回答;您是不是跟金匠们的妻子有点儿交情,因此把戒指上的警句都默记下来了?

奥兰多　不,我都是用彩画的挂帷上的话儿来回答您的;您的问题也是从那儿学来的?

杰奎斯　您的口才很敏捷,我想是用阿塔兰忒的脚跟做成的。我们一块儿坐下来好不好?我们两人要把这世界痛骂一顿,说说我们所有的苦难。

奥兰多　我不愿责骂世上的有生之伦,除了我自己;因为我知道自己的错处最明白。

杰奎斯　您的最坏的错处就是要恋爱。

奥兰多　要我把这个错处来换取您的最好的美德,我还不肯呢。您真叫我腻烦。

杰奎斯　说老实话,我遇见您的时候,本来是在找一个傻子。

奥兰多　他掉在溪水里淹死了,您向水里一望,就可以瞧见他。

杰奎斯　我只瞧见我自己的影子。

奥兰多　那我以为倘不是个傻子,定然是个废物。

杰奎斯　我不想再跟您在一起了。再见,多情的公子。

奥兰多　我巴不得您走。再会,忧愁的先生。(杰奎斯下)

罗瑟琳　我要扮作一个无礼的小厮一样去向他说话,跟他捣捣乱。——听见我的话吗,树林里的人?

奥兰多　很好,你有什么话要说?

罗瑟琳　请问现在是几点钟?

奥兰多　你应该问我现在是什么时辰；树林里哪来的钟？

罗瑟琳　那么树林里也不会有真心的情人了；否则每分钟的叹息，每点钟的呻吟，该会像时钟一样，能够测算出时间懒懒的脚步来的。

奥兰多　为什么不说时间快快的脚步呢？那样说不对吗？

罗瑟琳　不对，先生。时间之神对于每个人步履都是不同的。我可以告诉你时间对于谁是走跛着方步的，对于谁是拖拖拉拉的，对于谁是飞奔向前的，对于谁是立定不动的。

奥兰多　请问他对于谁是拖拖拉拉的？

罗瑟琳　呃，对于一个订了婚还没有成礼的姑娘，时间是跨着细步有气无力地拖拉走着的；即使这中间只有一星期，也似乎有七年那样难过。

奥兰多　对于谁时间是跛着方步的？

罗瑟琳　对于一个不懂拉丁文的牧师，或是一个不害痛风的富翁：一个因为不能读书而睡得很酣畅，一个因为没有痛苦而活得很高兴；一个可以不必辛辛苦苦地钻研，一个不知道有贫穷的艰困。对于这种人，时间是跛着方步的。

奥兰多　对于谁他是飞奔向前的？

罗瑟琳　对于一个上绞架的贼子；因为虽然时间尽力放慢脚步，他还是觉得到得太快了。

奥兰多　对于谁他是静止不动的？

罗瑟琳　对于在休假中的律师，因为他们在前后开庭的空档儿，完全昏睡过去，觉察不到时间的移动。

奥兰多　可爱的少年，你住在哪儿？

罗瑟琳　跟这位牧羊姑娘，我的妹妹，住在这儿的树林边，正像裙子上的花边一样。

奥兰多　你是本地人吗？

罗瑟琳 跟那头你看见的兔子一样,它的住处就是它生长的地方。

奥兰多 住在这种穷乡僻壤,你的谈吐却很高雅。

罗瑟琳 好多人都曾经这样说我;其实是因为我有一个修行的老伯父,他原本生长在城市里,是他教导我讲话;他曾经在宫廷里闹过恋爱,因此很懂得交际的礼节。我曾经听他发过许多反对恋爱的议论;多谢上帝我不是个女人,不会触犯到他归咎于一般女性的那许多心性轻浮的罪恶。

奥兰多 你记不记得他所说的女人的罪恶当中主要的几桩?

罗瑟琳 没有什么主要不主要的;跟两个铜子相比一样,全差不多;每一件过失似乎都十分严重,可是立刻又有一件出来可以赛过它。

奥兰多 请你说几件看。

罗瑟琳 不,我的药是只给病人吃的。这座树林里常常有一个人来往,在我们的嫩树皮上刻满了"罗瑟琳"的名字,把树木糟蹋得不成样子;山楂树上挂起了诗篇,荆棘枝上吊悬着哀歌,说来说去都是把罗瑟琳的名字捧作神明。要是我碰见了那个卖弄风情的家伙,我一定要好好给他医治一番,因为他似乎害着相思病。

奥兰多 我就是那个给爱情折磨的他。请你告诉我你有什么医治的方法。

罗瑟琳 我伯父所说的那种征兆在你身上全找不出来,他曾经告诉我怎样可以看出来一个人是在恋爱着;我可以断定你一定不是那个草笼中的囚人。

奥兰多 什么是他所说的那种征兆呢?

罗瑟琳 一张瘦瘦的脸庞,你没有;一双眼圈发黑的凹陷的眼睛,你没有;一副懒得跟人家交谈的神气,你没有;一脸忘记了修薙的胡子,你没有——那我倒是可以原谅你,因为你的胡子本来就像小兄弟的产业一样少得可怜。而且你的袜子上应当是不套袜带的,你的帽子上应当是不结帽纽的,你的袖口的钮扣应当是脱开的,你的鞋子上的带子应当是松散的,你身上的每一处都要表示出一种漫不经心的恍惚。可是你却不是这样一个人;你把自己打扮得这么齐整,瞧你倒有点顾影自怜,全不像在爱着什么人。

奥兰多 美貌的少年,我希望我能使你相信我是在恋爱。

罗瑟琳 我相信!你还是叫你爱着的人相信吧。我可以断定,她即使容易相信你,她嘴里也是不肯承认的;这也是女人们不老实的一点。可是说老实话,你真的便是把恭维着罗瑟琳的诗句悬挂在树上的那家伙吗?

奥兰多 少年,我凭着罗瑟琳的玉手向你起誓,我就是他,那个不幸的他。

罗瑟琳 可是你真的像你诗上所说的那样热烈地爱恋着吗?

奥兰多 什么也不能表达我的爱情的深切。

罗瑟琳 爱情不过是一种疯狂;我对你说,对有了爱情的人,是应该像对待一个疯子一样,把他关在黑屋子里用鞭子抽一顿。那么为什么他们不用这种处罚的方法来医治爱情呢?因为那种疯病是极其平常的,就是拿鞭子的人也在害着相思哩。可是我还是有医治它的法子。

奥兰多 你曾经医治过什么人吗?

罗瑟琳 是的,医治过一个;法子是这样的:他假想我是他的爱人,他的情妇,我叫他每天都来向我求爱;那时我是一个善变的少年,便一会儿伤心,一会儿温存,一会儿翻脸,一会儿思慕,一会儿欢喜;骄傲、古怪、刁钻、浅薄、轻浮,有时满眼的泪,有时满脸的笑。什么情感都来一点儿,但没有一种是真切的，就像大多数的孩子和女人一样；有时欢喜他，有时讨厌他，有时讨好他，有时冷淡他，有时为他哭泣，有时把他唾弃：我这样把我这位求爱者从疯狂的爱逼到真个疯狂起来，以至于抛弃人世，做起隐士来了。我用这种方法治好了他，我也可以用这种方法把你的心肝洗得干干净净，像一颗没有毛病的羊心一样，再没有一点爱情的痕迹。

奥兰多 我是治不好的，少年。

罗瑟琳 我可以把你治好，假如你把我叫作罗瑟琳，每天到我的草屋里来向我求爱。

奥兰多 凭着我的恋爱的真诚，我愿意。告诉我你住在什么地方。

罗瑟琳 跟我去，我可以指给你看；一路上你也要告诉我你住在林中什么地方。你愿意去吗？

奥兰多 很愿意，年轻人。

罗瑟琳 不，你一定要叫我罗瑟琳。来，妹妹，我们去吧。

（同下）

第三场　林中的另一部分

试金石及奥德蕾上；杰奎斯随后。

试金石 快来，好奥德蕾；我去把你的山羊赶来。怎样，奥德蕾？我还不曾是你的好人儿吗？我这副朴素的神气你中意吗？

奥德蕾 您的神气！天老爷保佑我们！什么神气？

试金石 我陪着你和你的山羊在这里，就像那最会梦想的诗人奥维德在一群哥特人中间一样。

杰奎斯 （旁白）唉，学问装在这么一副躯壳里，比乔武住在草棚里更坏！

试金石　要是一个人写的诗不能叫人懂,他的才情只有半大孩子才能理解,那比之小客栈里开出一张大账单来还要命。真的,我希望神们把你变得诗意一点。

奥德蕾　我不懂得什么叫做"诗意一点"。那是一句好话,一件好事情吗?那是真实的东西吗?

试金石　老实说,不,因为最真实的诗是最虚妄的;情人们都富于诗意,他们在诗里发的誓,可以说都是情人们的假话。

奥德蕾　那么您愿意天神们把我变得诗意一点吗?

试金石　是的,不错;因为你发誓说你是贞洁的,假如你是个诗人,我就可以希望你说的是假话了。

奥德蕾　您不愿意我贞洁吗?

试金石　对了,除非你生得难看;因为贞洁加美貌,就像在糖里再加蜜。

杰奎斯　(旁白)好一个有见识的傻瓜!

奥德蕾　好,我生得不好看,因此我求求天神们让我贞洁吧。

试金石　真的,把贞洁丢给一个丑陋的懒女人,就像把一块好肉盛在龌龊的盆子里。

奥德蕾　我不是个懒女人,虽然我谢谢天神们我是丑陋的。

试金石　好吧,感谢天神们把丑陋赏给了你!懒惰也许会跟着来的。可是不管这些,我一定要跟你结婚;为了这事我已经去见过邻村的牧师奥列佛·马坦克斯特师傅,他已经答应在这儿树林里会我,给我们配对儿。

杰奎斯　(旁白)我倒要瞧瞧这场热闹。

奥德蕾　好,天神们保佑我们快活吧!

试金石　阿门!倘若是一个胆小的人,也许不敢贸然从事;因为这儿没有庙宇,只有树林,没有宾众,只有一些长角的畜生；但这有什么要紧呢？放出勇气来！角虽然讨厌，却也是少不来的。人家说，"许多人有数不清的家私"；对了，许多人也有数不清的好犄角。好在那是他老婆陪嫁来的妆奁，不是他自己弄到手的。出角吗？有什么要紧？只有苦人儿才长犄角吗？不，不，最高贵的鹿和最寒伧的鹿长的角儿一样大呢。那么单身汉便算是好福气吗？不，城市总比乡村好些，已婚者隆起的额角，也要比未婚者光秃秃的额头体面得多；懂得几手防御的招式，总比一点不会的好些，因此有角也总比没角强。奥列佛师傅来啦。

奥列佛·马坦克斯特师傅上。

试金石 奥列佛·马坦克斯特师傅，您来得巧极了。您是就在这树下替我们把事情办了呢，还是让我们跟您到您的教堂里去？

马坦克斯特 这儿没有人可以把这女人作主嫁出去吗？

试金石 我不要别人把她布施给我。

马坦克斯特 真的，她一定要有人作主许嫁，否则这种婚姻便不合法。

杰奎斯 （上前）进行吧，进行吧；我可以把她许嫁。

试金石 晚安，某某先生；您好，先生？欢迎欢迎！上次多蒙您的照顾，不胜感激。我很高兴看见您。我现在有一点点儿小事，先生。嗳，请戴上帽子。

杰奎斯 你要结婚了吗，傻瓜？

试金石 先生，牛有轭，马有勒，猎鹰腿上挂金铃，人非木石岂无情？鸽子也要亲个嘴儿；女大当嫁，男大当婚。

杰奎斯 像你这样有教养的人，却愿意在一棵树底下像叫花子那样成亲吗？到教堂里去，找一位可以告诉你们婚姻的意义的好牧师。要是让这个家伙把你们像钉墙板似的钉在一起，你们中间总有一个人会像没有晒干的木板一样干缩起来，越变越弯的。

试金石　（旁白）我倒以为让他给我主婚比别人好一点，因为瞧他的样子是不会像像样样地主持婚礼的；假如结婚结得草率一些，以后我可以借口休掉我的妻子。

杰奎斯　你跟我来，让我教导教导你。

试金石　来，好奥德蕾。我们一定得结婚，否则我们只好通奸。再见，好奥列佛师傅，不是

　　亲爱的奥列佛！

　　勇敢的奥列佛！

　　请你不要把我丢弃；①

而是

　　走开去，奥列佛！

　　滚开去，奥列佛！

　　我们不要你行婚礼。（杰奎斯、试金石、奥德蕾同下）

马坦克斯特　不要紧，这一批荒唐的混蛋谁也不能讥笑掉我的饭碗。（下）

第四场　林中的另一部分

罗瑟琳及西莉娅上。

罗瑟琳　别跟我讲话；我一定要哭了。

西莉娅　你就哭吧；可是你还得想一想男人是不该流眼泪的。

罗瑟琳　但我岂不是有应该哭的理由吗？

西莉娅　理由是再充分也没有的了；所以你哭吧。

---

① "亲爱的奥列佛"三句为当时民歌中的片断。

罗瑟琳　瞧他的头发的颜色，就可以看出来他是个坏东西。

西莉娅　比犹大的头发颜色略为深些；他的接吻就是犹大一脉相传下来的。

罗瑟琳　凭良心说一句，他的头发颜色很好。

西莉娅　那颜色好极了；栗色是最好的颜色。

罗瑟琳　他的接吻神圣得就像圣餐面包触到唇边一样。

西莉娅　他买来了一对狄安娜用过的嘴唇；一个凛若冰霜的尼姑也不会吻得像他那样虔诚；他的嘴唇里就有着冰雪般的贞洁。

罗瑟琳　可是他为什么发誓说今天早上要来，却偏偏到现在还没来呢？

西莉娅　不用说，他这人没有半分真心。

罗瑟琳　你是这样想吗？

西莉娅　是的。我想他不是个扒儿手，也不是个盗马贼；可是要说起他的爱情的真不真来，我想他就像一只盖好了的空杯子，或是一枚蛀空了的硬壳果一样空心。

罗瑟琳　他的恋爱不是真心吗？

西莉娅　他在恋爱的时候，是真心的；可是我以为他并不在恋爱。

罗瑟琳　你不是听见他发誓说他的的确确在恋爱吗？

西莉娅　从前说是，现在却不一定是；而且情人们发的誓，是和堂倌嘴里的话一样靠不住的，他们都是惯报虚账的家伙。他在这儿树林子里跟公爵你的父亲在一块儿呢。

罗瑟琳　昨天我碰见公爵，跟他谈了好久。他问我的父母是怎样的人；我对他说，我的父母跟他一样高贵；他大笑着让我走了。可是我们现在有像奥兰多这么一个人，还要谈父亲做什么呢？

西莉娅 啊，好一个漂亮的人！他写得一手漂亮的好诗，讲得一口漂亮话，发着漂亮动听的誓，再漂漂亮亮地毁了誓，同时碎了他情人的心；正如一个刚出道的枪手，骑在马上一面歪，像一头笨鹅一样把他的枪杆折断了。但是年轻人凭着血气和痴劲做出来的事，总是很漂亮的。——谁来了？

柯林上。

柯　林 姑娘和大官人，你们不是常常打听，那天你们看见他和我坐在草地上，称赞着他那个盛气凌人的牧羊女情人的牧人吗？

西莉娅 嗯，他怎样啦？

柯　林 要是你们想看一出认真扮演的好戏，一面是因为情痴而容颜惨白，一面是因为傲慢而满脸绯红；只要稍走几步路，我就可以领你们去，看一个痛快。

罗瑟琳 啊！来，让我们去吧。在恋爱中的人，欢喜看人家相恋。带我们去看看；我将要在他们的戏文里扮演一名重要的角色。（同下）

第五场　林中的另一部分

西尔维斯及菲苾上。

西尔维斯 亲爱的菲苾，不要讥笑我；请不要，菲苾！您可以说您不爱我，但不要说得那样恶毒。习惯于杀人的硬心肠的刽子手，在把斧头向低俯的颈项上劈下的时候也要先说一声对不起；难道您会比这种靠着流血为生的人心肠更硬吗？

罗瑟琳、西莉娅及柯林自后上。

菲　苾 我不愿做你的刽子手：我逃避你，因为我不愿伤害你。你对我说我的眼睛会杀人；这种话当然说得很好听，很动人;眼睛本来是最柔弱的东西,一见了些微尘就会胆小得关起门来,居然也会给人叫作暴君、屠夫和凶手!现在我使劲地抡起白眼瞧着你;假如我的眼睛能够伤人,那么让它们把你杀掉吧:现在你可以假装晕过去;嘿,你可以倒下去了;假如你并不倒下去,哼!羞,羞啊,你可别再胡说,说我的眼睛是凶手了。现在你且把我的眼睛加在你身上的伤痕拿出来看。单单用一枚针儿划了一下,也会有一点疤痕;握着一根灯心草,你的手掌上也会有一刻儿留着痕迹:可是我的眼光现在在你身上,却半点也不曾伤了你:我相信眼睛里是决没有可以伤人的力量的。

  西尔维斯 啊,亲爱的菲苾,要是有一天——也许那一天就近在眼前——您在谁个清秀的脸庞上看出了爱情的力量,那时您就会感觉到爱情的利箭所加在您心上的无形的创伤了。

  菲　苾 可是在那一天没有到来之前,你不要走近我吧。如真有那一天,那么你尽可以用你的讥笑来凌虐我,却不用可怜我;因为不到那时候,我总不会可怜你的。

  罗瑟琳 (上前)为什么呢,请问?谁是你的母亲,生下了你来,把这个不幸的人这般侮辱,如此欺凌?你生得这么丑——老实说,我看你还是晚上不用点蜡烛就摸黑进被窝去的好——难道就该这样骄傲而无情吗?——怎么,这是什么意思?你望着我做什么?我瞧你不过是一件天生的粗货罢了。老天爷救我!我想她要打算迷住我哩。不,老实说,骄傲的姑娘,你别做梦吧!凭着你的墨水一样的眉毛,你的乌丝一样的头发,你的黑玻璃球一样的眼睛,或是你的乳脂一样的脸庞,可不能叫我为你倾倒呀。——你这蠢牧人儿,干吗你要追随着她,像是挟着雾雨而俱来的南风?作为一个男人,你都比她漂亮一千倍;都是因为有了你们这种傻瓜,世上才有那许多难看的孩子。叫她得意的是你的恭维,不是她的镜子;听了你的话,她便觉得她自己比她本来的容貌要美得多了。——可是，姑娘，你自己得有点自知之明；跪下来，斋戒谢天，赐给你这么好的一个爱人。我得向你耳边讲句体己的话，有买主的时候赶快放手卖了吧；你可不是什么抢手货。求求这位大哥恕了你；爱他；接受他的好意。生得丑再要瞧人不起，那才是其丑无比了。——好，牧人，你拿了她去。再见吧。

菲　苾　可爱的青年，请您把我骂一整年吧。我宁愿听您的骂，不要听这人的恭维。

罗瑟琳　他爱上了她的丑样子，而她却爱上了我的怒气。倘若真有这种事，那么只要她一露出怒容对付你，我便会把刻薄的话儿去治她。——你为什么这样瞧着我？

菲　苾　我对您没有怀着恶意呀。

罗瑟琳　请你不要爱我吧，我这人是比酒醉后发的誓更靠不住的；而且我又不喜欢你。要是你想知道我家在何处，请到这儿附近的那簇橄榄树的地方来找我好了。——我们去吧，妹妹。——牧人，着力追求她。——来，妹妹。——牧女，待他好一点儿，别那么骄傲；整个世界上生眼睛的人，都不会像他那样把你当作天仙的。——来，瞧我们的羊群去。（罗瑟琳、西莉娅、柯林同下）

菲　苾　死去的诗人，现在我明白了你的话果然是真："谁个情人不是一见就钟情？"①

西尔维斯　亲爱的菲苾——

菲　苾　啊！你怎么说，西尔维斯？

西尔维斯　亲爱的菲苾，可怜我吧！

---

①　死去的诗人指马洛（Christopher Marlowe，1564—1593），与莎士比亚同时代的戏剧家、诗人；"谁个情人不是一见就钟情？"出自马洛叙事诗《赫洛与勒安德耳》。

菲　苾　唉，我为你伤心呢，温柔的西尔维斯。

西尔维斯　伤心之后，必有安慰；要是您见我因为爱情而伤心而为我难过，那么只要把您的爱给我，您就可以不用再安慰，我也无须再伤心了。

菲　苾　你已经得到我的爱了；咱们不是像邻居那么要好着吗？

西尔维斯　我要拥有您。

菲　苾　啊，那就是贪心了。西尔维斯，从前我讨厌你；可是现在我也不是对你有什么爱情；不过你既然讲爱情讲得那么好，我本来是讨厌跟你在一起的，现在我可以忍受你了。我还有事儿要差遣你呢；可是除了你自己愿意供我差遣外，可不用希望我还会用什么来答谢你。

西尔维斯　我的爱情是这样圣洁而完整，我又是这样不蒙眷顾，因此只要能够拾些人家收获过后留下来的残穗，我也以为是一次最丰富的收成了；随时略为给我一个不经意的微笑，我就可以靠着它活命。

菲　苾　你认识刚才对我讲话的那个少年吗？

西尔维斯　不大熟悉，但我常常遇见他；他已经把本来属于那个老头儿的草屋和地产都买下来了。

菲　苾　不要以为我爱他，虽然我问起他。他只是个淘气的孩子；可是倒很会讲话；但是空话我理它作甚？然而说话的人要是能够讨听话的人欢喜，那么空话也是很好的。他是个标致的青年；不算顶标致。当然他是太骄傲了；然而他配得上这样的骄傲。他长起来倒是一个漂亮的汉子，顶好的地方就是他的脸色；他的舌头刚刚得罪了人，用眼睛一瞟就补偿过来了。他的个儿不很高；然而照他的年纪说起来也就够高。他的腿不过如此；但也还好。他的嘴唇红得很美，比他那张白脸上掺和着的红色更烂熟更浓艳;一个是大红,一个是粉红。西尔维斯,有些女人假如也像我一样这么仔细地看他,一定会马上爱上他的;可是我呢,我不爱他,也不恨他;然而我更应该有恨他的理由。凭什么他要骂我呢?他说我的眼珠黑,我的头发黑;现在我记起来了,他嘲笑着我呢。我不懂为何我不回骂他;但那没有关系,不声不响并不就是善罢甘休。我要写一封辱骂的信给他,你可以给我带去;你肯不肯,西尔维斯?

西尔维斯　菲苾,那是我再愿意不过的了。

菲　苾　我就写去;这件事情盘绕在我的心头,我要直截了当地把他挖苦一番。跟我去,西尔维斯。(同下)

第四幕

第一场　亚登森林

罗瑟琳、西莉娅及杰奎斯上。

杰奎斯　可爱的少年，请你许我跟你多多结识。

罗瑟琳　他们说你是个多愁善感的人。

杰奎斯　是的，我喜欢发愁而不喜欢笑。

罗瑟琳　这两件事各趋极端，都会叫人讨厌，比之醉汉更容易招一般人的指摘。

杰奎斯　发发愁不说话，有什么不好？

罗瑟琳　那么何不做一根木头呢？

杰奎斯　我没有学者的忧愁，那是好胜；没有音乐家的忧愁，那是幻想；没有官员的忧愁，那是骄傲；没有军人的忧愁，那是野心；没有律师的忧愁，那是狡猾；没有女人的忧愁，那是卖弄风情；也没有情人的忧愁，那是集上面一切之大成；我的忧愁全然是我独有的，它是由各种成分组成的，是从许多事物中提炼出来的，是我旅行中所得到的各种观感，因为不断沉思，将我笼罩在一种十分古怪的愁绪之中。

罗瑟琳　一个旅行家？那你确实有很多悲哀的理由。我想你多半是卖去了自己的田地去看别人的田地；看见的这么多，自己却一无所有；眼睛是看饱了，两手却是空空的。

杰奎斯　是的，我已经得到了我的经验。

罗瑟琳　而你的经验使你悲哀。我宁愿叫一个傻瓜来逗我发笑，不愿叫经验来使我悲哀；而且还要到各处旅行去找它！

奥兰多上。

奥兰多　早安，祝你心情好，亲爱的罗瑟琳！

杰奎斯　要是你要念起诗来，那么我可要少陪了。（下）

罗瑟琳　再会，旅行家先生。你该打起些南腔北调，穿些奇装异服，瞧不起本国的一切好处，厌恶你的故乡，甚至该怨恨上帝干吗给你生了这样一副相貌；否则我可不能相信你曾经在威尼斯荡过艇子。——啊，怎么，奥兰多！你这些时都在哪儿？你算是一个情人！要是你再对我来这么一套，你可再不用来见我了。

奥兰多　我的好罗瑟琳，我迟了不过一小时。

罗瑟琳　情人的约会还误了一个小时！有些人是把一分钟分作一千分，而在恋爱中误了一千分之一分钟的几分之一，这种人也只能说丘比特曾经拍过他的肩膀，可是要我说他的心是不曾中过爱神之箭的。

奥兰多　原谅我吧，亲爱的罗瑟琳！

罗瑟琳　哼，要是你再这样慢腾腾的，以后不用再来见我了；我宁愿让一条蜗牛向我献殷勤的。

奥兰多　一条蜗牛！

罗瑟琳　对了，一条蜗牛；因为他虽然走得慢，可是却把他的屋子顶在头上，我想这是一份比你所能给予一个女人的更好的家产；而且他还随身带着他的命运哩。

奥兰多　那是什么？

罗瑟琳　嘿，角儿哪；那正是你所要谢谢你的妻子的，可是他还自己随身带了份家产做武器，免得人家说他妻子的坏话时没处躲藏。

奥兰多　贤德的女子不会给她丈夫戴角儿；我的罗瑟琳是贤德的。

罗瑟琳　而我正是你的罗瑟琳。

西莉娅　他欢喜这样叫你；可是他有一个长得比你漂亮的罗瑟琳哩。

罗瑟琳　来，向我求婚，向我求婚；我现在很快活；多半会答应你。假如我真是你的罗瑟琳，你现在要向我说些什么话？

奥兰多　我要在没有说话之前先接个吻。

罗瑟琳　不，你最好先说话，等到所有的话都说完了，想不出什么来的时候，你就可以趁此接吻。善于演说的人，当他们一时无话可说之际，他们会吐一口痰；情人们呢，上帝保佑我们！倘若找不到谈资，接吻是最便当的补救办法。

奥兰多　假如她不肯让我吻她呢？

罗瑟琳　那么她就是要你向她开口请求，这样又有了新的话题了。

奥兰多　谁见了他的心爱的情人而会说不出话来呢？

罗瑟琳　哼，假如我是你的情人，你就会说不出话来。不然的话，我就会认为自己是德有余而才不足了。

奥兰多　什么，难道我会闷头不语吗？

罗瑟琳　可以伸头，却说不出话。我不是你的罗瑟琳吗？

奥兰多　我很愿意把你当作罗瑟琳，因为这样我就可以讲着她了。

罗瑟琳　好，我代表她说我不愿接受你。

奥兰多　那么我代表我自己说我要死去。

罗瑟琳　不，真的，还是请个人代死吧。这个可怜的世界差不多有六千年的岁数了，可是从来不曾有过一个人亲自殉情而死。特洛伊罗斯是被一个希腊人的棍棒砸出了脑浆的；可是在这以前他的确已经寻过死，而他还算是一个爱的典范。即使赫洛当了尼姑，勒安德耳也会好好地活下去活好多年的，倘不是因为一个酷热的仲夏之夜——因为，好孩子，他那晚本来只是要到赫勒斯滂海峡里去洗个澡的，可是在水中害起抽筋来，因而淹死了——那时代的愚蠢的史家却说他是为了塞斯托斯的赫洛而死①。这些全都是谎；人们一代一代地死去，他们的尸体都给蛆虫吃了，可是决不会为爱情而死的。

奥兰多　我不愿我的真正的罗瑟琳也作这样的想法；因为我可以发誓说她只要皱一皱眉头就会把我杀死。

罗瑟琳　我凭着此手发誓，那是连一只苍蝇也杀不死的。但是来吧，现在我要做你的一个乖乖的罗瑟琳；你向我要求什么，我一定允许你。

奥兰多　那么爱我吧，罗瑟琳！

罗瑟琳　好，我就爱你，星期五、星期六以及一切的日子。

奥兰多　你肯接受我吗？

罗瑟琳　肯的，像你这样的男人二十个都行。

奥兰多　你怎么说？

罗瑟琳　你不是个好人吗？

奥兰多　我希望是的。

罗瑟琳　那么好的东西会嫌太多吗？——来，妹妹，你来扮

---

①　希腊神话中，爱与美之神阿佛洛狄忒的女祭司赫洛（Hero）与少年勒安德耳（Leander）相爱。勒安德耳每晚游过赫勒斯滂海峡（今达达尼耳海峡）与赫洛相会，赫洛则点燃灯塔为爱人指路。一个暴风雨之夜，灯塔被熄灭，勒安德耳淹死。当赫洛在灯塔下找到他的尸体，遂投海自尽。

作牧师，给我们主婚。——把你的手给我，奥兰多。你得说点什么，妹妹？

奥兰多　请你给我们主婚。

西莉娅　我不会说那些祝词。

罗瑟琳　你应当这样开始："奥兰多，你愿不愿——"

西莉娅　好吧。——奥兰多，你愿不愿娶这个罗瑟琳为妻？

奥兰多　我愿意。

罗瑟琳　嗯，可什么时候才娶呢？

奥兰多　当然就在现在哪；只要她能替我们完成婚礼。

罗瑟琳　那么你必须说，"罗瑟琳，我愿娶你为妻。"

奥兰多　罗瑟琳，我愿娶你为妻。

罗瑟琳　我本来可以问你凭着什么来娶我的；可是奥兰多，我愿意接受你做我的丈夫。——这丫头等不到牧师问起，就冲口说出来了；真的，女人的思想总是比行动跑得更快。

奥兰多　一切的思想都是这样；它们是生着翅膀的。

罗瑟琳　现在你告诉我你娶了她之后，打算保留多久？

奥兰多　永久再加上一天。

罗瑟琳　说一天，不用说永久。不，不，奥兰多，男人们在未婚的时候是四月天，结婚的时候是十二月天；姑娘们做姑娘的时候是五月天，一做了妻子，季候便改变了。我要比一头巴巴里雄鸽对待它的雌鸽还要多疑地对待你；我要比下雨前的鹦鹉更加吵闹，比猢狲还弃旧怜新，比猴子还反复无常；我要在你高兴的时候像喷泉上的狄安娜女神雕像一样无端哭泣；我要在你想睡的时候像土狼一样纵声大笑。

奥兰多　但是我的罗瑟琳会做出这种事来吗？

罗瑟琳　以性命发誓，她会，我也一样。

奥兰多　啊！但是她是个聪明人哩。

罗瑟琳　她倘不聪明，怎么有本领做这等事？越是聪明，越是淘气。假如用一扇门把一个女人的才情关起来，它会从窗子里钻出来的；关了窗，它会从钥匙孔里钻出来的；塞住了钥匙孔，它会跟着一道烟从烟囱里飞出来的。

奥兰多　男人娶到了这种有才情的老婆，就难免要感慨"才情才情，看你横行到什么地方"了。

罗瑟琳　不，你可以把那句骂人的话留起来，等你瞧见你妻子的才情爬上了你邻人的床上去的时候再说。

奥兰多　那时这位多才的妻子又将用怎样的才情来辩解呢？

罗瑟琳　呃，她会说她是到那儿找你去的。你捉住她，她总有话可说，除非你把她的舌头割掉。唉！要是一个女人不会把她的错处推到她男人的身上去，可千万不要让她抚养她自己的孩子，因为她会把他养成一个傻子的。

奥兰多　罗瑟琳，这两小时我要离开你。

罗瑟琳　唉！爱人，我两小时都缺不了你哪。

奥兰多　我一定要陪公爵吃饭去；到两点钟我就会回来。

罗瑟琳　好，你去吧，你去吧！我知道你会成为怎样的人。我的朋友们早已这样对我说过，我自己也这样相信着，你用你那花言巧语把我骗上手。我不过又是一个给人丢弃的人儿罢了；好，死就死吧！你说是两点钟吗？

奥兰多　是的，亲爱的罗瑟琳。

罗瑟琳　凭着良心，一本正经，上帝保佑我，我可以向你起一大堆无关紧要的誓，要是你失了一点点儿的约，或是比约定的时间来迟了一分钟，我就要把你当作在一大堆无义的人们中间一个最可怜的背信者、最空心的情人，最不配被你叫作罗瑟琳的那人所爱的。所以，留心我的责骂，守你的约吧。

奥兰多　我一定恪遵，就像你真是我的罗瑟琳一样。好，再见。

罗瑟琳　好,时间是审判一切这一类罪人的老法官,让他来审判吧。再见。(奥兰多下)

西莉娅　你在你那堆情话中,简直是侮辱我们女性。我们一定要把你的衫裤揭到你的头上,让全世界的人看看鸟儿怎样作践了她自己的窠。

罗瑟琳　啊,小妹妹,小妹妹,我的可爱的小妹妹,你要是知道我是爱得多么深!我的爱深得无从测量的,因为它有一个渊深莫测的底,像葡萄牙海湾一样。

西莉娅　或者不如说是没有底的吧;你刚把你的爱倒进去,它就漏了出来。

罗瑟琳　不,维纳斯的那个坏蛋私生子①,那个因为忧郁而感孕,因为冲动而受胎,因为疯狂而诞生的;那个瞎眼的坏孩子,因为自己没有眼睛而把每个人的眼睛都欺蒙了的;让他来判断我是爱得多么深吧。我告诉你,爱莲娜,我不看见奥兰多便活不下去。我要找一处树荫,去到那儿长吁短叹地等着他回来。

西莉娅　我要去睡一个觉儿。(同下)

第二场　林中的另一个地方

杰奎斯、众臣及林居人等上。

杰奎斯　是谁把鹿杀死的?

臣　甲　先生,是我。

杰奎斯　让我们引他去见公爵,像一个罗马的凯旋将军一样;顶好把鹿角插在他头上,充当胜利的桂冠。林居人,你们没

---

①　指丘比特。

有个应景的歌儿吗？

林居人 有的，先生。

杰奎斯 那么唱起来吧；不要管它调子怎样，只要可以热闹热闹的就是了。

林居人 （唱）

　　杀鹿的人好幸福，
　　穿起毛皮顶起角。
　　　唱个歌儿送送他。（众和）
　　顶了鹿角莫讥笑，
　　古时它已当冠帽；
　　　你的祖父戴过它，
　　　你的阿爹顶过它：
　　鹿角鹿角壮而美，
　　你们取笑真不对。（众下）

第三场　林中的另一部分

罗瑟琳及西莉娅上。

罗瑟琳 你现在怎么说？不是过了两点钟了吗？这儿哪见有什么奥兰多！

西莉娅 我对你说，他怀着纯洁的爱情和忧虑的头脑，带了弓箭出去睡觉去了。瞧，谁来了。

西尔维斯上。

西尔维斯 我奉命来见您，美貌的少年；我的温柔的菲苾要我把这信送给您。（将信交罗瑟琳）里面说的什么话我不知道；但是照她写这封信时候那发怒的神气看来，多半是一些气恼的话。原谅我，我只是个不知情的送信人。

罗瑟琳 （阅信）最有耐性的人见了这封信也要暴跳如雷；是可忍，孰不可忍？她说我不漂亮；说我没有礼貌；说我骄傲；说即使男人像凤凰那样希罕，她也不会爱我。天哪！我并不曾要追求她的爱，她为什么写这种话给我呢？好，牧人，好，这封信是你捣的鬼。

西尔维斯 不，我发誓我不知道里面写些什么；这封信是菲苾写的。

罗瑟琳 算了吧，算了吧，你是个傻瓜，为了爱情颠倒到这等地步。我看见过她的手，她的手就像一块牛皮那样粗糙，一块沙石那样的颜色；我真以为她戴着一副旧手套，哪知道原来就是她的手；她有一双做粗活的手；但这可不用管它。我说她从来不曾想到过写这封信：这是男人出的花样，是一个男人的笔迹。

西尔维斯 真的，那是她的笔迹。

罗瑟琳 嘿，这是粗暴的凶狠的口气，全然是挑战的口气；嘿，她就像土耳其人向基督徒那样向我挑战呢。女人家的温柔的头脑里，决不会想出这种恣睢暴戾的念头来；这种狠恶的字句，含着比字面更狠恶的用意。你要不要听听这封信？

西尔维斯 假如您愿意，请您念给我听听吧。因为我还不曾听到过它呢；虽然关于菲苾的凶狠的话，倒已经听了不少了。

罗瑟琳 她要向我撒野呢。听那只雌老虎怎样写法：（读）

　　你是不是天神的化身，
　　来燃烧一个少女的心？

女人会这样骂人吗？

西尔维斯 您把这种话叫作骂人吗？

罗瑟琳 （读）

　　撇下了你神圣的殿堂，
　　虐弄一个痴心的姑娘？

你听见过这种骂人的话吗？

　　人们的眼睛向我求爱，

　　从不曾给我丝毫损害。

意思说我是个畜生。

　　你一双美目中的轻蔑，

　　尚能勾起我这般情热；

　　唉！假如你能青眼相加，

　　我更将怎样意乱如麻！

　　你一边骂，我一边爱你；

　　你倘求我，我何事不依？

　　代我传达情意的来使，

　　并不知道我这段心事；

　　让他带下了你的回报，

　　告诉我你的青春年少，

　　肯不肯接受我的奉献，

　　把我的一切听你调遣；

　　否则就请把拒绝明言，

　　我准备一死了却情缘。

西尔维斯　您把这叫做骂吗？

西莉娅　唉，可怜的牧人！

罗瑟琳　你可怜他吗？不，他是不值得怜悯的。你会爱这种女人吗？嘿，利用你做工具，那样玩弄你！怎么受得住！好，你到她那儿去吧，因为我知道爱情已经把你变成一条驯服的蛇了；你去对她说：要是她爱我，我吩咐她爱你；要是她不肯爱你，那么我决不要她，除非你代她恳求。假如你是个真心的恋人，去吧，别说一句话；瞧又有人来了。（西尔维斯下）

　　奥列佛上。

奥列佛 早安，两位。请问你们知不知道在这座树林的边界有一所用橄榄树围绕起来的羊栏？

西莉娅 在这儿的西面，附近的山谷之下，从那微语喃喃的泉水旁边那一列柳树的地方向右出发，便可以到那边去。但现在那边只有一所空屋，没有人在里面。

奥列佛 假如听了人家嘴里的叙述便可以用眼睛认识出来，那么你们的模样正是我所听说过的，穿着这样的衣服，这样的年纪："那少年生得很俊，脸孔像个女人，行为举动像是老大姊似的；那女人矮矮的，比她的哥哥黝黑些。"你们正就是我所要寻访的那屋子的主人吗？

西莉娅 既蒙下问，那么我们说我们正是那屋子的主人，也不算是自己的夸口了。

奥列佛 奥兰多要我向你们两位致意；这一方染着血迹的手帕，他叫我送给他称为他的罗瑟琳的那位少年。您就是他吗？

罗瑟琳 正是；这是什么意思呢？

奥列佛 说起来徒增我的惭愧，假如你们要知道我是谁，这一方手帕怎样、为什么、在哪里沾上这些血迹。

西莉娅 请您说吧。

奥列佛 年轻的奥兰多上次跟你们分别的时候，曾经答应过在一小时之内回来；他正在林中行走，品味着爱情的甜蜜和苦涩，瞧，什么事发生了！他把眼睛向旁边一望，你瞧，他看见了些什么东西：在一株满覆着苍苔的秃顶的老橡树之下，有一个不幸的衣衫褴褛须发蓬松的人仰面睡着；一条金绿色的蛇缠在他的头上，正预备把它的头敏捷地伸进他的张开的嘴里去，可是突然看见了奥兰多，它便松了开来，蜿蜒地溜进林莽中去了；在那林荫下有一头乳房干瘪的母狮，头贴着地蹲伏着，像猫一样注视这睡着的人的动静，因为那畜生有一种高贵的秉性，不会去侵犯瞧上去似乎已经死了的东西。奥兰多一见了这情形，便走到那人的面前，一看却是他的兄长，他的大哥。

西莉娅　啊！我听见他说起过那个哥哥；说他是一个再伤天害理不过的。

奥列佛　他很可以那样说，因为我知道他确是伤天害理的。

罗瑟琳　但是我们说奥兰多吧；他把他丢下在那儿，让他给那饿狮吃了吗？

奥列佛　他两次转身想去；可是善心比复仇更高贵，天性克服了他的私怨，使他去和那母狮格斗，很快地那狮子便在他手下丧命了。我听见了搏击的声音，就从苦恼的瞌睡中醒过来了。

西莉娅　你就是他的哥哥吗？

罗瑟琳　他救的便是你吗？

西莉娅　老是设计谋害他的便是你吗？

奥列佛　那是从前的我，不是现在的我。我现在感到很幸福，已经变了个新的人了，因此我可以不惭愧地告诉你们我从前的为人。

罗瑟琳　可是那块血渍的手帕是怎样来的？

奥列佛　别性急。那时我们两人述叙着彼此的经历，以及我到这荒野里来的原委；一面说一面自然流露的眼泪流个不住。简单地说，他把我领去见那善良的公爵，公爵赏给我新衣服穿，款待着我，吩咐我的弟弟照应我；于是他立刻带我到他的洞里去，脱下衣服来，一看臂上给母狮抓去了一块肉，血不停地流着，那时他便晕了过去，嘴里还念着罗瑟琳的名字。简单地说，我把他救醒转来，裹好了他的伤口；略过些时，他精神恢复了，便叫我这个陌生人到这儿来把这件事通知你们，请你们原谅他的失约。这一方手帕在他的血里浸过，他要我交给他戏称为罗瑟琳的那位青年牧人。（罗瑟琳晕过去）

西莉娅 呀，怎么啦，盖尼米德！亲爱的盖尼米德！

奥列佛 有好多人一见了血便要发晕。

西莉娅 还有其他的缘故哩。哥哥！盖尼米德！

奥列佛 瞧，他醒过来了。

罗瑟琳 我要回家去。

西莉娅 我们可以陪着你去。——请您扶着他的手臂好不好？

奥列佛 提起精神来，孩子。你算是个男人吗？你太没有男人气了。

罗瑟琳 一点不错，我承认。啊，老哥！人家会觉得我假装得很像哩。请您告诉令弟我假装得多么像。嗳唷！

奥列佛 这不是假装：你的脸色已经有了太清楚的证明，这是出于真情的。

罗瑟琳 告诉您吧，真的是假装的。

奥列佛 好吧，那么振作起来，假装个男人样子吧。

罗瑟琳 我正在假装着呢；可是凭良心说，我理该是个女人。

西莉娅 来，你瞧上去脸色越变越白了；回家去吧。好先生，陪我们去吧。

奥列佛 好的，因为我必须把你怎样原谅舍弟的回音带回去呢，罗瑟琳。

罗瑟琳 我会想出些什么来的。但是我请您就把我的假装的样子告诉他吧。我们走吧。（同下）

第五幕

第一场　亚登森林

试金石及奥德蕾上。

试金石　咱们总会找到一个时间的,奥德蕾;耐心点儿吧,温柔的奥德蕾。

奥德蕾　那位老先生虽然这么说,其实这个牧师就很好呀。

试金石　顶坏不过的奥列佛师傅,奥德蕾;顶不好的马坦克斯特。但是,奥德蕾,林子里有一个年轻人要向你求婚呢。

奥德蕾　嗯,我知道他是谁;他跟我全没有关涉。你说起的那个人来了。

威廉上。

试金石　看见一个村汉在我是家常便饭。凭良心说话,我们这辈聪明人真是作孽不浅;我们总是忍不住要寻寻人家的开心。

威　廉　晚安,奥德蕾。

奥德蕾　你晚安哪,威廉。

威　廉　晚安,先生。

试金石　晚安,好朋友。把帽子戴上,把帽子戴上;请不用客气,把帽子戴上。你多大年纪了,朋友?

威　廉　二十五了,先生。

试金石　正是妙龄。你名叫威廉吗?

威　廉　威廉,先生。

试金石　一个好名字。是生在这林子里的吗?

威　廉　是的,先生,我感谢上帝。

试金石　"感谢上帝";很好的回答。很有钱吗?

威　廉　呃,先生,不过如此。

试金石　"不过如此",很好很好,好得很;可是也不算怎么好,不过如此而已。你聪明吗?

威　廉　呃,先生,我还算聪明。

试金石　啊,你说得很好。我现在记起一句话来了,"傻子自以为聪明,但聪明人知道他自己是个傻子。"异教的哲学家想要吃一颗葡萄的时候,便张开嘴唇来,把它放进嘴里去;那意思是表示葡萄是生下来给人吃,嘴唇是生下来要张开的。你爱这姑娘吗?

威　廉　是的,先生。

试金石　把你的手给我。你有学问吗?

威　廉　没有,先生。

试金石　那么让我教训你:有者有也;修辞学上有这么一个譬喻,把酒从杯子里倒在碗里,一只满了,那一只便要落空。写文章的人大家都承认"彼"即是他:好,你不是彼,因为我是他。

威　廉　哪一个他,先生?

试金石　先生,就是要跟这个女人结婚的他。所以,你这村夫,莫——那在俗话里就是不要——与此妇——那在土话里就是和这个女人——交游——那在普通话里就是来往;合拢来说,莫与此妇交游，否则，村夫，你就要毁灭；或者说得让你容易明白些，你就要死；那就是说，我要杀死你，把你干掉，叫你活不成，让你当奴才。我要用毒药毒死你，一顿棒儿打死你，或者用钢刀搠死你；我要跟你打架；我要想出计策来打倒你；我要用一百五十种法子杀死你；所以赶快发着抖滚吧。

奥德蕾　你快去吧，好威廉。

威　廉　上帝保佑您快活，先生。（下）

柯林上。

柯　林　我们的大官人和小娘子找着你哪；来，走啊！走啊！

试金石　走，奥德蕾！走，奥德蕾！我就来，我就来。（同下）

第二场　林中的另一部分

奥兰多及奥列佛上。

奥兰多　你跟她相识得这么浅便会欢喜起她来了吗？一看见了她，便会爱起她来了吗？一爱了她，便会求起婚来了吗？一求了婚，她便会答应了你吗？你一定要得到她吗？

奥列佛　这件事进行的匆促，她的贫穷、相识的不久、我突然的求婚和她突然的允许——这些你都不用怀疑；只要你承认我是爱着爱莲娜的，承认她是爱着我的，允许我们两人的结合，这样你也会有好处；因为我愿意把我父亲老罗兰爵士的房屋和一切收入都让给你，我自己在这里终生做一个牧人。

奥兰多　你可以得到我的允许。你们的婚礼就在明天举行吧；我可以去把公爵和他的一切乐天的从者都请了来。你去吩咐爱莲娜预备一切。瞧，我的罗瑟琳来了。

罗瑟琳上。

罗瑟琳　上帝保佑你,哥哥。

奥列佛　也保佑你,好妹妹。(下)

罗瑟琳　啊!我的亲爱的奥兰多,我瞧见你把你的心裹在绷带里,我是多么难过呀。

奥兰多　那是我的臂膀。

罗瑟琳　我以为是你的心给狮子抓伤了。

奥兰多　它的确是受了伤了,但却是给一位姑娘的眼睛伤害了的。

罗瑟琳　你的哥哥有没有告诉你当他把你的手帕给我看的时候,我假装晕去了的情形?

奥兰多　是的,而且还有更奇怪的事情呢。

罗瑟琳　噢!我知道你说的是什么。嗷,那倒是真的;从来不曾有过这么快的事情,除了两头公羊的打架和凯撒那句"我来,我看见,我征服"的妄语。令兄和舍妹刚见了面,便彼此看上了;一看便相爱了;一相爱便哀叹了;一哀叹便彼此问为的是什么;一知道了为的是什么,便要想补救的办法:这样一步一步地踏到了结婚的阶段,不久他们便要成其好事了,否则他们等不到结婚便要放肆起来。他们简直爱得发慌了,一定要在一块儿:用棒儿也打不散他们。

奥兰多　他们明天便要成婚,我就要去请公爵来参加婚礼。但是,唉!从别人的眼中看见幸福,多么令人烦闷。明天我越是想到我的哥哥满足了心愿多么快活,我便将越是伤心。

罗瑟琳　难道我明天不能仍旧充作你的罗瑟琳了吗?

奥兰多　我不能老是靠着幻想而生存了。

罗瑟琳　那么我不再用空话来叫你心烦了。告诉了你吧,现在我不是说着玩儿,我知道你是一个有见识的上等人;我并不是因为希望你赞美我的才能而恭维你,也不是图自己的名气,只是想要你相信,那是为了你着想,不是为了给我自己增光。假如你肯相信,那么我告诉你,我会行奇迹。从三岁时候起我就和一个术士结识,他的法术非常高深,可是并不作恶害人。要是你爱罗瑟琳真是爱得那么深,就像你瞧上去的那样,那么你哥哥和爱莲娜结婚的时候,你就可以和她结婚。我知道她现在的处境是多么不幸;只要你没有什么不方便,我一定能够明天叫她亲身出现在你的面前,不会出一点危险。

奥兰多　你说的是真话吗?

罗瑟琳　我以生命为誓,我说的都是真话;虽然我说我是个术士,可是我很重视我的生命呢。所以你得穿上你最好的衣服,邀请你的朋友们来;只要你愿意在明天结婚,你一定可以结婚;和罗瑟琳结婚,要是你愿意。瞧,我的一个爱人和她的一个爱人来了。

西尔维斯及菲苾上。

菲　苾　少年人,你很对我不起,把我写给你的信读给别人听。

罗瑟琳　要是我把它读出来了,那又如何;我存心要对你傲慢不客气。你背后跟着一个忠心的牧人;瞧着他吧,爱他吧,他崇拜着你哩。

菲　苾　好牧人,告诉这个少年人恋爱是怎样的。

西尔维斯　它是充满了叹息和眼泪的;我正是这样爱着菲苾。

菲　苾　我也是这样爱着盖尼米德。

奥兰多　我也是这样爱着罗瑟琳。

罗瑟琳　我可是一个女人也不爱。

西尔维斯　它是全然的忠心和服务;我正是这样爱着菲苾。

菲　苾　我也是这样爱着盖尼米德。

奥兰多　我也是这样爱着罗瑟琳。

罗瑟琳　我可是一个女人也不爱。

西尔维斯　它是全然的空想，全然的热情，全然的愿望，全然的崇拜、恭顺和尊敬；全然的谦卑，全然的忍耐和焦心；全然的纯洁，全然的磨炼和全然的服从；我正是这样爱着菲苾。

菲　苾　我也是这样爱着盖尼米德。

奥兰多　我也是这样爱着罗瑟琳。

罗瑟琳　我可是一个女人也不爱。

菲　苾　（向罗瑟琳）假如真是这样，那么你为什么责备我爱你呢？

西尔维斯　（向菲苾）假如真是这样，那么你为什么责备我爱你呢？

奥兰多　假如真是这样，那么你为什么责备我爱你呢？

罗瑟琳　你在向谁说这一句，"你为什么责备我爱你呢？"

奥兰多　向那不在这里、也听不见我说话的她。

罗瑟琳　请你们别再说下去了吧；这简直像是一群爱尔兰的狼向着月亮嗥叫。（向西尔维斯）要是我能够，我一定帮助你。（向菲苾）要是我有可能，我一定会爱你。明天大家来和我相会。（向菲苾）假如我会跟女人结婚，我一定跟你结婚；我要在明天结婚了。（向奥兰多）假如我会使男人满足，我一定使你满足；你要在明天结婚了。（向西尔维斯）假如使你喜欢的东西能使你满意，我一定使你满意；你要在明天结婚了。（向奥兰多）你既然爱罗瑟琳，请你赴约。（向西尔维斯）你既然爱菲苾，请你赴约。我既然不爱什么女人，我也赴约。现在再见吧；我已经盼咐过你们了。

西尔维斯　只要我活着，我一定不失约。

菲　苾　我也不失约。

奥兰多　我也不失约。(各下)

第三场　林中的另一个地方

试金石及奥德蕾上。

试金石　明天是快乐的好日子，奥德蕾；明天我们要结婚了。

奥德蕾　我满心盼望着呢；我希望盼望出嫁并不是一个不正当的愿望。老公爵的两个童儿来了。

二童上。

童　甲　遇见得巧啊，好先生。

试金石　巧得很，巧得很。来，请坐，请坐，唱个歌儿。

童　乙　遵命遵命。居中坐下吧。

童　甲　一副破嗓子未唱之前，总少不了来些老套子，例如咳嗽吐痰或是说嗓子有点儿嘎了之类；我们还是免了这些，马上唱起来怎样？

童　乙　好的，好的；两人齐声同唱，就像两个吉卜赛人骑在一匹马上。

歌

一对情人并着肩，

　　嗳唷嗳唷嗳嗳唷，

走过了青青稻麦田，

　　春天是最好的结婚天，

鸟在枝头嘤嘤唱，

　　姑娘小伙爱春光。

莎士比亚喜剧

小麦青青大麦鲜,
　嗳唷嗳唷嗳嗳唷,
乡女村男交颈儿眠,
　春天是最好的结婚天,
鸟在枝头嘤嘤唱,
姑娘小伙爱春光。

新歌一曲意缠绵,
　嗳唷嗳唷嗳嗳唷,
人生美满像好花妍,
　春天是最好的结婚天,
鸟在枝头嘤嘤唱,
姑娘小伙爱春光。

劝君莫负艳阳天,
　嗳唷嗳唷嗳嗳唷,
恩爱欢娱要趁少年
　春天是最好的结婚天,
鸟在枝头嘤嘤唱,
姑娘小伙爱春光。

试金石　老实说,年轻的先生们,这首歌词固然没有多大意思,那调子却也很不入调。

童　甲　您弄错了,先生;我们是照着板眼唱的,一拍也没有漏过。

试金石　凭良心说,我来听这么一首傻气的歌儿,真算是白糟蹋了时间。上帝和你们同在;上帝把你们的喉咙补补好吧!来,奥德蕾。(各下)

第四场 林中的另一个地方

老公爵、阿米恩斯、杰奎斯、奥兰多、奥列佛及西莉娅同上。

公　爵　奥兰多,你相信那孩子果真有他所说的那种本领吗?

奥兰多　我有时相信,有时不相信;就像那些因恐结果无望而心中惴惴的人,一面希望一面担着心事。

罗瑟琳、西尔维斯及菲苾上。

罗瑟琳　再请耐心听我说一遍我们所约定的条件。(向公爵)您不是说,假如我把您的罗瑟琳带了来,您愿意把她赏给这位奥兰多做妻子吗?

公　爵　即使再要我把几个王国作为陪嫁,我也愿意。

罗瑟琳　(向奥兰多)您不是说,假如我带了她来,您愿意娶她吗?

奥兰多　即使我是统治万国的君王,我也愿意。

罗瑟琳　(向菲苾)您不是说,假如我愿意,您便愿意嫁我吗?

菲　苾　即使我在一小时后就要一命丧亡,我也愿意。

罗瑟琳　但是假如您不愿意嫁我,您不是要嫁给这位忠心无比的牧人吗?

菲　苾　是这样约定着。

罗瑟琳　(向西尔维斯)您不是说,假如菲苾愿意,您便愿意娶她吗?

西尔维斯　即使娶了她等于送死,我也愿意。

罗瑟琳　我答应要把这一切事情安排得好好的。公爵,请您守约许嫁您的女儿；奥兰多，请您守约娶他的女儿；菲苾，请您守约嫁我，假如不肯嫁我，便得嫁给这位牧人；西尔维斯，请您守约娶她，假如她不肯嫁我：现在我就去给你们解释这些疑惑。

（罗瑟琳、西莉娅下）

公　爵　这个牧童使我记起了我的女儿的相貌，有几分活像是她。

奥兰多　殿下，我初次见他的时候，也以为他是郡主的兄弟呢；但是，殿下，这孩子是在林中生长的，他的伯父曾经教过他一些魔术的原理，据说他那伯父是一个隐居在这儿林中的大术士。

试金石及奥德蕾上。

杰奎斯　一定又有一次洪水来啦，这一对一对都要准备躲到方舟里去。又来了一对奇怪的畜生，傻瓜是他们众所周知的名字。

试金石　列位，这厢有礼了！

杰奎斯　殿下，请您欢迎他。这就是我在林中常常遇见的那位傻头傻脑的先生；据他说他还出入过宫廷呢。

试金石　要是有人不相信，尽管把我质问好了。我曾经跳过高雅的舞；我曾经恭维过一位贵妇；我曾经向我的朋友耍过手腕，跟我的仇家们装亲热；我曾经毁了三个裁缝，闹过四回口角，有一次几乎大打出手。

杰奎斯　那是怎样闹起来的呢？

试金石　呃，我们碰见了，一查这场争吵是根据着第七个原因。

杰奎斯　怎么叫第七个原因？——殿下，请您喜欢这个家伙。

公　爵　我很喜欢他。

皆大欢喜

试金石　上帝保佑您，殿下；我希望您喜欢我。殿下，我挤在这一对对乡村的姐儿郎儿中间到这里来，也是想来宣了誓然后毁誓，让婚姻把我们结合，再让血气把我们拆开。她是个寒伧的姑娘，殿下，样子又难看；可是，殿下，她是我自个儿的；我有一个坏脾气，殿下，人家不要的我偏要。宝贵的贞洁，殿下，就像是住在破屋子里的守财奴，又像是丑蚌壳里的明珠。

公　爵　我说，他倒很伶俐机警呢。

试金石　傻瓜们信口开河，逗人一乐，总是这样。

杰奎斯　但是且说那第七个原因；你怎么知道这场争吵是根据着第七个原因呢？

试金石　因为那是根据着一句经过七次演变后的谎话。——把你的身体站端正些，奥德蕾。——是这样的，先生：我不喜欢某位廷臣的胡须的式样；他回我说假如我说他的胡须的式样不好，他却自以为很好：这叫作"有礼的驳斥"。假如我再去对他说那式样不好，他就回我说他自己喜欢要这样：这叫作"谦恭的讥刺"。要是再说那式样不好，他便蔑视我的意见：这叫作"粗暴的答复"。要是再说那式样不好，他就回答说我讲的不对：这叫作"大胆的谴责"。要是再说那式样不好，他就要说我说谎：这叫作"挑衅的反攻"。于是就到了"委婉的说谎"和"公然的说谎"。

杰奎斯　你说了几次他的胡须式样不好呢？

试金石　我只敢说到"委婉的说谎"为止，他也不敢给我"公然的说谎"；因此我们较了较剑，便走开了。

杰奎斯　你能不能把一句谎话的各种程度按着次序说出来？

试金石　先生啊，我们争吵都是根据着书本的，就像你们有讲礼貌的书一样。我可以把各种程度列举出来。第一，有礼的驳斥；第二，谦恭的讥刺；第三，粗暴的答复；第四，大胆的谴责；第五，挑衅的反攻；第六，委婉的说谎；第七，公然的说谎。除了"公然的说谎"之外，其余的都可以避免；但是"公然的说谎"只要用了"假如"两个字，也就可以一天云散。我知道有一场七个法官都处断不了的争吵；但当两方相遇时，其中的一个单单想起了"假如"两字，例如"假如你是这样说的，那么我便是这样说的"，于是两人便彼此握手，称兄道弟起来了。"假如"是唯一的和事佬；"假如"之为用大矣哉！

杰奎斯　殿下，这不是一个很难得的人吗？他什么都懂，然而仍然是一个傻瓜。

公　爵　他把他的傻气当作了藏身的烟幕，在它的荫蔽之下放出他的机智来。

许门领罗瑟琳穿女装及西莉娅上。柔和的音乐。

许　门　天上有喜气融融，
　　　　　　人间万事尽亨通，
　　　　　　和合无嫌猜。
　　　　　　公爵，接受你女儿，
　　　　　　许门一路带着伊，
　　　　　　远从天上来；
　　　　　　请你为她作主张，
　　　　　　嫁给她心上情郎。

罗瑟琳　（向公爵）我把我自己交给您，因为我是您的。（向奥兰多）我把我自己交给您，因为我是您的。

公　爵　要是眼前所见属实当真，那么你是我的女儿了。

奥兰多　要是眼前所见属实当真，那么你是我的罗瑟琳了。

菲　苾　要是眼前所见属实当真，那么永别了，我的爱人！

罗瑟琳　（向公爵）要是您不是我的父亲，那么我不要有什么父亲。(向奥兰多)要是您不是我的丈夫,那么我不要有什么丈夫。(向菲苾)要是我不跟你结婚,那么我再不跟别的女人结婚。

许　门　请不要喧闹纷纷!
　　　　这种种古怪事情,
　　　　都得让许门断清。
　　　　这里有四对恋人,
　　　　说的话儿倘应心,
　　　　该携手共缔鸳盟。
　　　　你俩患难不相弃,(向奥兰多、罗瑟琳)
　　　　你们俩同心永系;(向奥列佛、西莉娅)
　　　　你和他宜室宜家,(向菲苾)
　　　　再莫恋镜里空花;
　　　　你两人形影相从,(向试金石、奥德蕾)
　　　　像风雪跟着严冬。
　　　　等一曲婚歌奏起,
　　　　尽你们寻根觅柢,
　　　　莫惊讶咄咄怪事,
　　　　细想想原来如此。

　　　　　　歌
　　　　人间添美眷,
　　　　　天后爱团圆;
　　　　席上同心侣,
　　　　　枕边并蒂莲。
　　　　不有许门力,
　　　　　何缘众庶生?
　　　　同声齐赞颂,

许门最堪称！

公　爵　啊，我的亲爱的侄女！我欢迎你，就像你是我自己的女儿。

菲　苾　（向西尔维斯）我不愿食言，现在你已经是我的；你的忠心使我爱上了你。

贾奎斯上。

贾奎斯　请听我说一两句话；我是老罗兰爵士的第二个儿子，特意带了消息到这群贤毕集的地方来。弗莱德里克公爵因为听见每天有才智之士投奔到林中，故此兴起大军，亲自统率，预备前来捉拿他的兄长，把兄长杀死根除。他到了这座树林的边界，遇见了一位高年的修道士，交谈之下，悔悟前非，便即停止进兵；同时看破红尘，把他的权位归还给他的被放逐的兄长，一同流亡在外的诸人的土地，也都各还原主。这不是假话，我可以用生命作担保。

公　爵　欢迎，年轻人！你给你的兄弟们送了很好的新婚贺礼来了：一个是他的被扣押的土地；一个是一座绝大的公国，享有着绝对的主权。先让我们在这林中把我们正在进行中的好事办了；然后，在这幸运的一群中，每一个曾经跟着我忍受过艰辛日子的人，都要按着各人的地位，分享我的失而复得的荣华。现在我们且把这种新近得来的尊荣暂时搁在脑后，举行起我们乡村的狂欢来吧。奏起来，音乐！你们各位新娘新郎，大家欢天喜地的，跳起舞来呀！

杰奎斯　先生，恕我冒昧。要是我没有听错，好像您说的是那公爵已经潜心修道，抛弃富贵的宫廷了？

贾奎斯　是的。

杰奎斯　我就找他去；从这种悟道者的地方，很可以得到一些绝妙的教训。（向公爵）你去享受你那从前的光荣吧；那是你的忍耐和德行的酬报。（向奥兰多）你去享受你那用忠心赢得的爱情吧。（向奥列佛）你去享有你的土地、爱人和权势吧。（向西尔维斯）你去享用你那用千辛万苦换来的老婆吧。（向试金石）至于你呢，我让你去口角吧；因为在你的爱情的旅程上，你只带了两个月的粮草。好，大家各人去找各人的快乐；跳舞可不是我的份。

公　爵　别走，杰奎斯，别走！

杰奎斯　我不想看你们的作乐；你们要有什么见教，我就在被你们遗弃了的山窟中恭候。（下）

公　爵　进行下去吧，开始我们的嘉礼：我们相信始终都会很顺利。（跳舞。众下）

收场白

罗瑟琳　叫娘儿们来念收场白，似乎不大合适；可是那也不见得比叫老爷子来念开场白更不成样子些。要是好酒无须招牌，那么好戏也不必有收场白；可是好酒要用好招牌，好戏倘再加上一段好收场白，岂不更好？那么我现在的情形是怎样的呢？既然不会念一段好收场白，又不能用一出好戏来讨好你们！我并不穿着得像个叫花一样，因此向你们求乞与我的身份实在不相称；我的唯一的法子是恳请。我要先向女人们恳请。女人们啊！为着你们对于男子的爱情，请你们尽量地喜欢这本戏。男人们啊！为着你们对于女子的爱情——瞧你们那副痴笑的神气，我就知道你们没有一个讨厌她们的——请你们学着女人们的样子，也来喜欢这本戏。假如我是一个女人[①]，你们中间只要谁的胡子生得叫我满

[①]　伊丽莎白时代舞台上女角皆用男童扮演。

意，脸蛋长得讨我欢喜，而且气息也不叫我恶心，我都愿意给他一吻。为了我这种慷慨的奉献，我相信凡是生得一副好胡子、长得一张好脸蛋或是有一口好气息的诸君，当我屈膝致敬的时候，都会向我道别。（下）

爱的徒劳
Ai De Tu Lao

剧中人物

腓迪南　那瓦国王

俾　隆
朗格维 } 国王侍臣
杜　曼

鲍　益
马凯德 } 法国公主侍臣

唐·阿德里安诺·德·亚马多　一个怪诞的西班牙人

纳森聂尔　教区牧师

霍罗福尼斯　塾师

德　尔　巡丁

考斯塔德　乡人

毛　子　亚马多的侍童

管林人

法国公主

罗瑟琳
玛利娅 } 公主侍女
凯瑟琳

杰奎妮妲　村女

群臣、侍从等

地　点

那瓦

第一幕

第一场　那瓦王御苑

国王、俾隆、朗格维及杜曼上。

国　王　让众人所追求的名誉永远记录在我们的墓碑上,使我们在死亡的耻辱中获得不朽的光荣;不管饕餮的时间怎样吞噬着一切,我们要在这一息尚存的时候,努力博取我们的声名,使时间的镰刀不能伤害我们;我们的生命可以终了,我们的名誉却要永垂万古。所以,勇敢的战士们——因为你们都是向你们自己的感情和一切俗世的欲望奋勇作战的英雄——我们必须把我们最近的敕令严格实行起来:那瓦将要成为世界的奇迹;我们的宫廷将要成为一所小小的学院,潜心探讨有益人生的学术。你们三个人,俾隆、杜曼和朗格维,已经立誓在这三年之内,跟我一起生活,做我的学侣,并且绝对遵守这一纸戒约上所规定的各项条文;你们的誓已经宣过,现在就请你们签下自己的名字;这样一来,谁要是破坏了这戒约上最细微的一枝一节,就可以让亲笔的字迹勾消他的名誉。要是你们已经下了最大的决心,愿你们签字恪守,无渝斯盟。

爱的徒劳

朗格维　我已经决定了。左右不过是三年的长斋;身体虽然憔悴,精神上却享受着盛宴。饱了肚皮,饿了头脑;美食珍馐可以充实肌肤,却会闭塞心窍。

杜　曼　陛下,杜曼已经抑制了他的情欲,把世间一切粗俗的物质的欢娱丢给伧夫俗子们去享受。恋爱、财富和荣华把人暗中催老;我要在哲学中间找寻生命的奥妙。

俾　隆　我所能够说的话,他们两人都已经说过了。我已经发誓,陛下,在这儿读书三年;可是其他严厉的戒条,例如在那时期以内,不许见一个女人,这一条我希望并不包括在内;还有每一星期中有一天不许接触任何食物,平常的日子,每天只有一餐,这一条我也希望并不包括在内;还有晚上只许睡三小时,白天不准瞌睡,这一条我也希望并不包括在内,因为我一向总是从天黑睡到天亮,还要再把半个白昼当作黑夜。啊!这些题目太难,叫人怎么办得到?不看女人尽读书,不吃饭又不许睡觉!

国　王　你在宣誓的时候,已经声明遵守这些条件了。

俾　隆　请陛下恕我,我并没有发这样的誓。我只发誓陪着陛下读书,在您的宫廷里居住三年。

朗格维　除了这一点以外,俾隆,其余的条件你也都发誓遵守的。

俾　隆　那么,先生,我只是开玩笑说说的。我倒要请问,读书的目的究竟是什么?

国　王　知道我们所不知道的事情。

俾　隆　您的意思是说那些我们常识所不能窥察的事情吗?

国　王　正是,那就是读书的莫大的报酬。

俾　隆　好,那么我要发誓苦读,把天地间的奥秘勤搜冥索:当煌煌的禁令阻止我宴乐的时候,我要知道什么地方可以填满我的饥肠;当我们的肉眼望不见一个女人的时候,我要知道什么地方可以遇见天仙般的姑娘;要是我发了一个难以遵守的誓言,我要知道怎样可以一边叛誓,一边把我的信誉保全。要是读书果然有这样的用处,能够知道目前还不知道的东西,你尽可以命我发誓,我一定踊跃从命,决无二言。

国　王　这些是学问途中的障碍,引导我们的智慧去追寻无聊的愉快。

俾　隆　一切愉快都是无聊;最大的无聊却是为了无聊费尽辛劳。你捧着一本书苦苦钻研,为的是追寻真理的光明;真理却虚伪地使你的眼睛失明。这就叫作:本想找光明,反而失去了光明;因为黑暗里的光明尚未发现,你两眼的光明已经转为黑暗。我宁愿消受眼皮上的供养,把美人的妙目恣情鉴赏,那脉脉含情的夺人光艳可以扫去我眼中的雾障。学问就像是高悬中天的日轮,愚妄的肉眼不能测度它的高深;孜孜矻矻的腐儒白首穷年,还不是从前人书本里掇拾些片爪寸鳞?那些自命不凡的文人学士,替每一颗星球取下一个名字;可是在众星吐辉的夜里,灿烂的星光一样会照射到无知的俗子。过分的博学无非浪博虚声;每一个教父都会替孩子命名。

国　王　他反对读书的理由多么充足!

杜　曼　他用巧妙的言辞阻善济恶!

朗格维　他让莠草蔓生,刈除了嘉谷!

俾　隆　春天到了,小鹅孵出了蛋壳!

杜　曼　这句话是怎么接上去的?

俾　隆　各得其时,各如其分。

杜　曼　一点意思都没有。

俾　隆　聊以凑韵。

国　王　俾隆就像一阵冷酷无情的霜霰,用他的利嘴咬死了春天初生的婴孩。

爱的徒劳

俾　隆　好,就算我是;要是小鸟还没有啭动它的新腔,为什么要让盛夏夸耀它的荣光?为什么要我喜爱早天的生命?我不愿冰雪遮掩了五月的花天锦地,也不希望蔷薇花在圣诞节含娇弄媚;万物都各自有它生长的季节,太早太迟同样是过犹不及。你们到现在才去埋头功课,等于爬过了墙头去拨开门上的键锁。

国　王　好,那么你退出好了。回家去吧,俾隆,再会!

俾　隆　不,陛下;我已经宣誓陪着您在一起;虽然我说了这许多话为无知的愚昧张目,使你们理竭词穷,不能为神圣的知识辩护,可是请相信我,我一定遵守我的誓言,安心忍受这三年的苦行。把那纸儿给我,让我一条一条读下去,在这些严厉的规律下面把我的名字签署。

国　王　你这样回心转意,免去了你终身的耻辱!

俾　隆　"第一条,任何女子不得进入离朕宫廷一里之内。"这一条有没有公布?

朗格维　已经公布四天了。

俾　隆　让我们看看违禁的有些什么处分。"如有故违,割去该女之舌示儆。"这惩罚是谁定出来的?

朗格维　不敢,是我。

俾　隆　好大人,请问您的理由?

朗格维　她们看见了这样可怕的刑罚,就会吓得不敢来了。

俾　隆　好一条文明社会的野蛮法律!"第二条,倘有人在三年之内,被发现与任何女子交谈,当由其他朝臣共同议定最严厉之办法,予以公开之羞辱。"这一条,陛下,您自己就要破坏的;您知道法国国王的女儿,一位端庄淑美的姑娘,就要奉命到这儿来,跟您交涉把阿奎丹归还给她的老迈衰弱、卧病在床的父亲;所以这一条规律倘不是等于虚设,就只好让这位众人赞慕的公主白白跋涉这一趟。

莎士比亚喜剧

国　王　你们怎么说，各位贤卿？这一件事情我全然忘了。

俾　隆　读书人总是这样舍近而求远，当他一心研究着怎样可以达到他的志愿的时候，却把眼前所应该做的事情忘了；等到志愿成就，正像用火攻夺取城市一样，得到的只是一堆灰烬。

国　王　为了事实上的必要，我们只好废止这一条法令；她必须寄宿在我们的宫廷之内。

俾　隆　"事实上的必要"将使我们在这三年之内毁誓三千次，因为每个人都是生来就有他自己的癖好，对这些癖好只能宽大为怀，强力也不能横加压制。要是我破坏了约誓，就可以用这个字眼作盾牌，说我所以背信是出于"事实上的必要"。所以我在这儿签下我的名字，全部接受这一切戒律；（签名）谁要是违反了戒约上最微细的一枝一节，让他永远不齿于人口。倘若别人受到诱惑，我也会同样受到诱惑；可是我相信，虽然今天你们看我是这样地不情愿，我一定是最后毁誓的一个。可是戒约上有没有允许我们可以找些有趣的消遣呢？

国　王　有，有。你们知道我们的宫廷里来了一个文雅的西班牙游客，他的身上包罗着全世界各地的奇腔异调，他的脑筋里收藏着取之不尽的古怪的辞句；从他自负不凡的舌头上吐出来的狂言，在他自己听起来就像迷人的音乐一样使人沉醉；他是个富有才能、善于折衷是非的人。这个幻想之儿，名字叫做亚马多的，将要在我们读书的余暇，用一些夸张的字句，给我们讲述在战争中丧生的热带之国西班牙骑士们的伟绩。我不知道你们喜不喜欢他；可是我自己很爱听他说谎，我要叫他做我的行吟诗人。

俾　隆　亚马多是一个最出色的家伙，一个会用崭新字句的十足时髦的骑士。

朗格维　考斯塔德那个村夫和他配成一对，可以替我们制造无穷的笑料；这样读书三年也不会觉得太长。

德尔持信及考斯塔德同上。

德　尔　哪一位是王上本人？

俾　隆　这一位便是，家伙。你有什么事？

德　尔　我自己也是代表王上的，因为我是王上陛下的巡丁；可是我要看看王上本人。

俾　隆　这便是他。

德　尔　亚马——亚马——先生问候陛下安好。外边有人图谋不轨；这封信可以告诉您一切。

考斯塔德　陛下，这封信里所提起的事情是跟我有关系的。

国　王　伟大的亚马多写来的信！

俾　隆　不管内容多么啰唆，我希望它充满了夸大的字眼。

朗格维　问题不大，希望倒满大的，愿上帝给我们忍耐吧！

俾　隆　耐着听，还是忍住笑？

朗格维　随便听听，轻声笑笑，要不然就别听也别笑。

俾　隆　好，先生，我们应该怎么开心，还是听听文章的本身再决定吧。

考斯塔德　这件事，先生，是关于我和杰奎妮妲两个人的。至于情，我确是知情的。

俾　隆　知什么情？

考斯塔德　其情其状及随后的情境，先生；三者俱备：他们看见我在庄上和她并坐谈情，行为有些莽撞；等她走到御苑里的时候，我又随后跟着，结果被人抓住了。这不是"其情其状及随后的情境"吗？说到情，先生，那只是男女之情；说到状——咳，不过是那类情状。

俾　隆　还有个随后呢，老兄？

考斯塔德　随后就要看对我的处置了；愿上帝保佑好人！

国　王　你们愿意用心听我读这一封信吗？

俾　隆　我们愿意洗耳恭听，就像它是天神的圣谕一般。

考斯塔德　愚蠢的世人对肉体的需要也是如同圣谕一般。

国　王　"上天的伟大的代理人，那瓦的唯一的统治者，我的灵魂的地上的真神，我的肉体的养育的恩主——"

考斯塔德　还没有一个字提起考斯塔德。

国　王　"事情是这样的——"

考斯塔德　也许是这样的；可是假如他说是这样的，那他，说实话，也不过这样。

国　王　闭嘴！

考斯塔德　像我们这种安分守己，不敢跟人家打架的人，只好把一张嘴闭起来。

国　王　少说话！

考斯塔德　我也恳求你，对别人的私事还是少说话为妙。

国　王　"事情是这样的，我因为被黑色的忧郁所包围，想要借着你的令人健康的空气的最灵效的医药，祛除这一种阴沉的重压的情绪，所以凭着我的绅士的身份，使我自己出外散步。是什么时间呢？大约在六点钟左右，正是畜类纷纷吃草，鸟儿成群啄食，人们坐下来享受那所谓晚餐的一种营养的时候：以上说明了时间。现在要说到什么场所：我的意思是说我散步的场所；那是称为你的御苑的所在。于是要说到什么地点：我的意思是说我在什么地点碰到这一桩最淫秽而荒谬的事件，使我从我的雪白的笔端注出了乌黑的墨水，成为现在你所看见、察阅、诵读或者浏览的这一封信。可是说到什么地点，那是在你的曲曲折折的花园里的西边角上东北偏北而略近东首的方向；就在那边我看见那卑鄙的村夫，那可发一笑的下贱的小人物——"

考斯塔德　我。

国　王　"那没有教养的孤陋寡闻的灵魂——"

考斯塔德　我。

国　　王　"那浅薄的东西——"

考斯塔德　还是我。

国　　王　"照我所记得,考斯塔德是他的名字——"

考斯塔德　啊,真是我。

国　　王　"公然违反你的颁布晓谕的诏令和禁抑邪行的法典,跟一个——跟一个——啊!跟一个说起了就使我万分气愤的人结伴同行——"

考斯塔德　跟一个女人。

国　　王　"跟一个我们祖母夏娃的孩儿,一个阴人;或者为了使你格外明白起见,一个女子。受着责任心的驱策,我把他交给陛下的巡丁安东尼·德尔,一个在名誉、态度、举止和信用方面都很优良的人,带到你的面前,领受应得的惩戒。"

德　　尔　启禀陛下,我就是安东尼·德尔。

国　　王　"至于杰奎妮妲——因为这就是那和前述村夫同时被我捕获的脆弱的东西的名称——我让她等候着你的法律的威严;一得到你的最轻微的传谕,我就会把她带来受审。抱着必恭必敬、燃烧全心的忠诚,你的仆人唐·阿德里安诺·德·亚马多敬上。"

俾　　隆　这封信还不能适如我的预期,可是在我所曾经听到过的书信中间,这不失为最有趣的一封。

国　　王　是的,这是古今恶札中的杰作。喂,你对于这封信有什么话说吗?

考斯塔德　陛下,我承认是有这么一个女人。

国　　王　你听见谕告吗?

考斯塔德　我听倒是听见的,不过没有十分注意。

国　　王　谕告上说,和妇人在一起而被捕,处以一年的监禁。

  考斯塔德　我不是和妇人在一起,陛下,我是跟一个姑娘在一起。

  国　王　好,谕告上说姑娘也包括在内。

  考斯塔德　这也不是一个姑娘,陛下;她是个处女。

  国　王　处女也包括在内。

  考斯塔德　那么我就否认她是个处女。我是跟一个女孩子在一起。

  国　王　女孩子不女孩子,随你怎么说都没有用。

  考斯塔德　这女孩子对我很有用呢,陛下。

  国　王　听我的判决:你必须禁食一星期,每天吃些糠喝些水。

  考斯塔德　我宁愿祈祷一个月,每天吃些羊肉喝些粥。

  国　王　唐·亚马多将要做你的看守人。俾隆贤卿,你监视着把他押送过去。各位贤卿,我们现在就去把我们彼此坚决立誓的事情实行起来。(国王、朗格维、杜曼同下)

  俾　隆　我愿意用我的头去和无论哪一个人的帽子打赌,这些誓约和戒律不过是一场无聊的笑柄。喂,来。

  考斯塔德　我是为了真理而受难,先生;因为我跟杰奎妮妲在一起而被他们捉住,这是一件真实的事实,而且杰奎妮妲也是一个真心的女孩子。所以欢迎,幸运的苦杯!痛苦也许会有一天露出笑容;现在,歇歇吧,悲哀!(同下)

第二场　同　前

亚马多及毛子上。

  亚马多　孩子,一个精神伟大的人要是变得忧郁起来,会有些什么征象？

毛　子　他会显出悲哀的神气，主人，这是一个伟大的征象。

亚马多　忧郁和悲哀不是同样的东西吗，亲爱的小鬼？

毛　子　不，不，主啊！不，主人。

亚马多　你怎么可以把悲哀和忧郁分开，我的柔嫩的青年？

毛　子　我可以从作用上举出很普通的证明，我的粗硬的长老。

亚马多　为什么是粗硬的长老？为什么是粗硬的长老？

毛　子　为什么是柔嫩的青年？为什么是柔嫩的青年？

亚马多　我说你是柔嫩的青年，因为这是对于你的弱龄的一个适当的名称。

毛　子　我说您是粗硬的长老，因为这是对于您的老年的一个合宜的尊号。

亚马多　美不可言，妙不可言！

毛　子　这怎么讲，主人？你是说我美、我的话妙呢，还是说我妙、我的话美？

亚马多　我是说你美，因为身材娇小。

毛　子　小人还美得了吗？那么妙从何来呢？

亚马多　妙者，敏捷之谓也。

毛　子　你说这话，主人，是夸奖我吗？

亚马多　确系盛赞。

毛　子　我倒想把你这番盛赞送给鳝鱼。

亚马多　怎么，鳝鱼有何聪明可言？

毛　子　鳝鱼算是够敏捷的。

亚马多　我是说你应对敏捷；你要使我大动肝火了。

毛　子　主人，我没什么说的了。

亚马多 我最讨厌的是贫。

毛 子 （旁白）真叫他说着了，他口袋里一个子儿也没有。

亚马多 我已经答应陪着王上研究三年。

毛 子 主人，您用不着一点钟的工夫，就可以把它研究出来。

亚马多 不可能的事。

毛 子 一的三倍是多少？

亚马多 我不会计算；那是堂倌酒保们干的事。

毛 子 主人，您是一位绅士，也是一位赌徒。

亚马多 这两个名义我都承认；它们都是一个堂堂男子的标识。

毛 子 那么我相信您一定知道两点加一点一共几点。

亚马多 比两点多一点。

毛 子 那在下贱的俗人嘴里是称为三点的。

亚马多 不错。

毛 子 瞧，主人，这不是很容易的研究吗？您还没有眨过三次眼睛，我们已经把三字研究出来了；要是再在"三"字后面加上一个"年"字，一共两个字，不是用不着那匹会跳舞的马①也可以给您算出来吗？

亚马多 此论甚通。

毛 子 （旁白）这说明您不通。

亚马多 我承认我是在恋爱了；一个军人谈恋爱是一件下流的事，所以我恋爱着一个下流的女人。要是我向爱情拔剑作战，可以把我从这种堕落的思想中间拯救出来的话，我就要把欲望作

---

① 一匹名叫"摩洛哥"的马，曾轰动当时杂技界，屡见于伊丽莎白时代的文学作品中。

爱的徒劳

为我的俘虏,让无论哪一个法国宫廷里的朝士用一些新式的礼节把它赎去。我不屑于叹气,我应当诅咒丘比特。安慰我,孩子;哪几个伟大的人物是曾经恋爱过的?

毛　子　赫剌克勒斯,主人。

亚马多　最亲爱的赫剌克勒斯!再举几个例子,好孩子,再举几个;我的亲爱的孩子,你必须替我举几个赫赫有名身担重任的人。

毛　子　参孙①,主人;说起身担重任,谁也比不了他。他曾经像一个脚夫似的把城门负在背上;他也恋爱过的。

亚马多　啊,结实的参孙!强壮的参孙!你在剑法上不如我,我在背城门这一件事情上也不如你。我也在恋爱了。谁是参孙的爱人,我的好毛子?

毛　子　一个女人,主人。

亚马多　是什么肤色的女人?

毛　子　一共四种肤色,也许她四种都有,也许她有四种之中的三种、两种,或是一种颜色。

亚马多　正确一些告诉我她的皮肤是什么颜色?

毛　子　是海水一样碧绿的颜色,主人。

亚马多　那也是四种肤色中的一种吗?

毛　子　我在书上是这样读过的,主人;最好看的女人都是这种颜色。

亚马多　绿色的确是情人们的颜色;可是我想参孙会爱上一个绿皮肤的女人,却是不可思议的。他准是看中她有头脑。

毛　子　不错,主人。头脑很绿,刚长芽呢。

亚马多　我爱的女人生得十分干净,红是红,白是白的。

---

①　参孙(Samson),《圣经》中的大力士,见《旧约·士师记》。

毛　子　最污秽的思想，主人，都是藏匿在这种颜色之下的。

亚马多　说出你的理由来，懂事的婴孩。

毛　子　我的父亲的智慧，我的母亲的舌头，帮助我！

亚马多　一个孩子的可爱的祷告，非常佳妙而动人！

毛　子　要是她的脸色又红又白，
　　　　你永远不会发现她犯罪，
　　　　因为白色表示惊恐惶迫，
　　　　绯红的脸表示羞耻惭愧；
　　　　可是她倘若犯下了错误，
　　　　你不能从她的脸上看出，
　　　　因为红的羞愧白的恐怖，
　　　　都是她天然生就的颜色。

这几行诗句，主人，可以证明白和红是两种危险的颜色。

亚马多　孩子，不是有一支谣曲歌咏着国王恋爱丐女的故事吗？

毛　子　大概在三个世代以前，曾经流行着这么一支恶劣的谣曲；可是我想它现在已经失传了；即使还有人记得，也写不出来，而且不能歌唱的。

亚马多　我要把那题目重新写成一首诗，使它作为我的迷恋的一个有力的前例。孩子，我真的爱上了我在御苑里捉住的那个跟村夫考斯塔德在一起的乡下姑娘了；她应该有一个人好好地照顾她。

毛　子　（旁白）好好地抽一顿鞭子；可是她应该有一个比我的主人更好的情郎。

亚马多　唱吧，孩子；我的心灵因为爱情而沉重起来了。

毛　子　那是一件大大的奇事，因为您爱的是一个轻狂的女人。

亚马多 我说，唱吧。

毛 子 等这班人过去了再唱吧。

德尔、考斯塔德及杰奎妮妲上。

德 尔 先生，王上的旨意，叫你把考斯塔德看守起来，不要叫他寻欢作乐也不要叫他忏悔，还要叫他每星期禁食三天。讲到这一位姑娘，我必须让她留在御苑里挤牛乳。再会！

亚马多 我羞得满脸都红了。姑娘！

杰奎妮妲 汉子？

亚马多 我要到你居住的地方来看你。

杰奎妮妲 那就在附近。

亚马多 我知道它的所在。

杰奎妮妲 主啊，你是多么聪明！

亚马多 我会给你讲海外奇闻。

杰奎妮妲 凭着你这一副嘴脸吗？

亚马多 我爱你。

杰奎妮妲 我已经听见你说过了。

亚马多 再会！

杰奎妮妲 愿你平安！

德 尔 来，杰奎妮妲，去吧！（德尔及杰奎妮妲下）

亚马多 混蛋，你干了这样的坏事，非让你禁食不可。

考斯塔德 呃，先生，我希望您让我在禁食以前先吃个饱。

亚马多 我要把你重重惩罚一下。

考斯塔德 多谢您的盛意，您可比您的手下热情多了，因为您对他们实在是太吝啬了。

亚马多 把这混蛋带下去，把他关起来。

毛 子 来，你这胡作非为的奴才；去！

考斯塔德　别把我关起来吧,先生。把我放了,我一定禁食。

毛　子　既然放了,还能禁吗?快去坐牢吧!

考斯塔德　好,要是我有一天恢复了自由,我要叫一些人看看——

毛　子　叫一些人看看什么?

考斯塔德　不,没有什么,毛子少爷;他们爱看什么就看什么。做了囚犯是不能一声不响的,所以,我还是不要多说什么才好。谢谢上帝我是个没有耐性的人,所以我会安安静静住在牢里。

(毛子及考斯塔德下)

亚马多　我爱上了那被她穿在她的卑贱的鞋子里的更卑贱的脚所践踏的最卑贱的地面。要是我恋爱了,我将要破坏誓约,那就是说了一句虚伪的谎。虚伪的谎怎么可以换到真实的爱呢?爱情是一个魔鬼,是一个独一无二的罪恶的天使。可是参孙也曾被它引诱,他是个力气很大的人;所罗门也曾被它迷惑,他是个聪明无比的人。赫剌克勒斯的巨棍也敌不住丘比特的箭镞,所以一个西班牙人的宝剑怎么能够对抗得了呢?不消一两个回合,我的剑法就要完全散乱了。什么直刺,什么横劈,在他看来都是不值一笑。他的耻辱是被人称为孩子;他的光荣却是征服成人。别了,勇气!锈了吧,宝剑!静下来,战鼓!因为你们的主人在恋爱了;是的,他在恋爱了。即景生情的诗神啊,帮助我!因为我相信我要写起十四行诗来了。想吧,智慧;写吧,笔!我有足够的诗情,可以写满几大卷的对开大本呢。(下)

第二幕

第一场　那瓦王御苑。远处设大小帐幕

法国公主、罗瑟琳、玛利娅、凯瑟琳、鲍益、群臣及其他侍从等上。

鲍　益　现在，公主，振起您的最宝贵的精神来吧；想想您的父王特意选择了一个什么人来充任他的使节，跟一个什么人接洽一件什么任务；他不派别人，却派他那为全世界所敬爱的女儿，您自己，来跟具备着一切人间完善的德性的、举世无双的那瓦国王进行谈判，而谈判的中心，又是适宜于作为一个女王的嫁奁的阿奎丹。造化不愿把才华丽色赋与庸庸碌碌的众人，却大量地把天地间所有的灵秀钟萃于您一身；您现在就该效法造化的大量，充分表现您的惊才绝艳。

公　主　好鲍益大人，我的美貌虽然卑不足道，却也不需要你的谀辞的渲染；美貌是凭着眼睛判断的，不是贾人的利口所能任意抑扬。你这样搬弄你的智慧把我恭维，无非希望人家称赞你口齿伶俐；可是我听了你这一番褒美，却一点不觉得可以骄傲。现在我也要请你干一件事：好鲍益，你不会不知道，街闻巷议市

井皆知,那瓦王已经立下誓言,要在这三年之内发愤读书,不让一个女人走近他的静肃的宫廷;所以我们在没有进入他的禁门以前,似乎应该先去探问他的意旨;我相信你的才干可以胜任这一项使命,所以选择你做我的代言人,向他陈述我们的来意,告诉他法兰西国王的女儿有重要的事情希望得到迅速的解决,要求和他当面接洽。快去对他这样说了;我们就像一群谦卑的请愿人一般,等候着他的庄严的谕示。

鲍　益　得到这样的委任是我的莫大的荣幸,敢不踊跃拜命。

公　主　果真引以为荣,自然乐于从事,你正是这样。(鲍益下)各位爱卿,你们知道哪几个人是和这位贤德的国王一同立誓守戒的信徒?

臣　甲　朗格维勋爵是其中的一个。

公　主　你认识这个人吗?

玛利娅　我认识他,公主。当配力各特勋爵和杰奎斯·福康勃立琪的美丽的息女在诺曼第举行婚礼的时候,我在宴会上见过这位朗格维。他是一个公认为才能出众的人,文学固然是他的擅长,武艺方面也十分了得。在他心怀善意的时候,言谈举止无可指摘。要是美德的光彩可以蒙上污点的话,那么他的唯一的缺点是一副尖刻的机智配上一个太直率的意志:他的机智能够出口伤人,他的意志使他一往直前,不为他人留一点余地。

公　主　听起来是一位善于戏谑的贵人,是不是?

玛利娅　最熟悉他脾气的人都这样说他。

公　主　这种浮华之士往往是不成大器的。还有些什么人?

凯瑟琳　年少的杜曼,一个才华出众的青年,受到一切敬爱美德的人们的爱戴;最具有伤人的能力,却又最不怀恶心。他的智慧可以使一个形貌丑陋的人容光焕发,可是即使他没有智慧,他的堂堂的仪表也可以博取别人的爱悦。我在阿朗松公爵的府中见过他一次；我对于他的伟大的品格的赞美，实在不能道出我在他身上所看到的美德于万一。

罗瑟琳　要是我所听到的话并不虚假，那时候在阿朗松公爵那儿，还有一个他们的同学也跟他在一起；他们叫他做俾隆；在我所交谈过的人们中间，从来不曾有一个比他更会说笑的人，能够雅谑而不流于鄙俗。他的眼睛一看到什么事情，他的机智就会把它编成一段有趣的笑话，他的善于抒述种种奇思妙想的舌头，会用那样灵巧而隽永的字句把它表达出来，使老年人听了娓娓忘倦，少年人听了手舞足蹈；他的口才是这样敏捷而巧妙。

公　主　上帝祝福我的姑娘们！她们都在恋爱了吗？怎么每一个人都用这种夸张的夸饰赞赏她自己中意的人？

臣　甲　鲍益来了。

鲍益重上。

公　主　国王怎样招待你的，鲍益？

鲍　益　那瓦王已经知道您到来的消息；我还没有见他以前，他跟他那班一同立誓的学侣们已经准备来迎接您了。我听他的口气是这样的：他宁愿把您安顿在郊野里，就像你们是来围攻他的宫廷的一支军队一般，而不愿违反他的誓言，让您走进他的无人侍候的屋子。那瓦王来了。（众女戴脸罩）

国王、朗格维、杜曼、俾隆及侍从等上。

国　王　美貌的公主，欢迎你光临那瓦的宫廷。

公　主　我把"美貌"两字璧还陛下；至于说到"欢迎"，那么我还没有实受其惠。这复高的天宇不是您所能私有的，这辽阔的郊野也不是招待贵宾的所在。

国　王　公主，我们少不得有一天要请你到我们宫廷里屈驾一游。

公　　主　那么我现在就接受您的邀请，请引我前往。

国　　王　听我说，亲爱的公主，我曾经立下重誓。

公　　主　圣母保佑陛下！您有一天会毁誓的。

国　　王　凭着我的意志起誓，公主，我决不毁誓。

公　　主　是啊，意志，也只有意志，能使您毁誓。

国　　王　公主，你不知道我发下的是个什么誓。

公　　主　要是陛下也不知道您自己所发的誓，那倒是陛下的聪明，因为知道这样的誓，反而是一种愚昧。我听说陛下已经发誓不理家政；谨守那样一个无聊的誓，真是一桩极大的罪恶，虽然毁弃它也同样是一桩罪恶。可是恕我吧，我太放肆了，我不该向一个教师训诲。请您读一读我此来的目的，迅速赐给我一个答复。（以文件授国王）

国　　王　公主，我愿意尽快答复你的赐教。

公　　主　您更愿意的还是早一点把我打发走，因为要是您让我羁留在贵国，就等于把您的誓言毁弃了。

俾　　隆　我不是有一次在勃拉旁跟您跳过舞吗？

罗瑟琳　我不是有一次在勃拉旁跟您跳过舞吗？

俾　　隆　我知道您跟我跳过舞的。

罗瑟琳　既然知道，何必多问！

俾　　隆　您不要这样火辣辣的。

罗瑟琳　谁叫你用这种问题引起我的火性来？

俾　　隆　您的舌头就像一匹快马，奔得太快会把力气都奔完的。

罗瑟琳　它不到把骑马的人掀下在泥潭里，是不会止步的。

俾　　隆　现在是什么时候了？

罗瑟琳　现在是傻瓜们向别人发问的时候。

俾　　隆　愿幸运降在您的脸罩上！

罗瑟琳　愿脸罩下的脸能走运!

俾　隆　并且给您带来许多恋人!

罗瑟琳　阿门，但愿您不是其中之一。

俾　隆　嗳哟，那么我要走了。

国　王　公主，令尊在这封信上说起他已经付了我们十万克郎，那只是先父在日贵国所欠我们的战债的半数。这笔款子先父和我都从未收到；即使果有此事，那么也还有十万克郎的欠款没有清还。当初贵国同意把阿奎丹的一部分抵押给我们，作为这一笔欠款的保证，虽然拿土地的价值说起来，实在抵不上这一个数目。现在你的父王只要愿意把那未清偿的半数还给我们，我们也愿意放弃我们在阿奎丹的权利，和他永结盟好。可是他似乎一点没有这种意思，因为在这信上，他单单提出要我们偿还已经付出的十万克郎这一点，却绝口不谈清付十万克郎余欠，以便收复他对阿奎丹的权利的问题。其实我们只要收回先父在日出借的债款，对于阿奎丹这一块瘦瘠不毛的地方，倒是很乐于割舍的。亲爱的公主，倘不是令尊的要求太不近情理，这次蒙你芳踪莅止，我一定不会让你失望而归。

公　主　家君从来没有愆约背信，不履行他的偿债的义务；陛下否认收到这一笔偿款，不但诬蔑家君，而且有失一国元首的器度；我不能不为陛下的名誉惋惜。

国　王　我郑重声明对于这一笔债款的归还未有所闻；你要是能够证明此事属实，我愿意把它全数奉还贵国，或者把阿奎丹交出。

公　主　敬遵台命。鲍益，你去把那些曾经他的父王查理手下的专任大员签署，上面载明着这么一笔数目的收据找出来。

国　王　给我看。

鲍　益　启禀陛下，这一类有关文件的包裹还没有送到；明天一定可以请您过目。

国　　王　那很好；只要证据确凿，任何合理的要求我都可以允从。现在请你接受在不毁弃盟誓的条件下我的荣誉所能给予你崇高地位的一切礼遇吧。虽然你不能走进我的宫门，美貌的公主，我一定尽力使你在这儿大自然的怀抱之中感到宾至如归的愉快；你将要觉得虽然我这样靳惜着自己的屋宇，可是你已经栖息在我的心灵的深处了。一切失礼之处，请你加以善意的原谅。再会；明天早上我们一定再来奉访。

公　　主　愿陛下政躬康健，所愿皆偿！

国　　王　我也愿意为你作同样的祝祷！（国王及侍从下）

俾　　隆　姑娘，我要把您放在我的心坎里温存。

罗瑟琳　那么请您把我放进去吧，我倒要看看您的心是怎样的。

俾　　隆　我希望您听见它的呻吟。

罗瑟琳　这傻瓜害病了吗？

俾　　隆　害的是心病。

罗瑟琳　唉！替它放放血吧。

俾　　隆　放血可以把它医治吗？

罗瑟琳　我的医药知识说是可以的。

俾　　隆　您愿意用您的眼睛刺我的心出血吗？

罗瑟琳　我的眼睛太钝，用我的刀吧。

俾　　隆　嗳哟，上帝保佑你不要死于非命！

罗瑟琳　上帝保佑你早日归阴！

俾　　隆　我不能待在这儿答谢你的祷告。（退后）

杜　　曼　先生，请问您一句话，那位姑娘是什么人？

鲍　　益　阿朗松的息女，凯瑟琳是她的名字。

杜　　曼　一位漂亮的姑娘！先生，再会！（下）

爱的徒劳

朗格维　请教那位白衣的姑娘是什么人？

鲍　益　您在光天化日之下，可以看清楚她是一个女人。

朗格维　要是看清楚了，多半很轻佻。请问可否给我她的名字？

鲍　益　她只有一个名字，您不能问她要。

朗格维　先生，请问她是谁的女儿？

鲍　益　我听说是她母亲的女儿。

朗格维　上帝祝福您的胡子！

鲍　益　好先生，别生气。她是福康勃立琪家的女儿。

朗格维　我现在不生气了。她是一位最可爱的姑娘。

鲍　益　也许是的，先生；或者是这样。（朗格维下）

俾　隆　那位戴帽子的女人叫什么名字？

鲍　益　巧得很，她叫罗瑟琳。

俾　隆　她结过婚没有？

鲍　益　她只能说是守定了她自己的意志，先生。

俾　隆　欢迎，先生。再会！

鲍　益　彼此彼此。（俾隆下；众女去脸罩）

玛利娅　最后的一个就是俾隆，那爱开玩笑的贵人；他的每一句话都是一个笑话。

鲍　益　每一个笑话不过是一句话。

公　主　你能和他对答如流，不相上下，本领不小。

鲍　益　他一心想登船接战，我同样想靠拢杀敌。

玛利娅　不像两艘船，倒像两头疯羊。

鲍　益　怎么不像船？我看倒是不像羊，除非把您的嘴唇当作我们的芳草，可爱的羔羊小姐！

玛利娅　您算羊，我算牧场；笑话总算了结了吧？

鲍　益　那么请让我到牧场上来寻食吧。（欲吻玛利娅）

玛利娅　不行，好牲口，我的嘴唇虽说不止一片，却不是公地。

鲍　益　它们属于谁呢？

玛利娅　属于我的命运和我自己。

公　主　你们老是爱斗嘴，大家不要闹了。这种舌剑唇枪，不应该在自己人面前耍弄，还是用来对付那瓦王和他的同学们吧。

鲍　益　我这一双眼睛可以看出别人心里的秘密，难得有时错误；要是这一回我的观察没有把我欺骗，那么那瓦王是染上病了。

公　主　染上什么病？

鲍　益　他染上的是我们情人们所说的相思病。

公　主　何以见得？

鲍　益　他的一切行为都集中于他的眼睛，透露出不可遏抑的热情；他的心像一颗刻着你的小像的玛瑙，在他的眼里闪耀着骄傲；他焦躁的舌头由于不能看，只能说，想平分眼睛的享受，反而张口结舌。一切感觉都奔赴他的眼底，争看那绝世无双的秀丽。仿佛他眼睛里锁藏着整个的灵魂，正像玻璃柜内陈列着珠翠缤纷，放射它们晶莹夺目的光彩，招引过路的行人购买。他脸上写满着无限的惊奇，谁都看得出他意夺神移。我可以给你阿奎丹和他所有的一切，只要你为了我的缘故吻一吻他的脸。

公　主　到我的帐里来；鲍益又在装疯卖傻了。

鲍　益　我不过把他的眼睛里所透露的意思用话表示出来。我使他的眼睛变成一张嘴，再替他安上一条不会说谎的舌头。

罗瑟琳　你是一个恋爱场中的老手，真会说话。

玛利娅　他是丘比特的外公，他的消息都是丘比特告诉他的。

罗瑟琳　那么维纳斯一定像她的母亲,因为她的父亲是很丑的。

鲍　益　你们听见吗,我的疯丫头们?

玛利娅　没听见。

鲍　益　那么你们看见些什么没有?

罗瑟琳　嗯,看见我们回去的路。

鲍　益　我真拿你们没有办法。(同下)

第三幕

第一场　那瓦王御苑

亚马多及毛子上。

亚马多　唱吧，孩子，让歌声让我的耳朵热血沸腾。

毛　子　（唱）

康考里耐尔——

亚马多　这调子真美！去，稚嫩的青春；拿了这钥匙去，把那乡下人放了，快快带他到这儿来；我必须叫他替我送一封信去给我的爱人。

毛　子　主人，您愿意用法国式的喧哗得到您的爱人的欢心吗？

亚马多　你是什么意思？用法国话吵架吗？

毛　子　不，我的好主人；我的意思是说，从舌尖上溜出一支歌来，用您的脚和着它跳舞，翻起您的眼皮，唱一个音符叹息一个音符；有时候从您的喉咙里滚出来，好像您一边歌唱爱情，一边要把它吞下去似的；有时候从您的鼻孔里哼出来，好像您在嗅寻爱情的踪迹，要把它吸进去似的；您的帽檐斜罩住您的眼睛；您的手臂交叉在您的胸前，像一头炙叉上的兔子；或者把您的手插在口袋里，就像古画上的人像一般；也不要老是唱着一支曲子，唱几句就要换个调子。这是台型，这是功架，可以诱动好姑娘们的心，虽然没有这些她们也会被人诱动；而且——请听众先生们注意——这还可以使那些最擅长于这个调调儿的人成为一世的红人。

亚马多　你这种经验是怎么得来的？

毛　子　这是我一点一点观察得来的结果。

亚马多　不过唉，不过唉，——

毛　子　小竹马被遗弃了①。

亚马多　怎么？你把我的爱人叫竹马吗？

毛　子　岂敢，主人。竹马只能叫孩子骑着玩，——您的爱人却是谁都能骑的壮母马。可是您忘记您的爱人了吗？

亚马多　我几乎忘了。

毛　子　健忘的学生！把她记住在您的心头。

亚马多　她不但在我的心头，而且在我的心坎里，孩子。

毛　子　而且还在您的心儿外面，主人；这三句话我都可以证明。

亚马多　证明什么？

毛　子　证明我是个男子汉，要是我能长大成人的话。至于说她在您的心头、心里和心外，我可以即时作证：您在心头爱着她，因为您的心得不到她的爱；您在心里爱着她，因为她已经占据了您的心；您在心儿外面爱着她，因为您已经为她失去您的心。

亚马多　这三样我果然都有。

---

① 一句流行的童谣，亦见于《哈姆莱特》第三幕第二场。

毛　子　再加上三样，也还是个不折不扣一场空。

亚马多　把那乡下人带来；他必须替我送一封信。

毛　子　好得很，马儿替驴子送信。

亚马多　嘿，嘿！你说什么？

毛　子　呃，主人，您该叫那驴子骑了马去，因为他走得太慢啦。我去了。

亚马多　路是很近的；快去！

毛　子　像铅一般快，主人。

亚马多　什么意思，小精灵鬼儿？铅不是一种很沉重迟钝的金属吗？

毛　子　非也，我的好主人；也就是说，不，主人。

亚马多　我说，铅是迟钝的。

毛　子　主人，您这结论下得太快了；从炮口里放出来的铅丸，难道还算慢吗？

亚马多　好巧妙的辞锋！他把我说成了一尊大炮；他自己是弹丸；好，我就把你向那乡下人轰了过去。

毛　子　开炮吧，我飞出去了。（下）

亚马多　一个乖巧的小子，又活泼又伶俐！对不起，亲爱的苍天，我要把我的叹息呵在你的脸上了。最粗暴的忧郁，勇敢见了你也要远远退避。我的使者回来了。

　　毛子率考斯塔德重上。

毛　子　怪事，主人！这位"脑袋"①把腿给摔坏了。

亚马多　真是疑团，真是谜语：好，来个说明，讲吧。

考斯塔德　什么疑团、谜语、说明，装包的膏药我都用不着，先生。啊，先生，敷上片车前草叶子就成了！不要说明，不

---

①　考斯塔德（Costard），原意是"脑袋"。

要说明！也不要膏药，先生，我就要车前草！

　　亚马多　凭美德起誓，你真逼得我不能不笑啦；你的愚蠢激动了我的肝火；我两肺的抽搐使我破例开颜。宽恕我吧，我的本命星！难道凡夫俗子把膏药当说明，把"说明"这个名词当作一种膏药吗？

　　毛　子　智者贤人难道不如此？在说明里，不是也要这样、要那样吗？

　　亚马多　不，童子。"说明"乃是曲终奏雅的收场，阐述前文令人费解的言词。让我举例以明之：

　　狐狸、猿猴与蜜蜂，

　　三人吵闹不成双。

　　这是正文，你再听说明。

　　毛　子　我可以加上说明。你把正文再念一遍。

　　亚马多　狐狸、猿猴与蜜蜂，

　　　　　　三人吵闹不成双。

　　毛　子　出来一个大呆鹅，

　　　　　　加一为四讲了和。

　　好，现在我念正文，你随后念说明：

　　　　　　狐狸、猿猴与蜜蜂，

　　　　　　三人吵闹不成双。

　　亚马多　出来一个大呆鹅，

　　　　　　加一为四讲了和。

　　毛　子　这说明很好，最后叫呆鹅出场。难道你还不满意吗？

　　考斯塔德　这孩子把他耍了，搞出个呆鹅来，真不错。先生，你的鹅要是肥，这买卖还作得过。会讲价的人作生意准不吃亏，让我看："说明"不瘦，呆鹅也挺肥。

亚马多　这边来，这边来。这议论是怎么起的？

毛子　因为说起"脑袋"把腿摔坏了；接着你就要求来一贴"说明"。

考斯塔德　是啊，我就要求车前草。然后你的议论又来了，这孩子又搞出个老肥的"说明"，就是你买的那只鹅；然后他就收了摊。

亚马多　不过你还得给我讲讲，"脑袋"怎么会把腿摔坏了？

毛子　我一定给你讲得津津有味。

考斯塔德　你不知道这滋味，毛子。这"说明"还是让我来吧：我，脑袋，不肯安心坐囚牢，往外跑，绊一交，跌了腿骨断了脚。

亚马多　这件事就不必再谈了。

考斯塔德　等我的腿不中用了再说。

亚马多　考斯塔德，我要宽释你。

考斯塔德　咳，还不是把我配给一个臭花娘——这话里有几分说明，有几分呆鹅的味道。

亚马多　拿我美好的灵魂起誓，我是说使你解除桎梏，恢复自由；你原来是被囚、被禁、被捕、被缚的。

考斯塔德　不错，不错，现在你打算把我吐出来、放出来。

亚马多　我要恢复你的自由，免除你的禁锢；我只要你替我干这一件事。（以信授考斯塔德）把这封书简送给那村姑娘杰奎妮妲。（以钱授考斯塔德）这是给你的酬劳；因为对底下人赏罚分明，是我的名誉的最大的保障。毛子，跟我来。（下）

毛子　人家说狗尾续貂，我就像狗尾之貂。考斯塔德先生，再会！

考斯塔德　我的小心肝肉儿！我的可爱的小犹太人！（毛子下）现在我要看看他的酬劳。酬劳！啊！原来在他们读书人嘴里，三个铜子就叫做酬劳。"这条带子什么价钱？""一便士。""不，一个酬劳卖不卖？"啊，好得很！酬劳！这是一个比法国的克郎更好的名称。我再也不把这两个字转卖给别人。

俾隆上。

俾　隆　啊！我的好小子考斯塔德，咱们碰见得巧极了。

考斯塔德　请问先生，一个酬劳可以买多少淡红色的丝带？

俾　隆　怎么叫一个酬劳？

考斯塔德　呃，先生，一个酬劳就是三个铜子。

俾　隆　那么你就可以买到值三个铜子的丝带了。

考斯塔德　谢谢您。上帝和您在一起！

俾　隆　不要走，家伙；我要差你干一件事。你要是希望得到我的恩宠，我的好小子，那么答应我这一个请托吧。

考斯塔德　您要我在什么时候干这件事，先生？

俾　隆　哦，今天下午。

考斯塔德　好，我一定给您办到，先生。再会！

俾　隆　啊，你还没有知道是件什么事哩。

考斯塔德　等我把它办好以后，先生，我就会知道是件什么事。

俾　隆　嗨，混蛋，你该先知道了以后才去办呀。

考斯塔德　那么我明儿早上来看您。

俾　隆　这事情必须在今天下午办好。听着，家伙，很简单的一回事：公主就要到这儿御苑里来打猎，她有一位随身侍从的贵女，粗俗的舌头不敢轻易提起她的名字，他们称她为罗瑟琳；你问清楚了哪一个是她，就把这一通密封的书信交在她的洁白的手里。（以一先令授考斯塔德）这是给你的犒赏；去。

考斯塔德　犒赏，啊，可爱的犒赏！比酬劳好得多啦；多了足足十一便士外加一个铜子。最可爱的犒赏！我一定给您送去，

先生，决不有错。犒赏！酬劳！（下）

俾　隆　而我——确确实实，我是在恋爱了！我曾经鞭责爱情；我是抽打相思的鞭子手；我把刻毒的讥刺加在那个比一切人类都更傲慢的孩子的身上，像一个守夜的警吏一般监视他的行动，像一个厉害的塾师一般呵斥他的错误！这个盲目的、哭笑无常的、淘气的孩子，这个年少的长者，矮小的巨人，丘比特先生；掌管一切恋爱的诗句，交叉的手臂，叹息、呻吟、一切无聊的踯躅和怨尤的无上君主，天下痴男怨女敬畏的主宰，统领忙于处理通奸情事衙役们的唯一将帅；啊，我怯弱的心灵，难道我倒要在他的战场上充当一名小卒，把他的标帜带满在身上，活像卖艺人耍的套圈！什么，我恋爱！我追求！我找寻妻子！一个像德国老式时钟似的女人，永远要修理，永远出毛病，永远走不准，除非受到严密注视，才能循规蹈矩！嘿，最不该的是叛弃了誓约，而且在三个之中，偏偏爱上了最坏的一个。一个细眉毛的风骚姑娘，脸上嵌着两枚乌黑的眼睛；凭上天起誓，即使百眼的怪物阿耳戈斯把她终日监视，她也会什么都干得出来。我却要为她叹息！为她整夜不睡！为她祷告神明！罢了，这是丘比特给我的惩罚，因为我藐视了他的全能而可怖的小小的威力。好吧，我要恋爱、写诗、叹息、祷告、追求和呻吟；谁都有他心爱的姑娘，我的爱人也该有痴心的情郎。（下）

第四幕

第一场　那瓦王御苑

公主、罗瑟琳、玛利娅、凯瑟琳、鲍益、群臣、侍从及一管林人上。

公　主　那向着峻峭的山崖加鞭疾驰的，不正是国王吗？

鲍　益　我不知道；可是我想那不是他。

公　主　不管他是谁，瞧上去倒是很雄心勃勃似的。好，各位贤卿，今天我们的文件就可以到；星期六就可以回法国去了。管林子的朋友，你说我们应该到哪一丛树林里去杀害生灵？

管林人　您只要站在那一簇小树林边搭起的台上，准可以百发百中。

公　主　人家说，美人有沉鱼落雁之容；我只要用美目的利箭射了出去，无论什么飞禽走兽都会应弦而倒。

管林人　恕我，公主，我不是这个意思。

公　主　什么，什么？你不愿恭维我吗？啊，一瞬间的骄傲！我不美吗？唉！

管林人　不，公主，您美。

公　主　不,现在你不用把我装点了;不美的人,怎样的赞美都不能使她变得好看一点的。这儿,我的好镜子;(以钱给管林人)给你这些钱,因为你不说谎,骂了人反得厚赐,这是分外的重赏。

管林人　您所有的一切都是美好的。

公　主　瞧,瞧!只要行了好事,就可以保全美貌。啊,不可靠的美貌!正像这些覆雨翻云的时世;多花几个钱,丑女也会变成无双的姝丽。可是拿弓来:现在我们要不顾慈悲,杀生害命,显一显我们射猎的本领;要是射而不中,我可以饰词自辩,因为心怀不忍,才故意网开一面;要是射中了,那不是存心杀害,唯一的目的无非博取一声喝彩。人世间的煊赫光荣,往往产生在罪恶之中,为了身外的浮名,牺牲自己的良心;正像如今我去杀害一头可怜的麋鹿,只为了他人的赞美,并不为自己的怨毒。

鲍　益　凶悍的妻子拼命压制她们的丈夫,不也就是为了博得人们的赞美吗?

公　主　正是,无论哪一位太太,能够压倒她的老爷,总是值得赞美的。

考斯塔德上。

鲍　益　来了一个老百姓。

考斯塔德　列位好!请问这儿哪一位是头儿脑儿的小姐?

公　主　朋友,你只要看别人都是没有头颅脑袋的,就知道哪一个是她了。

考斯塔德　哪一位小姐是顶大的顶高的?

公　主　她就是顶胖的顶长的一个。

考斯塔德　顶胖的,顶长的!对了,一点没有错儿。小姐,要是您的腰身跟我的心眼儿一样细,您就可以套得上这几位小姐

爱的徒劳

们的腰带。您不是她们的首领吗？您在这儿是顶胖的一个。

公　主　你有什么见教，先生？你有什么见教？

考斯塔德　俾隆先生叫我带封信来，给一位叫做罗瑟琳的小姐。

公　主　啊！你的信呢？你的信呢？他是我的一个好朋友。站在一旁，好信差。鲍益，你会切肉的，把这块鸡切一切吧。

鲍　益　遵命。这封信送错了；它跟这儿每个人都没有关系；它是写给杰奎妮妲的。

公　主　我们也要读它一下。把封蜡打开了，大家听着。

鲍　益　（读）"凭着上天起誓，你是美貌的，这是一个绝无错误的事实；真的，你是娇艳的；真实的本身，你是可爱的。比美貌更美貌，比娇艳更娇艳，比真实更真实的，怜悯你的英雄的奴隶吧！慷慨知名的科菲多亚王看中了下贱污秽的丐女齐妮罗芳①，他可以说，余来，余见，余胜②；用俗语把它分析——啊，下流而卑劣的俗语！——即为，他来了，他看见，他战胜。他来了，一；看见，二；战胜，三；谁来了？国王。他为什么来？因为要看见。他为什么看？因为要战胜。他到谁的地方来？到丐女的地方。他看见什么？丐女。他战胜谁？丐女。结果是胜利。谁的胜利？国王的胜利。俘虏因此而富有了。谁富有了？丐女富有了。收场是结婚。谁结婚？国王结婚；不，两人合而为一，一人化而为二。我就是国王，因为在比喻上是这样的；你就是丐女，你的卑贱可以证明。我应该命令你爱我吗？我可以。我应该强迫你爱我吗？我能够。我应该请求你爱我吗？我愿意。你的褴褛将

---

①　科菲多亚（Cophetua）和培妮罗芳（Penelophon）是古代英国歌谣中的人物；亚马多将培妮罗芳误为齐妮罗芳（Zenelophon）。

②　"我来，我看见，我征服"是凯撒征服本都王法那西斯后告知罗马贵族院的著名言论。

要换到什么？锦衣。你的灰尘将要换到什么？富贵。你自己将要换到什么？我。我让你的脚玷污我的嘴唇，让你的小像玷污我的眼睛，让你的每一部分玷污我的心，等候着你的答复。你的最忠实的唐·阿德里安诺·德·亚马多。

　　你听那雄狮咆哮的怒响，
　　　你已是他爪牙下的羔羊；
　　俯伏在他足前不要反抗，
　　　他不会把你的生命损伤；
　　倘若妄图挣扎，那便怎样？
　　　免不了充他饥腹的食粮。"

公　主　写这信的是一片什么羽毛，一个什么三心二意的人？你们有没有听见过比这更妙的文章？

鲍　益　这文章的风格，我记得好像看见过的。

公　主　读过了这样的文章还会忘记，那你的记性真是太坏了。

鲍　益　这亚马多是这儿宫廷里豢养着的一个西班牙人；他是一个荒唐古怪的家伙，一个疯子，常常用他的奇腔异调逗国王和他的同学们发笑。

公　主　喂，家伙，我问你一句话。谁给你这封信？

考斯塔德　我早对您说过了，是一位大人。

公　主　他叫你把信送给谁的？

考斯塔德　从一位大人送给一位小姐。

公　主　从哪一位大人送给哪一位小姐？

考斯塔德　从俾隆大人，我的一位很好的大爷，送给一位法国的小姐，他说她名叫罗瑟琳。

公　主　你把他的信送错了。来！各位贤卿，我们走吧。好人儿，把这信收起来；将来有一天也会轮到你的。（公主及侍从

下）

鲍　益　追逐你的是谁？是谁？

罗瑟琳　要不要我告诉你？

鲍　益　请，我绝色的美人儿。

罗瑟琳　那位拿弓的女郎便是。这可把你的嘴堵住啦！

鲍　益　公主拿弓是要害鹿；你若一旦结了婚，若不害得你的丈夫戴上几打绿头巾就把我吊死。这可叫你开窍了！

罗瑟琳　好吧，那么我拿弓来追。

鲍　益　可是谁作你的鹿？

罗瑟琳　如果要选脑袋绿的，就请你屈尊让步。这才叫真开窍呢！

玛利娅　你别和她纠缠，鲍益，她惯会迎头痛击。

鲍　益　如果还手，她喊痛的地方比头可要低。这下子打着她了吧？

罗瑟琳　说起"打着"，当年法兰西国王培平还是个孩子的时候，就流行着一句俗语，让我奉送给你好吗？

鲍　益　当年英格兰王后桂尼薇还是个小姑娘的时候，流行着另一句俗语，我就把它奉还给你吧。

罗瑟琳　管保你打不着，打不着，打不着，
　　　　　管保你打不着，我的好先生。

鲍　益　就算我打不着，打不着，打不着，
　　　　　就算我打不着，总还有别人。（罗瑟琳及凯瑟琳下）

考斯塔德　说实话，真有趣儿；针尖对麦芒。

玛利娅　既不偏，也不倚，两个靶子全打个正着。

鲍　益　要说打，就说打，我请姑娘瞧一瞧。靶上若是有道缝，瞄准了射才真叫好。

玛利娅　太没边了！你的手段实在差。

考斯塔德 的确他得站近点儿，不然没法射中。

鲍　益 如果我的手段差，也许你的手段强。

考斯塔德 她要是占了上风，靶子准得先裂成两半。

玛利娅 得了，得了，别耍贫。字眼儿太脏，不像话。

考斯塔德 射箭你射不过她；先生，跟她滚球吧。

鲍　益 我滚也滚不动了。晚安，我的猫头鹰。（鲍益及玛利娅下）

考斯塔德 凭我的灵魂起誓，他口齿倒满伶俐。上帝！我和姑娘们说得他一败涂地；真逗乐，真有趣，既不雅来也不俗；你一句，我一句，有点荤昧有点粗。亚马多，站一边，唉呀，真像个英雄，替姑娘拿着扇子，走在前面作先锋！又弯腰，又吻手，嘴里一串新字眼儿！旁边还有那娃娃，一个淘气的机灵鬼儿！老天在上，个儿不大，可是十分有心眼儿。（内打猎喊声）索拉，索拉！（跑下）

第二场　同　前

霍罗福尼斯、纳森聂尔牧师及德尔上。

纳森聂尔 真是一种敬畏神明的游戏，而且是很合人道的。

霍罗福尼斯 那头鹿，您知道，沐浴于血泊之中；像一只烂熟的苹果，刚才还是明珠般悬在太虚、穹苍、天空的耳边，一下子就落到平陆、原壤、土地的面上。

纳森聂尔 真的，霍罗福尼斯先生，您的字眼变化得非常巧妙，不愧学者的吐属。可是先生，相信我，它是一头新出角的牡鹿。

霍罗福尼斯 纳森聂尔牧师，信哉！

德　尔 它不是信哉；它是一头两岁的公鹿。

霍罗福尼斯　最愚昧的指示！然而这也是他用他那种不加修饰、未经琢磨、既无教育、又鲜训练，或者不如说是浑噩无知，或者更不如说是诞妄无稽的方式，反映或者不如说是表现他的心理状态的一种解释性的暗示，把我的信哉说成了一头鹿。

德　尔　我说那鹿不是信哉；它是一头两岁的公鹿。

霍罗福尼斯　蠢而又蠢的蠢物，愚哉愚哉！啊！你无知的魔鬼，你的容貌多么伧俗！

纳森聂尔　先生，他不曾饱餐过书本中的美味；他没有吃过纸张，喝过墨水；他的智力是残缺破碎的；他不过是一头畜生，只有下等的感觉。这种愚鲁的木石放在我们的面前，我们这些有情趣有性灵的人，应该感谢上帝，赐给我们如许的智慧才能，使我们不至于像他一样。论起我，如果狂妄、放肆、愚蠢，自然有失身份，但叫他去学习，去进塾读书也是枉费心机。但是，知足常乐；正如先哲所云：天气阴晴莫测，不能扰乱吾心。

德　尔　你们两位都是读书人；你们能不能用你们的智慧告诉我，什么东西在该隐出世的时候已经有一个月大，到现在还没有长满五星期？

霍罗福尼斯　狄克丁娜，德尔好伙计；狄克丁娜，德尔好伙计。

德　尔　狄克丁娜是什么？

纳森聂尔　狄克丁娜是菲苾，也就是琉娜，也就是月亮的别名。

霍罗福尼斯　亚当生下一个月以后，月亮已经长满了一个月；可是他到了一百岁的时候，月亮还是一百年前的月亮，不曾多老了一个星期。以不变应万变。

德　尔　不错，一变应万变。

霍罗福尼斯　愿上帝治愈你的脑筋！我是说"不变应万变"。

德　尔　我说的也没大变,因为月亮横竖总不会老过一个月;我还要说:公主射死的是一头两岁的公鹿。

霍罗福尼斯　纳森聂尔牧师,你想不想听一首信口吟成的咏死鹿的诗篇?为了使愚氓易解,姑且称之为鹿,亦无不可。

纳森聂尔　请开篇,好霍罗福尼斯先生,请开篇;然君子出言应远鄙俚。

霍罗福尼斯　我要试用谐声体,因为那才算尽才人之能事:

> 公主一箭鹿身亡,
> 昔日矫健今负伤。
> 猎犬争吠鹿逃奔,
> 猎人寻路找上门。
> 猎人有路,鹿无路——
> 无路,无禄,哀哉,一命呜呼!

纳森聂尔　真奇才也,可仰,可仰!

德　尔　可痒大概是有虱子,你看他浑身直搔。

霍罗福尼斯　此乃小技,何足道哉?为诗之诀在有气、有势、有情、有韵、有起、有承、有转、有合,体之于心,厚之以虑,发之以时。此虽别才,得来亦属不易,聊堪自怡而已。

纳森聂尔　先生,我为您赞美上帝,我的教区里的全体居民也都要为您赞美上帝,因为他们的儿子受到您很好的教诲,他们的女儿也从您的地方得益不少;您是社会上的功臣。

霍罗福尼斯　诚然,他们的儿子如果是天真诚朴的,不怕得不到我的教诲;他们的女儿如果是聪慧可教的,我也愿意尽力开导她们。可是哲人寡言。有一个阴性之人找我们来了。

杰奎妮妲及考斯塔德上。

杰奎妮妲　早安,牧师先生,愿您尊体安隐。

霍罗福尼斯　把"安稳"说成"安隐"。余将安隐乎?

考斯塔德　塾师先生,找个大酒桶,您不就可以痛饮一阵吗?

霍罗福尼斯　以"隐"谐"饮"!愚者千虑,亦有一得;可称美玉杂于顽石,明珠出于老蚌。小有才思,深堪嘉许。

杰奎妮妲　牧师先生,(以一信授纳森聂尔)谢谢您把这一封信读给我听听;这是唐·亚马多叫考斯塔德送来给我的。请你读一读好不好?

霍罗福尼斯　"群羊树下趁风凉"云云……啊,妇孺皆晓的诗篇。旅人称道威尼斯的话可以移赠给你:

　　威尼斯,威尼斯,

　　未曾见面不相知。

此诗何尝不然?不能理解的人也不能欣赏。多、莱、索、拉、密、发。对不起,先生,这里面写些什么?或者正像贺拉斯①所说的——什么,一首诗吗?

纳森聂尔　正是,先生,而且写得非常典雅。

霍罗福尼斯　愿闻一二,先生其为余诵之乎?

纳森聂尔　(读)

　　为爱背盟,怎么向你自表寸心?

　　　啊!美色当前,谁不要失去操守?

　　虽然抚躬自愧,对你誓竭忠贞;

　　　昔日的橡树已化作依人弱柳:

　　请细读它一叶叶的柔情密爱,

　　　它的幸福都写下在你的眼中。

　　你是全世界一切知识的渊海,

---

① 贺拉斯(Horace,公元前65—8年),罗马诗人。

> 赞美你便是一切学问的尖峰；
> 倘不是蠢如鹿豕的冥顽愚人，
> 谁见了你不发出惊奇的嗟叹？
> 你目藏闪电，声音里藏着雷霆；
> 平静时却是天乐与星光灿烂。
> 你是天人，啊！赦免爱情的无知，
> 以尘俗之舌讴歌绝世的仙姿。

霍罗福尼斯　您没有把应该重读的地方读出来，所以完全失去了抑扬顿挫之妙。让我把这首小诗推敲一下：在韵律方面倒还不错；可是讲到高雅、流利和诗歌的铿锵的音调，此则尚有憾焉。奥维狄斯·奈索①才是真正的诗人；然而奈索之所以为奈索者，不是因为他嗅出了想象的芬芳的花朵，那激发创作的动力吗？摹拟算得了什么？猎犬也会追随它的主人，猴子也会效学它的饲养者，马儿也会听从它的骑师。可是姑娘淑女，这封信是寄给你的吗？

杰奎妮妲　嗯，先生；这封信是一位俾隆先生寄给我的，他是那位外国女王手下的一位贵人。

霍罗福尼斯　我要看看那上面的题名："敬献于最美丽的罗瑟琳小姐的雪白的手中。"我还要看看信里面寄信人的署名："乐于供你驱使的俾隆。"——纳森聂尔牧师，这俾隆是一个和王上一同发下誓愿的人；现在他却写了一封信给那外国女王手下的一个侍女，这封信由于一时的偶然，被送信的人送错了地方。快去，我的好人儿；把这封信给王上看，也许它是很有关系的。不必多礼，尽管去吧；再见！

杰奎妮妲　好考斯塔德，跟我去。先生，上帝保佑您！

---

① 奥维狄斯·奈索（Ovldlus Naso）即奥维德（Ovld，公元前43—公元17?），罗马诗人。

考斯塔德 去吧,我的姑娘。(考斯塔德、杰奎妮妲下)

纳森聂尔 先生,您把这件事情干得非常严正,充分显出了敬畏上帝的精神;正像有一位神父说的——

霍罗福尼斯 先生,别对我提起什么神父不神父啦;我最怕那些似是而非的论调。可是让我们再来讨论讨论那首诗;纳森聂尔牧师,您觉得它怎么样?

纳森聂尔 写是写得非常之好。

霍罗福尼斯 今天我要到我的一个学生的父亲家里吃饭;要是您愿意在进餐之前替在座众人作一次祈祷,凭着该生家长对我的交情,我可以介绍您出席;在宴会上我愿意向您证明这首诗非常浅薄,既无诗趣,又无巧思,一点没有匠心独运之处。请您一定光临。

纳森聂尔 那真是多谢了;因为《圣经》上说,交际是人生的幸福。

霍罗福尼斯 不错,《圣经》上这句话是一个很确当的结论。(向德尔)朋友,请你也一同出席,千万不要推却;毋多言!去!那些绅士们正在打猎,我们还是去满足我们口腹的享受。(同下)

第三场 同 前

俾隆持一纸上。

俾 隆 王上正在逐鹿;我却在追赶我自己。他们张罗设网;我却陷身在泥坑之中。泥坑,这字眼真不好听。好,歇歇吧,悲哀!因为他们说那傻子曾经这样说,我也这样说,我就是傻子:证明得很好,聪明人!上帝啊,这恋爱疯狂得就像埃阿斯①一样；它会杀死一头绵羊；它会杀死我，我就是绵羊：又是一个很好的证明！我不愿恋爱；要是我恋爱，把我吊死了吧；真的，我不愿。啊！可是她的眼睛——天日在上，倘不是为了她的眼睛，我决不会爱她；是的，只是为了她的两只眼睛。唉，我这个人一味说谎，全然的胡说八道。天哪，我在恋爱，它已经教会我作诗，也教会我发愁；这儿是我的一部分的诗，这儿是我的愁。她已经收到我的一首十四行诗了；送信的是个蠢货，寄信的是个呆子，收信的是个佳人；可爱的蠢货，更可爱的呆子，最可爱的佳人！凭着全世界发誓，即使那三个家伙都落下了情网，我也不以为意。这儿有一个拿了一张纸来了；求上帝让他呻吟吧！（爬登树上）

　　国王持一纸上。

　　国　王　唉！

　　俾　隆　（旁白）射中了，天哪！继续施展你的本领吧，可爱的丘比特；你已经用你的鸟箭从他的左乳下面射进去了。当真他也有秘密！

　　国　王　（读）

　　　　旭日不曾以如此温馨的蜜吻
　　　　　给予蔷薇上晶莹的黎明清露，
　　　　有如你的慧眼以其灵辉耀映
　　　　　那淋下在我颊上的深宵残雨；
　　　　皓月不曾以如此璀璨的光箭
　　　　　穿过深海里透明澄澈的波心，
　　　　有如你的秀颜照射我的泪点，
　　　　　一滴滴荡漾着你冰雪的精神。

---

①　埃阿斯（Ajax），特洛亚战争中的英雄。参阅《特洛伊罗斯与克瑞西达》一剧。

爱的徒劳

　　每一颗泪珠是一辆小小的车,
　　　载着你在我的悲哀之中驱驰;
　　那洋溢在我睫下的朵朵水花,
　　　从忧愁里映现你胜利的荣姿;
　　请不要以我的泪作你的镜子,
　　你顾影自怜,我将要永远流泪。
　　啊,倾国倾城的仙女,你的颜容
　　使得我搜索枯肠也感觉词穷。

她怎么可以知道我的悲哀呢?让我把这纸儿丢在地上;可爱的草叶啊,遮掩我的痴心吧。谁到这儿来了?(退立一旁)什么,朗格维!他在读些什么东西!听着!

朗格维持一纸上。

俾　隆　现在又有一个跟你同样的傻子来了!

朗格维　唉!我破了誓了!

俾　隆　果然像个破誓的,还带着证明罪行的文件呢。

国　王　我希望他也在恋爱,同病相怜的罪人!

俾　隆　一个酒鬼会把另一个酒鬼引为同调。

朗格维　我是第一个违反誓言的人吗?

俾　隆　我可以给你安慰;照我所知道的,已经有两个人比你先破誓了,你来刚好凑成一个三分鼎足,三角帽子,爱情的三角绞刑台,专叫傻瓜送命。

朗格维　我怕这几行生硬的诗句缺少动人的力量。啊,亲爱的玛利娅,我的爱情的皇后!我还是把诗撕了,用散文写吧。

俾　隆　诗句是爱神裤子上的花边;别让他见不得人。

朗格维　算了,还是让它去吧。(读)

　　你眼睛里有天赋动人的辞令,
　　　能使全世界的辩士唯唯俯首,

不是它劝诱我的心寒盟背信？
　　为了你把誓言毁弃不应遭咎。
我所舍弃的只是地上的女子，
　　你却是一位美妙的天仙化身；
为了天神之爱毁弃人世的誓，
　　你的垂怜可以洗涤我的罪名。
一句誓只是一阵口中的雾气，
　　禁不起你这美丽的太阳晒蒸；
我脆弱的愿心既已被你引起，
　　这毁誓的过失怎能由我担承？
即使是我的错，谁会那样疯狂，
不愿意牺牲一句话换取天堂！

俾　隆　一个人发起疯来，会把血肉的凡人敬若神明，把一只小鹅看做一个仙女；全然的、全然的偶像崇拜！上帝拯救我们，上帝拯救我们！我们都走到邪路上去了。

朗格维　我应该叫谁把这首诗送去呢？——有人来了！且慢。（退立一旁）

俾　隆　大家躲好了，大家躲好了，就像小孩子捉迷藏似的。我像一尊天神一般，在这儿高坐天空，察看这些可怜的愚人们的秘密。再多来点！天啊，真应了我的话了。

杜曼持一纸上。

俾　隆　杜曼也变了；一个盘子里盛着四只山鹬！
杜　曼　啊，最神圣的凯德①！
俾　隆　啊，亵渎神圣的傻瓜！
杜　曼　凭着上天起誓，一个凡夫眼中的奇迹！

---

①　凯德是凯瑟琳的爱称。

爱的徒劳

俾　　隆　凭着土地起誓，她是个平平常常的女人；你在说谎。

杜　　曼　她的琥珀般的头发使琥珀为之逊色。

俾　　隆　琥珀色的乌鸦倒是很少有的。

杜　　曼　像杉树一般亭亭直立。

俾　　隆　我说她身体有点弯曲；她的肩膀好像怀孕似的。

杜　　曼　像白昼一般明朗。

俾　　隆　嗯，像有几天的白昼一般，不过是没有太阳的白昼。

杜　　曼　啊！但愿我能够如愿以偿！

朗格维　但愿我也如愿以偿！

国　　王　主啊，但愿我也如愿以偿！

俾　　隆　阿门，但愿我也如愿以偿！这总算够客气了吧？

杜　　曼　我希望忘记她；可是她像热病一般焚烧我的血液，使我再也忘不了她。

俾　　隆　你血液里的热病！那么只要请医生开一刀，就可以把她放出来盛在盘子里了。

杜　　曼　我还要把我所写的那首歌读一遍。

俾　　隆　那么我就再听一次爱情怎样改变了一个聪明人。

杜　　曼　（读）

有一天，唉，那一天！
爱永远是五月天，
见一朵好花娇媚，
在款款风前游戏；
穿过柔嫩的叶网，
风儿悄悄地来往。
憔悴将死的恋人，

203

    羡慕天风的轻灵；
    风能吹上你面颊，
    我只能对花掩泣！
    我已向神前许愿，
    不攀折鲜花嫩瓣；
    少年谁不爱春红？
    这种誓情理难通。
    今日我为你叛誓，
    请不要把我讥刺；
    你曾经迷惑乔武，
    使朱诺变成黑奴，
    放弃天上的威尊，
    来作尘世的凡人。

  我要把这首歌寄去，另外再用一些更明白的字句，说明我的真诚的恋情的痛苦。啊！但愿王上、俾隆和朗格维也都变成恋人！作恶的有了榜样，可以抹去我叛誓的罪名；大家都是一样有罪，谁也不能把谁怨怼。

  朗格维 （上前）杜曼，你希望别人分担你的相思的痛苦，你这种恋爱太自私了。你可以脸色发白，可是我要是也这样被人听见了我的秘密，我知道我一定会满脸通红的。

  国　王 （上前）来，先生，你的脸红起来吧。你的情形和他正是一样；可是你明于责人，暗于责己，你的罪比他更加一等。你不爱玛利娅，朗格维从来不曾为她写过一首十四行诗，从来不曾绞着两手，按放在他的多情的胸前，压下他那跳动的心。我躲在这一丛树木后面，已经完全窥破你们的秘密了；我替你们两人好不害羞！我听见你们罪恶的诗句，留心观察着你们的举止，看见你们长吁短叹，注意到你们的热情：一个说，唉！一个说，天哪！一个说她的头发像黄金，一个说她的眼睛像水晶；（向朗格维）你愿意为了天堂的幸福寒盟背信；（向杜曼）乔武为了你的爱人不惜毁弃誓言。要是俾隆听见你们已经把一个用极大的热心发下的誓这样破坏了，他会怎么说呢？他会把你们怎样嘲笑！他会怎样掉弄他的刻毒的舌头！他会怎样高兴得跳起来！我宁愿失去全世界所有的财富，也不愿让他知道我有这样不可告人的心事。

俾　隆　现在我要挺身而出，揭破伪君子的面目了。（自树上跳下）啊！我的好陛下，请您原谅我；好人儿！您自己沉浸在恋爱之中，您有什么权利责备这两个可怜虫？您的眼睛不会变成马车；您的泪珠里不会反映出一位公主的笑容；您不会毁誓，那是一件可憎的罪恶：咄！只有无聊的诗人才会写那些十四行的歌曲。可是您不害羞吗？你们三人一个个当场出丑，都不觉得害羞吗？您发现了他眼中的微尘；王上发现了你们的；可是我发现了你们每人眼中的梁木。啊！我看见了一幕多么愚蠢的活剧，不是这个人叹息呻吟，就是那个人捶胸顿足。嗳哟！我好容易耐住我的心，看一位国王变成一只飞蝇，伟大的赫剌克勒斯抽弄陀螺，渊深的所罗门起舞婆娑，年老的涅斯托①变成儿童的游侣，厌世的泰门戏弄无聊的玩具！你的悲哀在什么地方？

啊！告诉我，好杜曼。善良的朗格维，你的痛苦在什么地方？陛下，您的又在什么地方？都在这心口儿里。喂，煮一锅稀粥来！这儿有很重的病人哩。

国　王　你太挖苦人了。那么我们的秘密都被你窥破了吗？

俾　隆　我算是受了你们的骗。我是个老实人，我以为违背一个自己所发的誓是一件罪恶；谁料竟会受一班虚有其表、反复

---

①　涅斯托（Nestor），《伊利亚特》中的希腊将领，以严肃著名。

无常的人们的欺骗。你们什么时候会见我写一句诗？或者为了一个女人而痛苦呻吟？或者费一分钟的时间把我自己修饰？你们什么时候会听见我赞美一只手，一只脚，一张脸，一双眼，一种姿态，一段丰度，一副容貌，一个胸脯，一个腰身，一条腿，一条臂？——

国　王　且慢！你又不是怕有人在后面追赶的偷儿，用不着这样急急忙忙地奔跑。

俾　隆　我这样急急忙忙，是为了要逃避爱情；好情人，放我去吧。

杰奎妮妲及考斯塔德上。

杰奎妮妲　上帝祝福王上！

国　王　你有什么东西送来？

考斯塔德　一件叛逆的阴谋。

国　王　已经成事的叛逆吗？

考斯塔德　没有成事，陛下。

国　王　那么也不要叫它败事。请你和叛逆安安静静地一同退场吧。

杰奎妮妲　陛下，请您读一读这封信；我们的牧师先生觉得它很可疑；他说其中有叛逆的阴谋。

国　王　俾隆，你把它读一读。（以信授俾隆）这封信你是从什么地方得来的？

杰奎妮妲　考斯塔德给我的。

国　王　你从什么地方得来的？

考斯塔德　邓·阿德拉马狄奥，邓·阿德拉马狄奥给我的。

（俾隆撕信）

国　王　怎么！你怎么啦？为什么把它撕碎？

俾　隆　无关重要，陛下，无关重要，您用不着担心。

朗格维　这封信看得他面红耳赤，让我们听听吧。

杜　曼　（拾起纸片）这是俾隆的笔迹，这儿还有他的名字。

俾　隆　（向考斯塔德）啊，你这下贱的蠢货！你把我的脸丢尽了。我承认有罪，陛下，我承认有罪。

国　王　什么？

俾　隆　你们三个呆子加上了我，刚巧凑成一桌；他、他、您陛下，跟我，都是恋爱场中的扒手，我们都有该死的罪名。啊！把这两个人打发走了，我可以详详细细告诉你们。

杜　曼　现在大家都是一样的了。

俾　隆　不错，不错，我们是同道四人。叫这一双斑鸠去吧。

国　王　你们去吧！

考斯塔德　好人走了，让坏人留在这儿。（考斯塔德、杰奎妮妲下）

俾　隆　亲爱的朋友们，亲爱的情人们，啊！让我们拥抱吧。我们都是有血有肉的凡人；大海潮升潮落，青天终古长新，陈腐的戒条不能约束少年的热情。我们不能反抗生命的意志，我们必须推翻不合理的盟誓。

国　王　什么！你也会在这些破碎的诗句之中表示你的爱情吗？

俾　隆　"我也会"！谁见了天仙一样的罗瑟琳，不会像一个野蛮的印度人，只要东方的朝阳一开始呈现它的奇丽，就俯首拜伏，用他虔诚的胸膛贴附土地？哪一道鹰隼般威棱闪闪的眼光，不会眩耀于她的华艳，敢仰望她眉宇间的天堂？

国　王　什么狂热的情绪鼓动着你？我的爱人，她的女主人，是一轮美丽的明月，她只是月亮旁边闪烁着微光的一点小星。

俾　隆　那么我的眼睛不是眼睛，我也不是俾隆。啊！倘不是为了我的爱人，白昼都要失去它的光亮。她的娇好的颊上集合着一切出众的美点，她的华贵的全身找不出丝毫缺陷。借给我所有辩士们的生花妙舌——啊，不！她不需要夸大的辞藻；待沽的商品才需要赞美，任何赞美都比不上她自身的美妙。形容枯瘦的一百岁的隐士，看了她一眼会变成五十之翁；美貌是一服换骨的仙丹，它会使扶杖的衰龄返老还童。啊！她就是太阳，万物都被她照耀得灿烂生光。

国　王　凭着上天起誓，你的爱人黑得就像乌木一般。

俾　隆　乌木像她吗？啊，神圣的树木！娶到乌木般的妻子才是无上的幸福。啊！我要按着《圣经》发誓，她那点漆的瞳人，泼墨的脸色，才是美的极致，不这样便够不上"美人"两字。

国　王　一派胡说！黑色是地狱的象征，囚牢的幽暗，暮夜的阴沉；美貌应该像天色一样清明。

俾　隆　魔鬼往往化装光明的天使引诱世人。啊！我的爱人有两道黑色的修眉，因为她悲伤世人的愚痴，让涂染的假发以伪乱真，她要向他们证明黑色的神奇。她的美艳转变了流行的风尚，因为脂粉的颜色已经混淆了天然的红白，自爱的女郎们都知道洗尽铅华，学着她把皮肤染成黝黑。

杜　曼　打扫烟囱的人也是学着她把烟煤涂满一身。

朗格维　从此以后，炭坑夫都要得到俊美的名称。

国　王　非洲的黑人夸耀他们美丽的肤色。

杜　曼　黑暗不再需要灯烛，因为黑暗即是光明。

俾　隆　你们的爱人们永远不敢在雨中走路，她们就怕雨水洗去了脸上的脂粉。

爱的徒劳

国　王　你的爱人倒该淋雨，让雨水把她的脸冲洗干净。

俾　隆　我要证明她的美貌，拚着舌敝唇焦，一直讲到世界末日的来临。

国　王　到那时候你就知道没有一个魔鬼不比她漂亮几分。

杜　曼　像你这样钟情丑妇的人真是世间少见。

朗格维　瞧，这儿是你的爱人；（举鞋示俾隆）把她的脸多看两眼。

俾　隆　啊！要是把你的眼睛铺成道路，也会玷污了她的姗姗微步。

杜　曼　啊，真下流！街道上若都是眼睛，她走起路来一迈步，多么丢人。

国　王　可是何必这样斤斤争论？我们不是大家都在恋爱吗？

俾　隆　一点不错，我们大家都毁了誓啦。

国　王　那么不要作这种无聊的空谈。好俾隆，现在请你证明我们的恋爱是合法的；我们的信心并没有遭到损害。

杜　曼　对了，赞美赞美我们的罪恶。

朗格维　啊！用一些充分的理由壮壮我们的胆；用一些巧妙的诡计把魔鬼轻轻骗过。

杜　曼　用一些娓娓动听的辩解减除我们叛誓的内疚。

俾　隆　啊，那是不必要的。好，那么，爱情的战士们，想一想你们最初发下的誓，绝食，读书，不近女色，全然是对于绚烂的青春的重大的谋叛！你们能够绝食吗？你们的肠胃太娇嫩了，绝食会引起种种的病症。你们虽然立誓发愤读书，要是你们已经抛弃了各人的一本最宝贵的书籍，你们还能在梦寐之中不废吟哦吗？因为除了一张女人的美丽的容颜以外，您，我的陛下，或是你，或是你，什么地方找得到学问的真正价值？从女人的眼

莎士比亚喜剧

睛里我得到这一个教训：它们是艺术的经典，知识的宝库，是它们燃起了智慧的神火。刻苦的钻研可以使活泼的心神变为迟钝，正像长途的跋涉消耗旅人的精力。你们不看女人的脸，不但放弃了眼睛的天赋的功用，而且根本违背你们立誓求学的原意；因为世上哪一个著作家能够像一个女人的睛睛一般把如许的美丽启示读者？学问是我们随身的财产，我们自己在什么地方，我们的学问也跟着我们在一起；那么当我们在女人的眼睛里看见我们自己的时候，我们不是也可以看到它里边存在着我们的学问吗？啊！朋友们，我们发誓读书，同时却抛弃了我们的书本；因为在你们钝拙的思索之中，您，我的陛下，或是你，或是你，几曾歌咏出像美人的慧眼所激发你们的那种火一般热烈的诗句？一切沉闷的学术都局限于脑海之中，它们因为缺少活动，费了极大的艰苦还是绝无收获；可是从一个女人的眼睛里学会了恋爱，却不会禁闭在方寸的心田，它会随着全身的血液，像思想一般迅速地通过五官四肢，使每一个器官发挥出双倍的效能；它使眼睛增加一重明亮，恋人眼中的光芒可以使猛鹰眩目；恋人的耳朵听得出最微细的声音，任何鬼祟的奸谋都逃不过他的知觉；恋人的感觉比戴壳蜗牛的触角还要微妙灵敏；恋人的舌头使善于辨味的巴克科斯①显得迟钝；讲到勇力，爱情不是像赫剌克勒斯一般，永远在乐园里爬树想摘金苹果吗？像斯芬克斯②一般狡狯；像那以阿波罗的金发为弦的天琴一般和谐悦耳；当爱情发言的时候，就像诸神的合唱，使整个的天界陶醉于仙乐之中。诗人不敢提笔抒写他的诗篇，除非他的墨水里调和着爱情的叹息；啊！那时候他的诗句就会感动野蛮的猛兽，激发暴君的天良。从女人的眼睛里我得到这一个教训：它们永远闪耀着智慧的神火；它们是艺术的经典，是

---

① 巴克科斯（Bacchus），希腊神话里的酒神。
② 斯芬克斯（Sphinx），希腊神话中狮身人面怪。

知识的宝库,装饰、涵容、滋养着整个世界;没有它们,一切都会失去它们的美妙。那么你们真是一群呆子,甘心把这些女人舍弃;你们谨守你们的誓约,就可以证明你们的痴愚。为了智慧,这一个众人喜爱的名词,为了爱情,这一个喜爱众人的名词,为了男人,一切女人的创造者,为了女人,没有她们便没有男人,让我们放弃我们的誓约,找到我们自己,否则我们就要为了谨守誓约而丧失自己。这样的毁誓是为神明所容许的;因为慈悲的本身可以代替法律,谁能把爱情和慈悲分而为二?

国　王　那么凭着圣丘比特的名字,兵士们,上阵呀!

俾　隆　举起你们的大旗,向她们努力进攻吧,朋友们!来他一阵混杀!但是先要当心,交手的时候哪个太阳是归你的。

朗格维　把这些巧妙的字句搁在一旁,老老实实谈一谈吧。我们要不要决定去向这些法国女郎们求爱?

国　王　是的,而且我们一定要达到目的。所以让我们商量商量用些什么方法娱乐她们。

俾　隆　第一,让我们从御苑里护送她们到她们的帐幕之内;然后每一个人握着他的美貌的恋人的纤手回来。在下午我们要计划一些短时间内可以筹备起来的新奇的娱乐安慰她们;因为饮酒、跳舞和狂欢是恋爱的先驱,是它们把缤纷的花朵铺成一道康衢。

国　王　去,去!我们现在必须利用每一秒钟的时间。

俾　隆　去,去!

种下莠草哪能收起佳禾?

那昭昭的天道从不会有私心:

轻狂的娘儿嫁给背信的丈夫;

是顽铜怎么换得到美玉精金?(同下)

第五幕

第一场　那瓦王御苑

霍罗福尼斯、纳森聂尔牧师及德尔上。

霍罗福尼斯　已而者,已而而已矣。

纳森聂尔　先生,我为您赞美上帝。您在宴会上这一番议论,的确是犀利隽永,风趣而不俚俗,机智而不做作,大胆而不轻率,渊博而不固执,新奇而不乖僻。我前天跟一个王上手下的人谈话,他的雅篆,他的尊号,他的大名是唐·阿德里安诺·德·亚马多。

霍罗福尼斯　后生小子,何足道哉!这个人秉性傲慢,出言武断,满口虚文,目空一世,高视阔步,旁若无人,可谓狂妄之尤。他太拘泥不化,太矫揉造作,太古怪,也可以说太不近人情了。

纳森聂尔　一个非常确切而巧妙的断语。(取出笔记簿)

霍罗福尼斯　他从贫弱的论据中间抽出他的琐碎而繁缛的言辞。我痛恨这种荒唐的妄人,这种乖僻而苛细的家伙,这种破坏文字的罪人:明明是 doubt,他却说是 dout;明明是 d, e, b, t, debt,他偏要读做 d,e,t,det;他把 calf 读成了 cauf,half 读成了 hauf;neighbour 变成 nebour,neigh 的音缩做了 ne。这简直是 abhominable,可是叫他说起来又是 abominable 了。此类谬误之读音,闻之殆于令人痫发;足下其知之乎?所谓痫发者,即发疯之谓也。

纳森聂尔　赞美上帝,真乃打开茅塞。

霍罗福尼斯　打开?应该是"顿开"。用词不甚得当,尚可,尚可。

亚马多、毛子及考斯塔德上。

纳森聂尔　来者其谁耶?

霍罗福尼斯　此固余所乐见者也。

亚马多　(向毛子)崽子!

霍罗福尼斯　不曰小子而曰崽子,何哉?

亚马多　两位文士,幸会了。

霍罗福尼斯　最英勇的骑士,敬礼。

毛　子　(向考斯塔德旁白)他们刚从一场文字的盛宴上,偷了些吃剩的肉皮鱼骨回来。

考斯塔德　啊!他们一向是靠着咬文嚼字过活的。我奇怪你家主人没有把你当作一个字吞了下去,因为你连头到脚,还没有 honorificabilitudinitatibus① 这一个字那么长;把你吞下去,一点儿不费事。

毛　子　静些!钟声敲起来了。

亚马多　(向霍罗福尼斯)先生,你不是有学问的吗?

毛　子　是的,是的;他会教孩子们认字呢。请问把 a,b,颠倒拼起来,头上再加一只角,是个什么字?

---

①　拉丁文,意为"在充满了荣誉的情况中"。

霍罗福尼斯　孺子听之,这是一个 Ba 字,多了一只角。

毛　子　Ba,好一头出角的蠢羊。你们听听他的学问。

霍罗福尼斯　谁,准,你说哪一个,你这没有母音的子音?

毛　子　你自己说起来,是五个母音中间的第三个;要是我说起来,就是第五个。

霍罗福尼斯　让我说说看——a, e, i——I 就是我。

毛　子　对了,你就是那头羊;让我接下去——o, u——You 就是你,那头羊还是你。

亚马多　凭着地中海里滚滚的波涛起誓,好巧妙的讥刺,好敏捷的才智!爽快,干脆,一剑就刺中了要害!它欣慰了我的心灵;真是呱呱叫。

毛　子　孩子要是呱呱叫,大人就该"咩咩"叫了。

霍罗福尼斯　什么意思?什么意思?

毛　子　还是蠢羊。

霍罗福尼斯　孺子焉知应对?去抽陀螺玩吧。

毛　子　把你的角借给我做个陀螺,我准保抽得你体无完肤。羊角做陀螺最好。

考斯塔德　要是我在这世上一共只剩了一个便士,我也要把它送给你买姜饼吃。拿去,这是你的主人给我的酬劳,你这智慧的小钱囊,你这伶俐的鸽蛋。啊!要是上天愿意让你做我的私生子,你将要使我成为一个多么快乐的爸爸!好,你正像人家说的,连屁股尖上都是聪明的。

霍罗福尼斯　嗳哟!这是什么话?应该说手指尖上,他说成屁股尖上啦。

亚马多　学士先生,请了;我们不必理会那些无知无识的人。你不是在山顶上那所学校里教授青年的吗?

霍罗福尼斯　亦即峰头。

亚马多　峰头或者山顶,谨听尊便。

霍罗福尼斯　正是。

亚马多　先生,王上已经宣布他的最圣明的意旨,要在这一个白昼的尾间,那就是粗俗的群众所称为下午的,到公主的帐幕里访问佳宾。

霍罗福尼斯　最高贵的先生,用白昼的尾间代替下午,果然是再合适、确切、适当不过的了;真的,先生,这一个名词拣选得非常佳妙。

亚马多　先生,王上是一位高贵的绅士,不瞒你说,他是我的知交,很好的朋友。讲到我们两人之间的交情,那可以不用提了。——请不要多礼,请你务必戴上你的帽子——还有其他许多既重要又重大又严重的情节,可是那都不用提了。因为我必须告诉你,王上陛下往往靠在我卑贱的肩上,用他的御指玩弄我的废物——我的胡子;可是好人儿,那也不用提了。我可以发誓我说的不是假话,他老人家曾经把特殊的恩宠赏给亚马多,一个军人,一个见过世面的旅行者;可是那也不用提了。一切的一切是这样的,可是好人儿,我要请你保守秘密,王上的意思,要我在那公主面前,可爱的小东西!表演一些有趣的节目,一些玩意儿,一些热闹的花样,一些滑稽的戏剧,或是一些焰火。我因为知道你跟牧师先生两位对于这种寻开心的事情是很来得的,所以特来跟你们商量商量,请你们帮帮我的忙。

霍罗福尼斯　先生,您可以在她面前表演九大伟人。纳森聂尔牧师,我们奉王上的命令,承这位最倜傥贵显而博学的绅士的嘱托,略效微劳,在这一个白昼的尾间,表演一些应时的娱乐于公主之前,照我说起来,没有比扮演九大伟人的事迹更适当的了。

纳森聂尔　您在什么地方可以找得到胜任愉快的人来扮演他

们呢?

霍罗福尼斯　您自己扮约书亚;我自己或是这位倜傥的绅士扮犹大·麦卡俾斯,这乡下人手脚粗大,可以充庞贝大王;① 这童儿就叫他扮赫剌克勒斯——

亚马多　对不起,先生,你错了;他还没有那位伟人的拇指那么大,他的棍子的一头也要比他粗一些。

霍罗福尼斯　你们愿意听我说吗?他可以扮演幼年的赫剌克勒斯,上场下场都在绞弄一条蛇;我还可以预备一段话向观众解释。

毛　子　妙极了的设计!这样要是观众中间有人喝倒彩,你就可以嚷,"好呀,赫剌克勒斯!你把蛇儿勒死了!"这样就可以把错处遮掩过去,虽然没有什么人会有这么厚的脸皮。

亚马多　还有那五位伟人呢?——

霍罗福尼斯　我一个人可以扮演三个。

毛　子　三重的伟人!

亚马多　我可以告诉你们一句话吗?

霍罗福尼斯　我们愿意洗耳恭听。

亚马多　伟人要是扮不成功,我们可以演一出滑稽戏。请你们跟我来。

霍罗福尼斯　来,德尔好伙计!你直到现在,还没有说过一句话哩。

德　尔　而且我一句话也没有听懂,先生。

霍罗福尼斯　来!我们也要叫你做些事情。

德　尔　我可以跟着人家跳跳舞;或者替伟人们打打小鼓,让别人去跳舞。

---

① 约书亚(Joshua),古代以色列先知;犹大·麦卡俾斯(Judas Maccabaeus),古代犹太民族英雄;庞贝大王(Pompey the Great),罗马大将。

霍罗福尼斯　最笨的老实的德尔；来，我们去准备我们的玩意儿吧！（同下）

第二场　同前。公主帐幕前

公主、凯瑟琳、罗瑟琳及玛利娅同上。

公　主　好人儿们，要是每天有这么多的礼物源源而来，我们在回国以前，一定可以变成巨富了。一个被金刚钻包围的女郎！瞧这就是那多情的国王给我的。

罗瑟琳　公主，没有别的东西跟着它一起送来吗？

公　主　没有别的东西！怎么没有？他用塞满了爱情的诗句密密地写在一张纸的两面，连边上都不留出一点空白；他恨不得用丘比特的名字把它封起来呢。

罗瑟琳　只有这样才能使这位小神仙老起来；他已经做了五千年的孩子了。

凯瑟琳　嗯，他也是个倒霉的催命鬼。

罗瑟琳　你再也不会跟他要好，因为他杀死了你的姊姊。

凯瑟琳　他使她悲哀忧闷；她就是这样死的。要是她也像你一样轻狂，有你这样一副风流活泼的性情，她也许会做了祖母才死。你大概也有做祖母的一天，因为无忧无虑的人是容易长寿的。

罗瑟琳　你说我轻狂，耗子，是何居心？

凯瑟琳　黑美人决不会稳重。

罗瑟琳　你的脑子才真是漆黑一团。

凯瑟琳　既然你气得黑白不分，我这番话也就只好糊涂了之。

罗瑟琳　当心你摸着黑别做什么糊涂事。

凯瑟琳　你不用再要什么光亮啦，因为你本性就轻狂。

罗瑟琳　说轻我承认；至于你那一身肉有多重，我没称过。

凯瑟琳　你没称过我？这不是对我不关心吗？

罗瑟琳　正是；俗话说得好："没救的事少操心。"

公　主　两人的嘴都够厉害，堪称旗鼓相当。可是罗瑟琳，你不是也收到一件礼物吗？是谁送来的？是什么东西？

罗瑟琳　我希望您知道，只要我的脸也像您一样娇艳，我也可以收到像您的一样贵重的礼物；瞧这个吧。嘿，我也有一首诗呢，谢谢俾隆；那音律倒是毫无错误；要是那诗句也没有说错，我就是地上最美的女神；他把我跟两万个美人比较。啊！他在这信里替我描下了一幅小像哩。

公　主　像不像呢？

罗瑟琳　文字倒不错，赞美的辞句却用得很糟糕。

公　主　像墨水一样美；比喻很恰当。

凯瑟琳　和楷书一样端正大方。

罗瑟琳　近墨者黑，近朱者赤。你的脸色像日历上的星期日；你的头发像个金字；但愿你一脸不生满了斑痣！

凯瑟琳　这种玩笑就是天花！会叫所有的悍妇都染上！

公　主　（向凯瑟琳）可是漂亮的杜曼送给你什么东西？

凯瑟琳　公主，他给我这一只手套。

公　主　他没有送你一双吗？

凯瑟琳　是的，公主；而且他还写了一千行表明他爱情忠实的诗句，全然是一大堆假惺惺的废话，非但拙劣不堪，而且无聊透顶。

玛利娅　这个，还有这些珍珠，都是朗格维送给我的；他的信写得足足有半里路长。

公　主　我完全同意。你心里不是希望这项链再长一些，这信再短一些吗？

玛利娅　正是，否则愿我这双手合拢了再也分不开来。

公　主　我们都是聪明的女孩子，才会这样讥笑我们的爱人。

罗瑟琳　他们都是蠢透了的傻瓜，才会出这样的代价来买我们的讥笑。我要在我未去以前，把那个俾隆大大折磨一下。啊，要是我知道他在一星期内就会落下情网！我一定要叫他摇尾乞怜，殷勤求爱；叫他静候时机，耐心等待；叫他呕尽才华，写下无聊的诗句；叫他奉命驱驰，甘受诸般的辛苦；我尽管冷嘲热骂，他却是受宠若惊；他做了我手中玩物，我变成他司命灾星。

公　主　聪明人变成了痴愚，是一条最容易上钩的游鱼；因为他凭恃才高学广，看不见自己的狂妄。

罗瑟琳　中年人动了春心，比年轻的更一发难禁。

玛利娅　愚人的蠢事算不得希奇，聪明人的蠢事才叫人笑痛肚皮；因为他用全副的本领证明他自己的愚笨。

鲍益上。

公　主　鲍益来了，他满脸都是高兴。

鲍　益　啊！我笑死了。公主殿下呢？

公　主　你有什么消息，鲍益？

鲍　益　预备，公主，预备！——武装起来，姑娘们，武装起来！大队人马要来破坏你们的和平了。爱情用说辞做它的武器，乔装改扮，要来袭击你们了。集合你们的智慧，布置你们的防御；否则像懦夫一样缩紧了头，赶快逃走吧。

公　主　圣丘比特呀！那些用言语来向我们挑战的是什么人？说，探子，说。

鲍　益　在一株枫树的凉荫之下，我正想睡它半点钟的时间，忽然在树荫的对面，我看见了国王和他的一群同伴；我就小小心心地溜进了一丛附近的树林,听听他们说些什么话;原来他们打算过一会儿就化了装到这儿来呢。他们的先驱是一个刁钻伶俐的童儿,他已经背熟了他们叫他传达的使命;他们就在那边教他动作的姿势和说话的声调,"你必须这样说,你的身体必须站得这个样子。"他们又怕他当着贵人的面会吓得说不出话来;"因为,"那国王说,"你将要看见一位天使;可是不用害怕,尽管放大胆子说,"那孩子却回答说,"天使又不是妖精;倘若她是一个魔鬼,我才会怕她哩。"大家听了这句话,都笑起来,拍他的肩膀,那大胆的小油嘴得到他们的夸奖,便格外大胆了。一个高兴地掀着他的肘子,咧开了嘴,发誓说从来没有人说过一句比这更俏皮的话;一个翘起了手指嚷着,"嘿!不管结果如何,我们一定要干一下";一个边跳边嚷,"一切顺利";还有一个踮起脚趾旋了个身,一交跌在地上。于是大家全都在地上打起滚来,疯了似的笑个不停,笑得连眼泪都淌下来了。

  公 主 可是,可是,他们要来访问我们吗?

  鲍 益 是的,是的;照我猜想起来,他们都要扮成俄罗斯人的样子。他们的目的是谈情求爱和跳舞;凭着他们赠送的礼物,认明各人恋爱的对象,倾吐自己倾慕的衷诚。

  公 主 他们想要这样吗?我们倒要把这些情人们作弄一下。姑娘们,我们每一个人都要套上脸罩,无论他们怎样请求,我们都不让他们瞧见我们的脸。拿着,罗瑟琳,你把这一件礼物佩在身上,国王就会把你当作他心爱的人;你把这拿了去,我的好人儿,再把你的给我,俾隆就会把我当作罗瑟琳了。你们两人也各人交换了礼物,让你们的情人大家认错求爱的对象。

  罗瑟琳 那么来,大家把礼物佩戴在最注目的地方。

  凯瑟琳 可是这样交换了,您有什么目的呢?

  公 主 我的目的就是要使他们不能达到目的。他们的用意不过是向我们开开玩笑，所以我们也要开开他们的玩笑。他们现在向认错了的爱人吐露心曲，下回我们用本来面目和他们相见的时候，便可以把他们尽情奚落。

罗瑟琳 可是假如他们要求我们跳舞，我们要不要陪他们跳呢？

公　主 不，我们死也不动一步。我们也不要理会他们预先写就的说辞，当来人开口的时候，各人都把脸扭过去。

鲍　益 嗳哟，说话的人遭到了这样的冷淡，一定会伤心得忘记了他的词句。

公　主 那正是我的用意所在；我相信只要那打头阵的受了没趣，别人都会失去勇气。最有意味的戏谑是以谑攻谑，让那存心侮弄的自取其辱；且看他们碰了一鼻子的灰，乘兴而来，败兴而归。

（内吹喇叭声）

鲍　益 喇叭响了；戴上脸罩；跳舞的人来啦。（众女戴脸罩）

众乐工扮黑人，毛子前行，国王、俾隆、朗格维及杜曼各扮俄罗斯人戴假面上。

毛　子

万福，地上最富丽的美人们！

鲍　益 没有比黑缎子脸罩更称得起富丽。

毛　子

最娇艳的女郎的神圣之群，（众女转背）你们曼妙的——背影——为世人所瞻仰！

俾　隆 "你们曼妙的容华"，混蛋，"你们曼妙的容华"。

毛　子

你们曼妙的容华为世人所瞻仰！天——

鲍　益　你听,急得叫天了。

毛　子
　　天仙们啊,愿你们大发慈悲,闭上你们——

俾　隆　"睁开你们——",混蛋!

毛　子
　　睁开你们阳光普照的眼睛——阳光普照的眼睛——

鲍　益　这样形容完全不对;应该说:"黑夜笼罩的眼睛。"

毛　子　她们睬也不睬我,我念不下去了。

俾　隆　这就是你的好记性吗?滚开,你这混蛋!(毛子下)

罗瑟琳　这些异邦人到这儿来有什么事?鲍益,你去问问他们,要是他们会讲我们的言语,就叫他们举出一个老老实实的人来说明他们的来意。你去问吧。

鲍　益　你们来见公主有什么事?

俾　隆　我们唯一的愿望,只是和平而善意的晋谒。

罗瑟琳　他们说他们有什么事?

鲍　益　他们唯一的愿望,只是和平而善意的晋谒。

罗瑟琳　那么他们已经谒见过了;叫他们走吧。

鲍　益　公主说,你们已经谒见过了,叫你们走吧。

国　王　对她说,我们为了希望在这草坪上和她跳一次舞,已经跋涉山川,用我们的脚步丈量了不少的路程。

鲍　益　他们说,他们为了希望在这草坪上和您跳一次舞,已经跋涉山川,用他们的脚步丈量了不少的路程。

罗瑟琳　没有的事。问他们一里路有多少时;要是他们已经丈量过不少路程,一里路的时数是很容易计算出来的。

鲍　益　要是你们迢迢来此,已经丈量过不少路程,公主问你们一里路有多少时。

俾　隆　告诉她我们是用疲乏的脚步丈量的。

爱的徒劳

鲍　益　她已经听见了。

罗瑟琳　在你们所经过的许多疲乏的路程之中，走一里路需要多少疲乏的脚步？

俾　隆　我们从不计算我们为您所费的辛勤；我们的忠心是无限的富有，不能用数字估计的。愿您展现您脸上的阳光，让我们像一群野蛮人一样，可以向它顶礼膜拜。

罗瑟琳　我的脸不过是一个月亮，而且是遮着乌云的。

国　王　遮蔽着这样的明月，那乌云是幸福的！皎洁的明月，和你的灿烂的众星啊，愿你们扫去浮云，把你们的光明照射在我们的眼波之上。

罗瑟琳　愚妄的祈求者啊！你不要追寻镜里的空花，水中的明月；你应该请求一些更重要的事物。

国　王　那么请你陪我们跳一回舞。你叫我请求，这一个请求应该不算过分。

罗瑟琳　那么音乐，奏起来！你要跳舞必须赶快。（奏乐）不！不跳了！我正像月亮一般，一下子又有了更改。

国　王　您不愿跳舞吗？怎么又突然走开了？

罗瑟琳　你刚才看见的是满月，现在她已经变了。

国　王　可是她还是这一个月亮，我还是这一个人。音乐在奏着，请给它一些动作吧。

罗瑟琳　我们的耳朵在听着呢。

国　王　可是您必须提起您的腿来。

罗瑟琳　既然你们都是些异邦人，偶然来到这里，我们也不必过于拘谨；搀着我的手，我们不跳舞了。

国　王　那么为什么要搀手呢？

罗瑟琳　因为我们可以像朋友似的握手而别。好人儿们，行个礼；跳舞已经完了。

国　王　再跳两步吧；不要这样吝啬。

罗瑟琳　凭着这样的代价，我们不能满足你们超过限度的要求。

国　王　那么你们是有价格的吗？怎样的代价才可以买到你们伴舞的光荣？

罗瑟琳　唯一的代价是请你们离开这里。

国　王　那是永远不可能的。

罗瑟琳　那么我们是买不到的；再会！

国　王　要是您拒绝跳舞，让我们谈谈心怎么样？

罗瑟琳　那么找个僻静点儿的所在吧。

国　王　那好极了。（二人趋一旁谈话）

俾　隆　玉手纤纤的姑娘，让我跟你谈一句甜甜的话儿。

公　主　蜂蜜，牛乳，蔗糖，我已经说了三句了。

俾　隆　你既然这样俏皮，我也要回答你三句，百花露，麦芽汁，葡萄酒。好得很，我们各人都掷了个三点。现在有六种甜啦。

公　主　第七种甜，再会吧；您既然是个无赖的赌徒，我不要再跟您玩啦。

俾　隆　让我悄悄地告诉你一句话。

公　主　可不要是句甜甜的话儿。

俾　隆　你不知道我心里多苦！

公　主　和苦胆一样苦。

俾　隆　一点不错。（二人趋一旁谈话）

杜　曼　您愿意跟我交换一句话吗？

玛利娅　说吧。

杜　曼　美貌的姑娘——

玛利娅　您这样说吗？"漂亮的先生"；把这句话交换您的

"美貌的姑娘"吧。

杜　曼　请您允许我跟您悄悄地说句话，我就向您告辞。（二人趋一旁谈话）

凯瑟琳　怎么！您的假面上没有舌头吗？

朗格维　姑娘，我知道您这样问我的原因。

凯瑟琳　啊！把您的原因说出来；快些，先生；我很想听一听呢。

朗格维　在您的脸罩之内，您有两条舌头，所以要想借一条给我那不会说话的假面。

凯瑟琳　还是叫爱吃嫩牛肉的荷兰人借给你一条牛舌头吧。

朗格维　牛，美人！

凯瑟琳　不，牛先生。

朗格维　我们把这牛对半分了吧。

凯瑟琳　不，我可不跟你成对儿。你一人全牵去吧；也许能养成一头大公牛。

朗格维　看啊，你出语伤人，和牛没有两样。贞洁的女郎，请不要把角插在你夫君头上！

凯瑟琳　你怕头上长角，最好在做牛犊子的时候就一命归天。

朗格维　让我在归天以前跟您悄悄地说句话吧。

凯瑟琳　那么轻轻地叫吧，小牛儿；屠夫在听着呢。（二人趋一旁谈话）

鲍　益　姑娘们一张尖刻的利嘴，
　　　　　　就像无形的剃刀般锋锐，
　　　　　　任是最纤细的秋毫微末，
　　　　　　碰着它免不了迎刃而折；
　　　　　　她们的想象驾起了羽翼，

最快的风比不上它迅疾。

罗瑟琳 别再说下去了,我的姑娘们;停止,停止。

俾　隆 天哪,大家都被她们取笑得狼狈不堪!

国　王 再会,疯狂的姑娘们,你们真是稀有的刁钻。

公　主 二十个再会,我的冰冻的莫斯科人!(国王、众臣、乐工及侍从等下)这些就是举世钦佩的聪明人吗?

鲍　益 他们的聪明不过是蜡烛的微光,被你们可爱的气息一吹就吹熄了。

罗瑟琳 他们都有一点小小的才情,可是粗俗不堪。

公　主 啊,贫乏的智慧!身为国王,受到这样无情的揶揄!你们想他们今晚会不会上吊?或者从此以后,不套假脸再也不敢见人?这放肆的俾隆今天丢尽了脸。

罗瑟琳 啊!他们全都狼狈万分。那国王因为想不出一句巧妙的答复,急得简直要哭出来呢。

公　主 俾隆发了无数的誓;他越是发誓,人家越是不相信他。

玛利娅 杜曼把他自己和他的剑呈献给我,愿意为我服役;我说,"可惜你的剑是没有锋的!"我的仆人立刻闭住了嘴。

凯瑟琳 朗格维大人说,我占据着他的心;你们猜他叫我什么?

公　主 是不是他的心病?

凯瑟琳 正是。

公　主 去,你这无药可治的恶症!

罗瑟琳 你们要不要知道?国王是我的信誓旦旦的爱人哩。

公　主 伶俐的俾隆已经向我矢告他的忠诚。

凯瑟琳 朗格维愿意终身供我的驱策。

玛利娅 杜曼是我的,正像树皮长在树干上一般毫无疑问。

鲍　益　公主和各位可爱的姑娘们，听着：他们立刻就会用他们的本来面目再到这儿来，因为他们决不能忍受这样刻毒的侮辱。

公　主　他们还会回来吗？

鲍　益　他们会来的，他们会来的，上帝知道；虽然打跛了脚，他们也会高兴得跳起来。所以把你们的礼物各还原主，等他们回来的时候，像芬芳的蔷薇一般在香风里开放吧。

公　主　怎么开放？怎么开放？说得明白一些。

鲍　益　美貌的姑娘们蒙着脸罩，是一朵朵含苞待放的蔷薇；卸下脸罩，露出她们娇媚的红颜，就像云中出现的天使，或是盈盈展瓣的鲜花。

公　主　不要说这种哑谜似的话！要是他们用他们的本来面目再来向我们求爱，我们应该怎么办呢？

罗瑟琳　好公主，他们改头换面地来，我们已经把他们取笑过了；要是您愿意采纳我的意见，他们明目张胆地来，我们还是要把他们取笑。让我们向他们诉苦，说是刚才来了一群傻瓜，装扮作俄罗斯人的样子，穿着不三不四的服饰，不知道究竟是些什么东西；他们凭着一股浮薄的腔调，一段恶劣的致辞和一副荒唐的形状，到我们帐里来显露他们的丑态，不知究竟有些什么目的。

鲍　益　姑娘们，进去吧：那些情人们就要来了。

公　主　像一群小鹿似的，跳进你们的帐里去吧。（公主、罗瑟琳、凯瑟琳、玛利娅同下）

国王、俾隆、朗格维及杜曼各穿原服重上。

国　王　好先生，上帝保佑你！公主呢？

鲍　益　进帐去了。请问陛下有没有什么谕旨，要我向她传达？

国　王　请她允许我见见面，我有一句话要跟她谈谈。

鲍　益　遵命；我知道她一定会允许您的，陛下。（下）

俾　隆　这家伙惯爱拾人牙慧，就像鸽子啄食青豆，一碰到天赐的机会，就要卖弄他的伶牙俐齿。他是个智慧的稗贩，宴会里、市集上，到处向人兜卖；我们这些经营批发的，上帝知道，再也学不会他这一副油腔滑调。他是妇人的爱宠，娘儿们见了他都要牵裳挽袖；要是他做了亚当，夏娃免不了被他勾引。他会扭捏作态，他会吞吐其声；他会把她的手吻个不住，表示他礼貌的殷勤。他是文明的猴儿，他是儒雅的绅士；他在赌博的时候，也不会用恶言怒骂他的骰子。不错，他还会唱歌，唱的是中音，高不成，低不就；还惯会招待、看门。"好人儿"是妇女们给他的名称；他走上楼梯，梯子也要吻他脚下的泥尘；他见了每一个人满脸生花，嘻开了那鲸骨一样洁白的齿牙；谁只要一提起鲍益的名字，都知道他是位舌头上涂蜜的绅士。

国　王　愿他甜蜜的舌头上长疮，这个混账：是他把亚马多的侍童奚落得晕头转向！

鲍益前导，公主、罗瑟琳、玛利娅、凯瑟琳及侍从等重上。

俾　隆　瞧，他来了！礼貌啊，在这个人还没有把你表现出来以前，你是什么东西？现在你又是什么东西？

国　王　万福，亲爱的公主，愿你安好！

公　主　听来似乎我快死了。

国　王　请你善意地解释我的言辞。

公　主　你若是说得好，我就放过你。

国　王　我们今天专程拜访的目的，是要迎接你到我们宫廷里去盘桓盘桓，略尽地主之谊，愿你不要推辞。

公　主　这一块广场可以容留我，它也必须替您保全您的誓言；上帝和我都不喜欢背誓的人。

国　王　不要责备我，因为这不是我自己的过失；你的美目的魔力使我破坏了誓言。

公　主　你不该说美目，应该说恶目；美的事物不会使人破坏誓言。凭着我那像一尘不染的莲花一般纯洁的处女的贞操起誓，即使我必须忍受无穷尽的磨难，我也不愿做您府上的客人；我不愿因为我的缘故，使您毁弃了立誓信守的神圣的盟约。

国　王　啊！你冷冷清清地住在这儿不让人家看见，也没有人来看你，实在使我感到莫大的歉疚。

公　主　不，陛下，我发誓您的话不符事实；我们在这儿并不缺少消遣娱乐，刚才还有一队俄罗斯人来过，他们离去还不久哩。

国　王　怎么，公主！俄罗斯人？

公　主　是的，陛下；都是衣冠楚楚、神采轩昂、温文有礼的风流人物。

罗瑟琳　公主，不要骗人。不是这样的，陛下；我家公主因为沾染了时尚，所以会作这样过分的赞美。我们四个人刚才的确碰见四个穿着俄罗斯装束的人，他们在这儿停留了一小时的时间，噜里噜苏地讲了许多话；可是在那一小时之内，陛下，他们不曾让我们听到一句有意思的话。我不敢骂他们呆子；可是我想，当他们口渴的时候，呆子们一定很想喝一点水。

俾　隆　这一句笑话在我听起来很是干燥。温柔美貌的佳人，您的智慧使您把聪明看成了愚蠢。当我们仰望着天上的火眼的时候，无论我们自己的眼睛多么明亮，也会在耀目的金光之下失去它本来的光彩；您自己因为有了浩如烟海的才华，所以在您看起来，当然聪明也会变成愚蠢，富有也会变成贫乏啦。

罗瑟琳　这可以证明您是聪明而富有的，因为在我的眼中——

俾　隆　我是一个傻瓜，一个穷光蛋。

罗瑟琳　这个头衔倘不是本来属于您的，您就不该从我的舌头上夺去我的话。

俾　隆　啊！我是您的，我所有的一切也都是您的。

罗瑟琳　这一个傻瓜整个儿是属于我的吗？

俾　隆　我所给您的，不能更少于此了。

罗瑟琳　您本来套的是哪一张假面？

俾　隆　哪儿？什么时候？什么假面？您为什么问我这个问题？

罗瑟琳　当地，当时，就是那一张假面；您不是套着一具比您自己好看一些的脸壳，遮掩了一副比它更难看的尊容吗？

国　王　我们的秘密被她们发现了；她们现在一定要把我们取笑得体无完肤了。

杜　曼　我们还是招认了，把这回事情当作一场笑话过去了吧。

公　主　发呆了吗，陛下？陛下为什么这样不高兴？

罗瑟琳　嗳哟，救命！按住他的额角！他要晕过去了。您为什么脸色发白？我想大概因为从莫斯科来，多受了些海上的风浪吧。

俾　隆　天上的星星因为我们发了伪誓，所以把这样的灾祸降在我们头上。那一张铁铸的厚脸能够恬不为意呢？——姑娘，我站在这儿，把你的舌箭唇枪向我投射，用嘲笑把我伤害，用揶揄使我昏迷，用你锋锐的机智刺透我的愚昧，用你尖刻的思想把我寸寸解剖吧；我再也不穿着俄罗斯人的服装，希望你陪我跳舞了。啊！从此以后，我再也不信任那些预先拟就的说辞，像学童背书似的诉述我的情思；我再也不套着面具访问我的恋人，像盲乐师奏乐似的用诗句求婚；那些绢一般柔滑、绸一般细致的字句,三重的夸张,刻意雕琢的言语,还有那冬烘的辞藻像一群下卵的苍蝇,让蛆一样的矜饰湮没了我的性灵,我从此要把这一切全都抛弃;凭着这洁白的手套——那手儿有多么白,上帝知道!——我发誓要用土布般坚韧的"是",粗毡般质朴的"不",把我恋慕的深情向你申说。让我现在开始,姑娘,——上帝保佑我!——我对你的爱是完整的,没有一点残破。海枯石烂——

罗瑟琳 不要"海枯石烂"了,我求求你。

俾 隆 这是我积习未除;原谅我,我的病根太深了,必须把它慢慢除去。慢点!有了,给他们三个人都贴上"重病"的封条;他们的心灵都得了不治之症,是由你们的眼睛里受到的传染,神智不清。这些女士也并非无恙,因为我亲眼看到你们配戴着瘟疫的礼物。

公 主 他们送礼来的时候,神智很清。

俾 隆 我们已经破产了,请您留情。

罗瑟琳 哪里,你们的言词如此体面,如此富有,怎么说得上破产?

俾 隆 住口,我今后不再和你交战。

罗瑟琳 能这样最好,这正是我的心愿。

俾 隆 你们尽管说吧!我简直一筹莫展。

国 王 亲爱的公主,为了我们鲁莽的错误,指点我们一个巧妙的辩解吧。

公 主 坦白的供认是最好的辩解。您刚才不是改扮了到这儿来过的吗?

国 王 公主,是的。

公 主 您这样做是有道理的吗?

国 王 有道理的,公主。

公 主 那时候您在您爱人的耳边轻轻地说过些什么来着?

国　王　我说我尊敬她甚于整个的世界。

公　主　等到她要求您履行您对她的誓言的时候，您就要否认说过这样的话了。

国　王　凭着我的荣誉起誓，我决不否认。

公　主　且慢！且慢！不要随便发誓；一次背誓以后，什么誓都靠不住了。

国　王　我要是毁弃了这一个誓，你可以永远轻视我。

公　主　我要轻视您的，所以千万遵守着吧。罗瑟琳，那俄罗斯人在你的耳边轻轻地说过些什么来着？

罗瑟琳　公主，他发誓说他把我当作自己的瞳仁一样珍爱，重视我甚于整个的世界；他还说他要娶我为妻，否则就要爱我而死。

公　主　上帝祝福你嫁到这样一位丈夫！这位高贵的君王是决不食言的。

国　王　这是什么意思，公主？凭着我的生命和忠诚起誓，我从不曾向这位姑娘发过这样的盟誓。

罗瑟琳　苍天在上，您发过的；为了证明您的信实，您还给我这一件东西；可是陛下，请您把它拿回去吧。

国　王　我把我的赤心和这东西一起献给公主的；凭着她衣袖上佩带的宝石，我认明是她。

公　主　对不起，陛下，刚才佩带这宝石的是她呀。俾隆大人才是我的爱人，我得谢谢他。喂，俾隆大人，您还是要我呢，还是要我把您的珍珠还给您？

俾　隆　什么都不要；我全都放弃了。我懂得你们的诡计，你们预先知道了我们的把戏，有心捣乱，让它变成一本圣诞节的喜剧。哪一个鼓唇摇舌的家伙，哪一个逢迎献媚的佞人，哪一个无聊下贱的蠢物，哪一个搬弄是非的食客，哪一个侍候颜色的奴才,泄漏了我们的计划;这些淑女们因为听到这样的消息,才把各人收到的礼物交换佩带,我们只知道认明标记,却不曾想到已经张冠李戴。我们本来已经负上一重欺神背誓的罪名,现在又加上第二次的背誓;第一次是有意,这一次是无心。(向鲍益)看来都是你破坏了我们的兴致,使我们言而无信。你不是连我们公主的脚寸有多少长短也知道得清清楚楚,老是望着她的眼睛堆起一脸笑容吗?你不是常常靠着火炉,站在她的背后,手里捧了一盆食物,讲些逗人发笑的话吗?你把我们的侍童也气糊涂了。好,你是个享有特权的人,你什么时候死了,让一件女人的衬衫做你的殓衾吧。你把眼睛瞟着我吗?哼,你的眼睛就像一柄铅剑,伤不了人的。

鲍　益　这一场玩意儿安排得真好,怪有趣的。

俾　隆　听!他简直向我挑战。算了,我可不跟你斗嘴啦。

考斯塔德上。

俾　隆　欢迎,纯粹的哲人!你来得正好,否则我们又要开始一场恶战了。

考斯塔德　主啊!先生,他们想要知道那三位伟人要不要就进来?

俾　隆　什么,只有三个吗?

考斯塔德　不,先生;好得很,因为每一个人都扮着三个哩。

俾　隆　三个的三倍是九个。

考斯塔德　不,先生;您错了,先生,我想不是这样。我们知道就知道,不知道就不知道;我希望,先生,三个的三倍——

俾　隆　不是九个。

考斯塔德　先生,请你宽恕,我们是知道总数多少的。

俾　隆　天哪,我一向总以为三个的三倍是九个。

考斯塔德　主啊，先生！您可不能靠着打算盘吃饭哩，先生。

俾　　隆　那么究竟多少呀？

考斯塔德　主啊，先生！那班表演的人，先生，可以让您知道究竟一共有几个；讲到我自己，那么正像他们说的，我这个下贱的人，只好扮演一个；我扮的是庞贝大王，先生。

俾　　隆　你也是一个伟人吗？

考斯塔德　他们以为我可以扮演庞贝大王；讲到我自己，我可不知道伟人是一个什么官衔，可是，他们要叫我扮演他。

俾　　隆　去，叫他们预备起来。

考斯塔德　我们一定会演得好好的，先生；我们一定演得非常小心。（下）

国　　王　俾隆，他们一定会丢尽我们的脸；叫他们不要来吧。

俾　　隆　我们的脸已经丢尽了，陛下，还怕什么？让他们表演一幕比国王和他的同伴们所表演的更拙劣的戏剧，也可以遮遮我们的羞。

国　　王　我说不要叫他来。

公　　主　不，我的好陛下，这一回让我作主吧。最有趣的游戏是看一群手脚无措的人表演一些他们自己也不明白的玩意儿；他们拼命卖力，想讨人家的喜欢，结果却在过分卖力之中失去了原来的意义；虽然他们糟蹋了大好的材料，他们那慌张的姿态却很可以博人一笑。

俾　　隆　陛下，这几句话把我们的游戏形容得确切之至。

亚马多上。

亚马多　天命的君王，我请求你略微吐出一些芳香的御气，赐给我一两句尊严的圣语。（亚马多与国王谈话，以一纸呈国王）

爱的徒劳

公　主　这个人是敬奉上帝的吗？

俾　隆　您为什么问这个问题？

公　主　他讲的话不像是一个上帝造下的人所说的。

亚马多　那都一样，我的美好的、可爱的、蜜一般甜的王上；因为我要声明一句，那教书先生是太乖僻，太太自负，太太自负了；可是我们只好像人家说的，胜败各凭天命。愿你们心灵安静，最尊贵的一双！（下）

国　王　看来要有一场很出色的伟人表演哩。他扮的是特洛亚的赫克托尔；那乡人扮庞贝大王；教区牧师扮亚历山大；亚马多的童儿扮赫剌克勒斯；那村学究扮犹大·麦卡俾斯；要是这四位伟人在第一场表演中得到成功，他们就要改换服装，再来表演其余的五个。

俾　隆　在第一场里有五个伟人。

国　王　你弄错了，不是五个。

俾　隆　一个冬烘学究，一个法螺骑士，一个穷酸牧师，一个傻瓜，一个孩子；除了掷骰子五点可以算九之外，照我看全世界也找不出同样的五个人来。

国　王　船已经扯起帆篷，乘风而来了。

考斯塔德穿甲胄扮庞贝重上。

考斯塔德

　　　　我是庞贝——

鲍　益　胡说，你不是他。

考斯塔德

　　　　我是庞贝——

鲍　益　抱着盾摔了一跤满地爬。

俾　隆　说得好，快嘴老，我俩讲和啦。

考斯塔德

235

　　　　　　　我是庞贝，人称庞贝老大——

杜　曼　"大王"。

考斯塔德　是"大王"，先生。

　　　　　　　——人称庞贝大王；
　　　　　　　在战场上挺起盾牌，杀得敌人流浆；
　　　　　　　这回沿着海岸旅行，偶然经过贵邦，
　　　　　　　放下武器，敬礼法兰西的可爱姑娘。

公主小姐要是说一声"谢谢你，庞贝"，我就可以下场了。

公　主　多谢多谢，伟大的庞贝。

考斯塔德　这不算什么；可是我希望我没有闹了笑话。我就是把"大王"念错了。

俾　隆　我拿我的帽子跟别人打赌半便士，庞贝是最好的伟人。

纳森聂尔牧师穿甲胄扮亚历山大上。

纳森聂尔

　　　　　　　当我在世之日，我是世界的主人；
　　　　　　　东西南北四方传布征服的威名：
　　　　　　　我的盾牌证明我就是亚历山大——

鲍　益　你的鼻子说不，你不是；因为它太直了。

俾　隆　你的鼻子也会嗅出个"不"字来，真是一位嗅觉灵敏的骑士。

公　主　这位征服者在发恼了。说下去，好亚历山大。

纳森聂尔

　　　　　　　当我在世之日，我是世界的主人；——

鲍　益　不错，对的；你是世界的主人，亚历山大。

俾　隆　庞贝大王——

考斯塔德　您的仆人考斯塔德在此。

爱的徒劳

俾　隆　把这征服者,把这亚历山大摔下去。

考斯塔德　(向纳森聂尔)啊!先生,您丧尽了亚历山大的威风!从此以后,人家要把您的尊容从画布上擦掉,把您那衔着斧头坐在便桶上的狮子送给埃阿斯;他将要坐第九把伟人的交椅了。一个盖世的英雄,吓得不敢说话!赶快溜走吧,亚历山大,别丢脸啦!(纳森聂尔退下)各位看吧,一个又笨又和善的人;一个老实的家伙,你们瞧,一下子就会着慌!他是个很好的邻居,凭良心说,而且滚得一手好球;可是叫他扮亚历山大——唉,你们都看见的,——实在有点儿不配。可是还有几个伟人就要来啦,他们会用另外一种样式说出他们的心思来的。

公　主　站开,好庞贝。

霍罗福尼斯穿甲胄扮犹大;毛子穿甲胄扮赫刺克勒斯上。

霍罗福尼斯

　　　　这小鬼扮的是赫刺克勒斯,
　　　　　他一棍打得死三颗头的猁犬;
　　　　他在儿童孩提年纪轻轻之时,
　　　　　将两条蟒蛇扼死于他的铁腕。
　　　　诸位听了我这一番交代,
　　　　　请看他幼年时期的英雄气概。

放出一些威势来,下去。(毛子退下)

　　　　我是犹大——

杜　曼　一个犹大!

霍罗福尼斯　不是犹大·伊斯凯里奥特①,先生。

　　　　我是犹大,姓麦卡俾斯——

杜　曼　去了姓,不就是货真价实的犹大吗?

---

① 犹大·伊斯凯里奥特(Judas Iscarlot),耶稣门徒,耶稣被其出卖。

俾　　隆　你怎么证明你不是当面接吻，背地里出卖基督的犹大？

霍罗福尼斯

　　　　　我是犹大——

杜　　曼　不要脸的犹大！

霍罗福尼斯　您是什么意思，先生？

鲍　　益　他的意思是要叫你去上吊。

霍罗福尼斯　得了，先生，你比我大。

俾　　隆　不然，要说大还得让犹大。

霍罗福尼斯　你们不能这样不给我一点面子。

俾　　隆　因为你是没有脸的。

霍罗福尼斯　这是什么？

鲍　　益　一个琵琶头。

杜　　曼　一个针孔。

俾　　隆　一个指环上的骷髅。

朗格维　一张模糊不清的罗马古钱上的面孔。

鲍　　益　凯撒的剑把。

杜　　曼　水瓶上的骨雕人面。

俾　　隆　别针上半面的圣乔治。

杜　　曼　嗯，这别针还是铅的。

俾　　隆　嗯，插在一个拔牙齿人的帽子上。现在说下去吧，你有面子了。

霍罗福尼斯　你们叫我把面子丢尽了。

俾　　隆　胡说，我们给了你许多面子。

霍罗福尼斯　可是你们自己的面皮比哪个都厚。

俾　　隆　你的狮子皮也不薄。

鲍　　益　可惜狮子皮底下蒙的是一头驴，叫他走吧。再见，好犹大。怎么，你还等什么？

杜　曼　他等你吆喝呢。

俾　隆　叫他"犹大驴"还不够吗？——好，再听着："犹——大——咳——喝，"快走！

霍罗福尼斯　这太刻薄、太欺人、太不客气啦。

鲍　益　替犹大先生拿一个火来！天黑起来了，他也许会跌交。

公　主　唉，可怜的麦卡俾斯！他给你们捉弄得好苦！

亚马多披甲胄扮赫克托尔重上。

俾　隆　藏好你的头，阿喀琉斯；赫克托尔全身甲胄来了。

杜　曼　果然叫我自作自受了，但是我仍然很开心。

国　王　跟这个人一比，赫克托尔不过是一个特洛亚凡人。

鲍　益　可是这是赫克托尔吗？

国　王　我想赫克托尔不会长得这么漂亮。

朗格维　赫克托尔的小腿也不会有这么粗。

杜　曼　确实壮实。

鲍　益　也许是整天逃跑练出来的。

俾　隆　这个人决不是赫克托尔。

杜　曼　他不是一个天神，就是一个画师，因为他会制造千变万化的脸相。

亚马多

玛斯，那长枪万能的无敌战神，

赐于赫克托尔——

杜　曼　一颗镀金的豆蔻。

俾　隆　一只柠檬。

朗格维　里头塞着丁香。

杜　曼　不，塞着茴香。

莎士比亚喜剧

亚马多　不要吵！
　　　　玛斯，那长枪万能的无敌战神，
　　　　赐于赫克托尔，伊利恩的后人，
　　　　无限勇力，
　　　　使他百战不怠，从清晨到黄昏。
　　　　我就是那战士之花，——
杜　曼　那薄荷花。
朗格维　那白鸽花。
亚马多　亲爱的朗格维大人，请你把你的舌头收住一下。
朗格维　我必须用缰绳拉住它，免得它冲倒了赫克托尔。
杜　曼　是啊，赫克托尔也是猎狗的名字。
亚马多　这位可爱的骑士久已死去烂掉了；好人儿们，不要敲死人的骨头；当他在世的时候，他也是一条汉子。可是我要继续我的台词。（向公主）亲爱的公主，请你俯赐垂听。
公　主　说吧，勇敢的赫克托尔；我们很喜欢听着你哩。
亚马多　我崇拜你的可爱的纤履。
鲍　益　你只能匍匐在她的脚下。
杜　曼　再高一点也不行。
亚马多
　　　　赫克托尔的勇猛远远压倒汉尼拔①——
考斯塔德　那个人已经有了孕啦；赫克托尔朋友，她有了孕啦；她已经怀了两个月的身孕。
亚马多　你说什么话？
考斯塔德　真的，您要是不做一个老老实实的特洛亚人，这可怜的丫头从此就要完啦。她有了孕，那孩子已经在她的肚子里

---

① 汉尼拔（Hannibal，公元前247—前183），迦太基名将。

说话了；它是您的。

亚马多　你要在这些君主贵人之前破坏我的名誉吗？我要叫你死。

考斯塔德　赫克托尔害杰奎妮妲有了身孕，本该抽一顿鞭子；要是他再犯了杀死庞贝的人命重案，绞罪是免不了的。

杜　曼　举世无匹的庞贝！

鲍　益　遐迩闻名的庞贝！

俾　隆　比伟大更伟大，伟大的、伟大的、伟大的庞贝！庞大绝伦的庞贝！

杜　曼　赫克托尔发抖了。

俾　隆　庞贝也动怒了。打！打！叫他们打起来！叫他们打起来！

杜　曼　赫克托尔会向他挑战的。

俾　隆　嗯，即使他肚子里所有的男人的血，还喂不饱一个跳蚤。

亚马多　凭着北极起誓，我要向你挑战。

考斯塔德　我不知道什么北极不北极；我只知道拿起一柄剑就斫。请你让我再去借那身盔甲穿上。

杜　曼　伟人发怒了，让开！

考斯塔德　我就穿着衬衫跟你打。

杜　曼　最坚决的庞贝！

毛　子　主人，让我给您解开一个钮扣。您不看见庞贝已经脱下衣服，准备厮杀了吗？您是什么意思？您这样会毁了您的名誉的。

亚马多　各位先生和骑士，原谅我；我不愿穿着衬衫决斗。

杜　曼　你不能拒绝；庞贝已经向你挑战了。

亚马多　好人们，我可以拒绝，我必须拒绝。

俾　隆　你凭着什么理由拒绝？

亚马多　赤裸裸的事实是，我没有衬衫。我因为忏悔罪孽，贴身只穿着一件羊毛的衣服。

鲍　益　真的，罗马因为缺少麻布，所以向教徒们下了这样的命令；自从那时候起，我可以发誓，他只有一方杰奎妮妲的揩碟布系在他的胸前，作为一件纪念的礼物。

法国使者马凯德上。

马凯德　上帝保佑您，公主！

公　主　欢迎，马凯德；可是你打断我们的兴致了。

马凯德　我很抱歉，公主，因为我给您带来了一个我所不愿意出口的消息。您的父王——

公　主　死了，一定是的！

马凯德　正是，我的话已经让您代说了。

俾　隆　各位伟人，大家去吧！这场面被愁云笼罩起来了。

亚马多　讲到我自己，却呼吸到了自由的空气。通过一点能屈能伸的手腕，我总算逃过了这场威胁，我要像一个军人般补救这个耻辱。（众伟人下）

国　王　公主安好吗？

公　主　鲍益，准备起来；我今天晚上就要动身。

国　王　公主，不；请你再少留几天。

公　主　我说，准备起来。殷勤的陛下和各位大人，我感谢你们一切善意的努力；我还要用我这一颗新遭惨变的心灵向你们请求，要是我们在言语之间有什么放肆失礼之处，愿你们运用广大的智慧，多多包涵我们任性的孟浪；是你们的宽容纵坏了我们。再会，陛下！一个人在悲哀之中，说不出娓娓动听的话；原谅我用这样菲薄的感谢，交换您的慷慨的允诺。

国　王　人生的种种鹄的，往往在最后关头达到了完成的境界；长期的艰辛所不能取得结果的，却会在紧急的片刻中得到决定。虽然天伦的哀痛打断了爱情的温柔的礼仪，使它不敢提出那萦绕心头的神圣的请求，可是这一个论题既然已经开始，让悲伤的暗云不要压下它的心愿吧；因为欣幸获得新交的朋友，是比哀悼已故的亲人更为有益的。

公　主　我不懂您的意思；我的悲哀是双重的。

俾　隆　坦白真率的言语，最容易打动悲哀的耳朵；让我替王上解释他的意思。为了你们的缘故，我们蹉跎了大好的光阴，毁弃了神圣的誓言。你们的美貌，女郎们，使我们神魂颠倒，违反了我们本来的意志。恋爱是充满了各种失态的怪癖的，因此它才使我们表现出荒谬的举止，像孩子一般无赖、淘气而自大；它是产生在眼睛里的，因此它像眼睛一般，充满了无数迷离惝恍、变幻多端的形象，正像眼珠的转动反映着它所观照的事事物物一样。要是恋爱加于我们身上的这一种轻佻狂妄的外表，在你们天仙般的眼睛里看来，是不适宜于我们的誓言和身份的，那么你们必须知道，就是这些看到我们的缺点的天仙般的眼睛，使我们造成了这些缺点。所以，女郎们，我们的爱情既然是你们的，爱情所造成的错误也都是你们的；我们一度不忠于自己，从此以后，永远把我们的一片忠心，紧系在那能使我们变心也能使我们尽忠的人的身上——美貌的女郎们，我们要对你们永远忠实；凭着这一段耿耿的至诚，洗净我们叛誓的罪愆。

公　主　我们已经收到你们充满了爱情的信札，并且拜领了你们的礼物，那些爱情的使节；在我们这几个少女的心目中看来，这一切不过是调情的游戏、风雅的玩笑的酬酢的虚文，有些夸张过火而适合时俗的习尚，可是我们却没有看到比这更挚诚的情感；所以我们才用你们自己的方式应付你们的爱情，只把它当作一场玩笑。

杜　曼　公主，我们的信里并不只是一些开玩笑的话。

朗格维　我们的眼光里也流露着真诚的爱慕。

罗瑟琳　我们却不是这样解释。

国　王　现在在这最后一分钟的时间，把你们的爱给了我们吧。

公　主　我想这是一个太短促的时间，缔结这一注天长地久的买卖。不，不，陛下，您毁过太多的誓，您的罪孽太深重啦；所以请您听我说，要是您为了我的爱，愿意干无论什么事情——我知道这种情形是不会有的——您就得替我做这一件事：我不愿相信您所发的誓；您必须赶快找一处荒凉僻野的隐居的所在，远离一切人世的享乐；在那边安心住下，直到天上的列星终结了它们一岁的行程。要是这种严肃而孤寂的生活，改变不了您在一时热情冲动之中所作的提议；要是霜雪和饥饿、粗劣的居室和菲薄的衣服，摧残不了您的爱情的绚艳的花朵；它经过了这一番磨炼，并没有憔悴而枯萎；那么在一年终了的时候，您就可以凭着已经履行这一条件，来向我提出要求，我现在和您握手为盟，那时候我一定愿意成为您的；在那时以前，我将要在一所惨淡凄凉的屋子里闭户幽居，为了纪念死去的父亲而流着悲伤的泪雨。要是这一个条件你不能接受，让我们从此分手；分明不是姻缘，要请您另寻佳偶。

国　王　倘为了贪图身体的安乐，我拒绝了你这一番提议，让死的魔手掩闭我的双目！从今以往，我的心永远和你在一起。

俾　隆　你对我有什么话说，我的爱人？你对我有什么话说？

罗瑟琳　你也必须洗涤你的罪恶；你的身上沾染着种种恶德，而且还负着叛誓的重罪；所以要是你希望得到我的好感，你必须在这一年之内，昼夜不休地服侍那些呻吟床褥的病人。

杜　曼　可是你对我有什么话说，我的爱人？可是你对我有什么话说？我能得到个妻子吗？

凯瑟琳　一把胡须，一个健康的身体，一颗正直的良心；我用三重的爱希望你有这三种东西。

杜　曼　啊！我可不可以说，谢谢你，温柔的妻子？

凯瑟琳　不，我的大人。在这一年之内，无论哪一个小白脸来向我求婚，我都一概不理睬他们。等你们的国王来看我们公主的时候，你也来看我；要是那时候我有很多的爱，我会给你一些的。

杜　曼　我一定对你克尽忠诚，等候那一天的到来。

凯瑟琳　不要发誓了，免得再背誓。

朗格维　玛利娅怎么说？

玛利娅　一年过去以后，我愿意为了一个忠心的朋友脱下我的黑衣。

朗格维　我愿意耐心等候；可是这时间太长了。

玛利娅　正像你自己；年轻轻的，个子却很长。

俾　隆　我的爱人在想些什么？姑娘，瞧着我吧。瞧我的心灵的窗门，我的眼睛，在多么谦恭而恳切地等候着你的答复；吩咐我为了你的爱干些什么事吧。

罗瑟琳　俾隆大人，我在没有识荆以前，就常常听到你的名字；世间的长舌说你是一个玩世不恭的人物，满嘴都是借题影射的讥讽和尖酸刻薄的嘲笑；无论贵贱贫富，只要触动了你的灵机，你都要把他们挖苦得不留余地。要是你希望得到我的爱，第一就得把这种可厌的习气从你的脑海之中根本除去；为了达到这一个目的，你必须在这一年的时期之内，不许有一天间断，去访问那些无言的病人，和那些痛苦呻吟的苦人儿谈话；你的唯一的任务，就是竭力运用你的才智，逗那受着疾病折磨的人们一笑。

俾　　隆　在濒死者的喉间激起哄然的狂笑来吗？那可办不到，绝对不可能的；谐谑不能感动一个痛苦的灵魂。

罗瑟琳　这是克服口头上的轻薄的唯一办法。自恃能言的傻子，正因为有了浅薄的听众随声哗笑，才会得意扬扬。可笑或不可笑取决于听者的耳朵，而不是说者的舌头。如果病人能够不顾自己的呻吟惨叫，忘却本身的痛苦，而来听你的无聊的讥嘲，那么继续把你的笑话说下去吧，我愿意连同你这一个缺点把你接受下来；可是如其他们没有那样的闲情听你说笑，那么还是赶快丢掉这种习气的好，我看见你这样勇于改过，一定会非常高兴的。

俾　　隆　十二个月！好，不管命运怎样把人玩弄，我要把一岁光阴，三寸妙舌，在病榻之前葬送。

公　　主　（向国王）是的，我的好陛下；我就此告别了。

国　　王　不，公主，我们要送你一程。

俾　　隆　我们的求婚结束得不像一本旧式的戏剧；有情人未成眷属，好好的喜剧缺少一幕团圆的场面。

国　　王　算了，老兄，只要挨过一年就好了。

俾　　隆　那么这本戏演得又太长了。

亚马多重上。

亚马多　亲爱的陛下，准许我——

公　　主　这不是赫克托尔吗？

杜　　曼　特洛亚的可尊敬的骑士。

亚马多　我要敬吻你的御指，然后向你告别。我已经许下愿心，向杰奎妮妲发誓，为了她的爱，我要帮助她耕种三年。可是，最可尊敬的陛下，你们要不要听听那两位有学问的人所写的赞美鸥鹆和杜鹃的一段对话？它本来是预备放在我们的表演以后歌唱的。

国　　王　快叫他们来；我们倒要听听。

爱的徒劳

亚马多　喂！进来！

霍罗福尼斯、纳森聂尔、毛子、考斯塔德及余人等重上。

亚马多　这一边是冬天，这一边是春天；鸱鸮代表冬天，杜鹃代表春天。春天，你先开始。

春之歌

当杂色的雏菊开遍牧场，
　　蓝的紫罗兰，白的美人衫，
还有那杜鹃花吐蕾娇黄，
　　描出了一片广大的欣欢；
听杜鹃在每一株树上叫，
把那娶了妻的男人讥笑：

　　　咯咕！

咯咕！咯咕！啊，可怕的声音！
害得做丈夫的肉跳心惊。
当无愁的牧童口吹麦笛，
　　清晨的云雀惊醒了农人，
斑鸠乌鸦都在觅侣求匹，
　　女郎们漂洗夏季的衣裙；
听杜鹃在每一株树上叫，
把那娶了妻的男人讥笑：

　　　咯咕！

咯咕！咯咕！啊，可怕的声音！
害得做丈夫的肉跳心惊。

冬之歌

当一条条冰柱檐前悬吊，
　　汤姆把木块向屋内搬送，
牧童狄克呵着他的指爪，

　　　　　挤来的牛乳凝结了一桶，
　　　　刺骨的寒气，泥泞的路途，
　　　　大眼睛的鸱鸮夜夜高呼：
　　　　　　　哆呵！
　　哆喂，哆呵！它歌唱着欢喜，
　　　当油垢的琼转她的锅子。
　　当怒号的北风漫天吹响，
　　　咳嗽打断了牧师的箴言，
　　鸟雀们在雪里缩住颈项，
　　　玛利恩冻得红肿了鼻尖，
　　炙烤的螃蟹在锅内吱喳，
　　大眼睛的鸱鸮夜夜喧哗：
　　　　　哆呵！
　　哆喊，多呵！它歌唱着欢喜，
　　　当油垢的琼转她的锅子。

亚马多　听罢了阿波罗的歌声，墨丘利①的语言是粗糙的。你们向那边去；我们向这边去。（各下）

---

① 墨丘利（Mercury），罗马神话中的商神，又为盗贼等的保护神。

终成眷属

Zhong Cheng Juan Shu

剧中人物

法国国王

弗罗伦萨公爵

勃特拉姆 罗西昂伯爵

拉　佛 法国宫廷中的老臣

帕　洛 勃特拉姆的侍从

罗西昂伯爵夫人的管家

拉瓦契 伯爵夫人府中的小丑

侍　童

罗西昂伯爵夫人 勃特拉姆之母

海伦娜 子伯爵夫人府中寄养的少女

弗罗伦萨一老寡妇

狄安娜 寡妇之女

薇奥兰塔
玛利安娜 } 寡妇的邻居女友

法国及弗罗伦萨的群臣、差役、兵士等

地　点

罗西昂；巴黎；弗罗伦萨；马赛

第一幕

第一场　罗西昂。伯爵夫人府中一室

勃特拉姆、罗西昂伯爵夫人、海伦娜、拉佛同上；均服丧。

伯爵夫人　我儿如今离我而去，无异使我重新感到先夫去世的痛苦。

勃特拉姆　母亲，我因为离开您膝下而流泪，正像是再度悲恸父亲的亡故一样。可是儿子多蒙王上眷顾，理应尽忠效命，他的命令是必须服从的。

拉　佛　夫人，王上一定会尽力照顾您，就像尊夫在世的时候一样；他对于令郎，也一定会看做自己的儿子一样。不要说王上圣恩宽厚，德泽广被，决不会把您冷落不顾，就凭着夫人这么贤德，无论怎样刻薄寡恩的人，也一定愿意推诚相助的。

伯爵夫人　听说王上圣体违和，不知道有没有早占勿药之望？

拉　佛　夫人，他已经谢绝了一切的医生。他曾经在他们的诊治之下，耐心守候着病魔脱体，可是药石无灵，痊愈的希望一天比一天淡薄了。

伯爵夫人　这位年轻的姑娘有一位父亲,可惜现今已经不在人世了!他不但为人正直,而且精通医术,要是天假以年,使他能够更求深造,那么也许他真会使世人尽得长生,死神也将无所事事了。要是他现在还活着,王上的病一定会霍然脱体的。

拉　佛　夫人,您说起的那个人叫什么名字?

伯爵夫人　大人,他在他们这一行之中,是赫赫有名的,而且的确不是滥博虚声;他的名字是吉拉·德·拿滂。

拉　佛　啊,夫人,他的确是一个好医生;王上最近还称赞过他的本领,悼惜他死得太早。要是学问真能和死亡抗争,那么凭着他的才能,他应该至今健在的。

勃特拉姆　大人,王上害的究竟是什么病?

拉　佛　他害的是瘘管症。

勃特拉姆　这病名我倒没有听见过。

拉　佛　我但愿这病对世人是永远生疏的。这位姑娘就是吉拉·德·拿滂的女儿吗?

伯爵夫人　她是他的独生女儿,大人;他在临死的时候,托我把她照顾。她有天赋淳厚优美的性格,并且受过良好的教育,锦上添花,我对她抱着极大的期望。一个心地不纯正的人,即使有几分好处,人家在称赞他的时候,总不免带着几分惋惜;因为那样的好处也等于是邪恶的帮手。可是她的优点却出于天性纯朴而越加出色,她的正直得自天禀,教育更培植了她的德性。

拉　佛　夫人,您这样称赞她,使她感激涕零了。

伯爵夫人　女孩儿家听见人家称赞而流泪,是最适合她的身份的。她每次想起她的父亲,总是自伤身世而面容惨淡。海伦娜,别伤心了,算了吧;人家看见你这样,也许会说你是故意做作出来的。

海伦娜　我的伤心的确有做作出来的成分,可是我也有真正伤心的事情。

拉　佛　适度的悲伤是对于死者应有的情分；过分的哀戚是摧残生命的仇敌。

海伦娜　如果人们不对悲伤屈服，过度的悲伤不久就会自己告终的。

勃特拉姆　母亲，请您祝福我。

拉　佛　这话怎么讲？

伯爵夫人　祝福你，勃特拉姆，愿你不但在仪表上像你的父亲，在气概风度上也能够克绍箕裘，愿你的出身和美德相匹配，愿你的操行与你高贵的血统相称！对众人一视同仁，对少数人推心置腹，对任何人不要亏负；在能力上你应当能和你的敌人抗衡，但不要因为争强好胜而炫耀你的才干；对于你的朋友，你应该开诚相与；宁可被人责备你朴讷寡言，不要让人嗔怪你多言偾事。愿上天的护佑和我的祈祷降临到你的头上！再会，大人；他是一个不懂世故的孩子，请您多多指教他。

拉　佛　夫人，您放心吧，他不会缺少出自对他一片尽心竭力的忠言挚友。

伯爵夫人　上天祝福他！再见，勃特拉姆。（下）

勃特拉姆　（向海伦娜）愿你一切如愿！好好安慰我的母亲，你的女主人，替我加意侍候她老人家。

拉　佛　再见；好姑娘，愿你不要辱没了你父亲的令誉。（勃特拉姆、拉佛下）

海伦娜　唉！要是真的只是这样倒好了。我不是想我的父亲；我这些滔滔的眼泪，虽然好像是一片孺慕的哀忱，却不是为他而流。他的容貌怎样，我也早就忘记了，在我的想象之中，除了勃特拉姆以外没有别人的影子。我现在一切都完了！要是勃特拉姆离我而去，我还有什么生趣？我正像爱上了一颗灿烂的明

终成眷属

星,痴心地希望着有一天能够和它结合,他是这样高不可攀;我不能逾越我的名分和他亲近,只好在他的耀目的光华下,沾取他的几分余辉,安慰安慰我的饥渴。我的爱情的野心使我备受痛苦,希望和狮子匹配的驯鹿,必须为爱而死。每时每刻看见他,是愉快也是苦痛;我默坐在他的旁边,在心版上深深地刻划着他的秀曲的眉毛,他的敏锐的眼睛,他的迷人的鬈发,他那可爱的脸庞上的每一根线条,每一处微细的特点,都会清清楚楚地摄在我的心里。可是现在他去了,我的爱慕的私衷,只好以眷怀旧日的陈迹为满足。——谁来啦?这是一个和他同去的人;为了他的缘故我爱他,虽然我知道他是一个出名爱造谣言的人,是一个傻子,也是一个懦夫。但是这些本性难移的缺点,在他身上却十分自然,比起美德的铮铮傲骨遭受寒风摧残要合适得多:我们不是时常见到衣不蔽体的聪明人,不得不听候珠光宝气的愚夫使唤吗?

帕洛上。

帕　洛　您好,美貌的娘娘!

海伦娜　您好,大王!

帕　洛　不敢。

海伦娜　我也不敢。

帕　洛　您是不是在想着处女的贞操问题?

海伦娜　是啊。你还有几分军人的经验,让我请教你一个问题。男人是处女贞操的仇敌,我们应当怎样实施封锁,才可以防御他?

帕　洛　不要让他进来。

海伦娜　可是他会向我们进攻;我们的贞操虽然奋勇抵抗,毕竟是脆弱的。告诉我们一些有效的防御战略吧。

帕　洛　没有。男人不动声色坐在你的面前,他会在暗中埋下地雷，轰破你的贞操的。

海伦娜 上帝保佑我们可怜的贞操不要给人这样轰破！那么难道处女们就不能采取一种战术，把男人轰得远远的吗？

帕　洛 处女的贞操轰破了以后，男人就会更快地被轰得远远的了。但是，你们虽然把男人轰倒了，自己的围墙也就有了缺口，那么城市当然就保不住啦。在自然界中，保全处女的贞操决非得策。贞操的丧失才是合理的增加，倘不先把处女的贞操破坏，处女们从何而来？你的身体恰恰就是造成处女的材料。贞操一次丧失可以十倍增加；永远保持，就会永远失去。这种冷冰冰的东西，你要它作什么！

海伦娜 我还想暂时保全它一下，虽然也许我会因此而以处女终老。

帕　洛 那未免太说不过去了，这是违反自然界的法律的。你要是为贞操辩护，等于诋毁你的母亲，那就是忤逆不孝。以处女终老的人，等于自己杀害了自己，这种女人应该让她露骨道旁，不让她的尸骸进入圣地，因为她是反叛自然意志的罪人。贞操像一块干酪一样，搁的日子长久了就会生虫霉烂，自己把自己的内脏掏空；而且它是一种乖僻骄傲无聊的东西，重视贞操的人，无非因为自视不凡，这是教条中所大忌的一种罪过。何必把它保持起来呢？你最终会失去它。算了吧！在一年之内，你就可以收回双倍利息，而且你的本钱也不会怎么走了样子。放弃了它吧！

海伦娜 请问一个女人怎样才可以照她自己的意思把它失去？

帕　洛 这得好好想想。有了，就是得倒行逆施，去喜欢那不喜欢贞操的人。贞操是一注搁置过久了会失去光彩的商品；越是保存得长久，越是不值钱。趁着有销路的时候，还是早点把它脱手了的好；时机不可失去。贞操像一个年老的廷臣，虽然衣冠富丽，那一副不合时宜的装束却会使人瞧着发笑，就像别针和牙签似的，现在早不时兴了。做在饼饵里和在粥里的红枣，是悦目而可口的，你颊上的红枣，却会转瞬失去鲜润；你那陈年封固的贞操，也就像一颗干瘪的梨儿一样，样子又难看，入口又无味，虽然它从前也是很甘美的，现在却已经干瘪了。你要它做什么呢？

海伦娜 可是我还不愿放弃我的贞操。你的主人在外面将会博得无数女子的倾心，他会找到一个母亲，一个情人，一个朋友，一个绝世的佳人，一个司令官，一个敌人，一个向导，一个女神，一个君王，一个顾问，一个叛徒，一个亲人；他会找到他的卑微的野心，骄傲的谦逊，他的不和谐的和谐，悦耳的嘈音，他的信仰，他的甜蜜的灾难，以及一大堆瞎眼的爱神蛊惑的可爱的、痴心的、虚伪的信徒。他现在将要——我不知道他将要什么。但愿上帝护佑他！宫廷是可以增长见识的地方，他是一个——

帕　洛 他是一个什么？

海伦娜 他是一个我愿意为他虔诚祝福的人。可惜——

帕　洛 可惜什么？

海伦娜 可惜我们的愿望只是一种渺茫而感觉不到的东西，否则我们这些出身寒贱的人，虽然命运注定我们只能在愿望中消度我们的生涯，也可以借着愿望的力量追随我们的朋友，让他们知道我们的衷曲，而不致永远得不到一点报酬了。

一侍童上。

侍　童 帕洛先生，爵爷叫你去。（下）

帕　洛 小海伦，再会；我要是记得你，我会在宫里想念你的。

海伦娜　帕洛先生，你降生的时候准是吉星照命。

帕　洛　不错，我是武曲星照命。

海伦娜　我相信你当真是在武曲星下降生的。

帕　洛　为什么在武曲星下面？

海伦娜　一打起仗来，你就甘拜下风，那还不是生在武曲星之下吗？

帕　洛　我是说在武曲星上升的时候。

海伦娜　我看还是在降落的时候吧？

帕　洛　为什么说降落呢？

海伦娜　交手的时候，你总是步步退后呀。

帕　洛　那是为了等待时机。

海伦娜　心中害怕，想寻求安全，掉头就跑，也同样是为了等待时机；勇气和恐惧在你身上倒是满协调的，凭你这种打扮，跑起来准能一日千里，花样也很别致。

帕　洛　我事情很忙，没工夫伶牙俐齿地和你说些俏皮话。且等我回来，到那时我就是宫里头的达官贵人了。到那时候，我会用我的教养征服你，你会领略到一个朝廷贵人的善意，对他大开方便之门；如若不然，你就是不知感激，只有自己遭殃，最后懵懵懂懂地死去。你要是有时间，就祈祷祈祷；没有空的时候，记起你的朋友们。早点嫁个好丈夫，他怎样待你，你也怎样待他。好！再见。（下）

海伦娜　一切办法都在我们自己，虽然我们把它诿之天意；注定人类运命的上天，给我们自由发展的机会，只有当我们自己冥顽不灵、不能利用这种机会的时候，我们的计划才会遭遇挫折。哪一种力量激起我爱情的雄心，使我能够看见，却不能喂饱我的视欲？尽管地位如何悬殊，惺惺相怜的人，造物总会使他们结合在一起。只有那些斤斤计较、畏缩不前、认为好梦已成过去的人，他们的希冀才永无实现的可能；能够努力发挥她的本领的，怎么会在恋爱上失败？王上的病——我的计划也许只是一种妄想，可是我的主意已决，一定要把它尝试一下。（下）

第二场　巴黎。国王宫中一室

喇叭奏花腔。法国国王持书信上，群臣及侍从等随上。

国　王　弗罗伦萨人和西诺哀人相持不下，胜负互见，还在那里继续着猛烈的战争。

臣　甲　是有这样的消息，陛下。

国　王　不，那是非常可靠的消息；这儿有一封从我们的友邦奥地利来的信，已经证实了这件事，他还警告我们，说是弗罗伦萨就要向我们请求给他们迅速的援助，照我们这位好朋友的意思，似乎很不赞同，希望我们拒绝他们的请求。

臣　甲　陛下素来称道奥王的诚信明智，他的意见当然是可以充分信任的。

国　王　他已经替我们决定了如何答复，虽然弗罗伦萨还没有来乞援，我已经决定拒绝他们了。可是我们这儿要是有人愿意参加都斯加的战事，不论他们愿意站在哪一方面，都可以自由前去。

臣　乙　我们这些绅士们闲居无事，本来就感到十分苦闷，渴想到外面去干一番事业，这次战事倒是一个好机会，可以让他们去磨炼磨炼。

国　王　来的是什么人？

勃特拉姆、拉佛及帕洛上。

臣　甲　陛下，这是罗西昂伯爵，年轻的勃特拉姆。

国　王　孩子，你的面貌很像你的父亲；造物在雕塑你形状的时候，一定是非常用心而不是草率从事的。但愿你也秉有你父亲的德性！欢迎你到巴黎来！

勃特拉姆　感谢陛下圣恩，小臣愿效犬马之劳。

国　王　想起你父亲在日，与我交称莫逆，我们两人初上战场的时候，大家都是年轻力壮，现在要是也像那样就好了！他是个熟谙时务的干才，也是个能征惯战的健儿；他活到很大年纪，可是我们两人都在不知不觉中变成老朽，不中用了。提起你的父亲，使我精神为之一振。他年轻时候的那种才华，我可以从我们现在这辈贵介少年身上同样看到，可是他们的信口讥评，往往来不及遮掩他们的轻薄，已经在无意中自取其辱。你父亲才真是一个有大臣风度的人，在他的高傲之中没有轻蔑，在他的严峻之中没有苛酷；只有当那些和他同等地位的人激起他的不满的时候，他才会对他们作无情的指责；他的良知就像一具时钟，正确地知道在哪一分钟为了特殊的理由使他不能不侃侃而言，那时他的舌头就会听从他的指挥。他把那些在他下面的人当作不同地位的人看待，在他们卑微的身份前降尊纡贵，听了他们贫弱的谀辞，也会谦谢不遑，使他们因他的逊让而受宠若惊。这样一个人是可以作为现在这辈年轻人的楷模的。如果他们肯认真效仿他，就会明白自己实际上是大大地后退了。

勃特拉姆　陛下不忘旧人，先父虽死犹生；任何铭刻在碑碣上的文字，都不及陛下口中品题的确当。

国　王　但愿我也和他在一起！他老是这样说——我觉得我仿佛听见他的声音，他的动人的辞令不是随便散播在人的耳中，却是深植在人们的心头，永远存留在那里。每当感到人生的欢娱与痛楚行将告一段落的时候，他就会发出这样的感喟："等我的火焰把油烧干以后，让我不要继续活下去，给那些年轻的人们揶揄讥笑，他们凭着他们的聪明，除了新奇的事物以外，什么都瞧不上眼；他们的思想变化得比衣服的式样更快。"他有这样的愿望；我也抱着和他同样的愿望，因为我已经是一只无用的衰蜂，不能再把蜜、蜡带回巢中，我愿意赶快从这世上消灭，好给其余做工的人留出一个地位。

臣　乙　陛下圣德恢恢，臣民无不感戴；最不知感恩的人，将是最先悼惜您的人。

国　王　我知道我不过是空占着一个地位。伯爵，你父亲家里的那个医生死了多久了？他的名誉很不错哩。

勃特拉姆　陛下，他已经死了差不多六个月了。

国　王　他要是现在还活着，我倒还要试一试他的本领。请你扶我一下。那些庸医们给我吃这样那样的药，把我的精力完全消磨掉了，弄成这么一副不死不活的样子。欢迎，伯爵，你就像是我自己的儿子一样。

勃特拉姆　感谢陛下。（同下；喇叭奏花腔）

第三场　罗西昂。伯爵夫人府中一室

伯爵夫人、管家及小丑上。

伯爵夫人　我现在要听你讲，你说这位姑娘怎样？

管　家　夫人，小的过去怎样尽心竭力侍候您的情形，想来您一定是十分明白的；因为我们要是自己宣布自己的功劳，那就太狂妄了，即使我们真的有功，人家也会疑心我们。

伯爵夫人　这狗才站在这儿干吗？滚出去！人家说起关于你的种种坏话，我并不完全相信，可是那也许因为我太忠厚了；照你这样蠢法，是很会去干那些勾当的，而且你也不是没有干坏事的本领。

小　丑　夫人，您知道我是一个苦人儿。

伯爵夫人 好,你怎么说?

小 丑 不,夫人,我是个苦人儿,并没有什么好,虽然有许多有钱的人们都不是好东西。可是夫人要是答应我让我到外面去成家立业,那么伊丝贝尔那个女人就可以跟我成其好事了。

伯爵夫人 你一定要去做一个叫花子吗?

小 丑 在这一件事情上,我不要您布施我别的什么,只要请求您开恩准许。

伯爵夫人 在哪一件事情上?

小 丑 在伊丝贝尔跟我的事情上。做用人的不一定世世代代做用人;我想我要是一生一世没有一个亲生的骨肉,就要永远得不到上帝的祝福,因为人家说有孩子的人才是有福气的。

伯爵夫人 告诉我你一定要结婚的理由。

小 丑 夫人,贱体有这样的需要;我因为受到肉体的驱使,不能不听从魔鬼的指挥。

伯爵夫人 那就是尊驾的理由了吗?

小 丑 不,夫人,我还有其他神圣的理由,这样的那样的。

伯爵夫人 那么可以请教一二吗?

小 丑 夫人,我过去是一个坏人,正像您跟一切血肉的凡人一样;老实说吧,我结婚是为了要痛悔前非。

伯爵夫人 你结了婚以后,第一要懊悔的不是从前的错处,而是你不该结婚。

小 丑 夫人,我是个举目无亲的人;我希望娶了老婆以后,可以靠着她结识几个朋友。

伯爵夫人 蠢才,这样的朋友是你的仇敌呢。

小 丑 夫人,您还不懂得友谊的深意哩;那些家伙都是来替我做我所不耐烦做的事的。耕耘我的田地的人,省了我牛马之劳，使我不劳而获，坐享其成；虽然他害我做了王八，可是我叫他替我干活儿。夫妻一体，他安慰了我的老婆，也就是看重我；看重我，也就是爱我；爱我，也就是我的好朋友。所以吻我老婆的人，就是我的好朋友。人们只要能够乐天安命，结了婚准不会闹什么意见。

伯爵夫人 你这狗嘴里永远长不出象牙来吗？

小　丑 夫人，我是一个先知，我用讽喻的方式，宣扬人生的真理：

> 我要重新把那歌唱，
> 　列位仔细将道理思量：
> 婚姻全都是命里注定，
> 　布谷鸟唱歌最专长。

伯爵夫人 滚出去吧，混账东西；等会儿再跟你说话。

管　家 夫人，请您叫他去吩咐海伦娜姑娘出来；我要跟您讲的就是关于她的事。

伯爵夫人 蠢材，去对我的侍女说，我有话对她讲——就是那海伦娜姑娘。

小　丑

> 是不是为了这张俊脸，
> 　希腊人将特洛亚攻陷？
> 做的好事哟真叫好，
> 　这就是普里阿摩斯的心肝？
> 她长叹一声站在那里，
> 她长叹一声站在那里，
> 　这样把道理说明：
> 有九个坏的，有一个好的，
> 有九个坏的，有一个好的，

总算还落下一成。①

伯爵夫人 什么，十个人里才有一个好的？你把歌词也糟蹋了，蠢货。

小　丑 夫人，我唱的是女人——十个女人里有一个好的，这是把歌往好里唱。愿上帝能一年到头能赐我们一个好人！我要是牧师，对这样一个抽什一税的女人，决不会有什么意见。一成，你还嫌少吗？哼，就算每出现一次扫帚星，或是发生一次地震的时候，才有一个好女人降生，这个彩票也是抽得来的。照现在这样，你把心都抽没有了，也不会中彩。

伯爵夫人 混账，你还不快去做我叫你做的事吗？

小　丑 唉，女人反倒骑在男人身上，发号施令，还觉得没有什么！当然，做好人，就不能做清教徒，可是那也算不了什么；可以用一件温驯的袈裟，罩住底下富有雄心的黑袍子。好，我走了；照您的吩咐叫海伦娜姑娘到这儿来。（下）

伯爵夫人 好，你说吧。

管　家 夫人，我知道您是非常喜欢这位姑娘的。

伯爵夫人 不错，我很喜欢她。她的父亲在临死的时候，把她托付给我；单单凭着她本身的好处，也就够惹人怜爱了。我欠她的债，多过于已经给她的酬报；我将要报答她的，一定超过她自己的要求。

管　家 夫人，小的最近在无意中间，看见她一个人坐在那里自言自语；我可以代她起誓，她是以为她说的话不会给什么人听了去的。原来她爱上了我们的少爷了！她怨恨命运，不该在他们两人之间安下了这样一道鸿沟；她嗔怪爱神，不肯运用他的大

---

① 歌中唱到特洛亚王普里阿摩斯的王后赫卡柏悲叹儿子帕里斯把海伦诱拐至特洛亚，因而引起战争。赫卡柏原本唱道："有九个好的，有一个坏的，总还有一个坏人。"意为：其余九个儿子都很好，只有帕里斯一个不好。

力，使地位不同的人也有结合的机会；她说狄安娜不配做处女们的保护神，因为她坐令纤纤弱质受到爱情的袭击甚至成为俘虏而不加援手。她用无限哀怨的语调声诉着她的心事，小的听了之后，因恐万一有什么事情发生，故此不敢疏忽，特来禀知夫人。

伯爵夫人　你把这事干得很好，可是千万不要声张出去。我早已猜疑到几分，因为事无实据，不敢十分相信。现在你去吧，不要让别人知道，我很感谢你的忠心诚实。等会儿咱们再谈吧。

（管家下）

　　海伦娜上。

伯爵夫人　我在年轻时候也是这样的。我们是自然的子女，谁都有天赋的感情；这一枚棘刺，正是青春的蔷薇上少不了的。是血肉之躯，情欲是与生俱来的。当热烈的恋情给青春打下了烙印，这正是自然天性的标志和记号。在我们旧日的回忆之中，我们也曾经犯过同样的过失，虽然在那时我们并不以为那有什么不对。我现在可以清楚看见，她的眼睛里透露着因相思而憔悴的神色。

海伦娜　夫人，您有什么吩咐？

伯爵夫人　海伦娜，你知道我可以说就是你的母亲。

海伦娜　不，您是我的尊贵的女主人。

伯爵夫人　不，我是你的母亲，为什么不是呢？当我说"我是你的母亲"的时候，我觉得你仿佛看见了一条蛇似的；为什么你听了"母亲"两个字，就要吃惊呢？我说，我是你的母亲；我把你当作我自己的亲生骨肉一样看待。异姓的子女，有时往往胜过自己生养的孩子；外来的种子，也一样可以长成优美的花木。你不曾使我忍受怀胎的辛苦，我却像母亲一样关心着你。天哪，这丫头！难道我说了我是你的母亲，你就这样惊惶失色吗？为什么你的眼边会润湿而起了一重重的虹晕？难道因为你是我的女儿吗？

海伦娜 因为我不是您的女儿。

伯爵夫人 我说，我是你的母亲。

海伦娜 恕我，夫人，罗西昂伯爵不能做我的哥哥；我的出身这样寒贱，他的家世这样高贵；我的父母是闾巷平民，他的都是簪缨巨族。他是我的主人，我活着是他的婢子，到死也是他的奴才。他一定不可以做我的哥哥。

伯爵夫人 那么我也不能做你的母亲吗？

海伦娜 您是我的母亲，夫人；我也愿意您真做我的母亲，只要您的儿子不是我的哥哥。我希望您是我的母亲也是他的母亲，只要我不是他的妹妹，那么其他一切都没有关系。是不是我做了您的女儿以后，他必须做我的哥哥呢？

伯爵夫人 不，海伦，你可以做我的媳妇；上帝保佑你不在转着这样的念头！难道女儿和母亲竟会这样扰乱了你的心绪？怎么，你又脸色惨白起来了？你的心事果然被我猜中了。现在我已经明白了你的寂寞无聊的缘故，发现了你的伤心挥泪的根源。你爱着我的儿子，这是显明的事实。说谎是令人羞愧的，不要试图掩盖你的激情了。还是告诉我老实话吧；告诉我真有这样的事，因为，瞧，你两颊的红云，已经彼此互相招认了；你自己的眼睛也可以从你自己的举止上，看出你的踟蹰不安来；只有罪恶的感觉和无理的执拗使你缄口无言，不敢吐露真情。你说，是不是真有这回事？要是真有这回事，那么这场麻烦你已经惹上了，不然的话，你就该发誓否认。无论如何，你不要瞒住我吧，我总是会尽力帮助你的。

海伦娜 好夫人，原谅我吧！

伯爵夫人 你爱我的儿子吗？

海伦娜 请您原谅我，夫人！

伯爵夫人　你是爱我的儿子的。

海伦娜　夫人,您不也是爱他的吗?

伯爵夫人　不要绕圈子说话;我爱他是理所当然,用不到向世人讳饰;你究竟爱他到什么程度,还是快说吧,因为你的感情早就完全泄露出来了。

海伦娜　既然如此,我就当着上天和您的面前跪下,承认我是爱着您的儿子,并且爱他胜过您,仅次于爱上天。我的亲友虽然贫寒,都是正直的人;我的爱情也是一样。不要因此而恼怒,因为他被我所爱,对他并无损害;我并不用僭越名分的表示向他追求,在我不配得到他的眷爱以前,决不愿把他占有,虽然我不知道怎样才可以配得上他。我知道我的爱是没有希望的徒劳,可是在这罗网一样千孔万眼的筛子里,依然把我如水的深情灌注下去,永远不感到干涸。我正像印度人一样虔信而执迷,我崇拜着太阳,它的光辉虽然也照到它的信徒的身上,却根本不知道有这样一个人存在。我的最亲爱的夫人,不要因为我爱了您所爱的人而憎恨我,您是一位年高德劭的人,要是在您纯洁的青春,也曾经燃起过同样真诚的热情,怀抱着无邪的愿望和深挚的爱慕,使您同时能忠实于贞操和恋情,那么请您可怜可怜我这命薄缘悭、自知无望、拼着在默默无闻中了此残生的人儿吧!

伯爵夫人　你最近不是想要到巴黎去吗?老实告诉我你有没有过这个意思。

海伦娜　有过,夫人。

伯爵夫人　为什么呢?

海伦娜　我不愿向夫人说谎;您知道先父在日,曾经传给我几种灵验的秘方,是他凭着潜心研究和实际经验配合起来的,对一般病症都有卓越的效能;他嘱咐我不要把它们轻易授人,因为它们都是世间不大知道的珍贵的方剂。在这些秘方之中,有一种是专门医治王上现在所患一般认为无法医治的那种痼疾的。

伯爵夫人 这就是你要到巴黎去的动机吗？你说吧。

海伦娜 您的儿子使我想起了这一个念头；不然的话，什么巴黎，什么药方，什么王上的病，都是我永远不会想到的事物。

伯爵夫人 可是海伦，你想你要是自请为王上治病，他就会接受你的帮助吗？他跟他那班医生们已经意见归于一致，他认为他的病已经使群医束手，他们认为一切药石都已失去效力。那些熟谙医道的大夫们都这样敬谢不敏了，他们怎么会相信一个不学无术的少女呢？

海伦娜 我相信这药方，不仅因为我父亲的医术称得上并世无双，而且我觉得他传给我这一份遗产，一定会带给我极大的幸运。只要夫人允许我冒险一试，我愿意就在此日此时动身前去，拼着这一条没有什么希冀的微命，为王上治疗他的疾病。

伯爵夫人 你相信你会成功吗？

海伦娜 是的，夫人，我相信我会成功。

伯爵夫人 那么很好，海伦，你不但可以得到我的准许，也可以得到我的爱，我愿意为你置备行装，派仆从护送你前去，还要请你传言致候我那些在宫廷中的熟人。我在家里愿意为你祈祷上帝，保佑你达到目的。你明天就去吧，你尽管放心，只要是我能够助你一臂之力的事情，我一定会做的。（同下）

第二幕

第一场　巴黎。宫中一室

喇叭奏花腔。国王、出发参加弗罗伦萨战争之若干少年廷臣、勃特拉姆、帕洛及侍从等上。

国　王　诸位贤卿，再会，希望你们恪守骑士的精神；还有你们诸位，再会，我的话你们可以分领；但是即使双方都打算独占，我的忠告也可以自行扩大，供你们双方听取。

臣　甲　但愿我们立功回来，陛下早已恢复了健康。

国　王　不，不，那可是没有希望的了，虽然我的未死的雄心，还不肯承认它已经沾上了不治的痼疾。再会，诸位贤卿，无论我是死是活，你们总要做个发扬祖国光荣的法兰西好男儿，让那些国运凌夷的意大利人知道你们去不是向光荣求婚，而是去把它迎娶回来。当那些意气纵横的勇士知难怯退的时候，便是你们奋身博取世人称誉的机会。再会！

臣　乙　但愿陛下早复健康。

国　王　那些意大利的姑娘们是要留心提防的；人家说，要是她们有什么请求，我们法文中缺少拒绝她们的字眼；倘若你们

莎士比亚喜剧

还没有上战场，就已经做了俘虏，那可不行的。

　　臣甲、臣乙　我们诚心接受陛下的警告。

　　国　　王　再会！你们跟我过来。（侍从扶下）

　　臣　　甲　啊，大人，真想不到您不能跟我们一起出去！

　　帕　　洛　那不是他自己的错处——

　　臣　　乙　啊，打仗是怪好玩儿的。

　　帕　　洛　真有意思，我也经历过这种战争哩。

　　勃特拉姆　王上命令我留在这儿，无微不至地照顾我，说我太年轻，叫我明年再去，说是现在太早了。

　　帕　　洛　哥儿，您要是立定主意，就该放大胆子，偷偷地逃跑出去。

　　勃特拉姆　我留在这儿，就像一匹给妇人女子驾驭的辕下驹，终日在石道上消磨我的足力，等着人家一个个夺了光荣回来，再没有机会一试我的身手，让腰间的宝剑除了做跳舞的装饰以外，没有一点别的用处！不，天日在上，我一定要逃跑出去。

　　臣　　甲　这虽然是一件偷偷摸摸干着的事，可是并不丢脸。

　　帕　　洛　爵爷，您就这么干吧。

　　臣　　乙　您要是有需要我的地方，我愿意尽力帮您的忙。回头见。

　　勃特拉姆　咱们已经成了好朋友，我真不忍和你们分别。

　　臣　　甲　再见，队长。

　　臣　　乙　好帕洛先生，回头见！

　　帕　　洛　高贵的英雄们，我的剑和你们的剑是同气相求的：一般晶莹，一般闪亮，一句话，同样是用上等精钢铸成的。让我告诉你们，在斯宾那人的营伍里有一个史布利奥上尉，他那凶神一样的脸上有一道疤痕，那就是我亲手用这柄剑给他刻下来的；你们要是见了他，请告诉他我还活着，听他怎样说我。

臣　乙　我们一定这样告诉他，队长。(廷臣等下)

帕　洛　战神保佑你们这批新收的门徒！您怎么办呢？

勃特拉姆　且住，王上来了。

国王重上；帕洛及勃特拉姆退后。

帕　洛　你应该对那些出征的同僚们表现得更热情些；方才你和他们道别的神气未免过于冷淡。应该多与他们交流，因为他们是时代的宠儿；他们办事、吃喝、言谈和举止的方式是受到普遍赞誉的；即使领队跳舞的是魔鬼，也应该跟随在这些人后面。快追上去，和他们作一次更热烈的叙别吧。

勃特拉姆　好吧，我就这样做。

帕　洛　他们都是些有身份的小伙子，喜欢用孔武有力来证明自己的剑客。(勃特拉姆、帕洛下)

拉佛上。

拉　佛　(跪)陛下，请您恕我冒昧，禀告您一个消息。

国　王　站起来说吧。

拉　佛　好，那我就站起来了，因为我已得到宽恕。陛下，我原本希望是您跪着向我求恕，我叫您站起来，您也能这样不费力地站起来。

国　王　我也愿意这样，我很想打破你的头，再请你原谅。

拉　佛　那可不敢当。可是陛下，您愿意医好您的病吗？

国　王　不。

拉　佛　啊，我尊贵的狐狸，不吃葡萄了吗？但是我这些葡萄品种极为高贵，只要尊贵的狐狸能够够得着。我刚了解到一种药，可以使顽石有了生命，您吃了之后，就会生龙活虎似的跳起舞来；它可以使培平大王重返阳世，也可以使查里曼大帝拿起笔来，为她写一行情诗。

国　王　是哪一个"她"？

拉　佛　她就是我所要说的那位女医生。陛下，她就在外边，等候着您的赐见。我敢凭着我的忠诚和信誉发誓，要是您不以为我的话都是随便说着玩玩，不足为准的话，那么像她这样一位有能耐、聪明而意志坚定的青年女子，的确使我惊奇钦佩，我相信那不能归咎于我的天生的弱点。她现在要求拜见陛下，不知道陛下愿不愿意准如所请，问一问她的来意？要是您在见了她之后，觉得我说的全都是虚话，那时再请您把我大大地取笑一番吧。

国　王　好拉佛，那么你去带那个奇女子进来，让我们大家也如你一般大开眼界一番，或者也许挖苦你无故地大惊小怪。

拉　佛　哦，请陛下等着瞧，没错。我马上就来。（下）

国　王　他无论有什么事，总是先拉上一堆废话。

拉佛率海伦娜重上。

拉　佛　来，这儿来。

国　王　这么快！他倒真是插着翅膀飞的。

拉　佛　来，这儿来。这位就是王上陛下，你有什么话可以对他说。瞧你的样子像一个叛徒，可是你这样的叛徒，王上是不会害怕的。我就是克瑞西达的舅父，放心地将你们二位留在一块儿。再见。（下）

国　王　姑娘，你是有什么事情来见我的吗？

海伦娜　是的，陛下。吉拉·德·拿溑是我的父亲，他在医道上是颇有研究的。

国　王　我知道他。

海伦娜　陛下既然知道他，我也不必再多费唇舌夸奖他了。他在临死的时候，传给我许多秘方，其中主要的一个，是他积多年悬壶的经验配制而成，他对它十分珍惜，叫我用心保藏起来，把它当作自己另外一只眼睛一样珍爱着。我听从着他的嘱咐，从来不敢把它轻易示人,现在闻知陛下的症状,正就是先父所传秘方主治的一种疾病,所以甘冒万死前来,把它和我的技术呈献陛下。

国　王　谢谢你,姑娘,可是我不能轻信你的药饵;我们这里最高明的医生都已经离开了我,众口一辞地断定病入膏肓,决非人力所能挽回的了。我怎么可以糊里糊涂地把我的痴心妄想,寄托在庸医的试验上,认为它可以医治我的不治之症呢?我不能让人家讥笑我的昏愦,当一切救助都已无能为力的时候,再去相信一种无意识的救助呀。

海伦娜　陛下既然这么说,我也不敢勉强陛下接纳我的微劳,总算我跋涉了这一趟,略尽我对陛下的一番忠悃,也可以说是不虚此行了。我别无所求,但求陛下放我回去。

国　王　你来此也是一番好意,这一个要求当然可以准许你。你想来帮助我,一个垂死之人,对于希望他转死回生的人,不用说是十分感激的;可是我自己充分知道我的病状已经险恶到什么程度,你却没有着手成春的妙术,又有什么办法呢?

海伦娜　既然陛下已经断定一切治疗都已无望,那么就给我一个机会,让我试一试我的本领,又有什么妨碍呢?创造世界的神,往往借助于最微弱者之手,当士师们有如童骏的时候,上帝的旨意往往借着婴儿的身体显示;洪水可以从涓滴的细流中发生;当世间的君王不肯承认奇迹的时候,大海却会干涸。最有把握的希望,往往结果终于失望;最少希望的事情,反会出人意外地成功。

国　王　我不能再听你说下去了;再会,善心的姑娘!你的殷勤未邀采纳,只好徒然往返;未被接受的帮助,只能以感谢为报酬。

海伦娜　天启的智能,就是这样为一言所毁。人们总是凭着外表妄加臆测，无所不知的上帝却不是这样，明明是来自上天的援助，人们却武断地诿之于人力。陛下，请您接受我的劳力吧，这并不是试验我的本领，乃是试验上天的意旨。我不是一个大言欺人的骗子，而能够说到做到；我知道我有充分的把握，我也确信我的医方决不会失去效力，陛下的病也决不会毫无希望。

国　王　你是这样确信着吗？那么你希望在多少时间内把我的病医好？

海伦娜　只要慈悲的上帝鉴临垂佑，在太阳神的骏马拖着火轮兜了两个圈子，阴沉的暮色两次吹熄了朦胧的残辉，或是航海者的滴漏二十四回告诉人们那窃贼一样的时间怎样偷溜过去以前，陛下身上的病痛便会霍然脱体，重享自由自在的健康生活。

国　王　你有这样的自信，要是结果失败呢？

海伦娜　请陛下谴责我的鲁莽，把我当作一个无耻的娼妓，让世人编造诽谤的歌谣，宣扬我的耻辱；我的处女的清名永远丧失，如果这还不够，我的生命也可以在最苛虐的酷刑中毁灭。

国　王　我觉得仿佛有一个天使，借着你柔弱的口中发出他的有力的声音；虽然就常识判断起来应该是不可能的事，却使我不能不信。你的生命是可贵的，因为在你身上具备一切生命中值得赞美的事物，青春、美貌、智慧、勇气、贤德，这些都是足以使人生幸福的；你愿意把这一切作为孤注，那必然表示你有非凡的能耐，否则你一定有一种异常胆大妄为的天性。好医生，我愿意试一试你的药方，要是我死了，你自己可也不免一死。

海伦娜　要是我不能按照限定的时间把陛下治愈，或者医治的结果，跟我说过的话稍有不符之处，我愿意引颈就戮，死而无怨。药方若不能奏效，死就是我的犒赏；不过要是我把陛下的病治好了，那么陛下答应给我什么酬报呢？

国　王　你可以提出无论什么要求。

海伦娜　可是陛下是不是能够满足我的要求呢？

国　王　凭着我的王杖和死后超生的希望起誓，我一定答应你。

海伦娜　那么我要请陛下亲手赐给我一个我所选中的丈夫。我不敢冒昧在法兰西的王族中寻求选择的对象，把我这卑贱的名姓攀附金枝玉叶；只要陛下准许我在您的臣仆之中，拣一个我可以向您要求、您也可以允许给我的人，我就感激不尽了。

国　王　那么一言为定，你治好了我的病，我也一定帮助你如愿以偿。我已经决心信赖着你的治疗，你等着自己选择吧。我本来还有一些问题要问你，我也必须知道你是从什么地方来的，和谁一起来的；可是即使我不问你这些问题，我也可以完全相信你，因此，不问也罢。请你接受我真心的欢迎和诚意的祝福。来人！扶我进去。你的手段倘若果然像你所说的那样高明，我一定不会辜负你的好处。（喇叭奏花腔。同下）

第二场　罗西昂。伯爵夫人府中一室

伯爵夫人及小丑上。

伯爵夫人　来，小子，现在我要试试你的教养如何了。

小　丑　人家会说我是个锦衣玉食的鄙夫。您的意思不过是要叫我上宫廷里去吗？

伯爵夫人　上宫廷里去！你到过些什么好地方，说的话儿这样神气活现，"不过是上宫廷里去。"

小　丑　不说假话，太太，一个人只要懂得三分礼貌，在宫廷里混混是再容易不过的事。谁要是连屈个膝儿，脱个帽儿，吻个手儿，说些个空话儿也不会，那简直是个不生腿、不生手、不生嘴唇的木头人。这种家伙当然是不配到宫廷里去的。可是我有一句话儿，什么问话都可以应付过去。

伯爵夫人 啊，一句答话可以回答一切问题，这倒是闻所未闻。

小 丑 它就像理发匠的椅子一样，什么屁股坐上去都合适；尖屁股，扁屁股，瘦屁股，肥屁股，或是无论什么屁股。

伯爵夫人 那么你的答话对于无论什么问题也都一样合适吗？

小 丑 正像律师手里的讼费、娼妓手里的夜度资、新郎手指上的婚戒、忏悔火曜日①的煎饼、五朔节②的化装跳舞一样合适；也正像钉之于孔、乌龟之于绿头巾、尖嘴姑娘之于泼皮无赖、尼姑嘴唇之于和尚嘴巴，或者说，腊肠之于腊肠皮一样天造地设。

伯爵夫人 你果然有这样一句百发百中的答话吗？

小 丑 上至公卿，下至皂隶，什么问话都可以用这句话回答。

伯爵夫人 那准是个又臭又长的答话，才能应付所有的问题。

小 丑 再简单没有了，真的，有学问的老先生都这么说。一共不过几个字，我来给您演一下。您先问我我是不是个官儿；问啊，这有什么关系呢？

伯爵夫人 好，我就充一会儿傻瓜，也许可以跟你学点儿乖。请问足下是不是在朝廷里得意？

小 丑 啊，岂敢岂敢！——这不是很便当地应付过去了吗？再问下去，再问我一百个问题。

---

① 忏悔火曜日（Shrove Tuesday），基督徒思罪忏悔的节日。圣灰节之前的星期二举行，是日准备开始斋戒，在英国习惯称为"煎饼星期二"。
② 五朔节（May‐day），在五月一日举行的节日。

伯爵夫人 老兄，咱们是老朋友，小弟一向佩服您的。

小　丑 啊，岂敢岂敢！——再来，再来，不要放过我。

伯爵夫人 这肉煮得太不入味，恐怕不合老兄胃口。

小　丑 啊，岂敢岂敢！——再问下去，尽管问下去。

伯爵夫人 听说最近您曾经给人家抽了一顿鞭子。

小　丑 啊，岂敢岂敢！——不要放过我。

伯爵夫人 你在给人家鞭打的时候，也是喊着"岂敢岂敢"，还要叫他们不要放过你吗？可是你在挨一顿鞭子之后，也的确应该喊几声"岂敢岂敢！"只要叫你手脚老实些，你对鞭子准能够应答如流。

小　丑 我的"岂敢岂敢"百试百灵，今天却是第一次倒了霉。看来无论怎样经久耐用的东西，也总有一天失去效用的。

伯爵夫人 我就像是个大手大脚的女管家，对时间不肯精打细算，所以才跟你这傻瓜胡扯了半天。

小　丑 啊，岂敢岂敢！你看，不是又用上了吗？

伯爵夫人 住口吧，蠢货，现在还是谈正事吧。你看见了海伦姑娘，就把这封信交给她，请她立刻答复我；还给我致意问候我的那些亲戚们，也去问问少爷安好。这算不了什么吧？

小　丑 您是说您的问候算不了什么吗？

伯爵夫人 我是说这点事算不了什么。你听懂了吧？

小　丑 哦，恍然大悟。我这就叫腰腿活动起来。

伯爵夫人 你快去吧。（各下）

第三场　巴黎。宫中一室

勃特拉姆、拉佛、帕洛同上。

拉　佛 人家说奇迹已经过去了，我们现在这一辈博学深思的人们，惯把不可思议的事情看做平淡无奇，因此我们把惊骇视同儿戏，当我们应当为一种不知名的恐惧而战栗的时候，我们却用谬妄的知识作为护身符。

帕　洛　可不是吗？这真称得上是对我们这个时代所发生的奇闻的最了不起的论断。

勃特拉姆　正是正是。

拉　佛　当精通医道的人都束手无策了——

帕　洛　是是。

拉　佛　什么伽伦，什么巴拉塞尔萨斯①——

帕　洛　是是。

拉　佛　以及那一大群有学问的专家们——

帕　洛　是是。

拉　佛　他们都断定他无药可治——

帕　洛　对啊，一点不错。

拉　佛　毫无痊愈的希望——

帕　洛　对啊，他正像是——

拉　佛　风中之烛，吉少凶多。

帕　洛　正是，您说得真对。本来我也想这样说的。

拉　佛　像这样的事情，真可以说是不世的奇迹。

帕　洛　正是正是，要是您想知道舆论对这件事的反应，您就可以去看看那篇——叫什么来着？

拉　佛　"上苍借手人力表现出来的灵异。"

帕　洛　对了，那正是我所要说的话。

拉　佛　现在他简直比海豚还壮健；这不是我故意说着不敬

---

①　伽伦（Galen），公元二世纪时希腊名医。巴拉塞尔萨斯（Paracelsus，1493—1541），炼金士，医生；生于瑞士，执业于瑞士德国各地；对于医学的进步贡献甚多。

的话。

帕　洛　总而言之，这真是奇事；只有最顽愚不化的人，才会不承认那是——

拉　佛　上天借手于——

帕　洛　正是正是。

拉　佛　一个最柔弱无能的使者，表现他的伟大超越的力量；感谢上天的眷顾，他不但保佑我们王上恢复健康，一定还会赐更多的幸福给我们。

帕　洛　您说得真对，我也是这个意思。王上来了。

国王、海伦娜及侍从等上。

拉　佛　正像荷兰人爱说的口头语："可喜可庆。"我以后要格外喜欢姑娘们了，趁着我的牙齿还没有完全掉下。瞧，他简直可以拉着她跳舞呢。

帕　洛　嗳哟！这不是海伦吗？

拉　佛　我相信是的。

国　王　去，把朝廷中所有的贵族一起召来。（一侍从下）我的恩人，请你坐在你病人的旁边。我这一只手多亏你使它恢复了知觉，现在它将要给与你我已经允许你的礼物，只等你指点出来。

若干廷臣上。

国　王　好姑娘，用你的眼睛观看，这一群年轻未婚的贵人，我对他们都可以运用君上和严亲的两重权力，把他们中间的任何一人许配给你；你可以随意选择，他们都不能拒绝你。

海伦娜　愿爱神保佑你们每一个人都能得到一位美貌贤淑的爱人！除了你们中间的一个人之外。

拉　佛　啊，我宁愿把我那匹短尾巴的棕色马连同鞍勒一齐送掉，只要我能恢复青春，像这些孩子们一样——嘴里牙齿生得满满的，唇上胡须没多少。

国　王　仔细看看他们，他们谁都有一个高贵的父亲。

海伦娜　各位大人，上天已经假手于我，治愈了王上的疾病。

众　人　是，我们感谢上天差遣您前来。

海伦娜　我是一个简单愚鲁的女子，我可以向人夸耀的，只是我是一个清白的少女。陛下，我已经选好了。我颊上的羞红向我低声耳语："我们为你害羞，因为你竟敢选择你自己的意中人；可是你倘若给人拒绝了，那么让苍白的死亡永远罩在你的颊上吧，我们是永不再来的了。"

国　王　你尽管放心选择吧，谁要是躲避你的爱情，让他永远得不到我的眷宠。

海伦娜　狄安娜女神，现在我要离开你的圣坛，把我的叹息奉献给至高无上的爱神龛下了。大人，您愿意听我的诉请吗？

臣　甲　但有所命，敢不乐从。

海伦娜　谢谢您，大人；我没有什么话要对您说的。

拉　佛　我要是也能站在队里应选，就是叫我拿生命去押宝我也甘心。

海伦娜　（向臣乙）大人，我还没有向您开口，您眼睛里闪耀着的威焰，已经使我自惭形秽、望而却步了。但愿爱神赐给您幸运，使您得到一位胜过我二十倍的美人！

臣　乙　得偶仙姿，已属万幸，岂敢更有奢求？

海伦娜　请您接受我的祝愿，少陪了。

拉　佛　难道他们都拒绝了她吗？要是他们是我的儿子，我一定要把他们每人抽一顿鞭子，或者把他们赏给土耳其人做太监去。

海伦娜　（向臣丙）不要害怕我会选中您，我决不会使您难堪的。上帝祝福您！要是您有一天结婚，希望您娶到一位更好的妻子！

拉　佛　这些孩子们放着这样一个人不要，难道都是冰做成的不成？他们一定是英国人的私生子，咱们法国人决不会这样的。

海伦娜　（向臣丁）您是太年轻、太幸福、太好了，我配不上给您生儿养女。

臣　丁　美人，我不能同意您的话。

拉　佛　还剩下一颗葡萄。你的父亲大概是喝酒的。可是你倘若不是一头驴子，就算我是一个十四岁的小娃娃；我早知道你是个什么人。

海伦娜　（向勃特拉姆）我不敢说我选取了您，可是我愿意把我自己奉献给您，终身为您服役，一切听从您的指导。——这就是我选中的人。

国　王　很好，勃特拉姆，那么你娶了她吧，她是你的妻子。

勃特拉姆　我的妻子，陛下！请陛下原谅，在这一件事情上，我是要凭着自己的眼睛做主的。

国　王　勃特拉姆，你不知道她给我做了什么事吗？

勃特拉姆　我知道，陛下；可是我不知道为什么我必须娶她。

国　王　你知道她把我从病床上救了起来。

勃特拉姆　所以我必须降低身份，和一个下贱的女子结婚吗？我认识她是什么人，她是靠着我家养活长大的。一个穷医生的女儿做我的妻子！我宁可一辈子倒霉！

国　王　你看不起她，不过因为她地位低微，那我可以把她抬高起来。要是把人们的血液倾注在一起，那颜色、重量和热度都难以区别，偏偏在人间的关系上，会划分这样清楚的鸿沟，真是一件怪事。她倘若是一个道德上完善的女子，你不喜欢她，只因为她是一个穷医生的女儿，那么你重视虚名甚于美德，这就错了。穷巷陋室，有德之士居之，可以使蓬荜增辉；世禄之家，不务修善，虽有盛名，亦将隳败。善恶的区别，在于行为的本身，不在于地位的有无。她有天赋的青春、智慧和美貌，这一切的本身即是光荣；最可耻的，却是那些席父祖的余荫、不知绍述先志、一味妄自尊大的人。荣耀应由我们的义举所得，而不是倚恃家门。虚名是一个下贱的奴隶，在每一座墓碑上说着陈腐的谎言，倒是在默默无言的一抔荒土之下，往往埋葬着忠臣义士的骸骨。有什么话好说呢？只要你能因为这女子的本身而爱她，我可以给她其余的一切；她的贤淑美貌是她自己的嫁奁，光荣和财富是我给她的赏赐。

勃特拉姆 我不能爱她，也不想爱她。

国　王 你要是抗不奉命，一定要自讨没趣的。

海伦娜 陛下圣体复原，已经使我欣慰万分；其余的事情，不必谈了。

国　王 这与我的威信有关，为使它不受损害，我必须运用我的权力。来，骄横傲慢的孩子，握着她的手，你才不配接受这一件卓越的赐与呢。你的愚妄狂悖，不但辜负了她的好处，也已经丧失了我的欢心。你以为她和你处在天平的不平衡的两端，却不知道我站在她的一面，便可以把两方的轻重倒转过来；你也没有想到你的升沉荣辱，完全操在我的手中。为了你自己的好处，赶快抑制你的轻蔑，服从我的旨意；我有命令你的权力，你有服从我的天职；否则你将永远得不到我的眷顾，让年轻的愚昧把你拖下了终身蹭蹬的深渊，我的愤恨和憎恶将要用王法的名义降临到你的头上，没有一点怜悯宽恕。快回答我吧。

勃特拉姆　求陛下恕罪，我愿意捐弃个人的爱憎，服从陛下的指示。当我一想起多少恩荣富贵，都可以随着陛下的一言而予夺，我就觉得适才我所认为最卑贱的她，已经受到陛下的宠眷，而和出身贵族的女子同样高贵了。

国　王　搀着她的手，对她说她是你的。我答应给她一份财产，即使不比你原有的财产更富，也一定可以和你的互相匹敌。

勃特拉姆　我愿意娶她为妻。

国　王　幸运和国王的恩宠祝福着你们的结合；你们的婚礼应该尽快简短地完成，时间就定在今晚。至于隆重的婚宴，那么等远道的亲友到来以后再办吧。你既然答应娶她，就该真诚爱她，不可稍有二心。去吧。（国王、勃特拉姆、海伦娜、群臣及侍从等同下）

拉　佛　对不起，朋友，跟你说句话儿。

帕　洛　请问有何见教？

拉　佛　贵主人一见形势不对就改变口气，倒很见机乖巧。

帕　洛　改变口气！贵主人！

拉　佛　啊，难道是我说错了吗？

帕　洛　岂有此理！人家对我这样说话，我可不肯和他甘休的。贵主人！

拉　佛　难道尊驾是罗西昂伯爵的朋友吗？

帕　洛　什么伯爵都是我的朋友，是个男子汉大丈夫我就跟他做朋友。

拉　佛　你只好跟伯爵们的跟班做朋友，伯爵们的主人你是攀不上的。

帕　洛　你年纪太老了，老人家，你年纪太老了，还是少找些是非吧。

拉　佛　混蛋，我是个男子汉大丈夫，你再活上一把年纪去也够不上做个汉子。

　　帕　洛　要不是为了礼节和体统，我准会给你点厉害。

　　拉　佛　原先有一段时候——也就是吃两顿饭的光景，我本来以为你是个有几分聪明的家伙，你的故事也编造得有几分意思，可是一看你的装束，就知道你不是个怎样了不起的人。我现在总算把你看透了，希望你以后少跟我往来。像你这样的家伙，真是俯拾即是，不值得人家理睬。

　　帕　洛　倘不是瞧在你这一把年纪份上——

　　拉　佛　别太动肝火了吧，那会促短你的寿命的；上帝大发慈悲，可怜可怜你这只老母鸡吧！再见，我的好格子窗；我不必打开窗门，因为我早已将你看得雪亮了。来，拉拉手。

　　帕　洛　大人，你给我太难堪的侮辱了。

　　拉　佛　是的，我诚心侮辱你，你可以受之无愧。

　　帕　洛　大人，我没有任何理由该受您的侮辱。

　　拉　佛　哪里的话？你不但该受，而且休想叫我减掉一分半毫。

　　帕　洛　算了，以后我学聪明一点。

　　拉　佛　趁早吧；否则你会尝到愚蠢的滋味。如果有一天别人拿你的肩巾把你捆起来，好生揍你一顿，你就会领略到打扮成这份奴才相还扬扬得意是什么滋味了。我倒想继续和你结交，至少认识你，这样你以后再出丑的时候，我可以说："那家伙我认识。"

　　帕　洛　大人，您这样招惹我，真是忍无可忍。

　　拉　佛　但愿我给你点起来的是地狱的烈火，烧你个没完，正如我年轻时做的一样。所以劳驾您，让我这老骨头活动活动，就此告辞。（下）

　　帕　洛　哼，你还有一个儿子，我一定要向他报复这场耻辱，这卑鄙龌龊的老官儿！我且按下这口气，他们这些有权有势的人不是好惹的。要是我有了下手的机会，不管他是怎么大的官儿，我一定要把他揍一顿，决不因为他有了年纪而饶过他。等我下次碰见他的时候，非把他揍一顿不可！

拉佛重上。

拉　佛　喂，我告诉你一个消息，你的主人结了婚了，你有了一位新主妇啦。

帕　洛　千万请求大人不要欺人太过，他是我的好长官，在我顶上我所服侍的才是我的主人。

拉　佛　谁？上帝吗？

帕　洛　是的。

拉　佛　魔鬼才是你的主人。为什么你要把带子在手臂上绑成这个样子？你把衣袖当作袜管吗？人家的仆人也像你这样吗？你还是把你的鸡巴装在你鼻子的地方吧。要是我再年轻两个时辰，我一定要给你一顿好打；谁见了你都会生气，谁都应该打你一顿；我看上帝造下你来的目的，是为给人家出气用的。

帕　洛　大人，你这样无缘无故破口骂人，未免太不讲理啦。

拉　佛　去你的吧，你在意大利因为从石榴里掏了一颗核，也被人家揍过。你是个无赖浪人，哪里真正游历过，见过世面？不想想你自己的身份，胆敢在贵人面前放肆无礼，对于你这种人真不值得多费唇舌，否则我可要骂你是个混账东西啦。我不跟你多讲话了。（下）

帕　洛　好，很好，咱们瞧着吧。好，很好。现在我暂时不跟你算账。

勃特拉姆重上。

勃特拉姆　完了，我永远倒霉了。

帕　洛　什么事，好人儿？

勃特拉姆　我虽然已经在尊严的牧师面前起过誓，我却不愿跟她同床。

帕　洛　什么，什么，好亲亲？

勃特拉姆　哼，帕洛，他们叫我结了婚啦！我要去参加都斯加战争去，永远不跟她同床。

帕　洛　法兰西是个狗窠，不是堂堂男子立足之处。从军去吧！

勃特拉姆　我母亲有信给我，我还不知道里面说些什么话。

帕　洛　噢，那你看了就知道了。从军去吧，我的孩子！从军去吧！在家里抱抱娇妻，把豪情壮志消磨在温柔乡里，不去驰骋疆场，建功立业，岂不埋没了自己的前途？到别的地方去吧！法兰西是一个马棚，我们住在这里的都是些不中用的驽马。还是从军去吧！

勃特拉姆　我一定这样办。我要叫她回到我的家里去，把我对她的嫌恶告知我的母亲，说明我现在要出走到什么地方去。我还要把我当面不敢出口的话用书面禀明王上；他给我的赏赐，正好供给我到意大利战场上去，和那些勇士们在一起作战，与其闷在黑暗的家里，和一个可厌的妻子终日相对，还不如冲锋陷阵，死也死得痛快一些。

帕　洛　你现在乘着一时之兴，将来会不会反悔？你有这样的决心吗？

勃特拉姆　跟我到我的寓所去，帮我出些主意。我可以马上打发她动身，明天我就上战场，让她守活寡去。

帕　洛　啊，你倒不是放空炮，那好极了。一个结了婚的青年是个泄了气的汉子，勇敢地丢弃了她，去吧。国王真是把你看走了眼。但是，嘘——别再说啦！（同下）

第四场　同前。宫中另一室

海伦娜及小丑上。

海伦娜　我的婆婆慈爱地问候我。她老人家还好吗？

小　丑　不算好，但是还算硬朗；兴致很高，但是不算好。感谢上帝，她身体很好，什么都不缺；但她不算好。

海伦娜　要是她身体很好，那么犯了什么毛病又叫她身体不好了呢？

小　丑　说真的，她身体很好，只有两件事不顺心。

海伦娜　哪两件事？

小　丑　一，她还没升天，愿上帝快些送她去。二，她还在人世，愿上帝叫她快些离开。

帕洛上。

帕　洛　祝福您，幸运的夫人！

海伦娜　但愿如你所说，我能够得到幸运。

帕　洛　我愿意为您祈祷，愿您诸事顺利，永远幸福。啊，好小子！我们那位老太太好吗？

小　丑　要是把她的皱纹给了你，把她的钱给了我，我愿她像你所说的一样。

帕　洛　我没有说什么呀。

小　丑　对了，所以你是个聪明人；因为舌头往往是败事的祸根。不说什么，不做什么，不知道什么，也没有什么，就可以使你受用不了什么。

帕　洛　滚开！你这混蛋。

小　丑　先生，你应该说："气死混蛋的混蛋！"也就是"气死我的混蛋！"那就对了。

帕　洛　滚吧！你这笨蛋就会耍嘴皮，你那一套我早摸透了。

小　丑　你是从自己身上把我摸透的吗，先生，还是别人教你的？你应该好好摸摸，从你身上多摸出几个傻瓜来，可以为世上的人多添笑料，笑口常开。

帕　洛　倒是个不错的傻瓜，脑满肠肥的。夫人，爵爷因为有要事，今晚就要动身出去。他很不愿剥夺您在新婚燕尔之夕应享的权利，可是因为迫不得已，只好缓日向您补叙欢情。良会匪遥，请夫人暂忍目前，等待将来别后重逢的无边欢乐吧。

海伦娜　他还有什么吩咐？

帕　洛　他说您必须立刻向王上辞别，设法找出一个可以使王上相信的理由来，能够动身得越快越好。

海伦娜　此外还有什么命令？

帕　洛　他叫您照此而行，静候后命。

海伦娜　我一切都遵照他的意旨。

帕　洛　好，我就这样回复他。

海伦娜　劳驾你啦。来，小子。（各下）

第五场　同前。另一室

拉佛及勃特拉姆上。

拉　佛　我希望大人不要把这人当作一个军人。

勃特拉姆　不，大人，他的确是一个军人，而且有很勇敢的名声。

拉　佛　这是他自己告诉您的。

勃特拉姆　我还有其他方面的证明。

拉　佛　那么也许是我看错了人，把这只鸿鹄看成了燕雀。

勃特拉姆　我可以向大人保证，他是一个见多识广而且很有胆量的人。

拉　佛　那么我对于他的见识和胆量真是太失敬了，可是我却执迷不悟，因为心里一点不觉得有抱歉的意思。他来了，请您给我们和解和解吧。我一定要进一步和他结交。

帕洛上。

帕　洛　（向勃特拉姆）一切事情都照您的意思办理。

拉　佛　请问，大人，谁是他的裁缝？

帕　洛　大人？

拉　佛　哦，我认识他。不错，"大人"，他手艺不坏，是个顶好的裁缝。

勃特拉姆　（向帕洛）她去见王上了吗？

帕　洛　是的。

勃特拉姆　她今晚就动身吗？

帕　洛　您要她什么时候走她就什么时候走。

勃特拉姆　我已经写好信，把贵重的东西装了箱，叫人把马也备好了；就在洞房花烛的今夜，我要和她一刀两断。

拉　佛　一个好的旅行者讲述他的见闻，可以在宴会上助兴；可是一个尽说谎话、拾掇一两件大家知道的事实遮掩他的一千句废话的人，听见一次就该打他三次。上帝保佑您，队长！

勃特拉姆　这位大人跟你有点儿不和吗？

帕　洛　我不知道我在什么地方得罪了大人。

拉　佛　你是浑身披挂，还带着马刺，硬要往我的怒火里闯；就像杂耍演员往蛋糕里跳一样；可是我要揪住你问个底细，你准会跑得飞快。

勃特拉姆　大人，也许您对他有点儿误会吧。

拉　佛　我永远不想了解他，就是对他的祈祷，我也有些怀疑。再见，大人，相信我吧，这个轻壳果里是找不出核仁来的；这人的灵魂就在他的衣服上。不要信托他重要的事情，这种家伙我豢养过很多，他们的性格我是知道的。再见，先生，我并没有把你说得太难堪，照你这样的人，我应该把你狠狠骂一顿，可是我也犯不着和小人计较了。（下）

　　帕　洛　真是一个混账的官儿。

　　勃特拉姆　我并不以为如此。

　　帕　洛　啊，您还不知道他是个怎么样的人吗？

　　勃特拉姆　不，我跟他很熟悉，大家都说他是个好人。我的绊脚的东西来了。

　　海伦娜上。

　　海伦娜　夫君，我已经遵照您的命令，见过王上，已蒙王上准许即日离京，可是他还要叫您去做一次私人谈话。

　　勃特拉姆　我一定服从他的旨意。海伦，请你不要惊奇我这次行动的突兀，我本不该在现在这样的时间匆匆远行，实在我自己在事先也毫无所知，所以弄得这样手足失措。我必须恳求你立刻动身回家，也不要问我为什么我叫你这样做，虽然看上去好像很奇怪，可是我是在详细考虑过了之后才这样决定的；你不知道我现在将要去做一番什么事情，所以当然不知道它的性质是何等重要。这一封信请你带去给我的母亲。（以信给海伦娜）我在两天之后再来看你，一切由你自己斟酌行事吧。

　　海伦娜　夫君，我没有什么话可以对您说，只是我是您的最恭顺的仆人。

　　勃特拉姆　算了，算了，那些话也不用说了。

　　海伦娜　今后我一定尽力在各方面顺从你，借以弥补我卑微的出身和目前的幸运中间的距离。

　　勃特拉姆　算了吧，我现在匆促得很。再见，回家去吧。

海伦娜　夫君，请您恕我。

勃特拉姆　啊，你还有什么话说？

海伦娜　我不配拥有我所有的财富，我也不敢说它是我的，虽然它是属于我的；我就像是一个胆小的窃贼，虽然法律已经把一份家产判给他，他还是想把它悄悄偷走。

勃特拉姆　你想要些什么？

海伦娜　我的要求是极其微小的，实在也可以说毫无所求。夫君，我不愿告诉您我要些什么。好吧，我还是说吧。陌路之人和仇敌们在分手的时候，是用不到亲吻的。

勃特拉姆　请你不要耽搁，赶快上马吧。

海伦娜　我决不违背您的嘱咐，夫君。

勃特拉姆　（向帕洛）还有那些人呢？（向海伦娜）再见。（海伦娜下）你回家去吧；只要我的手臂能够挥舞刀剑，我的耳朵能够听辨鼓声，我是永不回家的了。去！我们就此登程。

帕　洛　好，放出勇气来！（同下）

第三幕

第一场　弗罗伦萨。公爵府中一室

喇叭奏花腔。公爵率侍从、二法国廷臣及兵士等上。

公　爵　现在你们已经详详细细知道了这次战争的根本原因，无数的血已经为此而流，以后兵连祸结，更不知何日是了。

臣　甲　殿下这次出师，的确是名正言顺，而在敌人方面，也太过于暴虐无道了。

公　爵　所以我很诧异我们的法兰西王兄对于我们这次堂堂正正的义师，竟会拒绝给我们援手。

臣　甲　殿下，国家政令的决定，不是个人好恶所能左右，小臣地位卑微，更不敢妄加臆测，因为既然没有充分的根据，猜度也是枉然。

公　爵　既然贵国这样决定，我们当然也不便强人所难。

臣　乙　可是小臣相信在敝国有许多青年朝士，因为厌于安乐，一定会陆续前来，为贵邦效命的。

公　爵　那我们一定非常欢迎，他们一定将在我们这里享受最隆重的礼遇。两位既然迢迢来此，诚心投效，就请各就部位；

将来有什么优缺，一定首先提拔你们。明天我们就要整队出发了。

（喇叭奏花腔。众下）

第二场　罗西昂。伯爵夫人府中一室

伯爵夫人及小丑上。

伯爵夫人　一切事情都适如我的愿望，唯一的遗憾，是他没有陪着她一起回来。

小　丑　我看我们那位小爵爷心里很有点儿不痛快呢。

伯爵夫人　请问何以见得？

小　丑　他在低头看着靴子的时候也会唱歌；拉正绺领的时候也会唱歌；向人家问话的时候也会唱歌；剔牙齿的时候也会唱歌。我知道有一个人在心里不痛快的时候也有这种脾气，曾经把一座大庄子半卖半送地给了人家呢。

伯爵夫人　（拆信）让我看看他信里写些什么，几时可以回来。

小　丑　我自从到了京城以后，对于伊丝贝尔的这颗心就冷了起来。咱们乡下的咸鱼没有京城里的咸鱼好，咱们乡下的姑娘也比不上京城里的姑娘俏。我的丘比特已经被淘汰出局，恋爱之于我，正像老年人把钱财看做身外之物一样，没什么胃口。

伯爵夫人　啊，这是什么话？

小　丑　您自己看是什么话吧。（下）

伯爵夫人　（读信）"儿已遣新妇回家，渠即为国王疗疾之人，而令儿终天抱恨也。儿虽被迫完婚，未尝与共枕席；有生之日，誓不与之同处。儿今已亡命出奔，度此信到后不久，消息亦必将达于吾母耳中矣。从此远离乡土，永作他乡之客，幸母勿以儿为念。不幸儿勃特拉姆上。"岂有此理,这个鲁莽倔强的孩子,这样一个帝王也不敢轻视的贤惠的妻子还不中他的意,竟敢拒绝王上的深恩,不怕激起他的嗔怒,真太不成话了!

小丑重上。

小　丑　啊,夫人!那边有两个将官护送着少夫人,带着不好的消息来了。

伯爵夫人　什么事?

小　丑　不,还好,还好,少爷还不会马上就送命。

伯爵夫人　他为什么要送命?

小　丑　我也这样说哪,夫人——我听说他逃了,那就不会送命了;只有呆着不走才是危险的;许多男人都是那样丢了性命,虽然也弄出不少孩子来。他们来了,让他们告诉您吧;我只听见说少爷逃走了。(下)

海伦娜及二臣上。

臣　甲　您好,夫人。

海伦娜　妈,我的主去了,一去不回了!

臣　乙　别那么说。

伯爵夫人　你耐着点儿吧。对不起,两位,我已经尝惯人世的悲欢苦乐;因此不论什么突如其来的事变,都不会使我哭哭啼啼。请问两位,我的儿子呢?

臣　乙　夫人,他去帮助弗罗伦萨公爵作战去了,我们碰见他往那边去的。我们刚从弗罗伦萨来,在朝廷里办好了一些差事,仍旧要回去的。

海伦娜　妈,请您瞧瞧这封信,这就是他给我的凭证:"汝倘能得余永不离手之指环,且能腹孕一子,确为余之骨肉者,始可称余为夫;然余可断言永无此一日也。"这是一个可怕的判决!

伯爵夫人　这封信是他请你们两位带来的吗?

臣　甲　是的，夫人；我们很抱歉它使你们看了不高兴。

伯爵夫人　媳妇，你不要太难过了；要是你把一切的伤心都归在你一个人身上，那么你就把我应当分担的一部分也夺去了。他虽然是我的儿子，我从此和他断绝母子的情分，你是我的唯一的孩子了。他是到弗罗伦萨去的吗？

臣　乙　是的，夫人。

伯爵夫人　是从军去吗？

臣　乙　这是他的英勇的志愿；相信我吧，公爵一定会依照他的身份对他十分看重的。

伯爵夫人　二位还要回到那里去吗？

臣　甲　是的，夫人，我们要尽快赶回去。

海伦娜　"余一日有妻在法兰西，法兰西即一日无足以令余眷恋之物。"好狠心的话！

伯爵夫人　这些话也是在那信里的吗？

海伦娜　是的，妈。

臣　甲　这不过是他一时信笔写下去的话，并不是真有这样的心思。

伯爵夫人　"一日有妻在法兰西，法兰西即一日无足以令余眷恋之物！"法兰西没有什么东西比你的妻子更被你所辱没了；她是应该嫁给一位堂堂贵人，让二十个像你这样无礼的孩子供她驱使，在她面前太太长、太太短地小心侍候。谁和他在一起？

臣　甲　他只有一个跟班，那个人我也跟他有一点认识。

伯爵夫人　是帕洛吗？

臣　甲　是的，夫人，正是他。

伯爵夫人　那是一个名誉扫地的坏东西。我的儿子受了他的引诱，把他高贵的天性都染坏了。

臣　甲　是啊，夫人，他确是依靠花言巧语的诱惑，才取得了公子的欢心。

伯爵夫人　两位远道来此，恕我招待不周。要是你们看见小儿，还要请你们为我向他寄语，他的剑是永远赎不回他所已经失去的荣誉的。我还有一封信，写了要托两位带去。

臣　乙　夫人但有所命，鄙人等敢不效劳。

伯爵夫人　两位太言重了。里边请坐吧。（夫人及二臣下）

海伦娜　"余一日有妻在法兰西，法兰西即一日无足以令余眷恋之物。"法兰西没有可以使他眷恋的东西，除非他在法兰西没有妻子！罗西昂伯爵，你将在法兰西没有妻子，那时你就可以重新得到你所眷恋的一切了。可怜的人！难道是我把你逐出祖国，让你那娇生惯养的身体去当受无情的战火吗？难道是我害你远离风流逸乐的宫廷，使你再也感受不到含情美目对你投射的箭镞，却变成冒烟的枪炮的鹄的吗？乘着火力在天空中横飞的弹丸呀，愿你们能够落空；让空气中充满着你们穿过气流而发出的歌声吧，但不要接触到我的丈夫的身体！谁要是射中了他，我就是主使暴徒行凶的祸首；谁要是向他奋不顾身的胸前挥动兵刃的，我就是陷他于死地的巨恶；虽然我不曾亲手把他杀死，他却是由我而死。我宁愿让我的身体去膏饿狮的馋吻，我宁愿世间所有的惨痛集于我的一身。不，回来吧，罗西昂伯爵！不要冒着丧失一切的危险，去换来一个光荣的创疤，我会离此而去的。既然你的不愿回来，只是因为我在这里的缘故，难道我会继续留在这里吗？不，不，即使这屋子里播满着天堂的香味，即使这里是天使们遨游的乐境，我也不能作一日之留。我一去之后，我的出走的消息也许会传到你的耳中，使你得到安慰。快来吧，黑夜；快快结束吧，白昼！因为我这可怜的贼子，要趁着黑暗悄悄溜走。（下）

第三场　弗罗伦萨。公爵府前

喇叭奏花腔。公爵、勃特拉姆、帕洛及兵士等上；鼓角声。

公　爵　我们的马队归你全权统率，但愿你马到功成，不要有负我的厚望和重托。

勃特拉姆　多蒙殿下以这样重大的责任相加，只恐小臣能力微薄，难于胜任，惟有誓竭忠忱，为殿下尽瘁，任何危险，在所不辞。

公　爵　那么你就向前猛进吧，但愿命运照顾着你，做你的幸运的情人！

勃特拉姆　从今天起，伟大的战神，我投身在你的麾下，帮助我使我像我的思想一样刚强，使我只爱听你的鼓声，厌恶那儿女的柔情。（同下）

第四场　罗西昂。伯爵夫人府中一室

伯爵夫人及管家上。

伯爵夫人　唉！你就这样接下了她的信吗？我不知道她留给我一封书信，就是表示要不别而行吗？再念一遍给我听。

管　家　（读）

　　　　为爱忘畛域，致触彼苍怒，
　　　　赤足礼圣真，忏悔从头误。
　　　　沙场有游子，日与死为伍，
　　　　莫以薄命故，甘受锋镝苦。
　　　　还君自由身，弃捐勿复道！
　　　　慈母在高堂，归期须及早。

为君炷瓣香,祝君永康好,

挥泪乞君恕,离别以终老。

伯爵夫人 啊,在她的最温婉的字句里,是藏着多么尖锐的刺!里那多,你也不仔细问一声就让她这样去了,真是糊涂透顶了。我要是能够当面用话劝劝她,也许可以使她打消原来的计划,现在可来不及了。

管　家 小的真是该死,要是把这封信昨夜就送给夫人,也许还可以把她追回来,现在就是去追也是白追的了。

伯爵夫人 哪一个天使愿意祝福这个无情无义的丈夫呢?像他这样的人,是终身不会发达的,除非因为上苍喜欢听她的祷告,乐意答应她的祈愿,才会赦免他那弥天的大罪。里那多,赶快替我写信给这位好妻子的坏丈夫,每一字每一句都要证明她的贤德,来反衬出他自己的薄情;我心里的忧虑悲哀,虽然他一点不曾感觉到,你也要给我切切实实地写在信上。尽快把这封信寄出去,也许他听见了她已经出走,就会回到家里来;我还希望她知道他已经回来,纯洁的爱情也会领导她重新回来。我分辨不出他们两个人之中,谁是我所最疼爱的。快去把送信人找来。我的心因忧伤而沉重,年龄使我变成这样软弱,我不知道应该流泪呢,还是向人诉述我的悲哀。(同下)

第五场　弗罗伦萨城外

远处号角声。弗罗伦萨一寡妇、狄安娜、薇奥兰塔、玛利安娜及其他市民上。

寡　妇 快来吧,要是他们到了城门口,咱们就瞧不见啦。

狄安娜 他们说那个法国伯爵立了很大的功劳。

寡　妇 听说他捉住了他们的主将,还亲手杀死他们公爵的兄弟。倒霉！咱们白赶了一趟，他们往另外一条路上去了；听！他们的喇叭声越来越远啦。

玛利安娜 来，咱们回去吧，看不见就听人家说说也好。喂，狄安娜，你留心这个法国伯爵吧；贞操是处女唯一的光荣，名节是妇人最大的遗产。

寡　妇 我已经告诉我的邻居你是如何地被他的一个同伴勾搭上了。

玛利安娜 我认识那个坏蛋死东西！他的名字就叫帕洛，是个卑鄙龌龊的军官，那个年轻伯爵就是给他诱坏的。留心着他们吧，狄安娜！他们的许愿、引诱、盟誓、礼物以及这一类煽动情欲的东西，都是害人的圈套，不少的姑娘们都已经上过他们的当了；最可怜的是，这种身败名裂的可怕的前车之鉴，却不曾使后来的人知道警戒，仍旧一个个如蚁附膻，至死不悟，可真令人叹息。我希望我不必给你更多的劝告，但愿你自己能够拿定主意，即使除去失掉贞操之外，别无任何其他危险。

狄安娜 你放心吧，我不会上人家当的。

寡　妇 但愿如此。瞧，一个进香的人来了；我知道她会住在我的客店里的，来来往往的进香人都向朋友介绍我的客店。让我去问她一声。

海伦娜作进香人装束上。

寡　妇 上帝保佑您，进香人！您要到哪儿去？

海伦娜 到圣约克·勒·格朗。请问您，朝拜圣地的人都是在什么地方住宿的？

寡　妇 在圣法兰西斯，就在这港口的近旁。

海伦娜 是不是打这条路过去的？

寡　妇 正是，一点不错。你听！（远处军队行进声）他们往这儿来了。进香客人，您要是在这儿等一下，等军队过去以后，我就可以领您到下榻的地方去。特别是因为我认识那家客店的女主人，正像认识我自己一样。

海伦娜　原来大娘就是店主太太吗？

寡　妇　岂敢岂敢。

海伦娜　多谢您的好意，那么有劳您啦。

寡　妇　我看您是从法国来的吧？

海伦娜　是的。

寡　妇　您可以在这儿碰见一个同国之人，他曾经在弗罗伦萨立下很大的功劳。

海伦娜　请教他姓甚名谁？

寡　妇　他就是罗西昂伯爵。您认识这样一个人吗？

海伦娜　但闻其名，不识其面，他的名誉很好。

狄安娜　不管他是一个何等样人，他在这里是很出风头的。据说他从法国出亡来此，因为国王强迫他跟一个他所不喜欢的女人结婚。您想会有这回事吗？

海伦娜　是的，真有这回事；他的夫人我也认识。

狄安娜　有一个跟随这位伯爵的人，对她的评价不是顶好。

海伦娜　他叫什么名字？

狄安娜　他叫帕洛。

海伦娜　啊！我完全同意他的意见，若论声誉和身价，和那位伯爵那样的大人物比较起来，她的名字的确是不值得挂齿的。她唯一的好处，只有她的贞静、缄默，我还不曾听见人家在这方面讥议过她。

狄安娜　唉，可怜的女人！做一个失爱于夫主的妻子，真够受罪了。

寡　妇　是啦；好人儿，她无论在什么地方，她的心永远是载满了凄凉的。这小妮子要是愿意，也可以做一件对她不起的事呢。

海伦娜 您这句话是什么意思？是不是这个好色的伯爵想要勾引她？

寡　妇 他确有这个意思，曾经用尽各种手段想要破坏她的贞操，可是她对他戒备森严，绝不让他稍有下手的机会。

玛利安娜 神明保佑她守身如玉！

弗罗伦萨兵士一队上，旗鼓前导，勃特拉姆及帕洛亦列队中。

寡　妇 瞧，现在他们来了。那个是安东尼奥，公爵的长子；那个是埃斯卡勒斯。

海伦娜 那法国人呢？

狄安娜 他：那个帽子上插着羽毛的，他是一个很有气派的家伙。我希望他爱他的妻子；他要是老实一点，就会显得更漂亮了。他不是一个很俊的男人吗？

海伦娜 我很喜欢他。

狄安娜 可惜他太不老实。那一个就是诱他为非作恶的坏家伙；倘若我是他的妻子，我一定要用毒药毒死那个混账东西。

海伦娜 哪一个是他？

狄安娜 就是披着肩巾的那个鬼家伙。他为什么好像闷闷不乐似的？

海伦娜 也许他在战场上受了伤了。

帕　洛 把我们的鼓也丢了！哼！

玛利安娜 他好像有些心事。瞧，他看见我们啦。

寡　妇 嘿，死东西！

玛利安娜 谁希罕你那些鬼殷勤儿！（勃特拉姆、帕洛、军官及兵士等下）

寡　妇 军队已经过去了。来，进香客人，让我领您到下宿的地方去。咱们店里已经住下了四五个修行人,他们都是去朝拜伟大的圣约克的。

海伦娜　多谢多谢。今晚我还想做个东道,请这位嫂子和这位好姑娘陪我们一起吃饭;为了进一步答报你,我还要给这位小姐讲一些值得她听取的道理。

玛利安娜、狄安娜　谢谢您,我们一定奉陪。(同下)

第六场　弗罗伦萨城前营帐

勃特拉姆及二臣上。

臣　甲　不,我的好爵爷,让我们试他一试,看他怎么样。

臣　乙　您要是发现他不是个卑鄙小人,请您从此别相信我。

臣　甲　凭着我的生命起誓,他是一个骗子。

勃特拉姆　你们以为我一直受了他的骗吗?

臣　甲　相信我,爵爷,我一点没有恶意;照我所知道的,就算他是我的亲戚,我也得说他是一个天字第一号的懦夫,一个到处造谣言说谎话的骗子,每小时都在做着背信爽约的事,在他身上没有一点可取之处。

臣　乙　您应该明白他是怎样一个人,否则要是您太相信他,有一天他会在一件关系重大的事情上连累了您的。

勃特拉姆　我希望我知道用怎样的方法去试验他。

臣　乙　最好就是叫他去把那面失去的鼓夺回来,您已经听见他自告奋勇过了。

臣　甲　我就带着一队弗罗伦萨兵士,专挑那些他会误认作敌军的人在半路上突然拦截他;我们把他捉住捆牢,蒙住他的眼睛,把他兜几个圈子,然后带他回到自己的营里,让他相信他已经在敌人的阵地里了。您可以看我们怎样审问他，要是他并不贪生怕死，出卖友人，把他所知道的我们这里的事情指天誓日地一古脑儿招出来，那么请您以后再不要相信我的话好了。

　　臣　乙　啊！叫他去夺回他的鼓来，好让我们解解闷儿；他说他已经有了一个妙计，可以去把它夺回来。您要是看见了他怎样完成他的任务，看看他这块废铜烂铁究竟可以熔成什么材料，那时你倘不揍他一顿拳头，我才不信呢。他来啦。

　　臣　甲　啊！这是个绝妙的玩笑，让我们不要阻挡他的壮志，让他去把他的鼓夺回来。

　　帕洛上。

　　勃特拉姆　啊，队长！你还在念念不忘这面鼓吗？

　　臣　乙　妈的！这算什么，左右不过是一面鼓罢了。

　　帕　洛　不过是一面鼓！怎么叫不过是一面鼓？难道这样丢了就算了？真是高明的指挥——叫我们的马队冲向我们自己的两翼，把我们自己的步兵截断了。

　　臣　乙　那可不能怪谁的不是啊；这种挫折本来是战争中所不免的，就是凯撒做了大将，也是没有办法的。

　　勃特拉姆　毕竟我们这回是打了胜仗的。丢了鼓虽然有点失面子，已经丢了没有法子夺回来，也就算了。

　　帕　洛　它是可以夺回来的。

　　勃特拉姆　也许可以，可是现在已经没法想了。

　　帕　洛　没法想也得夺它回来。倘不是因为论功行赏往往总是给滥竽充数的人占了便宜去，我一定要去拼死夺回那面鼓来。

　　勃特拉姆　很好，队长，你要是真有这样胆量，你要是以为你的神出鬼没的战略，可以把这三军光荣所系的东西重新夺回来，那么请你尽量发挥你的雄才，试一试你的本领吧。要是你能够成功，我可以给你在公爵面前特别赞许你，他不但会大大地褒奖你，而且一定会重重赏你的。

　　帕　洛　我愿意举着这一只军人的手郑重起誓，我一定要干它一下。

　　勃特拉姆　好，现在你可不能含含糊糊赖过去了。

　　帕　洛　我今晚就去；现在我马上就把一切步骤拟定下来，鼓起必胜的信念，打起视死如归的决心，等到半夜时候，你们等候我的消息吧。

　　勃特拉姆　我可不可以现在就去把你的决心告诉公爵殿下？

　　帕　洛　我不知道此去成败如何，可是大丈夫说做就做，决无反悔。

　　勃特拉姆　我知道你是个勇敢的人，凭着你的过人的智勇，一定会成功的。再会。

　　帕　洛　我不喜欢多说废话。（下）

　　臣　甲　你要是不喜欢多说废话，那么鱼儿也不会喜欢水了。爵爷，您看他自己明明知道这件事情办不到，偏偏会那样大言不惭地好像看得那样有把握；虽然夸下了口，却又硬不起头皮来，真是个莫名其妙的家伙！

　　臣　乙　爵爷，您没有我们知道他那样详细；他凭着那副溜须拍马的功夫，果然很会讨人喜欢，让人一时之间不会看破他的真相，可是等你知道了他真正的为人以后，你就永远不会再相信他了。

　　勃特拉姆　难道你们以为他这样郑重其事地一口答应下来，竟会是空口说说的吗？

　　臣　甲　他绝对不会认真去做的；他在什么地方溜了一趟，回来编一个谎，造两三个谣言，就算完事了。可是我们已经布下陷阱，今晚一定要叫他出丑。像他这样的人，的确是不值得您去抬举的。

臣　乙　我们在把这狐狸关进笼子以前，还要先把他戏弄一番。拉佛老大人早就知道他不是个好人了。等他原形毕露以后，请您瞧瞧他是个什么东西吧；今天晚上您就知道了。

臣　甲　我要去看看我布下的陷阱，今晚一定要捉住他。

勃特拉姆　我要请你这位兄弟陪我走走。

臣　甲　悉随爵爷尊便，失陪了。（下）

勃特拉姆　现在我要把你带到我跟你说起的那家人家去，让你见见那位姑娘。

臣　乙　可是您说她是很规矩的。

勃特拉姆　就是这一点讨厌。我只跟她说过一次话，她对我冷冰冰的一点笑容都没有。我曾经叫帕洛那混蛋替我送给她许多礼物和情书，她都完全退还了，把我弄得毫无办法。她是个很标致的人儿。你愿意去见见她吗？

臣　乙　愿意，愿意。（同下）

第七场　弗罗伦萨。寡妇家中一室

海伦娜及寡妇上。

海伦娜　您要是不相信我就是她，我不知道怎样才可以向您证明，我的计划也就没有法子可以实行了。

寡　妇　我虽然已经家道中落，可是我也是好人家出身，这一类事情从来不曾干过；我不愿现在因为做了不干不净的勾当，而玷污了我的名誉。

海伦娜　如果是不名誉的事，我也决不希望您去做。第一，我要请您相信我，这个伯爵的确就是我的丈夫，我刚才对您说过的话，没有半个字虚假；所以您要是答应帮助我，决不会有错的。

寡　妇　我应当相信您，因为您已经向我证明您的确是一位名门贵妇。

海伦娜　这一袋金子请您收了，略为表示我一点感谢您好心帮助我的意思，等到事情成功以后，我还要重重谢您。伯爵看中令嫒的姿色，想要用淫邪的手段来诱惑她；让她答应了他的要求吧，我们可以指导她用怎样的方式诱他入彀；他在热情的煽动下，一定会答应她的任何条件。他的手指上佩着一个指环，是他四五代以前祖先的遗物，世世相传下来的，他把它看得非常宝贵；可是令嫒要是向他讨这指环，他为了满足他的欲念起见，也许会不顾日后的懊悔，毫无吝啬地送给她的。

寡　妇　现在我明白您的用意了。

海伦娜　那么您也知道这一件事情是合法的了。只要令嫒在假装愿意之前，先向他讨下这指环，然后约他一个时间相会，事情就完了；到了那时间，我会顶替她赴约，她自己还是白璧无瑕，不会受他的污辱。事成之后，我愿意在她已有的嫁奁上，再送她三千克朗，答谢她的辛劳。

寡　妇　我已经答应您了，可是您还得先去教我的女儿用怎样一种不即不离的态度，使这场合法的骗局不露破绽。他每夜都到这里来，弹唱着各种乐曲歌颂她的庸姿陋质；我们也没有法子把他赶走，他就像攸关生死一样不肯离开。

海伦娜　那么好，我们就在今夜试一试我们的计策吧；要是能够干得成功，那就是以罪恶的手段，行正义之事，然而其实都是正当的，没有丝毫罪行。我们就这样进行起来吧。（同下）

第四幕

第一场　弗罗伦萨军营外

臣甲率埋伏兵士五六人上。

臣　　甲　他一定会打这篱笆角上经过。你们向他冲上去的时候，大家都要齐声乱嚷，讲着一些希奇古怪的话，即使说得自己都听不懂也没有什么关系；我们都要假装听不懂他的话，只有一个人听得懂，我们就叫那个人出来做翻译。

兵士甲　队长，让我做翻译吧。

臣　　甲　你跟他不熟悉吗？他听不出你的声音来吗？

兵士甲　不，队长，我可以向您担保他听不出我的声音。

臣　　甲　那么你向我们讲些什么南腔北调呢？

兵士甲　就跟你们向我说的那些话一样。

臣　　甲　我们必须使他相信我们是敌人军队中的一队客籍军。他对于邻近各国的方言都懂得一些，所以我们必须每个人随口瞎嚷一些大家听不懂的话儿；好在大家都知道我们的目的是什么，因此可以彼此心照不宣，假装懂得就是了；尽管像老鸦叫似的，咭哩咕噜一阵子，越糊涂越好。至于你做翻译的，必须表示出一副机警调皮的样子来。啊，快快埋伏起来！他来了，他一定是到这里来睡上两点钟，然后回去编造一些谎话哄人。

帕洛上。

帕　洛　十点钟了；再过三点钟便可以回去。我应当说我做了些什么事情呢？这谎话一定要编造得十分巧妙，才会叫他们相信。他们已经有点疑心我，倒霉的事情近来接二连三地落到我的头上来。我觉得我这一条舌头太胆大了，我那颗心却又太胆小了，看见战神老爷和他的那些喽啰们的影子，就会战战兢兢，话是说得出来，一动手就吓软了。

臣　甲　（旁白）这是你第一次说的老实话。

帕　洛　我明明知道丢了的鼓夺不回来，我也明明知道我一点没有去夺回那面鼓来的意思，什么鬼附在我身上，叫我夸下这个海口？我必须在我身上割破几个地方，好对他们说这是力战敌人所留的伤痕；可是轻微的伤口不会叫他们相信，他们一定要说，"你这样容易就脱身出来了吗？"重一点呢，又怕痛了皮肉。这怎么办呢？闯祸的舌头呀，你要是再这样胡言乱语地害我，我可要割下你来，放在老婆子的嘴里，这辈子宁愿做个哑巴了。

臣　甲　（旁白）他居然也会有自知之明吗？

帕　洛　我想要是我把衣服撕破了，或是把我那柄西班牙剑敲断了，也许可以叫他们相信。

臣　甲　（旁白）没有那么便宜的事。

帕　洛　或者把我的胡须割去了，说那是一个计策。

臣　甲　（旁白）这不行。

帕　洛　或者把我的衣服丢在水里，说是给敌人剥去了。

臣　甲　（旁白）也不行。

帕　洛　我可以赌咒说我从城头上跳下来，那个城墙足有——

臣　甲　（旁白）多高？

帕　洛　三十丈。

臣　甲　（旁白）你赌下三个重咒人家也不会信你。

帕　洛　可是顶好我能够拾到一面敌人弃下来的鼓，那么我就可以赌咒说那是我从敌人手里夺回来的了。

臣　甲　（旁白）别忙，你就可以听见敌人的鼓声了。

帕　洛　嗳哟，真的是敌人的鼓声！（内喧嚷声）

臣　甲　色洛加摩伏塞斯，卡哥，卡哥，卡哥。

众　人　卡哥，卡哥，维利安达拍考薄，卡哥。（众擒帕洛，以巾掩其目）

帕　洛　啊！救命！救命！不要遮住我的眼睛。

兵士甲　波斯哥斯，色洛末尔陀，波斯哥斯。

帕　洛　我知道你们是一队莫斯科兵；我不会讲你们的话，这回真的要送命了。要是列位中间有人懂得德国话、丹麦话、荷兰话、意大利话或者法国话的，请他跟我说话，我可以告诉他弗罗伦萨军队中的秘密。

兵士甲　波斯哥斯，伏伐陀。我懂得你的话，会讲你的话。克累利旁托。朋友，你不能说谎，小心点吧，十七把刀儿指着你的胸口呢。

帕　洛　嗳哟！

兵士甲　嗳哟！跪下来祷告吧。曼加，累凡尼亚，都尔契。

臣　甲　奥斯考皮都尔却斯，伏利伏科。

兵士甲　将军答应暂时不杀你；现在我们要让你这样蒙着眼睛，带你回去盘问，也许你可以告诉我们一些军事上的秘密，赎回你的狗命。

帕　洛　啊，放我活命吧！我可以告诉你们我们营里的一切秘密：一共有多少人马，他们的作战方略，还有许多可以叫你们吃惊的事情。

兵士乙　可是你不会说谎话吧？

帕　洛　要是我说了半句谎话，死后不得超生。

兵士甲　阿考陀，林他。来，饶你多活几个钟点。（率若干兵士押帕洛下，内起喧嚷声片刻）

臣　甲　去告诉罗西昂伯爵和我的兄弟，说我们已经把那只野鸟捉住了，他的眼睛给我们蒙着，请他们决定如何处置。

兵士乙　是，队长。

臣　甲　你再告诉他们，他将要在我们面前泄漏我们的秘密。

兵士乙　是，队长。

臣　甲　现在我先把他好好地关起来再说。（同下）

第二场　弗罗伦萨。寡妇家中一室

勃特拉姆及狄安娜上。

勃特拉姆　他们告诉我你的名字是芳提贝尔。

狄安娜　不，爵爷，我叫狄安娜。

勃特拉姆　果然你比月中的仙子还要美上几分！可是美人，难道你外表这样秀美，你的心里竟不让爱情有一席地位吗？要是青春的炽烈的火焰不曾燃烧着你的灵魂，那么你不是女郎，简直是一座石像了。你倘若是一个有生命的活人，就不该这样冷酷无情。你现在应该学学你母亲开始怀孕着你的时候那种榜样才对啊。

狄安娜　她是个贞洁的妇人。

勃特拉姆　你也是。

狄安娜　不，我的母亲不过尽她应尽的名分，正像您对您夫人也有应尽的名分一样。

勃特拉姆　别说那一套了！请不要再为难我了吧。我跟她结婚完全出于被迫，可是我爱你却是因为我自己心里的爱情在鞭策着我。我愿意永远供你驱使。

狄安娜　对啦，在我们没有愿意供你们驱使之前，你们是愿意供我们驱使的；可是一等到你们把我们枝上的蔷薇采去以后，你们就把棘刺留着刺痛我们，反倒来嘲笑我们的枝残叶老。

勃特拉姆　我不是向你发过无数次誓了吗？

狄安娜　许多誓不一定可以表示真诚，真心的誓只要一个就够了。我们在发誓的时候，哪一回不是指天誓日，以最高的事物为见证？请问要是我实在一点不爱你，我却指着上帝的名字起誓，说我深深地爱着你，这样的誓是不是可以相信的呢？口口声声说敬爱上帝，用他的名义起誓，干的却是违反他意旨的事，这太说不通了。所以你那些誓言都是空话，等于没有打印信的契约——至少我认为如此。

勃特拉姆　不要这样想。不要这样神圣而残酷。恋爱是神圣的，我的纯洁的心，也从来不懂得你所指斥男子们的那种奸诈。不要再这样冷淡我，请你快来安慰安慰我的饥渴吧。你只要说一声你是我的，我一定会始终如一地永远爱着你。

狄安娜　男人们都是用这种手段诱我们失身的。把那个指环给我。

勃特拉姆　好人，我可以把它借给你，可是我不能给你。

狄安娜　您不愿意吗，爵爷？

勃特拉姆　这是我家世世相传的荣誉，如果我把它丢了，那是莫大的不幸。

狄安娜　我的名誉也就像这指环一样；我的贞操也是我家世世相传的宝物，如果我把它丢了，那是莫大的不幸。我正可借用您的说法,拿"荣誉"这个词来抗拒您的无益的试探。

勃特拉姆　好,你就把我的指环拿去吧;我的家、我的名誉甚至于我的生命,都是属于你的,我愿意一切听从你。

狄安娜　今宵半夜时分,你来敲我卧室的窗,我可以预先设法调开我的母亲。可是你必须依从我一个条件,当你征服了我的童贞之身以后,你不能耽搁一小时以上,也不要对我说一句话。为什么要这样是有很充分的理由的,等这指环还给你的时候,你就可以知道。今夜我还要把另一个指环套在你的手指上,留作日后的信物。晚上再见吧,可不要失约啊。你已经赢得了一个妻子,我的终身却也许从此毁了。

勃特拉姆　我得到了你,就像是踏进了地上的天堂。(下)

狄安娜　有一天你会感谢上天,幸亏遇见了我。我的母亲告诉我他会怎样向我求爱,她就像住在他心里一样说得一点不错;她说,男人们所发的誓,都是千篇一律的。他发誓说等他妻子死了,就跟我结婚;我宁死也不愿跟他同床共枕。这种法国人这样靠不住,与其嫁给他,还不如终身做个处女好。他想用欺骗手段诱惑我,我现在也用欺骗手段报答他,想来总不能算是罪恶吧。(下)

第三场　弗罗伦萨军营

二臣及兵士二三人上。

臣甲　你还没有把他母亲的信交给他吗?

臣乙　我已经在一小时前给了他;信里好像有些什么话激发了他的天良,因为他读了信以后,就好像变了一个人似的。

臣甲　他抛弃了这样一位温柔贤淑的妻子,真不应该。

臣乙　他更不应该拂逆王上的旨意,王上不是为了他的幸福作出格外的恩赐吗？我可以告诉你一件事情，可是你不能讲给别人听。

臣甲　你告诉了我以后，我就把它埋葬在自己的心里，决不再向别人说起。

臣乙　他已经在这里弗罗伦萨勾搭上了一个良家少女，她的贞洁本来是很出名的；今夜他就要逞他的淫欲去破坏她的贞操，他已经把他那颗宝贵的指环送给她了，还认为自己这桩见不得人的勾当十分划算。

臣甲　上帝饶恕我们！我们这些人类真不是东西！

臣乙　人不过是他自己的叛徒；正像一切叛逆的行为一样，我们眼看着罪恶达到它们的目的。他干这种事实际会损害他自己高贵的身份，但是他虽然自食其果，却不以为意。

臣甲　我们对自己龌龊的打算竟然这样吹嘘，真是罪该万死。那么今夜他不能来了吗？

臣乙　他的时间表已经排好，一定要在半夜之后方才回来。

臣甲　那么再等一会儿他也该来了。我很希望他能够亲眼看见他那个同伴的本来面目，让他明白明白他自己的判断有没有错误，他是很看重这个骗子的。

臣乙　我们还是等他来了再处置那个人吧，这样才好叫他无所遁形。

臣甲　现在还是谈谈战事吧，你近来听到什么消息没有？

臣乙　我听说两方面已经在进行和议了。

臣甲　不，我可以确实告诉你，和议已经成立了。

臣乙　那么罗西昂伯爵还有些什么事好做呢？他是再到别处去旅行呢，还是打算回法国去？

臣甲　你这样问我，大概他还没有把你当作一个心腹朋友

313

看待。

臣乙　但愿如此，否则他干的事我也要脱不了干系了。

臣甲　告诉你吧，他的妻子在两个月以前已经从他家里出走，说是要去参礼圣约克·勒·格朗；把参礼按照最严格的仪式执行完毕以后，她就在那地方住下，因为她的多愁善感的天性经不起悲哀的袭击，所以一病不起，终于叹了最后一口气，现在是在天上唱歌了。

臣乙　这消息也许不确吧？

臣甲　她在临死以前的一切经过，都有她亲笔的信可以证明；至于她的死讯，当然她自己无法通知，但是那也已经由当地的牧师完全证实了。

臣乙　这消息伯爵也完全知道了吗？

臣甲　是的，他已经知道了详详细细的一切。

臣乙　他听见这消息，一定很高兴，想起来真是可叹。

臣甲　我们有时往往会把我们的损失当作莫大的幸事！

臣乙　有时我们却因为幸运而哀伤流泪！他在这里凭着他的勇敢，虽然获得了极大的光荣，可是他回家以后将遭遇的耻辱，也一定是同样大的。

臣甲　人生就像是一匹用善恶的丝线交错织成的布；我们的善行必须受我们的过失的鞭挞，才不会过分趾高气扬；我们的罪恶又有赖我们的善行把它们掩盖，才不会完全绝望。

一仆人上。

臣甲　啊，你的主人呢？

仆人　他在路上遇见公爵，已经向他辞了行，明天早晨他就要回法国去了。公爵已经给他写好了推荐信，向王上竭力称道他的才干。

臣乙　为他说几句即使是溢美的好话，倒也是不可少的。

臣　甲　怎样好听恐怕也不能平复国王的怒气。他来了。

勃特拉姆上。

臣　甲　啊，爵爷！已经过了午夜了吗？

勃特拉姆　我今晚已经干好了十六件每一件需要一个月时间才办得了的事情。且听我一一道来：我已经向公爵辞行，跟他身边最亲近的人告别，安葬了一个妻子，为她办好了丧事，写信通知我的母亲我就要回家了，并且雇好了护送我回去的卫队；除了这些重要的事情以外，还干好了许多小事情；只有一件最重要的事情还不曾办妥。

臣　乙　要是这件事情有点棘手，您又一早就要动身，那么现在您该把它赶快办好才是。

勃特拉姆　我想把它不了了之，以后也希望不再听见人家提起它了。现在我们还是来演一出傻子和大兵的对话吧。来，把那个冒牌货抓出来；他像一个妖言惑众的江湖术士一样欺骗了我。

臣　乙　把他抓出来。（兵士下）他已经锁在脚桎里坐了一整夜了，可怜的勇士！

勃特拉姆　这也是活该，他平常脚跟上戴着马刺也太大模大样了。他被捕以后是怎样一副神气？

臣　甲　我已经告诉您了，爵爷，要没有脚桎，他连坐都坐不直。说得明白些：他哭得像一个倒翻了牛奶罐的小姑娘。他把摩根当作了一个牧师，把他从有生以来直到锁在脚桎里为止的一生经历源源本本向他忏悔；您想他忏悔些什么？

勃特拉姆　他没有提起我的事情吧？

臣　乙　他的供状已经笔录下来，等会儿可以当着他的面公开宣读；要是他曾经提起您的事情——我想您是被他提起过的——请您耐着性子听下去。

兵士押帕洛上。

勃特拉姆　该死的东西！还把脸都遮起来了呢！他不会说我什么的。我且不要做声，听他怎么说。

臣　甲　蒙脸人来了！浦托，达达洛萨。

兵士甲　他说要对你用刑，你看怎样？

帕　洛　你们不必逼我，我会把我所知道的一切招供出来；要是你们把我榨成了肉酱，我也还是说这么几句话。

兵士甲　波斯哥，契末却。

臣　甲　波勃利平陀，契克末哥。

兵士甲　真是一位仁慈的将军。这里有一张开列着问题的单子，将爷叫我照着它问你，你须要老实回答。

帕　洛　我希望活命，一定不会说谎。

兵士甲　"第一，问他公爵有多少马匹。"你怎么回答？

帕　洛　五六千匹，不过全是老弱无用的，队伍分散各处，军官都像叫花子，我可以用我的名誉和生命向你们担保。

兵士甲　那么我就把你的回答照这样记下来了。

帕　洛　好的，你要我发无论什么誓都可以。

勃特拉姆　他可以什么都不顾，真是个不可救药的狗才！

臣　甲　您弄错了，爵爷；这位是赫赫有名的军事专家帕洛先生，这是他自己亲口说的，在他的领结里藏着全部战略，在他的刀鞘里安放着浑身武艺。

臣　乙　我从此再不相信一个把他的剑擦得雪亮的人；我也再不相信一个穿束得整整齐齐的人会有什么真才实学。

兵士甲　好，你的话已经记下来了。

帕　洛　我刚才说的是五六千匹马，或者大约这个数目，我说的是真话，记下来吧，我说的是真话。

臣　甲　他说的这个数目，倒有八九分真。

勃特拉姆　像他这样的说真话，我是不会感激他的。

帕　洛　请您记好了，我说那些军官们都像叫花子。

兵士甲　好，那也记下了。

帕　洛　谢谢您啦。真话就是真话，这些家伙都是寒伧得不成样子的。

兵士甲　"问他步兵有多少人数。"你怎么回答？

帕　洛　你们要是放我活命，我一定不说谎话。让我看：史卑里奥，一百五十人；西巴斯辛，一百五十人；柯兰勃斯，一百五十人；杰奎斯，一百五十人；吉尔辛、考斯莫、洛多威克、葛拉提，各二百五十人；我自己所带的一队，还有契托弗、伏蒙特、本提，各二百五十人；一共算起来，好的歹的并在一起，还不到一万五千人，其中的半数连他们自己外套上的雪都不敢拂掉，因为他们唯恐身子摇一摇，就会像朽木一样倒塌下来。

勃特拉姆　这个人应当把他怎样处治才好？

臣　甲　我看不必，我们应该谢谢他。问他我这个人怎样，公爵对我信任不信任。

兵士甲　好，我已经把你的话记下来了。"问他公爵营里有没有一个法国人名叫杜曼上尉的；公爵对他的信用如何；他的勇气如何，为人是否正直，军事方面的才能怎样；假如用重金贿赂他，能不能诱他背叛。"你怎么回答？你所知道的怎样？

帕　洛　请您一条一条问我，让我逐一回答。

兵士甲　你认识这个杜曼上尉吗？

帕　洛　我认识他，他本来是巴黎一家缝衣铺里的徒弟，因为把市长家里的一个不知人事的傻丫头弄大了肚皮，被他的师傅一顿好打赶了出来。（臣甲举手欲打）

勃特拉姆　且慢，不要打他；他的脑袋免不了要给一爿瓦掉下来砸碎的。

兵士甲　好，这个上尉在不在弗罗伦萨公爵的营里？

帕　洛　他在公爵营里，他的名誉一塌糊涂。

臣　甲　不要这样瞧着我，我的好爵爷，他就会说起您的。

兵士甲　公爵对他的信用怎样？

帕　洛　公爵只知道他是我手下的一个下级军官，前天还写信给我叫我把他开革；我想他的信还在我的口袋里呢。

兵士甲　好，我们来搜。

帕　洛　不瞒您说，我记得可不大清楚，也许它在我口袋里，也许我已经把它跟公爵给我的其余的信一起放在营里归档了。

兵士甲　找到了；这儿是一张纸，我要不要向你读一遍？

帕　洛　我不知道那是不是公爵的信。

勃特拉姆　我们的翻译装得真像。

臣　甲　的确像极了。

兵士甲　"狄安娜，伯爵是个有钱的傻大少——"

帕　洛　那不是公爵的信，那是我写给弗罗伦萨城里一位名叫狄安娜的良家少女的信，我劝她不要受人家的引诱，因为有一个罗西昂伯爵看上了她，他是一个爱胡闹的傻哥儿，一天到晚转女人的念头。请您还是把这封信放好了吧。

兵士甲　不，对不起，我要把它先读一遍。

帕　洛　我写这封信的用意是非常诚恳的，完全是为那个姑娘的前途着想；因为我知道这个少年伯爵是个危险的淫棍，他是色中饿鬼，出名的破坏处女贞操的魔王。

勃特拉姆　该死的反复小人！

兵士甲

　　　　他要是向你盟山誓海，
　　　　　你就向他把金银索讨；
　　　　你须要半推半就，若即若离，

莫让他把温柔的滋味尝饱。
　　一朝肥肉咽下了他嘴里，
　　你就永远不要想他付钞。
　　一个军人这样对你忠告：
　　宁可和有年纪人来往，
　　不要跟少年郎们胡闹。
　　　　　你的忠仆帕洛上。

勃特拉姆　我要把这首诗贴在他的额角上，拖着他游行全营，一路上用鞭子抽他。

臣　甲　爵爷，这就是您的忠心的朋友，那位精通万国语言的专家，全能百晓的军人。

勃特拉姆　我以前最讨厌的是猫，现在他在我眼中就是一头猫。

兵士甲　朋友，照我们将军的面色看来，我们就要把你吊死了。

帕　洛　将爷，无论如何，请您放我活命吧。我并不是怕死，可是因为我自知罪孽深重，让我终其天年，也可以忏悔忏悔我的余生。将爷，把我关在地牢里，锁在脚梏里，或者丢在无论什么地方都好，千万饶我一命！

兵士甲　要是你能够老老实实招认一切，也许还有通融余地。现在还是继续问你那个杜曼上尉的事情吧。你已经回答过公爵对他的信用和他的勇气，现在要问你他这人为人是否正直？

帕　洛　他会在和尚庙里偷鸡蛋；讲到强奸妇女，没有人比得上他；毁誓破约，是他的拿手本领；他撒起谎来，可以颠倒黑白，混淆是非；酗酒是他最大的美德，因为他一喝酒便会烂醉如猪，倒在床上，不会再去闯祸，唯一倒霉的只有他的被褥，可是人家知道他的脾气，总是把他抬到稻草上去睡。关于他的正直，我没有什么话好说；凡是一个正人君子所不应该有的品质，他无一不备；凡是一个正人君子所应该有的品质，他一无所有。

臣　甲　他说得这样天花乱坠，我倒有点喜欢他起来了。

勃特拉姆　因为他把你形容得这样巧妙吗？该死的东西！他越来越像一头猫了。

兵士甲　你说他在军事上的才能怎样？

帕　洛　我不愿说他的谎话，他曾经在英国戏班子里擂过鼓，此外我就不知道他的军事上的经验了；他大概还曾经有幸在英国某一个迈兰德厂场上教过民兵两人一排地站队。我希望尽量说他一些好话，可是这最后一件事我不能十分肯定。

臣　甲　他的无耻厚脸，简直是空前绝后，这样一个宝货倒也是不可多得的。

勃特拉姆　该死！他真是一头猫。

兵士甲　他既然是这样一个卑鄙下流的人，那么我也不必问你贿赂能不能引诱他反叛了。

帕　洛　给他几毛钱，他就可以把他的灵魂连同世袭继承权全部出卖，永不反悔。

兵士甲　他还有一个兄弟，那另外一个杜曼上尉呢？

臣　乙　他为什么要问起我？

兵士甲　他是怎样一个人？

帕　洛　也是一个窠里的老鸦；从好的方面讲，他还不如他的兄长，从坏的方面讲，可比他的哥哥胜过百倍啦。他的哥哥是出名的天字第一号的懦夫，可是在他面前还要甘拜下风。退后起来，他比谁都奔得快；前进起来，他就寸步难移了。

兵士甲　要是放你活命，你愿不愿意做内应，把弗罗伦萨公爵出卖给我们？

帕　洛　愿意愿意，连同他们的骑兵队长就是那个罗西昂伯爵。

兵士甲 我去对将军说，看他意思怎样。

帕　洛 （旁白）我从此再不打什么倒霉鼓了！我原想冒充一下好汉，骗骗那个淫荡的伯爵哥儿，结果闯下这样大的祸；可是谁又想得到在我去的那个地方会有埋伏呢？

兵士甲 朋友，没有办法，你还是不免一死。将军说，你这样不要脸地泄漏了自己军中的秘密，还把知名当世的贵人这样信口诋毁，留你在这世上，没有什么用处，所以必须把你执行死刑。来，刽子手，把他的头砍下来。

帕　洛 嗳哟，我的天爷爷，饶了我吧，倘若一定要我死，那么也让我亲眼看个明白。

兵士甲 那倒可以允许你，让你向你的朋友们辞行吧。（解除帕洛脸上所缚之布）你瞧一下，有没有你认识的人在这里？

勃特拉姆 早安，好队长！

臣　乙 上帝祝福您，帕洛队长！

臣　甲 上帝保佑您，好队长！

臣　乙 队长，我要到法国去了，您要我带什么信去给拉佛大人吗？

臣　甲 好队长，您肯不肯把您替罗西昂伯爵写给狄安娜小姐的情诗抄一份给我？可惜我是个天字第　号的懦夫，否则我一定会强迫您默写出来；现在我不敢勉强您，只好失陪了。（勃特拉姆及甲乙二臣下）

兵士甲 队长，您这回可出了丑啦！

帕　洛 明枪好躲，暗箭难防，任是英雄好汉，也逃不过诡计阴谋。

兵士甲 要是您能够发现一处除了荡妇淫娃之外没有其他的人居住的国土，您倒很可以在那里南面称王，建立起一个无耻的

321

国家来。再见,队长;我也要到法国去,我们会在那里说起您的。(下)

帕洛　管他哩,我还是我行我素。倘若我是个有几分心肝的人,今天一定会无地自容;可是虽然我从此掉了官,我还是照旧吃吃喝喝,照样睡得烂熟,像我这样的人,到处为家,什么地方不可以混混过去!可是我要警告那些喜欢吹牛的朋友们,不要太吹过了头,有一天你会发现自己是一头驴子的。我的剑呀,你从此锈起来吧!帕洛呀,不要害臊。厚着脸皮活下去吧!人家作弄你,你也可以靠让人家作弄走运,天生世人,谁都不会没有办法的。他们都已经走了,待我追上前去。(下)

第四场　弗罗伦萨。寡妇家中一室

海伦娜、寡妇及狄安娜上。

海伦娜　为了使你们明白我并没有欺弄你们,一个当今最伟大的人物可以替我做保证;在我还没有完成我的目的以前,我必须在他的宝座之前下跪。过去我曾经替他做过一件和他的生命差不多同样宝贵的事,即使是蛮顽无情的鞑靼人,也不能不由衷迸出一声感谢。有人告诉我他现在在马赛,正好有便人可以护送我们到那儿去。我还要告诉你们知道,人家都当我已经死了。现在军队已经解散,我的丈夫也回家去了,要是我能够得到上天的默佑和王上的准许,我们也可以早早回家。

寡妇　好夫人,请您相信我,我是您的最忠实的仆人,凡是您信托我做的事,我无不乐意为您效劳。

海伦娜　大娘,你也可以相信我是你的一个最好的朋友,无时无刻不在想着怎样才可以报答你的厚意。你应该相信,既然上天注定使你的女儿帮助我得到一个丈夫,它也一定会使我帮助她称心如意地嫁一位如意郎君。我就是不懂男子们的心理，他们竟会向一个被认为厌物的女子倾注他们的万种温情！沉沉的黑夜使他觉察不出自己已经受人愚弄，抱着一个避之唯恐不及的蛇蝎，还以为就是那已经杳如黄鹤的玉人，可是这些话我们以后再说吧。狄安娜，我还要请你为了我的缘故，稍微委屈一下。

狄安娜 您无论吩咐我做什么事，只要不亏名节，我都愿意为您忍受一切，死而无怨。

海伦娜 请再忍耐片时，转眼就是夏天了，野蔷薇快要绿叶满枝，遮掩它周身的棘刺了；你也应在甜美之中存留锋芒。我们可以出发了，车子已经预备好，疲劳的精神也已经养息过来。万事吉凶成败，须看后场结局；倘能如愿以偿，何患路途纡曲。

（同下）

第五场　罗西昂。伯爵夫人府中一室

伯爵夫人、拉佛及小丑上。

拉　佛 不，不，不，令郎都是因为受了那个无赖的引诱，才会这样胡作非为，那家伙一日不除，全国的青年都要中他的流毒。倘若没有这只大马蜂，令媳现在一定好好地活在世上，令郎也一定仍旧在家里不出去，受着王上的眷宠。

伯爵夫人 我但愿我从来不曾认识他，都是他害死了一位世上最贤德的淑女。她即使是我亲生骨肉，曾经使我忍受过怀胎的痛苦，也不能使我爱她更为深切了。

拉　佛 她真是一位好姑娘，所谓灵芝仙草，可遇而不可求。

小　丑 可不是吗，大人，把她拌在菜里吃，一定也很香。

拉　佛 混蛋，那可不是拌沙拉的香草！我们说的是仙草。

小　丑　我不是《圣经》上说的尼布甲尼撒大王①。他发起疯来，整天吃草，大人，我对草可并不在行。

拉　佛　你认为自己是哪个——是坏蛋呢，还是傻瓜？

小　丑　给女人干活的时候，我是个傻瓜，大人；给男人干活的时候，我是个坏蛋。

拉　佛　这个分别由何而来？

小　丑　我把男人的妻子骗走，替他越俎代庖。

拉　佛　那你果然是个替男人干活的坏蛋。

小　丑　我把我常耍的这小棍给他妻子，这就也为她干活了。

拉　佛　言之有理；又是坏蛋，又是傻瓜。

小　丑　为您效劳。

拉　佛　不，不，不。

小　丑　没关系，如果我不能为您效力，我还可以找一个身份不下于您的王爷。

拉　佛　那是谁？是个法国人吗？

小　丑　说真的，大人，论起姓名来，他是个英国人；可是看模样，他在法国比在英国更得意。

拉　佛　你说的是哪位王爷？

小　丑　黑王子，大人；也就是黑暗之王，又叫魔鬼。

拉　佛　别扯啦，把这袋钱拿去。我不是要引诱你离开你方才说起的主人；还是好生侍奉他吧。

小　丑　我是从山林里来的，大人，最喜欢生火取暖；我方才说起的主人也总是把火烧得热热的。他是统治全世界的大王；可是，还是叫他把他的尊贵摆在他的宫里吧，我还是到那窄门的

---

①　尼布甲尼撒（Nebuchadnezzar），巴比伦王，吃草故事见《圣经·但以理书》第四章。

小屋里住着去,那是富贵的人不屑光临的。少数肯贬低自己的也许能进,可是大多数娇生惯养的准会怕冷,他们宁可沿着布满鲜花的大路,走向宽门,直趋烈火。①

拉　佛　去吧,我有点厌烦你了;我先告诉你,免得不和气。去吧,好好看着我那几匹马,别胡闹。

小　丑　要是我在看马的时候胡闹,大人,那也不过是"马胡"而已。(下)

拉　佛　真是个机灵的、会捣乱的坏蛋。

伯爵夫人　您说得很对。先夫在世的时候喜欢逗他取乐,命令我们把他留在家里;他就认为自己有肆口胡言的权利了。他说话真是没有分寸,随意拿人取笑。

拉　佛　我也觉得他怪有意思的,叫他说说没有关系。我刚才正要告诉您,自从我听见了少夫人的噩耗,并且知道令郎就要回来的消息以后,我就央求王上替小女做成一头亲事;实在说起来,他们两个人都还年幼,这是王上首先想起,向我当面提起过的。王上已经答应我亲任冰人;他对令郎本来颇有几分不高兴,借此正可使他忘怀旧事。不知道夫人的意思怎样?

伯爵夫人　我很满意,大人;希望这件事情能够圆满成功。

拉　佛　王上已经从马赛动身来此,他的身体健壮得像刚满三十岁的人一样。他明天就可以到这里,这消息是一个一向靠得住的人告诉我的,大概不会有错。

伯爵夫人　我能够在未死之前,再见王上一面,真是此生幸事。我已经接到小儿来信,说他今晚便可以到家;大人要是不嫌舍间窄陋,就请在此耽搁一两天,等他们两人见了面再去好不好?

---

①　窄门宽门的比喻,见《圣经·马太福音》第七章,第十三节。

拉　　佛　夫人，我正在想他们两人商谈的时候，我以怎样的资格参与。

伯爵夫人　只凭你尊贵的身份就够了。

拉　　佛　我谈不上什么尊贵，但是感谢上帝，总还算过得去。

小丑上。

小　　丑　啊，夫人！少爷就要来了，他脸上还贴着一块天鹅绒片呢；那天鹅绒片底下有没有伤疤，要去问那天鹅绒才知道，可是它的确是一块很好的天鹅绒。他的左脸肿起来足有两寸半，可是右脸却是光光的。

拉　　佛　光荣的疤痕是最好的装饰。……我看那多半是疤痕。

小　　丑　我看准是杨梅疮。

拉　　佛　让我们去迎接令郎吧，我渴望跟这位英勇的少年战士谈谈呢。

小　　丑　他们一共有十多个人，大家戴着漂亮的帽子，帽子上插着羽毛，那羽毛看见每一个人都会点头招呼哩。（同下）

第五幕

第一场　马赛。一街道

海伦娜、寡妇、狄安娜及二侍从上。

海伦娜　像这样急如星火的昼夜奔波，一定使两位十分疲倦了；这也实在没有办法。可是你们既然为了我的事情，不分昼夜地受了这许多辛苦，我一定会知恩图报，没齿不忘的。来得正好。

一朝士上。

海伦娜　这个人要是肯替我们出力，也许可以帮我带信给王上。上帝保佑您，先生！

朝　士　上帝保佑您！

海伦娜　尊驾好像曾经在宫廷里见过。

朝　士　我在那面曾经住过一些时间。

海伦娜　向来我听人家说您是个热心的好人，今天因为有一件非常迫切的事情，不揣冒昧，想要借重大力，倘蒙见助，永感大德。

朝　士　您要我做什么事？

海伦娜　我想劳驾您把这一通诉状转呈王上，再请您设法带我去亲自拜见他。

朝　士　王上已经不在这里了。

海伦娜　不在这里了！

朝　士　不骗你们，他已经在昨天晚上离开此地，他去得很是匆忙，平常他可不是这样子的。

寡　妇　主啊，我们白费了一场辛苦！

海伦娜　只要能够得到圆满的结果，何必顾虑眼前的挫折。请问他到什么地方去了？

朝　士　大概是到罗西昂去；我也正要到那里去。

海伦娜　先生，您大概会比我早一步看见王上，可不可以请您把这一纸诉状递到他的手里？我相信您给我做了这一件事，不但不会受责，而且一定对您大有好处的。我们虽然缺少高车骏马，一定会尽我们的力量追踪着您前去。

朝　士　我愿意效劳。

海伦娜　不管将来发生什么事，您的好心决不会没有酬报。咱们应该赶快上路了，去，去，把车马驾好了。（同下）

第二场　罗西昂。伯爵夫人府中的内厅

小丑及帕洛上。

帕　洛　好拉瓦契先生，请你把这封信交给拉佛大人。我从前穿绸着缎的时候，你也是认识我的；现在因为失欢于命运，所以才沾上了这一身肮脏的气味。

小　丑　千真万确，若照你么说，失欢于命运可真够臭的。以后，凡是从命运的泥塘里捞上来的鱼，我是一条也不吃了。请你闪开风口。

帕　洛　不，你不必堵住你的鼻子，我不过比方这样说说而已。

小　丑　的确，先生，不管是你的比方也好，别人的比方也好，气味这样难闻，我总是得堵鼻子的。再站远点。

帕　洛　上帝保佑您，大爷，给我送一送这封信。

小　丑　嘿！对不起，你站开点吧；从命运的茅厕里送信给一位贵人！瞧，他自己来啦。

拉佛上。

小　丑　大人，这儿有一头猫，可不是带麝香味的猫，他自己说因为失欢于命运之神，所以跌在她的烂泥潭里，沾上了满身的肮脏。我瞧他的样子，像是一个寒酸倒霉的蠢东西坏家伙，我很可怜他这副穷相，所以才用那番话捧他，现在请大人随便发落他吧。（下）

帕　洛　大人，我是一个不幸在命运的利爪下受到重伤的人。

拉　佛　那么你要我怎么办呢？现在再去剪掉命运的利爪也太迟了。命运是一个很好的女神，她不愿让小人永远得志，一定是你自己做了坏事，她才会加害于你。这几个钱你拿去吧。让正义之神帮你结交些富贵朋友。我还有别的事情，少陪了。

帕　洛　请大人再听我说一句话。

拉　佛　你嫌这钱太少吗？好，再给你一个，不用多说啦。

帕　洛　好大人，我的名字是帕洛。

拉　佛　这可包含了不止一句话。嗳哟，失敬失敬！你的那面宝贝鼓儿怎样啦？

帕　洛　啊，我的好大人，您是第一个揭破我的人。

拉　佛　是真的吗？我也是第一个甩掉你的人。

帕　洛　您是有能力拉我一把的，大人，因为我是由于您才落到这个地步。

　　拉　佛　滚开，混蛋！你要我一面做坏人，一面做好人，推了你下去，再把你拉上来吗？（内喇叭声）王上来了，这是他的喇叭的声音。你等几天再来找我吧。我昨天晚上还说起你；你虽然是一个傻瓜又是一个坏人，可是我也不愿瞧着你饿死。你去吧。

　　帕　洛　谢谢大人。（各下）

第三场　同前。伯爵夫人府中一室

　　喇叭奏花腔。国王、伯爵夫人、拉佛、群臣、朝士、侍卫等上。

　　国　王　她的死对于我无异是丧失了一件珍贵的宝物，可是我真想不到你的儿子竟会这样痴愚狂悖，不知道她的真正的价值。

　　伯爵夫人　陛下，现在事情已经过去了，总是他年少无知，逗着一时的血气，受不住理智的节制，才会有这样乖张的行动，请陛下不必多计较了吧。

　　国　王　可尊敬的夫人，我曾经对他怀着莫大的愤怒，只待找到机会，便想把重罚降在他的身上，可是现在我已经宽恕一切、忘怀一切了。

　　拉　佛　请陛下恕我多言，我说，这位小爵爷太对不起陛下，太对不起他的母亲，也太对不起他的夫人了，可是他尤其对不起他自己；他所失去的这位妻子，她的美貌足以使人间粉黛一齐失色，她的言辞足以迷醉每一个人的耳朵，她的尽善尽美，足以使最高傲的人俯首臣服。

　　国　王　赞美已经失去的事物，使它在记忆中格外显得可爱。好，叫他过来吧；我们已经言归于好，从此不再重提旧事了。他无须向我求恕；他所犯的重大过失，已经成为过去的陈迹，埋葬在永久的遗忘里了。让他过来见我吧，他现在是一个不相识者，不是一个罪人，告诉他，这就是我的旨意。

近　侍　是，陛下。（下）

国　王　他对于你的女儿怎么说？你跟他说起过这回事吗？

拉　佛　他说一切都要听候陛下的旨意。

国　王　那么我们可以做成这一头婚事了。我已经接到几封信，对他都是备极揄扬。

勃特拉姆上。

拉　佛　他今天打扮得果然英俊不凡。

国　王　我的心情是变化无常的天气，你在我身上可以同时看到温煦的日光和无情的霜霰；可是当太阳大放光明的时候，蔽天的阴云是会扫荡一空的。你近前来吧，现在又是晴天了。

勃特拉姆　小臣罪该万死，请陛下原谅。

国　王　已往不咎，从前的种种，以后不用再提了，让我们还是迎头抓住眼前的片刻吧。我们在渐渐变老，时间的无声的脚步，往往不等我们完成最紧急的事务就溜过去了。你记得这位大臣的女儿吗？

勃特拉姆　陛下，她在我脑中留着极好的印象。当我第一眼看见她的时候，我就钟情于她；可是在我含情欲吐的舌头大胆倾述我的爱慕之前，另一个深深铭刻在我心里的记忆使我对世间粉黛感到轻蔑。任何女子的面貌都不及她齐整秀丽，任何女子的肤色都不及她自然匀称，任何女子的身材都不及她修短合度。我那受尽世人赞美而我自己直到她死后才觉得她可爱的亡妻，像是眼中的灰尘，使我不能看到其他女子的好处。

国　王　你给自己辩护得很好，你对她还有这么一些情谊，也可以略略抵消你这一笔负心的债了。可是来得太迟了的爱情，就像已经执行死刑以后方才送到的赦状，不论如何后悔，都没有法子再挽回了。我们的粗心的错误，往往不知看重我们自己所有的可贵的事物，直至丧失了它们以后，方始认识它们的真价。我们的无理的憎嫌，往往伤害了我们的朋友，然后再在他们的坟墓之前捶胸哀泣。我们让整个白昼在憎恨中昏睡过去，而当我们清醒转来以后，再让我们的爱情因为看见已经铸成的错误而恸哭。温柔的海伦是这样死了，我们现在把她忘记了吧。把你的定情礼物送去给美丽的穆德琳吧；两家的家长都已彼此同意，我们现在正在等着参加我们这位丧偶郎君的再婚典礼呢。

伯爵夫人 天啊，求你祝福这一次婚姻比上一次美满！不然，在他们会面之前，就叫我命终吧！

拉　佛 来，贤婿。从今以后，我家的姓名也归并给你了，请你快快拿出一点什么东西来，让我的女儿高兴高兴，好叫她快点儿来。（勃特拉姆取指环与拉佛）嗳哟！已故的海伦是一个可爱的姑娘，我还记得最后一次我在宫廷里和她告别的时候，我看见她的手指上也有这样一个指环。

勃特拉姆 这不是她的。

国　王 请你让我看一看；我刚才在说话的时候，就已经注意到这个指环了。——这是我的；我把它送给海伦的时候，曾经对她说过，要是她有什么为难的事，凭着这个指环，我就可以给她帮助。你居然会用诡计把她这随身的至宝夺了下来吗？

勃特拉姆 陛下，您一定是看错了，这指环从来不曾到过她的手上。

伯爵夫人 儿呀，我可以用我的生命为誓，我的确曾经看见她戴着这指环，她把它当作生命一样重视。

拉　佛 我也可以确确实实地说我看见她戴过它。

勃特拉姆 大人,您弄错了,她从来不曾看见过这个指环。它是从弗罗伦萨一家人家的窗户里丢出来给我的,包着它的一张纸上还写着丢掷这指环的人的名字。她是一位名门闺秀,她以为我受了这指环,等于默许了她的婚约;可是我自忖自己是一个有妇之夫,不敢妄邀非分,所以坦白地告诉了她我不能接受她的好意;她知道事情无望,也就死下心来,可是一定不肯收回这个指环。

国　王 能够辨别和冶炼各种金属的财神也不能比我自己更清楚地认出这个指环了。不管你从哪一个人手里得到它,它是我的,也是海伦的。所以你要放明白一些,快给我招认出来,你用怎样的暴力从她手里把它夺了来。她曾经指着神圣的名字为证,发誓决不让它离开她的手指,只有当她遭到极大不幸的时候,她才会把它送给我,或者当你和她同床的时候,她可以把它交给你,可是你从来不曾和她同过枕席。

勃特拉姆 她从来不曾见过这指环。

国　王 你还要胡说?凭我的名誉起誓,你使我心里起了一种不敢想起的可怕的推测。要是你竟会这样忍心害理——这样的事情是不见得会有,可是我不敢断定——她是你痛恨的人,现在她死了;除非我亲自在她旁边看她死去,否则没有什么能够抵消我看到这只指环的疑虑。把他押起来。(卫士捉勃特拉姆)已有的证据已经足够说明我的怀疑不是没有根据的,相反,我过去倒是太大意了。抓他下去!我们必须把事情查问一个水落石出。

勃特拉姆 您要是能够证明这指环曾经属她所有,那么您也可以证明我曾经在弗罗伦萨和她睡在一个床上,可是她从来不曾到过弗罗伦萨。(卫士押下)

国　王 我心中充满了可怖的思想。

第一场中之朝士上。

朝　士　请陛下恕小臣冒昧，小臣在路上遇见一个弗罗伦萨妇人，要向陛下呈上一张状纸，因为赶不上陛下大驾，要我代她收下转呈御目。小臣因为看这个告状的妇人举止温文，言辞优雅，听她说来，好像她的事情非常重要，而且和陛下也有几分关系，所以大胆答应了她。她本人大概也就可以到了。

　　国　王　"告状人狄安娜·卡布莱特，呈为被诱失身恳祈昭雪事：窃告状人前在弗罗伦萨因遭被告罗西昂伯爵甘言引诱，允于其妻去世后娶告状人为妻，告状人一时不察，误受其愚，遂致失身。今被告已成鳏夫，理应践履前约，使告状人终身有托；其竟意图遗弃，不别而行。告状人迫不得已，唯有追踪前来贵国，叩阍鸣冤，伏希王上陛下俯察下情，主持公道，拯弱质于颠危，示淫邪以儆惕，实为德便。"

　　拉　佛　我宁愿在市场上买一个女婿，把这一个摇着铃出卖给人家。

　　国　王　拉佛，这是上天有心照顾你才会有这一场发现。把这些告状的人找来，快去再把那伯爵带过来。（朝士及若干侍从下）夫人，我怕海伦是死于非命的。

　　夫　人　但愿干这样事的人都逃不了国法的制裁！

　　卫士押勃特拉姆上。

　　国　王　伯爵，我可不懂，既然在你看来，妻子就像妖怪一样可怕，你因为不愿做丈夫，嘴里刚答应了立刻就远奔异国，那么你何必又想跟人家结婚呢？

　　朝士率寡妇及狄安娜重上。

　　国　王　那个妇人是谁？

　　狄安娜　启禀陛下，我是一个不幸的弗罗伦萨女子，旧家卡布莱特的后裔；我想陛下已经知道我来此告状的目的了，请陛下量情公断，给我做主。

寡　妇　陛下，我是她的母亲。我活到这一把年纪，想不到还要出头露面，受尽羞辱，要是陛下不给我们做主，那么我的名誉固然要从此扫地，我这风烛残年，也怕就要不保了。

国　王　过来，伯爵，你认识这两个妇人吗？

勃特拉姆　陛下，我不能否认，也不愿否认我认识她们；她们还控诉我些什么？

狄安娜　你不认识你的妻子了吗？

勃特拉姆　陛下，她不是我的什么妻子。

狄安娜　你要是跟人家结婚，必须用这一只手表示你的诚意，而这一只手是已经属于我的了；你必须对天立誓，而那些誓也已经属于我的了。凭着我们两人的深盟密誓，我已经与你成为一体，谁要是跟你结婚，就必须同时跟我结婚，因为我也是你的一部分。

拉　佛　（向勃特拉姆）你的名誉太坏了，配不上我的女儿，你不配做她的丈夫。

勃特拉姆　陛下，这是一个痴心狂妄的女子，我以前不过跟她开过一些玩笑；请陛下相信我的人格，我还不至于堕落到这样一个地步。

国　王　除非你能用行动赢回我的信任，不然我对你的人格只能做很低的评价。但愿你的人格能证明比我想的要好一些！

狄安娜　陛下，请您叫他宣誓回答，我的贞操是不是他破坏的？

国　王　你怎么回答她？

勃特拉姆　陛下，她太无耻了，她是军营里一个人尽可夫的娼妓。

狄安娜　陛下，他冤枉了我；我倘若是这样一个人，他就可以用普通的价钱买到我的身体。不要相信他。瞧这指环吧！这是一件稀有的贵重的宝物，可是他却会毫不在意地丢给一个军营里人尽可夫的娼妓！

伯爵夫人　他在脸红了，果然是的；这指环是我们家里六世相传的宝物。这女人果然是他的妻子，这指环便是一千个证据。

国　　王　你说你看见这里有一个人，可以为你做证吗？

狄安娜　是的，陛下，可是他是个坏人，我很不愿意提出这样一个人来；他的名字叫帕洛。

拉　　佛　我今天看见过那个人，如果他也可以算是个人的话。

国　　王　去把这人找来。（一侍从下）

勃特拉姆　叫他来干么呢？谁都知道他是一个无耻之尤的小人，什么坏事他都做得，讲一句老实话就会不舒服。难道随着他的信口胡说，就可以断定我的为人吗？

国　　王　你的指环在她手上，这可是抵赖不了的。

勃特拉姆　我想这是事实，我的确曾经喜欢过她，也曾经和她发生过一段缱绻，年轻人爱好风流，这些逢场作戏的事实是免不了的。她知道与我身份悬殊，有心诱我上钩，故意装出一副冷若冰霜的神气来激动我。因为在恋爱过程中的一切障碍，都是足以挑起更大的情热的。凭着她的层出不穷的手段和迷人的娇态，她终于把我征服了。她得到了我的指环，我向她换到的，却是出普通市价都可以买得到的东西。

狄安娜　我必须捺住我的怒气。你会抛弃你从前那位高贵的夫人，当然像我这样的女人，更不值得你一顾，玩够了就可以丢了。可是我还要请求你一件事，你既然是这样一个薄情无义的男人，我也情愿失去你这样一个丈夫，叫人去把你的指环拿来还给我，让我带回家去；你给我的指环，我也可以还你。

勃特拉姆　我没有什么指环。

国　王　你的指环是什么样子的?

狄安娜　陛下,就跟您手指上的那个差不多。

国　王　你认识这个指环吗?它刚才还是他的。

狄安娜　这就是他在我床上的时候我给他的那一个。

国　王　那么说你从窗口把它丢下去给他的话,完全是假的了。

狄安娜　我说的句句都是真话。

侍从率帕洛重上。

勃特拉姆　陛下,我承认这指环是她的。

国　王　你太会躲闪了,好像见了一根羽毛的影子都会吓了一跳似的。这就是你说起的那个人吗?

狄安娜　是,陛下。

国　王　来,老老实实告诉我,你知道你的主人和这个妇人有什么关系?尽管照你所知道的说来,不用害怕你的主人,我不会让他碰你的。

帕　洛　启禀陛下,我的主人是一位规规矩矩的绅士,有时他也有点儿不大老实,可是那也是绅士们所免不了的。

国　王　来,来,别说废话,他爱这个妇人吗?

帕　洛　不瞒陛下说,他爱过她;可是——

国　王　可是什么?

帕　洛　陛下,他爱她就像绅士们爱着女人一样。

国　王　这是怎么说的?

帕　洛　陛下,他爱她,但是他也不爱她。

国　王　你是个混蛋,但是你也不是个混蛋。这家伙怎么说话这样莫名其妙的?

帕　洛　我是个苦人儿,一切听候陛下的命令。

拉　佛　陛下,他只会打鼓,不会说话。

狄安娜　你知道他答应娶我吗？

帕　洛　不说假话，我有许多事情心里明白，可是嘴上却不便说。

国　王　你不愿意说出你所知道的一切吗？

帕　洛　陛下要我说，我就说，我的确替他们两人做过媒；而且他真是爱她，简直爱到发了疯，什么魔鬼呀，地狱呀，还有什么什么，这一类话他都说过；那个时候他们把我当作心腹看待，所以我知道他们在一起睡过觉，还有其余的花样儿，例如答应娶她哪，还有什么什么哪，这些我实在不好意思说出来，所以我想我还是不要把我所知道的事情说出来的好。

国　王　你已经把一切都说出来了，除非你还能够说他们已经结了婚。可是你这证人说话太绕弯了。站在一旁。——你说这指环是你的吗？

狄安娜　是，陛下。

国　王　你从什么地方买来的？还是谁给你的？

狄安娜　那不是人家给我，也不是我去买来的。

国　王　那么是谁借给你的？

狄安娜　也不是人家借给我的。

国　王　那么你在什么地方拾来的？

狄安娜　我也没有在什么地方拾来。

国　王　不是买来，又不是人家送给你，又不是人家借给你，又不是在地上拾来，那么它怎么会到你手里，你怎么会把它给了他呢？

狄安娜　我从来没有把它给过他。

拉　佛　陛下，这女人的一条舌头翻来覆去，就像一只可以随便脱下套上的宽手套一样。

国　王　这指环是我的，我曾经把它赐给他的前妻。

狄安娜　它也许是陛下的，也许是她的，我可不知道。

国　王　把她带下去，我不喜欢这个女子。把她关在监牢里；把他也一起带下去。你要是不告诉我你在什么地方得到这个指环，我就立刻把你处死。

狄安娜　我永远不告诉你。

国　王　把她带下去。

狄安娜　陛下，请您让我交保吧。

国　王　我现在知道你也不是好东西。

狄安娜　老天在上，要说我和什么男人结识过，那除非是你。

国　王　那么你究竟为什么要控诉他呢？

狄安娜　因为他有罪，但是他没有罪。他知道我已经不是处女，他会发誓说我不是处女；可是我可以发誓说我是一个处女，这是他所不知道的。陛下，我愿意以我的生命为誓，我并不是一个娼妓，我的身体是清白的，要不然我就配给这老头子为妻。

国　王　她越说越不像话了；把她带下监牢里去。

狄安娜　妈，你给我去找那个保人来吧。（寡妇下）且慢，陛下，我已经叫她去找那指环的原主人来了，那人可以做我的保人的。至于这位贵人，他虽然不曾害了我，他自己心里是知道他做过什么对不起我的事的，现在我且放过了他吧。他知道他曾经玷污过我的枕席，就在那个时候，他的妻子跟他有了身孕，她虽然已经死去，却能够觉得她的孩子在腹中跳动。你们要是不懂得这个生生死死的哑谜，那么且看，解哑谜的人来了。

　　寡妇偕海伦娜重上。

国　王　我的眼睛花了吗？我看见的是真的还是假的？

海伦娜　不，陛下，您所看见的只是一个妻子的影子，但有虚名，并无实际。

勃特拉姆 虚名也有，实际也有。啊，原谅我吧！

海伦娜 我的好夫君！当我冒充着这位姑娘的时候，我觉得您真是温柔体贴，无微不至。这是您的指环；瞧，这儿还有您的信，它说："汝倘能得余永不离手之指环，且能腹孕一子，确为余之骨肉者，始可称余为夫。"现在这两件事情我都做到了，您愿意做我的丈夫吗？

勃特拉姆 陛下，她要是能够把这回事情向我解释明白，我愿意永远永远爱她。

海伦娜 要是我不能把这回事情解释明白，要是我的话与事实不符，我们可以从此劳燕分飞，天人永别！啊，我的亲爱的妈，想不到今生还能够看见您！

拉　佛 我的眼睛里酸溜溜的，真的要哭起来了。（向帕洛）朋友，借块手帕儿给我，谢谢你。等会儿你跟我回去吧，你可以给我解解闷儿。算了，别打拱作揖了，我讨厌你这个鬼腔调儿。

国　王 让我们听一听这故事的始终本末，叫大家高兴高兴。（向狄安娜）你倘若果真是一朵未经攀折的鲜花，那么你也自己选一个丈夫吧，我愿意送一份嫁奁给你；因为我可以猜到多亏你的好心的帮助，这一双怨偶才会变成佳偶，你自己也保全了清白。这一切详详细细的经过情形，等着我们慢慢儿再谈吧。正是——

团圆喜今夕，艰苦愿终偿，
不历辛酸味，奚来齿颊香。（喇叭奏花腔。众下）

收场诗（饰国王者向观众致辞）

袍笏登场本是虚，王侯卿相总堪嗤，
但能博得观众喜，便是功成圆满时。（下）

莎士比亚喜剧
（中）

［英］威廉·莎士比亚◎著　朱生豪◎译

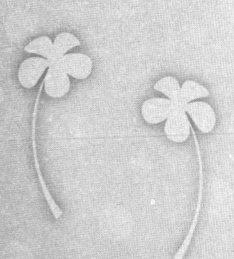

吉林出版集团股份有限公司

维洛那二绅士

Wei Luo Na Er Shen Shi

剧中人物

米兰公爵　西尔维娅的父亲
凡伦丁 ⎫
　　　　⎬ 二绅士
普洛丢斯 ⎭
安东尼奥　普洛丢斯的父亲
修里奥　凡伦丁的愚蠢的情敌
爱格勒莫　助西尔维娅脱逃者
史比德　凡伦丁的傻仆
朗　斯　普洛丢斯的傻仆
潘西诺　安东尼奥的仆人
旅店主　朱利娅在米兰的居停
强　盗　随凡伦丁啸聚的一群
朱利娅　普洛丢斯的恋人
西尔维娅　凡伦丁的恋人
露西塔　朱利娅的女仆
仆人、乐师等

地　点

维洛那；米兰及曼多亚边境

第一幕

第一场　维洛那。旷野

凡伦丁及普洛丢斯上。

凡伦丁　不用劝我,亲爱的普洛丢斯;年轻人株守家园,见闻总是限于一隅。倘不是爱情把你锁系在你情人的温柔的眼波里,我倒很想请你跟我一块儿去见识见识外面的世界,那总比在家里无所事事,把青春消磨在懒散的无聊里好得多。可是你现在既然在恋爱,那就恋爱下去吧,祝你得到美满的结果;我要是着起迷来,也会这样的。

普洛丢斯　你真的要走了吗?亲爱的凡伦丁,再会吧!你在旅途中要是见到什么值得注意的新奇事物,请你想起你的普洛丢斯。当你得意的时候,也许你会希望我能够分享你的快乐;当你遇到什么风波和危险的时候,你也不用忧虑,因为我一直在虔诚地为你祈祷,祝你平安。

凡伦丁　你是念着恋爱经在为我祈祷,祝我平安吗?

普洛丢斯　我将吟诵我所珍爱的经典为你祈祷。

凡伦丁　那一定是勒安德耳①游泳过赫勒思滂海峡去会他的情人这些深情蜜爱的浅薄故事吧。

普洛丢斯　他为了爱不顾一切，说明了爱情是多么深刻。

凡伦丁　不错，你为了爱也不顾一切，可是你却没有游泳过赫勒思滂海峡去。

普洛丢斯　嗳，别取笑吧。

凡伦丁　不，我不是取笑你，那实在没什么意思。

普洛丢斯　怎么说？

凡伦丁　我是说恋爱。苦恼的呻吟换来了轻蔑；多少次心痛的叹息才换得了羞答答的秋波一盼；片刻的欢娱，是二十个晚上辗转无眠的代价。即使成功了，也是得不偿失；要是失败了，那就白费一场辛苦。最后使聪明人也变得愚蠢起来。

普洛丢斯　照你说来，我是一个傻子了。

凡伦丁　瞧你的样子，我想你的确是一个傻子。

普洛丢斯　你所诋斥的是爱情，我可是身不由主。

凡伦丁　爱情是你的主宰，你甘心让爱情驱使，这样的人，我想总不见得是一个聪明人吧。

普洛丢斯　可是做书的人这样说：最芬芳的花蕾中有蛀虫，最聪明人的心里，才会有蛀蚀心灵的爱情。

凡伦丁　做书的人还说：最早熟的花蕾，在未开放前就给蛀虫吃去。所以年轻聪明的人也会因为爱情变得愚蠢，在正当年华的时候就丧失欣欣向荣的生机，未来一切美妙的希望都成为泡影。可是你既然是爱情的皈依者，我又何必向你多费口舌呢？再会吧！我的父亲在码头上等着送我上船呢。

普洛丢斯　我也要送你上船，凡伦丁。

---

①　勒安德耳，传说中的情人，由于爱恋少女赫洛，游过海峡赴约，惨遭灭顶。

凡伦丁　好普洛丢斯，不用了吧，让我们就此分手。我在米兰等着你来信报告你在恋爱上的成功，以及我去了以后这里的一切消息，我也会同样寄信给你。

普洛丢斯　祝你在米兰一切顺利幸福！

凡伦丁　祝你在家里也是这样！好，再会。（下）

普洛丢斯　他追求着荣誉，我追求着爱情；他离开了他的朋友，使他的朋友们因他的成功而沾光；我为了爱情，把我自己、我的朋友们以及一切都舍弃了。朱利娅啊，你已经把我变成了另一个人，使我无心学问，虚度光阴，违背良言，忽略世事。我的头脑因相思而变得衰弱，我的心灵因恋慕而痛苦异常。

史比德上。

史比德　普洛丢斯少爷，上帝保佑您！您看见我家主人吗？

普洛丢斯　他刚刚离开这里，上船到米兰去了。

史比德　那么他多半已经上了船了。我就像一头迷路的羊，找不到他了。

普洛丢斯　是的，牧羊人一走开，羊就会走失了。

史比德　您说我家主人是牧羊人，而我是一头羊吗？

普洛丢斯　是的。

史比德　那么不管我睡着也好，醒着也好，我的角也就是他的角了。

普洛丢斯　蠢话，不过这也正像是从一头蠢羊嘴里说出来的。

史比德　这么说，我还是一头羊了。

普洛丢斯　没错，你家主人还是牧羊人。

史比德　不，我可以用比喻证明您说的不对。

普洛丢斯　我也可以用另外一个比喻证明我的话没错。

史比德　牧羊人寻羊，不是羊寻牧羊人。现在是我找我的主人，不是我的主人在找我，所以我不是羊。

普洛丢斯　羊为了吃草跟随牧羊人，牧羊人并不为了吃饭跟随羊；你为了工钱跟随你的主人，你的主人并不为了工钱跟随你，所以你是羊。

史比德　您要是再说这样一个比喻，那我真的要咩咩地叫起来了。

普洛丢斯　我问你，你有没有把我的信送给朱利娅小姐？

史比德　噉，少爷，我，一头迷路的羔羊，把您的信给她，一头细腰的绵羊；可是她这头细腰的绵羊却什么谢礼也不给我这头迷路的羔羊。

普洛丢斯　这么多的羊，这片牧场上要容不下了。

史比德　如果容纳不下，把那母羊宰了不就完了吗？

普洛丢斯　你又在胡说八道了，应该把你圈起来。

史比德　谢谢你，少爷，我只是给你送信而已，不值得给我钱。

普洛丢斯　你听错了，我说的是圈，没说钱——我指的是羊圈。

史比德　不管怎么说，我给你的情人送信，只得个圈圈未免太少了吧！

普洛丢斯　说正经的，她说什么话了没有？（史比德点头）她就点点头吗？

史比德　是。

普洛丢斯　点头，是；摇头，不——你这蠢货。

史比德　您误会了。我的意思是说她点头了；您问我她点头了没有，我说"是"。

普洛丢斯　这不是傻瓜吗？

史比德　既然这样，就把它奉赠给您吧。

普洛丢斯　我不要，就给你算作替我送信的谢礼吧。

史比德　看来我只有委屈一点，不跟您计较了。

普洛丢斯　怎么叫不跟我计较？

史比德　本来嘛，少爷，我辛辛苦苦帮您把信送到，结果您只赏给我一个傻瓜的头衔。

普洛丢斯　说实话，你倒是很聪明的。

史比德　聪明有什么用，又不能打开您的钱袋来。

普洛丢斯　算了算了，简简单单把事情交代明白。她说些什么话？

史比德　打开您的钱袋来，一面交钱，一面交话。

普洛丢斯　好，拿去吧。（给他钱）她说什么？

史比德　老实对您说吧，少爷，我想您是得不到她的爱的。

普洛丢斯　怎么？这也给你看出来了吗？

史比德　少爷，我在她身上什么都看不出来。我把您的信送给她，可是我连一块钱的影子也看不见。我给您传情达意，她待我却这样刻薄；所以您当面向她谈情说爱的时候，她也会一样冷酷无情的。她的心肠就像铁石一样硬，您还是不用送她什么礼物，就送些像钻石似的石头给她吧。

普洛丢斯　什么？她一句话也没说吗？

史比德　就连一句"谢谢你"也没有出口。总算是您慷慨，赏给我这两角钱，谢谢您，以后请您自己带信给她吧。现在我要告辞了。

普洛丢斯　去你的吧，船上有了你，可以保证不会中途沉没，因为你是命中注定要在岸上吊死的。（史比德下）我一定要找一个可靠些的人送信去，我的朱利娅从这样一个狗才手里接到我的信，也许会不高兴答复我。（下）

第二场　同前。朱利娅家中花园

朱利娅及露西塔上。

朱利娅　露西塔，现在这儿没有别人，告诉我，你赞成我跟人家恋爱吗？

露西塔　我赞成，小姐，只要您不是莽莽撞撞就好。

朱利娅　照你看起来，在每天和我言辞对答的这一批高贵绅士中间，哪一位最值得敬爱？

露西塔　请您一个个举出他们的名字来，我可以用我的粗浅的头脑批评他们。

朱利娅　你看漂亮的爱格勒莫爵士怎样？

露西塔　他是一个谈吐风雅、衣冠楚楚的骑士。但如果我是您，我就不会选中他。

朱利娅　你看富有的墨凯西奥怎样？

露西塔　他虽然有钱，人品却不过如此。

朱利娅　你看高贵温柔的普洛丢斯怎样？

露西塔　主啊！主啊！请看我们凡人是何等愚蠢！

朱利娅　咦！你为什么听见了他的名字就这么感慨呢？

露西塔　恕我，亲爱的小姐。可是像我这样一个卑贱之人，怎么配批评高贵的绅士呢？

朱利娅　为什么别人可以批评，普洛丢斯却批评不得？

露西塔　因为他是许多好男子中间最好的一个。

朱利娅　何以见得？

露西塔　我除了女人的直觉以外没有别的理由：我以为他最好，因为我觉得他最好。

朱利娅　你愿意让我把爱情用在他的身上吗？

露西塔　是的，要是您不以为您是在浪掷您的爱情。

朱利娅　可是他比其余的任何人都冷淡，他从来不向我追求。

露西塔　可是我想他比其余的任何人都更要爱您。

朱利娅　他不多说话，这表明他的爱情是有限的。

露西塔　火关得越紧，烧起来越猛烈。

朱利娅　在恋爱中的人们，不会一无表示。

露西塔　不，越是到处宣扬着他们的爱情的，他们的爱情越靠不住。

朱利娅　我希望我能知道他的心思。

露西塔　请读这封信吧，小姐。（给朱利娅信）

朱利娅　"给朱利娅"——这是谁写来的？

露西塔　您看过就知道了。

朱利娅　说出来，谁交给你这封信？

露西塔　凡伦丁的仆人送来这封信，我想是普洛丢斯叫他送来的。他本来要当面交给您，我因为刚巧遇见他，所以就替您收下了。请您原谅我的放肆吧。

朱利娅　嘿，好一个牵线的！你竟敢接受调情的书简，瞒着我跟人家串通一气，来欺侮我年轻吗？这真是一件好差使，你也真是一个能干的角色。把这信拿去，给我退回原处，否则再不用见我的面啦。

露西塔　为爱求情，难道就得到一顿责骂吗？

朱利娅　你还不去吗？

露西塔　我就去，好让您自己回味一下。（下）

朱利娅　可是我希望我曾经窥见这信的内容。我把她这样责骂过了，现在又不好意思叫她回来，反过来恳求她。这傻丫头明知我是一个闺女，偏不把信硬塞给我看。一个羞涩的姑娘嘴里尽管说"不",她却要人家理解作"是"的。唉！唉！这一段痴愚的恋情是多么颠倒，正像一个坏脾气的婴孩一样，一会儿在他保姆身上乱抓乱打，一会儿又服服帖帖地甘心受责。刚才我把露西塔这样凶狠地撵走，现在却巴不得她快点儿回来；当我一面装出了满脸怒容的时候，内心的喜悦却使我心里满含着笑意。现在我必须引咎自责，叫露西塔回来，请她原谅我刚才的愚蠢。喂，露西塔！

露西塔重上。

露西塔　小姐有什么吩咐？

朱利娅　现在是快吃饭的时候了吧？

露西塔　我希望是，免得您空着肚子在用人身上出气。

朱利娅　你在那边小心翼翼拾起来的是什么？

露西塔　没有什么。

朱利娅　那么你为什么俯下身子去？

露西塔　我在地上掉了一张纸，把它拾了起来。

朱利娅　那张纸难道就不算什么？

露西塔　它不干我什么事。

朱利娅　那么让它躺在地上，留给相干的人吧。

露西塔　小姐，它对相干的人是不会说谎的，除非它给人家误会了。

朱利娅　是你的什么情人寄给你的情诗吗？

露西塔　小姐，要是您愿意给它谱上一个调子，我可以把它唱起来。您觉得怎么样？

朱利娅　我可没心思做这种无聊的玩意儿。不过你要唱就按《爱的清光》那个调子去唱吧。

露西塔　这个歌儿太沉了，和轻狂的调子不配。

朱利娅　太沉？准是重唱那部分加得太多了。

露西塔　正是，小姐。要是您要唱起来，一定是十分宛转动人。

朱利娅　你为什么不唱呢？

露西塔　我调门没有那么高。

朱利娅　拿歌儿来我看看。（取信）怎么，这贱丫头！

露西塔　您就这么唱起来吧；可是我想我不大喜欢这个调子。

朱利娅　你不喜欢？

露西塔　是，小姐，太刺耳了。

朱利娅　你这丫头也太放肆了。

露西塔　这回您的调子又太直了，这么粗声粗气的岂不破坏了原来的音律？本来您的歌儿里只缺一个男高音。

朱利娅　男高音早叫你这下流的女低音给盖过去了。

露西塔　我这女低音不过是为普洛丢斯低声下气地祈求。

朱利娅　你再油嘴滑舌，我可不答应了。看谁还敢拿进这种不三不四的书信来！（撕信）给我出去，让这些纸头丢在地上；你碰一下它们，我就要生气了。

露西塔　她故意这样装模作样，其实心里巴不得人家再送一封信来，好让她再发一次脾气。（下）

朱利娅　不，就是这一封信已经够使我心痛了！啊，这一双可恨的手，怎么忍心把这些可爱的字句撕得粉碎！就像残酷的黄蜂刺死了蜜蜂而吮吸它的蜜一样。为了补赎我的罪愆，我要遍吻每一片碎纸。瞧，这里写着"仁慈的朱利娅"。狠心的朱利娅！我要惩罚你的薄情，把你的名字掷在砖石上，把你的倨傲任情地践踏蹂躏。这里写着"受爱情创伤的普洛丢斯"，疼人的受伤的名字！把我的胸口做你的眠床，养息到你的创痕完全平复吧，让我用起死回生的一吻吻在你的伤口上。这儿有两三次提着普洛丢斯的名字。风啊，请不要吹起来，好让我找到这封信里的每一个字；我单单不要看见我自己的名字，让一阵旋风把它卷到狰狞丑怪的岩石上，再把它打下波涛汹涌的海中去吧！瞧，这儿有一行字里两次提到他的名字："热情而失望的普洛丢斯，受制于爱情的普洛丢斯，给可爱甜蜜的朱利娅。"我要把朱利娅的名字撕去！不，不能撕，他把我们两人的名字配合得如此巧妙，我要把它们折叠在一起；现在你们可以放心地接吻、拥抱，想做什么就做什么了。

露西塔重上。

露西塔　小姐，饭已经预备好了，老爷在等着您。

朱利娅　好，我们去吧。

露西塔　怎么！让这些纸片丢在这儿，给人家瞧见而议论吗？

朱利娅　你要是这样关心着它们，那么还是把它们收起来吧。

露西塔　不，我可不想再挨骂了；不过让它们躺在地上，也许会受寒的。

朱利娅　你倒是怪爱惜它们的。

露西塔　呃，小姐，随您怎样说吧！虽然您以为我是瞎子，可是我也长着眼睛呢。

朱利娅　来，来，还不走吗？（同下）

第三场　同前。安东尼奥家中一室

安东尼奥及潘西诺上。

安东尼奥　潘西诺，刚才我的兄弟和你在走廊里谈些什么正经话儿？

潘西诺　他说起他的侄子，您的少爷普洛丢斯。

安东尼奥　噢，他怎么说呢？

潘西诺　他说他不懂您老爷为什么让少爷在家里消度他的青春；人家名望不及我们的，都把自己的儿子送到外面去寻找发展机会：有的投身军旅，博得一官半职；有的到远远的海岛上去探险发财；有的到大学校里去探求高深的学问。他说普洛丢斯少爷对这些锻炼机会当中的哪一种都很适宜；他叫我在您面前说起，请您不要让少爷老在家里游荡，年轻人不出去走走，对于他的前途是很有妨碍的。

安东尼奥　这倒不消你说，我这一个月来就在考虑着这件事情。我也想到他这样蹉跎时间，的确不大好；他要是不在外面多经历一些世事，将来很难成为大用。一个人的经验是要在刻苦中得到的，也只有岁月的磨炼才能够使它成熟起来。那么照你看来，我应该叫他到什么地方去呢？

潘西诺　我想老爷大概还记得他有一个朋友，名叫凡伦丁的，他现在在公爵府中供职。

安东尼奥　不错，我知道。

潘西诺　我想老爷要是送他到那里去，那倒很好。他可以在那里练习舞枪弄剑，听听人家高雅优美的谈吐，和贵族们聊聊天，还有机会学到适合于他的青春和家世的种种训练。

安东尼奥　你说得很对，你的建议很好，我很赞成你的建议；看吧，我马上就照你的话做去。我立刻就叫他到公爵的宫廷里去。

潘西诺　老爷，亚尔芳索大人和其余各位士绅明天就要动身去朝见公爵，准备为他效劳。

安东尼奥　那么普洛丢斯有了很好的同伴了。他应当立刻预备起来，跟他们一起去。我们现在就要对他说。

普洛丢斯上。

普洛丢斯　甜蜜的爱情！甜蜜的字句！甜蜜的人生！这是她亲笔所写，表达着她的心情；这是她爱情的盟誓，她的荣誉的典质。啊，但愿我们的父亲赞同我们的恋爱，成全我们的好事！啊，天仙一样的朱利娅！

安东尼奥　喂，你在读谁寄来的信？

普洛丢斯　禀父亲，这是凡伦丁托他的朋友带来的一封问候的书信。

安东尼奥　把信给我，让我看看那里有什么消息。

普洛丢斯　没有什么消息，父亲。他只是说他在那里生活得如何愉快，公爵如何看得起他，每天和他见面；他希望我也和他在一起，分享他的幸福。

安东尼奥　那么你对于他的希望作何感想？

普洛丢斯　他虽然是一片好心，但我的行动却要听您老人家的吩咐。

安东尼奥　我的意思和他的希望差不多。你也不用因为我突然的决定而吃惊，我要怎样，就是怎样，干脆一句话没有更动。我已经决定你应当到公爵宫廷里去，和凡伦丁在一块呆一段日子；他的亲族给他多少生活费用，我也照样给你多少。明天你就要准备动身，不许有什么推托，我的意志是坚决的。

普洛丢斯　父亲，这么快我怎么来得及准备？请您让我延迟一两天吧。

安东尼奥　听着，你要是缺少什么，我以后会寄给你。不用耽搁时间，明天你非去不可。来，潘西诺，你去帮他打点一下，把东西收拾好，让他早些动身。（安东尼奥、潘西诺下）

普洛丢斯　我因为恐怕灼伤而躲过了火焰，不料却在海水中惨遭没顶。我不敢把朱利娅的信给我父亲看，因为生怕他会反对我谈恋爱；谁知道他却利用我的推托之词，给我的爱情这样一下无情的猛击。唉！青春的恋爱就像阴晴不定的四月天气，太阳的光彩刚刚照耀大地，片刻间就遮上了黑沉沉的乌云一片！

潘西诺重上。

潘西诺 少爷，老爷有请。他说让您快些，马上就过去。

普洛丢斯 事已至此，我也没办法了。我只有遵从父亲的吩咐，虽然我的心的回答是一千个"不"。（同下）

第二幕

第一场　米兰。公爵府中一室

凡伦丁及史比德上。

史比德　少爷，您的手套。（以手套给凡伦丁）

凡伦丁　这不是我的，我的手套戴在我手上。

史比德　没关系啦，再戴上一只也不要紧。

凡伦丁　且慢！让我看。呃，把它给我，这是我的。天仙手上可爱的装饰物！啊，西尔维娅！西尔维娅！

史比德　（叫喊）西尔维娅小姐！西尔维娅小姐！

凡伦丁　怎么，这狗才？

史比德　她不在这里，少爷。

凡伦丁　谁叫你喊她的？

史比德　是您哪，少爷，难道我又弄错了吗？

凡伦丁　哼，你老是这么莽莽撞撞的。

史比德　可是上次您却骂我太迟钝。

凡伦丁　好了好了，我问你，你认识西尔维娅小姐吗？

史比德　就是您爱着的那位小姐吗？

凡伦丁 咦，你怎么知道我在恋爱？

史比德 啾，我从各方面看了出来的。第一，您学会了像普洛丢斯少爷一样把手臂交叉在胸前，像一个失意的人那样；嘴里不停地唱情歌，就像一只知更雀似的；喜欢一个人独自走路，好像一个害着瘟疫的人；老是唉声叹气，好像一个忘记了字母的小学生；动不动流起眼泪来，好像一个死了亲人的小姑娘；见了饭吃不下去，好像一个节食的人；夜里睡不着觉，好像担心有什么强盗；说起话来带着三分哭音，好像一个万圣节的叫花子。从前您可不是这样的。您从前笑起来声震四座，好像一只报晓的公鸡；走起路来挺着胸脯，好像一头狮子；吃起饭来狼吞虎咽，吃饱之后才节食；只有在没有钱用的时候才面带愁容。现在您被情人迷住了，您已经完全变了一个人，当我瞧着您的时候，我简直不相信您是我的主人了。

凡伦丁 你能够在我身上看出这一切来吗？

史比德 这一切在您身外就能看出来了。

凡伦丁 身外？怎么可能？

史比德 没错，是不大可能，因为除了您这样老实、不知矫饰之外，别人谁也不会如此。您的愚蠢不但在外面，也在里面。人们透过您身体，就像透过尿缸子看得见尿一样，无论谁一眼见了您，都像一个医生一样，马上就能诊断得出您的病症来。

凡伦丁 可是我问你，你认识西尔维娅小姐吗？

史比德 就是在吃晚饭的时候您一眼不眨地望着的那位小姐吗？

凡伦丁 那也给你看见了吗？我说的就是她。

史比德 噢，少爷，我不认识她。

凡伦丁 你看见我望着她，怎么却又说不认识她？

史比德 她不是长得很难看的吗，少爷？

凡伦丁　她的面貌还不及心肠那么美。

史比德　少爷，那个我知道。

凡伦丁　你知道什么？

史比德　她面貌并不美，可是您的心肠美，所以您爱上她了。

凡伦丁　我是说她的美貌是无比的，可是她的好心肠更美。

史比德　那是因为一个靠打扮，另一个是看不出来的。

凡伦丁　怎么叫靠打扮？怎么叫看不出来？

史比德　唉，少爷，她的美貌完全要靠打扮出来的，而她的心肠谁能看出来。

凡伦丁　那么我呢？我还是看出来的。

史比德　可是自从她残疾以后，您还没有见过她哩。

凡伦丁　她是什么时候残疾的？

史比德　自从您爱上了她之后，她就残疾了。

凡伦丁　我第一次看见她的时候就爱上了她，可是我始终看见她很美丽。

史比德　您要是爱她，您就看不见她。

凡伦丁　为什么？

史比德　因为爱情是盲目的。唉！要是您有我的眼睛就好了！从前您看见普洛丢斯少爷忘记扣上袜带而讥笑他的时候，您的眼睛也是明亮的。

凡伦丁　要是我的眼睛和从前一样明亮，又会怎样？

史比德　您就可以看见您自己的愚蠢和她的丑陋。普洛丢斯少爷因为恋爱的缘故，忘记扣上他的袜带；您现在因为恋爱的缘故，连袜子也忘记穿上了。

凡伦丁　这样说来，那么你也是在恋爱了，因为今天早上你忘记了擦我的鞋子。

史比德　不错，少爷，我正在恋爱着我的眠床，幸亏您把我打醒了，所以我现在也敢大胆提醒提醒您不要太过于迷恋了。

凡伦丁　总而言之，我的心已经决定爱她了。

史比德　我倒希望您的心静下来，把她忘得干干净净。

凡伦丁　昨天晚上她请我代她写一封信给她所爱的一个人。

史比德　您写了没有？

凡伦丁　写了。

史比德　一定写得很没意思吧？

凡伦丁　不然，我是用尽心思把它写好的。安静些，她来了。

西尔维娅上。

史比德　（旁白）嘿，这出戏真好看！真是个很棒的木偶！这回该她来配几句词儿了。

凡伦丁　小姐，向您道一千次早安。

史比德　（旁白）道一次晚安就够了！干吗这么多客套？

西尔维娅　凡伦丁先生，我的仆人，我还你两千次早安。

史比德　（旁白）他该给她送礼，女的倒是抢先了。

凡伦丁　您盼咐我写一封信给您的一位秘密的无名的朋友，我已经照办了。我很不愿意写这封信，您的旨意是不可违背的。（以信给西尔维娅）

西尔维娅　谢谢你，好仆人。你写得很用心。

凡伦丁　相信我，小姐，它是很不容易写的，因为我不知道受信的人究竟是谁，随便写去，不知道写得对不对。

西尔维娅　也许你嫌这工作太烦难吗？

凡伦丁　不，小姐，只要您用得着我，尽管盼咐我，就是一千封信我也愿意写，可是——

西尔维娅　好一个"可是"！你的意思我猜得到。可是我不愿意说出名字来，可是即使说出来也没有什么关系，可是把这信拿去吧，可是我谢谢你，以后不再麻烦你了。

史比德　（旁白）可是你还会找上门来的，可是又是一个"可是"。

凡伦丁　小姐，这是什么意思？您不喜欢它吗？

西尔维娅　不，不，信是写得很巧妙，可是你既然写的时候不大愿意，那么你就拿回去吧。嗯，你拿去吧。（还信）

凡伦丁　小姐，这信是给您写的。

西尔维娅　是的，那是我请你写的，可是，我现在不要了，就给了你吧。我希望能写得再动人一点。

凡伦丁　那么请您许我另写一封吧。

西尔维娅　好，你写好以后，就代我把它读一遍。要是你自己觉得满意，那就罢了；要是你自己觉得不满意，也就罢了。

凡伦丁　要是我自己觉得满意，那便怎样？

西尔维娅　要是你自己满意，那么就把这信给你作为酬劳吧。再见，仆人。（下）

史比德　人家说，一个人看不见自己的鼻子，教堂屋顶上的风信标变幻莫测，这一个玩笑也开得玄妙神奇！我主人向她求爱，她却反过来求我的主人；正像当学生的反过来变成老师。真是绝好的计策！我主人代人写信，结果却写给了自己，还有比这更妙的计策吗？

凡伦丁　怎么？你在说些什么？

史比德　没说什么，只是唱几句顺口溜。应该说话的是您。

凡伦丁　为什么？

史比德　您可以作西尔维娅小姐的代言人了。

凡伦丁　我代她向什么人传话？

史比德　向您自己啊！她不是拐着弯向您求爱吗？

凡伦丁　拐什么弯？

史比德　我指的是那封信。

凡伦丁　怎么，她又不曾写信给我。

史比德　她何必自己动笔呢？您不是替她代写了吗？咦，您还没有懂得这个玩笑的用意吗？

凡伦丁　我可不懂。

史比德　少爷，难道您还看不出来她已经把爱情的凭证给您了吗？

凡伦丁　除了责怪以外，她没有给我什么呀。

史比德　真是！她不是给您一封信吗？

凡伦丁　那是我代她写给她的朋友的。

史比德　那封信现在已经送到了，还有什么说的吗？

凡伦丁　我希望你没有猜错。

史比德　包在我身上，绝对没有差错。您写信给她，她因为害羞提不起笔，或者因为没有闲工夫，或者因为恐怕传书的人窥见了她的心事，所以她才教她的爱人代她答复他自己。这一套我早在书上看见过了。喂，少爷，您在想些什么？好，吃饭了。

凡伦丁　我已经吃过了。

史比德　哎呀，少爷，这个没有常性的爱情虽然可以靠喝空气过活，我可是非吃饭吃肉不可。您可不要像您爱人那样忍心，求您发发慈悲吧！（同下）

第二场　维洛那。朱利娅家中一室

普洛丢斯及朱利娅上。

普洛丢斯　请你忍耐一些吧，好朱利娅。

朱利娅　没有办法，我也只好忍耐了。

普洛丢斯　我一旦有机会回来,我就会立刻回来的。

朱利娅　你只要不变心,回来的日子是不会远的。请你保留着这个,常常想起你的朱利娅吧。(给他戒指)

普洛丢斯　我们彼此交换,你把这个拿去吧。(给她另一个戒指)

朱利娅　让我们用神圣的一吻永固我们的盟誓。

普洛丢斯　我举手宣誓我不变的忠诚。朱利娅,要是我在哪一天哪一个时辰里不曾为了你而叹息,那么在下一个时辰里,让不幸的灾祸来惩罚我的薄情吧!我的父亲在等我,你不用回答我了。潮水已经升起,船就要开了。不,我不是说你的泪潮,那是会留住我,使我误了行期的。朱利娅,再会吧!(朱利娅下)啊,一句话也不说就去了吗?是的,真正的爱情是不能用言语表达的,行为才是忠心的最好说明。

潘西诺上。

潘西诺　普洛丢斯少爷,他们在等着您哩。

普洛丢斯　好,我就来,我就来。唉!这一场分别啊,真叫人满怀愁绪难宣。(同下)

第三场　同前。街道

朗斯牵一条狗上。

朗斯　嗳哟,我到现在才哭完呢,咱们朗斯一族里的人都有这个心肠太软的毛病。我像《圣经》上的浪子一样,拿到了我的一份家产,现在却要跟着普洛丢斯少爷上京城里去。我想我的狗克来勃是最狠心的一条狗。我的妈妈眼泪直流,我的爸爸涕泗横流,我的妹妹放声大哭,我家的丫头也嚎啕喊叫,就是我们养的猫儿也悲伤得乱搓两手,一家人弄得七零八乱,可是这条狠心的恶狗却不流一点泪儿。他是一块石头,像一条狗一样没有心肝。就是犹太人,看见我们分别的情形,也会禁不住流泪的。看我的老祖母吧,她眼睛早已盲了,可是因为我要出远门,也把她的眼睛都哭瞎了呢。我可以把我们分别的情形扮给你们看。这只鞋子算是我的父亲;不,这只左脚的鞋子是我的父亲;不,不,这只左脚的鞋子是我的母亲;不,那也不对。——哦,不错,对了,这只鞋子底已经破了,它已经穿了一个洞,它就算是我的母亲;这一只是我的父亲。他妈的!就是这样。这一根棒是我的妹妹,因为她就像百合花一样的白,像一根棒那样的瘦小。这一顶帽子是我家的丫头阿南的。我就算是狗,不,狗是他自己,我是狗——哦,狗是我,我是我自己。对了,就是这样。现在我走到我父亲跟前:"爸爸,请你祝福我!"现在这只鞋子就要哭得说不出一句话来,然后我就要吻我的父亲,他还是哭个不停。现在我再走到我的母亲跟前,唉!我希望她现在能够像一个疯女人一样开起口来!我就这么吻了她,一点也不错,她嘴里完全是这个气味。现在我要到我妹妹跟前,你瞧她哭得多么伤心!可是这条狗站在旁边,瞧着我一把一把眼泪挥在地上,却始终不流一点泪,也不说一句话。

潘西诺上。

潘西诺　朗斯,快走,快走,上船了!你的主人已经登船,你得坐小划子赶去。什么事?这家伙,怎么哭起来了?去吧,蠢货!你再耽搁下去,潮水要退下去了。

朗　斯　退下去有什么关系?这东西这么不通人情。

潘西诺　谁这么不通人情?

朗　斯　就是它,克来勃,我的狗。

潘西诺　呸,这家伙!我说,潮水要是退下去,你就要错过这次航行了;错过这次航行,你就要失去你的主人了;失去你的主人，你就要失去你的工作了；失去你的工作——你干吗堵住我的嘴？

朗　斯　我怕你会失去你的舌头。

潘西诺　舌头怎么会失去？

朗　斯　你话太多了。

潘西诺　我看你倒是放屁太多。

朗　斯　误了潮水，连航行、主人、工作，外带这条狗，都失去了！我对你说吧，要是河水干了，我会用眼泪把它灌满；要是风势低了，我会用叹息把船只吹送。

潘西诺　来吧，来吧，主人派我来叫你的。

朗　斯　你爱叫什么就叫什么好了。

潘西诺　你到底走不走？

朗　斯　好，走就走。（同下）

第四场　米兰。公爵府中一室

凡伦丁、西尔维娅、修里奥及史比德上。

西尔维娅　仆人！

凡伦丁　小姐？

史比德　少爷，修里奥大爷在向您怒目而视呢。

凡伦丁　嗯，那是为了爱情的缘故。

史比德　他才不爱您呢。

凡伦丁　那就是爱这位小姐。

史比德　我看您应该打他一顿。

西尔维娅　仆人，你看起来好像不高兴？

凡伦丁　是的，小姐，我有点不高兴。

修里奥　不大高兴？其实还是很高兴吧！

凡伦丁　也许是的。

修里奥　真会伪装。

凡伦丁　你也一样。

修里奥　我伪装什么了？

凡伦丁　你看上去还像个聪明人。

修里奥　你凭什么证明我不是个聪明人？

凡伦丁　就凭你的愚蠢。

修里奥　怎么见得我愚蠢？

凡伦丁　从你身上的这件外套就看得出来。

修里奥　我这件外套是双料的。

凡伦丁　所以你是双料的傻瓜。

修里奥　什么？

西尔维娅　咦，生气了吗，修里奥爵士？你脸色怎么变成这样子？

凡伦丁　让他去，小姐，他是一只善变的蜥蜴。

修里奥　这只蜥蜴可要喝你的血，它不愿意和你共戴一天。

凡伦丁　你说得很对。

修里奥　现在我可不和你多讲话了。

凡伦丁　我早就知道你总是未开场先结束的。

西尔维娅　二位，你们的唇枪舌剑倒是挺有意思的。

凡伦丁　不错，小姐，这得感谢我们的赐予者。

西尔维娅　赐予者是谁呀，仆人？

凡伦丁　就是您自己，美丽的小姐，是您把火点着的。修里奥先生的机智也全是从您脸上借来的，因此才当着您的面一下子全用光了。

修里奥　凡伦丁，你要是跟我斗嘴，我会说得你无言以对。

凡伦丁　这个我完全相信，我知道尊驾有一个专门收藏言语的库房，在你手下的人，都用空言代替工钱；从他们寒碜的装束上，就可以看出他们是靠着你的空言过活的。

西尔维娅 两位别再说下去了，我的父亲来啦。

公爵上。

公　爵 西尔维娅，你给他们两位包围起来了吗？凡伦丁，你的父亲身体很好；你朋友有信来，带来了许多好消息，你要不要我告诉你？

凡伦丁 殿下，我愿意洗耳恭听。

公　爵 你认识你的同乡中有一位安东尼奥吗？

凡伦丁 是，殿下，他是一位德高望重的士绅，享有良好的声誉。

公　爵 他不是有一个儿子吗？

凡伦丁 是，殿下，他有一个克绍箕裘的贤嗣。

公　爵 你和他很熟悉吗？

凡伦丁 我知道他就像知道我自己一样，因为我们从小就在一起长大的。我虽然因为习于游惰，不肯用心上进，可是普洛丢斯——那是他的名字——却不曾把他的青春蹉跎过去。他少年老成，虽然涉世未深，见识却超人一等。他的种种好处，我一时也说不尽。总而言之，他的品貌才学，都是尽善尽美，凡是上流人所应有的美德，他身上无不具备。

公　爵 真的吗？要是他真是这样好，那么他是值得一个王后的眷爱，适宜于充任一个帝王的辅弼的。现在他已经到我们这里来了，许多大人物都有信来替他说话。他准备在这儿耽搁一些时候，我想你一定很高兴听见这消息吧。

凡伦丁 那真是我求之不得的。

公　爵 那么就准备着欢迎他吧。我这话是对你说的，西尔维娅；也是对你说的，修里奥。因为凡伦丁是用不着我再鼓励他

了。我就去叫他来和你们相见。（下）

凡伦丁　这就是我对小姐说起过的那个朋友，他本来是要跟我一起来的，可是他的眼睛给他情人的晶莹的盼睐摄住了，所以不能脱身。

西尔维娅　大概现在她已经释放了他，另外有人向她奉献忠诚了。

凡伦丁　不，我相信他仍旧是她的俘虏。

西尔维娅　他既然还在恋爱，那么他就应该是盲目的；他既然盲目，怎么能够迢迢而来，并找到了你的所在呢？

凡伦丁　小姐，爱情是有二十对眼睛的。

修里奥　他们说爱情不生眼睛。

凡伦丁　爱情没有眼睛来看见像你这样的情人；对于丑陋的事物，它是会视而不见的。

西尔维娅　算了，算了。客人来了。

普洛丢斯上。

凡伦丁　欢迎，亲爱的普洛丢斯！小姐，请您用特殊的礼遇欢迎他吧。

西尔维娅　要是这位就是你时常念念不忘的好朋友，那么凭着他的才德，一定会得到竭诚的欢迎。

凡伦丁　这就是他。小姐，请您接纳了他，让他同我一样做您的仆人。

西尔维娅　这样高贵的仆人，侍候这样卑微的女主人，未免太屈尊了。

普洛丢斯　哪里的话，好小姐，草野贱士，能够在这样一位卓越的贵人之前亲聆謦欬，实在是三生有幸。

凡伦丁　大家不用谦虚了。好小姐，请您收容他做您的仆人吧。

普洛丢斯　我将以能够奉侍左右，勉效奔走之劳，作为我最大的光荣。

西尔维娅　尽职的人必能得到酬报。仆人，一个庸愚的女主人欢迎着你。

普洛丢斯　这话若出自别人口里，我一定要他的命。

西尔维娅　什么话，欢迎你吗？

普洛丢斯　不，给您加上"庸愚"两字。

一仆人上。

仆　人　小姐，老爷叫您去说话。

西尔维娅　我就来。（仆人下）来，修里奥，咱们一块儿去。新来的仆人，我再向你说一声欢迎。现在我让你们两人畅叙家常，等会儿我们再谈吧。

普洛丢斯　我们两人都随时等候着您的使唤。（西尔维娅、修里奥、史比德同下）

凡伦丁　现在告诉我，家乡的一切情形怎样？

普洛丢斯　你的亲友们都很安好，他们都叫我问候你。

凡伦丁　你的亲友们呢？

普洛丢斯　我离开他们的时候，他们也都很康健。

凡伦丁　你的爱人怎样？你们的恋爱进行得怎么样了？

普洛丢斯　我的恋爱故事是向来使你讨厌的，我知道你不爱听这种儿女私情。

凡伦丁　可是现在我的生活已经改变过来了，我正在忏悔我自己从前对于爱情的轻视，它的至高无上的威权，正在用痛苦的绝食、悔罪的呻吟、夜晚的哭泣和白昼的叹息惩罚着我。为了报复我从前对它的侮蔑，爱情已经从我被蛊惑的眼睛中驱走了睡眠，使它们永远注视着我自己心底的忧伤。啊，普洛丢斯！爱情是一个有绝大权威的君王，我已经在他面前甘心臣服，他的惩罚使我甘之若饴,为他服役是世间最大的快乐。现在我除了关于恋爱方面的谈话以外,什么都不要听;单单提起爱情的名字,便可以代替了我的三餐一宿。

普洛丢斯 够了,我在你的眼睛里可以读出你的命运来。你所膜拜的偶像就是她吗?

凡伦丁 就是她。她不是一个天上的神仙吗?

普洛丢斯 不,她是一个地上的美人。

凡伦丁 她是神圣的。

普洛丢斯 我不愿谄媚她。

凡伦丁 为了我的缘故谄媚她吧,因为爱情是喜欢听人家恭维的。

普洛丢斯 当我有病的时候,你给我苦味的丸药,现在我也要用同样的方法来治你的病。

凡伦丁 那么就说老实话吧,她即使不是神圣,也是举世无双的魁首,她是世间一切有生之伦的女皇。

普洛丢斯 除了我的爱人以外。

凡伦丁 不,没有例外,除非你有意诽谤我的爱人。

普洛丢斯 我没有理由喜爱我自己的爱人吗?

凡伦丁 我也愿意帮助你抬高她的身份,她可以得到这样隆重的光荣,为我的爱人捧持衣裾,免得卑贱的泥土偷吻她的裙角;它在得到这样意外的幸运之余,会变得骄傲起来,不肯再去滋养盛夏的花卉,使苛酷的寒冬永驻人间。

普洛丢斯 嗳呀,凡伦丁,你简直在信口胡说。

凡伦丁 原谅我,普洛丢斯,我的一切赞美之词,对她都毫无用处;她的本身的美点,就可以使其他一切美人黯然失色。她是独一无二的。

普洛丢斯 那么你不要作非分之想吧。

凡伦丁　什么也不能阻止我去爱她。告诉你吧，老兄，她是属于我的。我有了这样一宗珍宝，就像是二十个大海的主人，它的每一粒泥沙都是珠玉，每一滴海水都是天上的琼浆，每一块石子都是纯粹的黄金。不要因为我从来不曾梦到过你而见怪，因为你已经看见我是怎样倾心于我的恋人。我那愚蠢的情敌——她的父亲因为他雄厚的资财而看中了他——刚才和她一同去了，我现在必须追上他们，因为你知道爱情是充满着嫉妒的。

普洛丢斯　可是她也爱你吗？

凡伦丁　是的，我们已经互许终身了，而且我们已经约好设计私奔，结婚的时间也已定下来了。我先用绳梯爬上她的窗口，把她接出来，各种手续程序都已完全安排好了。好普洛丢斯，跟我到我的寓所去，我还要请你在这种事情上多多指教呢。

普洛丢斯　你先去吧，你的寓所我会打听得到的。我还要到码头上去，拿一点必需的用品，然后再去看你。

凡伦丁　那么你快一点吧。

普洛丢斯　好的。（凡伦丁下）正像一阵更大的热焰压盖住原来的热焰，一枚大钉敲落了小钉，我的旧日的恋情，也因为有了一个新的对象而完全冷淡了。是我的眼睛在作祟吗？还是因为凡伦丁把她说得天花乱坠？还是她的真正的完美使我心醉？或者是我的见异思迁的罪恶，使我全然失去了理智？她是美丽的，我所爱的朱利娅也是美丽的；可是我对于朱利娅的爱已经成为过去了，那一段恋情，就像投入火中的蜡像，已经全然熔解，不留一点原来的痕迹。好像我对于凡伦丁的友谊已经突然冷淡，我不再像从前那样喜爱他了。啊，这是因为我太过于爱他的爱人了，所以我才对他冷淡。我这样不假思索地爱上了她，如果跟她相知渐深之后，更将怎样为她倾倒？我现在看见的只是她的外表，可是那已经使我的理智的灵光晕眩不定，那么当我看到她内心的美好

时，我一定要变成盲目的了。我要尽力克制我的罪恶的恋情，否则就得设计赢得她的芳心。（下）

第五场　同前。街道

史比德及朗斯上。

史比德　朗斯，凭着我的良心起誓，欢迎你到米兰来！

朗　斯　别胡乱起誓了，好孩子，没有人会欢迎我的。我一直认为：一个人没有吊死，总还有命；要是酒账未付，老板娘没有笑逐颜开，也谈不上欢迎两个字了。

史比德　来吧，你这疯子，我就请你上酒店去，那边你可以用五便士去买到五千个欢迎。可是我问你，你家主人跟朱利娅小姐是怎样分别的？

朗　斯　呃，他们在热烈地拥吻之后，就这样开玩笑似的分别了。

史比德　她将要嫁给他吗？

朗　斯　不。

史比德　怎么？他将要娶她吗？

朗　斯　也是个不。

史比德　咦，他们破裂了吗？

朗　斯　不，他们两人都是完完整整的。

史比德　那么究竟是怎么一回事呀？

朗　斯　是这样的，要是他没有什么问题，她也没有什么问题。

史比德　你真是头蠢驴！我听不懂你的话。

朗　斯　你真是块木头，什么都不懂！连我的拄杖都懂。

史比德　拄杖能懂你的话？

朗　　斯　是啊，你看，我摇摇它，它就懂了。

史比德　你的拄杖倒是动了。

朗　　斯　懂了，动了，完全是一回事。

史比德　老实对我说吧，这门婚事到底成不成？

朗　　斯　问我的狗好了：它要是说是，那就是成；它要是说不，那也是成；它要是摇摇尾巴不说话，那还是成。

史比德　那么结论就是准成了。

朗　　斯　像这样一桩秘密的事你要我直说出来是办不到的。

史比德　亏得我总算听懂了。可是，朗斯，你知道吗？我的主人也变成一个大情人了。

朗　　斯　这我早就知道。

史比德　知道什么？

朗　　斯　知道他是像你所说的一个大穷人。

史比德　你这狗娘养的蠢货，你说错了。

朗　　斯　你这傻瓜，我又没有说你，我是说你的主人。

史比德　我对你说，我的主人已经变成一个火热的情人了。

朗　　斯　让他在爱情里烧死了吧，那不干我的事。你要是愿意陪我上酒店去，很好；不然的话，你就是一个希伯来人，一个犹太人，不配称为一个基督徒。

史比德　为什么？

朗　　斯　因为你连请一个基督徒喝杯酒儿的博爱精神都没有。你去不去？

史比德　遵命。（同下）

第六场　同前。公爵府中一室

普洛丢斯上。

普洛丢斯　舍弃我的朱利娅，我就要违背了盟誓；恋爱美丽的西尔维娅，我也要违背了盟誓；中伤我的朋友，更是违背了盟誓。爱情的力量当初使我信誓旦旦，现在却又诱使我去干这三重毁盟的大罪。动人灵机的爱情啊！是你诱惑我犯了罪，那么请教教我如何为自己辩解吧。我最初爱慕的是一颗闪烁的星星，如今崇拜的是一个中天的太阳；无心中许下的誓愿，可以有意把它毁弃不顾；只有没有智慧的人，才会迟疑于好坏二者间的选择。呸，呸，不敬的唇舌！她是你从前用两万遍以灵魂作证的盟言，甘心供她驱使的，现在怎么好把她加上个坏字！我不能朝三暮四转爱他人，可是我已经变了心了；我应该爱的人，我现在已经不爱了。我失去了朱利娅，失去了凡伦丁；要是我继续对他们忠实，我必须失去我自己。我失去了凡伦丁，换来了我自己；失去了朱利娅，换来了西尔维娅。爱情永远是自私的，我自己当然比一个朋友更为宝贵，朱利娅在天生丽质的西尔维娅相形之下，不过是一个黝黑的丑妇。我要忘记朱利娅尚在人间，记着我对她的爱情已经死去；我要把凡伦丁当作敌人，努力取得西尔维娅更甜蜜的友情。要是我不用些诡计破坏凡伦丁，我就无法贯彻自己的心愿。今晚他要用绳梯爬上西尔维娅卧室的窗口，我是他的同谋者，因此与闻了这个秘密。现在我就去把他们设计逃走的事情通知她的父亲；他在勃然大怒之下，一定会把凡伦丁驱逐出境，因为他本来的意思是要把西尔维娅下嫁给修里奥的。凡伦丁一去之后，我就可以用些巧妙的计策，拦截修里奥迟钝的进展。爱神啊，你已经帮助我运筹划策，请你再借给我一副翅膀，让我赶快达到我的目的！（下）

第七场　维洛那。朱利娅家中一室

朱利娅及露西塔上。

朱利娅　给我出个主意吧，露西塔好姑娘，你得帮帮我忙。你就像是一块石板一样，我的心事都清清楚楚地刻在上面；现在我用爱情的名义，请求你指教我，告诉我有什么好法子让我到我那亲爱的普洛丢斯那里去，而不致出乖露丑。

露西塔　唉！这条路是悠长而累人的。

朱利娅　一个虔诚的朝圣者用他的软弱的脚步跋涉过千山万水，是不会觉得疲乏的；一个借着爱神之翼的女人，当她飞向像普洛丢斯那样亲爱、那样美好的爱人怀中去的时候，尤其不会觉得路途的艰难与遥远。

露西塔　还是不必多此一举，等候着普洛丢斯回来吧。

朱利娅　啊，你不知道他的目光是我灵魂的滋养吗？我在饥荒中因渴慕而憔悴，已经好久了。你要是知道一个人在恋爱中的内心的感觉，你就会明白用空言来压遏爱情的火焰，正像雪中取火一般无益。

露西塔　我并不是要压住您的爱情的烈焰，可是这把火不能够让它燃烧得过于炽盛，那是会把理智的藩篱完全烧去的。

朱利娅　你越把它遏制，它越燃烧得厉害。你知道泪泪的轻流如果遭遇障碍就会激成怒湍；可是倘使它的路程顺流无阻，它就会在光润的石子上弹奏柔和的音乐，轻轻地吻着每一根在它巡礼途中的芦苇，以这种游戏的心情，经过许多曲折的路程，最后到达辽阔的海洋。所以让我去，不要阻止我吧；我会像一道耐心的轻流一样，忘记长途跋涉的辛苦，一步步挨到爱人的门前，然后我就可以得到休息。就像一个有福的灵魂，在经历无数的折磨以后，永息在幸福的天国里一样。

露西塔　可是您在路上应该怎样打扮呢？

朱利娅　为了避免轻狂男子的调戏，我要扮成男装。好露西塔，给我找一套合身的衣服来，使我穿扮起来就像个良家少年一样。

露西塔　那么,小姐,您的头发不是要剪短了吗?

朱利娅　不,我要用丝线把它扎起来,扎成各种花样的同心结。装束得炫奇一点,扮成男子后也许别人看起来比我实际年龄还要大。

露西塔　小姐,您的裤子要裁成什么式样的?

朱利娅　你这样问我,就像人家问,"老爷,您的裙子腰围要多么大"一样。露西塔,你看怎样好就怎样做就是了。

露西塔　可是,小姐,你裤子前面也得有个兜儿才成。

朱利娅　呸,呸,那像个什么样子,太难看了!

露西塔　小姐,当前流行的紧身裤子,前头要没有那个兜儿,可就太不像话了。

朱利娅　如果你爱我的话,露西塔,就照你认为合适我的样子找一身吧。可是告诉我,我这样冒险远行,世人将要怎样评价我?我怕他们都要说我的坏话呢。

露西塔　既然如此,那就住在家里不要去了吧。

朱利娅　不,那我可不愿。

露西塔　那么就不要管人家怎么说,要去就去吧。要是普洛丢斯看见您来了很喜欢,那么别人赞成不赞成您去又有什么关系?可是我怕他不见得会怎样高兴吧。

朱利娅　那我可一点不担心,一千遍的盟誓、海洋一样的眼泪以及爱情无限的证据,都向我保证我的普洛丢斯一定会欢迎我。

露西塔　什么盟誓眼泪,都不过是假意的男人们的工具。

朱利娅　卑贱的男人才会拿它们来骗人,可是普洛丢斯有一颗生就的忠心,他说的话永无变更,他的盟誓等于天诰,他的爱情是真诚的,他的思想是纯洁的,他的眼泪出自衷心的,诈欺沾不进他的心肠,就像天壤一样不能相合。

露西塔　但愿您看见他的时候,他还是像您所说的一样!

朱利娅　你要是爱我的话,请你不要怀疑他的忠心;你也应当像我一样爱他,我才喜欢你。现在你快跟我进房去,把我在旅途中所需要的物件检点一下。我所有的东西,我的土地财产,我的名誉,在我回来之前一切都归你支配;我只要你赶快帮我收拾动身。来,别多说话了,赶快!我心里已经等不及了。(同下)

第三幕

第一场　米兰。公爵府中接待室

公爵、修里奥及普洛丢斯上。

公　爵　修里奥，请你让我们两人说句话儿，我们有点秘密的事情要商议一下。（修里奥下）现在告诉我吧，普洛丢斯，你要对我说些什么话？

普洛丢斯　殿下，要是按照朋友的情分而论，我本来不应该把这件事情告诉您；可是我想起像我这样无德无能的人，多蒙殿下恩宠有加，倘使这次知而不报，在责任上实在说不过去；虽然如果换了别人，无论多少世间的财富，都不能诱我开口的。殿下，您要知道在今天晚上，我的朋友凡伦丁想要把令嫒劫走，他曾经把他的计划告诉我。我知道您已经决定把她嫁给修里奥，令嫒对这个人却是不大满意的；现在假如她跟凡伦丁逃走了，那对于您这样年纪的人一定是一个重大的打击。所以我为了责任所迫，宁愿破坏我朋友的计谋，却不愿代他隐瞒起来，免得您因为事出不意而气坏了身子。

公　爵　普洛丢斯，多谢你这样关心我。我活一天，一定会补报你的。他们虽然当我在睡梦之中,可是我早就看出他们两人在恋爱;我也常常想禁止凡伦丁和她亲近,或是不许他到我的宫廷里来,可是因为我不愿急切从事,生怕我的猜疑并非事实,反倒错怪了好人,所以仍旧照样待之以礼,慢慢看出他的举止用心来。我知道年轻人血气未定,易受诱惑,早就防范到这一步,每天晚上我叫她睡在阁上,她房间的钥匙由我亲自保管,所以别人是没有法子把她偷走的。

普洛丢斯　殿下,他们已经想出了一个法子,他准备用绳梯爬上她的窗口,把她从窗里接下来。他现在去拿绳梯了,等会儿就会经过这里,您要是愿意的话,就可以拦住问他。可是殿下,您盘问他的时候,话要说得巧妙一点,别让他知道是我走了风,因为我这样报告您,只是出于我对您的忠诚,不是因为和我的朋友有什么过不去的地方。

公　爵　我用名誉为誓,他不会知道我是从你这里得到这消息的。

普洛丢斯　再会,殿下,凡伦丁就要来了。(下)

凡伦丁上。

公　爵　凡伦丁,你这么急急地要到哪儿去?

凡伦丁　启禀殿下,有一个寄书人在外面,等着我把信交给他带给我的朋友们。

公　爵　是很重要的信吗?

凡伦丁　不过告诉他们我在殿下这儿很好、很快乐而已。

公　爵　那没什么要紧,陪着我谈谈吧。我要告诉你一些我的切身的事情,你可不要对外面的人说。你知道我曾经想把我的女儿许给我的朋友修里奥。

凡伦丁　那我很知道,殿下,这门亲事要是成功,那的确是门当户对;而且这位先生品行又好、又慷慨、又有才学,令嫒配

379

给他真是再好没有了。殿下不能够叫她也喜欢他吗？

公　爵　就是这么说。这孩子脾气坏，没有规矩，瞧不起人，又不听话又固执，一点不懂得规矩；她忘记了她是我的女儿，也不把我当一个父亲那样敬畏。不瞒你说，她这样忤逆，使我对于她的爱也完全消失了。我本来想象我这样年纪的人，有这么一个女儿承欢膝下，也可以娱此余生；现在事与愿违，我已经决定再娶一房妻室；至于我这女儿，谁要她便送给他，她的美貌就是她的嫁奁，因为她既然瞧不起我，当然也不会把我的财产放在心上的。

凡伦丁　关于这件事情，殿下要吩咐我做些什么吗？

公　爵　在这儿有一位从维洛那来的姑娘，我看中了她；可是她很安静幽娴，我这老头子说的话是打不动她的心的。我已经老早忘记了求婚的那一套法子，而且现在时世也不同了，所以我现在要请你教导教导我，怎样才可以使她那太阳一样明亮的眼睛眷顾到我。

凡伦丁　她要是不爱听空话，那么就用礼物去博取她的欢心；无言的珠宝比之流利的言辞，往往更能打动女人的心。

公　爵　我也曾经给她送过礼物，可是她一点不看重这些。

凡伦丁　女人有时在表面上装作不以为意，其实心里是万分喜欢的。你应当继续把礼物送去给她，切不可灰心；起先的冷淡，将会使以后的恋爱更加热烈。她要是向你假意生嗔，那不是因为她讨厌你，而是因为她希望你更加爱她。她要是骂你，那不是因为她要你离开她，因为女人若是没有人陪着是会气得发疯的。无论她怎么说，你总不要后退，因为她嘴里叫你走，其实并不是真要你走。称赞恭维是讨好女人的秘诀，尽管她生得又黑又丑，你不妨说她是天仙化人。一个男人生着三寸不烂之舌，要是说服不了一个女人，那还算是什么男人！

公　　爵　可是我所说起的那位姑娘,已经由她的亲族们许配给一个年轻的绅士了。她家里门户森严,任何男人在白天都无法走进她的家门去的。

凡伦丁　那么要是我,就在夜里去见她。

公　　爵　可是门户密闭,没有钥匙,在夜里更走不进去了。

凡伦丁　门里走不进去,不是可以从窗里进去吗?

公　　爵　她的寝室在很高的楼上,要是爬上去,会有生命危险的。

凡伦丁　只要找一副轻便的绳梯,用一对铁钩把它抛到窗沿上就成了;若是你有胆量冒这个险,就可以像古诗里的少年那样攀上高楼去和情人幽会了。

公　　爵　请你看在你世家子弟的身份上,告诉我在什么地方可以弄到这种梯子。

凡伦丁　你什么时候要用?请你告诉我。

公　　爵　我今夜就要,因为恋爱就像小孩一样,想要什么东西巴不得立刻就有。

凡伦丁　七点钟我可以给你弄到这么一副梯子来。

公　　爵　可是我想一个人去看她,这副梯子怎么带去呢?

凡伦丁　那是很轻便的,你可以把它藏在外套里面。

公　　爵　像你这样长的外套藏得下吗?

凡伦丁　可以藏得下。

公　　爵　那么让我穿穿你的外套看,我要照这尺寸另做一件。

凡伦丁　啊,殿下,随便什么外套都一样可用的。

公　　爵　外套应当怎样穿法才对?请你让我试穿一下吧。(拉开凡伦丁的外套)这封是什么信?上面写着的是什么?——给西尔维娅!这儿还有我所需要的工具!恕我这回无礼,把这封信拆开了。

> 相思夜夜飞，飞绕情人侧；
> 身无彩凤翼，无由见颜色。
> 灵犀虽可通，室迩人常遐，
> 空有梦魂驰，漫漫怨长夜！

这儿还写着什么？"西尔维娅，请于今夕偕遁。"原来如此，这就是你准备好的梯子！哼，好一副偷天换日的本领！你因为看见星星向你闪耀，就想上去把它们采摘吗？去，你这妄图非分的小人，放肆无礼的奴才！向你的同类们去胁肩谄笑吧！不要以为你自己有什么了不起的地方，我因为不屑和你计较，才叫你立刻离开此地，不来过分为难你。我以前已经给过你太多的恩惠，现在就向你再开一次恩吧。可是你假如不立刻收拾动身，在我的领土上多停留一刻工夫，哼！那时我发起怒来，可要把我对你和我女儿的心意都抛开不管了。快去！我不要听你无益的辩解；你要是看重你的生命，就立刻给我走吧。（下）

  凡伦丁　与其活着受煎熬，何不一死了事？死不过是把自己放逐出自己的躯壳以外，西尔维娅已经和我合成一体，离开她就是离开我自己，这不是和死同样的刑罚吗？看不见西尔维娅，世上还有什么光明？没有西尔维娅在一起，世上还有什么乐趣？我只好闭上眼睛假想她在旁边，用这样美好的幻影寻求片刻的陶醉。除非夜间有西尔维娅陪着我，夜莺的歌唱只是不堪入耳的噪音；除非白天有西尔维娅在我的面前，否则我的生命将是一个不见天日的长夜。她是我生命的精华，我要是不能在她的煦护拂庇之下滋养我的生机，就要干枯憔悴而死。即使能逃过他这可怕的判决，我也仍然不能逃避死亡。因为我留在这儿，结果不过一死，可是离开了这儿，就是离开了生命所寄托的一切。

  普洛丢斯及朗斯上。

普洛丢斯　快跑，小子！跑，跑，把他找出来。

朗　　斯　喂！喂！

普洛丢斯　你看见什么？

朗　　斯　我们所要找的那个人，他头上每一根头发都是凡伦丁。

普洛丢斯　是凡伦丁吗？

凡伦丁　不是。

普洛丢斯　那么是谁？他的鬼吗？

凡伦丁　也不是。

普洛丢斯　那么你是什么？

凡伦丁　我不是什么。

朗　　斯　那么你怎么会说话呢？少爷，我打他好不好？

普洛丢斯　你要打谁？

朗　　斯　不打谁。

普洛丢斯　狗才，住手。

朗　　斯　啃，少爷！我打的不是什么呀，请你让我——

普洛丢斯　我叫你不许放肆。——凡伦丁，我的朋友，让我跟你讲句话儿。

凡伦丁　我的耳朵里满是坏消息，现在就是有好消息也听不见了。

普洛丢斯　那么我还是把我所要说的话埋葬在无言的沉默里吧，因为它们是刺耳而不愉快的。

凡伦丁　难道是西尔维娅死了吗？

普洛丢斯　没有，凡伦丁。

凡伦丁　没有凡伦丁，不错，神圣的西尔维娅已经没有她的凡伦丁了！难道是她把我遗弃了吗？

普洛丢斯　没有，凡伦丁。

凡伦丁　没有凡伦丁，她要是把我遗弃了，世上自然再没有凡伦丁这个人了！那么你有些什么消息？

　　朗　　斯　凡伦丁少爷，外面贴着告示说要把你驱逐出境呢。

　　普洛丢斯　是的，那就是我要告诉你的消息，你必须离开这里，离开西尔维娅，离开我，你的朋友。

　　凡伦丁　唉！这服苦药我已经咽下去了，太多了将使我噎塞而死。西尔维娅知道我已经被驱逐了吗？

　　普洛丢斯　是的，她听见这个判决以后，曾经流过无数珍珠溶化成的眼泪，跪倒在她凶狠的父亲脚下苦苦哀求，她那皎洁的纤手好像因为悲哀而化为惨白，在她的胸前搓绞着；可是跪地的双膝、高举的玉手、悲伤的叹息、痛苦的呻吟、银色的泪珠，都不能感动她那冥顽不灵的父亲，他坚持着凡伦丁倘在米兰境内被捕，就必须处死；而且当她在恳求他收回成命的时候，他因为她的多事而大为震怒，竟把她关了起来，恫吓着要把她终身禁锢。

　　凡伦丁　别说下去了，除非你的下一句话能够致我于死命，那么我就请你轻声送进我的耳中，好让我能够从无底的忧伤中获得解脱，从此长眠不醒。

　　普洛丢斯　事已至此，悲伤也不中用，还是想个补救的办法吧；只要静待时机，总有运命转移的一天。你要是停留在此地，仍旧见不到你的爱人，而且你自己的生命也要保不住。希望是恋人们的唯一凭藉，你不要灰心，尽管到远处去吧。虽然你自己不能到这里来，你仍旧可以随时通信，只要写明给我，我就可以把它转交到你爱人的乳白的胸前。现在时间已经很匆促，我不能多多向你劝告，来，我送你出城，在路上我们还可以谈谈关于你的恋爱的一切。你即使不以你自己的安全为重，也应该为你的爱人着想。请你就跟着我走吧！

　　凡伦丁　朗斯，你要是看见我那小子，叫他赶快到北城门口会我。

普洛丢斯　去，狗才，快去找他。来，凡伦丁。

凡伦丁　啊，我的亲爱的西尔维娅！倒霉的凡伦丁！（凡伦丁、普洛丢斯同下）

朗　斯　瞧吧，我不过是一个傻瓜，可是我却知道我的主人不是个好人，这且不去说它。没有人知道我也在恋爱了，可是我真的在恋爱了，可是几匹马也不能把这秘密从我嘴里拉出来，我也决不告诉人我爱的是谁。不用说，那是一个女人，可是她是怎样一个女人，这我可连自己也不知道。总之，她是一个挤牛奶的姑娘，其实她不是姑娘，因为据说她都养过几个私生子了；可是她是个拿工钱给东家做事的姑娘。她的好处比猎狗还多，这在一个基督徒可就不容易了。（取出一纸）这儿是一张清单，记载着她的种种能耐。"第一条，她可供奔走之劳，为人来往取物。"啊，就是一匹马也不过如此。不，马可供奔走之劳，却不能来往取物，所以她比一匹吊儿郎当的马好得多了。"第二条，她会挤牛奶。"听着，一个姑娘要是有着一双干净的手，这是一件很大的好处。

史比德上。

史比德　喂，朗斯先生，您还好吗？

朗　斯　我东家吗？他到港口送行去了。

史比德　你又犯老毛病，把词儿听错了。你这纸上有什么新闻？

朗　斯　很不妙，简直是漆黑一团。

史比德　怎么会漆黑一团呢？

朗　斯　咳，不是用墨写的吗？

史比德　让我也看看。

朗　斯　呸，你这呆鸟！你又不识字。

莎士比亚喜剧

史比德　谁说的？我怎么不识字？

朗　斯　那么我倒要考考你。告诉我，谁生下了你？

史比德　呃，我的祖父的儿子。

朗　斯　嗳哟，你这没有学问的浪荡货！你是你祖母的儿子生下来的。这就可见得你是个不识字的。

史比德　好了，你才是个蠢货，不信让我念给你听。

朗　斯　好，拿去，圣尼古拉斯①保佑你！

史比德　"第一条，她会挤牛奶。"

朗　斯　是的，这是她的拿手本领。

史比德　"第二条，她会酿上好的麦酒。"

朗　斯　所以有那么一句古话，"你酿得好麦酒，上帝保佑你。"

史比德　"第三条，她会缝纫。"

朗　斯　这就是说：她会逢迎人。

史比德　"第四条，她会编织。"

朗　斯　有了这样一个女人，可不用担心袜子破了。

史比德　"第五条，她会揩拭抹洗。"

朗　斯　妙极，这样我可以不用替她揩身抹脸了。

史比德　"第六条，她会织布。"

朗　斯　这样我可以靠她织布维持生活，舒舒服服地过日子了。

史比德　"第七条，她有许多无名的美德。"

朗　斯　正像私生子一样，因为不知谁是他的父亲，所以连自己的姓名也不知道。

史比德　"下面是她的缺点。"

---

① 圣尼古拉斯，指中世纪录事文书等的保护神。

朗　　斯　紧接在她好处的后面。

史比德　"第一条，她的口气很臭，未吃饭前不可和她接吻。"

朗　　斯　嗯，这个缺点是很容易矫正过来的，只要吃过饭吻她就是了。念下去。

史比德　"第二条，她喜欢吃甜食。"

朗　　斯　那可以掩盖住她的口臭。

史比德　"第三条，她常常睡梦里说话。"

朗　　斯　那没有关系，只要不在说话的时候打瞌睡就是了。

史比德　"第四条，她说起话来很慢。"

朗　　斯　他妈的！这怎么算是她的缺点？说话慢条斯理是女人最大的美德。请你把这条涂掉，把它改记到她的好处里面。

史比德　"第五条，她很骄傲。"

朗　　斯　把这条也涂掉。女人是天生骄傲的，谁都对她无可如何。

史比德　"第六条，她没有牙齿。"

朗　　斯　那我也不在乎，我就是爱啃面包皮的。

史比德　"第七条，她爱发脾气。"

朗　　斯　哦，她没有牙齿，不会咬人，这还不要紧。

史比德　"第八条，她喜欢不时喝杯酒。"

朗　　斯　是好酒她当然喜欢喝，就是她不喝我也要喝，好东西是人人喜欢的。

史比德　"第九条，她为人太随便。"

朗　　斯　她不会随便说话，因为上面已经写着她说起话来慢吞吞的；她也不会随便用钱，因为我会管牢她的钱袋；至于其他的地方随随便便，那我也没有法子。好，念下去吧。

史比德　"第十条，她的头发比智慧多，她的错处比头发多，她的财富比错处多。"

朗　斯　且慢，听了这一条，我又想要她，又想不要她，你且给我再念一遍。

史比德　"她的头发比智慧多——"

朗　斯　这也许是的，我可以用譬喻证明：包盐的布包袱比盐多，包住脑袋的头发也比智慧多，因为多的才可以包住少的。下面怎么说？

史比德　"她的错处比头发多——"

朗　斯　那可糟透了！嗳哟，要是没有这句话该多好！

史比德　"她的财富比错处多。"

朗　斯　啊，有这么一句，她的错处也变成好处了。好，我一定要娶她；要是这门亲事成功，天下没有不可能的事情——

史比德　那么你便怎样？

朗　斯　那么我就告诉你吧，你的主人在北城门口等你。

史比德　等我吗？

朗　斯　等你！嘿，你算什么人！他还等过比你身份高贵的人哩。

史比德　那么我一定要到他那边去吗？

朗　斯　你非得奔去不可，因为你在这里耽搁了这么多的时间，跑去恐怕还来不及。

史比德　你为什么不早告诉我？他妈的还念什么情书！（下）

朗　斯　他擅自读我的信，现在可要挨一顿揍了。谁叫他不懂规矩，滥管人家的闲事。我倒要跟上前去，瞧瞧这狗头受些什么教训，也好让我痛快一番。（下）

第二场　同前。公爵府中一室

公爵和修里奥上。

公　爵　修里奥，不要担心她不爱你，现在凡伦丁已经不在她眼前了。

修里奥　自从他被驱逐以后，她格外讨厌我，不愿跟我在一起，见了面就要骂我，现在我对于获得她的爱情已经不存什么希望了。

公　爵　这一种爱情的脆弱的刻痕就像冰雪上的纹印一样，只需片刻的热气，就能把它溶化在水中而消失得无影无踪。她那凝冻的心思不久就会溶解，那时她就会忘记卑贱的凡伦丁。

普洛丢斯上。

公　爵　啊，普洛丢斯！你的同乡有没有照我的命令离开米兰？

普洛丢斯　他已经走了，殿下。

公　爵　我的女儿因为他走了很伤心呢。

普洛丢斯　殿下，过几天她的悲伤就会慢慢消失的。

公　爵　我也这样想，可是修里奥却不以为如此。普洛丢斯，我知道你为人可靠——因为你已经用行动表示你的忠心——现在我要跟你商量商量。

普洛丢斯　只要我活在世上一天，我对于殿下的忠心是永无变更的。

公　爵　你知道我很想让修里奥和我的女儿成亲。

普洛丢斯　是，殿下。

公　爵　我想你也不会不知道她是怎样违逆着我的意思。

普洛丢斯　那是凡伦丁在这儿的时候，殿下。

公　爵　是的，可是她现在仍旧执迷不悟。我们要怎样做才可以叫这孩子忘记凡伦丁，转过心来爱修里奥呢？

普洛丢斯　最好的法子是散播关于凡伦丁的坏话，说他心思不正，行为懦弱，出身寒贱，这三件是女人家听见了最恨的事情。

公　爵　不错，可是她会以为这是人家故意造谣中伤他。

普洛丢斯　是的，如果那种话是出之于他的仇敌之口的话。所以我们必须叫一个她所认为是他的朋友的人，用巧妙婉转的措辞去告诉她。

公　爵　那么这件事就得有劳你了。

普洛丢斯　殿下，那可是我最最不愿意做的事。本来这种事就不是一个上流人所应该做的，何况又是说自己好朋友的坏话。

公　爵　现在你的好话既不能使他得益，那么你对他的诽谤也未必对他有什么害处，所以这件事其实是无所谓的，请你看在我的面上勉为其难吧。

普洛丢斯　殿下既然这么说，那么我也只好尽力效劳，使她不再爱他。可是即使她听了我说的关于凡伦丁的坏话，断绝了她对他的痴心，那也不见得她就会爱上修里奥。

修里奥　所以你在替她斩断情丝的时候，为了避免它变成纠结紊乱的一团，你得把它转系到我的身上。你说了凡伦丁怎样一句坏话，就反过来说我怎样一句好话。

公　爵　普洛丢斯，我们敢于信任你去干这件工作，因为我们听见凡伦丁说起过，知道你已经是一个爱神龛前的忠实信徒，不会见异思迁的，所以我们可以放心让你和西尔维娅自由谈话。她现在心绪非常恶劣，因为你是凡伦丁的朋友，她一定高兴你去和她谈谈，你就可以婉劝她割绝对凡伦丁的爱情，来爱我的朋友。

普洛丢斯　我一定尽我的力量办去做。可是修里奥大人，您在恋爱上面的功夫还差一点儿，您该写几首缠绵凄恻的情诗，诉说着您是怎样愿意为她鞠躬尽瘁，才可以获得她的芳心。

公　爵　对了，诗歌感人的力量是非常强大的。

普洛丢斯　您可以说在她美貌的圣坛上,您愿意贡献您的眼泪、您的叹息以及您的赤心。您要写到墨水干涸,然后再用眼泪润湿您的笔尖,写下几行动人的诗句,表明您的爱情是如何真诚。因为俄耳甫斯①的琴弦是用诗人的心肠作成的,它的金石之音足以使木石为之感动,猛虎听见了会帖耳驯服,巨大的海怪会离开深不可测的海底,在沙滩上应声起舞。您在寄给她这种悲歌以后,便应该在晚间到她的窗下用柔和的乐器,一声声弹奏出心底的忧伤。黑夜的静寂是适宜于这种温情的哀诉的,只有这样才能博取她的芳心。

公　爵　你这样循循善诱,足见是情场老手。

修里奥　我今夜就照你的指教实行。普洛丢斯,我的好师傅,咱们一块儿到城里去访寻几位音乐的好手。我有一首现成的情诗在此,不妨先把它拿来试一下。

公　爵　那么你们立刻就去吧!

普洛丢斯　我们还要侍候殿下用过晚餐,然后再决定如何进行。

公　爵　不,现在就去准备吧,我不会怪你们的。(同下)

---

①　俄耳甫斯,希腊神话里的歌手,据说他的歌声可以使山林、岩石移动,使野兽驯服。

第四幕

第一场　米兰与维洛那之间的森林

若干强盗上。

盗　甲　弟兄们，站住，我看见有一个过路人来了。

盗　乙　不管来他十个二十个，大家也不要怕，上前去。

凡伦丁及史比德上。

盗　丙　站住，老兄，把你的东西丢下来；倘有半个不字，我们就要动手抢了。

史比德　少爷，咱们这回完了；这班人就是行路人最害怕的那种家伙。

凡伦丁　列位朋友——

盗　甲　你错了，老兄，我们是你的仇敌。

盗　乙　别嚷，听他怎么说。

盗　丙　不错，我们要听听他怎么说，因为他看上去还像个好人。

凡伦丁　不瞒列位说，我是一个命运不济的人，除了这身破衣服以外，实在没有一点财物。列位要是一定要我把衣服脱下，那就等于把我全部的家财都拿去了。

盗　乙　你要到哪里去？

凡伦丁　到维洛那去。

盗　甲　你是从哪儿来的？

凡伦丁　米兰。

盗　丙　你住在那里多久了？

凡伦丁　十六个月，如果不是恶运临到我身上，我也不会就离开米兰的。

盗　乙　怎么，你是被他们驱逐出来的吗？

凡伦丁　是的。

盗　乙　因为什么罪名？

凡伦丁　一提起这件事情，我的心里就异常难过。我杀了一个人，现在觉得十分后悔；可是幸而他是我在一场争斗中杀死的，我并不曾用诡计阴谋加害于他。

盗　甲　果然是这样，那么你也不必后悔。可是他们就是为了这么一件小小过失，把你驱逐出境吗？

凡伦丁　是的，他们给我这样的判决，我自己已经认为是一件幸事了。

盗　乙　你会讲其他国家的语言吗？

凡伦丁　我在年轻时候因为经常走远路，所以勉强会说几句，不然就吃大亏了。

盗　丙　凭着侠盗罗宾汉手下那个胖神父的光头起誓，让这个人做咱们这一伙儿的首领，倒很不错。

盗　甲　我们要收留他。弟兄们，讲句话儿。

史比德　少爷，您去和他们合伙吧，他们倒是一群光明磊落的强盗呢。

凡伦丁　别胡说，狗才！

盗　乙　告诉我们,你现在有没有什么事情好做?

凡伦丁　没有,我现在悉听命运的支配。

盗　丙　那么老实对你说吧,我们这一群里面也有几个良家子弟,因为少年气盛,胡作非为,被循规蹈矩的上流社会所摈斥。我自己也是维洛那人,因为想要劫走一位公爵近亲的贵家嗣女,所以才遭到放逐。

盗　乙　我因为一时气恼,把一位绅士刺死了,被他们从曼多亚赶了出来。

盗　甲　我也是犯着和他们差不多的小罪。可是闲话少说,我们所以把我们的过失告诉你,因为要人知道我们过这种犯法的生涯,也是不得已而为之;一方面我们也是见你长得一表人材,照你自己说来又会说各国语言,像你这样的人,倒是我们所需要的。

盗　乙　尤其因为你也是一个被放逐之人,所以我们破例来和你商量。你愿意不愿意做我们的首领?穷途落难,未始不可借此栖身,你就像我们一样生活在旷野里吧!

盗　丙　你说怎么样?你愿意和我们同伙吗?你只要答应下来,我们就推戴你做首领,大家听从你的号令,把你尊为寨主。

盗　甲　可是你如果不接受我们的好意,那你休想活命。

盗　乙　我们决不放你活着回去向人家吹牛。

凡伦丁　我愿意接受列位的好意,和你们大家在一起;可是我也有一个条件,你们不许侵犯无知的女人,也不许劫夺穷苦的旅客。

盗　丙　不,我们一向不干这种卑劣的行为。来,跟我们去吧。我们要带你去见我们的合寨弟兄,把我们所得到的一切金银财宝都给你看,什么都由你支配,我们大家都愿意服从你。(同下)

第二场　米兰。公爵府中庭园

普洛丢斯上。

普洛丢斯　我已经对凡伦丁不忠实，现在又必须把修里奥欺诈；我假意替他吹嘘，实际上却是为自己开辟求爱的门径。可是西尔维娅是太好、太贞洁、太神圣了，我的卑微的礼物是不能把她污渎的。当我向她申说不变的忠诚的时候，她责备我对朋友的无义；当我向她的美貌誓愿贡献我的一切的时候，她叫我想起被我所背盟遗弃的朱利娅。她的每一句冷酷的讥刺，都可以使一个恋人心灰意懒；可是她越是不理我的爱，我越是像一头猎狗一样不愿放弃她。现在修里奥来了，我们就要到她的窗下去，为她奏一支夜曲。

修里奥及众乐师上。

修里奥　啊，普洛丢斯！你已经一个人先溜来了吗？

普洛丢斯　是的，为爱情而奔走的人，当他嫌跑得不够快的时候，就会溜了去的。

修里奥　你说得不错，可是我希望你的爱情不是着落在这里吧？

普洛丢斯　不，我所爱的正在这里，否则我到这儿来干么？

修里奥　谁？西尔维娅吗？

普洛丢斯　正是西尔维娅，我为了您而爱她。

修里奥　多谢多谢。现在，各位，大家调起乐器来，用劲地吹奏吧。

旅店主上，朱利娅男装随后。

旅店主　我的小客人，你怎么这样闷闷不乐似的，请问你有什么心事吗？

朱利娅　呃，老板，那是因为我快乐不起来。

旅店主　来，我要叫你快乐起来。让我带你到一个地方去，那里你可以听到音乐，也可以见到你所打听的那位绅士。

朱利娅　可是我能够听见他说话吗？

旅店主　是的，你也能够听见。

朱利娅　那就是音乐了。（乐声起）

旅店主　听！听！

朱利娅　他也在这里面吗？

旅店主　是的，可是你别说话，咱们听吧。

　　　　　歌

　　西尔维娅伊何人，
　　　乃能颠倒众生心？
　　神圣娇丽且聪明，
　　天赋诸美萃一身，
　　俾令举世诵其名。
　　伊人貌美如花浓，
　　　伊人宅心如春柔；
　　盈盈妙目启瞽瞍，
　　　创平痍复相思瘳，
　　寸心永驻眼梢头。
　　弹琴为伊歌一曲，
　　　伊人美好世无伦；
　　尘世萧条苦寂寞，
　　　唯伊灿耀如星辰：
　　穿花为束献佳人。

旅店主　怎么，你现在反而更加悲伤了吗？你怎么啦，孩子？这音乐不中你的意吧。

朱利娅　您错了,我恼的是奏音乐的人。

旅店主　为什么,我的好孩子?

朱利娅　因为他奏错了,老人家。

旅店主　怎么,他弹得不对吗?

朱利娅　不是,可是他搅酸了我的心弦。

旅店主　你倒有一双善听的耳朵。

朱利娅　唉!我希望我是个聋子;听了这种音乐,我的心也停止跳动了。

旅店主　我看你是不喜欢音乐的。

朱利娅　像这种刺耳的音乐,确实是一点也不喜欢。

旅店主　听!现在又换了一首好听的曲子了。

朱利娅　嗯,我恼的就是这种变化无常。

旅店主　那么你情愿他们老是奏着一首曲子吗?

朱利娅　我希望一个人终生奏着一首曲子。可是,老板,我们说起的这位普洛丢斯常常到这位小姐这儿来吗?

旅店主　我听他的仆人朗斯告诉我,他爱她爱得什么似的。

朱利娅　朗斯在哪儿?

旅店主　他去找他的狗去了,他的主人吩咐他明天把那狗送去给自己的爱人。

朱利娅　别说话,站开些,这一班人散开了。

普洛丢斯　修里奥,您放心好了,我一定给您婉转说情,您看我的手段有多高明吧。

修里奥　那么咱们在什么地方会面?

普洛丢斯　在圣葛雷古利井。

修里奥　好,再见。(修里奥及众乐师下)

西尔维娅自上方窗口出现。

普洛丢斯　小姐,晚安。

西尔维娅　谢谢你们的音乐,诸位先生。说话的是哪一位?

普洛丢斯　小姐,您要是知道我的纯洁的真心,您就会听得出我的声音。

西尔维娅　是普洛丢斯先生吧?

普洛丢斯　正是您的仆人普洛丢斯,好小姐。

西尔维娅　您来此有何见教?

普洛丢斯　我是为侍候您的旨意而来的。

西尔维娅　好吧,我就让你知道我的旨意,请你赶快回去睡觉吧。你这居心险恶、背信弃义之人!你曾经用你的誓言骗过不知多少人,现在你以为我也这样容易受骗,想用你的甜言来引诱我吗?快点儿回去,设法补赎你对你爱人的罪愆吧。我凭着这苍白的月亮起誓,你的要求是我所绝对不愿允许的;为了你的非分的追求,我从心底里瞧不起你,现在我这样向你多说废话,回头我还要痛恨我自己呢。

普洛丢斯　亲爱的人儿,我承认我曾经爱过一位女郎,可是她现在已经死了。

朱利娅　(旁白)一派胡言,她还没有下葬呢。

西尔维娅　就算她死了,你的朋友凡伦丁还活着;你自己亲自作证我已经将身心许给他。现在你这样向我絮渎,你也不觉得愧对他吗?

普洛丢斯　我听说凡伦丁也已经死了。

西尔维娅　那么你就算我也已经死了吧,你可以相信我的爱已经埋葬在他的坟墓里。

普洛丢斯　好小姐,让我再把它发掘出来吧。

西尔维娅　到你爱人的坟上,去把她叫活过来吧;或者至少也可以把你的爱和她埋葬在一起。

朱利娅　(旁白)这种话他是听不进去的。

普洛丢斯　小姐,您既然这样心硬,那么请您允许把您卧室里挂着的您那幅小像赏给我,安慰我这一片痴心吧。我要每天对它说话,向它叹息流泪;因为您的卓越的本人既然爱着他人,那么我不过是一个影子,只好向您的影子贡献我的热情了。

朱利娅　(旁白)这画像如果是一个真实的人,你也一定会有一天欺骗她,使她像现在的我一样,变成一个影子。

西尔维娅　先生,我很不愿意被你当作偶像,可是你既然是一个虚伪成性的人,那么让你去崇拜虚伪的影子,倒也于你很合适。明儿早上你叫一个人来,我就让他把它带给你。现在你可以去好好地休息了。

普洛丢斯　正像不幸的人们终夜未眠,等候着清晨的处决一样。(普洛丢斯、西尔维娅各下)

朱利娅　老板,咱们也走吧。

旅店主　嗳哟,我睡得好熟!

朱利娅　请问您,普洛丢斯住在什么地方?

旅店主　就在我的店里。嗳哟,现在天快亮了。

朱利娅　还没有哩,可是今夜啊,是我一生中最悠长、最难挨的一夜了!(同下)

第三场　同　前

爱格勒莫上。

爱格勒莫　这是西尔维娅小姐约我去见她的时辰,她要差我做一件重要的事情。小姐!小姐!

西尔维娅在窗口出现。

西尔维娅　是谁?

爱格勒莫　是您的仆人和朋友,来听候您的使唤的。

西尔维娅　爱格勒莫先生，早安！

爱格勒莫　早安，尊贵的小姐！我遵照您的吩咐，一早到这儿来，不知道您要叫我做些什么事？

西尔维娅　啊，爱格勒莫，你是一个正人君子，不要以为我在恭维你，我发誓我说的是真心话，你是一个勇敢、智慧、慈悲、能干而又有教养的人。你知道我对于被放逐在外的凡伦丁抱着怎样的好感，你也知道我的父亲要强迫我嫁给我所憎厌的骄傲的修里奥。你自己也是恋爱过的，我曾经听你说过，没有一种悲哀比之你真心的爱人死去的时候更使你心碎了，你已经对你爱人的坟墓宣誓终身不娶。爱格勒莫先生，我要到曼多亚去找凡伦丁，因为我听说他住在那边。可是我担心路上不好走，想请你陪着我去，我完全相信你为人可靠。爱格勒莫，不要用我父亲将要发怒之类的话来劝阻我；请你想一想我的伤心，一个女人的伤心吧；而且我的逃走是为了要避免一门最不合适的婚姻，它将会招致不幸的后果。我从我自己充满了像海洋中沙砾那么多的忧伤的心底向你请求，请你答应和我作伴同行。要是你不肯答应我，那么也请你把我对你说过的话保守秘密，让我一个人冒险前去吧。

爱格勒莫　小姐，我非常同情您的不幸，我知道您的用心是纯洁的，所以我愿意陪着您去。我也管不了此去对于我自己利害如何，但愿您能够遇到一切的幸福。您打算什么时候走？

西尔维娅　今天晚上。

爱格勒莫　我在什么地方和您会面？

西尔维娅　在伯特力克神父的修道院里，我想先在那里作一次忏悔礼拜。

爱格勒莫　我决不失约。再见，好小姐。

西尔维娅　再见，善良的爱格勒莫先生。（各下）

第四场 同 前

朗斯携犬上。

朗　斯　一个人不走运时，自己的仆人也会像恶狗一样反过来咬他一口。这畜生，我把它从小喂大，它的三四个兄弟姊妹落下地来眼睛还没睁开，便被人淹死了，是我把它救了出来。我辛辛苦苦地教导它，正像人家说的，教一条狗也不过如此。我的主人要我把它送给西尔维娅小姐，我一脚刚踏进膳厅的门，这作怪的东西就跳到砧板上把腌鸡腿衔去了。唉，一条狗当着众人面前，一点不懂规矩，那可真糟糕！按理说，要是以狗自命，做起什么事来都应当有几分狗聪明才对。可是它呢？要不是我比它聪明几分，把它的过失认在自己身上，它早被人家吊死了。你们替我评评理看，它是不是自己找死？它在公爵食桌底下和三四条绅士模样的狗在一起，一下子就撒起尿来，满房间都是臊气。一位客人说，"这是哪儿来的癞皮狗？"另外一个人说，"赶掉它！赶掉它！"第三个人说，"用鞭子把它抽出去！"公爵说，"把它吊死了吧。"我闻惯了这种尿臊气，知道是克来勃干的事，连忙跑到打狗的人面前，说，"朋友，您要打这狗吗？"他说，"是的。"我说，"那您可冤枉了它了，这尿是我撒的。"他就干脆把我打一顿赶了出来。天下有几个主人肯为他的仆人受这样的委屈？我可以对天发誓，我曾经因为它偷了人家的香肠而给人铐住了手脚，否则它早就一命呜呼了；我也曾因为它咬死了人家的鹅而颈上套枷，否则它也逃不了一顿打。你现在可全不记得这种事情了。嘿，我还记得在我向西尔维娅小姐告别的时候，你闹了怎样一场笑话。我不是关照过你，瞧我怎么做你也怎么做吗？你几时看见过我跷起一条腿来，当着一位小姐的裙边撒尿？你看见过我闹过这种笑话吗?

　　普洛丢斯及朱利娅男装上。

　　普洛丢斯　你的名字叫西巴斯辛吗?我很喜欢你,就要差你做一件事情。

　　朱利娅　请您吩咐下来吧,我愿意尽力去做。

　　普洛丢斯　那很好。(向朗斯)喂,你这蠢才!这两天你究竟在什么地方浪荡?

　　朗　斯　呃,少爷,我是照您的话给西尔维娅小姐送狗去的。

　　普洛丢斯　她看见我的小宝贝说些什么话?

　　朗　斯　呃,她说,您的狗是一条恶狗;她叫我对您说,您这样的礼物她是不敢领教的。

　　普洛丢斯　她不接受我的狗吗?

　　朗　斯　不,她不受,现在我把它带回来了。

　　普洛丢斯　什么!你为我把这畜生送给她吗?

　　朗　斯　是的,少爷,那只小狗儿在市场上给那些不得好死的偷去了,所以我才把我自己的狗送去给她。这条狗比您的狗大十倍,这礼物的价值当然也要高得多了。

　　普洛丢斯　快给我去把我的狗找回来;要是找不回来,不用再回来见我了。快滚!你要我见着你生气吗?这奴才真是给我丢尽了脸。(朗斯下)西巴斯辛,我收留你的缘故,一半是因为我需要像你这样一个孩子给我做些事情,不像那个蠢汉一样靠不住;可是大半还是因为我从你的容貌行为上,知道你是一个受过良好教养、诚实可靠的人。所以记着吧,我是为了这个才收留你的。现在你就给我去把这戒指送给西尔维娅小姐,它本来是一个爱我的人送给我的。

　　朱利娅　大概您已经不爱她了吧,所以把她的纪念物送给别人？是不是她已经死了？

普洛丢斯　不，我想她还活着。

朱利娅　唉！

普洛丢斯　你为什么叹气？

朱利娅　我禁不住可怜她。

普洛丢斯　你为什么可怜她？

朱利娅　因为我想她爱您就像您爱您的西尔维娅小姐一样。她梦寐怀念着一个忘记了她的爱情的男人；您却痴心热恋着一个不愿接受您的爱情的女子。恋爱是这样的参差颠倒，想起来真是可叹！

普洛丢斯　好，好，你把这戒指和这封信送去给她，那就是她住的房间。对那位小姐说，我要向她索讨她所答应给我的她那幅天仙似的画像。办好了差使以后，你就赶快回来，你会看见我一个人在房里伤心。（下）

朱利娅　有几个女人愿意干这样一件差使？唉，可怜的普洛丢斯！你找了一头狐狸来替你牧羊了。唉，我才是个傻子！他那样厌弃我，我为什么要可怜他？他因为爱她，所以厌弃我；我因为爱他，所以不能不可怜他。这戒指是我们分别的时候我要他永远记得我而送给他的；现在我这不幸的使者，却要替他求讨我所不愿意他得到的东西，转送我所不愿意送去的东西，称赞我所不愿意称赞的忠实。我真心爱着我的主人，可是我倘要尽忠于他，就只好不忠于自己。没有办法，我只能为他前去求爱，可是我要把这事情干得十分冷淡，天知道，我不愿他如愿以偿。

西尔维娅上，众女侍随上。

朱利娅　早安，小姐！有劳您带我去见一见西尔维娅小姐。

西尔维娅　假如我就是她，你有什么见教？

朱利娅　假如您就是她的话，那么我奉命而来，有几句话要奉渎清听。

　　西尔维娅　奉谁的命而来？
　　朱利娅　我的主人普洛丢斯，小姐。
　　西尔维娅　噢，他叫你来拿一幅画像吗？
　　朱利娅　是的，小姐。
　　西尔维娅　欧苏拉，把我的画像拿来。（女侍取画像至）你把这拿去给你的主人，请你再对他说，有一位被他朝三暮四的心所忘却的朱利娅，是比这个画里的影子更值得晨昏供奉的。
　　朱利娅　小姐，请您读一读这封信。——不，请您原谅我，小姐，是我大意送错了信了；这才是给您的信。
　　西尔维娅　请你让我再瞧瞧那一封。
　　朱利娅　这是不可以的，好小姐，原谅我吧。
　　西尔维娅　那么你拿去吧。我不要看你主人的信，我知道里面满是些山盟海誓的话，他说过了就把它丢在脑后，正像我把这纸头撕碎了一样不算一回事。
　　朱利娅　小姐，他叫我把这戒指送上。
　　西尔维娅　这更是他的不对了。我曾经听他说起过上千次，这是他的朱利娅在分别时候给他的。他的没有良心的指头虽然已经玷污了这戒指，我可不愿对不起朱利娅而把它戴上。
　　朱利娅　她谢谢你。
　　西尔维娅　你说什么？
　　朱利娅　我谢谢您，小姐，因为您这样关心她。可怜的姑娘！我的主人太对不起她了。
　　西尔维娅　你也认识她吗？
　　朱利娅　我熟悉她的为人，就像知道我自己一样。不瞒您说，我因为想起她的不幸，曾经流过几百次的眼泪哩。
　　西尔维娅　她多半以为普洛丢斯已经抛弃她了吧。

朱利娅　我想她是这样想着,这也就是她所以悲伤的缘故。

西尔维娅　她长得好看吗?

朱利娅　小姐,她从前是比现在好看多了。当她以为我的主人很爱她的时候,在我看来她是跟您一样美的;可是自从她无心对镜、懒敷脂粉以后,她的颊上的蔷薇已经不禁风吹而枯萎,她的百合花一样的肤色也已经憔悴下来,现在她是跟我一样的黑丑了。

西尔维娅　她的身材怎样?

朱利娅　跟我差不多高,因为在一次五旬节①串演各种戏剧的时候,当地的青年要我扮作女人,把朱利娅小姐的衣服借给我穿着,刚巧合着我的身材,大家说这身衣服就像是为我而裁剪的,所以我知道她跟我差不多高。那时候我扮着阿里阿德涅,悲痛着忒修斯②的薄情遗弃;我表演得那样凄惨逼真,使我那小姐忍不住频频拭泪。现在她自己被人这样对待,怎么不使我为她难过!

西尔维娅　她知道你这样同情她,一定很感激你的。唉,可怜的姑娘,被人这样抛弃不顾!听了你的话,我也要流起泪来了。孩子,为了你那好小姐的缘故,我给你这几个钱,因为你是爱她的。再见。

朱利娅　您要是认识她的话,她也会因为您的善心而感谢您的。(西尔维娅及侍从下)她是一位贤淑美丽的贵家女子。她这样关切着朱利娅,看来我的主人向她求爱是没有多大希望的。唉,爱情是多么善于愚弄它自己!这一幅是她的画像,让我瞻仰一番。我想,我要是也有这样一顶帽子,我这面庞和她的比起来

---

① 五旬节,逾越节后第五十日,为庆祝收获之节日。

② 忒修斯是传说中的雅典英雄,为阿里阿德涅所恋;忒修斯得后者之助,深入迷宫,杀死半牛半人之食人怪兽;惟其后卒将该女遗弃。

也是一样可爱；可是画师似乎把她的美貌格外润色了几分，否则就是我自己太顾影自怜了。她的头发是赭色的，我的是纯粹的金黄；他如果就是为了这一点差别而爱她，那么我愿意装上一头假发。她的灰色的眼睛像水晶一样清澈，我的眼睛也是一样；可是我的额角比她的高些。爱神倘不是盲目的，那么我有哪一点赶不上她？把这影子卷起来吧，它是你的情敌呢。啊，你这无知无觉的形象！他将要崇拜你、爱慕你、吻你、抱你；倘使他的盲目的恋爱是有几分理性的话，他就应该爱我这血肉之身而忘记了你；可是因为她没有错待我，所以我也要爱惜你、珍重你；不然的话，我要发誓剜去你那双视而不见的眼睛，好让我的主人不再爱你。（下）

第五幕

第一场　米兰。一寺院

爱格勒莫上。

爱格勒莫　太阳已经替西天镀上了金光,西尔维娅约我在伯特力克神父的修道院里会面的时间快要到了。她是不会失约的,因为在恋爱中的人们总是急于求成,只有提前早到,决不会误了钟点。瞧,她已经来啦。

西尔维娅上。

爱格勒莫　小姐,晚安!

西尔维娅　阿门,阿门!好爱格勒莫,快从寺院的后门出去,我怕有暗探在跟随着我。

爱格勒莫　别怕,离这儿不满十里就是森林,只要我们能够到得那边,就可万无一失。(同下)

第二场　同前。公爵府中一室

修里奥、普洛丢斯及朱利娅上。

莎士比亚喜剧

修里奥　普洛丢斯，西尔维娅对于我的求婚作何表示？

普洛丢斯　啊，老兄，她的态度比原先软化得多了；可是她对于您的相貌还有几分不满。

修里奥　怎么！她嫌我的腿太长吗？

普洛丢斯　不，她嫌它太瘦小了。

修里奥　那么我就穿上一双长统靴子去，好叫它瞧上去粗一些。

朱利娅　（旁白）你可不能把爱情一靴尖踢到它所憎嫌的人的怀里啊！

修里奥　她怎样批评我的脸？

普洛丢斯　她说您有一张俊俏的小白脸。

修里奥　这丫头胡说八道，我的脸是又粗又黑的。

普洛丢斯　可是古话说，"粗黑的男子在美人眼中就是明珠。"

朱利娅　（旁白）不错，这种明珠会耀得美人们睁不开眼来，我见了他就宁愿闭上眼睛。

修里奥　她对于我的言辞谈吐觉得怎样？

普洛丢斯　当您讲到战争的时候，她是会觉得头痛的。

修里奥　那么当我讲到恋爱的时候，她是很喜欢的吗？

朱利娅　（旁白）你一声不响人家才更满意呢。

修里奥　她对于我的勇敢怎么说？

普洛丢斯　啊，那是她一点都不怀疑的。

朱利娅　（旁白）她不必怀疑，因为她早知道他是一个懦夫。

修里奥　她对于我的家世怎么说？

普洛丢斯　她说您系出名门。

朱利娅　（旁白）不错，他是个辱没祖先的不肖子孙。

修里奥　她看重我的财产吗？

普洛丢斯　啊，是的，她还觉得十分痛惜呢。

修里奥　为什么？

朱利娅　（旁白）因为偌大财产都落在一头蠢驴的手里。

普洛丢斯　因为它们都典给人家了。

朱利娅　公爵来了。

公爵上。

公　爵　啊，普洛丢斯！修里奥！你们两人看见过爱格勒莫没有？

修里奥　没有。

普洛丢斯　我也没有。

公　爵　你们看见我的女儿吗？

普洛丢斯　也没有。

公　爵　啊呀，那么她已经私自出走，到凡伦丁那家伙那里去了，爱格勒莫一定是陪着她去的。一定是的，因为劳伦斯神父在林子里修行的时候，曾经看见他们两个人；爱格勒莫他是认识的，还有一个人他猜想是我女儿，可是因为她假扮着，所以不能十分确定。而且她今晚本来要到伯特力克神父修道院里做忏悔礼拜，可是她却不在那里。这样看来，她的逃走是完全证实了。我请你们不要站在这儿多讲话，赶快备好马匹，咱们在通到曼多亚去的山麓高地上会面，他们一准是到曼多亚去的。赶快整装出发吧！（下）

修里奥　真是一个不懂好歹的女孩子，叫她享福她偏不享。我要追他们去，叫爱格勒莫知道些厉害，却不是为了爱这个不知死活的西尔维娅。（下）

普洛丢斯　我也要追上前去，为了西尔维娅的爱，却不是对那和她同走的爱格勒莫有什么仇恨。（下）

朱利娅 我也要追上前去，阻碍普洛丢斯对她的爱情，却不是因为恼恨为爱而出走的西尔维娅。（下）

第三场　曼多亚边境。森林

众强盗挟西尔维娅上。

盗　甲　来，来，不要急，我们要带你见寨主去。

西尔维娅　无数次不幸的遭遇，使我学会了如何忍耐今番这一次。

盗　乙　来，把她带走。

盗　甲　跟她在一起的那个绅士呢？

盗　丙　他因为跑得快，给他逃掉了，可是摩瑟斯和伐勒律斯已经向前追去了。你带她到树林的西头，我们的首领就在那里。我们再去追那逃走的家伙，四面包围得紧紧的，料他逃不出去。

（除盗甲及西尔维娅外，余人同下）

盗　甲　来，我带你到寨里去见寨主。别怕，他是个光明正大的汉子，不会欺侮女人的。

西尔维娅　凡伦丁啊！我是为了你才忍受这一切的。（同下）

第四场　森林的另一部分

凡伦丁上。

凡伦丁　习惯真是能够变化人的生活！在这座浓荫密布、人迹罕至的荒林里，我觉得要比人烟繁杂的市镇里舒服得多。我可以在这里一人独坐，和着夜莺的悲歌调子，泄吐我的怨恨忧伤。唉，我那心坎里的人儿呀，不要长久抛弃你的殿堂吧，否则它会荒芜而颓圮,不留下一点可以供人凭吊的痕迹!我这破碎的心,是要等着你来修补呢,西尔维娅!你温柔的女神,快来安慰你的寂寞孤零的恋人呀!(内喧嚷声)今天什么事这样吵吵闹闹的?这一班是我的弟兄们,他们不受法律的管束,现在不知又在追赶哪一个倒霉的旅客了。他们虽然厚爱我,可是我也费了不少气力,才叫他们不要作什么非礼的暴行。且慢,谁到这儿来啦?待我退后几步看个明白。

普洛丢斯、西尔维娅及朱利娅上。

普洛丢斯 小姐,您虽然看不起我,可是这次我是冒着生命的危险,把您从那个家伙手里救了出来,保全了您的清白。就凭着这一点微劳,请您向我展颜一笑吧;我不能向您求讨一个比这更小的恩惠,我相信您也总不致拒绝我这一个最低限度的要求。

凡伦丁 (旁白)我眼前所见所闻的一切,多么像一场梦境!爱神哪,请你让我再忍耐一会儿吧!

西尔维娅 啊,我是多么倒霉,多么不幸!

普洛丢斯 在我没有到来之前,小姐,您是不幸的;可是因为我来得凑巧,现在不幸已经变成大幸了。

西尔维娅 因为你来了,所以我才更不幸。

朱利娅 (旁白)因为他找到了你,我才不幸呢。

西尔维娅 要是我给一头饿狮抓住,我也宁愿给它充作一顿早餐,不愿让薄情无义的普洛丢斯把我援救出险。啊,上天作证,我是多么爱凡伦丁,他的生命就是我的灵魂。正像我把他爱到极点一样,我也痛恨背盟无义的普洛丢斯到极点。快给我走吧,别再纠缠我了。

普洛丢斯 只要您肯温和地看我一眼,无论什么与死为邻的危险事情,我都愿意为您去做。唉,这是爱情的永久的咒诅,一片痴心难邀美人的眷顾!

西尔维娅　普洛丢斯不爱那爱他的人,怎么能叫他爱的人爱他?想想你从前深恋的朱利娅吧,为了她你曾经发过一千遍誓诉说你的忠心,现在这些誓言都变成了谎话,你又想把它们拿来骗我了。你简直是全无人心,不然就是有二心,这比全然没有更坏;一个人应该只有一颗心,不该朝三暮四。你这出卖真诚朋友的无耻之徒!

普洛丢斯　一个人为了爱情,怎么还能顾到朋友呢?

西尔维娅　只有普洛丢斯才是这样。

普洛丢斯　好,我的婉转哀求要是打不动您的心,那么我只好像一个军人一样,用武器来向您求爱,强迫您接受我的痴情了。

西尔维娅　天啊!

普洛丢斯　我要强迫你服从我。

凡伦丁　(上前)混账东西,不许无礼!你这冒牌的朋友!

普洛丢斯　凡伦丁!

凡伦丁　卑鄙奸诈、不忠不义的家伙,现今世上就多的是像你这样的朋友!你欺骗了我的一片真心;要不是我今天亲眼看见,我万万想不到你竟是这样一个人。现在我不敢再说我在世上有一个朋友了。要是一个人的心腹都会背叛他,那么还有谁可以信托?普洛丢斯,从此以后,我不再相信你了;茫茫人海之中,我将只剩孑然一身。这种来自朋友的冷箭的创伤是最深的,自己的朋友竟然会变成最坏的仇敌,世间还有比这更可痛心的事吗?

普洛丢斯　我的羞愧与罪恶使我说不出话来。饶恕我吧,凡伦丁!如果真心的悔恨可以赎取罪愆,那么请你原谅我这一次吧!我现在的痛苦决不下于我过去的罪恶。

凡伦丁　那就罢了,你既然真心悔过,我也就不再计较,仍旧把你当作一个朋友。能够忏悔的人,无论天上人间都可以不咎既往。上帝的愤怒也会因为忏悔而平息的。为了表示我对你的友情的坦率真诚起见，我愿意把我在西尔维娅心中的地位让给你。

朱利娅　我好苦啊！（晕倒）

普洛丢斯　瞧这孩子怎么啦？

凡伦丁　喂，孩子！喂，小鬼！啊，怎么一回事？醒过来！你说话呀！

朱利娅　啊，好先生，我的主人叫我把一个戒指送给西尔维娅小姐，可是我粗心把它忘了。

普洛丢斯　那戒指呢，孩子？

朱利娅　在这儿，这就是。（以戒指交普洛丢斯）

普洛丢斯　啊，让我看。咦，这是我给朱利娅的戒指呀。

朱利娅　啊，请您原谅，我弄错了；这才是您送给西尔维娅的戒指。

（取出另一戒指）

普洛丢斯　可是这一个戒指是我在动身的时候送给朱利娅的，现在怎么会到你的手里？

朱利娅　朱利娅自己把它给我，而且她自己把它带到这儿来了。

普洛丢斯　怎么！朱利娅！

朱利娅　曾经听过你无数假誓、从心底里相信你不会骗她的朱利娅就在这里，请你瞧个明白吧！普洛丢斯啊，你看见我这样装束，也该脸红了吧！我的衣着是这样不成体统，如果为了爱而伪装是可羞的事，你的确应该害羞！可是比起男人的变换心肠来，女人的变换装束是不算一回事的。

普洛丢斯　比起男人的变换心肠来！不错，天啊！男人要是始终如一，他就是个完人；因为他有了这一个错处，便使他无往而不错，犯下了各种的罪恶。变换的心肠总是不能维持好久的。

我要是心情忠贞，那么西尔维娅的脸上有哪一点不可以在朱利娅脸上同样找到，而且还要更加鲜润！

凡伦丁 来，来，让我给你们握手，从此破镜重圆，把旧时的恩怨一笔勾销吧。

普洛丢斯 上天为我作证，我的心愿已经永远得到满足。

朱利娅 我也别无他求。

众盗拥公爵及修里奥上。

众盗 发了利市了！发了利市了！

凡伦丁 弟兄们不得无礼！这位是公爵殿下。殿下，小人是被放逐的凡伦丁，在此恭迎大驾。

公　爵 凡伦丁！

修里奥 那边是西尔维娅，她是我的。

凡伦丁 修里奥，放手，否则我马上叫你死。不要惹我发火，要是你再说一声西尔维娅是你的，你就休想回到维洛那去。她现在站在这儿，你倘敢碰她一碰，或者向我的爱人吹一口气的话，就叫你尝尝厉害。

修里奥 凡伦丁，我不要她，我不要。谁要是愿意为一个不爱他的女人而去冒生命的危险，那才是一个大傻瓜哩。我不要她，她就算是你的吧。

公　爵 你这卑鄙无耻的小人！从前那样向她苦苦追求，现在却这样把她轻轻放手。凡伦丁，凭我的门阀起誓，我很佩服你的大胆，你是值得一个女皇的眷宠的。现在我愿忘记以前的怨恨，准你回到米兰去，为了你的无比的才德，我要特别加惠于你。另外，我还要添上这么一条：凡伦丁，你是个出身高的上等人，西尔维娅是属于你的了，因为你已经可以受之而无愧。

凡伦丁 谢谢殿下，这样的恩赐，使我喜出望外。现在我还要请求殿下看在令嫒的面上，答应我一个要求。

公　爵　无论什么要求，我都可以看在你的面上答应你。

凡伦丁　这一班跟我在一起的被放逐之人，他们都有很好的品性，请您宽恕他们在这儿所干的一切，让他们各回家乡。他们都是真心悔过、温和良善、可以干些大事业的人。

公　爵　准你所请，我赦免了他们，也赦免了你。你就照他们各人的才能安置他们吧。来，我们走吧，我们要结束一切不和，摆出盛大的仪式，庆祝这个结果。

凡伦丁　我们一路走着的时候，我还要大胆向殿下说一个笑话。您看这个童儿好不好？

公　爵　这孩子倒是很清秀文雅的，他的脸怎么这么红？

凡伦丁　殿下，他清秀是很清秀的，文雅也很文雅，可是他却不是个童儿。

公　爵　你这话是什么意思？

凡伦丁　请您许我在路上告诉您这一切奇怪的遭遇吧。来，普洛丢斯，我们要讲到你的恋爱故事，让你听着难过难过。之后，我们的婚期也就是你们的婚期，大家在一块儿欢宴，一块儿居住，一块儿过着快乐的日子。（同下）

仲夏夜之梦
Zhong Xia Ye Zhi Meng

剧中人物

忒修斯　雅典公爵

伊吉斯　赫米娅之父

拉山德　⎫
　　　　⎬ 同恋赫米娅
狄米特律斯⎭

菲劳斯特莱特　忒修斯的掌戏乐之官

昆　斯　木匠

斯纳格　细工木匠

波　顿　织工

弗鲁特　修风箱者

斯诺特　补锅匠

斯塔佛林　裁缝

希波吕忒　阿玛宗女王，忒修斯之未婚妻

赫米娅　伊吉斯之女，恋拉山德

海伦娜　恋狄米特律斯

奥布朗　仙王

提泰妮娅　仙后

迫　克　又名好人儿罗宾

豆花　⎫
蛛网　⎬ 小神仙
飞蛾　⎪
芥子　⎭

其他侍奉仙王仙后的小仙人们

莎士比亚喜剧

忒修斯及希波吕忒的侍从

地　点

雅典及附近的森林

第一幕

第一场　雅典。忒修斯宫中

忒修斯、希波吕忒、菲劳斯特莱特及侍从等上。

忒修斯　美丽的希波吕忒，现在我们的婚期已快要临近了，再过四天幸福的日子，新月便将出来；但是，唉！这个旧的月亮消逝得多么慢，她耽延了我的希望，像一个老而不死的后母或寡妇，尽是消耗着年轻人的财产。

希波吕忒　四个白昼很快地便将成为黑夜，四个黑夜很快地可以在梦中消度过去，那时月亮便将像新弯的银弓一样，在天上临视我们的良宵。

忒修斯　去，菲劳斯特莱特，激起雅典青年们的欢笑的心情，唤醒活泼泼的快乐精神，把忧愁驱到坟墓里去；那个脸色惨白的家伙，是不应该让他加入我们的结婚行列中的。（菲劳斯特莱特下）希波吕忒，我用我的剑向你求婚，用威力的侵凌赢得了你的芳心①；但这次我要换一个调子，我将用豪华、夸耀和狂欢

---

①　忒修斯（Theseus）是希腊神话里的英雄，曾远征阿玛宗（Amazon），娶其女王希波吕忒（Hippolyta）。

来举行我们的婚礼。

伊吉斯、赫米娅、拉山德、狄米特律斯上。

伊吉斯　威名远播的忒修斯公爵，祝您幸福！

忒修斯　谢谢你，善良的伊吉斯。你有什么事情？

伊吉斯　我怀着满心的气恼，来控诉我的孩子，我的女儿赫米娅。走上前来，狄米特律斯。殿下，这个人，是我答应把我女儿嫁给他的。走上前来，拉山德。殿下，这个人引诱坏了我的孩子。你，你，拉山德，你写诗句给我的孩子，和她交换着爱情的纪念物；你在月夜到她的窗前用做作的声调歌唱着假作多情的诗篇；你用头发编成的腕环、戒指、虚华的饰物、琐碎的玩具、花束、糖果——这些可以强烈地骗诱一个稚嫩的少女之心的"信使"来偷得她的痴情；你用诡计盗取了她的心，煽惑她使她对我的顺从变成倔强的顽抗。殿下，假如她现在当着您的面仍旧不肯嫁给狄米特律斯，我就要要求雅典自古相传的权利，因为她是我的女儿，我可以随意处置她；按照我们的法律，逢到这样的情况，她要是不嫁给这位绅士，便应当立时处死。

忒修斯　你有什么话说，赫米娅？当心一点吧，美貌的姑娘！你的父亲对于你应当是一尊神明；你的美貌是他给与的，你就像在他手中捏成的一块蜡像，他可以保全你，也可以毁灭你。狄米特律斯是一个很好的绅士呢。

赫米娅　拉山德也很好啊。

忒修斯　他本人当然很好；但要是做你的丈夫，如果他不能得到你父亲的同意，那么比起来就要差一筹了。

赫米娅　我真希望我的父亲和我有同样的看法。

忒修斯　实在还是你应该依从你父亲的眼光才对。

赫米娅　请殿下宽恕我！我不知道是什么一种力量使我如此大胆，也不知道在这里披诉我的心思将会怎样影响到我的美名，但是我要敬问殿下，要是我拒绝嫁给狄米特律斯，就会有什么最恶的命运临到我的头上？

忒修斯　不是受死刑，便是永远和男人隔绝。因此，美丽的赫米娅，仔细问一问你自己的心愿吧！考虑一下你的青春，好好地估量一下你血脉中的搏动；倘若不肯服从你父亲的选择，想想看能不能披上尼姑的道服，终生幽闭在阴沉的庵院中，向着凄凉寂寞的明月唱着暗淡的圣歌，做一个孤寂的修道女了此一生？她们能这样抑制了热情，到老保持处女的贞洁，自然应当格外受到上天的眷宠；但是结婚的女子有如被采下炼制过的玫瑰，香气留存不散，比之孤独地自开自谢，奄然朽腐的花儿，在尘俗的眼光看来，总是要幸福得多了。

赫米娅　就让我这样自开自谢吧，殿下，我不愿意把我的贞操奉献给我内心并不敬服的人。

忒修斯　回去仔细考虑一下。等到新月初生的时候——我和我的爱人缔结永久的婚约的一天——你便当决定，倘不是因为违抗你父亲的意志而准备一死，便是听从他而嫁给狄米特律斯；否则就得在狄安娜的神坛前立誓严守戒律，终生不嫁。

狄米特律斯　悔悟吧，可爱的赫米娅！拉山德，放弃你那没有理由的要求，不要再跟我确定了的权利抗争了吧！

拉山德　你已经得到她父亲的爱，狄米特律斯，让我保有着赫米娅的爱吧；你去跟她的父亲结婚好了。

伊吉斯　无礼的拉山德！一点不错，我欢喜他，我愿意把属于我所有的给他；她是我的，我要把我在她身上的一切权利都授给狄米特律斯。

拉山德　殿下，我和他出身一样好；我和他一样有钱；我的爱情比他深得多；我的财产即使不比狄米特律斯更多，也决不会比他少；比起这些来更值得夸耀的是，美丽的赫米娅爱的是我。

那么为什么我不能享有我的权利呢？讲到狄米特律斯，我可以当他的面宣布，他曾经向奈达的女儿海伦娜调过情，把她弄得神魂颠倒；这位可爱的姑娘还痴心地恋着他，把这个缺德的负心汉当偶像一样崇拜。

忒修斯 的确我也听到过不少闲话，曾经想和狄米特律斯谈谈这件事；但是因为自己的事情太多，所以忘了。来，狄米特律斯；来，伊吉斯；你们两人跟我来，我有些私人的话要开导你们。你，美丽的赫米娅，好好准备着，丢开你的情思，依从你父亲的意志，否则雅典的法律将要把你处死，或者使你宣誓独身；我们没有法子变更这条法律。来，希波吕忒；怎样，我的爱人？狄米特律斯和伊吉斯，走吧；我必须差你们为我们的婚礼办些事务，还要跟你们商量一些和你们有点关系的事。

伊吉斯 我们敢不欣然跟从殿下。（除拉山德、赫米娅外，均下）

拉山德 怎么啦，我的爱人！为什么你的脸颊这样惨白？你脸上的蔷薇怎么会凋谢得这样快？

赫米娅 多半是因为缺少雨露，但我眼中的泪涛可以灌溉它们。

拉山德 唉！我在书上读到的，在传说或历史中听到的，真正的爱情，所走的道路永远是崎岖多阻；不是因为血统的差异——

赫米娅 不幸啊，尊贵的要向微贱者屈节臣服！

拉山德 便是因为年龄上的悬殊——

赫米娅 可憎啊，年老的要和年轻人发生关系！

拉山德 或者因为信从了亲友们的选择——

赫米娅 倒霉啊，选择爱人要依赖他人的眼光！

拉山德 或者，即使彼此两情悦服，但战争、死亡或疾病却侵害着它，使它像一个声音，一片影子，一段梦，黑夜中的一道闪电那样短促，在一刹那间展现了天堂和地狱，但还来不及说一声"瞧啊！"黑暗早已张开口把它吞噬了。光明的事物，总是那样很快地变成了混沌。

赫米娅 既然真心的恋人们永远要受磨折，似乎已是一条命运的定律，那么让我们练习着忍耐吧；因为这种磨折，正和忆念、幻梦、叹息、希望和哭泣一样，都是可怜的爱情缺不了的随从者。

拉山德 你说得很对。听我吧，赫米娅。我有一个寡居的伯母，很有钱，却没有儿女，她看待我就像亲生的独子一样。她的家离开雅典二十英里路；温柔的赫米娅，我可以在那边和你结婚，雅典法律的利爪不能追及我们。要是你爱我，请你在明天晚上溜出你父亲的屋子，走到郊外三英里路地方的森林里——我就是在那边遇见你和海伦娜一同庆祝五月节①的——我将在那面等你。

赫米娅 我的好拉山德！凭着丘比特的最坚强的弓，凭着他的金镞的箭，凭着维纳斯的鸽子的纯洁，凭着那结合灵魂、祜佑爱情的神力，凭着古代迦太基女王焚身的烈火，当她看见她那负心的特洛亚人扬帆而去的时候，凭着一切男子所毁弃的约誓——那数目是远超过于女子所曾说过的，我向你发誓，明天一定会到你所指定的那地方和你相会。

拉山德 愿你不要失约，情人。瞧，海伦娜来了。

海伦娜上。

赫米娅 上帝保佑美丽的海伦娜！你到哪里去？

海伦娜 你称我"美丽"吗？请你把那两个字收回了吧！狄

---

① 英国旧俗于五月一日早起以露盥身，采花唱歌。

米特律斯爱着你的美丽；幸福的美丽啊！你的眼睛是两颗明星，你的甜蜜的声音比之小麦青青、山楂蓓蕾的时节送入牧人耳中的云雀之歌还要动听。疾病是能染人的；唉！要是美貌也能传染的话，美丽的赫米娅，我但愿染上你的美丽：我要用我的耳朵捕获你的声音，用我的眼睛捕获你的睇视，用我的舌头捕获你那柔美的旋律。要是除了狄米特律斯之外，整个世界都是属于我所有，我愿意把一切捐弃，但求化身为你。啊！教给我你怎样流转眼波，用怎么一种魔力操纵着狄米特律斯的心？

赫米娅 我向他皱着眉头，但是他仍旧爱我。

海伦娜 唉，要是你的颦蹙能把那种本领传授给我的微笑就好了！

赫米娅 我给他咒骂，但他给我爱情。

海伦娜 唉，要是我的祈祷也能这样引动他的爱情就好了！

赫米娅 我越是恨他，他越是跟随着我。

海伦娜 我越是爱他，他越是讨厌我。

赫米娅 海伦娜，他的傻并不是我的错。

海伦娜 但那是你的美貌的错处；要是那错处是我的就好了！

赫米娅 宽心吧，他不会再见我的脸了；拉山德和我将要逃开此地。在我不曾遇见拉山德之前，雅典对于我就像是一座天堂；啊，一种多么神奇的力量在我的爱人身上，竟能把天堂变成一座地狱！

拉山德 海伦娜，我们不愿瞒你。明天夜里，当月亮在镜波中反映她的银色的容颜、晶莹的露珠点缀在草叶尖上的时候——那往往是情奔最适当的时候，我们预备溜出雅典的城门。

赫米娅 我的拉山德和我将要相会在林中，就是你我常常在那边淡雅的樱草花的花坛上躺着彼此吐露柔情衷曲的所在，从那里我们便将离别雅典,去访寻新的朋友,和陌生人作伴了。再会吧,亲爱的游侣!请你为我们祈祷;愿你重新得到狄米特律斯的心!不要失约,拉山德;我们现在必须暂时忍受一下离别的痛苦,到明晚夜深时再见面吧!

拉山德 一定的,我的赫米娅。(赫米娅下)海伦娜,别了;如同你恋着他一样,但愿狄米特律斯也恋着你!(下)

海伦娜 有些人比起其他的人来是多么幸福!在全雅典大家都认为我跟她一样美;但那有什么相干呢?狄米特律斯是不这么认为的;除了他一个人之外大家都知道的事情,他不会知道。正如他那样错误地迷恋着赫米娅的秋波一样,我也是只知道爱慕他的才智;一切卑劣的弱点,在恋爱中都成为无足重轻,而变成美满和庄严。爱情是不用眼睛而用心灵看着的,因此生着翅膀的丘比特常被描成盲目;而且爱情的判断全然没有理性,光有翅膀,不生眼睛,一味表示出鲁莽的急躁,因此爱神便据说是一个孩儿,因为在选择方面他常会弄错。正如顽皮的孩子惯爱发假誓一样,司爱情的小儿也到处赌着口不应心的咒。狄米特律斯在没有看见赫米娅之前,也曾像下雹一样发着誓,说他是完全属于我的,但这阵冰雹一感到赫米娅的一丝热力,便立刻溶解了,无数的盟言都化为乌有。我要去告诉他美丽的赫米娅的出奔;他知道了以后,明夜一定会到林中去追寻她。如果为着这次的通报消息,我能得到一些酬谢,我的代价也一定不小;但我的目的是要补报我的苦痛,使我能再一次聆接他的音容。(下)

第二场　同前。昆斯家中

昆斯、斯纳格、波顿、弗鲁特、斯诺特、斯塔佛林上。

昆　斯 咱们一伙人都到了吗?

波　顿　你最好照着名单一个儿一个儿拢总地点一下名。

昆　斯　这儿是每个人名字都在上头的名单,整个雅典都承认,在公爵跟公爵夫人结婚那晚上当着他们的面前扮演咱们这一出插戏,这张名单上的弟兄们是再合适也没有的了。

波　顿　第一,好彼得·昆斯,说出来这出戏讲的是什么,然后再把扮戏的人名字念出来,好有个头绪。

昆　斯　好,咱们的戏名是《最可悲的喜剧,以及皮拉摩斯和提斯柏①的最残酷的死》。

波　顿　那一定是篇出色的东西,咱可以担保,而且是挺有趣的。现在,好彼得·昆斯,照着名单把你的角儿们的名字念出来吧。

列位,大家站开。

昆　斯　咱一叫谁的名字,谁就答应。尼克·波顿,织布的。

波　顿　有。先说咱应该扮哪一个角儿,然后再挨次叫下去。

昆　斯　你,尼克·波顿,派着扮皮拉摩斯。

波　顿　皮拉摩斯是谁呀?一个情郎呢,还是一个霸王?

昆　斯　是一个情郎,为着爱情的缘故,他挺勇敢地把自己毁了。

波　顿　要是演得活龙活现,那还得掉下几滴泪来。要是咱演起来的话,让看客们大家留心着自个儿的眼睛吧;咱要叫全场痛哭流涕,管保风云失色。把其余的人叫下去吧。但是扮霸王挺适合咱的胃口了。咱会把赫剌克勒斯扮得非常好,或者什么吹牛的角色,管保吓破了人的胆。

---

① 皮拉摩斯(Pyramus)和提斯柏(Thisbe)的故事见奥维德《变形记》第四章。

> 山岳狂怒的震动，
> 　裂开了牢狱的门；
> 太阳在远方高升，
> 　慑伏了神灵的魂。

那真是了不得！现在把其余的名字念下去吧。这是赫刺克勒斯的神气，霸王的神气；情郎还得忧愁一点。

昆　　斯　法兰西斯·弗鲁特，修风箱的。

弗鲁特　有，彼得·昆斯。

昆　　斯　你得扮提斯柏。

弗鲁特　提斯柏是准呀？一个游行的侠客吗？

昆　　斯　那是皮拉摩斯必须爱上的姑娘。

弗鲁特　嗷，真的，别叫咱扮一个娘儿们；咱的胡子已经长起来啦。

昆　　斯　那没有问题；你得套上假脸扮演，你可以尖着嗓子讲话。

波　　顿　咱也可以把脸孔罩住，提斯柏也让咱来扮吧。咱会细声细气地说话，"提斯妮！提斯妮！""啊呀！皮拉摩斯，奴的情哥哥，是你的提斯柏，你的亲亲爱爱的姑娘！"

昆　　斯　不行，不行，你必须扮皮拉摩斯。弗鲁特，你必须扮提斯柏。

波　　顿　好吧，叫下去。

昆　　斯　罗宾·斯塔佛林，当裁缝的。

斯塔佛林　有，彼得·昆斯。

昆　　斯　罗宾·斯塔佛林，你扮提斯柏的母亲。汤姆·斯诺特，补锅子的。

斯诺特　有，彼得·昆斯。

昆　　斯　你扮皮拉摩斯的爸爸；咱自己扮提斯柏的爸爸；斯

纳格,做细木工的,你扮一只狮子。咱想这本戏就此分配好了。

斯纳格　你有没有把狮子的台词写下?要是有的话,请你给我,因为我记性不大好。

昆　斯　你不用预备,你只要嚷嚷就算了。

波　顿　让咱也扮狮子吧。咱会嚷嚷,叫每一个人听见了都非常高兴;咱会嚷着嚷着,连公爵都传下谕旨来说,"让他再嚷下去吧!让他再嚷下去吧!"

昆　斯　你要嚷得那么可怕,吓坏了公爵夫人和各位太太小姐们,吓得她们尖声叫起来;那准可以把咱们一起给吊死了。

众　人　那准会把咱们一起给吊死,每一个母亲的儿子都逃不了。

波　顿　朋友们,你们说的很是;要是你把太太们吓昏了头,她们一定会不顾三七二十一把咱们给吊死。但是咱可以把声音压得高一些,不,提得低一些;咱会嚷得就像一只吃奶的小鸽子那么地温柔,嚷得就像一只夜莺。

昆　斯　你只能扮皮拉摩斯;因为皮拉摩斯是一个讨人欢喜的小白脸,一个体面人,就像你可以在夏天看到的那种人;他又是一个可爱的堂堂绅士模样的人;因此你必须扮皮拉摩斯。

波　顿　行,咱就扮皮拉摩斯。顶好咱挂什么须?

昆　斯　那随你便吧。

波　顿　咱可以挂你那稻草色的须,你那橙黄色的须,你那紫红色的须,或者你那法国金洋钱色的须,纯黄色的须。

昆　斯　你还是光着脸蛋吧。列位,这儿是你们的台词。咱请求你们,恳求你们,要求你们,在明儿夜里念熟,趁着月光,在郊外一英里路地方的禁林里咱们碰头,在那边咱们要排练排练;因为要是咱们在城里排练,就会有人跟着咱们,咱们的玩意儿就要泄漏出去。同时咱要开一张咱们演戏所需要的东西的单子。请你们大家不要误事。

波　顿　咱们一定在那边碰头；咱们在那边排练起来可以像样点儿，堂堂正正点儿。大家辛苦干一下，要干得非常好。再会吧。

昆　斯　咱们在公爵的橡树底下再见。

波　顿　好了，可不许失约。（同下）

第二幕

第一场　雅典附近的森林

一小仙及迫克自相对方向上。

迫　克　喂，精灵！你飘流到哪里去？

小　仙　越过了溪谷和山陵，
　　　　　穿过了荆棘和丛薮，
　　　　　越过了围场和园庭，
　　　　　穿过了激流和熵火：
　　　　　我在各地漂游流浪，
　　　　　轻快得像是月亮光；
　　　　　我给仙后奔走服务，
　　　　　草环①上缀满轻轻露。
　　　　　亭亭的莲馨花是她的近侍，
　　　　　黄金的衣上饰着点点斑痣；
　　　　　那些是仙人们投赠的红玉，

---

① 野地上有时发现环形的茂草，传谓仙人夜间在此跳舞所成。

中藏着一缕缕的芳香馥郁；
我要在这里访寻几滴露水，
给每朵花挂上珍珠的耳坠。
再会，再会吧，你粗野的精灵！
因为仙后的大驾快要来临。

迫　克　今夜大王在这里大开欢宴，
千万不要让他俩彼此相见；
奥布朗的脾气可不是顶好，
为着王后的固执十分着恼；
她偷到了一个印度小王子，
就像心肝一样怜爱和珍视；
奥布朗看见了有些儿眼红，
想要把他充作自己的侍童；
可是她哪里便肯把他割爱，
满头花朵她为他亲手插戴。
从此林中、草上、泉畔和月下，
他们一见面便要破口相骂；
小妖们往往吓得胆战心慌，
没命地钻向橡斗中间躲藏。

小　仙　要是我没有把你认错，你大概便是名叫罗宾好人儿的狡狯的、淘气的精灵了。你就是惯爱吓唬乡村的女郎，在人家的牛乳上撮去了乳脂，使那气喘吁吁的主妇整天也搅不出奶油来；有时你暗中替人家磨谷，有时弄坏了酒使它不能发酵；夜里走路的人，你把他们引入了迷路，自己却躲在一旁窃笑；谁叫你"大仙"或是"好迫克"的，你就给他幸运，帮他做工：那就是你吗？

迫　克　仙人，你说得正是；我就是那个快活的夜游者。我

莎士比亚喜剧

在奥布朗跟前想出种种笑话来逗他发笑,看见一头肥胖精壮的马儿,我就学着雌马的嘶声把它迷昏了头;有时我化作一颗焙熟的野苹果,躲在老太婆的酒碗里,等她举起碗想喝的时候,我就"啪"地弹到她嘴唇上,把一碗麦酒都倒在她那皱瘪的喉皮上;有时我化作三脚的凳子,满肚皮人情世故的婶婶刚要坐下来一本正经讲她的故事,我便从她的屁股底下滑走,把她翻了一个大元宝,一头喊"好家伙!"一头咳呛个不住,于是周围的人大家笑得前仰后合,他们越想越好笑,鼻涕眼泪都笑了出来,发誓说从来不曾逢到过比这更有趣的事。但是——让开路来,仙人,奥布朗来了。

小　仙　娘娘也来了。他要是走开了才好!

奥布朗及提泰妮娅各带侍从自相对方向上。

奥布朗　真不巧又在月光下碰见你,骄傲的提泰妮娅!

提泰妮娅　嘿,嫉妒的奥布朗!神仙们,快快走开;我已经发誓不和他同游同寝了。

奥布朗　等一等,坏脾气的女人!我不是你的夫君吗?

提泰妮娅　那么我也一定是你的尊夫人了。但是你从前溜出了仙境,扮作牧人的样子,整天吹着麦笛,唱着情歌,向风骚的牧女调情,这种事我全知道。今番你为什么要从迢迢的印度平原上赶到这里来呢?无非是为着那位高傲的阿玛宗女王,你的穿靴子的爱人,要嫁给忒修斯了,所以你得赶来向他们道贺道贺。

奥布朗　你怎么好意思说出这种话来,提泰妮娅,把我的名字和希波吕忒牵涉在一起侮蔑我?你自己知道你和忒修斯的私情瞒不过我。不是你在朦胧的夜里引导他离开被他所俘掠的佩丽古娜?不是你使他负心地遗弃了美丽的伊葛尔、爱丽亚邓和安提奥巴?

提泰妮娅　这些都是因为嫉妒而捏造出来的谎话。自从仲夏

仲夏夜之梦

之初,我们每次在山上、谷中、树林里、草场上、细石铺底的泉旁或是海滨的沙滩上聚集,预备和着鸣啸的风声跳环舞的时候,总是被你吵断我们的兴致。风因为我们不理会他的吹奏,生了气,便从海中吸起了毒雾;毒雾化成瘴雨下降地上,使每一条小小的溪河都耀武扬威地泛滥到岸上;因此牛儿白白牵着轭,农夫枉费了他的血汗,青青的嫩禾还没有长上芒须便腐烂了;空了的羊栏露出在一片汪洋的田中,乌鸦饱啖着瘟死了的羊群的尸体;跳舞作乐的草泥坂上满是湿泥,杂草乱生的曲径因为没有人行走,已经无法辨认。人们在五月天要穿冬季的衣服;晚上再听不到欢乐的颂歌。执掌潮汐的月亮,因为再也听不见夜间颂神的歌声,气得脸孔发白,在空气中播满了湿气,人一沾染上就要害风湿症。因为天时不正,季候也反了常:白头的寒霜倾倒在红颜的蔷薇的怀里,年迈的冬神却在薄薄的冰冠上嘲讽似的缀上了夏天芬芳的蓓蕾的花环。春季、夏季、丰收的秋季、暴怒的冬季,都改换了他们素来的装束,惊愕的世界不能再凭着他们的出产辨别出谁是谁来。这都因为我们的不和所致,我们是一切灾祸的根源。

奥布朗　那么你就该设法补救;这全然在你的手中。为什么提泰妮娅要违拗她的奥布朗呢?我所要求的,不过是一个小小的换儿①做我的侍童罢了。

提泰妮娅　请你死了心吧,拿整个仙境也不能从我手里换得这个孩子。他的母亲是我神坛前的一个信徒,在芬芳的印度的夜里,她常常在我身旁闲谈,陪我坐在海神的黄沙上,凝望着海上的商船;我们一起笑着,看那些船帆因狂荡的风而怀孕,一个个凸起了肚皮;她那时正也怀孕着这个小宝贝,便学着船帆的样

---

①　传说仙人常于夜间将人家美丽小儿窃去,以愚蠢的妖童换冒其处。

子，美妙而轻快地凌风而行，为我往岸上寻取各种杂物，回来时就像航海而归，带来了无数的商品。但她因为是一个凡人，所以在产下这孩子时便死了。为着她的缘故我才抚养她的孩子，也为着她的缘故我不愿舍弃他。

奥布朗 你预备在这林中耽搁多少时候？

提泰妮娅 也许要到忒修斯的婚礼以后。要是你肯耐心地和我们一起跳舞，看看我们月光下的游戏，那么跟我们一块儿走吧；不然的话，请你不要见我，我也决不到你的地方来。

奥布朗 把那个孩子给我，我就和你一块儿走。

提泰妮娅 把你的仙国跟我掉换都别想。小仙们，去吧！要是我再多留一刻，我们就要吵起来了。（率侍从等下）

奥布朗 好，去你的吧！为着这次的侮辱，我一定要在你离开这座林子之前给你一些惩罚。我的好迫克，过来。你记不记得有一次我坐在一个海岬上，望见一个美人鱼骑在海豚的背上，她的歌声是这样婉转而谐美，镇静了狂暴的怒海，好几个星星都疯狂地跳出了他们的轨道，为了听这海女的音乐？

迫　　克 我记得。

奥布朗 就在那个时候，你看不见，但我能看见持着弓箭的丘比特在冷月和地球之间飞翔；他瞄准了坐在西方宝座上的一个美好的童贞女，很灵巧地从他的弓上射出他的爱情之箭，好像它能刺透十万颗心的样子。可是只见小丘比特的火箭在如水的冷洁的月光中熄灭，那位童贞的女王心中一尘不染，沉浸在纯洁的思念中安然无恙；但是我看见那支箭却落下在西方一朵小小的花上，那花本来是乳白色的，现在已因爱情的创伤而被染成紫色，少女们把它称作"爱懒花"。去给我把那花采来。我曾经给你看过它的样子；它的汁液如果滴在睡着的人的眼皮上，无论男女，醒来一眼看见什么生物，都会发疯似的对它恋爱。给我采这种花来；在鲸鱼还不曾游过三里路之前，必须回来复命。

迫　克　我可以在四十分钟内环绕世界一周。（下）

奥布朗　这种花汁一到了手，我便留心着等提泰妮娅睡了的时候把它滴在她的眼皮上；她一醒来第一眼看见的东西，无论是狮子也好，熊也好，狼也好，公牛也好，或者好事的猕猴、忙碌的无尾猿也好，她都会用最强烈的爱情追求它。我可以用另一种草解去这种魔力，但第一我先要叫她把那个孩子让给我。可是谁到这儿来啦？凡人看不见我，让我听听他们的谈话。

狄米特律斯上，海伦娜随其后。

狄米特律斯　我不爱你，所以别跟着我。拉山德和美丽的赫米娅在哪儿？我要把拉山德杀死，但我的命却悬在赫米娅手中。你对我说他们私奔到这座林子里，因此我赶到这儿来；可是因为遇不见我的赫米娅，我简直要在这林子里发疯啦。滚开！快走，不许再跟着我！

海伦娜　是你吸引我跟着你的，你这硬心肠的磁石！可是你所吸的却不是铁，因为我的心像钢一样坚贞。要是你去掉你的吸引力，那么我也就没有力量再跟着你了。

狄米特律斯　是我引诱你吗？我曾经向你说过好话吗？我不是曾经明明白白地告诉过你，我不爱你，而且也不能爱你吗？

海伦娜　即使那样，也只是使我爱你爱得更加厉害。我是你的一条狗，狄米特律斯；你越是打我，我越是向你献媚。请你就像对待你的狗一样对待我吧，踢我、打我、冷淡我、不理我，都好，只容许我跟随着你，虽然我是这么不好。在你的爱情里我要求的地位还能比一条狗都不如吗？但那对于我已经是十分可贵了。

狄米特律斯　不要过分惹起我的厌恨吧；我一看见你就头痛。

海伦娜　可是我不看见你就心痛。

狄米特律斯　你太不顾虑你自己的体面了,竟擅自离开城中,把你自己交托在一个不爱你的人手里;你也不想想你的贞操多么值钱,就在黑夜中这么一个荒凉的所在,盲目地听从着不可知的命运。

海伦娜　你的德行使我能够安心这样做:因为当我看见你面孔的时候,黑夜也变成了白昼,因此我并不觉得现在是在夜里;你在我的眼里是整个世界,因此在这座林中我也不愁缺少伴侣:要是整个世界都在这儿瞧着我,我怎么还是单身独自一人呢?

狄米特律斯　我要逃开你,躲在丛林之中,任凭野兽把你怎样处置。

海伦娜　最凶恶的野兽也不像你那样残酷。你要逃开我就逃开吧;从此以后,古来的故事要改过了:逃走的是阿波罗,追赶的是达芙妮①;鸽子追逐着鹰隼;温柔的牝鹿追捕着猛虎;然而弱者追求勇者,结果总是徒劳无益的。

狄米特律斯　我不高兴听你再唠叨下去。让我走吧;要是你再跟着我,相信我,在这座林中你要被我欺负的。

海伦娜　嗯,在神庙中,在市镇上,在乡野里,你到处欺负我。唉,狄米特律斯!你的虐待我已经使我们女子蒙上了耻辱。我们是不会像男人一样为爱情而争斗的;我们应该被人家求爱,而不是向人家求爱。(狄米特律斯下)我要立意跟随你;我愿死在我所深爱的人的手中,好让地狱化为天宫。(下)

奥布朗　再会吧,女郎!当他还没有离开这座树林,你将逃避他,他将追求你的爱情。

迫克重上。

---

① 希腊罗马神话中日神阿波罗(Apollo)爱仙女达芙妮(Daphne),达芙妮为了躲避阿波罗的求爱而化为月桂树。

奥布朗　你已经把花采来了吗？欢迎啊，浪游者！
迫　克　是的，它就在这儿。
奥布朗　请你把它给我。

　　　　我知道一处茴香盛开的水滩，
　　　　长满着樱草和盈盈的紫罗兰，
　　　　馥郁的金银花，芬泽的野蔷薇，
　　　　漫天张起了一幅芬芳的锦帷。
　　　　有时提泰妮娅在群花中酣醉，
　　　　柔舞清歌低低地抚着她安睡；
　　　　蛇儿在那里蜕下发亮的旧皮，
　　　　小仙人拿来当作合身的外衣。
　　　　我要洒一点花汁在她的眼上，
　　　　让她充满了各种可憎的幻象。
　　　　其余的你带了去在林中访寻，
　　　　一个娇好的少女见弃于情人；
　　　　倘见那薄幸的青年在她近前，
　　　　就把它轻轻地点上他的眼边。
　　　　他的身上穿着雅典人的装束，
　　　　你须仔细辨认清楚，不许弄错；
　　　　小心地执行着我谆谆的吩咐，
　　　　让他无限的柔情都向她倾吐。
　　　　等第一声雄鸡啼时我们再见。

迫　克　放心吧，主人，一切如你的意念。（各下）

第二场　林中的另一处

提泰妮娅及侍从等上。

莎士比亚喜剧

提泰妮娅　来,跳一回舞,唱一曲神仙歌,然后在一分钟内余下来的三分之一的时间里,大家散开去;有的去杀死麝香玫瑰嫩苞中的蛀虫;有的去和蝙蝠作战,剥下它们的翼革来为我的小妖儿们做外衣;余下的人去驱逐每夜啼叫、看见我们这些伶俐的小精灵们而惊骇的猫头鹰。现在唱歌给我催眠吧;唱罢之后。
大家各做各的事,让我休息一会儿。

小仙们唱:

两舌的花蛇,多刺的猬,
不要打扰着她的安睡;
蝾螈和蜥蜴,不要行近,
仔细毒害了她的宁静。
　夜莺,鼓起你的清弦,
　为我们唱一曲催眠:
睡啦,睡啦,睡睡吧!睡啦,睡啦,睡睡吧!
一切害物远走高飏,
不要行近她的身旁;
　晚安,睡睡吧!

织网的蜘蛛,不要过来;
长脚的蛛儿,快快走开!
黑背的蜣螂,不许走近;
不许莽撞,蜗牛和蚯蚓。
　夜莺,鼓起你的清弦,
　为我们唱一曲催眠:
睡啦,睡啦,睡睡吧!睡啦,睡啦,睡睡吧!
一切害物远走高飏,
不要行近她的身旁;
　晚安,睡睡吧!

一小仙　去吧！现在一切都已完成,

　　　　　只须留着一个人作哨兵。(众小仙下,提泰妮娅睡)

奥布朗上,挤花汁滴在提泰妮娅眼皮上。

奥布朗　等你眼睛一睁开,

　　　　　你就看见你的爱,

　　　　　为他担起相思债:

　　　　　山猫、豹子、大狗熊,

　　　　　野猪身上毛蓬蓬;

　　　　　等你醒来一看见

　　　　　丑东西在你身边,

　　　　　芳心可可为他恋。(下)

拉山德及赫米娅上。

拉山德　好人,你在林中奔波,疲乏得快要昏倒了。说老实话,我已经忘记了我们的路。要是你同意,赫米娅,让我们休息一下,等待天亮再说。

赫米娅　就照你的意思吧,拉山德。你去给你自己找一处睡眠的所在,因为我要在这湖边静静安歇。

拉山德　一块草地可以作我们两人枕首的地方;两个胸膛一条心,应该合睡一个眠床。

赫米娅　哎,不要,亲爱的拉山德;为着我的缘故,我的亲亲,再躺远一些,不要挨得那么近。

拉山德　啊,爱人!不要误会了我的无邪的本意,恋人们原本可以领会彼此所说的话的。我是说我的心和你的心连结在一起,已经打成一片,分不开来;两个心胸彼此用盟誓连系,共有着一片忠贞。因此不要拒绝我睡在你的身旁,赫米娅,我一点没有坏心肠。

赫米娅　拉山德真会说话。要是赫米娅疑心拉山德有坏心肠，愿她从此不能堂堂做人。但是好朋友，为着爱情和礼貌的缘故，请睡得远一些；在人间的礼法上，这样的距离对于束身自好的未婚男女，是最为合适的。这么远就行了。晚安，亲爱的朋友！愿爱情永无更改，直到你生命的尽头！

拉山德　依着你那祈祷我应和着阿门！阿门！我将失去我的生命，如其我失去我的忠贞！这里是我的眠床了；但愿睡眠给与你充分的休养！

赫米娅　那愿望我愿意和你分享！（二人入睡）

迫克上。

迫　克　我已经在森林中间走遍，
　　　　　但雅典人可还不曾瞧见，
　　　　　我要把这花液在他眼上
　　　　　试一试激动爱情的力量。
　　　　　静寂的深宵！啊，谁在这厢？
　　　　　他身上穿着雅典的衣裳。
　　　　　我那主人所说的正是他，
　　　　　狠心地欺负那美貌娇娃；
　　　　　她正在这一旁睡得酣熟，
　　　　　不顾到地上的潮湿龌龊：
　　　　　美丽的人儿！她竟然不敢
　　　　　睡近这没有心肝的恶汉。（挤花汁滴拉山德眼上）
　　　　　我已在你眼睛上，坏东西！
　　　　　倾注着魔术的力量神奇；
　　　　　等你醒来的时候，让爱情
　　　　　从此扰乱你睡眠的安宁！
　　　　　别了，你醒来我早已去远，
　　　　　奥布朗在盼我和他见面。（下）

狄米特律斯及海伦娜奔驰上。

海伦娜　你杀死了我也好，但是请你停步吧，亲爱的狄米特律斯！

狄米特律斯　我命令你走开，不要这样缠扰着我！

海伦娜　啊！你要把我丢在黑暗中吗？请不要这样！

狄米特律斯　站住！否则叫你活不成。我要独自走我的路。（下）

海伦娜　唉！这痴心的追赶使我乏得透不过气来。我越是千求万告，越是惹他憎恶。赫米娅无论在什么地方都是那么幸福，因为她有一双天赐的迷人的眼睛。她的眼睛怎么会这样明亮呢？不是为着泪水的缘故，因为我的眼睛被眼泪洗着的时候比她更多。不，不，我是像一头熊那么难看，就是野兽看见我也会因害怕而逃走；因此难怪狄米特律斯会这样逃避着我，就像逃避一个丑妖怪一样。哪一面欺人的坏镜子使我居然敢把自己跟赫米娅的明星一样的眼睛相比呢？但是谁在这里？拉山德！躺在地上！死了吗，还是睡了？我看不见有血，也没有伤处。拉山德，要是你没有死，好朋友，醒醒吧！

拉山德　（醒）我愿为着你赴汤蹈火，玲珑剔透的海伦娜！上天在你身上显出他的本领，使我能在你的胸前看透你的心。狄米特律斯在哪里？嘿！那个难听的名字让他死在我的剑下多么合适！

海伦娜　不要这样说，拉山德！不要这样说！即使他爱你的赫米娅又有什么关系？上帝！那又有什么关系？赫米娅仍旧是爱着你的，所以你应该心满意足了。

拉山德　跟赫米娅心满意足吗？不，我真悔恨和她在一起度着的那些可厌的时辰。我不爱赫米娅，我爱的是海伦娜；谁不愿意把一只乌鸦换一头白鸽呢？男人的意志是被理性所支配的，理

莎士比亚喜剧

性告诉我你比她更值得敬爱。凡是生长的东西,不到季节,总不会成熟;因为年轻的缘故,我的理性也不曾成熟;但是现在我的智慧已经充分成长,理性指挥着我的意志,把我引到了你的眼前;在你的眼睛里我可以读到写在最丰美的爱情的经典上的故事。

海伦娜 我怎么忍受得下这种尖刻的嘲笑呢?我什么时候得罪了你,使你这样讥讽我呢?我从来不曾得到过,也永远不会得到,狄米特律斯的一瞥爱怜的眼光,难道那还不够,难道那还不够,年轻人,你必须再这样挖苦我的短处吗?真的,你侮辱了我;真的,用这种卑鄙的样子向我假装谄媚。但是再会吧!我还以为你是个较有教养的上流人哩。唉!一个女子受到了这一个男人的摈拒,还得忍受那一个男子的揶揄。(下)

拉山德 她没有看见赫米娅。赫米娅,睡你的吧,再不要走近拉山德的身边了!一个人吃饱了太多的甜食,能使胸胃中发生强烈的厌恶,改信正教的人最是痛心疾首于以往欺骗他的异端邪说;你就是我的甜食和异端邪说,让你被一切的人所憎恶吧,但没有别人比我更憎恶你了。我的一切生命之力啊,用爱和力来尊崇海伦娜,做她的忠实的骑士吧!(下)

赫米娅 (醒)救救我,拉山德!救救我!用出你全身力量来,替我在胸口上撵掉这条蠕动的蛇。哎呀,天哪!做了怎样的梦!拉山德,瞧我怎样因害怕而颤抖着。我觉得仿佛一条蛇在嚼食我的心,而你坐在一旁,瞧着它的残酷的肆虐微笑。拉山德!怎么!换了地方了?拉山德!好人!怎么!听不见?去了?没有声音,不说一句话?唉!你在哪儿?要是你听见我,答应一声呀!凭着一切爱情的名义,说话呀!我害怕得差不多要晕倒了。仍旧一声不响!我明白你已不在近旁了;要是我寻不到你,我定将一命丧亡!(下)

第三幕

第一场　林中。提泰妮娅熟睡未醒

昆斯、斯纳格、波顿、弗鲁特、斯诺特、斯塔佛林上。

波　顿　咱们都会齐了吗？

昆　斯　妙极了，妙极了，这儿真是给咱们练戏用的一块再方便也没有的地方。这块草地可以做咱们的戏台，这一丛山楂树便是咱们的后台。咱们可以认真扮演一下；就像当着公爵殿下的面前一样。

波　顿　彼得·昆斯，——

昆　斯　你说什么，波顿好家伙？

波　顿　在这本《皮拉摩斯和提斯柏》的喜剧里，有几个地方准难叫人家满意。第一，皮拉摩斯该得拔出剑来结果自己的性命，这是太太小姐们受不了的。你说可对不对？

斯诺特　凭着圣母娘娘的名字，这可真的不是玩儿的事。

斯塔佛林　我说咱们把什么都做完了之后，这一段自杀可不用表演。

波　顿　不必，咱有一个好法子。给咱写一段开场诗，让这段开场诗大概这么说：咱们的剑是不会伤人的；实实在在皮拉摩斯并不真的把自己干掉了；顶好再那么声明一下，咱扮着皮拉摩斯的，并不是皮拉摩斯，实在是织工波顿：这么一下她们就不会吓着了。

昆　斯　好吧，就让咱们有这么一段开场诗，咱可以把它写成八六体①。

波　顿　把它再加上两个字，让它是八个字八个字那么的吧。

斯诺特　太太小姐们见了狮子不会哆嗦吗？

斯塔佛林　咱担保她们一定会害怕。

波　顿　列位，你们得好好想一想：把一头狮子——老天爷保佑咱们！——带到太太小姐们的中间，还有比这更荒唐得可怕的事吗？在野兽中间，狮子是再凶恶不过的。咱们可得考虑考虑。

斯诺特　那么说，就得再写一段开场诗，说他并不是真狮子。

波　顿　不，你应当把他的名字说出来，他的脸蛋的一半要露在狮子头颈的外边；他自己就该说着这样或者诸如此类的话："太太小姐们，"或者说，"尊贵的太太小姐们，咱要求你们，"或者说，"咱请求你们，"或者说，"咱恳求你们，不用害怕，不用发抖；咱可以用生命给你们担保。要是你们想咱真是一头狮子，那咱才真是倒霉啦！不，咱完全不是这种东西；咱是跟别人一样的人。"这么着让他说出自己的名字来，明明白白地告诉她们，他是细工木匠斯纳格。

昆　斯　好吧，就这么办。但是还有两件难事：第一，咱们

---

①　八音节六音节相间的诗体。

要把月亮光搬进屋子里来;你们知道皮拉摩斯和提斯柏是在月亮底下相见的。

斯纳格 咱们演戏的那天可有月亮吗?

波　顿 拿历本来,拿历本来!瞧历本上有没有月亮,有没有月亮。

昆　斯 有的,那晚上有好月亮。

波　顿 啊,那么你就可以把咱们演戏的大厅上的一扇窗打开,月亮就会打窗子里照进来啦。

昆　斯 对了;否则就得叫一个人一手拿着柴枝,一手举起灯笼,登场说他是假扮或是代表着月亮。现在还有一件事,咱们在大厅里应该有一堵墙;因为故事上说,皮拉摩斯和提斯柏是彼此凑着一条墙缝讲话的。

斯纳格 你可不能把一堵墙搬进来。你怎么说,波顿?

波　顿 让什么人扮作墙头;让他身上涂着些灰泥黏土之类,表明他是墙头;让他把手指举起作成那个样儿,皮拉摩斯和提斯柏就可以在手指缝里低声谈话了。

昆　斯 那样的话,一切就都已齐全了。来,每个老娘的儿子都坐下来,念着你们的台词。皮拉摩斯,你开头;你说完了之后,就走进那簇树后;这样大家可以按着尾白①挨次说下去。

迫克自后上。

迫　克 那一群伧夫俗子胆敢在仙后卧榻之旁鼓唇弄舌?哈,在那儿演戏!让我做一个听戏的吧;要是看到机会的话,也许我还要做一个演员哩。

昆　斯 说吧,皮拉摩斯。提斯柏,站出来。

波　顿

---

① 尾白,指一句特定的台词。第一个演员念到"尾白"时,第二个演员便开始接话。

提斯柏，花儿开得十分腥——

昆　斯　十分香，十分香。

波　顿

——开得十分香；

你的气息，好人儿，也是一个样。

听，那边有一个声音，你且等一等，

一会儿咱再来和你诉衷情。（下）

迫　克　请看皮拉摩斯变成了怪妖精。（下）

弗鲁特　现在该咱说了吧？

昆　斯　是的，该你说。你得弄清楚，他是去瞧瞧什么声音去的，等一会儿就要回来。

弗鲁特

最俊美的皮拉摩斯，脸孔红如红玫瑰，

　　肌肤白得赛过纯白的百合花，

活泼的青年，最可爱的宝贝，

　　忠心耿耿像一匹顶好的马。

皮拉摩斯，咱们在尼内①的坟头相会。

昆　斯　"尼纳斯的坟头"，老兄。你不要就把这句说出来，那是要你答应皮拉摩斯的；你把要你说的话不管什么尾白不尾白都一古脑儿说出来啦。皮拉摩斯，进来；你的尾白已经说过了，是"忠心耿耿像一匹顶好的马"。

弗鲁特　噢。——忠心耿耿像一匹顶好的马。

迫克重上；波顿戴驴头随上。

波　顿　美丽的提斯柏，咱是整个儿属于你的！

昆　斯　怪事！怪事！咱们见了鬼啦！列位，快逃！快逃！

---

① 尼内（Ninny）是尼纳斯（Ninus）之讹，古代尼尼微城的建立者。尼内照字面讲有"傻子"之意。

救命哪！（众下）

迫　克　我要把你们带领得团团乱转，
　　　　　经过一处处沼地、草莽和林薮；
　　　　有时我化作马，有时化作猎犬，
　　　　　化作野猪、没头的熊或是磷火；
　　　　我要学马样嘶，犬样吠，猪样嗥，
　　　　熊一样的咆哮，野火一样燃烧。（下）

波　顿　他们干吗都跑走了呢？这准是他们的恶计，要把咱吓一跳。

斯诺特重上。

斯诺特　啊，波顿！你变了样子啦！你头上是什么东西呀？

波　顿　是什么东西？你瞧见你自己变成了一头蠢驴啦，是不是？

（斯诺特下）

昆斯重上。

昆　斯　天哪！波顿！天哪！你变啦！（下）

波　顿　咱看透他们的鬼把戏；他们要把咱当作一头蠢驴，想出法子来吓咱。可是咱决不离开这块地方，瞧他们怎么办。咱要在这儿跑来跑去；咱要唱个歌儿，让他们听见了知道咱可一点不怕。（唱）

　　　　山乌嘴巴黄沉沉，
　　　　　浑身长满黑羽毛，
　　　　画眉唱得顶认真，
　　　　　声音尖细是欧鹩。

提泰妮娅　（醒）什么天使使我从百花的卧榻上醒来呢？

波　顿　鹡鸰，麻雀，百灵鸟，
　　　　　还有杜鹃爱骂人，

大家听了心头恼，
　　可是谁也不回声。

真的，谁耐烦跟这么一头蠢鸟斗口舌呢？即使它骂你是乌龟，谁又高兴跟他争辩呢？

提泰妮娅　温柔的凡人，请你唱下去吧！我的耳朵沉醉在你的歌声里，我的眼睛又为你的状貌所迷惑；在第一次见面的时候，你的美姿已使我不禁说出而且矢誓着我爱你了。

波　顿　咱想，奶奶，您这可太没有理由。不过说老实话，现今世界上理性可真难得跟爱情碰头；也没有哪位正直的邻居大叔给他俩撮合撮合做朋友，真是抱歉得很。哈，我有时也会说说笑话。

提泰妮娅　你真是又聪明又美丽。

波　顿　不见得，不见得。可是咱要是有本事跑出这座林子，那已经很够了。

提泰妮娅　请不要跑出这座林子！不论你愿不愿，你一定要留在这里。我不是一个平常的精灵，夏天永远听从我的命令；我真是爱你，因此跟我去吧。我将使神仙们侍候你，他们会从海底里捞起珍宝献给你；当你在花茵上睡去的时候，他们会给你歌唱；而且我要给你洗涤去俗体的污垢，使你身轻得像个精灵一样。豆花！蛛网！飞蛾！芥子！

四神仙上。

豆　花　有。

蛛　网　有。

飞　蛾　有。

芥　子　有。

四　仙（合）差我们到什么地方去？

提泰妮娅　恭恭敬敬地侍候这先生，

蹦蹦跳跳地追随他前行；
给他吃杏子、鹅莓和桑椹，
紫葡萄和无花果儿青青。
去把野蜂的蜜囊儿偷取，
剪下蜂股的蜂蜡做烛炬，
在流萤的火睛里点了火，
照着我的爱人晨兴夜卧；
再摘下彩蝶儿粉翼娇红，
掮去他眼上的月光溶溶。
来，向他鞠一个深深的躬。

豆　花　万福，凡人！

蛛　网　万福！

飞　蛾　万福！

芥　子　万福！

波　顿　请你们列位先生多多担待担待在下。请教大号是——？

蛛　网　蛛网。

波　顿　很希望跟您交个朋友，好蛛网先生；要是咱指头儿割破了的话，咱要大胆用用您。① 善良的先生，您的尊号是——？

豆　花　豆花。

波　顿　啊，请多多给咱向您令堂豆荚奶奶和令尊豆壳先生致意。好豆花先生，咱也很希望跟您交个朋友。先生，您的雅号是——？

芥　子　芥子。

波　顿　好芥子先生，咱知道您是个饱历艰辛的人；那块庞

---

① 俗云蛛丝能止血。

大无比的牛肉曾经把您家里好多人都吞去了。不瞒您说,您的亲戚们方才还害得我掉下几滴苦泪呢。咱希望跟您交个朋友,好芥子先生。

提泰妮娅　来,侍候着他,引路到我的闺房。
　　　　　月亮今夜有一颗多泪的眼睛;
　　　　　小花们也都陪着她眼泪汪汪,
　　　　　悲悼横遭强暴而失去的童贞。
　　　　　吩咐那好人静静走不许作声。(同下)

第二场　林中的另一处

奥布朗上。

奥布朗　不知道提泰妮娅有没有醒来;她一醒来,就要热烈地爱上她第一眼看到的无论什么东西了。这边来的是我的使者。

迫克上。

奥布朗　啊,疯狂的精灵!在这座夜的魔林里现在有什么事情发生?

迫　克　娘娘爱上了一个怪物了。当她昏昏睡熟的时候,在她的隐秘的神圣的卧室之旁,来了一群村汉;他们都是在雅典市集上做工过活的粗鲁的手艺人,聚集在一起练着戏,预备在忒修斯结婚的那天表演。在这一群蠢货的中间,一个最蠢的蠢材扮演着皮拉摩斯;当他退场走进一簇丛林里去的时候,我就抓住了这个好机会,给他的头上罩上一只死驴的头壳。一会儿为了答应他的提斯柏,这位好伶人又出来了。他们一看见了他,就像雁子望见了蹑足行近的猎人,又像一大群灰鸦听见了枪声,轰然飞起乱叫、四散着横扫过天空一样,大家没命逃走了;又因为我们的跳舞震动了地面,一个个横仆竖倒,嘴里乱喊着救命。他们本来就是那么糊涂，这回吓得完全丧失了神智，没有知觉的东西也都来欺侮他们了：野茨和荆棘抓破了他们的衣服；有的失去了袖子，有的落掉了帽子，败军之将，无论什么东西都是予取予求的。在这种惊惶中我领着他们走去，把变了样子的可爱的皮拉摩斯孤单单地留下；就在那时候，提泰妮娅醒了过来，立刻爱上了一头驴子了。

奥布朗　这比我所能想得到的计策还好。但是你有没有依照我的吩咐，把那爱汁滴在那个雅典人的眼上呢？

迫　克　那我也已经乘他睡熟的时候办好了。那个雅典女人就在他的身边，因此他一醒来，一定便会看见她。

狄米特律斯及赫米娅上。

奥布朗　站过来些，这就是那个雅典人。

迫　克　这女人一点不错；那男人可不是。

狄米特律斯　唉！为什么你这样骂着深爱你的人呢？那种毒骂是应该加在你仇敌身上的。

赫米娅　现在我不过把你数说数说罢了；我应该更厉害地对付你，因为我相信你是可咒诅的。要是你已经乘着拉山德睡着的时候把他杀了，那么把我也杀了吧；已经两脚踏在血泊中，索性让杀人的血淹没你的膝盖吧。太阳对于白昼，也没有像他对于我那样的忠心。当赫米娅睡熟的时候，他会悄悄地离开她吗？我宁愿相信地球的中心可以穿成孔道，月亮会从里面钻过去，在地球的那一端跟她的兄长白昼捣乱。一定是你已经把他杀死了；因为只有杀人的凶徒，脸上才会这样惨白而可怖。

狄米特律斯　被杀者的脸色应该是这样的，你的残酷已经洞穿我的心，因此我应该有那样的脸色；但是你这杀人的，瞧上去却仍然是那么辉煌莹洁，就像那边天上闪耀着的金星一样。

赫米娅　你这种话跟我的拉山德有什么关系？他在哪里呀？

啊，好狄米特律斯，把他还给了我吧！

狄米特律斯　我宁愿把他的尸体喂我的猎犬。

赫米娅　滚开，贱狗！滚开，恶狗！你使我再也忍不住了。你真的把他杀了吗？从此之后，别再把你算作人吧！啊，看在我的面上，老老实实告诉我，告诉我，你，一个清醒的人，看见他睡着，而把他杀了吗？嗳唷，真勇敢！一条蛇、一条毒蛇，都比不上你；因为它的分叉的毒舌，还不及你的毒心更毒！

狄米特律斯　你的脾气发得好没来由。我并没有杀死拉山德，他也并没有死，照我所知道的。

赫米娅　那么请你告诉我他很安全。

狄米特律斯　要是我告诉你，我将得到什么好处呢？

赫米娅　你可以得到永远不再看见我的权利。我从此离开你那可憎的脸；无论他死也罢活也罢，你再不要和我相见。（下）

狄米特律斯　在她这样盛怒之中，我还是不要跟着她。让我
　　　　　　　在这儿暂时停留一会儿。
　　　　　　　睡眠欠下了沉忧的债，
　　　　　　　心头加重了沉忧的担；
　　　　　　　我且把黑甜乡暂时寻访，
　　　　　　　还了些还不尽的糊涂账。（卧下睡去）

奥布朗　你干了些什么事呢？你已经大大地弄错了，把爱汁去滴在一个真心的恋人的眼上。为了这次错误，本来忠实的将要改变心肠，而不忠实的仍旧和以前一样。

迫　　克　一切都是命运在作主；保持着忠心的不过一个人；变心的，把盟誓起了一个毁了一个的，却有百万个人。

奥布朗　比风还快地到林中各处去访寻名叫海伦娜的雅典女郎吧。她是全然为爱情而憔悴的，痴心的叹息耗去了她脸上的血色。用一些幻象把她引到这儿来；我将在这个人的眼睛上施上魔

法,准备他们的见面。

迫　克　我去,我去,瞧我一会儿便失了踪迹;
　　　　鞑靼人的飞箭都赶不上我的迅疾。(下)

奥布朗　这一朵紫色的小花,
　　　　尚留着爱神的箭疤,
　　　　让它那灵液的力量,
　　　　渗进他眸子的中央。
　　　　当他看见她的时光,
　　　　让她显出庄严妙相,
　　　　如同金星照亮天庭,
　　　　让他向她婉转求情。

迫克重上。

迫　克　报告神仙界的头脑,
　　　　海伦娜已被我带到,
　　　　她后面随着那少年,
　　　　正在哀求着她眷怜。
　　　　瞧瞧那痴愚的形状,
　　　　人们真蠢得没法想!

奥布朗　站开些;他们的声音
　　　　将要惊醒睡着的人。

迫　克　两男合爱着一女,
　　　　这把戏真够有趣;
　　　　最妙是颠颠倒倒,
　　　　看着才叫人发笑。

拉山德及海伦娜上。

拉山德　为什么你要以为我的求爱不过是向你嘲笑呢?嘲笑和戏谑是永不会伴着眼泪而来的;瞧,我在起誓的时候是怎样感泣着！这样的誓言是不会被人认作虚诳的。明明有着可以证明是千真万确的表记，为什么你会以为我这一切都是出于汕笑呢？

海伦娜 你越来越俏皮了。要是人们所说的真话都是互相矛盾的，那么神圣的真言和鬼话还有什么区别呢？这些誓言都是应当向赫米娅说的；难道你把她丢弃了吗？把你对她和对我的誓言放在两个秤盘里，一定称不出轻重来，因为都是像空话那样虚浮。

拉山德 当我向她起誓的时候，我实在一点见识都没有。

海伦娜 照我想起来，你现在把她丢弃了，也不像是有见识的。

拉山德 狄米特律斯爱着她，但他不爱你。

狄米特律斯 （醒）啊，海伦①！完美的女神！圣洁的仙子！我要用什么来比并你的秀眼呢，我的爱人？水晶是太昏暗了。啊，你的嘴唇，那吻人的樱桃，瞧上去是多么成熟，多么诱人！你一举起你那洁白的妙手，被东风吹着的陶洛斯高山上的积雪，就显得像乌鸦那么黯黑了。让我吻一吻那纯白的女王，这幸福的象征吧！

海伦娜 唉，倒霉！该死！我明白你们都在拿我取笑；假如你们是懂得礼貌和有教养的人，一定不会这样侮辱我。我知道你们都讨厌着我，那么就讨厌我好了，为什么还要联合起来讥讽我呢？你们瞧上去都像堂堂男子，如果真是堂堂男子，就不该这样对待一个有身份的仕女：发着誓，赌着咒，过誉着我的好处，但我可以断定你们的心里却在讨厌我。你们两人是情敌，一同爱着赫米娅，现在转过身来一同把海伦娜嘲笑，真是大丈夫的行为，干得真漂亮，为着取笑的缘故逼一个可怜的女人流泪！高尚的人

---

① 海伦是海伦娜的爱称。

决不会这样轻侮一个闺女,逼到她忍无可忍,只是因为给你们寻寻开心。

拉山德　你太残忍,狄米特律斯,不要这样;因为你爱着赫米娅,这你知道我是十分明白的。现在我用全心和好意把我在赫米娅的爱情中的地位让给你;但你也得把海伦娜的爱情让给我,因为我爱她,并且将要爱她到死。

海伦娜　从来不曾有过嘲笑者浪费过这样无聊的口舌。

狄米特律斯　拉山德,保留着你的赫米娅吧,我不要;要是我曾经爱过她,那爱情现在也已经消失了。我的爱不过像过客一样暂时驻留在她的身上,现在它已经回到它的永远的家,海伦娜的身边,再不到别处去了。

拉山德　海伦,他的话是假的。

狄米特律斯　不要侮蔑你所不知道的真理,否则你将以生命的危险重重补偿你的过失。瞧!你的爱人来了;那边才是你的爱人。

赫米娅上。

赫米娅　黑夜使眼睛失去它的作用,但却使耳朵的听觉更为灵敏;它虽然妨碍了视觉的活动,却给予听觉加倍的补偿。我的眼睛不能寻到你,拉山德;但多谢我的耳朵,使我能听见你的声音。你为什么那样忍心地离开了我呢?

拉山德　爱情驱着一个人走的时候,为什么他要滞留呢?

赫米娅　哪一种爱情能把拉山德驱开我的身边?

拉山德　拉山德的爱情使他一刻也不能停留;美丽的海伦娜,她照耀着夜天,使一切明亮的繁星黯然无色。为什么你要来寻找我呢?难道这还不能使你知道我因为厌恶你的缘故,才这样离开你吗?

赫米娅　你说的不是真话;那不会是真的。

海伦娜 瞧！她也是他们的一党。现在我明白了他们三个人一起联合了用这种恶戏欺凌我。欺人的赫米娅！最没有良心的丫头！你竟然和这种人一同算计着向我开这种卑鄙的玩笑作弄我吗？我们两人从前的种种推心置腹，约为姊妹的盟誓，在一起怨恨疾促的时间这样快便把我们拆分的那种时光，啊！难道你都已经忘记了吗？我们在同学时的那种情谊，一切童年的天真，都已经完全丢在脑后了吗？赫米娅，我们两人曾经像两个巧手的神匠，在一起绣着同一朵花，描着同一个图样，我们同坐在一个椅垫上，齐声曼吟着同一个歌儿，就像我们的手、我们的身体、我们的声音、我们的思想，都是连在一起不可分的样子。我们这样生长在一起，正如并蒂的樱桃，看似两个，其实却连生在一起；我们是结在同一茎上的两颗可爱的果实，我们的身体虽然分开，我们的心却只有一个。难道你竟把我们从前的友好丢弃不顾，而和男人们联合着嘲弄你的可怜的朋友吗？这种行为太没有朋友的情谊，而且也不合一个少女的身份。不单是我，我们全体女人都可以攻击你，虽然受到委屈的只是我一个。

赫米娅 你这种愤激的话真使我惊奇。我并没有嘲弄你；似乎你在嘲弄我哩。

海伦娜 你不曾唆使拉山德跟随我，假意称赞我的眼睛和面孔吗？你那另一个爱人，狄米特律斯，不久之前还曾要用他的脚踢开我，你不曾使他称我为女神、仙子，神圣而稀有的、珍贵的、超乎一切的人吗？为什么他要向他所讨厌的人说这种话呢？拉山德的灵魂里是充满了你的爱的，为什么他反而要摈斥你，却要把他的热情奉献给我，倘不是因为你的指使，因为你们曾经预先商量好？即使我不像你那样被人爱怜，那样被人追求不舍，那样走好运，即使我是那样倒霉，得不到我所爱的人的爱情，那和你又有什么关系呢？你应该可怜我才是，不应该反而来侮蔑我。

赫米娅 我不懂你说这种话的意思。

海伦娜 好,尽管装腔下去,扮着这一副苦脸,等我一转背,就要向我作嘴脸了;大家彼此眨眨眼睛,把这个绝妙的玩笑尽管开下去吧,将来会登载在历史上的。假如你们是有同情心,懂得礼貌的,就不该把我当作这样的笑柄。再会吧;一半也是我自己不好,死别或生离不久便可以补赎我的错误。

拉山德 不要走,温柔的海伦娜!听我解释。我的爱!我的生命!我的灵魂!美丽的海伦娜!

海伦娜 多好听的话!

赫米娅 亲爱的,不要那样嘲笑她。

狄米特律斯 要是她的恳求不能使你不说那种话,我将强迫你闭住你的嘴。

拉山德 你不可强迫我,正如她可能恳求我。你的威胁正和她的软弱的祈告同样没有力量。海伦,我爱你!凭着我的生命起誓,我爱你!谁说我不爱你的,我愿意用我的生命证明他说谎;为了你我是乐意把生命捐弃的。

狄米特律斯 我说我比他更要爱你得多。

拉山德 要是你这样说,那么把剑拔出来证明一下吧。

狄米特律斯 好,快些,来!

赫米娅 拉山德,这一切究竟是怎么一回事呢?

拉山德 走开,你这黑鬼①!

狄米特律斯 不,不——你可不能骗我而自己逃走;假意说着来来,却在准备乘机溜去。你是个不中用的汉子,来吧!

拉山德 (向赫米娅)放开手,你这猫!你这牛蒡子!贱东西,放开手!否则我要像摔掉一条蛇那样摔掉你了。

---

① 因赫米娅肤色微黑,故云。第二幕中有"把一只乌鸦换一头白鸽"之语,亦此意:海伦娜肤仁白皙,故云白鸽也。

赫米娅　为什么你变得这样凶暴？究竟是什么缘故呢，爱人？

拉山德　你的爱人！走开，黑鞑子！走开！可厌的毒物，叫人恶心的东西，给我滚吧！

赫米娅　你还是在开玩笑吗？

海伦娜　是的，你也是。

拉山德　狄米特律斯，我一定不失信于你。

狄米特律斯　你的话可有些不能算数，因为人家的柔情在牵系住你。我可信不过你的话。

拉山德　什么！难道要我伤害她、打她、杀死她吗？虽然我厌恨她，我还不至于这样残忍。

赫米娅　啊！还有什么事情比之你厌恨我更残忍呢？厌恨我！为什么呢？天哪！究竟是怎么一回事呢，我的好人？难道我不是赫米娅了吗？难道你不是拉山德了吗？我现在生得仍旧跟以前一个样子。就在这一夜里你还曾爱过我；但就在这一夜里你离开了我。那么你真的——唉，天哪！——存心离开我吗？

拉山德　一点不错，而且再不要看见你的脸了；因此你可以断了念头，不必疑心，我的话是千真万确的：我厌恨你，我爱海伦娜，一点不是开玩笑。

赫米娅　天啊！你这骗子！你这花中的蛀虫！你这爱情的贼！哼！你乘着黑夜，悄悄地把我的爱人的心偷了去吗？

海伦娜　真好！难道你一点女人家的羞耻都没有，一点不晓得难为情，不晓得自重了吗？哼！你一定要引得我破口说出难听的话来吗？哼！哼！你这装腔作势的人！你这给人家愚弄的小玩偶！

赫米娅　小玩偶！噢，原来如此。现在我才明白了她为什么把她的身材跟我的比较；她自夸她生得长，用她那身材，那高高的身材，赢得了他的心。因为我生得矮小，所以他便把你看得高不可及了吗？我是怎样一个矮法？你这涂脂抹粉的花棒儿！请你说，我是怎样矮法？矮虽矮，我的指爪还挖得着你的眼珠哩！

海伦娜　先生们，虽然你们都在嘲弄我，但求你们别让她伤害我。我从来不曾使过性子；我也完全不懂得怎样跟人家闹架儿；我是一个胆小怕事的女子。不要让她打我。也许因为她比我矮些，你们就以为我打得过她吧。

赫米娅　生得矮些！听，又来了！

海伦娜　好赫米娅，不要对我这样凶！我一直是爱你的，赫米娅，有什么事总跟你商量，从来不曾对你做过欺心的事；除了这次，为了对于狄米特律斯的爱情的缘故，我把你私奔到这座林中的事告诉了他。他追踪着你；为了爱，我又追踪着他；但他一直是斥骂着我，威吓着我说要打我、踢我，甚至于要杀死我。现在你让我悄悄地去了吧；我愿带着我的愚蠢回到雅典去，不再跟着你们了。让我去；你瞧我是多么傻多么痴心！

赫米娅　好，你去就去吧，谁在拦你？

海伦娜　一颗发痴的心，但我把它丢弃在这里了。

赫米娅　噢，给了拉山德了是不是？

海伦娜　不，给了狄米特律斯。

拉山德　不要怕，她不会伤害你的，海伦娜。

狄米特律斯　当然不会的，先生；即使你帮着她也不要紧。

海伦娜　啊，她一发起怒来，真是又凶又狠。在学校里她就是出名的雌老虎；很小的时候便是那么凶了。

赫米娅　又是"很小"！老是矮啊小啊的说个不住！为什么你让她这样讥笑我呢？让我跟她拼命去。

拉山德　滚开，你这矮子！你这发育不全的三寸丁！你这小珠子！你这小青豆！

莎士比亚喜剧

狄米特律斯　她用不着你帮忙,因此不必那样乱献殷勤。让她去;不许你嘴里再提到海伦娜,不要你来给她撑腰。要是你再向她乱献殷勤,就请你当心着吧!

拉山德　现在她已经不再拉住我了;你要是有胆子,跟我来吧,我们倒要试试看究竟海伦娜该属于谁。

狄米特律斯　跟你来!嘿,我要和你并着肩走呢。(拉山德、狄米特律斯二人下)

赫米娅　你,小姐,这一切的纷扰都是因为你的缘故。嗳,别逃啊!

海伦娜　我怕你,我不敢跟脾气这么大的你在一起。打起架来,你的手比我快得多;但我的腿比你长些,逃起来你追不上我。(下)

赫米娅　我简直莫名其妙,不知道说些什么话好。(下)

奥布朗　这都是你的大意所致;倘不是你弄错了,就一定是你故意在捣蛋。

迫克　相信我,仙王,是我弄错了。你不是对我说只要认清楚那人穿着雅典人的衣裳?照这样说起来我完全不曾错,因为我是把花汁滴在一个雅典人的眼上。事情会弄到这样我是满快活的,因为他们的吵闹看着怪有趣味。

奥布朗　你瞧这两个恋人找地方决斗去了,因此,罗宾,快去把夜天遮暗了;你就去用像冥河的水一样黑的浓雾盖住星空,再引这两个声势汹汹的仇人迷失了路,不要让他们碰在一起。有时你学着拉山德的声音痛骂狄米特律斯,有时学着狄米特律斯的样子斥责拉山德:用这种法子把他们两个分开,直到他们奔波得精疲力竭,让死一样的睡眠拖着铅样沉重的腿和蝙蝠的翅膀爬上了他们的额头;然后你把这草挤出汁来涂在拉山德的眼睛上,它能够解去一切的错误,使他的眼睛恢复从前的眼光。等他们醒来

仲夏夜之梦

之后，这一切的戏谑，就会像是一场梦景或是空虚的幻象；这一班恋人们便将回到雅典去，一同订下白头到老、直至死亡的盟约。在我差遣你去做这件事的时候，我要去访问我的王后，向她讨那个印度孩子；然后我要解除她眼中所见的怪物的幻觉，一切事情都将和平解决。

迫　克　这事我们必须赶早办好，主公，
　　　　因为黑夜已经驾起他的飞龙；
　　　　晨星，黎明的先驱，已照亮苍穹；
　　　　一个个鬼魂四散地奔返殡宫：
　　　　还有那横死的幽灵抱恨长终，
　　　　道旁水底有他们的白骨成丛，
　　　　为怕白昼揭露了丑恶的形容，
　　　　早已向重泉归寝，相伴着蛆虫；
　　　　他们永远照不到日光的融融，
　　　　只每夜在暗野里凭吊着凄风。

奥布朗　但你我可完全不能比并他们；
　　　　晨光中我惯和猎人一起游巡，
　　　　如同林居人一样踏访着丛林：
　　　　即使东方开启了火红的天门，
　　　　大海上照耀万道灿烂的光针，
　　　　青碧的大海化成了一片黄金。
　　　　但我们应该早早办好这事情，
　　　　最好别把它迁延着直到天明。（下）

迫　克　奔到这边来，奔过那边去；
　　　　我要领他们，奔来又奔去。
　　　　林间和市上，无人不怕我；
　　　　我要领他们，走尽林中路。

这儿来了一个。

拉山德重上。

拉山德　你在哪里,骄傲的狄米特律斯?说出来!

迫　克　在这儿,恶徒!把你的剑拔出来准备着吧。你在哪里?

拉山德　我立刻就过来。

迫　克　那么跟我来吧,到平坦一点的地方。(拉山德随声音下)

狄米特律斯重上。

狄米特律斯　拉山德,你再开口啊!你逃走了,你这懦夫!你逃走了吗?说话呀!躲在那一堆树丛里吗?你躲在哪里呀?

迫　克　你这懦夫!你在向星星们夸口,向树林子挑战,但是却不敢过来吗?来,卑怯汉!来,你这小孩子!我要好好抽你一顿。谁要跟你比剑才真倒霉!

狄米特律斯　呀,你在那边吗?

迫　克　跟我的声音来吧;这儿不是适宜我们战斗的地方。(同下)

拉山德重上。

拉山德　他走在我的前头,老是挑拨着我上前;一等我走到他叫喊着的地方,他又早已不在。这个坏蛋比我脚步快得多,我追得快,他可逃得更快,使我在黑暗崎岖的路上绊了一跤。让我在这儿休息一下吧。(躺下)来吧,你仁心的白昼!只要你一露出你的一线灰白的微光,我就可以看见狄米特律斯而洗雪这次仇恨了。(睡去)

迫克及狄米特律斯重上。

迫　克　哈!哈!哈!懦夫!你为什么不来?

狄米特律斯　要是你有胆量的话,等着我吧;我全然明白你跑在我前面，从这儿蹿到那儿，不敢站住，也不敢见我的面。你现在是在什么地方？

迫　克　过来，我在这儿。

狄米特律斯　哼，你在摆布我。要是天亮了我看见你的脸孔，你好好地留点儿神；现在，去你的吧！疲乏逼着我倒下，在这寒冷的地上，等候着白天的降临。（躺下睡去）

海伦娜重上。

海伦娜　疲乏的夜啊！冗长的夜啊！减少一些你的时辰吧！从东方出来的安慰，快照耀起来吧！好让我借着晨光回到雅典去，离开这一群人，他们大家都讨厌着可怜的我。慈悲的睡眠，有时你闭上了悲伤的眼睛，求你暂时让我忘却了自己的存在吧！（躺下睡去）

迫　克　两男加两女，四个无错误；
　　　　　三人已在此，一人在何处？
　　　　　哈哈她来了，满脸愁云罩：
　　　　　爱神真不好，惯惹人烦恼！

赫米娅重上。

赫米娅　从来不曾这样疲乏过，从来不曾这样伤心过！我的身上沾满了露水，我的衣裳被荆棘所抓破；我跑也跑不动，爬也爬不动了；我的两条腿再也不能听从我的心愿。让我在这儿休息一下以待天明。要是他们真要决斗的话，愿天保佑拉山德吧！（躺下睡去）

迫　克　梦将残，睡方酣，
　　　　　神仙药，祛幻觉，
　　　　　百般迷梦全消却。（挤草汁于拉山德眼上）
　　　　　醒眼见，旧人脸，
　　　　　乐满心，情不禁，

从此欢爱复深深。
一句俗语说得好,
各人各有各的宝,
等你醒来就知道:
　哥儿爱姐儿,
　两两无参差;
　失马复得马,
　一场大笑话!(下)

第四幕

第一场　林中。拉山德、狄米特律斯、海伦娜、赫米娅酣睡未醒

提泰妮娅及波顿上，众仙随侍；奥布朗潜随其后。

提泰妮娅　来，坐下在这花床上。我要爱抚你的可爱的脸颊；我要把麝香玫瑰插在你柔软光滑的头颅上；我要吻你的美丽的大耳朵，我的温柔的宝贝！

波　顿　豆花呢？

豆　花　有。

波　顿　替咱把头搔搔，豆花儿。蛛网先生在哪儿？

蛛　网　有。

波　顿　蛛网先生，好先生，把您的刀拿好，替咱把那蓟草叶尖上的红屁股的野蜂儿杀了；然后，好先生，替咱把蜜囊儿拿来。干那事的时候可别太性急，先生；而且，好先生，当心别把蜜囊儿给弄破了；要是您在蜜囊里头淹死了，那咱可不很乐意，先生。芥子先生在哪儿？

芥　子　有。

波　　顿　把您的小手儿给我,芥子先生。请您不要多礼吧,好先生。

芥　　子　你有什么吩咐?

波　　顿　没有什么,好先生,只是帮蛛网骑士替咱搔搔痒。咱一定得理发去,先生,因为咱觉得脸上毛得很。咱是一头感觉非常灵敏的驴子,要是一根毛把咱触痒了,咱就非得搔一下子不可。

提泰妮娅　你要不要听一些音乐,我的好人?

波　　顿　咱很懂得一点儿音乐。咱们来一下子锣鼓吧。

提泰妮娅　好人,你要吃些什么呢?

波　　顿　真的,来一堆刍秣吧;您要是有好的干麦秆,也可以给咱大嚼一顿。咱想咱怪想吃那么一捆干草;好干草,美味的干草,什么也比不上它。

提泰妮娅　我有一个善于冒险的小神仙,可以给你到松鼠的仓里取些新鲜的榛栗来。

波　　顿　咱宁可吃一把两把干豌豆。但是谢谢您,吩咐您那些人们别惊动咱吧,咱想要睡他妈的一觉。

提泰妮娅　睡吧,我要把你抱在我的怀中。神仙们,往各处散开去吧。(众仙下)菟丝也正是这样温柔地缠附着芬芳的金银花;女萝也正是这样缱绻着榆树的皱折的臂枝。啊,我是多么爱你!我是多么热恋着你!(同睡去)

　　迫克上。

奥布朗　(上前)欢迎,好罗宾!你见没见这种可爱的情景?我对于她的痴恋开始有点不忍了。刚才我在树林后面遇见她正在为这个可憎的蠢货找寻爱情的礼物,我就谴责她,跟她争吵起来,因为那时她把芬芳的鲜花制成花环,环绕着他那毛茸茸的额角;原来在嫩蕊上晶莹饱满、如同东方的明珠一样的露水,如今却含在那一朵朵美艳的小花的眼中,像是盈盈欲泣的眼泪,痛心着它们所受的耻辱。我把她尽情嘲骂一番之后,她低声下气地请求我息怒,于是我便乘机向她索讨那个换儿;她立刻把他给了我,差她的仙侍把他送到了我的寝宫。现在这个孩子我已经到手了,我将解去她眼中这种可憎的迷惑。好迫克,你去把这雅典村夫头上的变形的头盖揭下,好让他和大家一同醒来的时候,可以回到雅典去,把这晚间发生的一切只当作一场梦魇。但是,先让我给仙后解去了魔法吧。(以草触她的眼睛)

　　回复你原来的本性,

　　解去你眼前的幻景;

　　这一朵女贞花采自月姊园庭,

　　它会使爱情的小卉失去功能。

喂,我的提泰妮娅,醒醒吧,我的好王后!

提泰妮娅　我的奥布朗!我看见了怎样的幻景!好像我爱上了一头驴子啦。

奥布朗　那边就是你的爱人。

提泰妮娅　这一切事情怎么会发生的呢?啊,现在我看见他的样子是多么惹气!

奥布朗　静一会儿。罗宾,把他的头壳揭下了。提泰妮娅,叫他们奏起音乐来吧,让这五个人睡得全然失去了知觉。

提泰妮娅　来,奏起催眠的乐声柔婉!(轻缓的音乐)

迫　克　等你一觉醒来,蠢汉,

　　　　用你的傻眼睛瞧看。

奥布朗　奏下去,音乐!来,我的王后,让我们携手同行,让我们的舞蹈震动这些人睡着的地面。现在我们已经言归于好,明天夜半将要一同到忒修斯公爵的府中跳着庄严的欢舞,祝福他家繁荣昌盛。这两对忠心的恋人也将在那里和忒修斯同时举行婚

莎士比亚喜剧

礼，大家心中充满了喜乐。

迫　克　仙王，仙王，留心听，
　　　　　我闻见云雀歌吟。

奥布朗　王后，让我们静静
　　　　　追随着夜的踪影；
　　　　　我们环绕着地球，
　　　　　快过明月的光流。

提泰妮娅　夫君，请你在一路上
　　　　　告诉我一切缘故，
　　　　　这些人来自何方，
　　　　　当我熟睡的时光。（同下。幕内号角声）

忒修斯、希波吕忒、伊吉斯及侍从等上。

忒修斯　你们中间谁去把猎奴唤来。我们已把五月节的仪式遵行，现在才只是清晨，我的爱人应当听一听猎犬的音乐。把它们放在西面的山谷里；快去把猎奴唤来。美丽的王后，让我们到山顶上去，领略着猎犬们的吠叫和山谷中的回声应和在一起的妙乐吧。

希波吕忒　我曾经同赫剌克勒斯和卡德摩斯①一起在克里特林中行猎，他们用斯巴达的猎犬追赶着巨熊，那种雄壮的吠声我真是第一次听到；除了丛林之外，天空和群山，以及一切附近的区域，似乎混成了一片交互的呐喊。我从来不曾听见过那样谐美的喧声，那样悦耳的雷鸣。

忒修斯　我的猎犬也是斯巴达种，一样的颊肉下垂，一样的黄沙的毛色；它们的头上垂着两片挥拂晨露的耳朵；它们的膝骨是弯曲的，并且像忒萨利亚种的公牛一样喉头长着垂肉。它们在

---

① 卡德摩斯（Cadmus）是希腊神话忒拜城的建立者。

追逐时不很迅速,但它们的吠声彼此高下相应,就像钟声那样合调。无论在克里特、斯巴达或是忒萨利亚,都不曾有过比这一队应和着猎人号角与召唤的猎犬,吠得更好听的了;你听见了之后便可以自己判断。但是且慢!这些都是什么仙女?

伊吉斯　殿下,这是我的女儿;这是拉山德;这是狄米特律斯;这是海伦娜,奈达老人的女儿。我不知道他们怎么都躺在这儿。

忒修斯　他们一定早起守五月节,因为闻知了我们的意旨,所以赶到这儿来参加我们的典礼。但是,伊吉斯,今天不是赫米娅应该决定她的选择的日子吗?

伊吉斯　是的,殿下。

忒修斯　去,叫猎奴们吹起号角来惊醒他们。(幕内号角及呐喊声,拉山德、狄米特律斯、赫米娅、海伦娜四人惊醒跳起)早安,朋友们!情人节早已过去了,你们这一辈林鸟到现在才配起对吗?

拉山德　请殿下恕罪!(偕余人并跪下)

忒修斯　请你们站起来吧。我知道你们两人是对头冤家,怎么会变得这样和气,大家睡在一块儿,没有一点猜忌,再不怕敌人了呢?

拉山德　殿下,我现在还是糊里糊涂,不知道应当怎样回答您的问话;但是我敢发誓说我真的不知道怎么会在这儿;但是我想——我要说老实话,我现在记起来了,一点不错,我是和赫米娅一同到这儿来的;我们想要逃出雅典,避过了雅典法律的峻严,我们便可以——

伊吉斯　够了,够了,殿下;话已经说得够了。我要求依法,依法惩办他。他们打算,他们打算逃走,狄米特律斯,他们打算用那种手段欺弄我们,使你的妻子落了空,使我给你的允许也落了空。

狄米特律斯　殿下，海伦娜告诉了我他们的出奔，告诉了我他们到这儿林中来的目的；我在盛怒之下追踪他们，同时海伦娜因为痴心的缘故也追踪着我。但是，殿下，我不知道什么一种力量——但一定是有一种力量——使我对于赫米娅的爱情会像霜雪一样溶解，现在想起来，就像回想起一段童年时所爱好的一件玩物的记忆一样；我一切的忠信、一切的心思、一切乐意的眼光，都是属于海伦娜一个人了。我在没有认识赫米娅之前，殿下，就已经和她订过盟约；但正如一个人在生病的时候一样，我厌弃着这一道珍馐，等到健康恢复，就会回复正常的胃口。现在我希求着她，珍爱着她，思慕着她，将要永远忠心于她。

忒修斯　俊美的恋人们，我们相遇得很巧；等会儿我们便可以再听你们把这段话讲下去。伊吉斯，你的意志只好屈服一下了；这两对少年不久便将跟我们一起在神庙中缔结永久的鸳盟。现在清晨快将过去，我们本来准备的行猎只好中止。跟我们一起到雅典去吧；三三成对地，我们将要大张盛宴。来，希波吕忒。

（忒修斯、希波吕忒、伊吉斯及侍从下）

狄米特律斯　这些事情似乎微细而无从捉摸，好像化为云雾的远山一样。

赫米娅　我觉得好像这些事情我都用昏花的眼睛看着，一切都化作了层叠的两重似的。

海伦娜　我也是这样想。我得到了狄米特律斯，像是得到了一颗宝石，好像是我自己的，又好像不是我自己的。

狄米特律斯　你们真能断定我们现在是醒着吗？我觉得我们还是在睡着做梦。你们是不是以为公爵方才在这儿，叫我们跟他走呢？

赫米娅　是的，我的父亲也在。

海伦娜　还有希波吕忒。

拉山德　他确曾叫我们跟他到神庙里去。

狄米特律斯　那么我们真的已经醒了。让我们跟着他走；一路上讲着我们的梦。(同下)

波　　顿　(醒)轮到咱说尾白的时候，请你们叫咱一声，咱就会答应；咱下面的一句是，"最美丽的皮拉摩斯。"喂！喂！彼得·昆斯！弗鲁特，修风箱的！斯诺特，补锅子的！斯塔佛林！他妈的！悄悄地溜走了，把咱撇下在这儿一个人睡觉吗？咱看见了一个奇怪得了不得的幻象，咱做了一个梦。没有人说得出那是怎样的一个梦；要是谁想把这个梦解释一下，那他一定是一头驴子。咱好像是——没有人说得出那是什么东西；咱好像是——咱好像有——但要是谁敢说出来咱好像有什么东西，那他一定是一个蠢材。咱那个梦啊，人们的眼睛从来没有听到过，人们的耳朵从来没有看见过，人们的手也尝不出来是什么味道，人们的舌头也想不出来是什么道理，人们的心也说不出来究竟那是怎样的一个梦。咱要叫彼得·昆斯给咱写一首歌儿咏一下这个梦，题目就叫做"波顿的梦"，咱要在演完戏之后当着公爵大人的面唱这个歌——或者更好些，还是等咱死了之后再唱吧。(下)

第二场　雅典。昆斯家中

昆斯、弗鲁特、斯诺特、斯塔佛林上。

昆　　斯　你们差人到波顿家里去过了吗？他还没有回家吗？

斯塔佛林　一点消息都没有。他准是给妖精拐了去了。

弗鲁特　要是他不回来，那么咱们的戏就要搁起来啦；它不能再演下去，是不是？

昆　　斯　那当然演不下去啰：整个雅典城里除了他之外就没

有第二个人可以演皮拉摩斯。

　　弗鲁特　谁也演不了；他在雅典手艺人中间简直是最聪明的一个。

　　昆　　斯　对，而且也是顶好的人；他有一副好喉咙，吊起膀子来真是顶呱呱的。

　　弗鲁特　你说错了，你应当说"吊嗓子"。吊膀子，天老爷！那是一件难为情的事。

　　斯纳格上。

　　斯纳格　列位，公爵大人刚从神庙里出来，还有两三位贵人和小姐们也在同时结了婚。要是咱们的玩意儿能够干下去，咱们一定大家都有好处。

　　弗鲁特　哎呀，可爱的波顿好家伙！他从此就不能再拿到六便士一天的恩俸了。他准可以拿到六便士一天的。咱可以赌咒公爵大人见了他扮演皮拉摩斯，一定会赏给他六便士一天。他应该可以拿到六便士一天的；扮演了皮拉摩斯，应该拿六便士一天，少一个子儿都不行。

　　波顿上。

　　波　　顿　孩儿们在什么地方？心肝们在什么地方？

　　昆　　斯　波顿！哎呀，顶好顶好的日子，顶吉利顶吉利的时辰！

　　波　　顿　列位，咱要讲古怪事儿给你们听，可不许问咱什么事；要是咱对你们说了，咱不算是真的雅典人。咱要把一切全都告诉你们，一个字也不漏掉。

　　昆　　斯　讲给咱们听吧，好波顿。

　　波　　顿　关于咱自己的事可一个字也不能告诉你们。咱要报告给你们知道的是，公爵大人已经用过正餐了。把你们的行头收拾起来，胡须上要用坚牢的穿绳，舞靴上要结簇新的缎带；立刻在宫门前集合；各人温熟了自己的台词；总而言之一句话，咱们的戏已经送上去了。无论如何，可得叫提斯柏穿一件干净一点的衬衫；还有扮演狮子的那位别把指甲铰掉，因为那是要露出在外面当作狮子的脚爪的。顶要紧的，列位老板们，别吃洋葱和大蒜，因为咱们可不能把人家熏倒胃口；咱一定会听见他们说，"这是一出香甜的喜剧。"完了，去吧！去吧！（同下）

第五幕

第一场　雅典。忒修斯宫中

忒修斯、希波吕忒、菲劳斯特莱特及大臣侍从等上。

希波吕忒　忒修斯，这些恋人们所说的话真是奇怪得很。

忒修斯　奇怪得不像会是真实。我永不相信这种古怪的传说和神话仙的游戏。情人们和疯子们都富于纷乱的思想和成形的幻觉，他们所理会到的永远不是冷静的理智所能充分了解。疯子、情人和诗人，都是幻想的产儿：疯子眼中所见的鬼，多过于广大的地狱所能容纳；情人，同样是那么狂妄地能从埃及人的黑脸上看见海伦的美貌；诗人的眼睛在神奇的狂放的一转中，便能从天上看到地下，从地下看到天上。想象会把不知名的事物用一种形式呈现出来，诗人的笔再使它们具有如实的形象，空虚的无物也会有了居处和名字。强烈的想象往往具有这种本领，只要一领略到一些快乐，就会相信那种快乐的背后有一个赐予的人；夜间一转到恐惧的念头，一株灌木一下子便会变成一头熊。

希波吕忒　但他们所说的一夜间全部的经历，以及他们大家心理上都受到同样影响的一件事实，可以证明那不会是幻想。虽然那故事是怪异而惊人，却并不令人不能置信。

忒修斯　这一班恋人们高高兴兴地来了。

拉山德、狄米特律斯、赫米娅、海伦娜上。

忒修斯　恭喜，好朋友们！恭喜！愿你们心灵里永远享受着没有阴翳的爱情日子！

拉山德　愿更大的幸福永远追随着殿下的起居！

忒修斯　来，我们应当用什么假面剧或是舞蹈来消磨在尾餐和就寝之间的三点钟悠长的岁月呢？我们一向掌管戏乐的人在哪里？有哪几种余兴准备着？有没有一出戏剧可以祛除难挨的时辰里按捺不住的焦灼呢？叫菲劳斯特莱特过来。

菲劳斯特莱特　有，伟大的忒修斯。

忒修斯　说，你有些什么可以缩短这黄昏的节目？有些什么假面剧？有些什么音乐？要是一点娱乐都没有，我们怎么把这迟迟的时间消度过去呢？

菲劳斯特莱特　这儿是一张预备好的各种戏目的单子，请殿下自己拣选哪一项先来。（呈上单子）

忒修斯　"与马人作战，由一个雅典太监和竖琴而唱。"那个我们不要听；我已经告诉过我的爱人这一段表彰我的姻兄赫剌克勒斯武功的故事了。"醉酒者之狂暴，特剌刻歌人惨遭肢裂的始末。"① 那是老调，当我上次征服忒拜凯旋回来的时候就已经表演过了。"九缪斯神②痛悼学术的沦亡"。那是一段犀利尖刻的讽刺，不适合于婚礼时的表演。"关于年轻的皮拉摩斯及其爱人提斯柏的冗长的短戏，非常悲哀的趣剧。"悲哀的趣剧！冗长的短戏！那简直是说灼热的冰，发烧的雪。这种矛盾怎么能调和起

---

① 特剌刻歌人系指希腊神话中的著名歌手俄耳甫斯（Orpheus）；其歌声能感动百兽草木；后被酗酒妇人肢裂而死。

② 九缪斯神（Nine Muses）即司文学艺术的九女神。

来呢?

菲劳斯特莱特　殿下,一出一共只有十来个字那么长的戏,当然是再短没有了;然而即使只有十个字,也会嫌太长,叫人看了厌倦;因为在全剧之中,没有一个字是用得恰当的,没有一个演员是支配得适如其分的。那本戏的确很悲哀,殿下,因为皮拉摩斯在戏里要把自己杀死。可是我看他们预演那一场的时候,我得承认确曾使我的眼中充满了眼泪;但那些泪都是在纵声大笑的时候忍俊不住而流的,再没有人流过比那更开心的泪了。

忒修斯　扮演这戏的是些什么人呢?

菲劳斯特莱特　都是在这儿雅典城里做工过活的胼手胝足的汉子。他们从来不曾用过头脑,今番为了准备参加殿下的婚礼,才辛辛苦苦地把这本戏记诵起来。

忒修斯　好,就让我们听一下吧。

菲劳斯特莱特　不,殿下,那是不配烦渎您的耳朵的。我已经听完过他们一次,简直一无足取;除非你嘉纳他们的一片诚心和苦苦背诵的辛勤。

忒修斯　我要把那本戏听一次,因为纯朴和忠诚所呈献的礼物,总是可取的。去把他们带来。各位夫人女士们,大家请坐下。(菲劳斯特莱特下)

希波吕忒　我不欢喜看见微贱的人做他们力量所不及的事,忠诚因为努力的狂妄而变成毫无价值。

忒修斯　啊,亲爱的,你不会看见他们糟到那地步。

希波吕忒　他说他们根本不会演戏。

忒修斯　那更显得我们的宽宏大度,虽然他们的劳力毫无价值,他们仍能得到我们的嘉纳。我们可以把他们的错误作为取笑的资料。我们不必较量他们那可怜的忠诚所不能达到的成就,而该重视他们的辛勤。凡是我所到的地方,那些有学问的人都预先准备好欢迎辞迎接我；但是一看见了我，便发抖、脸色变白，句子没有说完便中途顿住，背熟的话梗在喉中，吓得说不出来，结果是一句欢迎我的话都没有说。相信我，亲爱的，从这种无言中我却领受了他们一片欢迎的诚意；在诚惶诚恐的忠诚的畏怯上表示出来的意味，并不少于一条娓娓动听的辩舌。因此，爱人，照我所能观察到的，无言的纯朴所表示的情感，才是最丰富的。

菲劳斯特莱特重上。

菲劳斯特莱特　请殿下吩咐，念开场诗的预备登场了。

忒修斯　让他上来吧。（喇叭奏花腔）

昆斯上，念开场诗。

昆　斯
　　　　要是咱们，得罪了请原谅。
　　　　　咱们本来是，一片的好意，
　　　　想要显一显。薄薄的伎俩，
　　　　　那才是咱们原来的本意。
　　　　因此列位咱们到这儿来。
　　　　　为的要让列位欢笑欢笑，
　　　　否则就是不曾。到这儿来，
　　　　　如果咱们。惹动列位气恼。
　　　　一个个演员，都将，要登场，
　　　　　你们可以仔细听个端详。①

忒修斯　这家伙简直乱来。

拉山德　他念他的开场诗就像骑一头顽劣的小马一样，乱冲乱撞，该停的地方不停，不该停的地方偏偏停下。殿下，这是一个好教训：单是会讲话不能算数，要讲话总该讲得像个路数。

---

① 此段句读完全错误。

希波吕忒　真的,他就像一个小孩子学吹笛,呜哩呜哩了一下,可是全不入调。

忒修斯　他的话像是一段纠缠在一起的链索,并没有欠缺,可是全弄乱了。跟着是谁登场呢?

皮拉摩斯及提斯柏、墙、月光、狮子上。

昆　斯　列位大人,也许你们会奇怪这一班人跑出来干么。尽管奇怪吧,自然而然地你们总会明白过来。这个人是皮拉摩斯,要是你们想要知道的话;这位美丽的姑娘不用说便是提斯柏啦。这个人身上涂着石灰和黏土,是代表墙头的,那堵隔开这两个情人的坏墙头;他们这两个可怜的人只好在墙缝里低声谈话,这是要请大家明白的。这个人提着灯笼,牵着犬,拿着柴枝,是代表月亮;因为你们要知道,这两个情人觉得只有在月光底下到尼纳斯的坟头见面谈情才好。这一头可怕的畜生名叫狮子,那晚上忠实的提斯柏先到约会的地方,给它吓跑了,或者不如说是被它惊走了;她在逃走的时候脱落了她的外套,那件外套因为给那恶狮子咬住在它那张血嘴里,所以沾满了血斑。隔了不久,皮拉摩斯,那个高个儿的美少年,也来了,一见他那忠实的提斯柏的外套躺在地上死了,便赤楞楞地一声拔出一把血淋淋的该死的剑来,对准他那热辣辣的胸脯里豁拉拉地刺了进去。那时提斯柏却躲在桑树的树荫里,等到她发现了这回事,便把他身上的剑拔出来,结果了她自己的性命。至于其余的一切,可以让狮子、月光、墙头和两个情人详详细细地告诉你们,

当他们上场的时候。（昆斯及皮拉摩斯、提斯柏、狮子、月光同下）

忒修斯 我不知道狮子要不要说话。

狄米特律斯 殿下，这可不用怀疑，要是一班驴子都会讲人话，狮子当然也会说话啦。

墙 小子斯诺特是也，在这本戏文里扮作墙头；须知此墙不是他墙，乃是一堵有裂缝的墙，凑着那条裂缝皮拉摩斯和提斯柏两个情人常常偷偷地低声谈话。这一把石灰、这一撮黏土、这一块砖头，表明咱是一堵真正的墙头，并非滑头冒牌之流。这便是那条从右到左的缝儿，这两个胆小的情人就在那儿谈着知心话儿。

忒修斯 石灰和泥土筑成的东西，居然这样会说话，难得难得！

狄米特律斯 殿下，这是我所听到的最俏皮的话了。

忒修斯 皮拉摩斯走近墙边来了。静听！

皮拉摩斯重上。

皮拉摩斯
　　　　　　板着脸孔的夜啊！漆黑的夜啊！
　　　　　　夜啊，白天一去，你就来啦！
　　　　　　夜啊！夜啊！唉呀！唉呀！唉呀！
　　　　　　咱担心咱的提斯柏要失约啦！
　　　　　　墙啊！亲爱的、可爱的墙啊！
　　　　　　你硬生生地隔开了咱们两人的家！
　　　　　　墙啊！亲爱的，可爱的墙啊！
　　　　　　露出你的裂缝，让咱向里头瞧瞧吧！（墙举手叠指作裂缝状）

谢谢你,殷勤的墙!上帝大大保佑你!
但是咱瞧见些什么呢?咱瞧不见伊。
刁恶的墙啊!不让咱瞧见可爱的伊;
愿你倒霉吧,因为你竟这样把咱欺!

忒修斯　这墙并不是没有知觉的,我想他应当反骂一下。

皮拉摩斯　没有的事,殿下,真的,他不能。"把咱欺"是该提斯柏接下去的尾白;她现在就要上场啦,咱就要在墙缝里看她。你们瞧着吧,下面做下去正跟咱告诉你们的完全一样。那边她来啦。

提斯柏重上。

提斯柏

墙啊!你常常听得见咱的呻吟,
　怨你生生把咱共他两两分折!
咱的樱唇常跟你的砖石亲吻,
　你那用泥泥胶得紧紧的砖石。

皮拉摩斯

咱瞧见一个声音;让咱去望望,
不知可能听见提斯柏的脸庞。
提斯柏!

提斯柏

你是咱的好人儿,咱想。

皮拉摩斯

尽你想吧,咱是你风流的情郎。
好像里芒德①,咱此心永无变更。

提斯柏

---

① 里芒德是勒安德耳之讹,爱恋少女赫洛,游泳过河时淹死。下行扮演提斯柏的弗鲁特误以海伦为赫洛。

咱就像海伦,到死也决不变心。

皮拉摩斯

沙发勒斯对待普洛克勒斯不过如此①。

提斯柏

你就是普洛克勒斯,咱就是沙发勒斯。

皮拉摩斯

啊,在这堵万恶的墙缝中请给咱一吻!

提斯柏

咱吻着墙缝,可全然吻不到你的嘴唇。

皮拉摩斯

你肯不肯到尼内的坟头去跟咱相聚?

提斯柏

活也好,死也好,咱一准立刻动身前去。(二人下)

墙

现在咱已把墙头扮好,

因此咱便要拔脚跑了。(下)

忒修斯 现在隔在这两份人家之间的墙头已经倒下了。

狄米特律斯 殿下,墙头要是都像这样随随便便偷听人家的谈话,可真没法好想。

希波吕忒 我从来没有听到过比这再蠢的东西。

忒修斯 最好的戏剧也不过是人生的一个缩影;最坏的只要用想象补足一下,也就不会坏到什么地方去。

希波吕忒 那该是靠你的想象,而不是靠他们的想象。

忒修斯 要是他们在我们的想象里并不比在他们自己的想象里更坏,那么他们也可以算得顶好的人了。两个好东西登场了,

---

① 沙发勒斯为塞发勒斯(Cephalus)之讹,为黎明女神所恋,但彼卒忠于其妻普洛克里斯(Procris)。此处误为普洛克勒斯。

一个是人，一个是狮子。

　　狮子及月光重上。

狮　子　　各位太太小姐们，你们那柔弱的心一见了地板上爬着的一头顶小的老鼠就会害怕，现在看见一头凶暴的狮子发狂地怒吼，多少要发起抖来吧？但是请你们放心，咱实在是细木工匠斯纳格，既不是凶猛的公狮，也不是一头母狮；要是咱真的是一头狮子冲到了这儿，那咱才大倒其霉！

忒修斯　一头非常善良的畜生，有一颗好良心。

狄米特律斯　殿下，这是我所看见过的最好的畜生了。

拉山德　这头狮子按勇气说只好算是一只狐狸。

忒修斯　对了，他那小心翼翼的样子倒像是一头鹅。

狄米特律斯　可不能那么说，殿下；因为他的"勇气"还敌不过他的"小心"，可是一头狐狸却能把一头鹅拖了走。

忒修斯　我肯定说，他的"小心"推不动他的"勇气"，正如一头鹅拖不动一头狐狸。好啦，别管他吧，让我们听月亮说话。

月　光　　这盏灯笼代表着角儿弯弯的新月；——

狄米特律斯　他应当把角装在头上。

忒修斯　他并不是新月，圆圆的哪里有个角儿？

月　光　　这盏灯笼代表着角儿弯弯的新月；咱好像就是月亮里的仙人。

忒修斯　这该是最大的错误了。应该把这个人放进灯笼里去；否则他怎么会是月亮里的仙人呢？

狄米特律斯　他因为怕烛火要恼火,所以不敢进去。

希波吕忒　这月亮真使我厌倦;他应该变化变化才好!

忒修斯　照他那昏昏沉沉的样子看起来,他大概是一个残月;但是为着礼貌和一切的理由,我们得忍耐一下。

拉山德　说下去,月亮。

月　光　总而言之,咱要告诉你们的是,这灯笼便是月亮;咱便是月亮里的仙人;这柴枝是咱的柴枝;这狗是咱的狗。

狄米特律斯　嗨,这些都应该放进灯笼里去才对,因为它们都是在月亮里的。但是静些,提斯柏来了。

提斯柏重上。

提斯柏

　　　　这是尼内老人的坟。咱的好人儿呢?

狮　子　(吼)呜!——(提斯柏奔下)

狄米特律斯　吼得好,狮子!

忒修斯　奔得好,提斯柏!

希波吕忒　照得好,月亮!真的,月亮照得姿势很好。(狮子撕破提斯柏的外套后下)

忒修斯　撕得好,狮子!

狄米特律斯　于是皮拉摩斯来了。

拉山德　于是狮子不见了。

皮拉摩斯重上。

皮拉摩斯

　　　　可爱的月亮,咱多谢你的阳光;
　　　　　　谢谢你,因为你照得这么皎洁!
　　　　靠着你那慈和的闪烁的金光,
　　　　　　咱将要饱餐着提斯柏的秀色。
　　　　　　　　但是且住,啊该死!

>   瞧哪，可怜的骑士，
>   这是一场什么惨景！
>   眼睛，你看不看见？
>   这种事怎会出现？
>   可爱的宝贝啊，亲亲！
>   你的好外套一件，
>   怎么全都是血点？
>   过来吧，狰狞的凶神！
>   快把生命的羁缠
>   从此后一刀割断；
>   今朝咱了结了残生！

忒修斯　这一种情感再加上一个好朋友的死，很可以使一个人脸带愁容。

希波吕忒　该死！我倒真有点可怜这个人。

皮拉摩斯

>   苍天啊！你为什么要造下狮子，
>   让它在这里踩躏了咱的爱人？
>   她在一切活着爱着的人中，是
>   一个最美最美最最美的美人。
>   淋漓地流吧，眼泪！
>   咱要把宝剑一挥，
>   当着咱的胸头划破：
>   一剑刺过了左胸，
>   叫心儿莫再跳动，
>   这样咱就死啰死啰！（以剑自刺）
>   现在咱已经身死，
>   现在咱已经去世，

>咱灵魂儿升到天堂；
>
>>太阳，不要再照耀！
>>
>>月亮，给咱拔脚跑！（月光下）
>
>咱已一命、一命丧亡。（死）

狄米特律斯 不是双亡，是单亡，因为他是孤零零地死去。

拉山德 他现在死去，不但成不了双，而且成不了单；他已经变成"没有"啦。

忒修斯 要是就去请外科医生来，也许还可以把他医活转来，叫他做一头驴子。

希波吕忒 提斯柏还要回来找她的情人，月亮怎么这样性急，已经走了呢？

忒修斯 她可以在星光底下看见他的，现在她来了。她再痛哭流涕一下子，戏文也就完了。

提斯柏重上。

希波吕忒 我想对于这样一个宝货皮拉摩斯，她可以不必浪费口舌；我希望她说得短一点儿。

狄米特律斯 她跟皮拉摩斯较量起来真是半斤八两。上帝保佑我们不要嫁到这种男人，也保佑我们不要娶着这种妻子！

拉山德 她那秋波已经看见他了。

狄米特律斯 于是悲声而言曰：——

提斯柏

>睡着了吗，好人儿？
>
>>啊！死了，咱的鸽子？
>
>皮拉摩斯啊，快醒醒！
>
>>说呀！说呀！哑了吗？
>
>>唉，死了！一堆黄沙
>
>将要盖住你的美睛。

嘴唇像百合花开，
鼻子像樱桃可爱，
黄花像是你的脸孔，
一齐消失、消失了，
有情人同声哀悼！
他眼睛绿得像青葱。
命运主宰三女神，
快快到我身边来，
伸出你玉手像牛奶，
伸进鲜血泡一泡——
既然克擦一剪刀，
你割断他的生命线。
舌头，不许再多言！
凭着这一柄好剑，
赶快把咱胸膛刺穿。（以剑自刺）
再会，亲爱的朋友！
提斯柏已经毙命；
再见吧，再见吧，再见！（死）

忒修斯　他们的葬事要让月亮和狮子来料理了吧？

狄米特律斯　是的，还有墙头。

波　顿　（跳起）不，咱对你们说，那堵隔开他们两家的墙早已经倒了。你们要不要瞧瞧收场诗，或者听一场咱们两个伙计的贝格摩①舞？

忒修斯　请把收场诗免了吧，因为你们的戏剧无须再加解释；扮戏的人一个个死了，我们还能责怪谁不成？真的，要是写

---

①　贝格摩（Bergamo）为米兰（Milan）东北地名，以盛产小丑而著称。

那本戏的人自己来扮皮拉摩斯,把他自己吊死在提斯柏的袜带上,那倒真是一出绝妙的悲剧。实在你们这次演得很不错。现在把你们的收场诗搁在一旁,还是跳起你们的贝格摩舞来吧。(跳舞)夜钟已经敲过了十二点;恋人们,睡觉去吧,现在已经差不多是神仙们游戏的时间了。我担心我们明天早晨会起不来,因为今天晚上睡得太迟。这出粗劣的戏剧却使我们不觉把冗长的时间打发走了。好朋友们,去睡吧。我们要用半月工夫把这喜庆延续,夜夜有不同的寻欢作乐。(众下)

第二场 同 前

迫克上。

迫　克　饿狮在高声咆哮;
　　　　豺狼在向月长嗥;
　　　　农夫们鼾息沉沉,
　　　　完毕一天的辛勤。
　　　　火把还留着残红,
　　　　　　鸱鸮叫得人胆战,
　　　　传进愁人的耳中,
　　　　　　仿佛见殓衾飘飐。
　　　　现在夜已经深深,
　　　　　　坟墓都裂开大口,
　　　　吐出了百千幽灵,
　　　　　　荒野里四散奔走。
　　　　我们跟着赫卡忒①,

---

① 赫卡忒(Hecate)为希腊神话中下界的女神。原文为"tirple Hecate"。

莎士比亚喜剧

    离开了阳光赫奕，
    像一场梦景幽凄，
     追随黑暗的踪迹。
    且把这吉屋打扫，
    供大家一场欢闹；
    驱走扰人的小鼠，
    还得揩干净门户。

奥布朗、提泰妮娅及侍从等上。

奥布朗 屋中消沉的火星
    微微地尚在闪耀；
   跳跃着每个精灵
    像花枝上的小鸟；
   随我唱一支曲调，
    一齐轻轻地舞蹈。

提泰妮娅 先要把歌儿练熟，
    每个字玉润珠圆；
    然后齐声唱祝福，
    手携手缥缈回旋。（歌舞）

奥布朗 趁东方尚未发白，
   让我们满屋蹓跶；
   先去看一看新床，
   祝福它吉利祯祥。
   这三对新婚伉俪，
   愿他们永无离贰；
   生下男孩和女娃，
   无妄无灾福气大；
   一个个相貌堂堂，

没有一点儿破相；
不生黑痣不缺唇，
更没有半点瘢痕。
凡是不祥的胎记，
不会在身上发现。
用这神圣的野露，
你们去浇洒门户，
祝福屋子的主人，
永享着福禄康宁。
快快去，莫犹豫；
天明时我们重聚。（除迫克外皆下）

迫　克　（向观众）
要是我们这辈影子
有拂了诸位的尊意，
就请你们这样思量，
一切便可得到补偿；
这种种幻景的显现，
不过是梦中的妄念；
这一段无聊的情节，
真同诞梦一样无力。
先生们，请不要见笑！
倘蒙原宥，定当补报。
万一我们幸而免脱
这一遭嘘嘘的指斥，
我们决不忘记大恩，
迫克生平不会骗人。
否则尽管骂我混蛋。

祝大家好梦夜平安。
再会了!肯赏个脸儿的话,
就请拍两下手,多谢多谢!(下)

温莎的风流娘儿们

Wen Sha De Feng Liu Niangr Men

剧中人物

约翰·福斯塔夫爵士

范　顿　少年绅士

夏　禄　乡村法官

斯兰德　　夏禄的侄儿

福　德 ⎤
培　琪 ⎦ 温莎的两个绅士

威　廉·培琪　培琪的幼子

休·爱文斯师傅　威尔士籍牧师

卡厄斯　法国籍医生

嘉德饭店的店主

巴道夫

毕斯托尔 ⎤ 福斯塔夫的随从
尼姆　　 ⎦

罗　宾　福斯塔夫的侍童

辛普儿　斯兰德的仆人

勒格比　卡厄斯的仆人

福德大娘

培琪大娘

安·培琪　培琪的女儿，与范顿相恋

快嘴桂嫂　卡厄斯的女仆

培琪、福德两家的仆人及其他

地　点

温莎及其附近

第一幕

第一场 温莎。培琪家门前

夏禄、斯兰德及爱文斯上。

夏　禄　休师傅,别劝我,我一定要告到御前法庭去;就算他是二十个约翰·福斯塔夫爵士,他也不能欺侮夏禄老爷。

斯兰德　夏禄老爷是葛罗斯特郡的治安法官,而且还是个探子呢。

夏　禄　对了,侄儿,还是个档案管理的官员呢。

斯兰德　对了,还是个档案呢。牧师先生,我告诉您吧,他出身就是个绅士,签起名来,总是要加上"大人"两个字,无论什么公文、笔据、账单、契约,写起来总是"夏禄大人"。

夏　禄　对了,这三百年来,一直都是这样。

斯兰德　他的子孙在他以前就是这样写了,他的祖宗在他以后也可以这样写;他们家里那件绣着十二条白梭子鱼的外套可以作为证明。

夏　禄　那是一件古老的外套。

爱文斯　一件古老的外套上有着十二条白虱子,那真是相得益彰了；白虱是人类的老朋友，也是爱的象征。

夏　　禄　　不是白虱子，是淡水河里的白梭子鱼，我那古老的外套上和古老的纹章上，就有十二条白梭子鱼。

斯兰德　　这十二条鱼我都可以"借光"①，叔叔。

夏　　禄　　你可以，你结了婚之后可以借你妻家的光。

爱文斯　　家里的钱财都让人借个光，这可坏了。

夏　　禄　　没有的事儿。

爱文斯　　可坏事呢，圣母娘娘在上，依我之见，要是你有四条裙子，让人"借光"了，那你就一条也不剩了。可是闲话少说，要是福斯塔夫爵士有什么地方得罪了您，我是个出家人，以慈悲为怀，很愿意尽力替你们两位和解和解。

夏　　禄　　我要把这事情告到枢密院去，这简直是暴动。

爱文斯　　不要把暴动的事情告诉枢密院，暴动是不敬上帝的行为。枢密院希望听见人民个个敬畏上帝，不喜欢听见有什么暴动。所以您还是考虑一下吧。

夏　　禄　　嘿！他妈的！要是我再年轻点儿，一定用刀子跟他解决。

爱文斯　　冤家宜解不宜结，还是大家和和气气的好。我脑子里还有一个计划，要是能够成功，倒是一件美事。培琪大爷有一位女儿叫安，她是一个标致的姑娘。

斯兰德　　安小姐吗？她有一头棕色的头发，说起话来细声细气，像个娘儿们似的。

爱文斯　　正是这位小姐，没有错的，这样的人你找不出第二个来。她的爷爷临死的时候——上帝接引他上天堂享福——留给她七百镑钱，还有金子银子，等她满了十七岁，这笔财产就可以

---

① "借光"，原文"quarter"，是纹章学中的术语。欧洲封建贵族都各有代表族系的纹章；把妻家纹章中的图形移入自己的纹章，称为"quarter"。

到她手里。我们现在还是把那些吵吵闹闹的事情搁在一旁,想法子替斯兰德少爷和安·培琪小姐作个媒吧。

夏　禄　她的爷爷留给她七百镑钱吗？

爱文斯　是的,还有她父亲给她的钱。

夏　禄　这姑娘我也认识,她的人品倒不错。

爱文斯　七百镑钱还有其他的妆奁,那还会错吗？

夏　禄　好,让我们去瞧瞧培琪大爷吧。福斯塔夫也在里边吗？

爱文斯　我能向您说谎吗？我顶讨厌的就是说谎的人,正像我讨厌说假话的人或是不老实的人一样。约翰爵士是在里边,请您看在大家都是朋友的份上,忍着点儿吧。让我去打门。(敲门)喂！有人吗？上帝祝福你们这一家！

培　琪　(在内)谁呀？

爱文斯　上帝祝福你们,是您的朋友,还有夏禄法官和斯兰德少爷,我们要跟您谈些事情,也许您听了会高兴的。

培琪上。

培　琪　我很高兴看见你们各位的气色都这样好。夏禄老爷,我还要谢谢您的鹿肉呢！

夏　禄　培琪大爷,我很高兴看见您,您心肠好,福气一定也好！这鹿是给人乱刀杀死的,所以鹿肉弄得实在不成样子,您别见笑。嫂夫人好吗？——我从心坎儿里谢谢您！

培　琪　我才要谢谢您哪。

夏　禄　我才要谢谢您。干脆一句话,我谢谢您。

培　琪　斯兰德少爷,我很高兴看见您。

斯兰德　培琪大叔,您那头黄毛的猎狗怎么样啦？听说它在最近的赛狗会上跑不过人家,有这回事吗？

培　琪　那可不能这么说。

斯兰德　您还不肯承认，您还不肯承认。

夏　禄　他当然不肯承认啦！这倒是很可惜，实在很可惜。那是一头好狗哩。

培　琪　是一头不中用的畜生。

夏　禄　不，它是一条好狗，很漂亮的狗。那还用说吗？它又好又漂亮。福斯塔夫爵士在里边吗？

培　琪　他在里边，我很愿意给你们两位彼此消消气。

爱文斯　真是一个好基督徒说的话。

夏　禄　培琪大爷，他侮辱了我。

培　琪　是的，他自己也有几分认错。

夏　禄　认了错不能就算完事呀，培琪大爷，您说是不是？他侮辱了我；真的，他侮辱了我：一句话，他侮辱了我；你们听着，夏禄老爷说，他被人家侮辱了。

培　琪　约翰爵士来啦。

福斯塔夫、巴道夫、尼姆、毕斯托尔上。

福斯塔夫　喂，夏禄老爷，您要到王上面前去告我吗？

夏　禄　爵士，你打了我的佣人，杀了我的鹿，闯进我的屋子里。

福斯塔夫　可是没有吻过你家看门人女儿的脸吧？

夏　禄　他妈的，什么话！我一定要跟你算账。

福斯塔夫　明人不做暗事，这一切事都是我干的。你想怎么着吧！

夏　禄　我要告到枢密院去。

福斯塔夫　我看咱们还是私下解决吧，也免得人家笑话你。

爱文斯　少说几句吧，约翰爵士，大家好言好语不好吗？

福斯塔夫　好言好语！我倒喜欢好酒好肉呢。斯兰德，我要捶碎你的头，你也想跟我算账吗？

斯兰德　呃，爵士，我也想跟您还有您那几位流氓跟班——巴道夫、尼姆和毕斯托尔，算一算账呢。他们带我到酒店里去，把我灌了个醉，偷了我的钱袋。

巴道夫　你这又酸又臭的干酪！

斯兰德　好，随你怎么说吧。

毕斯托尔　喂，骷髅鬼！

斯兰德　好，随你怎么说吧。

尼　姆　喂，风干肉片！这别号我给你取得好不好？

斯兰德　我的跟班辛普儿呢？叔叔，您知道吗？

爱文斯　请你们大家别闹了，让我们来看：关于这一场争执，我知道已经有了三位公证人，第一位是培琪大爷，第二位是我自己，第三位也就是最后一位，是嘉德饭店的老板。

培　琪　咱们三个人要听一听两方面的曲直，替他们调停出一个结果来。

爱文斯　很好，让我先在笔记簿上把要点记下来，然后我们可以仔细研究出一个方案来。

福斯塔夫　毕斯托尔！

毕斯托尔　他用耳朵听见了。

爱文斯　见他妈的鬼！这算什么话，"他用耳朵听见了"？嘿，这简直是矫揉造作。

福斯塔夫　毕斯托尔，你有没有偷过斯兰德少爷的钱袋？

斯兰德　凭着我这双手套起誓，他偷了我七个六便士的锯边银币，还有两个爱德华时代的银币，我用每个两先令两便士的价钱换来的。如果我冤枉了他，我就不叫斯兰德。

福斯塔夫　毕斯托尔，这是事实吗？

爱文斯　不，扒人家的口袋肯定是见不得人的事。

毕斯托尔　嘿，你这个威尔士山野匹夫！——我的主人约翰爵士，我要跟这把锈了的"小刀子"决斗。你这两片嘴唇说的全是谎言！全是谎言！你这不中用的人渣，你在说谎！

斯兰德　那么我赌咒一定是他。

尼　姆　说话留点儿神吧，朋友，大家客客气气。你要是想在太岁头上动土，我告诉你，咱老子可也不是好惹的。

斯兰德　凭着这顶帽子起誓，那么一定是那个红脸的家伙偷的。我虽然不记得我给你们灌醉以后做了些什么事，可是我还不是一头十足的驴子哩。

福斯塔夫　你怎么说，红脸的家伙？

巴道夫　我说，这位先生一定是喝酒喝得六神无主啦。

爱文斯　应该是喝酒喝昏了"头"；呸，真是无知！

巴道夫　他喝得昏昏沉沉，于是就像人家所说的"破了财"，结果倒怪到我头上来了。

斯兰德　那天你还说着拉丁文呢！好，随你们怎么说吧，我这回算是受骗了，以后再不喝醉了。我要是喝酒，一定跟规规矩矩，敬重上帝的人在一起喝，决不再跟这种坏东西在一起喝了。

爱文斯　真是一句有志气的话！

福斯塔夫　各位先生，你们听见了吧，他什么都否认了，你们都听见了吧。

安·培琪持酒具，及福德大娘、培琪大娘同上。

培　琪　不，女儿，你把酒拿进去，我们就在里面喝酒。

（安·培琪下）

斯兰德　天啊！这就是安小姐。

培　琪　您好，福德嫂子！

福斯塔夫　福德大娘，我今天能够碰见您，真是三生有幸。恕我冒昧，好嫂子。（吻福德大娘）

培　琪　娘子，请你招待招待各位客人。来，我们今天烧好

一盘滚热的鹿肉馒头，要请诸位尝尝新。来，各位朋友，我希望大家一杯在手，旧怨全忘。（除夏禄、斯兰德、爱文斯外，其余皆下）

斯兰德　我宁愿有一本诗歌和十四行集，即使现在有人给我四十个先令。

辛普儿上。

斯兰德　啊，辛普儿，你到哪儿去了？难道我必须自己服侍自己吗？你有没有把那本猜谜的书带来？

辛普儿　猜谜的书！怎么，您不是在上一次万圣节时候，即米迦勒节的前两个星期，把它借给矮笃笃艾丽丝了吗？

夏　禄　来，侄儿；来，侄儿，我们等着你呢。侄儿，我有句话要对你说，是这样的，侄儿，刚才休师傅曾经隐约提起过这么一个意思，你懂得我的意思吗？

斯兰德　嗯，叔叔，我是个好说话的人，只要是合理的事，我总是愿意的。

夏　禄　不，你听我说。

斯兰德　我在听着呢，叔叔。

爱文斯　斯兰德少爷，听清他的意思，您要是愿意的话，我可以把这件事情向您解释。

斯兰德　不，我的夏禄叔叔叫我怎么做，我就怎么做。请您原谅，他是个治安法官，谁人不知，哪个不晓？

爱文斯　不是这个意思，我们现在所要谈的，是关于您的婚姻问题。

夏　禄　对了，就是这一回事。

爱文斯　就是这一回事，我们要给您和培琪小姐做个媒。

斯兰德　噢，原来是这么一回事，只要条件合理，我总可以答应娶她的。

爱文斯　可是您能不能喜欢这位姑娘呢？我们必须从您自己嘴里——或者从您自己的嘴唇里——有些哲学家认为嘴唇就是嘴的一部分——知道您的意思，所以请您明明白白地回答我们，您能不能对这位姑娘发生好感呢？

夏　禄　斯兰德贤侄，你能够爱她吗？

斯兰德　叔叔，我希望我总是照着道理去做。

爱文斯　嗳哟，天上的爷爷奶奶们！您一定要讲得明白点儿，您想不想要她？

夏　禄　你一定要明明白白地讲。要是她有很丰盛的妆奁，你愿意娶她吗？

斯兰德　叔叔，您叫我做的事，只要是合理的，比这更重大的事我也会答应下来。

夏　禄　不，你得明白我的意思，好侄儿。我所做的事，完全是为了你的幸福。你能够爱这姑娘吗？

斯兰德　叔叔，您叫我娶她，我就娶她。也许刚开始的时候彼此之间没有什么感情，甚至结过了婚以后，随着大家慢慢地互相熟悉起来，日久生厌，两个人的感情会一天不如一天。可是只要您说一声"跟她结婚"，我就跟她结婚，这是我不变的决心。

爱文斯　这是一个很明理的回答，虽然措辞有点儿不妥，应该说"不可动摇"才对。他的本意是很好的。

夏　禄　嗯，我的侄儿的本意是很好的。

斯兰德　要不然的话，我就是个该死的畜生了！

夏　禄　安小姐来了。

安·培琪重上。

夏　禄　安小姐，为了您的缘故，我但愿自己再年轻起来。

安　酒菜已经预备好了，家父叫我来请各位进去。

夏　禄　我愿意奉陪，好安小姐。

爱文斯　嗳哟！念起餐前祈祷来，我可不能缺席哩。（夏禄、爱文斯下）

安　斯兰德世兄，您也请进吧。

斯兰德　不，谢谢您，真的，托福托福。

安　大家都在等着您哪。

斯兰德　我不饿，我真的谢谢您。喂，你虽然是我的跟班，还是进去侍候我的夏禄叔叔吧。（辛普儿下）一个治安法官有时候也要仰仗他的朋友，借他的跟班来伺候自己。现在家母还没有死，我随身只有三个跟班一个童儿，可是这算得上什么呢？我的生活还是过得一点儿也不舒服。

安　您要是不进去，那么我也不能进去了，他们都要等您到了才坐下来呢。

斯兰德　真的，我不要吃什么东西，可是我多谢您的好意。

安　世兄，请您进去吧。

斯兰德　我还是在这儿走走的好，我谢谢您。我前天跟一个击剑教师比赛刀剑，三个回合赌一碟蒸熟的梅子，结果把我的胫骨也弄伤了。不瞒您说，从此以后，我闻到烧热的肉的味道就受不了。您家的狗为什么叫得这样厉害？城里有熊吗？

安　我想是有的，我听见人家说过。

斯兰德　逗着熊玩儿的确很有意思，不过我也像别的英国人一样感到别扭。您要是看见关在笼子里的熊逃了出来，您怕不怕？

安　我怕。

斯兰德　我现在可把它当作家常便饭一样，不觉得有什么希罕了。我曾经看见花园里那头著名的萨克逊大熊逃出来二十次，我还亲手拉住它的链条。可是我告诉您吧，那些女人们一看见了，就哭呀叫呀地闹得天翻地覆。说实在的，也难怪她们受不了，那些畜生都是又难看又粗暴的家伙。

培琪重上。

培　琪　来，斯兰德少爷，来吧，我们等着您呢。

斯兰德　我不要吃什么东西，我谢谢您。

培　琪　这怎么可以呢？您不吃也得吃，来，来。

斯兰德　那么您先请吧。

培　琪　您先请。

斯兰德　安小姐，还是您先请。

安　不，您别客气了。

斯兰德　真的，我不能走在你们前面；真的，那不是太无礼了吗？

安　您何必这样客气呢？

斯兰德　既然这样，与其让你们讨厌，不如失礼。你们可不能怪我放肆呀。（同下）

第二场　同　前

爱文斯及辛普儿上。

爱文斯　你去打听打听，有一个卡厄斯大夫住在哪儿。他的家里有一个叫做快嘴桂嫂的，是他的看护，或者是他的保姆，或者是他的厨娘，或者是帮他洗洗衣服的女人。

辛普儿　好的，师傅。

爱文斯　慢着，还有更要紧的话哩。你把这封信交给她，因为她跟培琪家小姐是很熟悉的，这封信里的意思，就是要请她代你的主人向培琪家小姐传达他的爱慕之忱。请你快点儿去吧，我还没吃完饭，还有一道苹果跟干酪在后头呢。（各下）

第三场　嘉德饭店中一室

福斯塔夫、店主、巴道夫、尼姆、毕斯托尔及罗宾上。

福斯塔夫　我的店老板!

店　主　怎么说,我的老狐狸?要说得像有学问和有智慧的人。

福斯塔夫　不瞒你说,我要辞掉一两个跟班啦。

店　主　好,我的大力士,辞掉吧!叫他们滚蛋!滚蛋!滚蛋!

福斯塔夫　仅仅是吃饭,我一个星期也要花上十镑钱。

店　主　当然啰,你就像个皇帝,像个凯撒,像个土耳其宰相。我可以把巴道夫收留下来,让他做个酒保,你看好不好?我的大英雄!

福斯塔夫　老板,那好极啦。

店　主　那么就这么办,叫他跟我来吧。(向巴道夫)让我看到你把酸酒当作好酒卖。我不多说了,跟我来吧。(下)

福斯塔夫　巴道夫,跟他去。酒保也是一种很好的行业。旧外套可以改做新裰子;一个不中用的跟班,也可以变成一个出色的酒保。去吧,再见。

巴道夫　这种生活我正是求之不得,我一定会从此交运。

毕斯托尔　哼,没出息的东西!你要去开酒桶吗?(巴道夫下)

尼　姆　他就是从酒桶里孕育出来的!我这话妙不妙?

福斯塔夫　我很高兴把这火种这样打发走了;他的偷窃太公开啦,他在偷偷摸摸的时候,就像一个不会唱歌的人一样,一点儿不懂得轻重快慢。

尼　姆　偷盗的唯一妙诀，是看准下手的时刻。

毕斯托尔　聪明的人把它叫做"不告而取"。"偷盗"！啐！好难听的话儿！

福斯塔夫　孩子们，我快要穷得连鞋子都没有后跟啦。

毕斯托尔　好，那么就让你的脚跟上长起老大的冻疮来吧。

福斯塔夫　没有法子，我必须想个办法，弄一些钱来。

毕斯托尔　小乌鸦们不吃东西也是不行的呀。

福斯塔夫　你们有谁知道本地有一个叫福德的家伙？

毕斯托尔　我知道那家伙，他很有几个钱。

福斯塔夫　我的好孩子们，现在我要把我肚子里的计划都告诉你们。

毕斯托尔　你这肚子得有两码以上吧。

福斯塔夫　休得取笑，毕斯托尔！我这腰身的确在两码左右，可是谁跟你谈我的大腰身来着，我倒是想谈谈人家的小腰身呢——这一回，我谈的是进账，不是出账。说得干脆些，我想去吊福德老婆的膀子。我觉得她对我很有几分意思，她跟我说话的那种口气，向我卖弄风情的那种姿势，还有她那一瞟一瞟的脉脉含情的眼神，都好像在说，"我的心是福斯塔夫爵士的。"

毕斯托尔　你果然把她的心理研究得非常透彻，居然把它一个字一个字地解释出来啦。

尼　姆　这锚抛得好深啊！我这话好不好？

福斯塔夫　听说她丈夫的钱都是她一手经管的，他有数不清的钱藏在家里。

毕斯托尔　财多招鬼忌，咱们应该去给他消消灾。我说，向她进攻吧！

尼　姆　我的劲头儿上来了！很好，快拿金钱来给我消消灾吧。

福斯塔夫　我已经写下一封信在这儿准备寄给她；这儿还有一封，是写给培琪老婆的，她刚才也向我眉目传情，她那双水汪汪的眼睛一霎不霎地望着我身上的各部分，一会儿瞧瞧我的脚，一会儿瞧瞧我的大肚子。

毕斯托尔　正好比太阳照在粪堆上。

尼　姆　这个比喻打得好极了！

福斯塔夫　啊！她用贪馋的神气把我从上身望到下身，她的眼睛里简直要喷出火来炙我。这一封信是给她的。她也经管着钱财，她就像是一座取之不竭的金矿。我要去接管她们两人的全部富源，她们两人便是我的两个国库。她们一个是东印度，一个是西印度，我就在这两地之间开辟我的生财大道。你给我去把这信送给培琪大娘，你给我去把这信送给福德大娘。孩子们，咱们从此可以有舒服日子过啦！

毕斯托尔　我身边佩着钢刀，是个军人，你倒要我给你拉皮条吗？鬼才干这种事！

尼　姆　这种龌龊的事情我也不干，把这封宝贝信拿回去吧。我的名誉要紧。

福斯塔夫　（向罗宾）来，小鬼，你给我把这两封信送去，小心别丢了。你就像我的一艘快船一样，赶快开到这两座金山的脚下去吧。（罗宾下）你们这两个混蛋，一起给我滚吧！再不要让我看见你们的影子！像狗一样爬得远远的，我这里容不了你们。滚！这年头儿大家都要讲究个紧缩，福斯塔夫也要学学法国人的算计，留着一个随身的童儿，也就够了。（下）

毕斯托尔　让饿老鹰把你的心肝五脏一起抓了去！你用假骰子到处诈骗人家，看你作孽到几时！等你有一天穷得袋里一个子儿都没有的时候，再瞧瞧老子是不是一定要靠着你才得活命，这万恶不赦的老贼！

尼　姆　我心里正在转着一个念头，我要复仇。

毕斯托尔　你要复仇吗？

尼　姆　天日在上，此仇非报不可！

毕斯托尔　用计策还是用武力？

尼　姆　两样都要用，我先去告诉培琪，有人正在勾搭他的老婆。

毕斯托尔　我就去叫福德加倍留神，说福斯塔夫，那混账东西，想把他的财产一口侵吞，还要占夺他的美貌娇妻。

尼　姆　我的脾气是想到就做，我要去煽动培琪，让他心里充满了醋意，叫他用毒药毒死这家伙。谁要是对不起我，就让他知道咱老子也不是好惹的，这就是我生来的脾气。

毕斯托尔　你就是个天煞星，我愿意跟你合作，走吧。（同下）

第四场　卡厄斯医生家中一室

快嘴桂嫂及辛普儿上。

桂　嫂　喂，勒格比！

勒格比上。

桂　嫂　请你到窗口去瞧瞧看，咱们这位东家来了没有。要是他来了，看见屋子里有人，一定又要用他那蹩脚的伦敦官话把我昏天黑地骂一顿。

勒格比　好，我去看看。

桂　嫂　去吧，今天晚上等我们烘罢了火，我请你喝杯酒。（勒格比下）他是一个老实的听话的和善的家伙，你找不到第二个像他这样的仆人；他又不会说长道短，也不会搬弄是非；他的唯一的缺点，就是太喜欢祷告了，他祷告起来，简直像个呆子，可是谁都有几分错处，那也不用说它了。你说你的名字叫辛普儿吗？

辛普儿　是，人家就这样叫我。

桂　嫂　斯兰德少爷就是你的主人吗？

辛普儿　正是。

桂　嫂　他不是留着一大把胡须，像手套商的削皮刀吗？

辛普儿　不，他只有一张小小的、白白的脸，略微有几根黄胡子。

桂　嫂　他是一个很文弱的人，是不是？

辛普儿　是的，可是在那个地段里，真要比起力气来，他也不怕人家；他曾经跟看守猎苑的人打过架呢。

桂　嫂　你怎么说？——啊，我记起来啦！他不是走起路来大摇大摆，把头抬得高高的吗？

辛普儿　对了，一点儿不错，他正是这样子。

桂　嫂　好，天老爷保佑培琪小姐嫁到这样一位好郎君吧！你回去对休牧师先生说，我一定愿意尽力帮你家少爷的忙。安是个好孩子，我但愿——

勒格比重上。

勒格比　不好了，快出去，我们老爷来啦！

桂　嫂　咱们人家都要挨一顿臭骂了。这儿来，好兄弟，赶快钻到这个壁橱里去。（将辛普儿关在壁橱内）他一会儿就要出去的。喂，勒格比！喂，你在哪里？勒格比，你去瞧瞧老爷去，他现在还不回来，不知道人好不好。（勒格比下，桂嫂唱歌）

得儿郎当，得儿郎当……

卡厄斯上。

卡厄斯　你在唱些什么？我讨厌这种玩意儿。请你快给我到壁橱里去，把一只匣子，一只绿的匣子给我拿来。听见我的话吗？一只绿的匣子。

桂　嫂　好，好，我就去给您拿来。（旁白）谢天谢地他没有自己去拿，要是给他看见了壁橱里有一个小伙子，他一定要暴跳如雷了。

卡厄斯　快点，快点！天气热得很哪。我有要紧的事，就要到宫廷里去。

桂　嫂　是这一个吗，老爷？

卡厄斯　对了，给我放在口袋里，快点。勒格比那个混蛋呢？

桂　嫂　喂，勒格比！勒格比！

勒格比重上。

勒格比　有，老爷。

卡厄斯　勒格比，把剑拿来，跟我到宫廷里去。

勒格比　剑已经放在门口了，老爷。

卡厄斯　我已经耽搁得太久了。——该死！我又忘了！壁橱里还有点儿药草，一定要带去。

桂　嫂　（旁白）糟了！他看见了那个小子，一定要发疯哩。

卡厄斯　见鬼！见鬼！什么东西在我的壁橱里？——混蛋！狗贼！（将辛普儿拖出）勒格比，把我的剑拿来！

桂　嫂　好老爷，请您息怒吧！

卡厄斯　我为什么要息怒？嘿！

桂　嫂　这个年轻人是个好人。

卡厄斯　是好人躲在我的壁橱里干什么？躲在我的壁橱里，就不是好人。

桂　嫂　请您别发这么大的脾气。老实告诉您吧，是休牧师叫他来找我的。

卡厄斯　好。

辛普儿　正是，休牧师叫我来请这位大娘——

桂　嫂　你不要说话。

卡厄斯　闭住你的嘴！——你说吧。

辛普儿　请这位大娘替我家少爷去向培琪家小姐说亲。

桂　嫂　真的，只是这么一回事。可是我才不愿多管这种闲事，把手指头伸到火里去呢，跟我又没有什么相干。

卡厄斯　是休牧师叫你来的吗？——勒格比，拿张纸来。你再等一会儿。（写信）

桂　嫂　我很高兴他今天这么安静，要是他真的动起怒来，那才会吵得日月无光呢。可是别管他，我一定尽力帮你家少爷的忙；不瞒你说，这个法国医生，我的主人——我可以叫他做我的主人，因为你瞧，我替他管屋子，还给他洗衣服、酿酒、烘面包、扫地擦桌、烧肉烹茶、铺床叠被，什么都是我一个人做的——

辛普儿　一个人做这么多事，真太辛苦啦。

桂　嫂　你替我想想，真把人都累死了，天一亮就起身，老晚才睡觉；可是这些话也不用说了，让我悄悄地告诉你，你可不许对人家说，我那个东家他自己也爱着培琪家小姐；可是安的心思我是知道的，她的心既不在这儿也不在那儿。

卡厄斯　猴崽子，你去把这封信交给休牧师，这是一封挑战书，我要在林苑里割断他的喉咙：我要教训教训这个猴崽子的牧师，问他以后还多管闲事不管。你去吧，你留在这儿没有好处。哼，我要把他那两颗睾丸一起割下来，连一颗也不剩。（辛普儿下）

桂　嫂　唉！他也不过帮他朋友说句话罢了。

卡厄斯　我可不管，你不是对我说安·培琪一定会嫁给我的吗？哼，我要是不把那个狗牧师杀掉，我就不是个人。我要让嘉德饭店的老板替我们做公证人。哼，我要是不娶安·培琪为妻，我就不是个人。

桂　嫂　老爷，那姑娘喜欢您哩，包您万事如意。大家高兴嚼嘴嚼舌，就让他们去嚼吧。真是哩！

卡厄斯　勒格比，跟我到宫廷去。哼，要是我娶不到安·培琪为妻，我不把你赶出门，我就不是个人。跟我来，勒格比。
（卡厄斯、勒格比下）

桂　嫂　呸！做你的梦！安小姐的心思我是知道的，在温莎地方，谁也没有像我一样明白安小姐的心思了。谢天谢地，她也只肯听我的话，别人的话她才不理呢。

范　顿　（在内）里面有人吗？喂！

桂　嫂　谁呀？进来吧。

范顿上。

范　顿　啊，大娘，你好哇？

桂　嫂　多承大爷问起，托福托福。

范　顿　有什么消息？安小姐近来好吗？

桂　嫂　凭良心说，大爷，她真是一位又标致、又端庄、又温柔的好姑娘。范顿大爷，我告诉您吧，她很佩服您哩，谢天谢地。

范　顿　你觉得我有几分希望吗？我的求婚不会失败吗？

桂　嫂　真的，大爷，什么事情都是天老爷注定了的。可是，范顿大爷，我可以发誓她是爱您的。您的眼皮上不是长着一颗小疙瘩吗？

范　顿　是有颗疙瘩，那便怎样呢？

桂　嫂　噢，这上面就有一段话呢。真的，我们这位安小姐就像换了个人似的，我们讲那颗疙瘩足足讲了一个钟点。人家讲的笑话一点儿不好笑，那姑娘讲的笑话才叫人打心窝里笑出来呢。可是我可以跟无论什么人打赌，她是个顶规矩的姑娘。她近来也实在太喜欢一个人发呆了，老像在想着什么心事似的。至于讲到您——那您尽管放心吧。

范　顿　好，我今天要去看她。这几个钱请你收下，多多拜托你帮我说句好话。要是你比我先看见她，请你替我向她致意。

桂　嫂　那还用说吗？下次要是有机会，我还要给您讲起那个疙瘩哩。我也可以告诉您还有些什么人在转她的念头。

范　顿　好，回头见！我现在还有要事，不多谈了。

桂　嫂　回头见，范顿大爷。（范顿下）这人是个规规矩矩的绅士，可是安小姐并不爱他，谁也不及我更明白安小姐的心思了。该死！我又忘了什么啦？（下）

第二幕

第一场　培琪家门前

培琪大娘持书信上。

培琪大娘　什么！我在年轻貌美的时候，都不曾收到过什么情书，现在倒有人给我写起情书来了吗？让我来看："不要问我为什么我爱你，因为爱情虽然会用理智来作疗治相思的药饵，它却是从来不听理智的劝告的。你并不年轻，我也是一样；好吧，咱们同病相怜。你爱好风流，我也是一样；哈哈，那尤其是同病相怜。你喜欢喝酒，我也是一样；咱们俩岂不是天生的一对？要是一个军人的爱可以使你满足，那么培琪娘子，你也可以心满意足了，因为我已经把你爱上了。我不愿意说让你可怜我，因为那不是一个军人所应该说的话；可是我要说，爱我吧。我愿意为你赴汤蹈火的！你的忠心的骑士，约翰·福斯塔夫上。"好一个胆大妄为的狗贼！嗳哟，万恶的万恶的世界！一个快要老死了的家伙，还要自命风流！真是见鬼！这个酒鬼究竟从我的谈话里抓到了什么出言不检的地方，竟敢用这种话来试探我？我还没有见过他三次面呢！我应该怎样对他说呢？那个时候，上帝饶恕我！我也只是说说笑笑罢了。哼,我要到议会里去上一个条陈,请他们把那班男人一概格杀勿论。我应该怎样报复他呢?我这一口气非出不可,这是不用问的,就像他的肠子都是用布丁做的一样。

福德大娘上。

福德大娘　培琪嫂子!我正要到您府上来呢。

培琪大娘　我也正要到您家里去呢。您脸色可不大好看呀。

福德大娘　那我可不信,我应该满面红光才是呢。

培琪大娘　说真的,我觉得您脸色可不大好看。

福德大娘　好吧,就算不大好看吧!可是我得说,我本来可以让您看到满面红光的。啊,培琪嫂子!您给我出个主意吧。

培琪大娘　什么事,大姐?

福德大娘　啊,大姐,我倘不是因为觉得这种事情太不好意思,我就可以富贵起来啦!

培琪大娘　大姐,管他什么好意思不好意思,富贵起来不好吗?是怎么一回事?——别理会什么不好意思,到底是怎么一回事?

福德大娘　我只要高兴下地狱走一趟,我就可以封爵啦。

培琪大娘　什么?你在胡说。爱丽丝·福德爵士!现在这种爵士满街都是,你还是不用改变你的头衔吧。

福德大娘　废话少说,你读一读这封信。你瞧了以后,就可以知道我怎样可以封起爵来。从此以后,只要我长着眼睛,还看得清男人的模样儿,我要永远瞧不起那些胖子。可是他当着我们的面,居然不曾咒天骂地,居然赞美贞洁的女人,居然装出那么正经的样子,自称从此再也不干那种种荒唐的事了。我还真想替他发誓,他说这话是真心诚意的,谁知他说的跟他做的根本碰不到一块儿,就像圣洁的赞美诗和下流的小曲儿那样天差地别。是哪一阵暴风把这条肚子里装着许多吨油的鲸鱼吹到温莎的海岸上来的？我应该怎样报复他呢？我想最好的办法是假意敷衍他，却永远不让他达到目的，直等罪恶的孽火把他熔化在他自己的脂油里。你有没有听见过这样的事情？

培琪大娘　你有一封信，我也有一封信，就是换了个名字！你不用只管揣摩，怎么会让人家把自己看得这样轻贱。请你大大地放心，瞧吧，这是你那封信的孪生兄弟——不过还是让你那封信做老大，我的信做老二好了，我决不来抢你的地位。我敢说，他已经写好了一千封这样的信，只要在空白的地方填下了姓名，就可以寄给人家。也许还不止一千封，咱们的已经是再版的了。他一定会把这种信刻成版子印起来的，因为他会把咱们两人的名字都放上去，可见他无论刻下了些什么乱七八糟的东西，都会一样不在乎。我要是跟他在一起睡觉，还是让一座山把我压死了吧。嘿，你可以找到二十只贪淫的乌龟，却不容易找到一个规规矩矩的男人。

福德大娘　嗳哟，这两封信简直是一个印版里印出来的，同样的笔迹，同样的字句。他到底把我们看做什么人啦？

培琪大娘　那我可不知道，我看见了这样的信，真有点儿不相信自己了。以后我一定得留心察看自己的行动，因为他要是不在我身上看出了一点儿我自己也不知道的不大规矩的地方，一定不会毫无忌惮到这个样子。

福德大娘　你说他肆无忌惮？哼，我一定要叫他知道厉害。

培琪大娘　我也是这个主意。要是我让他欺到我头上来，我从此不做人了。我们一定要向他报复。让我们约他一个日子相会，把他哄骗得心花怒放，然后我们采取长期诱敌的计策，只让他闻到鱼儿的腥气，不让他尝到鱼儿的味道，逗得他馋涎欲滴，饿火雷鸣，吃尽当光，把他的马儿都变卖给嘉德饭店的老板为止。

福德大娘 好,为了捉弄这个坏东西,我什么恶毒的事情都愿意干,只要对我自己的名誉没有损害。啊,要是我的男人见了这封信,那还了得!他那股醋劲儿才大呢。

培琪大娘 嗳哟,你瞧,他来啦,我的那个也来啦;他是从来不吃醋的,我也从来不给他一点可以使他吃醋的理由。希望他永远不要吃醋吧。

福德大娘 那你的运气比我好得多啦。

培琪大娘 我们再商量商量怎样对付这个好色的骑士吧!过来。(二人退后)

福德、毕斯托尔、培琪、尼姆同上。

福　德 我希望不会有这样的事。

毕斯托尔 希望在有些事情上是靠不住的,福斯塔夫在转你老婆的念头哩。

福　德 我的妻子年纪也不小了。

毕斯托尔 他玩起女人来,不论贵贱贫富老少,在他都是一样。只要是女人,他都有胃口。福德,你可留点儿神吧。

福　德 爱上我的妻子!

毕斯托尔 他心里火一样的热呢。你要是不赶快防备,只怕将来你头上会长什么东西出来,那时你就会得到一个不雅的头衔了。

福　德 什么头衔?

毕斯托尔 王八哪。再见。偷儿总是乘着黑夜行事的,千万留心门户,否则只怕夏天还没到,布谷鸟就在枝头叫开了。走吧,尼姆伍长!培琪,他说的都是真话,你不可不信。(下)

福　德 (旁白)我必须忍耐一下,把这事情调查清楚。

尼　姆 (向培琪)这是真的,我不喜欢撒谎。他在许多地方对不起我。他本来叫我把那鬼信送给她,可是我就是真没有饭吃，也可以靠我的剑过日子。总而言之一句话，他爱你的老婆。我的名字叫做尼姆伍长，我说的话全是真的；我的名字叫尼姆，福斯塔夫爱你的老婆。福斯塔夫天天让我吃那些面包干酪，我才没有那么好的胃口呢，我有什么胃口就说什么话。再见！（下）

培　琪　（旁白）"有什么胃口就说什么话"，这家伙夹七夹八的，不知在讲些什么东西！

福　德　我要去找那福斯塔夫。

培　琪　我从来没有听见过这样一个噜哩噜苏、莫名其妙的家伙。

福　德　要是给我发觉了，哼。

培　琪　我就不相信这种狗东西的话，虽然城里的牧师称赞他是个好人。

福　德　他的话说得倒很有理，哼。

培　琪　啊，娘子！

培琪大娘　官人，你到哪儿去？——我对你说。

福德大娘　嗳哟，我的爷！你有什么心事吗？

福　德　我有什么心事！我有什么心事？你回家去吧，去吧。

福德大娘　真的，你一定又在转着些什么古怪的念头。培琪嫂子，咱们去吧。

培琪大娘　好，你先请。官人，你今天回来吃饭吗。（向福德大娘旁白）瞧，那边来的是什么人？咱们可以叫她去带信给那个下流的骑士。

福德大娘　我刚才还想起了她，叫她去是再好没有了。

快嘴桂嫂上。

培琪大娘　你是来瞧我的女儿安的吗？

桂　嫂　正是呀，请问我们那位好安小姐好吗？

培琪大娘　你跟我们一块儿进去瞧瞧她吧，我们还有很多话要跟你讲哩。（培琪大娘、福德大娘及桂嫂同下）

培　琪　福德大爷，您怎么啦？

福　德　你听见那家伙告诉我的话了吗？

培　琪　我听见了，还有那个家伙告诉我的话，你听见了没有？

福　德　你想他们说的话靠得住靠不住？

培　琪　管他呢，这些狗东西！那个骑士固然不是好人，可是这两个说他试图勾引你老婆和我老婆的人，都是他的革退的跟班，现在没有事做了，什么坏话都会说得出来的。

福　德　他们都是他的跟班吗？

培　琪　是的。

福　德　那倒很好，他住在嘉德饭店里吗？

培　琪　正是，他要是真想勾搭我老婆，我可以假作痴聋，给他一个下手的机会，看他除了一顿臭骂之外，还会从她身上得到什么好处。

福　德　我并不疑心我的老婆，可是我也不放心让她跟别的男人在一起。一个男人太相信他的老婆，也是危险的。我不愿戴头巾，这事情倒不能就这样一笑置之。

培　琪　瞧，咱们那位爱吵闹的嘉德饭店的老板来了。他瞧上去这样高兴，倘不是喝醉了酒，一定是袋里有了几个钱——

店主及夏禄上。

培　琪　老板，您好！

店　主　啊，老狐狸！你是个好人。喂，法官先生！

夏　禄　我在这儿，老板，我在这儿。晚安，培琪大爷！培琪大爷，您跟我们一块儿去好吗？我们有新鲜的玩意儿看呢。

店　主　告诉他，法官先生；告诉他，老狐狸。

莎士比亚喜剧

夏　禄　那个威尔士牧师休·爱文斯跟那个法国医生卡厄斯要有一场决斗。

福　德　老板，我跟您讲句话儿。

店　主　你怎么说，我的老狐狸？（二人退立一旁）

夏　禄　（向培琪）您愿意跟我们一块儿瞧瞧去吗？我们这位淘气的店主已经替他们把剑较量过了，而且我相信已经跟他们约好了两个不同的地方，因为我听人家说那个牧师是个非常认真的家伙。来，我告诉您，我们将要有怎样一场玩意儿。（二人退立一旁）

店　主　客人先生，你不是跟我的骑士有点儿过不去吗？

福　德　不，绝对没有。我愿意送给您一瓶烧酒，请您让我去见见他，对他说我的名字是白罗克，那不过是跟他开个玩笑而已。

店　主　很好，我的好汉；你可以自由出入，你说好不好？你的名字就叫白罗克。他是个淘气的骑士哩。诸位，咱们走吧。

夏　禄　好，老板，请你带路。

培　琪　我听人家说，这个法国人的剑术很不错。

夏　禄　这算得了什么！我在年轻时候，也着实有一手呢。从前这种讲究剑法的，一个站在这边，一个站在那边，你这么一刺，我这么一挥，还有各式各样的名目，我记也记不清楚。可是培琪大爷，顶要紧的毕竟还要看自己有没有勇气。不瞒您说，我从前凭着一把长剑，就可以叫四个高大的汉子抱头鼠窜哩。

店　主　喂，孩子们，来！咱们该走了！

培　琪　好，你先请吧。我倒不希望看他们真的打起来，宁愿听他们吵一场嘴。（店主、夏禄、培琪同下）

福　德　培琪是个胆大的傻瓜，他以为他的老婆一定不会背着他偷汉子，可是我却不能把事情看得这样大意。我的女人在培琪家的时候，他也在那儿，他们两人捣过什么鬼我也不知道。好，我还要仔细调查一下，我要先假扮了去试探试探福斯塔夫。要是调查的结果，她并没有做过不规矩的事情，那我也可以放下心来；即使真有这事，也可以不至于给这一对男女蒙在鼓里。（下）

第二场　嘉德饭店中一室

福斯塔夫及毕斯托尔上。

福斯塔夫　我一个子儿也不借给你。

毕斯托尔　那么我要凭着我的宝剑，去打出一条生路来了。你要是答应借给我，我将来一定如数奉还，决不拖欠。

福斯塔夫　一个子儿也没有。我的脸面都让你给丢尽了，我从来都不曾跟你计较过。我曾经不顾人家的厌烦，替你和你那个同伙尼姆一次两次三次向人家求情说项，否则你们早已像一对大猩猩一样，给他们抓起来关在铁笼子里了。我不惜违背良心，向我那些有身份的朋友们发誓说你们都是很好的军人，堂堂的男子；白律治太太丢了她的扇柄，我还用我的名誉替你辩护，说你没有把它偷走。

毕斯托尔　你不是也分到好处吗？我不是给你十五便士吗？

福斯塔夫　混蛋，一个人总要讲理呀！我难道白白地出卖良心吗？一句话，别尽缠我了，我又不是你的绞刑架，吊在我身边干什么？去吧，拿一把小刀钻到人堆里去！快给我滚回你的贼窠里去吧！你不肯替我送信，你这混蛋！你的名誉要紧！哼，你这死不要脸的东西！连我要保住我的名誉也谈何容易！就说我自己吧，有时出于无奈，也只好昧了良心，把我的名誉置之不顾，去干一些偷偷摸摸的勾当。可是像你这样一个衣衫褴褛、野猫一样的面孔，满嘴醉话，动不动赌咒骂人的家伙，却也要讲起什么名誉来了！你不肯替我送信，好，你这混蛋！

毕斯托尔　我现在认错了，难道还不够吗？

罗宾上。

罗　宾　爵爷，外面有一个妇人要和您说话。

福斯塔夫　叫她进来。

快嘴桂嫂上。

桂　嫂　爵爷，您好？

福斯塔夫　你好，大嫂。

桂　嫂　请爵爷别这么称呼我。

福斯塔夫　那么称呼你大姑娘吧！

桂　嫂　我可以给你发誓，当初我刚出娘胎时倒是个姑娘——在这一点上我不愧是我妈妈的女儿。

福斯塔夫　不用发誓，我相信你。你有什么事见我？

桂　嫂　我可以跟爵爷讲一两句话吗？

福斯塔夫　好女人，你就是跟我讲两千句话，我也愿意听。

桂　嫂　爵爷，有一位福德娘子——请您再过来点儿，我自己是住在卡厄斯大夫家里的。

福斯塔夫　好，你说下去吧，你说那位福德娘子——

桂　嫂　爵爷说得一点儿不错——请您再过来点儿。

福斯塔夫　你放心吧。这儿没有外人，都是自家人，都是自家人。

桂　嫂　真的吗？上帝保佑他们，收留他们做您的仆人！

福斯塔夫　好，你说吧，那位福德娘子——

桂　嫂　嗳哟，爵爷，她真是个好人儿。天哪，天哪！您爵爷是个风流的人儿！但愿天老爷饶恕您，也饶恕我们众人吧！

福斯塔夫　福德娘子，说呀，福德娘子——

桂　嫂　好，干脆一句话，她一见了您，说来也叫人不相信，简直就被您给迷住啦！就是女王驾幸温莎的时候，那些头儿脑儿顶儿尖儿的官儿们，也没有您这样中她的意。不瞒您说，那些乘着大马车的骑士们、老爷子们、数一数二的绅士们，去了一辆马车来了一辆马车，一封接一封的信，一件接一件的礼物，他们的身上都用麝香熏得香喷喷的，穿着用金线绣花的绸缎衣服，满口都是文绉绉的话儿，还有顶好的酒、顶好的糖，无论哪个女人都会给他们迷醉的，可是天地良心，她对这些人连眼睛也不曾眨一下。不瞒您说，今天早上人家还想塞给我二十块钱哩，可是我不要这种人家所说的不明不白的钱。说句老实话，就是叫他们中间坐第一把交椅的人来，也休想叫她陪他喝一口酒；可是尽有那些伯爵们呀，女王身边的随从们呀，一个一个在转她的念头；可是天地良心，她一点儿不把他们放在眼里。

福斯塔夫　可是她对我说些什么话？说简单一点儿，我的好牵线人。

桂　嫂　她要我对您说，您的信她接到啦，她非常感激您的好意；她叫我来通知您，她的丈夫在十点到十一点钟之间不在家。

福斯塔夫　十点到十一点钟之间？

桂　嫂　对啦，一点儿不错。她说，您可以在那个时候来瞧瞧您所知道的那幅画像，她的男人不会在家里。唉！说起她的那位福德大爷来，也真叫人气恨，一位好好的娘子，跟着他才真是倒霉；他是个妒心很重的男人，老是无缘无故地给她找麻烦。

福斯塔夫　十点到十一点钟之间。大嫂，请你替我向她致意，我一定不失约。

桂　嫂　嗳哟，您说得真好。可是我还有一个信要带给您，培琪娘子也叫我问候您。让我悄悄地告诉您吧，在这儿温莎地方，她也好算得是一位贤惠端庄的好娘子，清早晚上从来不忘记祈祷。她要我对您说，她的丈夫在家的日子多，不在家的日子少，可是她希望总会找到一个机会。我从来不曾看见过一个女人会这么喜欢一个男人，我想您一定有迷人的魔力，真的。

　　福斯塔夫　哪儿的话，我不过略有一些讨人喜欢的地方而已，怎么会有什么迷人的魔力呢？

　　桂　嫂　您真是太谦虚啦。

　　福斯塔夫　可是我还要问你一句话，福德家的和培琪家的两位娘子有没有让彼此知道她们两个人都爱着我一个人？

　　桂　嫂　那真是笑话了！她们怎么会这样不害羞把这种事情告诉人呢？要是真有那样的事，才笑死人哩！可是培琪娘子要请您把您那个小童儿送给她，因为她的丈夫很喜欢那个小厮。天地良心，培琪大爷是个好人。在温莎地方，谁也不及培琪大娘那样享福啦！她爱做什么就做什么，爱说什么就说什么，要什么有什么，不愁吃，不愁穿，高兴睡就睡，高兴起来就起来，什么都称她的心。可是天地良心，也是她自己做人好，才会有这样的好福气，在温莎地方，她是位心肠再好不过的娘子了。您千万要把您那童儿送给她，谁都不能不依她。

　　福斯塔夫　好，那一定可以。

　　桂　嫂　一定这样办吧，您看，他可以在你们两人之间来来去去传递消息。要是有不便明言的事情，你们可以自己商量好了一个暗号，只有你们两人自己心里明白，不必让那孩子知道，因为小孩子们是不应该知道这些坏事情的，不比上了年纪的人，懂得世事，识得是非，那就不要紧了。

　　福斯塔夫　再见，请你替我向她们两位多多致意。这几个钱你先拿去，我以后还要重谢你哩。孩子，跟这位大娘去吧。（桂嫂、罗宾同下）这消息倒害得我心乱如麻。

毕斯托尔　这雌儿是爱神手下的传书鸽，待我追上前去，拉满弓弦，把她一箭射下，岂不有趣？（下）

福斯塔夫　老家伙，你说竟会有这等事吗？真有你的！从此以后，我要格外喜欢你这副老皮囊了。人家真的还会看中你吗？你花费了这许多本钱以后，现在才发起利市来了吗？好皮囊，谢谢你。人家嫌你长得太胖，只要胖得有样子，再胖些又有什么关系！

巴道夫持酒杯上。

巴道夫　爵爷，下面有一位白罗克大爷要见您说话，他说很想跟您交个朋友，特意送了一瓶白葡萄酒来给您解解渴。

福斯塔夫　他的名字叫白罗克吗？

巴道夫　是，爵爷。

福斯塔夫　叫他进来。（巴道夫下）只要有酒喝，管他什么白罗克不白罗克，我都一样欢迎。哈哈！福德太太，培琪太太，你们果然给我钓上了吗？不错，很好！很好！

巴道夫偕化装成白罗克的福德上。

福　德　您好，爵爷！

福斯塔夫　您好，先生！您有什么话要对我说吗？

福　德　素昧平生，就这样前来打搅您，实在冒昧得很。

福斯塔夫　不必客气。请问有何见教？酒保，你去吧。（巴道夫下）

福　德　爵爷，贱名是白罗克，我是一个素来喜欢随便花钱的绅士。

福斯塔夫　久仰久仰！白罗克大爷，我很希望咱们以后常常来往。

福　德　倘蒙爵爷不弃下交，真是三生有幸。可我决不敢要您破费什么，不瞒爵爷说，我现在身边总算还有几个钱，您要是需要的话，随时问我拿好了。人家说的，有钱路路通，否则我也不敢大胆打扰您啦。

福斯塔夫　不错，金钱是个好兵士，有了它就可以使人勇气百倍。

福　德　不瞒您说，我现在带着一袋钱在这儿，因为嫌它拿着太累赘了，想请您帮帮忙，不论是分一半去也好，完全拿去也好，好让我走路也轻松一点儿。

福斯塔夫　白罗克大爷，我怎么可以无功受禄呢？

福　德　您要是不嫌烦琐，请您耐心听我说下去，就可以知道我还要多多仰仗您的大力哩。

福斯塔夫　说吧，白罗克大爷，凡有可以效劳之处，我一定愿意为您出力。

福　德　爵爷，我一向听说您是一位博学明理的人，今天一见之下，果然名不虚传，我也不必向您多说废话了。我现在所要对您说的事，提起来很是惭愧，因为那等于宣布了我自己的弱点；可是爵爷，当您一面听着我供认我的愚蠢的时候，一面也要请您反躬自省一下，那时您就可以知道一个人是多么容易犯这种过失，也就不会过分责备我了。

福斯塔夫　很好，请您说下去吧。

福　德　本地有一个良家妇女，她的丈夫名叫福德。

福斯塔夫　嗯。

福　德　我已经爱她很久了，不瞒您说，在她身上我也花过不少钱；我用一片痴心追求着她，千方百计找机会想见她一面；不但买了许多礼物送给她，并且到处花钱打听她喜欢人家送给她什么东西。总而言之，我追逐她就像爱情追逐我一样，一刻都不肯放松；可是费了这许多心思力气的结果，却不曾得到什么报酬，偌大的代价，只换到了一段痛苦的经验，正所谓"痴人求爱，如形捕影，瞻之在前，即之已冥"。

福斯塔夫 她从来不曾有过什么答应您的表示吗？

福　德 从来没有。

福斯塔夫 您也从来不曾缠住她要她有一个表示吗？

福　德 从来没有。

福斯塔夫 那么您的爱究竟是怎样一种爱呢？

福　德 就像是建筑在别人地面上的一座华厦，因为看错了地位方向，使我的一场辛苦完全白费。

福斯塔夫 您把这些话告诉我，是什么用意呢？

福　德 请您再听我说下去，您就可以完全明白我今天的来意了。有人说，她虽然在我面前装模作样，好像是十分规矩，可是在别的地方，她却是非常放荡，已经引起不少人的闲话了。爵爷，我的用意是这样的：我知道您是一位教养优良、谈吐风雅、交游广阔的绅士，无论在地位和人品上都是超人一等，您的武艺、您的礼貌、您的学问，尤其是谁都佩服的。

福斯塔夫 您太过奖啦！

福　德 您知道我说的都是真话。我这儿有的是钱，您尽管用吧，把我的钱全用完了都可以，只要请您分出一部分时间来，去把这个福德家的女人弄上手，尽量发挥您的风流解数，把她征服下来。这件事情请您去办，一定比谁都要便当得多。

福斯塔夫 您把您心爱的人让给我去享用，那不会使您心里难过吗？我觉得老兄这样的主意，未免太不近情理啦。

福　德 啊，请您明白我的意思。她靠着她的冰清玉洁的名誉做掩护，我虽有一片痴心，却不敢妄行非礼；她的光彩过于耀目了，使我不敢向她抬头仰望。可是假如我能够抓住她的一个把柄，知道她并不是神圣不可侵犯的，我就可以放大胆子，去实现我的愿望了。什么贞操、名誉、有夫之妇以及诸如此类的她的一千种振振有词的借口，到了那个时候便可以完全推翻了。爵爷，您看怎么样？

福斯塔夫　白罗克大爷，第一，我要老实而毫不客气收下您的钱；第二，让我握您的手；第三，我要用我自己的身份向您担保，只要您下定决心，就一定能够搞到福德的老婆。

福　德　嗳哟，您真是太好了！

福斯塔夫　我说您一定会把她搞到手。

福　德　不要担心没有钱用，爵爷，一切都在我身上。

福斯塔夫　不要担心福德老婆会拒绝您，白罗克大爷，一切都在我身上。不瞒您说，刚才她还差了个人来约我跟她相会呢；就在您进来的时候，替她送信的人刚刚出去。十点到十一点钟之间，我就要看她去，因为在那个时候，她那吃醋的混蛋男人不在家里。您今晚再来看我吧，我可以让您知道我进行得顺利不顺利。

福　德　能够跟您结识，真是幸运万分。您认不认识福德？

福斯塔夫　哼，这个该死的乌龟！谁跟这种东西认识？可是我说他"该死"，真是委屈了他，人家说这个爱吃醋的王八倒很有钱呢，所以我才高兴去勾搭他的老婆。我可以用她做钥匙，去打开这个王八的钱箱，这才是我的真正的目的。

福　德　我很希望您认识那个福德，因为您要是认识他，看见他的时候也可以躲避躲避。

福斯塔夫　哼，这个下贱的卖咸黄油的混蛋！我只要向他瞪一瞪眼，就会把他吓坏了。我要用棍子降伏他，并且把我的棍子挂在他的绿帽子上作为他的克星。白罗克大爷，您放心吧，这种家伙我才不放在眼里，您一定可以跟他的老婆睡觉。天一晚您就来。福德是个混蛋，可是白罗克大爷，您瞧着我吧，我会给他加上一重头衔，混蛋而兼王八，他就是个混账王八蛋了。今夜您早

点来吧。(下)

福　德　好一个万恶不赦的淫贼!我的肚子都几乎给他气破了。谁说这是我的瞎疑心?我的老婆已经寄信给他,约好钟点和他相会了。谁想得到会有这种事情?娶了一个不贞的妻子,真是倒霉!我的床要给他们弄脏了,我的钱要给他们偷了,还要让别人在背后讥笑我;这样害苦我就罢了,还要听那奸夫当着我的面辱骂我!骂我别的名字倒也罢了,魔鬼夜叉,都没有什么关系,偏偏口口声声的乌龟王八!乌龟!王八!这种名字就是魔鬼听了也要摇头的。培琪是个呆子,是个粗心的呆子,他居然会相信他的妻子,他不吃醋!哼,我可以相信猫儿不会偷荤,我可以相信我们那位威尔士牧师休师傅不爱吃干酪,我可以把我的烧酒瓶交给一个爱尔兰人,我可以让一个小偷把我的马儿拖走,可是我不能放心让我的妻子一个人待在家里;让她一个人在家里,她就会千方百计地耍起花样来,她们一想到要做什么事,简直可以什么都不顾,非把它做到了绝不罢休。感谢上帝赐给我这一副爱吃醋的脾气!他们约定在十一点钟会面,我要去打破他们的好事,侦察我的妻子的行动,向福斯塔夫出出我胸头这一口恶气,还要把培琪取笑一番。我马上就去,宁可早三点钟,不可迟一分钟。哼!哼!乌龟!王八!(下)

第三场　温莎附近的野地

卡厄斯及勒格比上。

卡厄斯　勒格比!

勒格比　有,老爷。

卡厄斯　勒格比,现在几点钟了?

勒格比　老爷,休师傅约好的时间已经过去了。

卡厄斯　哼，他不来，便宜了他的狗命；他在念《圣经》做祷告，所以他不来。哼，勒格比，他要是来了，早已一命呜呼了。

勒格比　老爷，这是他的聪明，他知道他要是来了，一定会被您杀死的。

卡厄斯　哼，我要是不把他杀死，我就不是个人。勒格比，拔出你的剑来，我要告诉你我怎样杀死他。

勒格比　嗳哟，老爷！我可不会使剑呀。

卡厄斯　狗才，拔出你的剑来。

勒格比　等等，有人来啦。

店主、夏禄、斯兰德及培琪上。

店　主　你好，老头儿！

夏　禄　卡厄斯大夫，您好！

培　琪　您好，大夫！

斯兰德　早安，大夫！

卡厄斯　你们一个、两个、三个、四个，来干什么？

店　主　瞧你斗剑，瞧你招架，瞧你回手；瞧你这边一跳，瞧你那边一闪；瞧你仰冲俯刺，旁敲侧击，进攻退守。他死了吗，我的黑家伙？他死了吗，我的法国人？哈，好家伙！怎么说，我的罗马医神？我的希腊大医师？我的老交情？哈，他死了吗，我的冤大头？他死了吗？

卡厄斯　哼，他是个没有种的狗牧师，他不敢到这儿来露脸。

店　主　你是粪缸里的元帅，希腊的大英雄，好家伙！

卡厄斯　你们大家给我证明，我已经等了他六七个钟头、两个钟头、三个钟头，他还是没有来。

夏　禄　大夫，这是他的有见识之处，他给人家医治灵魂，您给人家医治肉体，要是你们打起架来，那不是违反了你们行当的宗旨了吗？培琪大爷，您说我这话对不对？

培　琪　夏禄老爷，您现在喜欢替人家排难解纷，从前却也是一名打架的好手哩。

夏　禄　可不是吗！培琪大爷，我现在虽然老了，人也变得好说话了，可是看见人家拔出刀剑来，我的手指还是觉得痒痒的。培琪大爷，我们虽然做了法官，做了医生，做了教士，总还有几分年轻人的血气；我们都是女人生下来的呢，培琪大爷。

培　琪　正是正是，夏禄老爷。

夏　禄　培琪大爷，您看吧，我的话是不会错的。卡厄斯大夫，我想来送您回家去。我是一向主张什么事情都可以和平解决的。您是一个明白道理的好医生，休师傅是一个明白道理很有涵养的好教士，大家何必伤了和气。卡厄斯大夫，您还是跟我一起回去吧。

店　主　对不起，法官先生。——跟你说句话，尿先生。①

卡厄斯　尿！这是什么玩意儿？

店　主　"尿"，在我们英国话中就是"有种"的意思，好人儿。

卡厄斯　老天，这么说，我跟随便哪一个英国人比起来也一样的"尿"。这狗牧师！老天在上，我要割掉他的耳朵。

店　主　他要把你揍扁呢，好人儿。

卡厄斯　"揍扁"！这是什么意思？

店　主　这是说，他要给你赔不是。

卡厄斯　老天，我看他不把我"揍扁"也不成哪；老天，我就要他把我揍扁。

---

①　当时医生治病，先验病人的尿，所以店主用"尿"讥笑卡厄斯医生。

店　　主　我要劝他一番,叫他揍扁你,否则让他滚蛋!

卡厄斯　谢谢,让你费心了。

店　　主　还有,好人儿——(向夏禄等旁白)你跟培琪大爷和斯兰德少爷从大路走,先到弗劳莫去。

培　　琪　休师傅就在那边吗?

店　　主　是的,你们去看看他在那里发些什么牢骚,我再领着这个医生从小路也到那里。你们看这样好不好?

夏　　禄　很好。

培琪、夏禄、斯兰德　卡厄斯大夫,我们先走一步,回头见。(下)

卡厄斯　哼,我要是不杀死这个牧师,我就不是个人;谁叫他多事,替一个猴崽子向安·培琪说亲。

店　　主　这种人让他死了也好。来,把你的怒气平一平,跟我在田野里走走,我带你到弗劳莫去,安·培琪小姐正在那里一家乡下人家吃酒,你可以当面向她求婚。你说我这主意好不好?

卡厄斯　谢谢你,谢谢你,你是我的好朋友。我一定要介绍许多好主顾给你,那些阔佬大官,我都给他们看过病。

店　　主　你这样帮我忙,我一定帮助你娶到安·培琪。我说得好不好?

卡厄斯　很好很好,好得很。

店　　主　那么咱们走吧。

卡厄斯　跟我来,勒格比。(同下)

第三幕

第一场　弗劳莫附近的野地

爱文斯及辛普儿上。

爱文斯　斯兰德少爷的尊价，辛普儿我的朋友，我叫你去看一下，那个自称为医生的卡厄斯大夫究竟来不来，请问你是到哪一条路上去看他的？

辛普儿　师傅，我每一条路上都去看过了，就是那条通到城里去的路还没有去看过。

爱文斯　千万请你再到那一条路上去看一看。

辛普儿　好的，师傅。（下）

爱文斯　祝福我的灵魂！我气得心里在发抖。我倒希望他欺骗我。真的气死我也！我恨不得把他的便壶摔在他那狗头上。祝福我的灵魂！（唱）

　　　众鸟嘤鸣其相和兮，
　　　　临清流之潺湲，
　　　展蔷薇之芳茵兮，
　　　　缀百花以为环。

上帝可怜我！我真的要哭出来啦。（唱）

众鸟嘤鸣其相和兮，

　余独处乎巴比伦，

　缀百花以为环兮，

　　临清流——

辛普儿重上。

辛普儿　他就要来了，在这一边，休师傅。

爱文斯　他来得正好。（唱）

　临清流之潺湲——

上帝保佑好人！——他拿着什么家伙？

辛普儿　他没有带什么家伙，师傅。我家少爷，还有夏禄老爷和另外一位大爷，也跨过梯磴，从那边一条路上来了。

爱文斯　请你把我的道袍给我。不，还是你给我拿在手里吧。（读书）

培琪、夏禄及斯兰德上。

夏　禄　啊，牧师先生，您好！又在用功了吗？真的是赌鬼手里的骰子，学士手里的书本，夺也夺不下来的。

斯兰德　（旁白）啊，可爱的安·培琪！

培　琪　您好，休师傅！

爱文斯　上帝祝福你们！

夏　禄　啊，怎么，一手宝剑，一手经典！牧师先生，难道您竟然是文武双全吗？

培　琪　在这样阴寒的天气，您这样短衣长袜，外套也不穿一件，精神倒着实不比年轻人坏哩！

爱文斯　这都是有缘故的。

培　琪　牧师先生，我们是来给您做一件好事的。

爱文斯　很好，是什么事？

培　琪　我们刚才碰见一位很有名望的绅士，大概是受了什么人的委屈，在那儿大发脾气。

夏　禄　我活了八十多岁了，从来不曾听见过一个像他这样有地位、有学问、有气派的人，会这样忘记自己的身份。

爱文斯　他是谁？

培　琪　我想您也一定认识他的，就是那位著名的法国医生卡厄斯大夫。

爱文斯　嗳哟，气死我也！你们向我提起他的名字，还不如向我提起一块烂浆糊。

培　琪　为什么？

爱文斯　他懂得什么医经药典！他是个坏蛋，一个十足的没种的坏蛋！

培　琪　您跟他打起架来，才知道他厉害呢。

斯兰德　（旁白）啊，可爱的安·培琪！

夏　禄　看样子也是这样，他手里拿着武器呢。卡厄斯大夫来了，别让他们碰在一起。

店主、卡厄斯及勒格比上。

培　琪　不，好牧师先生，把您的剑收起来吧。

夏　禄　卡厄斯大夫，您也收起来吧。

店　主　把他们的剑夺下来，由着他们对骂一场；让他们保全皮肉，只管糟蹋我们英国话吧。

卡厄斯　请你让我在你的耳边问你一句话，你为什么失约不来？

爱文斯　（向卡厄斯旁白）不要生气，有话慢慢讲。

卡厄斯　哼，你是个懦夫，你是个狗东西猴崽子！

爱文斯　（向卡厄斯旁白）别人在寻我们的开心，我们不要上他们的当，伤了各人的和气，我愿意和你交个朋友，我以后补报你好啦。（高声）我要把你的便壶摔在你的狗头上，谁叫你约了人家自己不来！

卡厄斯　他妈的！勒格比——老板，我没有等他来送命吗？我不是在约定的地方等了他好久吗？

爱文斯　我是个相信耶稣基督的人，我不会说假话，这儿才是你约定的地方，我们这位老板可以替我证明。

店　主　我说，你这位法国大夫，你这位威尔士牧师，一个替人医治身体，一个替人医治灵魂，你也不要吵，我也不要闹，大家算了吧！

卡厄斯　嗯，那倒是很好，好极了！

店　主　我说，大家静下来，听我店主说话。你们看我的手段巧不巧，主意高不高，计策妙不妙？咱们少得了这位医生吗？少不了，他要给我开方服药。咱们少得了这位牧师，这位休师傅吗？少不了，他要给我念经讲道。来，一位在家人，一位出家人，大家跟我握握手。好，老实告诉你们吧，你们两个人都被我骗啦，我叫你们一个人到这儿，一个人到那儿，大家扑了个空。现在我们已经知道你们两位都是好汉，谁的身上也不曾伤了一根毛，落得喝杯酒，大家讲和了吧。来，把他们的剑拿去当了。来，孩子们，大家跟我来。

夏　禄　真是一个疯老板！——各位，大家跟着他去吧。

斯兰德　（旁白）啊，可爱的安·培琪！（夏禄、斯兰德、培琪及店主同下）

卡厄斯　嘿！有这等事！你把我们当作傻瓜了吗？嘿！嘿！

爱文斯　好得很，他简直拿我们开玩笑。我说，咱们还是言归于好，大家商量出个办法，来向这个欺人的坏家伙，这个嘉德饭店的老板，报复一下吧。

卡厄斯　很好，我完全赞成。他答应带我来看安·培琪，原来也是句骗人的话,他妈的!

爱文斯　好,我要打破他的头。咱们走吧。(同下)

第二场　温莎街道

培琪大娘及罗宾上。

培琪大娘　走慢点儿,小滑头,你一向都是跟在人家屁股后面跑的,现在倒要抢到人家前头啦。我问你,你愿意我跟着你走呢,还是你愿意跟着主人走?

罗　宾　我愿意像一个男子汉那样在您前头走,不愿意像一个小鬼那样跟着他走。

培琪大娘　啨!你倒真是个小油嘴,我看你将来很可以到宫廷里去呢。

福德上。

福　德　培琪嫂子,咱们碰见得巧极啦。您上哪儿去?

培琪大娘　福德大爷,我正要去瞧您家嫂子哩。她在家吗?

福　德　在家,她因为没有伴,正闷得发慌。照我看来,要是你们两人的男人都死掉了,你们两人大可以结为夫妻呢。

培琪大娘　您不用担心,我们各人会再去嫁一个男人的。

福　德　您这个可爱的小鬼头是哪儿来的?

培琪大娘　我总记不起把他送给我丈夫的那个人叫什么名字。喂,你说你那个骑士姓甚名谁?

罗　宾　约翰·福斯塔夫爵士。

福　德　约翰·福斯塔夫爵士!

培琪大娘　对了,对了,正是他,我顶不会记人家的名字。他跟我的丈夫非常要好。您家嫂子真的在家吗?

福　德　真的在家。

培琪大娘　那么，失陪了，福德大爷，我巴不得立刻就看见她呢。

　　（培琪大娘及罗宾下）

　　福　　德　培琪难道没有脑子吗？他难道一点儿都看不出，一点儿不会思想吗？哼，他的眼睛跟脑子一定都睡着了，因为他就是生了它们也不会去用的。嘿，这孩子可以送一封信到二十英里外的地方去，就像炮弹从炮口射出二百四十步外去一样容易。他放纵他的妻子，让她想入非非，为所欲为；现在她要去瞧我的妻子，还带着福斯塔夫的小厮！一个聪明人难道看不出苗头来吗？还带着福斯塔夫的小厮！好计策！他们已经完全布置好了；我们两家不贞的妻子，已经同通一气，一块儿去干这种不要脸的事啦。好，让我先去捉住那家伙，再去教训教训我的妻子，把这位假正经的培琪大娘的假面具揭了下来，让大家知道培琪是个冥顽不灵的王八。我干了这一番轰轰烈烈的事情，人家一定会称赞我。（钟鸣）时间已经到了，事不宜迟，我必须马上就去：我相信一定可以把福斯塔夫找到。人家都会称赞我，不会讥笑我，因为福斯塔夫一定跟我妻子在一起，就像地球是结实的一样毫无疑问。我就去。

　　培琪、夏禄、斯兰德、店主、爱文斯、卡厄斯及勒格比上。

　　培　琪、夏禄等　福德大爷，咱们遇见得巧极啦。

　　福　　德　真是来了大队人马，我止要请各位到舍间去喝杯酒呢。

　　夏　　禄　福德大爷，我有事不能奉陪，请您原谅。

　　斯兰德　福德大叔，我也要请您原谅，我们已经约好到安小姐家里吃饭，人家无论给我多少钱，也不能使我失她的约。

　　夏　　禄　我们打算替培琪家小姐跟我这位斯兰德贤侄攀一门亲事，今天就可以得到回音。

斯兰德　培琪大叔，我希望您不会拒绝我。

培　琪　我是一定答应的，斯兰德少爷；可是卡厄斯大夫，我的内人却看中您哩。

卡厄斯　嗯，是的，而且那姑娘也爱着我，我家那个快嘴桂嫂已经这样告诉我了。

店　主　您觉得那位年轻的范顿怎样？他会舞蹈，他的眼睛里闪耀着青春，他会写诗，他会说漂亮话，他的身上有春天的香味。他一定会成功的，他一定会成功的。

培　琪　可是他要是不能得到我的允许，就不会成功。这位绅士没有家产，他常常跟那位胡闹的王子①在一起厮混，他的地位太高，他所知道的事情也太多啦。不，我的财产是不能让他染指的。要是他跟她结婚，就让他把她空身娶了过去；我这份家私要归我自己做主，我可不能答应让他分了去。

福　德　请你们中间无论哪几位赏我一个面子，到舍间吃便饭；除了酒菜之外，还有新鲜的玩意儿，我有一头怪物要拿出来给你们欣赏欣赏。卡厄斯大夫，您一定要去；培琪大爷，您也去；还有休师傅，您也去。

夏　禄　好，那么再见吧！你们去了，我们到培琪大爷家里求起婚来，说话也可以方便一些。（夏禄、斯兰德下）

卡厄斯　勒格比，你先回家去，我就来。（勒格比下）

店　主　回头见，我的好朋友们，我要回去陪我的好骑士福斯塔夫喝酒去。（下）

福　德　（旁白）对不起，我要先让他出一场丑哩。——列位，请了。

众　人　请了，我们倒要瞧瞧那个怪物去。（同下）

---

①　指亨利四世的王储，后为亨利五世。

第三场　福德家中一室

福德大娘及培琪大娘上。

福德大娘　喂，约翰！喂，劳勃！

培琪大娘　赶快，赶快！——那个盛脏衣服的篓子呢？

福德大娘　已经预备好了。喂，罗宾！

二仆携篓上。

培琪大娘　来，来，来。

福德大娘　这儿，放下来。

培琪大娘　你吩咐他们怎样做吧，说得简单点儿。

福德大娘　好，约翰和劳勃，我早就对你们说过了，叫你们在酿酒房的近旁等着不要走开，我一叫你们，你们就跑来，马上把这篓子扛了出去，跟着那些洗衣服的人一起到野地里去，跑得越快越好，一到那里，就把它扔在泰晤士河旁边的烂泥沟里。

培琪大娘　听见了没有？

福德大娘　我已经告诉过他们好几次了，他们不会弄错的。快去，我一叫你们，你们就来。（二仆下）

培琪大娘　小罗宾来了。

罗宾上。

福德大娘　啊，我的小鹰儿！你带什么信息来了吗？

罗　宾　福德奶奶，我家主人约翰爵士已经从您的后门进来了，他要跟您说几句话。

培琪大娘　你这小鬼，你是不是在你主人面前走漏了风声？

罗　宾　我可以发誓，我的主人不知道您也在这儿；他还向我说，要是我把他到这儿来的事情告诉了您，他一定要把我撵走。

培琪大娘　这才是个好孩子,只要守住秘密,我一定替你做一身新衣服穿。现在我先去躲起来。

福德大娘　好的。你去告诉你的主人,说屋子里只有我一个人。(罗宾下)培琪嫂子,你别忘了你要演的戏。

培琪大娘　你放心吧,我要是这场戏演不好,你尽管喝倒彩好了。(下)

福德大娘　好,让我们教训教训这个肮脏的脓包,这个满肚子臭水的胖冬瓜,叫他知道鸽子和老鸦的分别。

福斯塔夫上。

福斯塔夫　我的天上的明珠,你果然被我捉到了吗?我已经活得很长久了,现在让我死去吧,因为我心愿已了。啊,这幸福的时辰!

福德大娘　嗳哟,好爵爷!

福斯塔夫　好娘子,我不会说话,那些口是心非的好听话,我一句也不会。我现在心里正在起着一个罪恶的念头,但愿你的丈夫早早死了,我一定要娶你回去,做我的夫人。

福德大娘　我做您的夫人!唉,爵爷!那我怎么做得像呢?

福斯塔夫　在整个法兰西宫廷里也找不出像你这样一位漂亮的夫人。瞧你的眼睛比金刚钻还亮;你的秀美的额角,戴上无论哪一种威尼斯流行的新式帽子,都是一样合适的。

福德大娘　爵爷,像我这样的村婆娘,只好用青布包包头,能够不给人家笑话,也就算了,哪里配得上讲什么打扮。

福斯塔夫　嗳哟,你说这样话,未免太侮辱了你自己啦。你要是到宫廷里去,一定可以大出风头。你那端庄的步伐,穿起圆圆的围裙来,一定走一步路都是仪态万方。命运虽然不曾照顾你,造物却给了你绝世的姿容,你就是有意把它遮掩,也是遮掩不了的。

福德大娘　您太过奖啦，我怎么有这样的好处呢？

福斯塔夫　那么我为什么爱你呢？这就可以表明在你的身上，的确有一点与众不同的地方。我不会像那些油头粉面的轻薄少年一样，说你是这样、那样，把你捧上天去；可是我爱你，我爱的只是你，你是值得我爱的。

福德大娘　别骗我啦，爵爷，我怕您爱着培琪嫂子哩。

福斯塔夫　难道我放着大门不走，偏偏要去走那黑黢黢的旁门吗？

福德大娘　好，天知道我是怎样爱着您，您总有一天会明白我的心的。

福斯塔夫　希望你永远不要变心，我总不会有负于你。

福德大娘　我必须向您表明我的心迹，但您千万也要给我回报真情呀，要不然我就无法忠心了。

罗　　宾　（在内）福德奶奶！福德奶奶！培琪奶奶在门口，她满头是汗，气都喘不上来，慌慌张张的，一定要立刻跟您说话。

福斯塔夫　别让她看见我，我就躲在帐幕后面吧。

福德大娘　好，您快躲起来吧，她是个多嘴多舌的女人。

（福斯塔夫匿幕后）

培琪大娘及罗宾重上。

福德大娘　什么事？怎么啦？

培琪大娘　嗳哟，福德嫂子！你干了什么事啦？你的脸从此丢尽，你再也不能做人啦！

福德大娘　什么事呀，好嫂子？

培琪大娘　嗳哟，福德嫂子！你嫁了这么一位好丈夫，为什么要让他对你起疑心？

福德大娘　对我起什么疑心？

培琪大娘 起什么疑心!算了,别装傻啦!总算我看错了人。

福德大娘 唉,到底是怎么一回事呀?

培琪大娘 我的好奶奶,你那汉子带了温莎城里所有的捕役,就要到这儿来啦;他说有一个男人在这屋子里,是你趁着他不在家的时候约来的,他们要来捉这奸夫哩。这回你可完啦!

福德大娘 (旁白)说响一点儿。——嗳哟,不会有这种事吧?

培琪大娘 谢天谢地,但愿你这屋子里没有男人!可是半个温莎城里的人都跟在你丈夫背后,要到这儿来搜寻这么一个人,这件事情却是千真万确的。我抢先一步来通知你,要是你没有做过亏心事,那自然最好;倘若你真的有一个朋友在这儿,那么赶快带他出去吧。别怕,镇静一点。你必须保全你的名誉,不然你的一生从此完啦。

福德大娘 我怎么办呢?果然有一位绅士在这儿,他是我的好朋友;我自己丢脸倒还不要紧,只怕连累了他,要是能够把他弄出这间屋子,叫我损失一千镑钱我都愿意。

培琪大娘 要命!你的汉子就要来啦,你还尽说废话!想想办法吧,这屋子里是藏不了他的。唉,我还当你是个好人!瞧,这儿有一个篓子,他要是不太高大,倒可以钻进去躲一下,再用些龌龊衣服堆在上面,让人家看见了,当作一篓预备送出去漂洗的衣服——啊,对了,就叫你家的两个仆人把他连篓一起抬了出去,岂不一干二净?

福德大娘 他太胖了,恐怕钻不进去,怎么好呢?

福斯塔夫 (自幕后出)让我看,让我看,啊,让我看!我进去,我进去。就照你朋友的话吧。我进去。

培琪大娘 啊,福斯塔夫爵士!原来是你吗?你给我的信上怎么说的？

福斯塔夫　我爱你，我只爱你一个人。帮我离开这屋子，让我钻进去。我再也不——（钻入篓内，二妇以污衣覆其上）

培琪大娘　孩子，你也来帮着把你的主人遮盖遮盖。福德嫂子，叫你的仆人进来吧。好一个欺人的骑士！

福德大娘　喂，约翰！劳勃！约翰！（罗宾下）

二仆重上。

福德大娘　赶快把这一篓衣服抬起来。杠子在什么地方？嗳哟，瞧你们这样慢手慢脚的！把这些衣服送到洗衣服的那里去。快点！快点！

福德、培琪、卡厄斯及爱文斯同上。

福　德　各位请过来，要是我的疑心全无根据，你们尽管把我取笑好了。让我成为你们的笑柄，是我活该如此。啊！这是什么？你们把这篓子抬到哪儿去？

仆　人　抬到洗衣服的那里去。

福德大娘　咦，他们把它抬到什么地方，跟你有什么相干？你就是爱多管闲事，人家洗衣服，你也要问长问短的。

福　德　哼，洗衣服！我倒希望把这屋子也洗洗干净呢，什么野畜生都可以跑进跑出——还是一头交配时期的野畜生呢！（二仆抬篓下）各位朋友，昨天晚上我做了一个梦，让我把这个梦告诉你们听。这儿是我的钥匙，请你们跟我到房间里来搜一下，我相信我们一定会捉到那头狐狸的。让我先把这门锁上了。好，咱们捉狐狸去。

培　琪　福德大爷，有话好讲，何必急成这个样子，让人家瞧着笑话。

福　德　对啦，培琪大爷。各位上去吧，你们马上就有新鲜的把戏看了，大家跟我来。（下）

爱文斯　这种吃醋简直是无理取闹。

卡厄斯　我们法国就没有这种事,法国人是不兴吃醋的。

培　琪　咱们还是跟他上去吧,瞧他搜出什么来。(培琪、卡厄斯、爱文斯同下)

培琪大娘　咱们这计策岂不是一举两得?

福德大娘　我不知道愚弄我的丈夫跟愚弄福斯塔夫,比较起来哪一件事更使我高兴。

培琪大娘　你的丈夫问那篓子里有什么东西的时候,他一定吓得要命。

福德大娘　我想他是应该洗个澡了,把他扔在水里,对于他也是有好处的。

培琪大娘　该死的骗人的坏蛋!我希望像他这种人都要得到这样的报应。

福德大娘　我觉得我的丈夫有点知道福斯塔夫在这儿,我从来没有见过他像今天这样的一股醋劲。

培琪大娘　让我想个计策把他试探试探。福斯塔夫那家伙虽然已经受到一次教训,可是像他那样荒唐惯了的人,一服药吃下去未必见效,我们应当让他多知道些厉害才是。

福德大娘　我们要不要再叫快嘴桂嫂那个傻女人到他那儿去,对他说这次把他扔在水里,实在是一时疏忽,并非故意,请他原谅,再约他一个日期,好让我们再把他捉弄一次?

培琪大娘　就那么办,我们叫他明天八点钟来,替他压惊。

福德、培琪、卡厄斯及爱文斯重上。

福　德　我找不到他,这混蛋也许只会吹牛,他自己知道这种事情是办不到的。

培琪大娘　(向福德大娘旁白)你听见吗?

福德大娘　(向培琪大娘旁白)嗯,别说话。——福德夫君，您待我真是太好了，是不是？

福德　是，是，是。

福德大娘　上帝保佑您以后再不要用这种龌龊的心思猜疑人家了！

福德　阿门！

培琪大娘　福德大爷，您真是太对不起您自己啦。

福德　是，是，是我不好。

爱文斯　这屋子里、房间里、箱子里、壁橱里，要是找得出一个人来，那么上帝在最后审判的日子饶恕我的罪恶吧！

卡厄斯　我也找不出来，一个人也没有。

培琪　嘖！嘖！福德大爷！您不害羞吗？什么鬼附在您身上，叫您想起这种事情来呢？我希望您以后再不要发这种精神病了。

福德　培琪大爷，这都是我不好，自取其辱。

爱文斯　这都是您良心不好的缘故，尊夫人是一位大贤大德的娘子，五千个女人里头也挑不出像她这样的一个；不，就是五百个里也挑不出呢。

卡厄斯　她真的是一个规矩女人。

福德　好，我说过我请你们来吃饭。来，来，咱们先到公园里走走吧。请诸位多多原谅，我以后会告诉你们今天我有这一番举动的缘故。来，娘子。来，培琪嫂子。请你们原谅我，今天实在吵得太不像话了，请不要见怪！

培琪　列位，咱们进去吧，可是今天一定要把他大大地取笑一番。明天早晨我请你们到舍间吃一顿早饭，吃过早饭，就去打鸟去；我有一只很好的猎鹰，要请你们赏识赏识它的本领。诸位以为怎样？

福德　一定奉陪。

爱文斯　要是只有一个人去，我就是第二个。

卡厄斯　要是只有一个、两个人去，我就是第三个。

福　德　培琪大爷，请了。

爱文斯　请你明天不要忘记嘉德饭店老板那个坏家伙。

卡厄斯　很好，我一定不忘记。

爱文斯　这坏家伙，专爱开人家的玩笑！（同下）

第四场　培琪家中一室

范顿、安·培琪及快嘴桂嫂上；桂嫂立一旁。

范　顿　我知道我得不到你父亲的欢心，所以你别再叫我去跟他说话了，亲爱的小安。

安　唉！那怎么办呢？

范　顿　你应当自己做主才是。他反对我的理由，是说我的门第太高，又说我因为家产不够挥霍，想要靠他的钱来弥补弥补；此外他又举出种种理由，说我过去的行为太放荡，说我结交的都是一班胡闹的朋友；他老实不客气地对我说，我之所以爱你，不过是把你看做一注财产而已。

安　他说的话也许是对的。

范　顿　不，我永远不会有这样的存心！安，我可以向你招认，我最初来向你求婚的目的，的确是为了你父亲的财产；可是自从我认识了你以后，我就觉得你的价值远超过一切的金银财富；我现在除了你美好的本身以外，再没有别的希求。

安　好范顿大爷，您还是去向我父亲说说吧，多亲近亲近他。要是机会和最谦卑的恳求都不能使您达到目的，那么——您过来，我对您说。（二人在一旁谈话）

夏禄及斯兰德上。

夏　禄　桂嫂，打断他们的谈话，让我的侄子自己去向她求婚。

斯兰德　成功失败，在此一试。

夏　禄　不要慌。

斯兰德　不，她不会使我发慌呢，我根本不放在心上，只是我有点儿胆怯。

桂　嫂　安，斯兰德少爷要跟你讲句话哩。

安　我就来。（旁白）这是我父亲中意的人。唉！有了一年三百镑的收入，顶不上眼的伧夫也就变成俊汉了。

桂　嫂　范大爷，您好？请您过来说句话。

夏　禄　她来了，侄儿，你上去吧。孩子，你要记得你有过父亲！

斯兰德　安小姐，我有个父亲，我的叔父可以告诉您许多关于他的很有趣的笑话。叔父，请您把我的父亲怎样从人家篱笆里偷了两只鹅的那个笑话讲给安小姐听吧，好叔父。

夏　禄　安小姐，我的侄儿很爱您。

斯兰德　对了，正像我爱葛罗斯特郡的无论哪一个女人一样。

夏　禄　他愿意将您像贵妇人一样地供养。

斯兰德　这是一定的事，不管发生什么事，我们到底还是乡绅人家呀！

夏　禄　他愿意在他的财产里划出一百五十镑钱来归在您的名下。

安　夏禄老爷，他要求婚，还是让他自己说吧。

夏　禄　啊，谢谢您，我真感谢您的好意。侄儿，她叫你哩，我让你们两个人谈谈吧。

安　斯兰德世兄。

斯兰德　是，好安小姐？

安　您对我有什么高见？

斯兰德　我有什么高见？老天爷呀！真是的，这玩笑也开得太妙了！我从来就没有过什么高见，我才不是那种昏头昏脑的家伙呢！

安　斯兰德世兄，我是说你有什么话要跟我说？

斯兰德　实实在在说，我自己本来一点没有什么话要跟您说，都是令尊跟家叔两个人的主张。要是我有这运气，那固然很好，不然的话，就让别人来享受这个福分吧！他们可以告诉您许多我自己不会说的话，您还是去问您的父亲吧！他来了。

培琪及培琪大娘上。

培　琪　啊，斯兰德少爷！安，你爱他吧。咦，怎么！范顿大爷，您到这儿来有什么事？我早就对您说过了，我的女儿已经有了人家；您还是一趟一趟地到我家里来，这不是太不像话了吗？

范　顿　啊，培琪大爷，您别生气。

培琪大娘　范顿大爷，您以后别再来看我的女儿了。

培　琪　她是不会嫁给您的。

范　顿　培琪大爷，请您听我说。

培　琪　不，范顿大爷，我不要听您说话。来，夏禄老爷；来，斯兰德贤婿，咱们进去吧。范顿大爷，我不是没有跟您说明白，您实在太不讲理啦。（培琪、夏禄、斯兰德同下）

桂　嫂　向培琪大娘说去。

范　顿　培琪大娘，我对于令嫒的一片至诚，天日可表，一切的阻碍、谴责和世俗的礼法，都不能使我灰心后退；我希望能够得到您的同意。

安　好妈妈，别让我跟那个傻瓜结婚。

培琪大娘　我是不会让你嫁给他的，我会替你找一个好一点儿的丈夫。

桂　嫂　那就是我的主人卡厄斯大夫。

安　唉！要是叫我嫁给那个医生，我宁愿让你们把我活埋了！

培琪大娘　算了，别自寻烦恼啦。范顿大爷，我不愿帮您忙，也不愿跟您作梗，让我先去问问我的女儿，看她究竟对您有几分意思，慢慢地再说吧。现在我们失陪了，范顿大爷；她要是再不进去，她的父亲一定又要发脾气了。

范　顿　再见，培琪大娘。再见，小安。（培琪大娘及安.培琪下）

桂　嫂　瞧，这都是我帮您的忙。我说，"您愿意把您的孩子随随便便嫁给一个傻瓜，一个医生吗？瞧范顿大爷多好！"这都是我帮您的忙。

范　顿　谢谢你，这一个戒指，请你今天晚上送给我的亲爱的小安。这几个钱是赏给你的。

桂　嫂　天老爷赐给您好福气！（范顿下）他的心肠真好，一个女人碰见这样好心肠的人，就是为他到火里水里去也甘心。可是我倒希望我的主人娶到了安小姐；我也希望斯兰德少爷能够娶到她；天地良心，我也希望范顿大爷娶到她。我要替他们三个人同样出力，因为我已经答应过他们，说过的话总是要算数的；可是我要替范顿大爷特别出力。啊，两位奶奶还要叫我到福斯塔夫那儿去一趟呢，该死，我怎么还在这儿拉拉扯扯的！（下）

第五场　嘉德饭店中一室

福斯塔夫及巴道夫上。

福斯塔夫　喂，巴道夫！

巴道夫　有，爵爷。

福斯塔夫　给我倒一碗酒来，放一块面包在里面。（巴道夫下）想不到我活到今天，却让人装在篓子里抬出去，像一车屠夫切下来的肉骨肉屑一样倒在泰晤士河里！好，要是我再上人家这样一次当，我一定把我的脑髓敲出来，涂上牛油丢给狗吃。这两个混账东西把我扔在河里，简直就像淹死一只瞎眼老母狗的一窠小狗一样，不当一回事。你们瞧我这样胖大的身体，就可以知道我沉到水里去，是比别人格外快的，即使河底深得像地狱一样，我也会一下子就沉下去，要不是水浅多沙，我早就淹死啦。我最怕的就是淹死，因为一个人淹死了尸体会发胀，像我这样的人要是发起胀来，那还成什么样子！不是要变成一堆死人肉了吗？

巴道夫携酒重上。

巴道夫　爵爷，桂嫂要见您说话。

福斯塔夫　来，我一肚子都是泰晤士河里的水，冷得好像欲火上升的时候吞下了雪块一样，让我倒下些酒去把它温一温吧。叫她进来。

巴道夫　进来，妇人。

快嘴桂嫂上。

桂　嫂　爵爷，您好？早安，爵爷！

福斯塔夫　把这些酒杯拿去了，再给我好好地煮一壶酒来。

巴道夫　要不要放鸡蛋？

福斯塔夫　什么也别放，我不要小母鸡下的蛋放在我的酒里。(巴道夫下)怎么？

桂　嫂　呃，爵爷，福德娘子叫我来看看您。

福斯塔夫　别再向我提起什么"福德"大娘啦！我"浮"在水面上已经"浮"够了。要不是她，我怎么会被人丢在河里，灌满了一肚子的水。

桂　嫂　嗳哟！那怎么怪得了她？那两个仆人都把她气死了，谁想得到他们竟误会了她的意思。

福斯塔夫　我也是气死了，会去应一个傻女人的约。

桂　嫂　爵爷，她为了这件事，心里正说不出地难过呢；看见了她那种伤心的样子，谁都会心软的。她的丈夫今天一早就去打鸟去了，她请您在八点到九点之间，再到她家里去一次。我必须赶快把她的话向您交代清楚。您放心好了，这一回她一定会好好地补报您的。

福斯塔夫　好，你回去对她说，我一定来。叫她想一想哪一个男人不是朝三暮四，像我这样的男人，可是不容易找到的。

桂　嫂　我一定这样对她说。

福斯塔夫　去说给她听吧。你说是在九点到十点之间吗？

桂　嫂　八点到九点之间，爵爷。

福斯塔夫　好，你去吧，我一定来就是了。

桂　嫂　再会了，爵爷。(下)

福斯塔夫　白罗克到这时候还不来，倒有些奇怪；他寄信来叫我等在这儿不要出去的。我很喜欢他的钱。啊！他来啦。

福德上。

福　德　您好，爵爷！

福斯塔夫　啊，白罗克大爷，您是来探问我到福德老婆那儿去的经过吗？

福　　德　我正是要来问您这件事。

福斯塔夫　白罗克大爷，我不愿对您撒谎，昨天我是按照她约定的时间到她家里去的。

福　　德　那么您进行得顺利不顺利呢？

福斯塔夫　快别提那事啦，白罗克大爷。

福　　德　怎么？难道她又变卦了吗？

福斯塔夫　那倒不是，白罗克大爷，都是她的丈夫，那只贼头贼脑的死乌龟，一天到晚见神见鬼地疑心他的妻子；我跟她抱也抱过了，嘴也亲过了，誓也发过了，一本喜剧刚刚念好引子，他就疯疯癫癫地带了一大批狐群狗党，气势汹汹地说是要到家里来捉奸。

福　　德　啊！那时候您正在屋子里吗？

福斯塔夫　那时候我正在屋子里。

福　　德　他没有把您搜到吗？

福斯塔夫　您听我说下去。总算我命中有救，来了一位培琪大娘，报告我们福德就要来了的消息；福德家的女人吓得毫无主意，只好听了她的计策，把我装进一只盛脏衣服的篓子里去。

福　　德　盛脏衣服的篓子！

福斯塔夫　正是一只盛脏衣服的篓子！把我跟那些脏衬衫、臭袜子、油腻的手巾，一股脑儿塞在一起。白罗克大爷，您想想这股气味叫人可受得了？

福　　德　您在那篓子里待多久？

福斯塔夫　别急，白罗克大爷，您听我说下去，就可以知道我为了您的缘故去勾引这个妇人，吃了多少苦。她们把我这样装进了篓子以后，就叫两个混蛋仆人把我当作一篓脏衣服，抬到洗衣服的那里去；他们刚把我抬上肩走到门口，就碰见他们的主人，那个醋天醋地的家伙，问他们这里面装的是什么东西；我怕这个疯子真的要搜起篓子来，吓得浑身乱抖，可是命运注定他要做一个王八，他居然没有搜。好，于是他就到屋子里去搜查，我也就冒充着脏衣服出去啦。可是白罗克大爷，您听着，还有下文呢。我一共差不多死了三次：第一次，因为碰在这个吃醋的王八羔子手里，把我吓得死去活来；第二次，我让他们把我塞在篓里，像一柄插在鞘子里的宝剑一样，头朝地，脚朝天，再用那些油腻得恶心的衣服把我闷起来，您想，像我这样胃口的人，本来就是像牛油一样遇到了热气就会溶化的，不闷死总算是奇迹；到末了，脂油跟汗水把我煎得半熟以后，这两个混蛋仆人就把我像一个滚热的出笼包子似的，向泰晤士河里丢了下去，白罗克大爷，您想，我简直像一块给铁匠打得通红的马蹄铁，放下水里，连河水都滋啦啦地叫起来呢！

福德　爵爷，您为我受了这许多苦，我真是抱歉万分。这样看来，我的希望是永远达不到的了，您未必会再去一试吧？

福斯塔夫　白罗克大爷，别说他们把我扔在泰晤士河里，就是把我扔到火山洞里，我也不会就此把她放手的。她的男人今天早上打鸟去了，我已经又得到了她的信，约我八点到九点之间再去。

福德　现在八点钟已经过了，爵爷。

福斯塔夫　真的吗？那么我要去赴约了。您有空的时候再来吧，我一定会让您知道我进行得怎样；总而言之，她一定会到您手里的。再见，白罗克大爷，您一定可以得到她；白罗克大爷，您一定可以叫福德做一个大王八。（下）

福德　哼！嘿！这是一场梦景吗？我在做梦吗？我在睡觉吗？福德，醒来！醒来！你的最好的外衣上有了一个窟窿了，福德大爷！这就是娶了妻子的好处！这就是脏衣服篓子的用处！好，我要让他知道我究竟是什么人；我要现在就去把这奸夫捉住,他在我的家里,这回一定不让他逃走,他一定逃不了。也许魔鬼会帮助他躲起来,这回我一定要把无论什么希奇古怪的地方都一起搜到,连放小钱的钱袋、连胡椒瓶子都要倒出来看看,看他能躲到哪里去。王八虽然已经做定了,可是我不能就此甘心呀;我要叫他们看看,王八也不是好欺侮的。(下)

第四幕

第一场　街　道

培琪大娘、快嘴桂嫂及威廉上。

培琪大娘　你想他现在是不是已经在福德家了？

桂　嫂　这时候他一定已经去了，或者就要去了。可是他因为被人扔在河里，很生气哩。福德大娘请您快点儿过去。

培琪大娘　等我把这孩子送上学，我就去。瞧，他的先生来了，今天大概又是放假。

爱文斯上。

培琪大娘　啊，休师傅！今天不上课吗？

爱文斯　不上课，斯兰德少爷放孩子们一天假。

桂　嫂　真是个好人！

培琪大娘　休师傅，我的丈夫说，我这孩子一点儿也念不进书，请你出几道拉丁文文法题目考考他吧。

爱文斯　走过来，威廉，把头抬起来，来吧。

培琪大娘　喂，走过去，把头抬起来，回答老师的问题，别害怕。

爱文斯　威廉，名词有几个"数"？

威　廉　两个。

桂　嫂　说真的，我觉得还要加上一个"数"，因为老听人家说："算数！"

爱文斯　你闭嘴！"美"是怎么说的，威廉？

威　廉　"标致"。

桂　嫂　婊子！比"婊子"更美的东西还有的是呢。

爱文斯　蠢女人，闭上你的嘴吧。威廉，"lapis"怎么解释？

威　廉　石子。

爱文斯　"石子"又怎么解释？

威　廉　岩石。

爱文斯　不，是"Lapis"，请你记住这个。

威　廉　Lapis。

爱文斯　真是个好孩子。威廉，"冠词"是从什么地方借来的？

威　廉　"冠词"是从"代名词"借来的，有这样几个变格——"单数""主格"是：hic, haec, hoc。

爱文斯　"主格"：hig, hag, hog；请你听好——"所有格"：hujus。好吧，"对格"怎么说？

威　廉　"对格"：hinc。

爱文斯　请你记住了，孩子；"对格"：hung, hang, hog。

桂　嫂　"hang hog"就是拉丁文里的"火腿"，我跟你说，错不了。

爱文斯　少开口，你这女人。"称呼格"是怎么变的，威廉？

威　廉　"称呼格"，噢——

爱文斯　记住，威廉；"称呼格"曰"无"。

桂　嫂　"胡"萝卜的根才好吃呢。

爱文斯　你这女人，闭嘴。

培琪大娘　少说话吧！

爱文斯　最后的"复数属格"该怎么说，威廉？

威　廉　复数属格？

爱文斯　对。

威　廉　属格——horum，hatum，horum。

桂　嫂　珍妮的人格？去他的珍妮！孩子，别提她的名字，她是个婊子。

爱文斯　你这女人，真不要脸！

桂　嫂　你教孩子念这样一些字眼儿才不要脸呢，什么"嫖呀""喝呀"，其实，不用你教，他们自己就会，还什么"嫖呀""喝呀"，亏你说得出口！

爱文斯　你这个疯婆娘，一点儿不懂得你的"格"，你的"数"，你的"性"吗？天下再没有像你这样蠢的女人了。

培琪大娘　请你少说话吧。

爱文斯　威廉，说给我听，代名词的几种变格。

威　廉　嗳哟，我忘了。

爱文斯　那是 qui，quae，quod；要是你把你的 qui's，quae's 和 quod's 都忘了，那就小心你的屁股了。现在去玩儿吧，去吧。

培琪大娘　我担心他不肯用功读书，现在看来倒还算好。

爱文斯　他记性好，一下子就记住了。再见，培琪大娘。

培琪大娘　再见，休师傅。（休师傅下）孩子，你先回家去。来，我们已经耽搁得太久了。（同下）

第二场　福德家中一室

福斯塔夫及福德大娘上。

福斯塔夫　娘子，你的懊恼已经使我忘记了我身受的种种痛苦。你既然这样一片真心对待我，我也决不会有丝毫亏负你；我不仅要好好爱你，还一定会加意奉承，格外讨好，管保叫你心满意足就是了。可是你相信你的丈夫这回一定不会再来了吗？

福德大娘　好爵爷，他打鸟去了，一定不会早回来的。

培琪大娘　（在内）喂！福德嫂子！喂！

福德大娘　爵爷，您进去一下。（福斯塔夫下）

培琪大娘上。

培琪大娘　啊，心肝！你屋子里还有什么人吗？

福德大娘　没有，就是自己家里几个人。

培琪大娘　真的吗？

福德大娘　真的。（向培琪大娘旁白）大声点儿说。

培琪大娘　真的没有什么人，那我就放心啦。

福德大娘　为什么？

培琪大娘　为什么，我的奶奶，你那汉子的老毛病又发作啦。他正在那儿拉着我的丈夫，痛骂那些有妻子的男人，不分青红皂白地咒骂着天下所有的女人，还把拳头捏紧了敲着自己的额角，嚷着"快把绿帽子戴上"之类的话，无论什么疯子狂人，比起他这种疯狂的样子来，都会变成顶文雅顶安静的人了。那个胖骑士不在这儿，真是运气！

福德大娘　怎么，他又说起胖骑士吗？

培琪大娘　不说起他还说起谁？他发誓说上次他来搜胖骑士的时候，他是给装在篓子里抬出去的；他一口咬定说胖骑士现在就在这儿，一定要叫我的丈夫和同去的那班人停止了打鸟，陪着他再来试验一次他疑心得对不对。我真高兴那骑士不在这儿，这回他该明白他自己的傻气了。

福德大娘　培琪嫂子，他现在离这儿还有多远？

培琪大娘 只有一点点路，就在街的那头，一会儿就来了。

福德大娘 完了！那骑士正在这儿呢。

培琪大娘 那么你的脸要丢尽了，他的命也保不住啦。你真是个宝货！快打发他走吧！快打发他走吧！丢脸还是小事，弄出人命案子来可不是玩的。

福德大娘 叫他到哪儿去呢？我怎样把他送出去呢？还是把他装在篓子里吗？

福斯塔夫重上。

福斯塔夫 不，我再也不躲在篓子里了。还是让我趁他没有来，赶快出去吧。

培琪大娘 唉！福德的三个弟兄手里拿着枪，把守着门口，什么人都不让出去，要不然您倒可以溜出去的。可是您干吗又到这儿来呢？

福斯塔夫 那么我怎么办呢？还是让我钻到烟囱里去吧。

福德大娘 他们平常打鸟回来，鸟枪里剩下的子弹都是往烟囱里放的。

培琪大娘 灶洞里倒可以躲一躲。

福斯塔夫 在什么地方？

福德大娘 他一定会找到那个地方的。他已经把所有的柜啦、橱啦、板箱啦、废箱啦、铁箱啦、井啦、地窖啦，以及诸如此类的地方，一起记在笔记簿上，只要照着单子一处处搜寻，总会把您搜到的。

福斯塔夫 那么我还是出去。

培琪大娘 爵爷，您要是就照您的本来面目跑出去，那您就休想活命。除非化装一下——

福德大娘 我们把他怎样化装起来呢？

培琪大娘 唉！我不知道。哪里找得到一身像他那样身材的女人衣服？否则叫他戴上一顶帽子，披上一条围巾，头上罩一块布，也可以混了出去。

福斯塔夫　好心肝，乖心肝，替我想想法子。只要安全无事，什么丢脸的事我都愿意干。

福德大娘　我家女佣人的姑母，就是那个住在勃伦府的胖婆子，倒有一件罩衫在这儿楼上。

培琪大娘　对了，那正好给他穿，她的身材是跟他一样大的；而且她的那顶粗呢帽和围巾也在这儿。爵爷，您快奔上去吧。

福德大娘　去，去，好爵爷；让我跟培琪嫂子再给您找一方包头的布儿。

培琪大娘　快点儿，快点儿！我们马上就来给您打扮，您先把那罩衫穿上再说。（福斯塔夫下）

福德大娘　我希望我那汉子能够瞧见他扮成这个样子，他一见这个勃伦府的老婆子就眼中冒火，他说她是个妖妇，不许她走进我们家里，说是一看见她就要打她。

培琪大娘　但愿上天有眼，让他尝一尝你丈夫的棍棒的滋味！但愿那棍棒落在他身上的时候，有魔鬼附在你丈夫的手里！

福德大娘　可是我那汉子真的就要来了吗？

培琪大娘　真的，他正往这边赶来，还在说起那篓子呢，也不知道他是从哪里得来的消息。

福德大娘　让我们再试他一下。我仍旧去叫我的仆人把那篓子抬到门口，让他看见，就像上一次一样。

培琪大娘　可是他立刻就要来啦，还是先去把他装扮成那个勃伦府的巫婆吧。

福德大娘　我先去吩咐我的仆人，叫他们把篓子预备好了。你先上去，我马上就把他的包头布带上来。（下）

培琪大娘　该死的狗东西！这种人就是作弄他一千次也不算罪过。

　　　　不要看我们一味胡闹，
　　　　　　这蠢猪是他自取其殃；
　　　　我们要告诉世人知道，
　　　　　　风流娘们不一定轻狂。（下）

　　福德大娘率二仆重上。

　　福德大娘　你们再把那篓子抬出去，大爷快要到门口了，他要是叫你们放下来，你们就听他的话放下来。快点儿，马上就去。（下）

　　仆　甲　来，来，把它抬起来。
　　仆　乙　但愿这篓子里不要再装了爵士才好。
　　仆　甲　我也希望不再像前次一样，抬一篓的铅都没有那么重哩。

　　福德、培琪、夏禄、卡厄斯及爱文斯同上。

　　福　德　不错，培琪大爷，可是要是真有这回事，您还有法子替我洗去污名吗？狗才，把这篓子放下来；又有人来拜访过我的妻子了。把年轻的男人装在篓子里抬进抬出！你们这两个混账也不是好东西！你们都是串通了一气来算计我的。现在这个诡计可要被我揭穿了。喂，我的太太，你出来！瞧瞧你给他们洗些什么好衣服！

　　培　琪　这真太过分了！福德大爷，您要是再这样疯下去，我们真要把您铐起来了，免得闹出什么乱子来。
　　爱文斯　嗳哟，这简直是发疯，像疯狗一样发疯！
　　夏　禄　真的，福德大爷，这真有点儿不大好。
　　福　德　我也是这样说哩——

　　福德大娘重上。

福　德　过来，娘子，咱们这位贞洁的妇人，端庄的妻子，贤德的人儿，可惜嫁给了一个爱吃醋的傻瓜！娘子，是我无缘无故瞎起疑心吗？

福德大娘　天日为证，你要是疑心我有什么不规矩的行为，那你的确太会多心了。

福　德　说得好，不要脸的东西！你尽管嘴硬吧。过来，狗才！（翻出篓中衣服）

培　琪　这真太过分了！

福德大娘　你好意思吗？别去翻那衣服了。

福　德　我马上就会把你的秘密揭穿的。

爱文斯　这简直是岂有此理。还不把你妻子的衣服拿起来吗？去吧，去吧。

福　德　把这篓子倒空了！

福德大娘　为什么呀，傻子，为什么呀？

福　德　培琪大爷，不瞒您说，昨天就有一个人装在这篓子里从我的家里抬出去，谁知道今天他不会仍旧在这里面？我相信他一定在我家里，我的消息是绝对可靠的，我的疑心是完全有根据的。给我把这些衣服一起拿出来。

福德大娘　你要是在这里面找出一个男人来，就把他当个虱子捏死好了。

培　琪　这里面没有什么人。

夏　禄　福德大爷，这真太不像话了，真太不像话了。

爱文斯　福德大爷，您应该常常祷告，不要随着自己的心一味胡思乱想，吃醋也没有这样吃法呀。

福　德　好，他没有躲在这里面。

培　琪　除了在您自己脑子里以外，您根本就找不到这样一个人。

莎士比亚喜剧

（二仆将篓抬下）

福　　德　帮我再把我的屋子搜一回，要是再找不到我所要找的人，你们尽管把我嘲笑得体无完肤好了；让我永远做你们餐席上谈笑的资料，要是人家提起吃醋的男人来，就把我当作一个现成的例子，因为我会在一枚空的核桃壳里找寻老婆的情人。请你们再帮我这一次忙，替我搜一下，好让我死了心。

福德大娘　喂，培琪嫂子！您陪着那位老太太下来吧！我的丈夫要上楼来了。

福　　德　老太太！哪里来的老太太？

福德大娘　就是我家女仆的姑妈，住在勃伦府的那个老婆子。

福　　德　哼，这妖妇，这贼老婆子！我不是不许她走进我的屋子里吗？她又是给什么人带信来的，是不是？我们都是头脑简单的人，不懂得求神问卜这些玩意儿，什么画符、念咒、起课这一类鬼把戏，我们全不懂得。快给我滚下来，你这妖妇，鬼老太婆！滚下来！

福德大娘　不，我的好大爷！列位大爷，别让他打这可怜的老婆子。

培琪大娘偕福斯塔夫着女装重上。

培琪大娘　来，老婆婆；来，搀着我的手。

福　　德　我要先揍她一顿！（打福斯塔夫）滚出去，你这妖妇，你这贱货，你这臭猫，你这鬼老太婆！滚出去！滚出去！我让你算命，见鬼去吧！（福斯塔夫下）

培琪大娘　你羞不羞？这可怜的老妇人快被你打死了。

福德大娘　欺负一个苦老太婆，真有你的！

福　　德　该死的妖妇！

爱文斯　我想这妇人的确是一个妖妇；我不喜欢长胡须的女

人，我看见她的围巾下面露出几根胡须呢。

　　福德　列位，请你们跟我来好不好？看看我究竟是不是瞎起疑心。要是我完全无理取闹，请你们以后再不要相信我的话。

　　培琪　咱们就再顺顺他的意思吧。各位，大家都来。（福德、培琪、夏禄、卡厄斯、爱文斯同下）

　　培琪大娘　他把胖骑士打得真可怜。

　　福德大娘　这一顿打才打得痛快呢。

　　培琪大娘　我想把那棒儿放在祭坛上供奉起来，它今天立下了很大的功劳。

　　福德大娘　我倒有一个意思，不知道你以为怎样？我们横竖名节无亏，问心无愧，索性一不做，二不休，再把他捉弄一番好不好？

　　培琪大娘　他吃过了这两次苦头，一定把他的色胆都吓破了；除非魔鬼盘踞在他心里，大概他不会再来冒犯我们了。

　　福德大娘　我们要不要把我们怎样捉弄他的情形告诉我们的丈夫知道？

　　培琪大娘　很好，这样也可以点破你那汉子的疑心。要是他们认为这个荒唐的胖爵士还有应加惩处的必要，那么仍旧可以委托我们全权办理的。

　　福德大娘　我想他们一定要让他当着众人出一次丑；我们这一个笑话也一定要这样才可以告一段落。

　　培琪大娘　好，那么我们就去商量办法吧；我的脾气是想到就做，不让事情耽搁下去的。（同下）

第三场　嘉德饭店中一室

　　店主及巴道夫上。

巴道夫　老板,那几个德国人要问您借三匹马;公爵明天要上朝来了,他们要去迎接他。

店　主　什么公爵来得这样秘密?我不曾在宫廷里听见人家说起。让我去跟那几个客人谈谈。他们会说英国话吗?

巴道夫　会的,老板,我去叫他们来。

店　主　马可以借给他们,可是我不能让他们白骑,世上没有这样便宜的事情。他们已经住了我的房子一个星期了,我已经为了他们回绝了多少别的客人。我可不能跟他们客气,这笔损失是一定要叫他们赔偿的。来。(同下)

第四场　福德家中一室

培琪、福德、培琪大娘、福德大娘及爱文斯上。

爱文斯　女人家有这样的心思,难得难得!

培　琪　他是同时寄信给你们两个人的吗?

培琪大娘　我们在一刻钟内同时接到。

福　德　娘子,请你原谅我。从此以后,我完全相信你,我宁愿疑心太阳失去了热力,也不会疑心你有不贞的行为。你已经使一个对于你的贤德缺少信心的人,变成你的一个忠实的信徒了。

培　琪　好了,好了,别说下去了。太冒冒失失固然不好,太服服帖帖也是不对。我们还是来商量计策吧!为了给大家解解闷,让我们的妻子再跟这个胖老头子约好一个时间,到了那时候,我们就去捉住他,把他羞辱一顿。

福　德　她们刚才说起的那个办法,再好不过了。

培　琪　怎么?约他在半夜里到林苑里去相会吗?嘿!他再也不会来的。

爱文斯　你们说他已经给丢在河里，还被人当作一个老婆子痛打了一顿，我想他一定吓怕了，不会再来了。他的肉体已经受到责罚，他一定不敢再起欲念了。

培　琪　我也这样想。

福德大娘　你们只要商量商量等他来了怎样对付他，我们两人自会想法子叫他来的。

培琪大娘　有一个古老的传说，说是曾经在温莎这个地方做过管林子的猎夫赫恩，鬼魂常常在冬天的深夜里出现，绕着一株橡树兜圈子，头上还长着又粗又大的角，手里摇着一串链子，发出吓人的声音。他一出来，树木就要枯黄，牲畜就要害病，乳牛的乳汁会变成血液。这一个传说从前代那些迷信的人们嘴里流传下来，就好像真有这回事一样，你们各位也都听见过的。

培　琪　是呀，有许多人不敢在深夜里经过这株赫恩的橡树呢。可是你为什么要提起它呢？

福德大娘　这就是我们的计策：我们要叫福斯塔夫头上装上两只大角，扮作赫恩的样子，在那橡树的旁边等着我们。

培　琪　好，就算他听着你们这样打扮着来了，你们预备把他怎么样呢？你有什么妙计呢？

培琪大娘　那我们也已经想好了，我们先叫我的女儿安和我的小儿子，还有三四个跟他们差不多大的孩子，大家打扮成一队精灵的样子，穿着绿色和白色的衣服，各人头上顶着一圈蜡烛，手里拿着响铃，埋伏在树旁的土坑里；等福斯塔夫跟我们相会的时候，他们就一拥而出，嘴里唱着各色各样的歌儿；我们一看见他们出来，就假装吃惊逃走了，然后让他们把他团团围住，把这醒醒的爵士你拧一把，我刺一下，还要质问他为什么在这仙人们游戏的时候，胆敢装扮作那种秽恶的形状，闯进神圣的地方来。

福德大娘　这些假扮的精灵们要把他拧得遍体鳞伤，还用蜡烛烫他的皮肤，直等他招认一切为止。

培琪大娘　等他招认以后，我们大家就一起出来，摔下他的角，把他一路取笑着回家。

福　德　孩子们倒要叫他们练习得熟一点儿，否则会露出破绽来的。

爱文斯　我可以教这些孩子们怎样做；我自己也要扮作一个猴崽子，用蜡烛去烫这爵士哩。

福　德　那好极啦，我去替他们买些面具来。

培琪大娘　我的小安要扮作一个仙后，穿着很漂亮的白袍子。

培　琪　我去买缎子来给她做衣服。（旁白）到了那个时候，我可以叫斯兰德把安偷走，到伊登去跟她结婚。——你们马上就派人到福斯塔夫那里去吧。

福　德　不，我还要用白罗克的名字去见他一次，他会把什么话都告诉我。他一定会来的。

培琪大娘　不怕他不来。我们这些精灵们的一切应用的东西和饰物，也该赶快预备起来了。

爱文斯　我们就去办起来吧！这是个很好玩的玩意儿，而且也是光明正大的恶作剧。（培琪、福德、爱文斯同下）

培琪大娘　福德嫂子，你就去找桂嫂，叫她到福斯塔夫那里去，探探他的意思。（福德大娘下）我现在要到卡厄斯大夫那里去，他是我看中的人，除了他谁也不能娶我的小安。那个斯兰德虽然有家私，却是一个呆子，我的丈夫偏偏喜欢他。这医生又有钱，他的朋友在宫廷里又有势力，只有他才配做她的丈夫，即使有两万个更了不得的人来向她求婚，我也不给他们。（下）

第五场　嘉德饭店中一室

店主及辛普儿上。

店　主　你要干吗，乡下佬，蠢东西？说吧，讲吧，快点儿，简单一些。

辛普儿　呃，老板，我是斯兰德少爷叫我来跟约翰·福斯塔夫爵士说话的。

店　主　那边就是他的房间、他的公馆、他的床铺，你瞧门上新画着浪子回家故事的就是。只要你去敲敲门，喊他一声，他就会跟你胡说八道。去敲他的门吧。

辛普儿　刚才有一个胖大的老妇人跑进他的房间里去，请您让我在这儿等她下来吧；我本来是要跟她说话的。

店　主　哈！一个胖女人！估计是来偷东西的，让我去叫他一声。喂，骑士！好爵爷！你在房间里吗？使劲回答我，你的店主东——你的老朋友在叫你哪。

福斯塔夫　（在上）什么事，老板？

店　主　这儿有一个流浪的鞑靼人等着你的胖婆娘下来。叫她下来，好家伙，叫她下来；我的屋子是干干净净的，不能让你们干那些见不得人的勾当。哼，不要脸！

福斯塔夫上。

福斯塔夫　老板，刚才是有一个胖老婆子在我这儿，可是现在她已经走了。

辛普儿　请问一声，爵爷，她就是勃伦府那个算命的女人吗？

福斯塔夫　对啦，螺蛳精；你问她干吗？

辛普儿　爵爷，我家主人斯兰德少爷因为瞧见她在街上走过，所以叫我来问问她，他有一串链子给一个叫做尼姆的骗去了，不知道那链子还在不在那尼姆的手里。

福斯塔夫　我已经跟那老婆子讲起过这件事了。

辛普儿　请问爵爷，她怎么说呢？

福斯塔夫　呃，她说，那个从斯兰德手里把那链子骗去的人，就是偷他链子的人。

辛普儿　我希望我能够当面跟她谈谈，我家少爷还叫我问她别的事情哩。

福斯塔夫　什么事情？说出来听听看。

店　主　对了，快说。

辛普儿　爵爷，我家少爷吩咐我要保守秘密呢。

店　主　你要是不说出来，就叫你死。

辛普儿　啊，实在没有什么事情，不过是关于培琪家小姐的事情，我家少爷叫我来问问看，他命里能不能娶她做妻子。

福斯塔夫　那可要看他的命运怎样了。

辛普儿　您怎么说？

福斯塔夫　娶得到是他的命，娶不到也是他的命。回去告诉你主人，就说那老妇人这样对我说的。

辛普儿　我可以这样告诉他吗？

福斯塔夫　是的，乡下佬，你尽管这样说好了。

辛普儿　多谢爵爷，我家少爷听见了这样的消息，一定会十分高兴的。（下）

店　主　你真聪明，爵爷，你真聪明。真有一个算命的婆子在你房间里吗？

福斯塔夫　是的，老板，她刚才还在我这儿。她教给我许多我一生从来没有学过的智慧，我不但没有花半个钱的学费，而且她反倒给我酬劳呢。

巴道夫上。

巴道夫　嗳哟，老板，不好了！又是骗子，尽是些骗子！

店　主　我的马呢？蠢奴才，好好地对我说。

巴道夫　都跟着那些骗子们跑掉啦！一过了伊登，他们就把我从马上推下来，把我扔在一个烂泥潭里，他们就像三个德国鬼子似的，策马加鞭，飞也似的去了。

店　主　狗才，他们是去迎接公爵去的。别说他们逃走，德国人都是规规矩矩的。

爱文斯上。

爱文斯　老板在哪儿？

店　主　师傅，什么事？

爱文斯　留心你的客人。我有一个朋友到城里来，他告诉我有三个德国骗子，一路上骗人家的马匹金钱；里亭、梅登海、科白路，各家旅店都上了他们的当。我是一片好心来通知你，你当心些吧；你是个很乖巧的人，专爱开人家的玩笑，要是你也被人家骗了，那未免太不像话啦。再见。（下）

卡厄斯上。

卡厄斯　店主东呢？

店　主　卡厄斯大夫，我正在这儿心乱如麻呢。

卡厄斯　我不懂你的意思，可是人家告诉我，你正在准备着隆重地招待一个德国的公爵，可是我不骗你，我在宫廷里就不知道有什么公爵要来。我是一片好心来通知你。再见。（下）

店　主　狗才，快去喊人去捉贼！骑士，帮帮我忙，我这回可完了！狗才，快跑，捉贼！完了！完了！（店主及巴道夫下）

福斯塔夫　我但愿全世界的人都受骗，因为我自己也受了骗，而且还挨了打。要是宫廷里的人听见了我怎样一次次化身，给人当衣服洗，用棍子打，他们一定会把我身上的油一滴一滴溶下来，去擦渔夫的靴子；他们一定会用俏皮话把我挖苦得像一只干瘪的梨一样丧气。自从那一次赖了赌债以后，我一直交着坏运。好，要是我在临终以前还来得及念祷告，我一定要忏悔。

快嘴桂嫂上。

福斯塔夫 啊，又是谁叫你来的？

桂　嫂 除了那两个人还有谁？

福斯塔夫 让魔鬼跟他的老娘把那两个人抓了去，趁早把她们打发了吧！我已经为了她们吃过多少苦，男人本来就容易变心，谁受得了这样的欺负！

桂　嫂 您以为她们没有吃苦吗？说来才叫人伤心哪，尤其是那位福德娘子，天可怜见的，给她的汉子打得身上一块青一块黑的，简直找不出一处白净的地方。

福斯塔夫 什么一块青一块黑的，我自己给他打得五颜六色，浑身挂彩呢；我还差一点儿给他们当作勃伦府的妖妇抓了去。要不是我急中生智，把一个老太婆的举动装扮得活灵活现，我早已被那些混蛋官差们锁上脚镣，办我一个妖言惑众的罪名了。

桂　嫂 爵爷，让我到您房间里去跟您说话，您就会明白一切，而且包在我身上，一定会叫您满意的。这儿有一封信，您看了就知道了。天哪！把你们拉拢在一起，真麻烦死了！你们中间一定有谁得罪了上天，所以才这样颠颠倒倒的。

福斯塔夫 那么你跟我上楼，到我的房间里来吧。（同下）

第六场　嘉德饭店中另一室

范顿及店主上。

店　主 范顿大爷，别跟我说话，我现在是一肚子的闷气，我想索性这桩生意也不做了。

范　　顿　可是你听我说。我要你帮我做一件事，事成之后，我不但赔偿你的全部损失，而且还愿意送给你黄金百镑，作为酬谢。

店　　主　好，范顿大爷，您说吧。我不知道我能不能帮您的忙，可是至少我不会泄漏秘密。

范　　顿　我曾经屡次告诉你我对于培琪家安小姐的深切的爱情；她对我也已经表示默许了，要是她自己做得了主，我一定可以如愿以偿的。刚才我收到了她一封信，信里所说起的那些趣事，你要是知道了，一定会拍手称奇。原来她给我出了个好主意，而这主意又跟一件趣事连在一起，要说到我们的事儿，就得提到那件趣事，要给你讲那件趣事，就得说一说我们的事儿。那胖骑士福斯塔夫不免要给他们捉弄，受一番惊吓了。究竟闹出什么好玩的事，我一五一十都跟你说了吧。（指信）听着，我的好老板，今夜十二点钟到一点钟之间，在赫恩橡树的近旁，我的亲爱的小安要扮成仙后的样子，为什么要这样打扮，这儿写得很明白。她父亲叫她趁着大家闹得乱哄哄的时候，就穿着这身服装，跟斯兰德悄悄地溜到伊登去结婚，她已经答应他了。可是她母亲竭力反对她嫁给斯兰德，决意把她嫁给卡厄斯，她母亲已经约好那个医生，叫他也趁着人家忙得不留心的时候，用同样的方式把她带到教长家里去，请一个牧师替他们立刻成婚。她对于她母亲的这个计策，也已经假装服从的样子，答应了那医生了。他们的计划是这样的：她的父亲要她全身穿着白的衣服，以便认识，斯兰德看准了时机，就搀着她的手，叫她跟着走，她就跟着他走；她的母亲为了让那医生容易辨认起见，——因为他们大家都是戴着面具的——却叫她穿着宽大的浅绿色的袍子，头上系着飘扬的丝带，那医生一看有了下手的机会，便上去把她的手捏一把，这一个暗号便是叫她跟着他走的。

店　主　那她准备欺骗她的父亲呢，还是欺骗她的母亲？

范　顿　我的好老板，她要把他们两人一起骗了，跟我一块儿溜走。所以我要请你费心去替我找一个牧师，十二点钟到一点钟之间在教堂里等着我，为我们举行正式的婚礼。

店　主　好，您去实行您的计划吧，我一定给您找牧师去。只要把那位姑娘带来，牧师是不成问题的。

范　顿　多谢多谢，我一定永远记住你的恩德，而且我马上就会报答你的。（同下）

第五幕

第一场　嘉德饭店中一室

福斯塔夫及快嘴桂嫂上。

福斯塔夫　请你别再啰里啰嗦了，去吧，我一定不失约就是了。这已经是第三次啦，我希望单数是吉利的。去吧，去吧！人家说单数具有生死机缘的。去吧！

桂　嫂　我去给您弄一根链子来，再去设法找一对角来。

福斯塔夫　好，去吧；别耽搁时间了。抬起你的头来，扭扭屁股走吧。（桂嫂下）

福德上。

福斯塔夫　啊，白罗克大爷！白罗克大爷，事情成功不成功，今天晚上就可以知道。请您在半夜时候，到赫恩橡树那儿去，就可以看见新鲜的事儿。

福　德　您昨天不是对我说过，要到她那儿去赴约吗？

福斯塔夫　白罗克大爷，我昨天到她家里去的时候，正像您现在看见我一样，是个可怜的老头儿；可是白罗克大爷，我从她家里出来的时候，却变成一个苦命的老婆子了。白罗克大爷，她的丈夫，福德那个混蛋，简直是个疯狂的吃醋鬼投胎。他欺我是个女人，把我没头没脑一顿打；可是，白罗克大爷，要是我穿着男人的衣服，别说他是个福德，就算他是个身长丈二的天神，拿着一根千斤重的梁柱向我打来，我也不怕他。我现在还有要事，请您跟我一路走吧！白罗克大爷，我可以把一切的事情完全告诉您。自从我小时候偷鹅、赖学、抽陀螺挨打以后，直到现在才重新尝到挨打的滋味。跟我来，我要告诉您关于这个叫做福德的混蛋的古怪事儿；今天晚上我就可以向他报复，我一定会把他的妻子送到您的手里。跟我来。白罗克大爷，您就有新鲜事儿看了！跟我来。（同下）

第二场　温莎林苑

培琪、夏禄及斯兰德上。

培　琪　来，来，咱们就躲在这座古堡的壕沟里，等我们那班精灵们的火光出现以后再出来。斯兰德贤婿，记着我的女儿。

斯兰德　好，一定记着；我已经跟她当面谈过，约好了用什么口号互相通知。我看见她穿着白衣服，就上去对她说"咈"，她就回答我"嘘"，这样我们就不会认错啦。

夏　禄　那也好，可是何必嚷什么"咈"哩，什么"嘘"哩，你只要看定了穿白衣服的人就行啦。钟已经敲十点了。

培　琪　天阴沉沉的，精灵和火光在这时候出现，再好没有了。愿上天保佑我们的游戏成功！除了魔鬼以外，谁都没有恶意；我们只要看谁的头上有角，就知道他是魔鬼。去吧，大家跟我来。（同下）

第三场　温莎街道

培琪大娘、福德大娘及卡厄斯上。

培琪大娘　大夫，我的女儿穿的是绿色衣服；您看时机一到，便过去搀她的手，带她到教长家里去，赶快把事情办了。现在您一个人先到林苑里去，我们两个人是要一块儿去的。

卡厄斯　我知道我应当怎么办。再见。

培琪大娘　再见，大夫。（卡厄斯下）我的丈夫把福斯塔夫羞辱过了以后，知道这医生已经跟我的女儿结婚，一定会把一场高兴化作满腔怒火的；可是管他呢，与其让他害得我将来心碎，宁可眼前挨他一顿臭骂。

福德大娘　小安和她的一队精灵现在在什么地方？还有那个威尔士鬼子休牧师呢？

培琪大娘　他们都把灯遮得暗暗的，躲在赫恩橡树近旁的一个土坑里。等到福斯塔夫跟我们会见的时候，他们就立刻在黑夜里出现。

福德大娘　那一定会叫他大吃一惊的。

培琪大娘　要是吓不倒他，我们也要把他讥笑一番；要是他果然吓倒了，我们还是要讥笑他的。

福德大娘　咱们这回不怕他不上圈套。

培琪大娘　像他这种淫棍，狠狠地教训一下也是好事。

福德大娘　时间快到啦，到橡树底下去，到橡树底下去！

（同下）

第四场　温莎林苑

爱文斯化装率扮演精灵的一群上。

爱文斯　跑，跑，精灵们，来，别忘了你们各人的角色和台词。大家放大胆子，跟我跑下这土坑里，等我一发号令，就照我吩咐你们的做起来。来，来；跑，跑。（同下）

第五场　林苑中的另一部分

福斯塔夫顶公鹿头扮赫恩上。

福斯塔夫　温莎的钟已经敲了十二点，时间快到了。好色的天神们，照顾照顾我吧！记着，乔武大神①，你曾经为了你的情人欧罗巴的缘故，化身做一头公牛，爱情使你头上生角。强力的爱啊！它会使畜生变成人类，也会使人类变成畜生。而且，乔武大神，你为了你心爱的勒达，还化身做过一只天鹅呢。万能的爱啊！你差一点儿把天神的尊容变得像一只蠢鹅！老天，这可真是罪过呀！既然天神们也都这样贪淫，我们可怜的凡人又有什么办法呢？至于讲到我，那么我是这儿温莎地方的一匹雄鹿；在这树林子里，也可以算得上顶胖的了。乔武天神呀，让我过一个凉快的性冲动期吧，我不过是排泄些多余的脂肪罢了。——谁来啦？我的母鹿吗？

福德大娘及培琪大娘上。

福德大娘　爵爷，你在这儿吗，我的公鹿？我的亲爱的公鹿？

福斯塔夫　我的黑尾巴的母鹿！让天上落下马铃薯般大的雨点来吧，让它配着情歌儿的调子响起雷来吧，让糖梅子、春情草像冰雹雪花般落下来吧，只要让我躲在你的怀里，那么再大的风雨我都不怕。（拥抱福德大娘）

---

①　乔武大神，古希腊罗马神话中的天神，即宙斯，又名朱庇特。曾化为白色公牛载走美女欧罗巴，又曾化作天鹅载走斯巴达王后勒达。

福德大娘　培琪嫂子也跟我一起来了呢，好人儿。

福斯塔夫　那么你们把我当是偷来的公鹿一样切开来，各人分一条大腿去，留下两块肋条肉给我自己，肩膀肉赏给那看园子的，还有这两只角，送给你们的丈夫做个纪念品吧。哈哈！你们瞧我像不像猎人赫恩？丘比特是个有良心的孩子，现在他让我尝到甜头了。我用鬼魂的名义欢迎你们！（内喧声）

培琪大娘　嗳哟！什么声音？

福德大娘　天老爷饶恕我们的罪过吧！

福斯塔夫　又是什么事情？

福德大娘、培琪大娘　快逃！快逃！（二人奔下）

福斯塔夫　我想多半是魔鬼不愿意让我下地狱，因为我身上的油太多啦，恐怕在地狱里惹起一场大火来，否则他不会这样一次一次地跟我捣蛋。

爱文斯乔装山羊神萨特，毕斯托尔扮小妖，安·培琪扮仙后。威廉及若干儿童各扮精灵侍从，头插小蜡烛，同上。

安　黑的，灰的，绿的，白的精灵们，
　　月光下的狂欢者，黑夜里的幽魂，
　　你们是没有父母的造化的儿女，
　　不要忘记了你们各人的职务。
　　传令的小妖，替我向众精灵宣告。

毕斯托尔　众精灵，静听召唤，不许喧吵！
　　蟋蟀儿，你去跳进人家的烟囱，
　　看他们炉里的灰屑有没有扫空；
　　我们的仙后最恨贪懒的婢子，
　　看见了就把她拧得浑身青紫。

福斯塔夫　他们都是些精灵，谁要是跟他们说话，就不得活命；让我闭上眼睛趴在地上吧，神仙们的事情是不许凡人窥看

的。(俯伏地上)

爱文斯 比德在哪里？你去看有谁家的姑娘，
念了三遍祈祷方才睡上眠床，
你就悄悄地替她把妄想收束，
让她睡得像婴儿一样甜熟；
谁要是临睡前不思量自己的过错，
你要叫他们腰麻背疼，手脚酸楚。

安 去，去，小精灵！
把温莎古堡内外搜寻：
每一间神圣的华堂散播着幸运，
让它巍然卓立，永无毁损，
祝福它宅基巩固，门户长新，
辉煌的大厦恰衬着贤德的主人！
每一个尊严的宝座用心扫洗，
洒满了袯邪垢的鲜花香水，
祝福那文梲绣瓦，画栋雕梁，
千秋万岁永远照耀着荣光！
每夜每夜你们手挽手在草地上，
拉成一个圆圈儿跳舞歌唱，
清晨的草上留下你们的足迹，
一团团葱翠新绿的颜色；
再用青紫粉白的各色鲜花，
写下了天书仙语，"清心去邪"，
像一簇簇五彩缤纷的珠玉，
像英俊骑士所穿的锦绣衣裤；
草地是神仙的纸，花是神仙的符箓。
去，去，往东的向东，往西的向西！

等到钟鸣一下，可不要忘了

我们还要绕着赫恩橡树舞蹈。

爱文斯 大家排着队，大家手牵手，

二十个萤虫给我们点亮灯笼，

照着我们树荫下舞影幢幢。

且慢！哪里来的生人气？

福斯塔夫 天老爷保佑我不要给那个威尔士老怪瞧见，他会叫我变成一块干酪哩！

毕斯托尔 坏东西！你是个天生的孽种。

安 让我用炼狱火把他指尖灼烫，

看他的心地是纯洁还是肮脏：

他要是心无污秽火不能伤，

哀号呼痛的一定居心不良。

毕斯托尔 来，试一试！

爱文斯 来，看这木头怕不怕火熏。（众以烛烫福斯塔夫）

福斯塔夫 啊！啊！啊！

爱文斯 坏透了，坏透了，这家伙淫毒攻心！

精灵们，唱个歌儿取笑他；

围着他窜窜跳跳，拧得他遍体酸麻。

歌

哼，罪恶的妄想！

哼，淫欲的孽障！

淫欲是一把血火，

不洁的邪念把它点亮，

痴心扇着它的火焰，

妄想把它愈吹愈旺。

精灵们，拧着他，

不要把恶人宽放；
拧他，烧他，拖着他团团转，
直等星月烛光一齐黑暗。

精灵等一面唱歌，一面拧福斯塔夫。卡厄斯自一旁上，将一穿绿衣的精灵偷走；斯兰德自另一旁上，将一穿白衣的精灵偷走；范顿上，将安·培琪偷走。内猎人号角声，犬吠声，众精灵纷纷散去。福斯塔夫扯下鹿头起立。

培琪、福德、培琪大娘、福德大娘同上，将福斯塔夫捉住。

培　琪　嗳，别逃呀，现在您可给我们瞧见啦！难道您只好扮扮猎人赫恩吗？

培琪大娘　好了好了，咱们不用尽跟他开玩笑啦。好爵爷，您现在喜不喜欢温莎的娘儿们？

福　德　爵爷，现在究竟谁是个大王八？白罗克大爷，福斯塔夫是个混蛋，是个混账王八蛋；瞧他的头上还长着角哩，白罗克大爷！白罗克大爷，他从福德那里什么好处也没有得到，只得到了一只洗衣服的篓子，一顿棒儿，还有二十镑钱，那笔钱是要向他追还的，白罗克大爷。我已经把他的马扣留起来作抵押了，白罗克大爷。

福德大娘　爵爷，只怪我们运气不好，没有缘分，总是好事多磨。以后我再不把您当作我的情人了，可是我会永远记着您是我的公鹿。

福斯塔夫　我现在才明白我受了你们愚弄，做了一头蠢驴啦。

福　德　岂止是蠢驴，还是笨牛呢，这都是一目了然的事。

福斯塔夫　原来这些都不是精灵吗？我曾经三四次疑心他们不是什么精灵，可是一则因为我自己做贼心虚，二则因为突如其来的怪事，把我吓昏了头，所以会把这种破绽百出的骗局当作真实，虽然荒谬得不近情理，也会使我深信不疑，可见一个人一旦做了坏事，虽有天大的聪明，也会受人之愚的。

爱文斯　福斯塔夫爵士，您只要敬奉上帝，消除欲念，精灵们就不会来拧您的。

福　德　说得有理，休大仙。

爱文斯　还有您的嫉妒心也要除掉才好。

福　德　我以后再不疑心我的妻子了，除非有一天你会用标准的英国话来追求我的老婆。

福斯塔夫　难道我已经把我的脑子剜出来放在太阳里晒干了，所以连这样明显的骗局也看不出来吗？难道一只威尔士的老山羊都会捉弄我？难道我该用威尔士土布给自己做一顶傻瓜帽子吗？这回我差点被烤过的干酪给噎死了。

爱文斯　钢酪是熬不出什么扭油来的——你这个大肚子倒是装满了扭油呢。

福斯塔夫　又是"钢酪"，又是"扭油"！没想到我活到今天，却让一个连英国话都说不像的家伙来取笑吗？罢了！罢了！这也算是我贪欢好色的下场！

培琪大娘　爵爷，我们虽然愿意把那些三从四德的道理一脚踢得远远的，为了寻欢作乐，甘心死后下地狱。可是什么鬼附在您身上，叫您相信我们会喜欢您呢？

福　德　像你这样的一只杂碎花花肠？一只破口袋？

培琪大娘　一具浸胖的浮尸？

培　琪　又老、又冷、又干枯，再加上一肚子的烂肠？

福　德　像魔鬼一样到处造谣生事？

培　琪　一个穷光蛋的孤老头子？

福　德　像个泼老太婆一样千刁万恶？

爱文斯　一味花天酒地，玩玩女人，喝喝白酒，喝醉了酒白瞪着眼睛骂人吵架？

　　福斯塔夫　好，随你们怎么说吧！算我倒霉落在你们手里，我也懒得跟这头威尔士山羊斗嘴了。无论哪个无知无识的傻瓜都可以欺负我，悉听你们把我怎样处置吧。

　　福　德　好，爵爷，我们要带您到温莎去看一位白罗克大爷，您骗了他的钱，却没有替他把事情办好；您现在已经吃过不少苦了，要是再叫您把那笔钱还出来，我想您一定要万分心痛吧？

　　福德大娘　不，老公，他已经受到报应，那笔钱就算了吧！冤家宜解不宜结，咱们也不要逼人太甚。

　　福　德　好，咱们拉拉手，过去的事情，以后不用再提啦。

　　培　琪　骑士，不要懊恼，今天晚上请你到我家里来喝杯酒儿。我的妻子刚才把你取笑，等会儿我也要请你陪我把她取笑取笑。告诉她，斯兰德已经跟她的女儿结婚啦。

　　培琪大娘　（旁白）大家不要听她胡说。要是安·培琪是我的女儿，那么这个时候她已经做了卡厄斯大夫的太太啦。

　　斯兰德上。

　　斯兰德　嗳哟！嗳哟！岳父大人，不好了！

　　培　琪　怎么，怎么，贤婿，你已经把事情办好了吗？

　　斯兰德　办好了！哼，我要让葛罗斯特郡人都知道这件事，否则还是让你们把我吊死了吧！

　　培　琪　什么事情，贤婿？

　　斯兰德　我到了伊登那里去本来是要跟安·培琪小姐结婚的，谁知道她是一个又高又大、笨头笨脑的男孩子。倘不是在教堂里，我一定要把他揍一顿，说不定他也要把我揍一顿。我还以为他真的就是安·培琪哩——真是白忙了一场！——谁知道他是驿站长的儿子。

培　琪　那么一定是你看错了人啦。

斯兰德　那还用说吗？我把一个男孩子当作女孩子，当然是看错了人啦。要是我真的跟他结了婚，虽然他穿着女人的衣服，我也不会要他的。

培　琪　这是你自己太笨的缘故。我不是告诉你怎样从衣服上认出我的女儿来吗？

斯兰德　我看见她穿着白衣服，便上去喊了一声"唔"，她答应我一声"嘘"，正像安跟我预先约好的一样；谁知道他不是安，却是驿站长的儿子。

爱文斯　耶稣基督！斯兰德少爷，难道您生着眼睛不会看，竟会去跟一个男孩子结婚吗？

培　琪　我心里乱得很，怎么办呢？

培琪大娘　好官人，别生气，我因为知道了你的计划，所以叫女儿改穿绿衣服；不瞒你说，她现在已经跟卡厄斯医生一同到了教长家里，在那里举行婚礼啦。

卡厄斯上。

卡厄斯　培琪大娘呢？哼，我上了人家的当啦！我跟一个男孩子结了婚，一个乡下男孩子，不是安·培琪。我上当啦！

培琪大娘　怎么，你不是看见她穿着绿衣服的吗？

卡厄斯　是的，可是那是个男孩子，我一定要叫全温莎的人评个理去。（下）

福　德　这可奇了。谁把真的安带了去呢？

培琪大娘　我心里怪不安的。范顿大爷来了。

范顿及安·培琪上。

培琪大娘　啊，范顿大爷！

安　好爸爸，原谅我！好妈妈，原谅我！

培　琪　小姐，你怎么不跟斯兰德少爷一块儿去？

培琪大娘　姑娘，你怎么不跟卡厄斯大夫一块儿去？

范　顿　你们不要把她吓坏了，让我把实在的情形告诉你们吧。你们用可耻的手段，想叫她嫁给她所不爱的人；可是她跟我早已心心相许，到了现在，更觉得什么都不能把我们两人拆开。她所犯的过失是神圣的，我们虽然欺骗了你们，却不能说是不正当的诡计，更不能说是忤逆不孝，因为她要避免强迫婚姻所造成的无数个不幸的日子，只有采用这个唯一的办法了。

福　德　木已成舟，培琪大爷，您也不必发呆啦。在恋爱的事情上，都是上天亲自安排好的。金钱可以买田地，娶妻只能靠运气。

福斯塔夫　我很高兴，虽然我让你们给算计了，你们的箭却也会发而不中。

培　琪　算了，有什么办法呢？——范顿，愿上天给你快乐！拗不过来的事情，也只好将就过去。

福斯塔夫　猎狗在晚上出来，哪只鹿也不能幸免。

培琪大娘　好，我也不再想这样想那样了。范顿大爷，愿上天给您许许多多快乐的日子！官人，我们大家回家去，在火炉旁边把今天的笑话谈笑一番，约翰爵士和诸位，大家请吧！

福　德　很好。爵爷，您对白罗克并没有失信，因为他今天晚上真的要去陪福德大娘一起睡觉了。（同下）

无事生非

Wu Shi Sheng Fei

剧中人物

唐·彼德罗 阿拉贡亲王

唐·约翰 唐·彼德罗的庶弟

克劳狄奥 弗罗伦萨的少年贵族

培尼狄克 帕度亚的少年贵族

里奥那托 墨西拿①总督

安东尼奥 里奥那托之弟

鲍尔萨泽 唐·彼德罗的仆人

波拉契奥
康拉德 } 唐·约翰的侍从

道格培里 警吏

弗吉斯 警佐

法兰西斯神父

教堂司事

小　童

希　罗 里奥那托的女儿

贝特丽丝 里奥那托的侄女

玛格莱特
欧苏拉 } 希罗的侍女

使者、巡丁、侍从等

---

① 墨西拿（Messina），西西里岛最东北端的海港。

地　点

墨西拿

第一幕

第一场　里奥那托住宅门前

里奥那托、希罗、贝特丽丝及一使者上。

里奥那托　这封信里说，阿拉贡的唐·彼德罗今晚就要到墨西拿来了。

使　者　他马上要到了；我跟他分手的时候，他离这儿才不过八九里路呢。

里奥那托　你们在这次战事里折了多少将士？

使　者　没有多少，有点儿名气的一个也没有。

里奥那托　得胜者全师而归，那是双重的胜利了。信上还说起唐·彼德罗十分看重一位叫做克劳狄奥的年轻的弗罗伦萨人。

使　者　他果然是一位很有才能的人，唐·彼德罗赏识得不错。他年纪虽然很轻，做的事情却十分了得，看上去像一头羔羊，上起战场来却像一头狮子；他的确能够超过一般人对他的期望，我这张嘴也说不尽他的好处。

里奥那托　他有一个伯父在这儿墨西拿，知道了一定会非常高兴。

使　者　我已经送信给他了,看他的样子十分快乐,快乐得甚至忍不住心酸起来。

里奥那托　他流起眼泪来了吗?

使　者　流了很多眼泪。

里奥那托　这是天性中至情的自然流露;这样的泪洗过的脸,是最真诚不过的。因为快乐而哭泣,比之看见别人哭泣而快乐,总要好得多啦!

贝特丽丝　请问你,那位剑客先生是不是也从战场上回来了?

使　者　小姐,这个名字我没有听见过;在军队里没有这样一个人。

里奥那托　侄女,你问的是什么人?

希　罗　姊妹说的是帕度亚的培尼狄克先生。

使　者　啊,他也回来了,仍旧是那么爱打趣的。

贝特丽丝　从前他在这儿墨西拿的时候,曾经公开宣布,要跟丘比特较量较量;我叔父这傻瓜听了他这些话,拿着钝头箭替爱神出面,要跟他较量个高低。请问你,他在这次战事中间杀了多少人?吃了多少人?可是你先告诉我他杀了多少人,因为我曾经答应他,无论他杀死多少人,我都可以把他们吃下去。

里奥那托　真的,侄女,你把培尼狄克先生取笑得太过分了;我相信他一定会向你报复的。

使　者　小姐,他在这次战事里立下很大的功劳呢。

贝特丽丝　你们那些发霉的军粮,都是他一个人吃下去的;他是个著名的大饭桶,他的胃口好得很哩。

使　者　而且他也是个很好的军人,小姐。

贝特丽丝　他在小姐太太们面前是个很好的军人;可是在大爷们面前呢?

使　者　在大爷们面前，还是个大爷；在男儿们面前，还是个堂堂的男儿——充满了各种美德。

贝特丽丝　究竟他的肚子里充满了些什么，我们还是别说了吧；我们谁也不是圣人。

里奥那托　请你不要误会舍侄女的意思。培尼狄克先生跟她是说笑惯了的；他们一见面，总是舌剑唇枪，各不相让。

贝特丽丝　可惜他总是占不到便宜！在我们上次交锋的时候，他的五分才气倒有四分给我杀得狼狈逃走，现在他全身只剩一分了；要是他还有些儿才气留着，那么就让他保存起来，叫他跟他的马儿有个分别吧，因为这是使他可以被称为有理性动物的唯一的财产了。现在是谁做他的同伴了？听说他每个月都要换一位把兄弟。

使　者　有这等事吗？

贝特丽丝　很可能；他的心就像他帽子的式样一般，时时刻刻会起变化的。

使　者　小姐，看来这位先生的名字不曾注在您的册子上。

贝特丽丝　没有，否则我要把我的书斋都一起烧了呢。可是请问你，谁是他的同伴？总有那种轻狂的小伙子，愿意跟他一起下地狱鬼混的吧？

使　者　他跟那位尊贵的克劳狄奥来往得顶亲密。

贝特丽丝　天哪，他要像一场瘟疫一样缠住人家呢；他比瘟疫还容易传染，谁要是跟他发生接触，立刻就会变成疯子。上帝保佑尊贵的克劳狄奥！要是他给那个培尼狄克缠住了，一定要花上一千镑钱才可以把他赶走哩。

使　者　小姐，我愿意跟您交个朋友。

贝特丽丝　很好，好朋友。

里奥那托　侄女，你是永远不会发疯的。

贝特丽丝　不到大热的冬天,我是不会发疯的。

使　者　唐·彼德罗来啦。

唐·彼德罗、唐·约翰、克劳狄奥、培尼狄克、鲍尔萨泽等同上。

彼德罗　里奥那托大人,您是来迎接麻烦来了;一般人都只想避免耗费,您却偏偏自己愿意多事。

里奥那托　多蒙殿下枉驾,已是莫大的荣幸,怎么说是麻烦呢?麻烦去了,可以使人如释重负;可是当您离开我的时候,我只觉得怅怅然若有所失。

彼德罗　您真是太喜欢自讨麻烦啦。这位便是令媛吧?

里奥那托　她的母亲好几次对我说她是我的女儿。

培尼狄克　大人,您问她的时候,是不是心里有点疑惑?

里奥那托　不,培尼狄克先生,因为那时候您还是个孩子哩。

彼德罗　培尼狄克,你也被人家挖苦了;这么说,我们可以猜想到你现在长大了,是个怎么样的人。真的,这位小姐很像她的父亲。小姐,您真幸福,因为您有这样一位高贵的父亲。

培尼狄克　要是里奥那托大人果然是她的父亲,就是把墨西拿全城的财富都给她,她也不愿意有他那样一副容貌的。

贝特丽丝　培尼狄克先生,您怎么还在那儿讲话呀?没有人听着您哩。

培尼狄克　嗳哟,我的傲慢的小姐!您还活着吗?

贝特丽丝　世上有培尼狄克先生那样的人,傲慢是不会死去的;顶有礼貌的人,只要一看见您,也就会傲慢起来。

培尼狄克　那么礼貌也是个反复无常的小人了。可是除了您以外,无论哪个女人都爱我,这一点是毫无疑问的;我希望我的心肠不是那么硬,因为说句老实话,我实在一个也不爱她们。

贝特丽丝　那真是女人们好大的运气,要不然她们准要给一个讨厌的求婚者麻烦死了。我感谢上帝和我自己冷酷的心,我在这一点上倒跟您心情相合;与其叫我听一个男人发誓说他爱我,我宁愿听我的狗向着一只乌鸦叫。

　　培尼狄克　上帝保佑您小姐永远怀着这样的心情吧!这样某一位先生就可以逃过他命中注定的抓破脸皮的恶运了。

　　贝特丽丝　若是像您这样一副尊容,就是抓破了也不会变得比原来更难看的。

　　培尼狄克　好,您真是一位罕有好鹦鹉教师。

　　贝特丽丝　像我一样会说话的鸟儿,比起像尊驾一样的畜生来,总要好得多啦。

　　培尼狄克　我希望我的马儿能够跑得像您说起话来一样快,也像您的舌头一样不知道疲倦。请您尽管说下去吧,我可要恕不奉陪啦。

　　贝特丽丝　您总是像一匹不听话的马儿一样,还没到终场就往岔路里溜——我知道您的老脾气。

　　彼德罗　那么就这样吧,里奥那托。克劳狄奥,培尼狄克,我的好朋友里奥那托请你们一起住下来。我对他说我们至少要在这儿耽搁一个月;他却诚心希望会有什么事情留住我们多住一些时候。我敢发誓他不是一个假情假义的人,他的话都是从心里发出来的。

　　里奥那托　殿下,您要是发了誓,您一定不会背誓。(向唐·约翰)欢迎,大人;您现在已经跟令兄言归于好,我应该向您竭诚致敬。

　　约　翰　谢谢;我是一个不会说话的人,可是我谢谢你。

　　里奥那托　殿下请了。

　　彼德罗　让我搀着您的手,里奥那托,咱们一块儿走吧。

莎士比亚喜剧

（除培尼狄克、克劳狄奥外皆下）

  克劳狄奥 培尼狄克，你有没有注意到里奥那托的女儿？

  培尼狄克 看是看见的，可是我没有对她注意。

  克劳狄奥 她不是一位贞静的少女吗？

  培尼狄克 您是规规矩矩地要我把老实话告诉您呢，还是要我照平常的习惯，摆出一副统治女性的暴君面孔来发表我的意见？

  克劳狄奥 不，我要你根据冷静的判断老实回答我。

  培尼狄克 好，那么我说，她是太矮了点儿，不能给她太高的恭维；太黑了点儿，不能给她太美的恭维；又太小了点儿，不能给她太大的恭维。我所能给她的唯一的称赞，就是她倘不是像现在这样子，一定很不漂亮；可是她既然不能再好看一点儿，所以我一点儿不喜欢她。

  克劳狄奥 你以为我是在说着玩哩。请你老老实实告诉我，你觉得她怎样。

  培尼狄克 您这样问起她，是不是要把她买下来吗？

  克劳狄奥 全世界所有的财富，可以买得到这样一块美玉吗？

  培尼狄克 可以，而且还可以附送一只匣子把它藏起来。可是您说这样的话，是一本正经的呢，还是随口胡说，就像说盲目的丘比特是个猎兔的好手、打铁的伏尔甘①是个出色的木匠一样？告诉我，您唱的歌儿究竟是什么调子？

  克劳狄奥 在我的眼睛里，她是我平生所见的最可爱的姑娘。

  培尼狄克 我现在还可以不戴眼镜瞧东西，可是我却瞧不出

---

  ① 伏尔甘（Vulcan），希腊罗马神话中司火与锻冶之神。

来她有什么可爱。她那个族姊就是脾气太坏了点儿,要是讲起美貌来,那就正像一个是五月的春朝,一个是十二月的岁暮,比她好看得多啦。可是我希望您不是要想做起丈夫来了吧?

克劳狄奥 即使我曾经立誓终身不娶,可是要是希罗肯做我的妻子,我也无法相信自己了。

培尼狄克 事情已经到这个地步了吗?难道世界上的男子个个都愿意戴上绿头巾,心里七上八下吗?难道我永远看不见一个六十岁的童男子吗?好,要是你愿意把你的头颈伸进轭里去,那么你就把它套起来,到星期日休息的日子自己怨命吧。瞧,唐·彼德罗回来找您了。

唐·彼德罗重上。

彼德罗 你们不跟我到里奥那托家里去,在这儿讲些什么秘密话儿?

培尼狄克 我希望殿下命令我说出来。

彼德罗 好,我命令你说出来。

培尼狄克 听着,克劳狄奥伯爵。我能够像哑子一样保守秘密,我也希望您相信我不是一个搬嘴弄舌的人;可是殿下这样命令我,有什么办法呢?他是在恋爱了。跟谁呢?这就应该殿下自己去问他了。注意他的回答是多么短:他爱的是希罗,里奥那托的短短的女儿。

克劳狄奥 要是真有这么一回事,那么他已经替我说出来了。

培尼狄克 正像老话说的,殿下,"既不是这么一回事,也不是那么一回事,可是真的,上帝保佑不会有这么一回事"。

克劳狄奥 我的感情倘不是一下子就会起变化,我倒并不希望上帝改变这事实。

彼德罗 阿门,要是你真的爱她;这位小姐是很值得你眷恋的。

克劳狄奥 殿下，您这样说是有意诱我吐露真情吗？

彼德罗 真的，我不过说我心里想到的话。

克劳狄奥 殿下，我说的也是我自己心里的话。

培尼狄克 凭着我的三心两意起誓，殿下，我说的也是我自己心里的话。

克劳狄奥 我觉得我真的爱她。

彼德罗 我知道她是位值得你爱的姑娘。

培尼狄克 我可既不觉得她可爱，也不知道她有多值；你们就是用火刑烧死我，也不能使我改变这个意见。

彼德罗 你永远是一个排斥美貌的顽固的异教徒。

克劳狄奥 他这种不近人情的态度，都是违背了良心故意做作出来的。

培尼狄克 一个女人生下了我，我应该感谢她；她把我养大，我也要向她表示至诚的感谢；可是要我为了女人的缘故而戴起一顶不雅的头巾来，或者无形之中，胸口挂了一个号角，那么我只好敬谢不敏了。因为我不愿意对任何一个女人猜疑而使她受到委屈，所以宁愿对无论哪个女人都不信任，免得委屈了自己。总而言之，为了让我自己穿得漂亮一点，我愿意一生一世做个光棍。

彼德罗 我在未死之前，总有一天会看见你为了爱情而憔悴的。

培尼狄克 殿下，我可以因为发怒，因为害病，因为挨饿而脸色惨白，可是决不会因为爱情而憔悴；您要是能够证明有一天我因为爱情而消耗的血液在喝了酒后不能把它恢复过来，就请您用编造歌谣的人的那支笔挖去我的眼睛，把我当作一个瞎眼的丘比特，挂在妓院门口做招牌。

彼德罗　好,要是有一天你的决心动摇起来,可别怪人家笑话你。

培尼狄克　要是有那么一天,我就让你们把我像一头猫似的放在口袋里吊起来,叫大家用箭射我;谁把我射中了,你们可以拍拍他的肩膀,夸奖他是个好汉子。

彼德罗　好,咱们等着瞧吧;有一天野牛也会俯首就轭的。

培尼狄克　野牛也许会俯首就轭,可是有理性的培尼狄克要是也会钻上圈套,那么请您把牛角拔下来,插在我的额角上吧;我可以让你们把我涂上油彩,像人家写"好马出租"一样替我用大字写好一块招牌,招牌上这么说:"请看结了婚的培尼狄克。"

克劳狄奥　要是真的把你这样,你一定要气得把你的一股牛劲儿都使出来了。

彼德罗　嘿,要是丘比特没有把他的箭在威尼斯一起放完,他会叫你知道他的厉害的。

培尼狄克　那时候一定要天翻地覆啦。

彼德罗　好,咱们等着瞧吧。现在,好培尼狄克,请你到里奥那托那儿去,替我向他致意,对他说晚餐的时候我一定准时出席,因为他已经费了不少手脚在那儿预备呢。

培尼狄克　如此说来,我还有脑子办这件差使,所以我想敬请——

克劳狄奥　大安,自家中发——

彼德罗　七月六日,培尼狄克谨上。

培尼狄克　嗳,别开玩笑啦。你们讲起话来,老是这么支离破碎,不成片段,要是你们还要把这种滥调搬弄下去,请你们问问自己的良心吧,我可要失陪了。(下)

克劳狄奥　殿下,您现在可以帮我一下忙。

彼德罗　咱们是好朋友,你有什么事尽管吩咐我;无论它是多么为难的事，我都愿意竭力帮助你。

克劳狄奥　殿下，里奥那托有没有儿子？

彼德罗　没有，希罗是他唯一的后嗣。你喜欢她吗，克劳狄奥？

克劳狄奥　啊，殿下，当我们向战场出发的时候，我用一个军人的眼睛望着她，虽然心中羡慕，可是因为有更艰巨的工作在我面前，来不及顾到儿女私情；现在我回来了，战争的思想已经离开我的脑中，代替它的是千丝万缕的柔情，它们提醒我年轻的希罗是多么美丽，对我说，我在出征以前就已经爱上她了。

彼德罗　看你样子快要像个恋人似的，动不动用长篇大论叫人听着腻烦了。要是你果然爱希罗，你就爱下去吧，我可以替你向她和她的父亲说去，一定叫你如愿以偿。你向我转弯抹角地说了这一大堆，不就是为了这个目的吗？

克劳狄奥　您这样鉴貌辨色，真是医治相思的妙手！可是人家也许以为我一见钟情，未免过于孟浪，所以我想还是慢慢儿再说吧。

彼德罗　造桥只要量着河身的阔度就成，何必过分铺张呢？做事情也只要按照事实上的需要；凡是能够帮助你达到目的的，就是你所应该采取的手段。你现在既然害着相思，我可以给你治相思的药饵。我知道今晚我们将要有一个假面跳舞会；我可以化装一下冒充成你，对希罗说我是克劳狄奥，当着她的面前倾吐我的心曲，用动人的情话迷惑她的耳朵；然后我再替你向她的父亲传达你的意思，结果她一定会属你所有。让我们立刻着手进行吧。（同下）

第二场　里奥那托家中一室

里奥那托及安东尼奥自相对方向上。

里奥那托 啊,贤弟!我的侄儿,你的儿子呢?他有没有把乐队准备好?

安东尼奥 他正在那儿忙着呢。可是,大哥,我可以告诉你一些新鲜的消息,你做梦也想不到的。

里奥那托 是好消息吗?

安东尼奥 那要看事情的发展而定;可是从外表上看起来,那是个很好的消息。亲王跟克劳狄奥伯爵刚才在我的花园里一条树荫浓密的小路上散步,他们讲的话给我的一个用人听见了许多:亲王告诉克劳狄奥,说他爱上了我的侄女,你的女儿,想要在今晚跳舞的时候向她倾吐衷情;要是她表示首肯,他就要抓住眼前的时机,立刻向你提起这件事情。

里奥那托 告诉你这个消息的家伙,是不是个有头脑的人?

安东尼奥 他是一个很机灵的家伙;我可以去叫他来,你自己问问他。

里奥那托 不,不,在事情没有证实以前,我们只能当它是场幻梦;可是我要先去通知我的女儿一声,万一真有那么一回事,她也好预先准备准备怎样回答。你去告诉她吧。(若干人穿过舞台)各位侄儿,记好你们分内的事。啊,对不起,朋友,跟我一块儿去吧,我还要仰仗您的大力哩。贤弟,在大家手忙脚乱的时候,请你留心照看照看。(同下)

第三场　里奥那托家中的另一室

唐·约翰及康拉德上。

康拉德 嗳哟,我的爷!您为什么这样闷闷不乐?

约　翰 我的烦闷是茫无涯际的,因为不顺眼的事情太多啦。

康拉德　您应该听从理智的劝告才是。

约　翰　听从了理智的劝告，又有什么好处呢？

康拉德　即使不能立刻医好您的烦闷，至少也可以教您怎样安心忍耐。

约　翰　我真不懂像你这样一个自己说是土星照命的人①，居然也会用道德的箴言来医治人家致命的沉疴。我不能掩饰我自己的为人：心里不快活的时候，我就沉下脸来，决不会听了人家的嘲谑而赔着笑脸；肚子饿了我就吃，决不理会人家是否方便；精神疲倦了我就睡，决不管人家的闲事；心里高兴我就笑，决不去窥探人家的颜色。

康拉德　话是说得不错，可是您现在是在别人的约束之下，总不能完全照着您自己的心意行事。最近您跟王爷闹过别扭，你们兄弟俩言归于好还是不久的事，您要是不格外赔些小心，那么他现在对您的种种恩宠，也是靠不住的；您必须自己创造一个机会，然后才可以达到您的目的。

约　翰　我宁愿做一朵篱下的野花，不愿做一朵受他恩惠的蔷薇；与其逢迎献媚，偷取别人的欢心，宁愿被众人所鄙弃：我固然不是一个善于阿谀的正人君子，可是谁也不能否认我是一个正大光明的小人，人家用口套罩着我的嘴，表示对我信任，用木桩系住我的脚，表示给我自由；关在笼子里的我，还能够唱歌吗？要是我有嘴，我就要咬人；要是我有自由，我就要做我欢喜做的事。现在你还是让我保持我的本来面目，不要设法改变它吧。

康拉德　您不能利用您的不平之气来干一些事情吗？

约　翰　我把它尽量利用着呢，因为它是我的唯一的武器。

---

① 西方星相家的说法，谓土星照命的人，性格必阴沉忧郁。

准来啦?

波拉契奥上。

约　翰　有什么消息,波拉契奥?

波拉契奥　我刚从那边盛大的晚餐席上出来,王爷受到了里奥那托十分隆重的款待;我还可以告诉您一件正在计划中的婚事的消息哩。

约　翰　我们可以在这上面出个主意跟他们捣乱捣乱吗?那个愿意自讨麻烦的傻瓜是谁?

波拉契奥　他就是王爷的右手。

约　翰　谁?那个最最了不得的克劳狄奥吗?

波拉契奥　正是他。

约　翰　好家伙!那个女的呢?他看中了哪一个?

波拉契奥　里奥那托的女儿、继承人希罗。

约　翰　一只早熟的小母鸡!你怎么知道的?

波拉契奥　他们叫我去用香料把屋子熏一熏,我正在那儿熏一间发霉的房间,亲王跟克劳狄奥两个人手搀手走了进来,郑重其事地在商量着什么事情;我就把身子闪到屏风后面,听见他们约定由亲王出面去向希罗求婚,等她答应以后,就把她让给克劳狄奥。

约　翰　来,来,咱们到那边去;也许我可以借此出出我的一口怨气。自从我失势以后,那个年轻的新贵出足了风头;要是我能够叫他受些挫折,也好让我拍手称快。你们两人都愿意帮助我,不会变心吗?

康拉德、波拉契奥　我们愿意誓死为爵爷尽忠。

约　翰　让我们也去参加那盛大的晚餐吧;他们看见我的屈辱,一定格外高兴。要是厨子也跟我抱着同样的心理就好了!我们要不要先去查探看看该怎样着手进行?

波拉契奥　我们恭候您的旨意。(同下)

第二幕

第一场　里奥那托家中的厅堂

里奥那托、安东尼奥、希罗、贝特丽丝及余人等同上。

里奥那托　约翰伯爵有没有在这儿吃晚饭？

安东尼奥　我没有看见他。

贝特丽丝　那位先生的面孔多么阴沉！我每一次看见他，总要有一个时辰心里不好过。

希　罗　他有一种很忧郁的脾气。

贝特丽丝　要是把他跟培尼狄克折衷一下，那就是个顶好的人啦：一个太像泥塑木雕似的，老是一言不发；一个却像骄纵惯了的小少爷，叽里呱啦地吵个不停。

里奥那托　那么把培尼狄克先生的半条舌头放在约翰伯爵的嘴里，把约翰伯爵的半副心事面孔装在培尼狄克先生脸上——

贝特丽丝　叔叔，再加上一双好腿，一对好脚，袋里有几个钱，这样一个男人，世上无论哪个女人都愿意嫁给他的——要是他能够得到她的欢心的话。

里奥那托　真的，侄女，你要是说话这样刻薄，我看你一辈子也嫁不出去的。

安东尼奥　可不是，她这张嘴尖利得过头。

贝特丽丝　尖利过头就是不尖利，那么"尖嘴姑娘嫁一个矮脚郎"这句话可落不到我头上来啦。

里奥那托　那是说，上帝干脆连一个"矮脚郎"都不送给你啦。

贝特丽丝　谢天谢地！我每天早晚都在跪求上帝，我说主啊！叫我嫁给一个脸上出胡子的丈夫，我是怎么也受不了的，还是让我睡在毛毯里吧！

里奥那托　你可以拣一个没有胡子的丈夫。

贝特丽丝　我要他来做什么呢？叫他穿起我的衣服来，让他做我的侍女吗？有胡子的人年纪一定不小了，没有胡子的人，算不得须眉男子；我不要一个老头子做我的丈夫，也不愿意嫁给一个没有丈夫气的男人。人家说，老处女死了要在地狱里牵猴子；所以还是让我把六便士的保证金交给动物园里的看守，把他的猴子牵下地狱去吧。

里奥那托　好，那么你决心下地狱吗？

贝特丽丝　不，我刚走到门口，头上出角的魔鬼就像个老王八似的，出来迎接我，说，"您到天上去吧，贝特丽丝，您到天上去吧；这儿不是你们姑娘家住的地方。"所以我就把猴子交给他，到天上去见圣彼得了；他指点我单身汉在什么地方，我们就在那儿快快乐乐地过日子。

安东尼奥　（向希罗）好，侄女，我相信你一定听你父亲的话。

贝特丽丝　是的，我的妹妹应该懂得规矩，她一定先行个礼儿，说，"父亲，您看怎么办，就怎么办吧。"可是虽然这么说，妹妹，他一定要是个漂亮的家伙才好，否则你还是再行个礼儿，说,"父亲,这可要让我自己做主了。"

里奥那托　好,侄女,我希望看见你有一天嫁到一个丈夫。

贝特丽丝　男人都是泥做的,我不要。一个女人要把她的终身付托给一块顽固的泥土,还要在他面前低头伏小,岂不倒霉!不,叔叔,亚当的儿子都是我的兄弟,跟自己的亲族结婚是一件罪恶哩。

里奥那托　女儿,记好我对你说的话;要是亲王真的向你提出那样的请求,你知道你应该怎样回答他。

贝特丽丝　妹妹,要是对方向你求婚求得不是时候,那毛病一定出在音乐里了——要是那亲王太冒失,你就对他说,什么事情都应该有个节拍;只管跳舞作为回答。听我说,希罗,求婚、结婚和后悔,就像是苏格兰急舞、慢步舞和五步舞一样:开始求婚的时候,正像苏格兰急舞一样狂热,迅速而充满幻想;到了结婚的时候,循规蹈矩的,正像慢步舞一样,拘泥着仪式和虚文;于是接着来了后悔,拖着疲乏的脚腿,开始跳起五步舞来,愈跳愈快,一直跳到精疲力尽,倒在坟墓里为止。

里奥那托　侄女,你的观察倒是十分深刻。

贝特丽丝　叔叔,我的眼光很不错哩——我能够在大白天看清一座教堂呢。

里奥那托　贤弟,跳舞的人进来了,咱们让开吧。

　　唐·彼德罗、克劳狄奥、培尼狄克、鲍尔萨泽、唐·约翰、波拉契奥、玛格莱特、欧苏拉及余人等各戴假面上。

彼德罗　姑娘,您愿意陪着您的朋友走走吗?

希　罗　您要是轻轻儿走,态度文静点儿,也不说什么话,我就愿意奉陪;尤其是当我要走出去的时候。

彼德罗　您要不要我陪着您一块儿出去呢?

希　罗　我要是心里高兴,我可以这样说。

彼德罗　您什么时候才高兴这样说呢？

希　罗　当我看见您的相貌并不讨厌的时候；但愿上帝保佑琴儿不像琴囊一样难看！

彼德罗　我的脸罩就像腓利门的草屋，草屋里面住着天神乔武。①

希　罗　那么您的脸罩上应该盖起茅草来才是。

彼德罗　讲情话要低声点儿。（拉希罗至一旁）

鲍尔萨泽　好，我希望您欢喜我。

玛格莱特　为了您的缘故，我倒不敢这样希望，因为我有许多缺点哩。

鲍尔萨泽　可以让我略知一二吗？

玛格莱特　我念起祷告来，总是提高了嗓门。

鲍尔萨泽　那我更加爱您了；高声念祷告，人家听见了就可以喊"阿门"。

玛格莱特　求上帝赐给我一个好舞伴！

鲍尔萨泽　阿门！

玛格莱特　求上帝，等到跳完舞，让我再也不要看见他！您怎么不说话了呀，执事先生？

鲍尔萨泽　别多讲啦，执事先生已经得到他的答复了。

欧苏拉　我认识您；您是安东尼奥老爷。

安东尼奥　干脆一句话，我不是。

欧苏拉　我瞧您摇头摆脑的样子，就知道是您啦。

安东尼奥　老实告诉你吧，我是学着他的样子的。

欧苏拉　您倘不是他，决不会把他那种怪样子学得这么惟妙

---

①　腓利门（Philemon）是弗里吉亚（Phrygia）的一个穷苦老人，天神乔武（Jove）乔装凡人，遨游世间，借宿在他的草屋里，腓利门和他的妻子招待尽礼，天神乃将其草屋变成殿宇。

惟肖。这一只干瘪的手不正是他的？您一定是他，您一定是他。

安东尼奥 干脆一句话，我不是。

欧苏拉 算啦算啦，像您这样能言善辩，您以为我不能一下子就听出来，除了您没有别人吗？一个人的优点，难道遮掩得了吗？算了吧，别多话了，您正是他，不用再抵赖了。

贝特丽丝 您不肯告诉我谁对您说这样的话吗？

培尼狄克 不，请您原谅我。

贝特丽丝 您也不肯告诉我您是谁吗？

培尼狄克 现在不能告诉您。

贝特丽丝 说我目中无人，说我的俏皮话儿都是从笑话书里偷下来的；哼，这一定是培尼狄克说的话。

培尼狄克 他是什么人？

贝特丽丝 我相信您一定很熟悉他的。

培尼狄克 相信我，我不认识他。

贝特丽丝 他没有叫您笑过吗？

培尼狄克 请您告诉我，他是什么人？

贝特丽丝 他呀，他是亲王手下的弄人，一个顶愚钝的傻瓜；他的唯一的本领，就是捏造一些无稽的谣言。只有那些胡调的家伙才会喜欢他，可是他们并不赏识他的机智，只是赏识他的奸刁；他一方面会讨好人家，一方面又会惹人家生气，所以他们一面笑他，一面打他。我想他一定在人丛里；我希望他会碰到我！

培尼狄克 等我认识了那位先生以后，我可以把您说的话告诉他。

贝特丽丝 很好，请您一定告诉他。他听见了顶多不过把我侮辱两句；要是人家没有注意到他的话，或者听了笑也不笑，他就要郁郁不乐，这样就可以有一块鹧鸪的翅膀省下来啦，因为这傻瓜会气得不吃晚饭的。（内乐声）我们应该跟随领队的人。

培尼狄克　一个人万事都该跟着好处走。

贝特丽丝　不，要是领头的先走错了路，那么到下一个转弯，我就把他们甩掉了。

跳舞。除唐·约翰、波拉契奥及克劳狄奥外皆下。

约　翰　我的哥哥真的给希罗迷住啦；他已经拉着她的父亲，去把他的意思告诉他了。女人们都跟着她去了，只有一个戴假面的人留着。

波拉契奥　那是克劳狄奥；我从他的神气上认得出来。

约　翰　您不是培尼狄克先生吗？

克劳狄奥　您猜得不错，我正是他。

约　翰　先生，您是我的哥哥亲信的人，他现在迷恋着希罗，请您劝劝他打断这一段痴情，她是配不上他这样家世门第的；您要是肯这样去劝他，才是尽一个正人君子的正道。

克劳狄奥　您怎么知道他爱着她？

约　翰　我听见他发过誓申说他的爱情了。

波拉契奥　我也听见；他刚才发誓说要跟她结婚。

约　翰　来，咱们喝酒去吧。（约翰、波拉契奥同下）

克劳狄奥　我这样冒认着培尼狄克的名字，却用克劳狄奥的耳朵听见了这些坏消息。事情一定是这样；亲王是为他自己去求婚的。友谊在别的事情上都是可靠的，在恋爱的事情上却不能信托；所以恋人们都是用他们自己的唇舌。谁生着眼睛，让他自己去传达情愫吧，总不要请别人代劳；因为美貌是一个女巫，在她的魔力之下，忠诚是会在热情里熔解的。这是每时每刻都可以证明正在发生着的事，毫无怀疑的余地。那么永别了，希罗！

培尼狄克重上。

培尼狄克　是克劳狄奥伯爵吗？

克劳狄奥　正是。

培尼狄克　来，您跟着我来吧。

克劳狄奥　到什么地方去？

培尼狄克　到最近的一棵柳树底下去①，伯爵，为了您自己的事。您欢喜把花圈怎样戴法？是把它套在您的头颈上，像盘剥重利的人套着的锁链那样呢，还是把它串在您的胳膊底下，像一个军官的肩带那样？您一定要把它戴起来，因为您的希罗已经给亲王夺去啦。

克劳狄奥　我希望他姻缘美满！

培尼狄克　嗳哟，听您说话的神气，简直好像一个牛贩子卖掉了一头牛似的。可是您想亲王会这样对待您吗？

克劳狄奥　请你走开让我一个人呆会儿吧。

培尼狄克　哈！现在您又变成一个不问是非的瞎子了；小孩子偷了您的肉去，您却去打一根柱子。

克劳狄奥　你要是不肯走开，那么我走了。（下）

培尼狄克　唉，可怜的受伤的鸟儿！现在他要爬到芦苇里去了。可是想不到咱们那位贝特丽丝小姐居然会见了我认不出来！亲王的弄人！嘿？也许因为人家瞧我喜欢说笑，所以背地里这样叫我；可是我要是这样想，那就是自己看轻自己了；不，人家不会这样叫我，这都是贝特丽丝凭着她那下流刻薄的脾气，把自己的意见代表着众人，随口编造出来毁谤我的。好，我一定会借机报复。

唐·彼德罗重上。

彼德罗　培尼狄克，伯爵呢？你看见他了吗？

培尼狄克　不瞒殿下说，我已经做过一个搬弄是非的长舌妇

---

① 在西方，柳树是悲哀和失恋的象征。

了。我看见他像猎囿里的一座小屋似的，一个人孤零零地在这儿发呆，我就对他说——我想我对他说的是真话——您已经得到这位姑娘的芳心了。我说我愿意陪着他到一株柳树底下去；或者给他编一个花圈，表示被弃的哀思；或者给他扎起一条藤鞭来，因为他有该打的理由。

彼德罗　该打！他做错了什么事？

培尼狄克　他犯了一个小学生的过失，因为发现了一窠小鸟，高兴非常，指点给他的同伴看见，让他的同伴把它偷去了。

彼德罗　你把信任当作一种过失吗？偷的人才是有罪的。

培尼狄克　可是他把藤鞭和花圈扎好，总是有用的：花圈可以给他自己戴，藤鞭可以赏给您。照我看来，您就是把他那窠小鸟偷去的人。

彼德罗　我不过是想教它们唱歌，教会了就把它们归还原主。

培尼狄克　那么且等它们唱的歌儿来证明您的一片好心吧。

彼德罗　贝特丽丝小姐在生你的气；陪她跳舞的那位先生告诉她你说了她许多坏话。

培尼狄克　啊，她才把我侮辱得连一块顽石都要气得直跳起来呢！一株秃得只剩一片青叶子的橡树，也会忍不住跟她拌嘴；就是我的脸罩也差不多给她骂活了，要跟她对骂一场哩。她不知道在她面前的就是我自己，对我说，我是亲王的弄人，我比融雪的天气还要无聊；她用一连串恶毒的讥讽，像乱箭似的向我射了过来，我简直变成了一个箭垛啦。她的每一句话都是一把钢刀，每一个字都刺到人心里；要是她嘴里的气息跟她的说话一样恶毒，那一定无论什么人走近她身边都不能活命的；她的毒气会把北极星都熏坏呢。即使亚当把他没有犯罪以前的全部家产传给她，我也不愿意娶她做妻子；她会叫赫剌克勒斯①给她烤肉，把他的棍子劈碎了当柴烧的。好了，别讲她了。她就是母夜叉的化身，但愿上帝差一个有法力的人来把她一道咒赶回地狱里去，因为她一天留在这世上，人家就会觉得地狱里简直清静得像一座洞天福地，大家为了希望下地狱，都会故意犯起罪来，所以一切的混乱、恐怖、纷扰，都跟着她一起来了。

彼德罗 瞧，她来啦。

克劳狄奥、贝特丽丝、希罗及里奥那托重上。

培尼狄克 殿下有没有什么事情要派我到世界的尽头去？我现在愿意到地球的那一边去，给您干无论哪一件您所能想得到的最琐细的差使：我愿意给您从亚洲最远的边界上拿一根牙签回来；我愿意给您到埃塞俄比亚去量一量护法王约翰的脚有多少长；我愿意给您去从蒙古大可汗的脸上拔下一根胡须，或者到侏儒国里去办些无论什么事情；可是我不愿意跟这妖精谈三句话儿。您没有什么事可以给我做吗？

彼德罗 没有，我要请你陪着我。

培尼狄克 啊，殿下，这是强人所难了：我可受不住咱们这位尖嘴的小姐。（下）

彼德罗 来，小姐，来，你伤了培尼狄克先生的心啦。

贝特丽丝 的确如此，殿下。开头儿，他为了开心，把心里话全都"开诚布公"；承蒙他好意，我就不好意思不加上旧欠，算上利息，回报他一片心，叫他"开心"之后加倍"双"心；所以您说他"伤"心，可也有道理。

彼德罗 你把他压下去了，小姐，你算把他压下去了。

贝特丽丝 我可不能让他来把我压倒，殿下，否则一群傻小

---

① 赫剌克勒斯（Hercules），希腊神话中的著名英雄。

子会跑来叫我傻妈妈的。您叫我去找克劳狄奥伯爵来,我已经把他找来了。

彼德罗　啊,怎么,伯爵!你为什么这样不高兴?

克劳狄奥　没有什么不高兴,殿下。

彼德罗　那么害病了吗?

克劳狄奥　也不是,殿下。

贝特丽丝　这位伯爵无所谓高兴不高兴,也无所谓害病不害病;您瞧他皱着眉头,也许他吃了一只酸橘子,心里头有一股酸溜溜的味道。

彼德罗　真的,小姐,我想您把他形容得很对;可是我可以发誓,要是他果然有这样的心思,那就错了。来,克劳狄奥,我已经替你向希罗求过婚,她已经答应了;我也已经向她的父亲说起,他也表示同意了;现在你只要选定一个结婚的日子,愿上帝给你快乐!

里奥那托　伯爵,从我手里接受我的女儿,我的财产也随着她一起传给您了。这门婚事多仗殿下鼎力,一定能够得到上天的嘉许!

贝特丽丝　说呀,伯爵,现在要轮到您开口了。

克劳狄奥　静默是表示快乐的最好方法;要是我能够说出我的心里多么快乐,那么我的快乐只是有限度的。小姐,您现在既然已经属于我,我也就是属于您的了;我把我自己跟您交换,我要把您当作瑰宝一样珍爱。

贝特丽丝　说呀,妹妹;要是你不知道说些什么话好,你就用一个吻堵住他的嘴,让他也不要说话。

彼德罗　真的,小姐,您真会说笑。

贝特丽丝　是的,殿下;也幸亏是这样,我这可怜的傻子才从来不知道有什么心事。我那妹妹附着他的耳朵,在那儿告诉他她的心里有着他呢。

克劳狄奥　她正是这么说,姊姊。

贝特丽丝　天哪,真好亲热!人家一个个嫁了出去,只剩我一个人年老珠黄;我还是躲在壁角里,哭哭自己没有丈夫吧!

彼德罗　贝特丽丝小姐,我会给你找到一个。

贝特丽丝　要是我来给自己选,我愿意从您父亲的儿子的中选一个。难道殿下没有兄弟长得和您一个模样的?您父亲的儿子才是理想的丈夫——可惜女孩儿不容易接近他们。

彼德罗　您愿意嫁给我吗,小姐?

贝特丽丝　不,殿下,除非我可以再有一个家常用的丈夫;因为您是太贵重啦,只好留着在星期日装装场面。可是我要请殿下原谅,我这一张嘴是向来胡说惯的,没有一句正经。

彼德罗　您要是不声不响,我才要恼哪;这样说说笑笑,正是您的风趣本色。我想您一定是在一个快乐的时辰里出世的。

贝特丽丝　不,殿下,我的妈哭得才苦呢;可是那时候刚巧有一颗星在跳舞,我就在那颗星底下生下来了。妹妹,妹夫,愿上帝给你们快乐!

里奥那托　侄女,你肯不肯去把我对你说起过的事情办一办?

贝特丽丝　对不起,叔叔。殿下,恕我失陪了。(下)

彼德罗　真是一个快乐的小姐。

里奥那托　殿下,她身上找不出一丝丝的忧愁;除了睡觉的时候,她从来不曾板起过脸孔;就是在睡觉的时候,她也还是嘻嘻哈哈的,因为我曾经听见小女说起,她往往会梦见什么淘气的事情,把自己笑醒来。

彼德罗　她顶不喜欢听见人家向她谈起丈夫之类的事情。

里奥那托　啊,她听都不要听;向她求婚的人,一个个都给她嘲笑得退缩回去啦。

彼德罗　要是把她配给培尼狄克,倒是很好的一对。

里奥那托　嗳哟!殿下,他们两人要是结婚不过一个星期,准会吵疯了呢。

彼德罗　克劳狄奥伯爵,你预备什么时候上教堂?

克劳狄奥　就是明天吧,殿下;在爱情没有完成它的一切仪式以前,时间总是走得像一个扶着拐杖的跛子一样慢。

里奥那托　那不成,贤婿,还是等到星期一吧,左右也不过七天工夫;要是把事情办得一切都称我的心,这几天日子还嫌太局促了些。

彼德罗　好了,别这么摇头长叹啦;克劳狄奥,包在我身上,我们要把这段日子过得一点也不沉闷。我想在这几天内干一件非常艰辛的工作;换句话说,我要叫培尼狄克先生跟贝特丽丝小姐彼此热恋起来。我很想把他两人配成一对;要是你们三个人愿意听我的吩咐,帮着我一起进行这件事情,那是一定可以成功的。

里奥那托　殿下,我愿意全力赞助,即使叫我十个晚上不睡觉都可以。

克劳狄奥　我也愿意出力,殿下。

彼德罗　温柔的希罗,您也愿意帮帮忙吗?

希　罗　殿下,我愿意尽我的微力,帮助我的姊姊得到一位好丈夫。

彼德罗　培尼狄克并不是一个没有出息的丈夫。至少我可以对他说这几句好话:他的家世是高贵的;他的勇敢、他的正直,都是大家所公认的。我可以教您用怎样的话打动令姊的心,叫她对培尼狄克发生爱情;再靠着你们两位的合作,我只要向培尼狄克略施小计,凭他怎样刁钻古怪,不怕他不爱上贝特丽丝。要是我们能够把这件事情做成功,丘比特也可以不用再射他的箭啦;他的一切的光荣都要属于我们,因为我们才是真正的爱神。跟我一块儿进去,让我把我的计划告诉你们。(同下)

第二场　里奥那托家中的另一室

唐·约翰及波拉契奥上。

约　翰　果然是这样,克劳狄奥伯爵要跟里奥那托的女儿结婚了。

波拉契奥　是,爵爷;可是我有法子破坏他们。

约　翰　无论什么破坏、阻挠、捣乱的手段,都可以替我消一消心头的闷气;我把他恨得什么似的,只要能够打破他的恋爱的美梦,什么办法我都愿意采取。你想怎样破坏他们的婚姻呢?

波拉契奥　不是用正当的手段,爵爷;可是我会把事情干得十分周密,让人家看不出破绽来。

约　翰　把你的计策简单告诉我一下。

波拉契奥　我想我在一年以前,就告诉过您我跟希罗的侍女玛格莱特相好了。

约　翰　我记得。

波拉契奥　我可以约她在夜静更深的时候,在她小姐闺房里的窗口等着我。

约　翰　这是什么用意?怎么就可以把他们的婚姻破坏了呢?

波拉契奥　毒药是要您自己配合起来的。您去对王爷说,他不该叫克劳狄奥这样一位赫赫有名的人物——您可以拼命抬高他的身价——去跟希罗那样一个下贱的女人结婚;您尽管对他说,这一次的事情对于他的名誉一定大有影响。

约　翰　我有什么证据可以提出呢？

波拉契奥　有，有，一定可以使亲王受骗，叫克劳狄奥懊恼，毁坏了希罗的名誉，把里奥那托活活气死：这不正是您所希望得到的结果吗？

约　翰　为了发泄我对他们这批人的气愤，什么事情我都愿意试一试。

波拉契奥　那么很好，找一个适当的时间，您把亲王跟克劳狄奥拉到一处没有旁人的所在，告诉他们说您知道希罗跟我很要好；您可以假意装出一副对亲王和他的朋友的名誉十分关切的样子，因为这次婚姻是亲王一手促成，现在克劳狄奥将要娶到一个已非完璧的女子，您不忍坐视他们受人之愚，所以不能不把您所知道的告诉他们。他们听了这样的话，当然不会就此相信；您就向他们提出真凭实据，把他们带到希罗的窗下，让他们看见我站在窗口，听我把玛格莱特叫做希罗，听玛格莱特叫我波拉契奥。就在预定的婚期的前一个晚上，您带着他们看一看这幕把戏，我可以预先设法把希罗调开；他们见到这种似乎是千真万确的事实，一定会相信希罗果真是一个不贞的女子，在妒火中烧的情绪下绝不会作冷静的推敲，这样他们的一切准备就可以全部推翻了。

约　翰　不管它会引起怎样不幸的后果，我要把这计策实行起来。你给我用心办理，我赏你一千块钱。

波拉契奥　您只要一口咬定，我的诡计是不会失败的。

约　翰　我就去打听他们的婚期。（同下）

第三场　里奥那托的花园

培尼狄克上。

培尼狄克　童儿！

小童上。

小　童　大爷叫我吗？

培尼狄克　我的寝室窗口有一本书，你去给我拿到这儿花园里来。

小　童　大爷，您瞧，我不是已经来了吗？

培尼狄克　我知道你来啦，可是我要你先到那边走一遭之后再来呀。（小童下）我真不懂一个人明明知道沉迷在恋爱里是一件多么愚蠢的事，可是在讥笑他人的浅薄无聊以后，偏偏会自己打自己的耳光，照样跟人家闹起恋爱来；克劳狄奥就是这种人。从前我认识他的时候，战鼓和军笛是他的唯一的音乐；现在他却宁愿听小鼓和洞箫了。从前他会跑十里路去看一身好甲胄；现在他却会接连十个晚上不睡觉，为了设计一身新的紧身衣的式样。从前他说起话来，总是直接爽快，像个老老实实的军人；现在他却变成了个老学究，满嘴都是些希奇古怪的话儿。我会不会眼看自己也变得像他一样呢？我不知道；我想不至于。我不敢说爱情不会叫我变成一个牡蛎；可是我可以发誓，在它没有把我变成牡蛎以前，它一定不能叫我变成这样一个傻瓜。好看的女人，聪明的女人，贤惠的女人，我都碰见过，可是我还是个原来的我；除非在一个女人身上能够集合一切女人的优点，否则没有一个女人会中我的意。她一定要有钱，这是不用说的；她必须聪明，不然我就不要；她必须贤惠，不然我也不敢领教；她必须美貌，不然我看也不要看她；她必须温柔，否则不要叫她走近我的身；她必须有高贵的人品，否则我不愿花十先令把她买下来；她必须会讲话，精音乐，而且她的头发必须是天然的颜色。哈！亲王跟咱们这位多情种子来啦！让我到凉亭里去躲他一躲。（退后）

唐·彼德罗、里奥那托、克劳狄奥同上；鲍尔萨泽及众乐工随上。

彼德罗　来，我们要不要听听音乐？

克劳狄奥　好的，殿下。暮色是多么沉寂，好像故意静下来，让乐声格外显得谐和似的！

彼德罗　你们看见培尼狄克躲在什么地方吗？

克劳狄奥　啊，看得很清楚，殿下；等音乐停止了，我们要叫这小狐狸钻进我们的圈套。

彼德罗　来，鲍尔萨泽，我们要把那首歌再听一遍。

鲍尔萨泽　啊，我的好殿下，像我这样的坏嗓子，把好好的音乐糟蹋了一次，也就够了，不要再叫我献丑了吧！

彼德罗　越是本领超人一等，越是口口声声不满意自己的才能。请你唱起来吧，别让我向你再三求告了。

鲍尔萨泽　既蒙殿下如此错爱，我就唱了。有许多求婚的人，在开始求婚的时候，虽然明知道他的恋人没有什么可爱，仍旧会把她恭维得天花乱坠，发誓说他真心爱着她的。

彼德罗　好了好了，请你别说下去了；要是你还想发表什么意见，就放在歌里边唱出来吧。

鲍尔萨泽　在我未唱以前，先要声明一句：我唱的歌儿是一句也不值得你们注意的。

彼德罗　他在那儿净说些不值得注意的废话。（音乐）

培尼狄克　（旁白）啊，神圣的曲调！现在他的灵魂要飘飘然起来了！几根羊肠绷起来的弦线，会把人的灵魂从身体里抽了出来，真是不可思议！其实说到底，还是吹号子最配我的胃口。

鲍尔萨泽　（唱）

　　　　不要叹气，姑娘，不要叹气，
　　　　　男人们都是些骗子，
　　　　一脚在岸上，一脚在海里，
　　　　　他天性里朝三暮四。

不要叹息，让他们去，
　你何必愁眉不展？
收起你的哀丝怨绪，
　唱一曲清歌婉转。

莫再悲吟，姑娘，莫再悲吟，
　停住你沉重的哀音；
哪一个夏天不绿叶成荫？
　哪一个男子不负心？
不要叹息，让他们去，
　你何必愁眉不展？
收起你的哀丝怨绪，
　唱一曲清歌婉转。

彼德罗　真是一首好歌。

鲍尔萨泽　可是唱歌的人太不行啦，殿下。

彼德罗　哈，不，不，真的，你唱得总算过得去。

培尼狄克　（旁白）倘若他是一头狗叫得这样子，他们一定把他吊死啦；求上帝别让他的坏喉咙预兆着什么灾殃！与其听他唱歌，我宁愿听夜里的乌鸦叫，不管有什么祸事会跟着它一起来。

彼德罗　好，你听见了没有，鲍尔萨泽？请你给我们预备些好音乐，因为明天晚上我们要在希罗小姐的窗下弹奏。

鲍尔萨泽　我一定尽力办去，殿下。

彼德罗　很好，再见。（鲍尔萨泽及乐工等下）过来，里奥那托。您今天对我怎么说，说是令侄女贝特丽丝在恋爱着培尼狄克吗？

克劳狄奥　啊！是的。（向彼德罗旁白）小心，小心，鸟儿正在那边歇着呢。——我再也想不到那位小姐会爱上什么男人的。

里奥那托　我也是出于意料之外；尤其想不到的是她竟会对培尼狄克这样一往情深，照外表上看起来，总像她把他当作冤家对头似的。

培尼狄克　（旁白）有这样的事吗？风会吹到那个角里去吗？

里奥那托　真的，殿下，这件事情简直使我莫名其妙；我只知道她爱得他像发狂一般。谁也万万想象不到会有这样的怪事。

彼德罗　也许她是假装着骗人的。

克劳狄奥　嗯，那倒也有几分可能。

里奥那托　上帝啊！假装出来的！我从来没有见过谁能把热情假装得像她这样逼真。

彼德罗　啊，那么她是怎样表示她的热情的呢？

克劳狄奥　（旁白）好好儿把钓钩放下去，鱼儿就要吞饵了。

里奥那托　怎样表示，殿下？她会一天到晚坐着出神；（向克劳狄奥）你听见过我的女儿怎样告诉你的。

克劳狄奥　她是这样告诉过我的。

彼德罗　怎么？怎么？你们说呀。你们让我奇怪死了；我以为像她那样的性格，是无论如何不会受到爱情袭击的。

里奥那托　殿下，我也可以跟人家赌咒说决不会有这样的事，尤其是对于培尼狄克。

培尼狄克　（旁白）倘不是这白须老头儿说的话，我一定会把它当作一场诡计；可是诡计是不会藏在这样庄严的外表之下的。

克劳狄奥　（旁白）他已经上了钩了，别让他溜走。

彼德罗　她有没有把她的衷情向培尼狄克表白？

里奥那托　不，她发誓说一定不让他知道；这是使她痛苦的最大原因。

克劳狄奥　对了，我听令嫒说她说过这样的话："我当着他的面前屡次把他讥笑，难道现在却要写信给他，说我爱他吗？"

里奥那托　她每次提起笔来要想写信给他，便这样自言自语；一个夜里她总要起来二十次，披了一件衬衫，写满了一张纸再睡下去。这都是小女告诉我们的。

克劳狄奥　您说起一张纸，我倒记起令嫒告诉我的一个有趣的笑话来了。

里奥那托　啊！是不是说她写好了信，把它读了一遍，发现"培尼狄克"跟"贝特丽丝"两个名字刚巧写在一块儿？

克劳狄奥　正是。

里奥那托　啊！她把那封信撕成了一千片，把她自己痛骂了一顿，说她不应该这样不知羞耻，写信给一个她知道一定会把她嘲笑的人。她说，"我根据自己的脾气推想他；要是他写信给我，即使我心里爱他，我也还是要嘲笑他的。"

克劳狄奥　于是她跪在地上，痛哭流涕，槌着她的心，扯着她的头发，一面祈祷一面咒诅："啊，亲爱的培尼狄克！上帝呀，给我忍耐吧！"

里奥那托　她真是这样；小女就是这样说的。她这种疯疯癫癫、如醉如痴的神气，有时候简直使小女提心吊胆，恐怕她会对自己闹出些什么不顾死活的事情来呢。这些都是千真万确的。

彼德罗　要是她自己不肯说，那么叫别人去告诉培尼狄克知道也好。

克劳狄奥　有什么用处呢？他不过把它当作一桩笑话，叫这个可怜的姑娘格外难堪罢了。

彼德罗　他要是真的这样，那么吊死他也是一件好事。她是个很好的可爱的姑娘；她的品行也是无可疵议的。

克劳狄奥　而且她是个绝世聪明的人儿。

彼德罗　她什么都聪明，就是在爱培尼狄克这件事上不大聪明。

里奥那托　啊，殿下！智慧和感情在这么一个娇嫩的身体里交战，十之八九感情会得到胜利的，我是她的叔父和保护人，瞧着她这样子，心里真是难受。

彼德罗　我倒希望她把这样的痴情用在我身上；我一定会不顾一切，娶她做我的妻子的。依我看来，你们还是去告诉培尼狄克，听他怎么说。

里奥那托　您想这样会有用处吗？

克劳狄奥　希罗相信她迟早活不下去；因为她说要是他不爱她，她一定会死；可是她宁死也不愿让他知道她爱他；即使他来向她求婚，她也宁死不愿把她平日那种倔强的态度改变一丝一毫。

彼德罗　她的意思很对。要是她向他呈献了她的一片深情，多半反而要遭他奚落；因为你们都知道，这个人的脾气是非常骄傲的。

克劳狄奥　他是一个很漂亮的人。

彼德罗　他的确有一副很好的仪表。

克劳狄奥　凭良心说，他也很聪明。

彼德罗　他的确有几分小聪明。

里奥那托　我看他也很勇敢。

彼德罗　就像赫克托尔[①]，是个大英雄哩；可是在碰到打架

[①] 赫克托尔（Hector），《伊利亚特》中特洛亚王子，帕早斯的哥哥，特洛亚第一勇士。

的时候，你就可以看到他的聪明所在，因为他总是小心翼翼地躲开，万一脱不了身，也是战战兢兢，像个好基督徒似的。

里奥那托　他要是敬畏上帝，当然应该跟人家和和气气；万一闹翻了，自然要惴惴不安的。

彼德罗　他正是这样；这家伙虽然一张嘴胡说八道，可是他倒的确敬畏上帝。好，我对于令侄女非常同情。我们要不要去找培尼狄克，把她的爱情告诉他？

克劳狄奥　别告诉他，殿下；还是让她好好地想一想，把这段痴心慢慢地淡下去吧。

里奥那托　不，那是不可能的；等到她觉悟过来，她的心早已碎了。

彼德罗　好，我们慢慢再等着听令媛报告消息吧，现在暂时不用多讲了。我很欢喜培尼狄克；我希望他能够平心静气反省一下，看看他自己多么配不上这么一位好姑娘。

里奥那托　殿下，请吧。晚饭已经预备好了。

克劳狄奥　（旁白）要是他听见了这样的话，还不会爱上她，我以后再不相信我自己的预测。

彼德罗　（旁白）咱们还要给她设下同样的圈套，那可要请令媛跟她的侍女多多费心了。顶有趣的一点，就是让他们彼此以为对方在恋爱着自己，其实却根本没有这么一回事儿；这就是我所希望看到的一幕哑剧。让我们叫她来请他进去吃饭吧。（彼德罗、克劳狄奥、里奥那托同下）

培尼狄克　（自凉亭内走出）这不会是诡计；他们谈话的神气是很严肃的；他们从希罗嘴里听到了这一件事情，当然不会有假。他们好像很同情这姑娘；她的热情好像已经涨到最高度。爱我！嗳哟，我一定要报答她才是。我已经听见他们怎样批评我，他们说要是我知道了她在爱我，我一定会摆架子；他们又说她宁死也不愿把她的爱情表示出来。结婚这件事我倒从来没有想起过。我一定不要摆架子；一个人知道了自己的短处，能够改过自新，就是有福的。他们说这姑娘长得漂亮，这是真的，我可以为他们证明；说她品行很好，这也是事实，我不能否认；说她除了爱我以外，别的地方都是很聪明的，其实这一件事情固然不足表示她的聪明，可是也不能因此反证她的愚蠢，因为就是我也要从此为她颠倒哩。也许人家会向我冷嘲热讽，因为我一向都是讥笑着结婚的无聊；可是难道一个人的口味是不会改变的吗？年轻的时候喜欢吃肉，也许老来一闻到肉味道就要受不住。难道这种不关痛痒的舌丸唇弹，就可以把人吓退，叫他放弃他的决心吗？不，人类是不能让它绝种的。当初我说我要一生一世做个单身汉，那是因为我没有想到我会活到结婚的一天。贝特丽丝来了。天日在上，她是个美貌的姑娘！我可以从她脸上看出她几分爱我的意思来。

贝特丽丝上。

贝特丽丝 他们叫我来请您进去吃饭，可是这是违反我自己的意志的。

培尼狄克 好贝特丽丝，有劳枉驾，辛苦您啦，真是多谢。

贝特丽丝 我并没什么辛苦可以领受您的谢意，就像您这一声多谢并没有辛苦了您。要是这是一件辛苦的差事，我也不会来啦。

培尼狄克 那么对您来说是件美差喽？

贝特丽丝 是的，美的程度可以让您在刀尖儿上挑得起来，可以塞进乌鸦的嘴里哽死它。您肚子不饿吧，先生？再见。（下）

培尼狄克 哈！"他们叫我来请您进去吃饭，可是这是违反我自己的意志的，"这句话里含着双关的意义。"我并没什么辛苦可以领受您的谢意，就像您这一声多谢并没有辛苦了您。"那等

莎士比亚喜剧

于说,我无论给您做些什么辛苦的事,都像说一声谢谢那样不费事。要是我不可怜她,我就是个混蛋;要是我不爱她,我就是个犹太人。我要向她讨一幅小像去。(下)

第三幕

第一场 里奥那托的花园

希罗、玛格莱特及欧苏拉上。

希　罗　好玛格莱特,你快跑到客厅里去,我的姊姊贝特丽丝正在那儿跟亲王和克劳狄奥讲话;你在她的耳边悄悄地告诉她,说我跟欧苏拉在花园里谈天,我们所讲的话都是关于她的事情;你说我们的谈话让你听到了,叫她偷偷地溜到给金银花藤密密地纠绕着的凉亭里;在那儿,繁茂的藤萝受着太阳的煦养,成长以后,却不许日光进来,正像一般凭藉主子的势力作威作福的宠臣,一朝羽翼既成,却看不起那栽培他的恩人一样;你就叫她躲在那个地方,听我们说些什么话。这是你的事情,你好好地做去,让我们两个人在这儿。

玛格莱特　我一定叫她立刻就来。(下)

希　罗　欧苏拉,我们就在这条路上走来走去;一等贝特丽丝来了,我们必须满嘴都讲的是培尼狄克:我一提起他的名字,你就把他恭维得好像走遍天下也找不到他这样一个男人似的;我就告诉你他怎样为了贝特丽丝害相思。我们就是这样用谎话造成丘比特的一枝利箭，凭着传闻的力量射中她的心。

贝特丽丝自后上。

希　罗　现在开始吧；瞧贝特丽丝像一只田凫似的，缩头缩脑地在那儿听我们谈话了。

欧苏拉　钓鱼最有趣的时候，就是瞧那鱼儿用她的金桨拨开银浪，贪馋地吞那陷人的美饵；我们也正是这样引诱贝特丽丝上钩。她现在已经躲在金银花藤的浓荫下面了。您放心吧，我一定不会讲错了话。

希　罗　那么让我们走近她些，好让她的耳朵一字不漏地把我们给她安排下的诱人的美饵吞咽下去。（二人走近凉亭）不，真的，欧苏拉，她太高傲啦；我知道她的脾气就像山上的野鹰一样倔强豪放。

欧苏拉　可是您真的相信培尼狄克这样一心一意地爱着贝特丽丝吗？

希　罗　亲王跟我的未婚夫都是这么说的。

欧苏拉　他们有没有叫您将这件事告诉她知道，小姐？

希　罗　他们请我把这件事情告诉她；可是我劝他们说，要是他们把培尼狄克当作他们的好朋友，就应该希望他从爱情底下挣扎出来，无论如何不要让贝特丽丝知道。

欧苏拉　您为什么对他们这样说呢？难道这位绅士就配不上贝特丽丝小姐吗？

希　罗　爱神在上，我也知道像他这样的人品是值得享受世间一切至美至好的事物的；可是造物造下的女人的心，没有一颗比得上像贝特丽丝那样骄傲冷酷的；轻蔑和讥嘲在她的眼睛里闪耀着，把她所看见的一切贬得一文不值，她因为自恃才情，所以什么都不放在她的眼里。她不会恋爱，也从来不想到有恋爱这件事；她是太自命不凡了。

欧苏拉　不错，我也是这样想；所以还是不要让她知道他对她的爱情，免得反而遭到她的讥笑。

希　罗　是呀，你说得很对。无论怎样聪明、高贵、年轻、漂亮的男子，她总要把他批评得体无完肤：要是他面孔长得白净，她就发誓说这位先生应当作她的妹妹；要是他皮肤黑了点儿，她就说上帝在打一个小花脸的图样的时候，不小心涂上了一大块墨渍；要是他是个高个儿，他就是柄歪头的长枪；要是他是个矮子，他就是块刻坏了的玛瑙坠子；要是他多讲了几句话，他就是个随风转的风标；要是他一声不响，他就是块没有知觉的木头。她这样指摘着每一个人的短处，至于他的纯朴的德性和才能，她却绝口不给它们应得的赞赏。

欧苏拉　真的，这种吹毛求疵可不敢恭维。

希　罗　是呀，像贝特丽丝这样古怪得不近人情，真叫人不敢恭维。可是谁敢去对她这样说呢？要是我对她说了，她会把我讥笑得无地自容，用她的俏皮话儿把我揶揄死呢！所以还是让培尼狄克像盖在灰烬里的火一样，在叹息中熄灭了他的生命的残焰吧；与其受人讥笑而死——这就像痒得要死那样难熬——还是不声不响地闷死了好。

欧苏拉　可是告诉了她，听听她说些什么也好。

希　罗　不，我想还是去劝劝培尼狄克，叫他努力斩断这一段痴情。真的，我想捏造一些关于我这位姊姊的谣言，一方面对她的名誉没有什么损害，一方面却可以冷了他的心；谁也不知道一句诽谤的话，会多么中伤人们的感情！

欧苏拉　啊！不要做这种对不起您姊姊的事。人家都说她心窍玲珑，她决不会糊涂到这个地步，会拒绝培尼狄克先生那样一位难得的绅士。

希　罗　除了我的亲爱的克劳狄奥以外，全意大利找不到第二个像他这样的人来。

欧苏拉　小姐，请您别生气，照我看起来，培尼狄克先生无论在外表上，在风度上，在智力和勇气上，都可以在意大利首屈一指。

希　罗　是的，他有一个很好的名誉。

欧苏拉　这也是因为他果然有过人的才德，所以才会得到这样的名誉。小姐，您的大喜在什么时候？

希　罗　就在明天。来，进去吧；我要给你看几件衣服，你帮我决定明天最好穿哪一件。

欧苏拉　（旁白）她已经上了钩了；小姐，我们已经把她捉住了。

希　罗　（旁白）要是果然这样，那么恋爱就是一个偶然的机遇；有的人被爱神用箭射中，有的人却自己跳进网罗。（希罗、欧苏拉同下）

贝特丽丝　（上前）我的耳朵里怎么火一般热？果然会有这种事吗？难道我就让他们这样批评我的骄傲和轻蔑吗？去你的吧，那种狂妄！再会吧，处女的骄傲！人家在你的背后，是不会说你好话的。培尼狄克，爱下去吧，我一定会报答你；我要把这颗狂野的心收束起来，呈献在你温情的手里。你要是真的爱我，我的转变过来的温柔的态度，一定会鼓励你把我们的爱情用神圣的约束结合起来。人家说你值得我的爱，可是我比人家更知道你的好处。（下）

第二场　里奥那托家中一室

唐·彼德罗、克劳狄奥、培尼狄克、里奥那托同上。

彼德罗　我等你结了婚，就到阿拉贡去。

克劳狄奥　殿下要是准许我,我愿意伴送您到那边。

彼德罗　不,你正在新婚燕尔的时候,这不是太煞风景了吗?把一件新衣服给孩子看了,却不许他穿起来,那怎么可以呢?我只要培尼狄克愿意跟我作伴就行了。他这个人从头顶到脚跟,没有一点心事;他曾经两三次割断了丘比特的弓弦,现在这个小东西再也不敢射他啦。他那颗心就像一只好钟一样完整无缺,他的一条舌头就是钟舌;心里一想到什么,便会打嘴里说出来。

培尼狄克　哥儿们,我已经不再是从前的我啦。

里奥那托　我也是这样说;我看您近来好像有些心事似的。

克劳狄奥　我希望他是在恋爱了。

彼德罗　哼,逃避责任的家伙,他的腔子里没有一丝真情,怎么会真的恋爱起来?要是他有了心事,那一定是因为没有钱用。

培尼狄克　我牙痛。

彼德罗　拔掉它呀。

培尼狄克　该死!

克劳狄奥　要想叫它死,先得拔掉它呀。

彼德罗　啊!为了牙齿痛才这样长吁短叹吗?

里奥那托　只是因为出了点儿脓水,或者一个小虫儿在作怪吗?

培尼狄克　算了吧,痛在别人身上,谁都会说风凉话的。

克劳狄奥　可是我说,他是在恋爱了。

彼德罗　他一点也没有痴痴癫癫的样子,就是喜欢把自己打扮得奇形怪状:今天是个荷兰人,明天是个法国人;有时候同时做了两个国家的人,下半身是个套着灯笼裤的德国人,上半身是个不穿紧身衣的西班牙人。除了这一股无聊的傻劲儿以外,他并没有什么反常的地方，可以证明像你说的那样是在恋爱。

克劳狄奥　要是他没有爱上什么女人，那么那些古老的征兆也都是靠不住的了。他每天早上刷他的帽子，这表示什么呢？

彼德罗　有人见过他上理发店没有？

克劳狄奥　没有，可是有人看见理发匠跟他在一起；他那脸蛋上的几根装饰品，都已经拿去塞网球去了。

里奥那托　他剃了胡须，瞧上去的确年轻了点儿。

彼德罗　他还用麝香擦他的身子哩；你们闻不出来这一股香味吗？

克劳狄奥　那等于说，这一个好小子在恋爱了。

彼德罗　他的忧郁是他的最大的证据。

克劳狄奥　几时他曾经用香水洗过脸？

彼德罗　对了，我听人家说他还搽粉哩。

克劳狄奥　还有他那爱说笑话的脾气，现在也已经钻进了琴弦里，给音栓管住了哪。

彼德罗　不错，那已经充分揭露了他的秘密。总而言之，他是在恋爱了。

克劳狄奥　噢，可是我知道谁爱着他。

彼德罗　我也很想知道知道；我想一定是个不大熟悉他的人。

克劳狄奥　哪里，还深切知道他的坏脾气呢；可是人家却不顾这些，愿意为他而死。

彼德罗　等她将来被人"活埋"的时光，一定是脸儿朝天的了。

培尼狄克　你们这样胡说八道，不能叫我的牙齿不痛呀。老先生，陪我走走；我已经想好了八九句聪明的话儿，要跟您谈谈，可是一定不能让这些傻瓜们听见。（培尼狄克、里奥那托同

下）

彼德罗　我可以打赌，他一定是向他说起贝特丽丝的事。

克劳狄奥　正是。希罗和玛格莱特大概也已经把贝特丽丝同样捉弄过啦；现在这两匹熊碰见了，总不会再彼此相咬了吧。

　　唐·约翰上。

约　翰　上帝保佑您，王兄！

彼德罗　你好，贤弟。

约　翰　您要是有工夫的话，我想跟您谈谈。

彼德罗　不能让别人听见吗？

约　翰　是；不过若是克劳狄奥伯爵不妨让他听见，因为我所要说的话，是对他很有关系的。

彼德罗　是什么事？

约　翰　（向克劳狄奥）大人预备在明天结婚吗？

彼德罗　那你早就知道了。

约　翰　要是他知道了我所知道的事，那就难说了。

克劳狄奥　倘若有什么妨碍，请您明白告诉我。

约　翰　您也许以为我对您有点儿过不去，那咱们等着瞧吧；我希望您听了我现在将要告诉您的话以后，可以把您对我的意见改变过来。至于我这位兄长，我相信他是非常看重您的；他为您促成了这一门婚事，完全是他的一片好心；可惜看错了追求的对象，这一番心思气力，花得好不冤枉！

彼德罗　啊，是怎么一回事？

约　翰　我就是来告诉你们的；也不必多啰嗦，这位姑娘是不贞洁的，人家久已在那儿讲她的闲话了。

克劳狄奥　谁？希罗吗？

约　翰　正是她：里奥那托的希罗，您的希罗，大众的希罗。

克劳狄奥 不贞洁吗?

约翰 不贞洁这一个字眼,还是太好了,不够形容她的罪恶;她岂止不贞洁而已!您要是能够想得到一个更坏的名称,她也可以受之而无愧。不要吃惊,等着看事实的证明吧,您只要今天晚上跟我去,就可以看见在她结婚的前一晚,还有人从窗里走进她的房间里去。您看见这种情形以后,要是仍旧爱她,那么明天就跟她结婚吧;可是为了您的名誉起见,还是把您的决心改变一下的好。

克劳狄奥 有这等事吗?

彼德罗 我想不会的。

约翰 要是你们看见了真凭实据还不敢相信自己的眼睛,那么就不要承认你们所知道的事。你们只要跟我去,我一定可以叫你们看一个明白;等你们看饱听饱以后,再决定怎么办吧。

克劳狄奥 要是今天晚上果然有什么事情给我看到,那我明天一定不跟她结婚;我还要在举行婚礼的教堂里当众羞辱她呢。

彼德罗 我曾经代你向她求婚,我也要帮着你把她羞辱。

约翰 我也不愿多说她的坏话,横竖你们自己会替我证明的。现在大家不用声张,等到半夜时候再看究竟吧。

彼德罗 真扫兴的日子!

克劳狄奥 真倒霉的事情!

约翰 等会儿你们就要说,幸亏发觉得早,真好的运气!

(同下)

第三场 街 道

道格培里、弗吉斯及巡丁等上。

道格培里 你们都是老老实实的好人吗?

弗吉斯　是啊,否则他们的肉体灵魂不一起上天堂,那才可惜哩。

道格培里　不,他们当了王爷的巡丁,要是有一点忠心的话,这样的刑罚还嫌太轻啦。

弗吉斯　好,道格培里伙计,把他们应该做的事吩咐他们吧。

道格培里　第一,你们看来谁是顶不配当巡丁的人?

巡丁甲　回长官,修·奥凯克跟乔治·西可尔,因为他们俩都会写字念书。

道格培里　过来,西可尔伙计。上帝赏给你一个好名字;一个人长得漂亮是偶然的运气,会写字念书才是天生的本领。

巡丁乙　巡官老爷,这两种好处——

道格培里　你都有;我知道你会这样说。好,朋友,讲到你长得漂亮,那么你谢谢上帝,自己少卖弄卖弄;讲到你会写字念书,那么等到用不着这种玩意儿的时候,再显显你自己的本领吧。大家公认你是这儿最没有头脑、最配当一班巡丁头目的人,所以你拿着这盏灯笼吧。听好我的吩咐:你要是看见什么流氓无赖,就把他抓了;你可以用王爷的名义叫无论什么人站住。

巡丁甲　要是他不肯站住呢?

道格培里　那你就不用理他,让他去好了;你就立刻召集其余的巡丁,谢谢上帝,免得你们受一个混蛋的麻烦。

弗吉斯　要是喊他站住他不肯站住,他就不是王爷的子民。

道格培里　对了,不是王爷的子民,就可以不用理他们。你们也不准在街上大声吵闹;因为巡丁们要是哗啦哗啦谈起天来,那是最叫人受得住也是最不可宽恕的事。

巡丁乙　我们宁愿睡觉,不愿说话;我们知道一个巡丁的责任。

道格培里 啊,你说得真像一个老练的安静的巡丁,睡觉总是不会得罪人的;只要留心你们的钩镰枪别给人偷去就行啦。好,你们还要到每一家酒店去查看,看见谁喝醉了,就叫他回去睡觉。

巡丁甲 要是他不愿意呢?

道格培里 那么让他去,等他自己醒过来吧;要是他不好好地回答你,你可以说你看错了人啦。

巡丁甲 是,长官。

道格培里 要是你们碰见一个贼,按着你们的职分,你们可以疑心他不是个好人;对于这种家伙,你们越是少跟他们多事,越可以显出你们都是规矩的好人。

巡丁乙 要是我们知道他是个贼,我们要不要抓住他呢?

道格培里 按着你们的职分,你们本来是可以抓住他的;可是我想谁把手伸进染缸里,总要弄脏自己的手;为了省些麻烦起见,要是你们碰见了一个贼,顶好的办法就是让他使出他的看家本领来,偷偷地溜走了事。

弗吉斯 伙计,你一向是个出名的好心肠人。

道格培里 是呀,就是一条狗我也不忍把它勒死,何况是个还有几分天良的人,自然更加不在乎啦。

弗吉斯 要是你们听见谁家的孩子晚上啼哭,你们必须去把那奶妈子叫醒,叫她止住他的啼哭。

巡丁乙 要是那奶妈子睡熟了,听不见我们叫喊呢?

道格培里 那么你们就一声不响地走开去,让那孩子把她吵醒好了;因为母羊要是听不见她自己小羊的啼声,她怎么会回答一头小牛的叫喊呢?

弗吉斯 你说得真对。

道格培里 完了。你们当巡丁的,就是代表着王爷本人;要是你们在黑夜里碰见王爷,你们也可以叫他站住。

弗吉斯　嗳哟,圣母娘娘呀!我想那是不可以的。

道格培里　谁要是懂得法律,我可以用五先令跟他打赌一先令,他可以叫他站住;当然啰,那还要看王爷自己愿不愿意;因为巡丁是不能得罪人的,叫一个不愿意站住的人站住,那是要得罪人的。

弗吉斯　对了,这才说得有理。

道格培里　哈哈哈!好,伙计们,晚安!倘若有要紧的事,你们就来叫我起来;什么事大家彼此商量商量。再见!来,伙计。

巡丁乙　好,弟兄们,我们已经听见长官吩咐我们的话;让我们就在这儿教堂门前的凳子上坐下来,等到两点钟的时候,大家回去睡觉吧。

道格培里　好伙计们,还有一句话。请你们留心留心里奥那托老爷的门口;因为他家里明天有喜事,今晚十分忙碌,怕有坏人混进去。再见,千万留心点儿。(道格培里、弗吉斯同下)

　　波拉契奥及康拉德上。

波拉契奥　喂,康拉德!

巡丁甲　(旁白)静!别动!

波拉契奥　喂,康拉德!

康拉德　这儿,朋友,我就在你的身边哪。

波拉契奥　他妈的!怪不得我身上痒,原来有一颗癞疥疮在我身边。

康拉德　等会儿再跟你算账;现在还是先讲你的故事吧。

波拉契奥　那么你且站在这儿屋檐下面,天在下着毛毛雨哩;我可以像一个醉汉似的,把什么话儿都告诉你。

巡丁甲　(旁白)弟兄们,一定是些什么阴谋;可是大家站着别动。

波拉契奥 告诉你吧，我从唐·约翰那儿拿到了一千块钱。

康拉德 干一件坏事的价钱会这样高吗？

波拉契奥 你应该这样问：难道坏人会这样有钱吗？有钱的坏人需要没钱的坏人帮忙的时候，没钱的坏人当然可以漫天讨价。

康拉德 我可有点不大相信。

波拉契奥 这就表明你是个初出茅庐的人。你知道一套衣服、一顶帽子的式样时髦不时髦，对于一个人本来是没有什么相干的。

康拉德 是的，那不过是些皮囊而已。

波拉契奥 我说的是式样的时髦不时髦。

康拉德 对啦，时髦就是时髦，不时髦就是不时髦

波拉契奥 呸！那简直就像说，傻子就是傻子。可是你不知道这个时髦是个多么坏的贼吗？

巡丁甲 （旁白）我知道有这么一个坏贼，他已经做了七年老贼了；他在街上走来走去，就像个绅士的模样。我记得有这么一个家伙。

波拉契奥 你听不见什么人在讲话吗？

康拉德 没有，只有屋顶上风标转动的声音。

波拉契奥 我说，你不知道这个时髦是个多么坏的贼吗？他会把那些从十四岁到三十五岁的血气未定的年轻人搅昏头，有时候把他们装扮得活像那些烟熏的古画上的埃及法老的兵士，有时候又像漆在教堂窗上的异教邪神的祭司，有时候又像织在污旧虫蛀的花毡上的薙光了胡须的赫剌克勒斯，裤裆里的那话儿瞧上去就像他的棍子一样又粗又重。

康拉德 这一切我都知道；我也知道往往一件衣服没有穿

旧，流行的式样已经变了两三通。可是你是不是也给时髦搅昏了头，所以不向我讲你的故事，却来讨论起时髦问题来呢？

波拉契奥　那倒不是这样说。好，我告诉你吧，我今天晚上已经去跟希罗小姐的侍女玛格莱特谈过情话啦；我叫她做希罗，她靠在她小姐卧室的窗口，向我说了一千次晚安——我把这故事讲得太坏，我应当先告诉你，那亲王和克劳狄奥怎样听了我那主人唐·约翰的话，三个人预先站在花园里远远的地方，瞧见我们这一场幽会。

康拉德　他们都以为玛格莱特就是希罗吗？

波拉契奥　亲王跟克劳狄奥是这样想的；可是我那个魔鬼一样的主人知道她是玛格莱特。一则因为他言之凿凿，使他们受了他的愚弄；二则因为天色昏黑，蒙过了他们的眼睛；可是说来说去，还是全亏我的诡计多端，证实了唐·约翰随口捏造的谣言，惹得那克劳狄奥一怒而去，发誓说他要在明天早上，按着预定的钟点，到教堂里去见她的面，把他晚上所见的情形当众宣布出来，出出她的丑，叫她仍旧回去做一个没有丈夫的女人。

巡丁甲　我们用亲王的名义命令你们站住！

巡丁乙　去叫巡官老爷起来。一件最危险的奸淫案子给我们破获了。

巡丁甲　他们同伙的还有一个坏贼，我认识他，他头发上打着"爱人结"。

康拉德　列位朋友们！

巡丁乙　告诉你们吧，这个坏贼是一定要叫你们交出来的。

康拉德　列位——

巡丁甲　别说话，乖乖地跟我们去。

波拉契奥　他们把我们抓了去，倒是捞到了一批好货。

康拉德　少不得还要受一番检查呢。来，我们服从你们。

（同下）

第四场　里奥那托家中一室

希罗、玛格莱特及欧苏拉上。

希　罗　好欧苏拉，你去叫醒我的姊姊贝特丽丝，叫她快点儿起身。

欧苏拉　是，小姐。

希　罗　请她过来一下子。

欧苏拉　好的。（下）

玛格莱特　真的，我想还是那一个绉领好一点。

希　罗　不，好玛格莱特，我要戴这一个。

玛格莱特　这一个真的不是顶好；您的姊姊也一定会这样说的。

希　罗　我的姊姊是个傻子；你也是个傻子，我偏要戴这一个。

玛格莱特　我很欢喜这一项新的发罩，要是头发的颜色再略微深一点儿就好了。您的长袍的式样真是好极啦。人家把米兰公爵夫人那件袍子称赞得了不得，那件衣服我也见过。

希　罗　啊！他们说它好得很哩。

玛格莱特　不是我胡说，那一件比起您这一件来，简直只好算是一件睡衣：金线织成的缎子，镶着银色的花边，嵌着珍珠，有垂袖，有侧袖，圆圆的衣裾，缀满了带点儿淡蓝色的闪光箔片；可是要是讲到式样的优美雅致，齐整漂亮，那您这一件就可以抵得上她十件。

希　罗　上帝保佑我快快乐乐地穿上这件衣服，因为我的心里重得好像压着一块石头似的！

玛格莱特　等到一个男人压到您身上，它还要重得多哩。

希　罗　啐！你不害臊吗？

玛格莱特　害什么臊呢，小姐？因为我说了句老实话吗？就是对一个叫花子来说，结婚不也是光明正大的事吗？难道不曾结婚，就不许提起您的姑爷吗？我想您也许要我这样说："对不起，说句不中听的粗话：一个丈夫。"只要说话有理，就不怕别人的歪曲。不是我有意跟人家抬杠，不过，"等到有了丈夫，压得可就更重了"这话难道有什么要不得吗？只要大家是明媒正娶的，那有什么要紧？否则倒不能说是重，只好说是轻狂了。您要是不相信，去问贝特丽丝小姐吧；她来啦。

贝特丽丝上。

希　罗　早安，姊姊。

贝特丽丝　早安，好希罗。

希　罗　嗳哟，怎么啦！你怎么说话这样懒洋洋的？

贝特丽丝　我从里到外都走了调了呢。

玛格莱特　快唱一曲《爱之欢畅》吧，这是不用男低音伴唱的；你唱，我来跳舞。

贝特丽丝　大概你的一对马蹄子又爱又欢畅了吧。将来若是你的丈夫有足够多的马棚，你会替他养一马房马驹子吧。

玛格莱特　嗳呀，真是牛头不对马嘴！我把它们一脚踢开了。

贝特丽丝　快要五点钟啦，妹妹；你该快点儿端整起来了。真的，我身子怪不舒服。唉——呵！

玛格莱特　是为了屠夫、马夫，还是丈夫？

贝特丽丝　是因为所有这些带"夫"的东西。

玛格莱特　哼，您倘若没有变了一个人，那么航海的人也不用看星啦。

贝特丽丝　这傻子在那儿说些什么？

玛格莱特　我没有说什么；但愿上帝保佑每一个人如愿以偿！

希　罗　这双手套是伯爵送给我的，上面熏着很好的香料。

贝特丽丝　我的鼻子塞住啦，妹妹，我闻不出来。

玛格莱特　好一个被塞住了的姑娘！今年的伤风可真流行。

贝特丽丝　啊，老天快帮个忙吧！你几时变得这样精灵的呀。

玛格莱特　自从您变得那样糊涂之后。我说俏皮话真来得，是不是？

贝特丽丝　可惜还不够招摇，最好把你的俏皮劲儿顶在头上，那才好呢。真的，我得病了。

玛格莱特　给你些蒸干的祝福蓟，将这草药放在您的心上，心病是要心药来医治的。

希　罗　你这刺一下子可刺进她心眼儿里去了。

贝特丽丝　怎么，祝福？祝福什么？你这句话是什么意思？

玛格莱特　意思！不，真的，我一点儿没有什么意思。您也许以为我想您在恋爱啦；可是不，我不是那么一个傻子，会高兴怎么想就怎么想；我也不愿意想到什么就想什么；老实说，就是想空了我的心，我也决不会想到您是在恋爱，或者您将要恋爱，或者您会跟人家恋爱。可是培尼狄克起先也跟您一样，现在他却变了个人啦；他曾经发誓决不结婚，现在可死心塌地地做起爱情的奴隶来啦。我不知道您会变成个什么样子；可是我觉得您现在瞧起人来的那种神气，也有点跟别的女人差不多啦。

贝特丽丝　你的一条舌头滚来滚去的，在说些什么呀？

玛格莱特　反正说的不是瞎话。

欧苏拉重上。

欧苏拉　小姐，进去吧；亲王、伯爵、培尼狄克先生、唐·约翰，还有全城的公子哥儿们，都来接您到教堂里去了。

希　罗　好姊姊，好玛格莱特，好欧苏拉，快帮我穿戴起来吧。（同下）

第五场　里奥那托家中的另一室

里奥那托偕道格培里、弗吉斯同上。

里奥那托　朋友，你有什么事要对我说？

道格培里　呃，老爷，我有点事情要来向您禀告，这件事情对于您自己是很有关系的。

里奥那托　那么请你说得简单一点儿，因为你瞧，我现在忙得很哪。

道格培里　呃，老爷，是这么一回事。

弗吉斯　是的，老爷，真的是这么一回事。

里奥那托　是怎么一回事呀，我的好朋友们？

道格培里　老爷，弗吉斯是个好人，他讲起话来总是有点儿缠夹不清；他年纪老啦，老爷，他的头脑已经没有从前那么糊涂，上帝保佑他！可是说句良心话，他是个老实不过的好人，瞧他的眉尖心就可以明白啦。①

弗吉斯　是的，感谢上帝，我就跟无论哪一个跟我一样老，也不比我更老实的人一样老实。

道格培里　不要比这个比那个，叫人家听着心烦啦；少说些废话，弗吉斯伙计。

里奥那托　两位老乡，你们可真纠缠。

---

① 古时有在犯人的眉尖心烙印的刑法，使人一望而知不是好人。

道格培里　您高兴怎么说就怎么说，不过咱们都是可怜的公爵手下的巡官。可是说真的，拿我自个儿来说，要是我的纠缠的本领跟国王老子那样大，我一定舍得拿来一股脑儿全传给您老爷。

　　里奥那托　呃，把你的纠缠全给我？

　　道格培里　对啊，哪怕再加上一千个金镑，我也决不会舍不得。因为我听到的关于您老爷的赞美很多，不比这儿城里哪个守本分的人声望差，我虽然是个穷人，听了也非常乐意。

　　弗吉斯　我也同样乐意。

　　里奥那托　我最乐意的是你们有话就快说出来。

　　弗吉斯　呃，老爷，我们的巡丁今天晚上捉到了墨西拿地方两个顶坏的坏人——当然不包括您老爷在内。

　　道格培里　老爷，他是个很好的老头子，就是喜欢多话；人家说的，年纪一老，人也变糊涂啦。上帝保佑我们！这世上新鲜的事情可多着呢！说得好，真的，弗吉斯伙计。好，上帝是个好人；两个人骑一匹马，总有一个人在后面。真的，老爷，他是个老实汉子，天地良心；可是我们应该敬重上帝，世上有好人也就有坏人。唉！好伙计。

　　里奥那托　可不，老乡，他跟你差远了。

　　道格培里　这也是上帝的恩典。

　　里奥那托　我可要少陪了。

　　道格培里　就是一句话，老爷；我们的巡丁真的捉住了两个形迹可疑的人，我们想在今天当着您面前把他们审问一下。

　　里奥那托　你们自己去审问吧，审问明白以后，再来告诉我；我现在忙得不得了，你们也一定可以看得出来的。

　　道格培里　那么就这么办吧。

　　里奥那托　你们喝点儿酒再走；再见。

一使者上。

使　者　老爷，他们都在等着您去主持婚礼。

里奥那托　我就来；我已经预备好了。（里奥那托及使者下）

道格培里　去，好伙计，把法兰西斯·西可尔找来；叫他把他的笔和墨水壶带到监牢里，我们现在就要审问这两个家伙。

弗吉斯　我们一定要审问得非常聪明。

道格培里　是的，我们一定要尽量运用我们的智慧，叫他们狡赖不了。你就去找一个有学问的念书人来给我们记录口供；咱们在监牢里会面吧。（同下）

第四幕

第一场　教堂内部

　　唐·彼德罗、唐·约翰、里奥那托、法兰西斯神父、克劳狄奥、培尼狄克、希罗、贝特丽丝等同上。

里奥那托　来，法兰西斯神父，简单一点儿；只要给他们行一行结婚的仪式，以后再把夫妇间应有的责任仔细告诉他们吧。

神　父　爵爷，您到这儿来是要跟这位小姐举行婚礼的吗？

克劳狄奥　不。

里奥那托　神父，他是来跟她结婚的；您才是给他们举行婚礼的人。

神　父　小姐，您到这儿来是要跟这位伯爵结婚吗？

希　罗　是的。

神　父　要是你们两人中间有谁知道有什么秘密的阻碍，使你们不能结为夫妇，那么为了免得你们的灵魂受到责罚，我命令你们说出来。

克劳狄奥　希罗，你知道有没有？

希　罗　没有，我的主。

神　父　伯爵，您知道有没有？

里奥那托　我敢替他回答，没有。

克劳狄奥　啊！人们敢做些什么！他们会做些什么出来！他们每天都在做些什么，却不知道他们自己在做些什么！

培尼狄克　怎么！发起感慨来了吗？那么让我来大笑三声吧，哈！哈！哈！

克劳狄奥　神父，请你站在一旁。老人家，对不起，您愿意这样慷慨地把这位姑娘，您的女儿，给我吗？

里奥那托　是的，贤婿，正像上帝把她给我的时候一样慷慨。

克劳狄奥　我应当用什么来报答您，它的价值可以抵得过这一件贵重的礼物呢？

彼德罗　用什么都不行，除非把她仍旧还给他。

克劳狄奥　好殿下，您已经教会我表示感谢的最得体的方法了。里奥那托，把她拿回去吧；不要把这只坏橘子送给你的朋友，她只是外表上像一个贞洁的女人罢了。瞧！她那害羞的样子，多么像是一个无邪的少女！啊，狡狯的罪恶多么善于用真诚的面具遮掩它自己！她脸上现起的红晕，不是正可以证明她的贞静纯朴吗？你们大家看见她这种表面上的做作，不是都会发誓说她是个处女吗？可是她已经不是一个处女了，她已经领略过枕席上的风情；她的脸红是因为罪恶，不是因为羞涩。

里奥那托　爵爷，您这是什么意思？

克劳狄奥　我不要结婚，不要把我的灵魂跟一个声名狼藉的淫妇结合在一起。

里奥那托　爵爷，要是照您这样说来，您因为她年幼可欺，已经破坏了她的贞操——

克劳狄奥　我知道你会这么说：要是我已经跟她发生了关

系，你就会说她不过是委身于她的丈夫，所以不能算是一件不可恕的过失。不，里奥那托，我从来不曾用一句游辞浪语向她挑诱；我对她总是像一个兄长对待他的弱妹一样，表示着纯洁的真诚和合礼的情爱。

希　罗　您看我对您不也正是这样吗？

克劳狄奥　不要脸的！正是这样！我看你就像是月亮里的狄安娜女神一样纯洁，就像是未开放的蓓蕾一样无瑕；可是你却像维纳斯一样放荡，像纵欲的禽兽一样无耻！

希　罗　我的主病了吗？怎么他会讲起这种荒唐的话来？

里奥那托　好殿下，您怎么不说句话儿？

彼德罗　叫我说些什么呢？我竭力替我的好朋友跟一个淫贱的女人撮合，我自己的脸也丢尽了。

里奥那托　这些话是从你们嘴里说出来的呢，还是我在做梦？

约　翰　老人家，这些话是从他们嘴里说出来的；这些事情都是真的。

培尼狄克　这简直不成其为婚礼啦。

希　罗　真的！啊，上帝！

克劳狄奥　里奥那托，我不是站在这儿吗？这不是亲王吗？这不是亲王的兄弟吗？这不是希罗的面孔吗？我们不是大家生着眼睛的吗？

里奥那托　这一切都是事实；可是您这样说是什么意思呢？

克劳狄奥　让我只问你女儿一个问题，请你用你做父亲的天赋权力，叫她老实回答我。

里奥那托　我命令你从实答复他的问题，因为你是我的孩子。

希　罗　啊，上帝保佑我！我要给他们逼死了！这算是什么审问呀？

克劳狄奥　我们要从你自己的嘴里听到你的实在的回答。

希　罗　我不是希罗吗？谁能够用公正的谴责玷污这一个名字？

克劳狄奥　嘿，那就要问希罗自己了；希罗自己可以玷污希罗的名节。昨天晚上在十二点钟到一点钟之间，在你的窗口跟你谈话的那个男人是谁？要是你是个处女，请你回答这一个问题吧。

希　罗　爵爷，我在那个时候不曾跟什么男人谈过话。

彼德罗　哼，你还要抵赖！里奥那托，我很抱歉要让你知道这一件事：凭着我的名誉起誓，我自己、我的兄弟和这位受人欺骗的伯爵，昨天晚上在那个时候的的确确看见她，也听见她在她卧室的窗口跟一个混账东西谈话；那个荒唐的家伙已经亲口招认，这样不法的幽会，他们已经有过许多次了。

约　翰　啧！啧！王兄，那些话还是不要说了吧，说出来也不过污了大家的耳朵。美貌的姑娘，你这样不知自重，我真替你可惜！

克劳狄奥　啊，希罗！要是把你外表上的一半优美分给你的内心，那你将会是一个多么好的希罗！可是再会吧，你这最下贱、最美好的人！你这纯洁的淫邪，淫邪的纯洁，再会吧！为了你我要锁闭一切爱情的门户，让猜疑停驻在我的眼睛里，把一切美色变成不可亲近的蛇蝎，永远失去它诱人的力量。

里奥那托　这儿准有刀子可以借给我，让我刺在我自己的心里？（希罗晕倒）

贝特丽丝　嗳哟，怎么啦，妹妹！你怎么倒下去啦？

约　翰　来，我们去吧。她因为隐私给人揭发，一时羞愧交集，所以昏过去了。（彼德罗、约翰、克劳狄奥同下）

培尼狄克　这姑娘怎么啦？

贝特丽丝　我想是死了！叔叔，救命！希罗！嗳哟，希罗！叔叔！培尼狄克先生！神父！

里奥那托　命运啊，不要松了你的沉重的手！对于她的羞耻，死是最好的遮掩。

贝特丽丝　希罗妹妹，你怎么啦！

神　父　小姐，您宽心吧。

里奥那托　你的眼睛又睁开了吗？

神　父　是的，为什么她不可以睁开眼睛来呢？

里奥那托　为什么！不是整个世界都在斥责她的无耻吗？她可以否认已经刻下在她血液里的这一段丑事吗？不要活过来，希罗，不要睁开你的眼睛；因为要是你不能快快地死去，要是你的灵魂里载得下这样的羞耻，那么我在把你痛责以后，也会亲手把你杀死的。你以为我只有你这一个孩子，我会因为失去你而悲伤吗？我会埋怨造化的吝啬，不肯多给我几个子女吗？啊，像你这样的孩子，一个已经太多了！为什么我要有这么一个孩子呢？为什么你在我的眼睛里是这么可爱呢？为什么我不曾因为一时慈悲心起，在门口收养了一个叫花的孩子，那么要是她长大以后干下这种丑事，我还可以说，"她的身上没有一部分是属于我的；这一种羞辱是她从不知名的血液里传下来的"？可是我自己亲生的孩子，我所钟爱的、我所赞美的、我所引为骄傲的孩子，为了爱她的缘故，我甚至把她看得比我自己还重；她——啊！她现在落下了污泥的坑里，大海的水也洗不净她的污秽，海里所有的盐也不够解除她肉体上的腐臭。

培尼狄克　老人家，您安心点儿吧。我瞧着这一切，简直是莫名其妙，不知道应该说些什么话才好。

贝特丽丝　啊！我敢赌咒，我的妹妹是给他们冤枉的！

培尼狄克 小姐，您昨天晚上跟她睡在一个床上吗？

贝特丽丝 那倒没有；虽然在昨晚以前，我跟她已经同床睡了一年啦。

里奥那托 证实了！证实了！啊，本来就是铁一般的事实，现在又加上一重证明了！亲王兄弟两人是会说谎的吗？克劳狄奥这样爱着她，讲到她的丑事的时候，也会忍不住流泪，难道他也是会说谎的吗？别理她！让她死吧！

神　父 听我讲几句话。我刚才在这儿静静地旁观着这一件意外的变故，我也在留心观察这位小姐的神色：我看见无数羞愧的红晕出现在她的脸上，可是立刻有无数冰霜一样皎洁的惨白把这些红晕驱走，显示出她的含冤蒙屈的清贞；我更看见在她的眼睛里射出一道火一样的光来，似乎要把这些贵人们加在她身上的无辜的诬蔑烧掉。要是这位温柔的小姐不是遭到重大的误会，要是她不是一个清白无罪的人，那么你们尽管把我叫做傻子，再不要相信我的学问、我的见识、我的经验，也不要重视我的年齿、我的身份或是我的神圣的职务吧。

里奥那托 神父，不会有这样的事的。你看她虽然做出这种丧尽廉耻的事来，可是她还有几分天良未泯，不愿在她的深重的罪孽之上再加上一重欺罔的罪恶；她并没有否认。事情已经是这样明显了，你为什么还要替她辩护呢？

神　父 小姐，他们说你跟什么人私通？

希　罗 他们这样说我，他们一定知道；我可不知道。要是我违背了女孩儿家应守的礼法，跟任何不三不四的男人来往，那么让我的罪恶不要得到宽恕吧！啊，父亲！您要是能够证明有哪个男人在可以引起嫌疑的时间里跟我谈过话，或者我在昨天晚上曾经跟别人交换过言语，那么请您斥逐我、痛恨我、用酷刑处死我吧！

神　父　亲王们一定有了些误会。

培尼狄克　他们中间有两个人是正人君子；要是他们这次受了人家的欺骗，一定是约翰那个私生子弄的诡计，他是最喜欢设陷阱害人的。

里奥那托　我不知道。要是他们说的关于她的话果然是事实，我要亲手把她杀死；要是他们无中生有，损害她的名誉，我要跟他们中间最尊贵的一个人拼命去。时光不曾干涸了我的血液，年龄也不曾侵蚀了我的智慧，我的家财不曾因为逆运而消耗，我的朋友也不曾因为我的行为不检而走散；他们要是看我可欺，我就叫他们看看我还有几分精力，还会转转念头，也不是无财无势，也不是无亲无友，尽可对付得了他们的。

神　父　且慢，在这件事情上，请您还是听从我的劝告。亲王们离开这儿的时候，以为您的小姐已经死了；现在不妨暂时叫她深居简出，就向外面宣布说她真的已经死了，再给她举办一番丧事，在贵府的坟地上给她立起一方碑铭，一切丧葬的仪式都不可缺少。

里奥那托　为什么要这样呢？这样有什么好处呢？

神　父　要是照这样好好地做去，就可以使诬蔑她的人哀怜她的不幸，这也未始不是好事；可是我提起这样奇怪的办法，却另有更大的用意。人家听说她一听到这种诽谤立刻身死，一定都会悲悼她、可怜她，从而原谅她。我们往往在享有某一件东西的时候，一点儿不看重它的好处；等到失掉它以后，却会格外夸张它的价值，发现当它还在我们手里的时候所看不出来的优点。克劳狄奥一定也会这样：当他听到了他的无情的言语，已经致希罗于死地的时候，她生前可爱的影子一定会浮起在他的想象之中，她的生命中的每一部分都会在他的心目中变得比活在世上的她格外值得珍贵，格外优美动人，格外充满生命；要是爱情果然打动过他的心,那时他一定会悲伤哀恸,即使他仍旧以为他所指斥她的确是事实,他也会后悔不该给她这样大的难堪。您就照这么办吧,它的结果一定会比我所能预料的还要美满。即使退一步说,它并不能收到理想中的效果,至少也可以替她把这场羞辱掩盖过去,您不妨把她隐藏在什么僻静的地方,让她潜心修道,远离世人的耳目,隔绝任何的诽谤损害;对于名誉已受创伤的她,这是一个最适当的办法。

培尼狄克　里奥那托大人,听从这位神父的话吧。虽然您知道我对于亲王和克劳狄奥都有很深的交情,可是我愿意凭着我的名誉起誓,在这件事情上,我一定抱着公正的态度,保持绝对的秘密。

里奥那托　我已经伤心得毫无主意了,你们用一根顶细的草绳都可以牵着我走。

神　父　好,那么您已经答应了;立刻去吧,非常的病症是要用非常的药饵来疗治的。来,小姐,您必须死里求生;今天的婚礼也许不过是暂时的延期,您耐心忍着吧。(神父、希罗及里奥那托同下)

培尼狄克　贝特丽丝小姐,您一直在哭吗?

贝特丽丝　是的,我还要哭下去哩。

培尼狄克　我希望您不要这样。

贝特丽丝　您有什么理由?这是我自己愿意这样呀。

培尼狄克　我相信令妹一定受了冤枉。

贝特丽丝　唉!要是有人能够替她伸雪这场冤枉,我才愿意跟他做朋友。

培尼狄克　有没有可以表示这一种友谊的方法?

贝特丽丝　方法是有,而且也是很直接爽快的,可惜没有这样的朋友。

培尼狄克　可以让一个人试试吗？

贝特丽丝　那是一个男子汉做的事情，可不是您做的事情。

培尼狄克　您是我在这世上最爱的人——这不是很奇怪吗？

贝特丽丝　就像我所不知道的事情一样奇怪。我也可以说您是我在这世上最爱的人——可是别信我——可是我没有说假话——我什么也不承认，什么也不否认——我只是为我的妹妹伤心。

培尼狄克　贝特丽丝，凭着我的宝剑起誓，你是爱我的。

贝特丽丝　发了这样的誓，是不能反悔的。

培尼狄克　我愿意凭我的剑发誓你爱着我；谁要是说我不爱你，我就叫他吃我一剑。

贝特丽丝　您不会食言而肥吗？

培尼狄克　无论给它调上些什么油酱，我都不愿把我今天说过的话吃下去。我发誓我爱你。

贝特丽丝　那么上帝恕我！

培尼狄克　亲爱的贝特丽丝，你犯了什么罪过？

贝特丽丝　您刚好打断了我的话头，我正要说我也爱着您呢。

培尼狄克　那么就请你用整个的心说出来吧。

贝特丽丝　我用整个心儿爱着您，简直分不出一部分来向您诉说。

培尼狄克　来，吩咐我给你做无论什么事吧。

贝特丽丝　杀死克劳狄奥。

培尼狄克　喔！那可办不到。

贝特丽丝　您拒绝了我，就等于杀死了我。再见。

培尼狄克　等一等，亲爱的贝特丽丝。

贝特丽丝　我的身子就算在这儿，我的心也不在这儿。您一点儿没有真情。嗳哟，请您还是放我走吧。

培尼狄克　贝特丽丝——

贝特丽丝　真的，我要去啦。

培尼狄克　让我们先言归于好。

贝特丽丝　您愿意跟我做朋友，却不敢跟我的敌人决斗。

培尼狄克　克劳狄奥是你的敌人吗？

贝特丽丝　他不是已经充分证明是一个恶人，把我的妹妹这样横加诬蔑，信口毁谤，破坏她的名誉吗？啊！我但愿自己是一个男人！嘿！不动声色地挽着她的手，一直等到将要握手成礼的时候，才翻过脸来，当众宣布他的恶毒的谣言！——上帝啊，但愿我是个男人！我要在市场上吃下他的心。

培尼狄克　听我说，贝特丽丝——

贝特丽丝　跟一个男人在窗口讲话！说得真好听！

培尼狄克　可是，贝特丽丝——

贝特丽丝　亲爱的希罗！她负屈含冤，她的一生从此完了！

培尼狄克　贝特——

贝特丽丝　什么亲王！什么伯爵！好一个做见证的亲王！好一个甜言蜜语的风流伯爵！啊，为了他的缘故，我但愿自己是一个男人；或者我有什么朋友愿意为了我的缘故，做一个堂堂男子！可是人们的丈夫气概，早已消磨在打恭作揖里，他们的豪侠精神，早已丧失在逢迎阿谀里了；他们已经变得只剩下一条善于拍马吹牛的舌头；谁会造最大的谣言，而且拿谣言来赌咒，谁就是个英雄好汉。我既然不能凭着我的愿望变成一个男子，所以我只好做一个女人在伤心中死去。

培尼狄克　等一等，好贝特丽丝。我举手为誓，我爱你。

贝特丽丝　您要是真的爱我，那么把您的手用在比发誓更有意义的地方吧。

培尼狄克　凭着你的良心，你以为克劳狄奥伯爵真的冤枉了希罗吗?

贝特丽丝 是的,正像我知道我有思想有灵魂一样毫无疑问。

培尼狄克 够了!一言为定,我要去向他挑战。让我在离开你以前,吻一吻你的手。我凭你这只手起誓,克劳狄奥一定要得到一次重大的教训。请你等候我的消息,把我放在你的心里。去吧,安慰安慰你的妹妹;我必须对他们说她已经死了。好,再见。(各下)

第二场 监 狱

道格培里、弗吉斯及教堂司事各穿制服上;巡丁押康拉德及波拉契奥随上。

道格培里 咱们这一伙儿都到齐了吗?

弗吉斯 啊!端一张凳子和垫子来给教堂司事先生坐。

教堂司事 哪两个是被告?

道格培里 呃,那就是我跟我的伙计。

弗吉斯 不错,我们是来审案子的。

教堂司事 可是哪两个是受审判的犯人?叫他们到巡官老爷面前来吧。

道格培里 对,对,叫他们到我面前来。朋友,你叫什么名字?

波拉契奥 波拉契奥。

道格培里 请写下波拉契奥。小子,你呢?

康拉德 长官,我是个绅士,我的名字叫康拉德。

道格培里 写下绅士康拉德先生。两位先生,你们都敬奉上帝吗?

康拉德、波拉契奥 是,长官,我们希望我们是敬奉上帝的。

道格培里 写下他们希望敬奉上帝;留心把上帝写在前面,因为要是让这些混蛋的名字放在上帝前面,上帝一定要生气的。两位先生,你们已经被证明是两个比奸恶的坏人好不了多少的家伙,大家也就要这样看待你们了。你们自己有什么辩白没有?

康拉德 长官,我们说我们不是坏人。

道格培里 好一个乖巧的家伙;可是我会诱他说出真话来。过来,小子,让我在你的耳边说一句话:先生,我对您说,人家都以为你们是奸恶的坏人。

波拉契奥 长官,我对你说,我们不是坏人。

道格培里 好,站在一旁。天哪,他们都是老早商量好了说同样的话的。你有没有写下来,他们不是坏人吗?

教堂司事 巡官老爷,您这样审问是审问不出什么结果来的;您必须叫那控诉他们的巡丁上来问话。

道格培里 对,对,这是最迅速的方法。叫那巡丁上来。弟兄们,我用亲王的名义,命令你们控诉这两个人。

巡丁甲 禀长官,这个人说亲王的兄弟唐·约翰是个坏人。

道格培里 写下约翰亲王是个坏人。嗳哟,这简直是犯的伪证罪,把亲王的兄弟叫做坏人!

波拉契奥 巡官先生——

道格培里 闭住你的嘴,家伙;我讨厌你的面孔。

教堂司事 你们还听见他说些什么?

巡丁乙 呃,他说他因为捏造了中伤希罗小姐的谣言,唐·约翰给了他一千块钱。

道格培里 这简直是未之前闻的窃盗罪。

弗吉斯 对了,一点儿不错。

教堂司事 还有些什么话?

巡丁甲　他说克劳狄奥伯爵听了他的话,准备当着众人的面前把希罗羞辱,不再跟她结婚。

道格培里　嗳哟,你这该死的东西!你干下这种恶事,要一辈子不会下地狱啦。

教堂司事　还有什么?

巡丁乙　没有什么了。

教堂司事　两位先生,就是这一点,你们也没有法子抵赖了。约翰亲王已经在今天早上逃走;希罗已经这样给他们羞辱过,克劳狄奥也已经拒绝跟她结婚,她因为伤心过度,已经突然身死了。巡官老爷,把这两个人绑起来,带到里奥那托家里去;我先走一步,把我们审问的结果告诉他。(下)

道格培里　来,把他们铐起来。

弗吉斯　把他们交给——

康拉德　滚开,蠢货!

道格培里　他妈的!教堂司事呢?叫他写下:亲王的官吏是个蠢货。来,把他们绑了。你这该死的坏东西!

康拉德　滚开,你是头驴子,你是头驴子!

道格培里　你难道瞧不起我的地位吗?你难道瞧不起我这一把年纪吗?啊,但愿他在这儿,给我写下我是头驴子!可是列位弟兄们,记住我是头驴子;虽然这句话没有写下来,可是别忘记我是头驴子。你这恶人,你简直是目中无人,这儿大家都可以做见证的。老实告诉你吧,我是个聪明人;而且是个官;而且是个有家小的人;再说,我的相貌也比得上墨西拿地方无论哪一个人;我懂得法律,那可以不去说它;我身边老大有几个钱,那也可以不去说它;我不是不曾碰到过坏运气,可是我还有两件袍子,无论到什么地方去总还是体体面面的。把他带下去!啊,但愿他给我写下我是一头驴子!(同下)

第五幕

第一场　里奥那托家门前

里奥那托及安东尼奥上。

安东尼奥　您要是老是这样，那不过气坏了您自己的身体；帮着忧伤摧残您自己，那未免太不聪明吧。

里奥那托　请你停止你的劝告；把这些话送进我的耳中，就像把水倒在筛里一样毫无用处。不要劝我；也不要让什么人安慰我，除非他也遭到跟我同样的不幸。给我找一个像我一样溺爱女儿的父亲，他身为父亲的欢乐也跟我一样完全给粉碎了，叫他来劝我安心忍耐；把他的悲伤跟我的悲伤两两相较，必须铢两悉称，毫发不爽，从外表、形相到细枝末节，都没有区别；要是这样一个人能够拈弄他的胡须微笑，把一切懊恼的事情放在脑后，用一些老生常谈自宽自解，装作忘却悲叹而若无其事地干咳嗽，借着烛光，钻在书堆里而试图埋葬自己的不幸——那么叫他来见我吧，我也许可以从他那里学到些忍耐的方法。可是世上不会有这样的人；因为，兄弟，人们对于自己并不感觉到的痛苦，是会用空洞的话来劝告慰藉的，可是他们要是自己尝到了这种痛苦的滋味，他们的理性就会让感情来主宰了，他们就会觉得他们给人家服用的药饵，对自己也不会发生效力；极度的疯狂，是不能用一根丝线把它拴住的，就像空话不能止痛一样。不，不，谁都会劝一个在悲哀的重压下辗转呻吟的人安心忍耐，可是谁也没有那样的修养和勇气，能够叫自己忍受同样的痛苦。所以不要给我劝告，我的悲哀的呼号会盖住劝告的声音。

安东尼奥 人们就是在这种变故时跟小孩子没有分别。

里奥那托 请你不必多说。我只是个血肉之躯的凡人；就是那些写惯洋洋洒洒的大文的哲学家们，尽管他们像天上的神明一样，蔑视着人生的灾难痛苦，一旦他们的牙齿痛起来，也是会忍受不住的。

安东尼奥 可是您也不要一味自己吃苦；您应该叫那些害苦了您的人也吃些苦才是。

里奥那托 你说得有理；对了，我一定要这样。我心里觉得希罗一定是受人诬谤；我要叫克劳狄奥知道他的错误，也要叫亲王跟那些破坏她的名誉的人知道他们的错误。

安东尼奥 亲王跟克劳狄奥急匆匆地来了。

唐·彼德罗及克劳狄奥上。

彼德罗 早安，早安。

克劳狄奥 早安，两位老人家。

里奥那托 听我说，两位贵人——

彼德罗 里奥那托，我们现在没有工夫。

里奥那托 没有工夫，殿下！好，回头见，殿下；您现在这样忙吗？——好，那也不要紧。

彼德罗 嗳哟，好老人家，别跟我们吵架。

安东尼奥 要是吵了架可以报复他的仇恨，咱们中间总有一个人会送命的。

克劳狄奥　谁得罪他了？

里奥那托　嘿，就是你呀，你，你这假惺惺的骗子！怎么，你要拔剑吗？我可不怕你。

克劳狄奥　对不起，那是我的手不好，害得您老人家吓了一跳；其实它并没有要拔剑的意思。

里奥那托　哼，朋友！别对我扮鬼脸取笑。我不像那些倚老卖老的傻老头儿一般，只会向人吹吹我在年轻时候怎么了不得，要是现在再年轻了几岁，一定会怎么怎么。告诉你，克劳狄奥，你冤枉了我的清白的女儿，把我害得好苦，我现在忍无可忍，只好不顾我这一把年纪，凭着满头的白发和这身久历风霜的老骨头，向你挑战，看究竟谁是谁非。我说你冤枉了我的清白的女儿；你的信口的诽谤已经刺透了她的心，她现在已经跟她的祖先长眠在一起了；啊，想不到我的祖先清白传家，到了她身上却落下一个污名，这都是因为你的万恶的手段！

克劳狄奥　我的手段？

里奥那托　是的，克劳狄奥，我说是你的万恶的手段。

彼德罗　老人家您说错了。

里奥那托　殿下，殿下，要是他有胆量，我愿意用武力跟他较量出一个是非曲直来；虽然他击剑的本领不坏，练习得勤，又是年轻力壮，可是我不怕他。

克劳狄奥　走开！我不要跟你胡闹。

里奥那托　你会这样推开我吗？你已经杀死了我的孩子；要是你把我也杀死了，孩子，才算你是个汉子。

安东尼奥　他要把我们两人一起杀死了，才算是个汉子；可是让他先杀死一个吧，让他跟我较量一下，看他能不能把我取胜。来，跟我来，孩子；来，哥儿，来，跟我来。哥儿，我要把你杀得无招架之功！我大丈夫说出来的话绝不收回。

里奥那托 兄弟——

安东尼奥 您宽心吧。上帝知道我爱我的侄女；她现在死了，给这些恶人们造的谣言气死了。他们只会欺负一个弱女子，可是叫他们跟一个男子汉决斗，却像叫他们从毒蛇嘴里拔出舌头来一样没有胆量。这些乳臭小儿，只会说大话，诓人的猴子，不中用的懦夫！

里奥那托 安东尼贤弟——

安东尼奥 您不要说话。干什么，好人儿！我看透了他们，知道他们的骨头一共有多少分量；这些胡闹的、寡廉鲜耻的纨裤公子们，就会说谎骗人，造谣生事，打扮得奇奇怪怪，装出一副吓唬人的样子，说几句假威风的言语，扬言他们要怎样打击敌人，假使他们有这胆量；这就是他们的全副本领！

里奥那托 可是，安东尼贤弟——

安东尼奥 不，这点小事您不用管，让我来对付他们。

彼德罗 两位老先生，我们不愿意冒犯你们。令嫒的死实在使我非常抱憾；可是凭着我的名誉发誓，我们对她说的话都是绝对确实，而且有充分的证据。

里奥那托 殿下，殿下——

彼德罗 我不要听你的话。

里奥那托 不要听我的话？好，兄弟，我们去吧。总有人会听我的话的——

安东尼奥 不要听也得听，否则咱们就拼个你死我活。（里奥那托、安东尼奥同下）

培尼狄克上。

彼德罗 瞧，瞧，我们正要去找的那个人来啦。

克劳狄奥 啊，老兄，什么消息？

培尼狄克 早安，殿下。

彼德罗　欢迎，培尼狄克；你来迟了一步，我们刚才险些儿打起来呢。

克劳狄奥　我们的两个鼻子险些儿没给两个没有牙齿的老头子咬下来。

彼德罗　里奥那托跟他的兄弟。你看怎么样？要是我们真的打起来，那我们跟他们比起来未免太年轻点儿了。

培尼狄克　强弱异势，胜了也没有光彩。我是来找你们两个人的。

克劳狄奥　我们到处找着你，因为我们一肚子都是烦恼，想设法把它排遣排遣。你给我们讲个笑话吧。

培尼狄克　我的笑话就在我的剑鞘里，要不要拔出来给你们瞧瞧？

彼德罗　你是把笑话随身佩带的吗？

克劳狄奥　只听到过把人笑破"肚皮"，可还没听说把笑话插在"腰"里。请你把它"拔"出来，就像乐师从他的琴囊里拿出他的乐器来一样，给我们弹奏弹奏解解闷吧。

彼德罗　嗳哟，他的脸色怎么这样白得怕人！你病了吗？还是在生气？

克劳狄奥　喂，放出勇气来，朋友！虽然忧能伤人，可是你是个好汉子，你会把忧愁赶走的。

培尼狄克　爵爷，您要是想用您的俏皮话儿挖苦我，那我是很可以把您对付得了的。请您换一个题目好不好？

克劳狄奥　好，他的枪已经弯断了，给他换一支吧。

彼德罗　他的脸色越变越难看了；我想他真的在生气哩。

克劳狄奥　要是他真的在生气，那么他总知道刀子就挂在他身边。

培尼狄克　可不可以让我在您的耳边说句话？

克劳狄奥　上帝保佑我不要是挑战！

培尼狄克　（向克劳狄奥旁白）你是个坏人，我不跟你开玩笑；你敢用什么方式，凭着什么武器，在什么时候跟我决斗，我一定从命；你要是不接受我的挑战，我就公开宣布你是一个懦夫。你已经害死了一位好好的姑娘，她的阴魂一定会缠绕在你的身上。请你给我一个回音。

克劳狄奥　好，我一定奉陪就是了；让我也可以借此消消闷儿。

彼德罗　怎么，你们打算喝酒去吗？

克劳狄奥　是的，谢谢他的好意；他请我去吃一个小牛头，吃一只阉鸡，我要是不把它切得好好的，就算我的刀子不中用。说不定我还能吃到一只呆鸟吧。

培尼狄克　您的才情真是太好啦，出口都是俏皮话儿。

彼德罗　让我告诉你那天贝特丽丝怎样称赞你的才情。我说你的才情很不错；"是的，"她说，"他有一点儿琐碎的小聪明。""不，"我说，"他有很大的才情；""对了，"她说，"他的才情是大而无当的。""不，"我说，"他很风趣。""正是，"她说，"因为太风趣了，所以不会伤人。""不，"我说，"这位绅士很聪明；""啊，"她说，"好一位聪明的绅士！""不，"我说，"他有一条能言善辩的舌头；""我相信您的话，"她说，"因为他在星期一晚上向我发了一个誓，到星期二早上又把那个誓毁了；他不止有一条舌头，他是有两条舌头哩。"这样她用足足一点钟的工夫，把你的长处批评得一文不值；可是临了她却叹了口气，说你是意大利最漂亮的一个男人。

克劳狄奥　因此她伤心得哭了起来，说她一点不放在心上。

彼德罗　正是这样；可是说是这么说，她倘不把他恨进骨髓里去，就会把他爱到心窝儿里。那老头子的女儿已经完全告诉我们了。

克劳狄奥　全都说了——而且，"当他躲在园里的时候，上帝就看见他"。①

彼德罗　可是我们什么时候把那野牛的角儿插在有理性的培尼狄克的头上呢？

克劳狄奥　对了，还要在头颈下面挂着一块招牌，"请看结了婚的培尼狄克"。

培尼狄克　再见，哥儿；你已经知道我的意思。现在我让你一个人去唠唠叨叨说话吧；谢谢上帝，你讲的那些笑话正像只会说说大话的那些懦夫们的刀剑一样不中用。殿下，一向蒙您知遇之恩，我是十分地感谢，可是现在我不能再跟您继续来往了。您那位令弟已经从墨西拿逃走了；你们几个人已经合伙害死了一位纯洁无辜的姑娘。至于我们那位白脸公子，我已经跟他约期相会了；在那个时候以前，我愿他平安。（下）

彼德罗　他果然认起真来了。

克劳狄奥　绝对认真；我告诉您，他这样一本至诚，完全是为了贝特丽丝的爱情。

彼德罗　他向你挑战了吗？

克劳狄奥　他非常诚意地向我挑战了。

彼德罗　一个衣冠楚楚的人，会这样迷塞了心窍，真是可笑！

克劳狄奥　像他这样一个人，讲外表也许比一头猴子神气得多，可是他的聪明还不及一头猴子哩。

彼德罗　且慢，让我静下来想一想；糟了！他不是说我的兄弟已经逃走了吗？

---

①　出自《旧约·创世记》。

道格培里、弗吉斯及巡丁押康拉德、波拉契奥同上。

道格培里 你来，朋友；要是法律管不了你，那简直可以用不到什么法律了。不，你本来是个该死的伪君子，总得好好地看待看待你。

彼德罗 怎么！我兄弟手下的两个人都给绑起来啦！一个是波拉契奥！

克劳狄奥 殿下，您问问他们犯的什么罪。

彼德罗 巡官，这两个人犯了什么罪？

道格培里 禀王爷，他们乱造谣言；而且他们说了假话；第二点，他们信口诽谤；末了第六点，他们冤枉了一位小姐；第三点，他们做假见证；总而言之，他们是说谎的坏人。

彼德罗 第一点，我问你，他们干了些什么事？第三点，我问你，他们犯的什么罪？末了第六点，我问你，他们为什么被捕？总而言之，你控诉他们什么罪状？

克劳狄奥 问得很好，而且完全套着他的口气，把一个意思用各种不同的方式表达了出来。

彼德罗 你们两人得罪了谁，所以才给他们抓了起来问罪？这位聪明的巡官讲的话儿太奥妙了，我听不懂。你们犯了什么罪？

波拉契奥 好殿下，我向您招认一切以后，请您不必再加追问，就让这位伯爵把我杀死了吧。我已经当着您的眼前把您欺骗；您的智慧所观察不到的，却让这些蠢货们揭发出来了。他们在晚上听见我告诉这个人，您的兄弟唐·约翰怎样唆使我毁坏希罗小姐的名誉；你们怎样听了他的话到花园里去，瞧见我在那儿跟打扮作希罗样子的玛格莱特呢呢情话；以及你们怎样在举行婚礼的时候把她羞辱。我的罪恶已经给他们记录下来；我现在但求一死，不愿再把它重新叙述出来，增加我的惭愧。那位小姐是受了我跟我的主人诬陷而死的；总之，我不求别的，只请殿下处我应得之罪。

彼德罗　他的这一番话，不是像一柄利剑刺进了你的心坎吗？

克劳狄奥　我听他说话，就像是吞下了毒药。

彼德罗　可是果真是我的兄弟指使你做这种事的吗？

波拉契奥　是的，他还给了我很大的酬劳呢。

彼德罗　他是个奸恶成性的家伙，现在一定是为了阴谋暴露，所以逃走了。

克劳狄奥　亲爱的希罗！现在你的形象又回复到我最初爱你的时候那样纯洁美好了！

道格培里　来，把这两个原告带下去。咱们那位司事先生现在一定已经把这件事情告诉里奥那托老爷知道了。弟兄们，要是碰上机会，你们可别忘了替我证明我是头驴子。

弗吉斯　啊，里奥那托老爷来了，司事先生也来了。

里奥那托、安东尼奥及教堂司事重上。

里奥那托　这个恶人在哪里？让我把他的面孔认认清楚，以后看见跟他长得模样差不多的人，就可以远而避之。两个人中哪一个是他？

波拉契奥　您倘要知道谁是害苦了您的人，就请瞧着我吧。

里奥那托　就是你这奴才用你的鬼话害死了我的清白的孩子吗？

波拉契奥　是的，那全是我一个人干的事。

里奥那托　不，恶人，你错了；这儿有一对正人君子，还有第三个已经逃走了，他们都是有分的。两位贵人，谢谢你们害死了我的女儿；你们干了这一件好事，是应该在青史上大笔特书的。你们自己想一想，这一件事情干得多光彩。

克劳狄奥　我不知道应该怎样向您请求原谅,可是我不能不说话。您爱怎样处置我就怎样处置我吧,我愿意接受您所能想得到的无论哪一种惩罚;虽然我所犯的罪完全是出于误会的。

　　彼德罗　凭着我的灵魂起誓,我也犯下了无心的错误;可是为了消消这位好老人家的气起见,我也愿意领受他的任何重罚。

　　里奥那托　我不能叫你们把我的女儿救活过来,那当然是不可能的事;可是我要请你们两位向这儿墨西拿所有的人宣告她死得多么清白。要是您的爱情能够鼓动您写些什么悲悼的诗歌,请您就把它悬挂在她的墓前,向她的尸骸歌唱一遍;今天晚上您就去歌唱这首挽歌。明天早上您再到我家里来;您既然不能做我的子婿,那么就做我的侄婿吧。舍弟有一个女儿,她跟我去世的女儿长得一模一样,现在她是我们兄弟两人唯一的嗣息;您要是愿意把您本来应该给她姊姊的名分转给她,那么我这口气也就消下去了。

　　克劳狄奥　啊,可敬的老人家,您的大恩大德,真使我感激涕零!我哪敢不接受您的好意?从此以后,不才克劳狄奥愿意永远听从您的驱使。

　　里奥那托　那么明天早上我等您来;现在我要告别啦。这个坏人必须叫他跟玛格莱特当面质对;我相信她也一定受到令弟的贿诱,参加了这阴谋的。

　　波拉契奥　不,我可以用我的灵魂发誓,她并不知情;当她向我说话的时候,她也不知道她已经做了些什么不应该做的事;照我平常所知道,她一向都是规规矩矩的。

　　道格培里　而且,老爷,这个原告,这个罪犯,还叫我做驴子;虽然这句话没有写下来,可是请您在判罪的时候不要忘记。还有,巡丁听见他们讲起一个坏贼,到处用上帝的名义向人借钱,借了去永不归还,所以现在人们的心肠都变得硬起来,不再愿意看在上帝的面上借给别人半个子儿了。请您在这一点上也要把他仔细审问审问。

里奥那托　谢谢你这样细心,这回真的有劳你啦。

道格培里　您老爷说得真像一个知恩感德的小子,我为您赞美上帝!

里奥那托　这儿是你的辛苦钱。

道格培里　上帝保佑,救苦救难!

里奥那托　去吧,你的罪犯归我发落,谢谢你。

道格培里　我把一个大恶人交在您手里;请您自己把他处罚,给别人做个榜样。上帝保佑您老爷!愿老爷平安如意,无灾无病!后会无期,小的告辞了!来,伙计。(道格培里、弗吉斯同下)

里奥那托　两位贵人,咱们明天早上再见。

安东尼奥　再见;我们明天等着你们。

彼德罗　我们一定准时奉访。

克劳狄奥　今晚我就到希罗坟上哀吊去。(彼德罗、克劳狄奥同下)

里奥那托　(向巡丁)把这两个家伙带走。我们要去问一问玛格莱特,她怎么会跟这个下流的东西来往。(同下)

第二场　里奥那托的花园

培尼狄克及玛格莱特自相对方向上。

培尼狄克　好玛格莱特姑娘,请你帮帮忙替我请贝特丽丝出来说话。

玛格莱特　我去请她出来了,您肯不肯写一首诗歌颂我的美貌呢?

培尼狄克　我一定会写一首顶高雅的、哪一个男子别想高攀得上的诗送给你。凭着最神圣的真理起誓,你当之无愧。

玛格莱特　再没哪个男子能够高攀得上!那我只好一辈子"落空"啦?

培尼狄克　你这张嘴说起俏皮话来,就像不依不饶的猎狗那般咬人。

玛格莱特　您的俏皮话就像一把练剑用的钝刀头子,怎样使也伤不了人。

培尼狄克　这才叫大丈夫,他不肯伤害女人。玛格莱特,请你快去叫贝特丽丝来吧——我服输啦,我向你缴械,盾牌也扔啦。

玛格莱特　盾牌我们自己有,把剑交上来。

培尼狄克　这可不是好玩儿的,玛格莱特,这家伙才叫危险,只怕姑娘降不住他。

玛格莱特　好,我就去叫贝特丽丝出来见您;我想她自己也生腿的。

培尼狄克　所以一定会来。(玛格莱特下)

　　恋爱的神明,

　　高坐在天庭,

　　知道我,知道我,

　　多么的可怜!——

我的意思是说,我的歌喉糟糕得可怜;可是讲到恋爱,那么那位游泳好手勒安德耳,那位最初发明请人拉纤的特洛伊罗斯,以及那一大批载在书上的古代的风流才子们,他们的名字至今为骚人墨客所乐道,谁也没有像可怜的我这样真的为情颠倒了。可惜我不能把我的热情用诗句表示出来;我曾经搜索枯肠,可是找来找去,可以跟"姑娘"押韵的,只有"儿郎"两个字,一个孩子气的韵！可以跟"羞辱"押韵的，只有"甲壳"两个字，一个硬绷绷的韵！可以跟"学校"押韵的，只有"呆鸟"两个字，一个混账的韵！这些韵脚都不大吉利。不，我想我命里没有诗才，我也不会用那些风花雪月的话儿向人求爱。

贝特丽丝上。

培尼狄克　亲爱的贝特丽丝，我一叫你你就出来了吗？

贝特丽丝　是的，先生；您一叫我走，我也就会去的。

培尼狄克　不，别走，再呆一会儿。

贝特丽丝　"一会儿"已经呆过了，那么再见吧——可是在我未去以前，让我先问您一个明白，您跟克劳狄奥说过些什么话？我是为这事才来的。

培尼狄克　我已经骂过他了；所以给我一个吻吧。

贝特丽丝　骂人的嘴是不干净的；不要吻我，让我去吧。

培尼狄克　你真会强辞夺理。可是我必须明白告诉你，克劳狄奥已经接受了我的挑战，要是他不就给我一个回音，我就公开宣布他是个懦夫。现在我要请你告诉我，你究竟为了我哪一点"坏处"而开始爱起我来呢？

贝特丽丝　为了您所有的"坏处"，它们"朋比为奸"，尽量发展它们的恶势力，不让一点儿"好处"混杂在它们中间。可是您究竟为了我哪一点好处，才对我害起相思来呢？

培尼狄克　"害起相思来"，好一句话！我真的给相思害了，因为我爱你是违反我的本心的。

贝特丽丝　那么您原来是在跟您自己的心作对。唉，可怜的心！您既然为了我的缘故而跟它作对，那么我也要为了您的缘故而跟它作对了；因为我的朋友要是讨厌它，我当然再也不会欢喜它的。

培尼狄克　咱们两个人都太聪明啦，总不会安安静静地讲几句情话。

贝特丽丝 照您这样说法，恐怕未必如此；真的聪明人是不会自称自赞的。

培尼狄克 这是一句老生常谈，贝特丽丝，在从前世风淳厚、大家能够赏识他邻人的好处的时候，未始没有几分道理。可是当今之世，谁要是不乘他自己未死之前预先把墓志铭刻好，那么等到丧钟敲过，他的寡妇哭过几声以后，谁也不会再记得他了。

贝特丽丝 您想那要经过多少时间呢？

培尼狄克 问题就在这里，左右也不过钟鸣一小时，泪流一刻钟而已。所以一个人只要问心无愧，把自己的好处自己宣传宣传，就像我对于我自己这样，实在是再聪明不过的事。我可以替我自己作证，我这个人的确不坏。现在已经自称自赞得够了——我敢给自己担保，我这个人完全值得称赞——请你告诉我，你的妹妹怎样啦？

贝特丽丝 她现在憔悴不堪。

培尼狄克 你自己呢？

贝特丽丝 我也是憔悴不堪。

培尼狄克 敬礼上帝，尽心爱我，你的身子就可以好起来。现在我应该去啦；有人慌慌张张地找你来了。

欧苏拉上。

欧苏拉 小姐，快到您叔叔那儿去。他们正在那儿议论纷纷；希罗小姐已经证明受人冤枉，亲王跟克劳狄奥上了人家一个大大的当；唐·约翰是罪魁祸首，他已经逃走了。您就来吗？

贝特丽丝 先生，您也愿意去听听消息吗？

培尼狄克 我愿意活在你的心里，死在你的怀里，葬在你的眼里；我也愿意陪着你到你叔叔那儿去。（同下）

第三场　教堂内部

唐·彼德罗、克劳狄奥及侍从等携乐器蜡烛上。

克劳狄奥　这儿就是里奥那托家的坟堂吗？

一侍从　正是，爵爷。

克劳狄奥　（展手卷朗诵）"青蝇玷玉，谗口铄金，嗟吾希罗，月落星沉！生蒙不虞之毁，死播百世之馨；惟令德之昭昭，斯虽死而犹生。"我将你悬在坟上，当我不能说话的时候，你仍在把她赞扬！现在奏起音乐来，歌唱你们的挽诗吧。

歌

唯兰蕙之幽姿兮，
　遽一朝而摧焚；
风云怫郁其变色兮，
　月姊掩脸而似嗔；
语月姊兮毋嗔，
　听长歌兮当哭；
绕墓门而逡巡兮，
　岂百身之可赎！
风瑟瑟兮云漫漫，
　纷助予之悲叹；
安得起重泉之白骨兮，
　及长夜之未旦！

克劳狄奥　幽明从此音尘隔，岁岁空来祭墓人。永别了，希罗！

彼德罗　早安，列位朋友；把你们的火把熄了。豺狼已经觅食回来；瞧，熹微的晨光在日轮尚未出现之前，已经在欲醒未醒的东方缀上鱼肚色的斑点了。劳驾你们，现在你们可以回去了；再会。

克劳狄奥 早安，列位朋友；大家各走各的路吧。

彼德罗 来，我们也去换好衣服，再到里奥那托家里去。

克劳狄奥 但愿许门①有灵，这一回赐给我好一点的运气！

（同下）

第四场 里奥那托家中一室

里奥那托、安东尼奥、培尼狄克、贝特丽丝、玛格莱特、欧苏拉、法兰西斯神父及希罗同上。

神　父 我不是对您说她是无罪的吗？

里奥那托 亲王跟克劳狄奥怎样凭着莫须有的罪名冤诬她，您是听见的，他们误信人言，也不能责怪他们；可是玛格莱特在这件事情上也有几分不是，虽然照盘问和调查的结果看起来，她的行动并不是出于本意。

安东尼奥 好，一切事情总算圆满收场，我很高兴。

培尼狄克 我也很高兴，因为否则我有誓在先，非得跟克劳狄奥那小子算账不可。

里奥那托 好，女儿，你跟各位姑娘进去一会儿；等我叫你们出来的时候，大家戴上面罩出来。亲王跟克劳狄奥约定在这个时候来看我的。（众女下）兄弟，你知道你应该做些什么事；你必须做你侄女的父亲，把她许婚给克劳狄奥。

安东尼奥 我一定会扮演得神气十足。

培尼狄克 神父，我想我也要有劳您一下。

---

① 许门（Hymen），希腊神话中司婚姻之神。

神　父　先生，您要我做些什么事？

培尼狄克　替我加上一层束缚，或者替我解除独身主义的约束吧。里奥那托大人，不瞒您说，好老人家，令侄女对我很是另眼相看。

里奥那托　不错，她这一只另外的眼睛是我的女儿替她装上去的。

培尼狄克　为了报答她的眷顾，我也已经把我的一片痴心呈献给她。

里奥那托　您这一片痴心，我想是亲王、克劳狄奥跟我三个人替您安放进去的。可是请问有何见教？

培尼狄克　大人，您说的话太玄妙了。可是讲到我的意思，那么我是希望得到您的许可，让我们就在今天正式成婚；好神父，这件事情我要有劳您啦。

里奥那托　我竭诚赞成您的意思。

神　父　我也愿意效劳。亲王跟克劳狄奥来啦。

唐·彼德罗、克劳狄奥及侍从等上。

彼德罗　早安，各位朋友。

里奥那托　早安，殿下；早安，克劳狄奥。我们正在等着你们呢。您今天仍旧愿意娶我的侄女吗？

克劳狄奥　即使她长得像黑炭一样，我也决不反悔。

里奥那托　兄弟，你去叫她出来；神父已经等在这儿了。

（安东尼奥下）

彼德罗　早安，培尼狄克。啊，怎么，你的面孔怎么像严冬一样难看，堆满了霜雪风云？

克劳狄奥　他大概想起了那头野牛。呸！怕什么，朋友！我们要用金子镶在你的角上，整个的欧罗巴都会欢喜你，正像从前欧罗巴欢喜那因为爱情而变成一头公牛的乔武一样。

培尼狄克 乔武老牛叫起来声音很是好听;大概也有那么一头野牛看中了令尊大人那头母牛,结果才生下了像老兄一样的一头小牛来,因为您的叫声也跟他差不多,倒是家学渊源哩。

克劳狄奥 我暂时不跟你算账;这儿来了我一笔待清的债务。

安东尼奥率众女戴面罩重上。

克劳狄奥 哪一位姑娘我有福握住她的手?

安东尼奥 就是这一个,我现在把她交给您了。

克劳狄奥 啊,那么她就是我的了。好人,让我瞻仰瞻仰您的芳容。

里奥那托 不,在您没有搀着她的手到这位神父面前宣誓娶她为妻以前,不能让您瞧见她的面孔。

克劳狄奥 把您的手给我;当着这位神父之前,我愿意娶您为妻,要是您不嫌弃我的话。

希罗 当我在世的时候,我是您的另一个妻子;(取下面罩)当您爱我的时候,您是我的另一个丈夫。

克劳狄奥 又是一个希罗!

希罗 一点不错;一个希罗已经蒙垢而死,但我以清白之身活在人间。

彼德罗 就是从前的希罗!已经死了的希罗!

里奥那托 殿下,当谗言流传的时候,她才是死的。

神父 我可以替你们解释一切;等神圣的仪式完毕以后,我会详细告诉你们希罗逝世的一段情节。现在暂时把这些怪事看做不足为奇,让我们立刻到教堂里去。

培尼狄克 慢点儿,神父。贝特丽丝呢?

贝特丽丝 (取下面罩)我就是她。您有什么见教?

培尼狄克 您不是爱我吗?

贝特丽丝　啊，不，我不过照着道理对待您罢了。

培尼狄克　这样说来，那么您的叔父、亲王跟克劳狄奥都受了骗啦；因为他们发誓说您爱我的。

贝特丽丝　您不是爱我吗？

培尼狄克　真的，不，我不过照着道理对待您罢了。

贝特丽丝　这样说来，那么我的妹妹、玛格莱特跟欧苏拉都大错而特错啦；因为她们发誓说您爱我的。

培尼狄克　他们发誓说您为了我差不多害起病来啦。

贝特丽丝　她们发誓说您为了我差不多活不下去啦。

培尼狄克　没有这回事。那么您不爱我吗？

贝特丽丝　不，真的，咱们不过是两个普通的朋友。

里奥那托　好了好了，侄女，我可以断定你是爱着这位绅士的。

克劳狄奥　我也可以赌咒他爱着她；因为这儿就有一首他亲笔写的歪诗，是他从自己的枯肠里搜索出来，歌颂着贝特丽丝的。

希　罗　这儿还有一首诗，是我姊姊的亲笔，从她的口袋里偷出来的；这上面申诉着她对于培尼狄克的爱慕。

培尼狄克　怪事怪事！我们自己的手会写下跟我们心里的意思完全不同的话。好，我愿意娶你；可是天日在上，我是因为可怜你才娶你的。

贝特丽丝　我不愿拒绝您；可是天日在上，我只是因为却不过人家的劝告，一方面也是因为要救您的性命，才答应嫁给您的；人家告诉我您在一天天瘦下去呢。

培尼狄克　别多话！让我堵住你的嘴。（吻贝特丽丝）

彼德罗　结了婚的培尼狄克，请了！

培尼狄克　殿下，我告诉你吧，就是一大伙鼓唇弄舌的家伙向我鸣鼓而攻，我也决不因为他们的讥笑而放弃我的决心。你以为我会把那些冷嘲热讽的话儿放在心上吗？不，要是一个人这么容易给人家用空话打倒，他根本不配穿体面的衣服。总之，我既然立志结婚，那么无论世人说些什么闲话，我都不会去理会他们；所以你们也不必因为我从前说过反对结婚的话而把我取笑，因为人本来是个出尔反尔的东西，这就是我的结论了。至于讲到你，克劳狄奥，我倒很想把你打一顿；可是既然你就要做我的亲戚了，那么就让你保全皮肉，好好地爱我的小姨吧。

克劳狄奥 我倒很希望你会拒绝贝特丽丝，这样我就可以用棍子打你一顿，打得你不敢再做光棍了。我就担心你这家伙不大靠得住；我的大姨子应该把你监管得紧一点儿才好。

培尼狄克 得啦得啦，咱们是老朋友。现在我们还是趁没有举行婚礼之前，大家跳一场舞，让我们的心跟我们妻子的脚跟一起飘飘然起来吧。

里奥那托 还是结过婚再跳舞吧。

培尼狄克 不，我们先跳舞再结婚；奏起音乐来！殿下，你好像有些什么心事似的；娶个妻子吧，娶个妻子吧。世上再没有比那戴上一顶绿帽子的丈夫更受人敬重了。

——使者上。

使　者 殿下，您的在逃的兄弟约翰已经在路上给人抓住，现在由武装的兵士把他押回到墨西拿来了。

培尼狄克 现在不要想起他，明天再说吧；我可以给你设计一些最巧妙的惩罚他的方法。吹起来，笛子！（跳舞。众下）

莎士比亚喜剧
（下）

[英] 威廉·莎士比亚 ◎ 著　朱生豪 ◎ 译

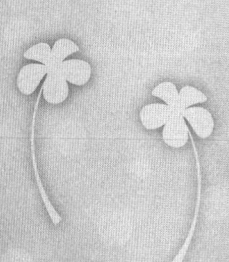

吉林出版集团股份有限公司

驯悍记

Xun Han Ji

跳舞吧

剧中人物

贵　族
克利斯朵夫·斯赖　补锅匠　⎫
酒店女店主、小童、伶人、猎奴、仆从等　⎬ 序幕中的人物
　　　　　　　　　　　　　　　　　　　⎭
巴普提斯塔　帕度亚的富翁
文森修　比萨的老绅士
路森修　文森修的儿子，爱恋比恩卡者
彼特鲁乔　维洛那的绅士，凯瑟丽娜的求婚者
葛莱米奥　⎫
　　　　　⎬ 比恩卡的求婚者
霍坦西奥　⎭
特拉尼奥　⎫
　　　　　⎬ 路森修的仆人
比昂台罗　⎭
葛鲁米奥　⎫
　　　　　⎬ 彼特鲁乔的仆人
寇提斯　　⎭
老学究　假扮文森修者
凯瑟丽娜　悍妇　⎫
　　　　　　　　⎬ 巴普提斯塔的女儿
比恩卡　　　　　⎭
寡　妇
裁缝、帽匠及巴普提斯塔、彼特鲁乔两家的仆人

地　点

帕度亚；有时在彼特鲁乔的乡间住宅

序　幕

第一场　荒村酒店门前

女店主及斯赖上。

斯　赖　我要揍你！

女店主　把你上了枷、戴了铐，你才知道厉害，你这流氓！

斯　赖　你是个烂污货！你去打听打听，俺斯赖家从来不曾出过流氓，咱们的老祖宗是跟着理查王一块儿来的。给我闭住你的臭嘴；老子什么都不管。

女店主　你打碎了的杯子难道不肯赔吗？

斯　赖　不，一个子儿也不给你。骚货，你还是钻进你那冰冷的被窝里去吧。

女店主　我知道怎样对付你这种家伙；我去叫官差来抓你。（下）

斯　赖　随他来吧，我没有犯法，看他能把我怎样。是好汉决不逃走，让他来吧。（躺在地上睡去）

号角声。猎罢归来的贵族率猎奴及仆从等上。

贵　族　猎奴，你好好照料我的猎犬。可怜的茂里曼，它跑得口吐白沫！把克劳德和那大嘴巴的母狗放在一起。你没看见锡尔佛在那篱笆角上，居然找回了那失踪的畜生了吗？人家就是给我二十镑，我也不肯把它卖出去。

猎奴甲　老爷，培尔曼也不比它差呢；它闻到一点点臭味就会叫起来，今天它已经两次发现猎物的踪迹。我觉得还是它好。

贵　族　你知道什么！爱柯要是脚步快一些，可以抵得过十二条这样的狗哩。可是你得好好喂饲它们，留心照料它们。明天我还要出来打猎。

猎奴甲　是，老爷。

贵　族　（见斯赖）这是什么？是个死人，还是喝醉了？瞧他有气没有？

猎奴乙　老爷，他在呼吸。他要不是喝醉了酒，不会在这么冷的地上睡得这么香的。

贵　族　瞧这蠢东西！他躺在那儿多么像一头猪！一个人死了以后，那样子也不过这样难看！我要把这醉汉作弄一番。让我们把他抬回去放在床上，给他穿上好看的衣服，在他的手指上套上许多戒指，床边摆好一桌丰盛的酒食，让穿得齐齐整整的仆人侍候着他，等他醒来的时候，这叫花子不是会把他自己也忘记了吗？

猎奴甲　老爷，我想他一定想不起来自己是个什么人了。

猎奴乙　他醒来以后，一定会大吃一惊。

贵　族　就像置身在一场美梦或空虚的幻想中一样。你们现在就把他抬起来，轻轻地把他抬到我最好的一间屋子里，四周的墙壁上挂满了我那些风流的图画，用温暖的香水给他洗头，房间里熏起芳香的栴檀，还要把乐器准备好，等他醒来的时候，便弹奏起美妙的仙曲来。他要是说什么话，就立刻恭恭敬敬地低声问他，"老爷有什么吩咐？"一个仆人捧着银盆，里面盛着浸满花瓣的蔷薇水,还有一个人捧着水壶,第三个人拿着手巾,说,"请老爷净手。"那时另一个人就拿着一身华贵的衣服,问他喜欢穿哪一件;还有一个人向他报告他的猎犬和马匹的情形,并且对他说他的夫人见他害病,心里非常难过。让他相信他自己曾经疯了;要是他说他自己是个什么人,就对他说他是在做梦,因为他是一个达官贵人。你们这样用心串演下去,不要闹得太过分,一定会是一场绝妙的消遣。

猎奴甲　老爷,我们一定用心扮演,让他看见我们不敢怠慢的样子,相信他自己真的是一个贵人。

贵　族　把他轻轻抬起来,让他在床上安歇一会儿,等他醒来的时候,各人都按着各自的职分好好去做。(众抬斯赖下;号角声)来人,去瞧瞧那吹号角的是什么人。(一仆人下)也许有什么过路的贵人,要在这儿暂时歇脚。

仆人重上。

贵　族　啊,是谁?

仆　人　启禀老爷,是一班戏子要来侍候老爷。

贵　族　叫他们过来。

众伶人上。

贵　族　欢迎,列位!

众　伶　多谢大人。

贵　族　你们今晚想在我这里耽搁一夜吗?

伶　甲　大人要是不嫌弃的话,我们愿意侍候大人。

贵　族　很好。这个人很面熟,我记得他曾经扮过一个农夫的长子,向一位小姐求爱,演得很不错。你的名字我忘了,可是那个角色你演来恰如其分,一点也不做作。

伶　甲　您大概说的是苏多吧。

贵　族　对了,你演得很好。你们来得很凑巧,因为我正要串演一幕戏，你们可以给我帮帮忙。今晚有一位贵人要来听你们的戏，他生平没有听过戏，我很担心你们看见他那呆头呆脑的样子，会忍不住笑起来，那就要把他开罪了；我告诉你们，他只要看见人家微微一笑，就会发起火来的。

伶　甲　大人，您放心好了。就算他是世上最古怪的人，我们也会控制好我们自己。

贵　族　来人，把他们领到伙食房里去，好好款待他们；他们需要什么，只要我家里有，都可以尽量供给他们。（仆甲领众伶下）来人，你去找我的童儿巴索洛缪，把他装扮作一个贵妇，然后带着他到那醉汉的房间里去，叫他做太太，必须要恭恭敬敬的。你替我吩咐他，他的一举一动，必须端庄稳重，就像他看见过的贵妇在她们丈夫面前的那种样子；他对那醉汉说话的时候，必须温柔和婉，也不要忘记了屈膝致敬；他应当说，"夫君有什么事要吩咐奴家，请尽管说，好让奴家稍尽一点做妻子的本分，表示一点对您的爱心。"然后他就装出很多情的样子把那醉汉拥抱亲吻，把头偎在他的胸前，眼睛里流着泪，假装是他的"丈夫"疯癫了七年，始终把自己当作一个穷苦的讨人厌的叫花子，现在他眼看他"丈夫"清醒过来，所以高兴得哭起来了。要是这孩子没有女人家随时淌眼泪的本领，只要用一颗洋葱包在手帕里，擦擦眼皮，眼泪就会来了。你对他说他要是扮演得好，我一定格外宠爱他。赶快就把这事情办好了，我还有别的事要叫你去做。（仆乙下）我知道这孩子一定会把贵妇的言行举止模仿得惟妙惟肖。我很想听一听他把那醉汉叫做丈夫，看看我那些下人们向这个愚蠢的乡人行礼致敬的时候，怎样努力忍住发笑；我必须去向他们关照一番，也许他们看见有我在面前，自己会有些节制，不致露出破绽来。（率余众同下）

第二场　贵族家中卧室

斯赖披富丽睡衣,众仆持衣帽壶盆等环侍,贵族亦作仆人装束杂立其间。

斯　　赖　看在上帝的面上,来一壶淡麦酒!

仆　　甲　老爷要不要喝一杯白葡萄酒?

仆　　乙　老爷要不要尝一尝这些蜜饯的果子?

仆　　丙　老爷今天要穿什么衣服?

斯　　赖　我是克利斯朵夫·斯赖,别老爷长老爷短的。我从来不曾喝过什么白葡萄酒黑葡萄酒;你们倘要给我吃蜜饯果子,还是切两片牛肉来吧。不要问我爱穿什么,我没有衬衫,只有一个光光的脊梁;我没有袜子,只有两条赤裸裸的腿;我的一双脚上难得有穿鞋子的时候,就是穿起鞋子来,我的脚趾也会钻到外面来的。

贵　　族　但愿上天为您扫除这些无聊的幻想!真想不到像您这样一个有权有势、出身高贵、富有资财、受人崇敬的人物,会沾染到这样下贱的邪魔!

斯　　赖　怎么!你们把我当作疯子吗?我不是勃登村斯赖老头子的儿子克利斯朵夫·斯赖,出身小贩,学过手艺,走过江湖,现在是一个补锅匠吗?你们要是不信,去问曼琳·哈基特,那个温考特村里卖酒的胖婆娘,看她认不认识我;她要是不告诉你们我欠她十四便士的酒钱,就算我是天下第一名说谎的坏蛋。怎么!我难道疯了吗?这儿是——

仆　　甲　唉!太太就是看了您这样子,才终日哭哭啼啼。

仆　　乙　唉!您的仆人们就是看了您这样子,才个个垂头丧气。

驯悍记

贵　族　您的亲戚们因为您害了这种奇怪的疯病，才裹足不进您的大门。老爷啊，请您想一想您的出身，重新记起您从前的思想，把这些卑贱的噩梦完全忘却吧。瞧，您的仆人们都在侍候着您，各人等候着您的使唤。您要听音乐吗？听！阿波罗在弹琴了，（音乐）二十只笼里的夜莺在歌唱。您要睡觉吗？我们会把您扶到比古代王后特制的御床更为温香美软的卧榻上。您要走路吗？我们会给您在地上铺满花瓣。您要骑马吗？您有的是鞍鞯上镶着金珠的骏马。您要放鹰吗？您有的是飞得比清晨的云雀还高的神鹰。您要打猎吗？您的猎犬的吠声，可以使山谷响应，上彻云霄。

仆　甲　您要打猎吗？您的猎犬跑得比麋鹿还要迅速。

仆　乙　您爱赏画吗？我们可以马上给您拿一幅阿都尼的画像来，他站在流水之旁，西塞利娅隐身在芦苇里①，那芦苇似乎因为受了她气息的吹动，在那里摇曳生姿一样。

贵　族　我们可以给您看那处女时代的伊俄②怎样被诱奸的经过，那情形就跟活的一样。

仆　丙　或是在荆棘林中漫步的达芙妮，她腿上被棘刺划伤，看上去就真像在流着鲜血；伤心的阿波罗瞧了她这样子，不禁潸然泪下；那血和泪都被画工描摹得栩栩如生。

贵　族　您是一个不折不扣的贵人；您有一位太太，比这不济的世上任何一个女子都要美貌千倍。

仆　甲　在她没有因为您的缘故而让滔滔的泪涛流满她那可爱的面庞之前，她是一个并世无俦的美人，即以现在，她也不比任何女人逊色。

---

①　阿都尼（Adonis），希腊神话中为维纳斯女神所恋的美少年；西塞利娅为维纳斯的别名。

②　伊俄（Io），希腊神话中被天神宙斯所诱奸的女子。

691

斯　赖　我是一个老爷吗？我有这样一位太太吗？我是在做梦，还是到现在才从梦中醒来？我现在并没有睡着；我能看见，我能听见，我会说话；我嗅到一阵阵的芳香，我抚摸到柔软的东西。哎呀，我真的是一个老爷，不是补锅匠，也不是克利斯朵夫·斯赖。好吧，你们去给我把太太请来；可别忘记再给我倒一壶最淡的麦酒来。

仆　乙　请老爷洗手。（数仆持壶盆手巾上前）啊，您现在已经恢复神智，知道您自己是个什么人，我们真是说不出地高兴！这十五年来，您一直在做梦，就是醒着的时候，也跟睡着一样。

斯　赖　这十五年来！哎呀，这一觉睡得可长久！可是在那些时候我不曾说过一句话吗？

仆　甲　啊，老爷，您话是说的，不过都是些胡言乱语；虽然您明明睡在这么一间富丽的房间里，却总说您给人家打出门外，还骂着那屋子里的女主人，说要上衙门告她去，因为她拿缸子卖酒，不按官家的定量。有时候您叫着西息莉·哈基特。

斯　赖　不错，那是酒店里的一个女侍。

仆　丙　嗳哟，老爷，您几时知道有这么一家酒店，这么一个女人？您还说起过什么史蒂芬·斯赖，什么希腊人老约翰·拿普斯，什么彼得·忒夫，什么亨利·品布纳尔，还有一二十个诸如此类的名字，都是从来不曾有过、谁也不曾看见过的人。

斯　赖　感谢上帝，我现在醒过来了！

众　仆　阿门！

斯　赖　谢谢你们，等会儿我重重有赏。

小童扮贵妇率侍从上。

小　童　老爷，今天可安好？

斯　赖　喝好酒，吃好肉，当然很好啰。我的老婆呢？

小　　童　在这儿,老爷,您有什么吩咐?

斯　　赖　你是我的老婆,怎么不叫我丈夫?我的仆人才叫我老爷。我是你的亲人。

小　　童　您是我的夫君,我的主人;我是您忠顺的妻子。

斯　　赖　我知道。我应当叫她什么?

贵　　族　夫人。

斯　　赖　艾丽丝夫人呢,还是琼夫人?

贵　　族　夫人就是夫人,老爷们都是这样叫着太太的。

斯　　赖　夫人太太,他们说我已经做了十五年以上的梦。

小　　童　是的,这许多年来我不曾和您同床共枕,在我就好像守了三十年的活寡。

斯　　赖　那真太委屈了你啦。喂,你们都给我走开。夫人,宽下衣服,快到床上来吧。

小　　童　老爷,请您恕我这一两夜,否则就等太阳西下以后吧。医生们曾经关照过我,叫我暂时不要跟您同床,免得旧病复发。我希望这个理由可以使您原谅我。

斯　　赖　我实在有些等不及了,可是我不愿意再做那些梦,所以只好忍住欲火,慢慢再说吧。

一仆人上。

仆　　人　启禀老爷,那班戏子们听见贵体痊愈,想来演一出有趣的喜剧给您解解闷儿。医生说过,您因为思虑过度,所以血液凝滞;太多的忧愁会使人发狂,因此他们以为您最好听听戏开开心,这样才可以消灾延寿。

斯　　赖　很好,就叫他们演起来吧。你说的什么喜剧,可不就是翻翻跟斗、蹦蹦跳跳的那种玩意儿?

小　　童　不,老爷,比那要有趣得多呢。

斯　　赖　什么!是演家长里短的玩意儿吗?

小　童　他们表演的是一桩故事。

斯　赖　好，让我们瞧瞧。来，夫人太太，坐在我的身边，让我们享受青春，管他什么世事沧桑！（喇叭奏花腔）

第一幕

第一场　帕度亚。广场

路森修及特拉尼奥上。

路森修　特拉尼奥，我久慕帕度亚是人文渊薮，学术摇篮，这次多蒙父亲应允，并且在你这样一位练达忠诚的仆人陪同之下，终于来到了这景物优胜的名都。让我们就在这里驻足，寻访几个名师益友，研究些玄妙的学问。比萨城出过许多名人义士，我和我父亲都是在那里诞生；我父亲文森修是班提佛里家族的后裔，他走遍五湖四海以经商立业，积聚了不少家财。我自己在弗罗伦萨长大成人，现在必须勤求上进，敦品力学，方才不致辱没家声。所以，特拉尼奥，我想把我的时间用在研究哲学和做人的道理上，在修身养志的功夫里寻求我的志向，因为我离开比萨，来到帕度亚，就像一个人从清浅的池沼跃身到汪洋大海中一样，希望满足他的焦渴。你意下如何？

特拉尼奥　恕我冒昧，好少爷，我对这一切的想法都和您一样；您能够立志在哲学里寻求至道妙理，我听了非常高兴；可是少爷，我们一方面向慕着仁义道德，一方面却也不要板起一副不近人情的道学面孔，不要因为一味服膺亚理士多德的箴言，而把奥维德的爱经全面排斥。您在相识的人面前，不妨运用逻辑和他们滔滔雄辩；日常谈话之中，也可以练习练习修辞学；音乐和诗歌可以开启您的心灵；您要是还有兴致，研究研究数学和形而上学也未尝不可。学问必须合乎自己的兴趣，方才可以得益，所以，少爷，您尽管拣您最喜欢的东西研究吧。

路森修 特拉尼奥，你这番话说得非常有理。等比昂台罗来了，我们就可以去找个适当的寓所，将来有什么朋友也可以在那里招待招待。且慢，那边来的是些什么人？

特拉尼奥 少爷，大概这里的人知道我们来了，所以要演一场戏给我们看，表示他们的欢迎。

巴普提斯塔、凯瑟丽娜、比恩卡、葛莱米奥、霍坦西奥同上。路森修及特拉尼奥避立一旁。

巴普提斯塔 两位先生，你们不必向我多做劝诫，因为你们知道我的心意已决。我必须先让我的大女儿有了丈夫以后，方才可以让小女儿出嫁。你们两位中倘有哪一位喜欢凯瑟丽娜，你们两位都是熟人，我也很敬重你们，我一定同意你们向她求婚。

葛莱米奥 求婚？哼，还不如送她上囚车；我可吃她不消。霍坦西奥，你娶了她吧。

凯瑟丽娜 （向巴普提斯塔）爸爸，你是不是要让我被这两个臭男人取笑？

霍坦西奥 姑娘，您放心吧，像您这样厉害的女人，无论哪个臭男人都会给您吓跑的。

凯瑟丽娜 先生，你也放心吧，她是不愿嫁给你的；可是她要是嫁了你，她会用三只脚的凳子打破你的鼻头，用血把你涂成花脸的小丑。

霍坦西奥 求上帝保佑我们逃过这种灾祸！

葛莱米奥 阿门!

特拉尼奥 少爷,咱们有好戏看了。那个女人倘不是个疯子,就是个泼辣娘儿们。

路森修 可是还有那一位不声不响的姑娘,却很贞静幽娴。别说话了,特拉尼奥!

特拉尼奥 很好,少爷,咱们闭住嘴看个饱。

巴普提斯塔 两位先生,我刚才说过的话决不食言,——比恩卡,你进去吧;你不要懊恼,好比恩卡,爸爸疼你,我的好孩子。

凯瑟丽娜 好心肝,好宝贝!她要是机灵的话,就自己拿手指捅捅眼睛,回去哭一场吧。

比恩卡 姊姊,你尽管看着我的懊恼而高兴吧。爸爸,我一切都听您的,我可以在家里看看书,玩玩乐器解闷。

路森修 特拉尼奥,你听!好一个贤淑的姑娘!

霍坦西奥 巴普提斯塔先生,您为什么一定这样固执?我们本来是一片好意,不料反而害得比恩卡小姐心里不快乐,真是抱歉得很。

葛莱米奥 巴普提斯塔先生,您难道要她代人受过,因为您那位大令嫒的悍声远播,而把她终身禁锢吗?

巴普提斯塔 请你们不要见怪,我已经这样决定了。比恩卡,进去吧。(比恩卡下)我知道她喜欢音乐诗歌,正想请一位教师在家教授。霍坦西奥先生,葛莱米奥先生,你们要是知道有这样适当的人才,请介绍他到这儿来;我希望我的孩子们得到良好的教育,对于有才学的人是竭诚欢迎的。再会,两位先生。凯瑟丽娜,你可以在这儿多留一会儿;我去跟比恩卡说两句话。(下)

凯瑟丽娜 什么,难道我就不可以进去?难道我就得听人家

安排时间，好像自己连要什么都不知道吗？哼！（下）

葛莱米奥　你到魔鬼的老娘那里去吧！你的盛情没有人敢领教，谁也不会留住你的。霍坦西奥先生，女人的爱也不是大不了的事，你我现在同病相怜，大家还是回去自认倒霉，把这段痴情斩断了吧。可是出于我对于可爱的比恩卡的爱慕，如果我能找到一个可以教授她功课的人，我一定会把他介绍给她的父亲。

霍坦西奥　葛莱米奥先生，我也是这样想。可是我说我们两人虽然站在互相敌对的立场，然而为了共同的利益，在一件事情上我们应当携手合作，否则恐怕我们就连成为情敌的机会也没有了。

葛莱米奥　愿闻其详。

霍坦西奥　简单一句话，给她的姊姊找一个丈夫。

葛莱米奥　找个丈夫！还是找个魔鬼给她吧。

霍坦西奥　我说，给她找个丈夫。

葛莱米奥　我说给她找个魔鬼。霍坦西奥，虽然她的父亲那么有钱，你以为会有那样一个傻子，愿意娶个活阎王供在家里吗？

霍坦西奥　嘿，葛莱米奥！我们虽然受不了她那种打骂吵闹，可是世上尽有胃口好的人，看在金钱面上，说不定会把她当作活菩萨一样迎了去呢。

葛莱米奥　那我可不知道。可是我要是贪图她的嫁奁，我宁愿每天给人绑在柱子上抽一顿鞭子，作为娶她回去的交换条件。

霍坦西奥　正像人家说的，两只烂苹果之间，没有什么选择。可是这一条禁令既然已经使我们两人成为朋友，那么让我们的交情暂时继续下去，直到我们帮助巴普提斯塔把他的大女儿嫁出去，让他的小女儿也有了嫁人的机会以后，再做起敌人来吧。可爱的比恩卡！不知道哪一个幸运儿捷足先登！葛莱米奥先生，你说怎样?

葛莱米奥 我很赞成。要是能够找到那么一个人,我愿意把帕度亚最好的马送给他,让他立刻前去求婚,赶快和她结婚睡觉,把她早早带走。我们走吧。(葛莱米奥、霍坦西奥同下)

特拉尼奥 少爷,请您告诉我,难道爱情会这么快就把一个人征服吗?

路森修 啊,特拉尼奥!倘不是我自己今天亲身经历,我决不相信这样的事是真的。当我在这儿闲望着他们的时候,我却在无意中感到了爱情的力量。特拉尼奥,你是我的心腹,正像安娜是她姐姐迦太基女王狄多的心腹一样,我坦白向你招认了吧,要是我不能娶这位年轻的贞淑的姑娘做妻子,我一定会被爱情燃烧得憔悴而死的。给我想想法子吧,特拉尼奥,我知道你一定能够也一定肯帮助我的。

特拉尼奥 少爷,我现在也不能责怪您,因为爱情一旦进了人的心里,是打骂不走的。它既然到了您的身上,就会占有您的一切。您既然已经爱上了,事情就只好如此,唯一的途径是想个最便宜的法子如愿以偿。

路森修 谢谢你,再说下去吧。你的话很有道理,句句说中我的心意。

特拉尼奥 少爷,您那样出神地望着这位姑娘,恐怕没有注意到最重要的一点。

路森修 不,我没有把它忽略过去;我看见她那秀美的容颜,就是天神看见了她,也会向她屈膝长跪,请求她准许他吻一吻她的纤手的。

特拉尼奥 此外您就没有注意到什么吗?您没有听见她那姊姊怎样破口骂人,大大地闹了一场,把人家耳朵都快嚷聋了吗?

路森修 特拉尼奥,我看见她的樱唇微启,她嘴里吐出的气息，把空气都熏得充满了麝香。我看见她的一切都是圣洁而美妙的。

特拉尼奥　他已经着了迷了，我必须把他叫醒。少爷，请您醒醒吧；您要是爱这姑娘，就该想法把她弄到手。事情是这样的：她的姊姊是个泼辣凶悍的女子，除非她的父亲先把她姊姊嫁出去，否则少爷，您的爱人只好待在家里做个老处女；因为他不愿让那些求婚的人找她麻烦，所以已经把她关起来不让她出来了。

路森修　啊，特拉尼奥！他真是个狠心的父亲！可是你没有听说他正在留心为她访寻一个好教师吗？

特拉尼奥　是的，少爷，我正在这上面想法子呢。

路森修　我有了计策了，特拉尼奥。

特拉尼奥　妙极了，也许我们不谋而合。

路森修　你先说吧。

特拉尼奥　我知道您想去做她的教书先生。

路森修　是啊，你看这件事能不能办得到？

特拉尼奥　做不到；您去做了教书先生，有谁替您在这儿帕度亚充当文森修的公子？有谁可以替您主持家务，研究学问，招待朋友，访问邻里，宴请宾客？

路森修　不要紧，我已经仔细想过了。我们初到此地，还不曾到什么人家里去过，人家也不认识我们两人谁是主人谁是仆人，所以我想这样：你就顶替我的名字，代我主持家务，指挥仆人；我自己改名换姓，扮作一个从弗罗伦萨、那不勒斯或是比萨来的穷苦书生。就这么办吧。特拉尼奥，你快快脱下衣服，戴上我的华贵的帽子，披上我的外套。等比昂台罗来了，就叫他侍候你；可是我还要先嘱咐他说话小心些。（二人交换服装）

特拉尼奥　这的确很必要。少爷，既然这是您的意思，我也只好从命,因为在我们临走的时候,老爷曾经吩咐过我,"你要听少爷的话,用心做事。"虽然我想他未必想到会有今天的情形;可是因为我敬爱路森修,所以我愿意自己变成路森修。

路森修　很好,特拉尼奥,因为路森修正在爱恋着一个人。她那惊鸿似的一面,已经摄去了我的魂魄;为了博取她的芳心,我甘心做一个奴隶。这狗才来了。

比昂台罗上。

路森修　喂,你到什么地方去了?

比昂台罗　我到什么地方去了!咦,怎么,您在什么地方?少爷,是特拉尼奥把您的衣服偷了呢,还是您把他的衣服偷了?还是两个人你偷我的我偷你的?究竟是怎么一回事呀?

路森修　你过来,我对你说,现在不是说笑话的时候,你好好听我的话。我上岸以后,因为跟人家吵架,杀死了一个人,恐怕被人看见,所以叫特拉尼奥穿上我的衣服,假扮作我的样子,我自己穿了他的衣服逃走。为了保全性命,我只好离开你们,你要好好侍候他,就像侍候我自己一样,你懂了吗?

比昂台罗　少爷,我一点也不懂!

路森修　你嘴里不许说出一声特拉尼奥来,特拉尼奥已经变成路森修了。

比昂台罗　算他运气,我也这样变一变就好了!

特拉尼奥　我更希望路森修能够得到巴普提斯塔的小女儿。可是我要劝你无论在什么人面前,都要规规矩矩,在私下我是特拉尼奥,当着人我就是你的主人路森修;这并不是我要在你面前摆什么架子,我只是为少爷的好处着想。

路森修　特拉尼奥,我们去吧。我还要你做一件事,你也必须去做一个求婚的人,你不必问为什么,总之我自有道理。(同下)

舞台上方观剧者的谈话。

仆　甲　老爷,您在打瞌睡了,您没有听戏吗?

斯　赖　不,我在听着。好戏好戏,下面还有吗?

小　童　才刚开始呢,夫君。

斯　赖　是一本非常的杰作,夫人;我希望它快些演完!

(继续看戏)

第二场　同前。霍坦西奥家门前

彼特鲁乔及葛鲁米奥上。

彼特鲁乔　我暂时离开了维洛那,到帕度亚来访问朋友,尤其要看看我的好朋友霍坦西奥;他的家大概就在这里,葛鲁米奥,……上去,打。

葛鲁米奥　打,老爷!叫我打谁?有谁冒犯您了吗?

彼特鲁乔　混蛋,我说向这儿打,好好地给我打。

葛鲁米奥　好好地给您打,老爷!嗳哟,老爷,小人哪里有这胆量,敢向您这儿打?

彼特鲁乔　混蛋,我说给我打门,给我使劲儿打,不然我就要打你几个耳光。

葛鲁米奥　老爷又闹脾气了。您叫我先打您,就为的是让我事后领略谁尝的苦更多。

彼特鲁乔　你还不听吗?你要不肯打,我就敲敲看,我倒要敲敲你这面锣,看到底有多响。(揪葛鲁米奥耳朵)

葛鲁米奥　救命,列位乡亲们,救命!我主人发疯了。

彼特鲁乔　我叫你打你就打,混账东西。

霍坦西奥上。

霍坦西奥　啊,我道是谁,原来是我的老朋友葛鲁米奥!还有我的好朋友彼特鲁乔！你们在维洛那都好？

彼特鲁乔　霍坦西奥先生，你是来劝架的吗？真是得瞻尊颜，三生有幸。

霍坦西奥　光临敝舍，蓬荜生辉，可敬的彼特鲁乔先生，起来吧，葛鲁米奥，起来吧，大家握手言和吧。

葛鲁米奥　哼，他咬文嚼字地说些什么都没关系，老爷。就是按法律，我这回也有理由辞掉不干了。您知道吗，老爷？他叫我打他，使劲地打他，老爷。可是，仆人哪里有这样欺侮主人的呢，虽然他糊里糊涂，也总是二十来岁的大个子了。我倒恨不得当初真老实打他几下，这会儿就不会吃这个苦头了。

彼特鲁乔　没脑筋的混蛋。霍坦西奥，我叫他上去打门，可是死说活说他也不肯。

葛鲁米奥　打门？我的老天爷呀！您不是明明说："狗才，向这儿打，向这儿敲，好好地给我打，使劲地给我打"吗？这会儿又说起"打门"来了吗？

波特鲁乔　狗才，听我告诉你，滚蛋，要不然赶紧闭嘴。

霍坦西奥　彼特鲁乔，别生气。我可以给葛鲁米奥担保，你这个葛鲁米奥是一个服侍你多年的仆人，忠实可靠，很有风趣。刚才的事完全是出于误会。可是，告诉我，好朋友，是哪一阵好风把你们从维洛那吹到帕度亚来了？

波特鲁乔　因为年轻人倘不在外面走走，老是待在家里，孤陋寡闻，终非长策，所以风才把我吹到这儿来了。不瞒你说，霍坦西奥，家父安东尼奥已经不幸去世，所以我才到这异乡客地，想要物色一位妻房，成家立业；我袋里有的是钱，家里有的是财产，闲着没事，出来见见世面也好。

霍坦西奥　彼特鲁乔，你既然想娶一个妻子，我倒想起一个人来了；可惜她脾气太坏，又长得难看，我想你一定不会中意；

不过我可以向你保证她很有钱;可是因为你是我的好朋友,我还是不要把她介绍给你的好。

彼特鲁乔 霍坦西奥,咱们是知己朋友,用不着多说废话。如果你真认识什么女人,财富多到足以作彼特鲁乔的妻子,那么既然我的求婚主要是为了钱,无论她怎样淫贱老丑,泼辣凶悍,我都一样欢迎;尽管她的性子暴躁得像起着风浪的怒海,也不能影响我对她的好感,只要她的嫁奁丰盛,我就心满意足了。

葛鲁米奥 霍坦西奥大爷,你听,他说的都是老老实实的真心话,只要有钱,就是把一个木人泥偶给他做妻子他也要;倘若她是一个满嘴牙齿落得一个不剩的老太婆,浑身病痛有五十二匹马合起来那么多,只要很有钱他也满不在乎。

霍坦西奥 彼特鲁乔,我们既然已经谈起此事,那么我就老实告诉你,我刚才说的话,一半是笑话。彼特鲁乔,我可以帮助你娶到一位妻子,又有钱,又年轻,又美貌,而且还受过良好的教育;她就是有一个很大的缺点,脾气非常之坏,撒起泼来,谁也吃她不消,即使我是个身无立锥之地的穷光蛋,就算她倒贴一座金矿嫁给我,我也要敬谢不敏的。

彼特鲁乔 算了吧,霍坦西奥,你可不知道金钱的好处哩。我只要你告诉我她父亲的名字就够了。就算她骂起人来像秋天的雷鸣一样震耳欲聋,我也要把她娶了回去。

霍坦西奥 她的父亲是巴普提斯塔·米诺拉,是一位彬彬有礼的绅士;她的名字叫做凯瑟丽娜·米诺拉,在帕度亚以善于骂人闻名。

彼特鲁乔 虽然我不认识她,可是我认识她的父亲,他和先父也是老朋友。霍坦西奥,我要是不见她一面,我会睡不着觉的,所以我要请你恕我无礼,匆匆相会,又要向你告别了。要是你愿意陪着我去,那可再好没有了。

葛鲁米奥 霍坦西奥大爷，您让他趁着这股兴致去吧。说句老实话，她要是也像我一样了解他，她就会明白对于像他这样的人，骂死也是白骂。她也许会骂他一二十声"杀千刀的"，可是那算得了什么，他要是开口骂起人来，说不定就会亮家伙。我告诉您吧，她要是顶撞了他，他会随手给她一下子，把她眼睛弄瞎，什么都看不见。您还不知道他呢。

霍坦西奥 等一等，彼特鲁乔，我要跟你同去。因为在巴普提斯塔手里还有一颗无价的明珠，他美丽的小女儿比恩卡，她是我生命中最珍贵的东西，可是巴普提斯塔却把她保管得非常严密，不让向她求婚的人们有亲近她的机会。他恐怕凯瑟丽娜有了我刚才说过的那种缺点，没有人愿意向她求婚，所以一定要让凯瑟丽娜这泼妇嫁了人以后，方才允许人家向比恩卡提起亲事。

葛鲁米奥 凯瑟丽娜这泼妇！一个姑娘家，有什么头衔不好，偏偏摊上这么一个头衔！

霍坦西奥 彼特鲁乔，我的好朋友，现在我要请求你一件事。我想换上一身朴素的服装，扮成一个教书先生的样子，请你把我举荐给巴普提斯塔，就说我精通音律，可以做比恩卡的教师。我用了这个计策，就可以有机会向她当面求爱，不至于引起人家的疑心了。

葛鲁米奥 好狡猾的计策！瞧，现在这班年轻人瞒着老年人干的好事！

葛莱米奥、路森修化装挟书上。

葛鲁米奥 大爷，大爷，您瞧谁来啦？

霍坦西奥 别闹，葛鲁米奥！这是我的情敌。彼特鲁乔，我们站到旁边去。

葛鲁米奥 好一个风流倜傥的小哥儿！

葛莱米奥 啊，很好，我已经看过那张书单了。听着，先生。我就去叫人把它们精工装订起来；必需注意每一本都是讲恋爱的，其他什么书籍都不要教她念。你懂得我的意思吗？巴普提斯塔先生给你的待遇当然不会错的，就是我也还要给你一份谢礼哩。把这张纸也带去。我还要叫人把这些书熏得香喷喷的，因为她自己比任何香料都要芬芳。你预备读些什么东西给她听？

路森修　我无论向她读些什么，都是代您申诉您的心曲，就像您自己在她面前一样；而且也许我所用的字句，比您自己所用的更为适当，除非您也是个读书人，先生。

葛莱米奥　啊，学问真是好东西！

葛鲁米奥　啊，这家伙真是傻瓜！

彼特鲁乔　闭嘴，狗才！

霍坦西奥　葛鲁米奥，不要多话。葛莱米奥先生，您好！

葛莱米奥　咱们遇见得巧极了，霍坦西奥先生。您知道我现在到什么地方去吗？我是到巴普提斯塔他家里去的。我答应他替比恩卡留心寻访一位教师，算我运气，找到了这位年轻人，他的学问品行，都可以说得过去，他读过不少诗书，而且都是很好的诗书哩。

霍坦西奥　那好极了。我也碰到一位朋友，他答应替我找一位乐师来教她音乐，我对于我那心爱的比恩卡总算也尽了责任了。

葛莱米奥　我可以用我的行为证明，比恩卡是我心爱的人。

葛鲁米奥　他也可以用他的钱袋证明。

霍坦西奥　葛莱米奥，现在不是我们争风吃醋的时候，你要是对我客客气气，我可以告诉你一个好消息，对于我们两人都是一样有好处的。这位朋友我刚才偶然遇到，他已经答应愿意去向那泼妇凯瑟丽娜求婚，而且只要她的嫁奁丰盛，他就可以和她结婚。

葛莱米奥　这当然很好,可是霍坦西奥,你有没有把她的缺点告诉他?

彼特鲁乔　我知道她是一个喜欢吵吵闹闹的长舌妇,倘若她只有这一点毛病,那我觉得也没什么要紧。

葛莱米奥　你说没有什么要紧吗,朋友?请教贵乡?

彼特鲁乔　我家住维洛那,已故的安东尼奥就是家父。我因为遗产颇堪温饱,所以很想尽情玩玩,过些痛痛快快的日子。

葛莱米奥　啊,你要过痛快的日子,却去找这样一位妻子,真是奇怪!可是你要是真有那样的胃口,不妨就去试一试,但凡有可以效劳之处,请老兄尽管吩咐好了。可是你真的要向这只野猫求婚吗?

彼特鲁乔　那还用问吗?

葛鲁米奥　他要不向她求婚,我就把她绞死。

彼特鲁乔　我倘不是为了这一件事情,何必到这儿来?你们以为一点点的吵闹,就可以使我掩耳退却吗?难道我不曾听见过狮子的怒吼?难道我不曾听见过海上的狂风暴浪,像一头疯狂的巨熊一样咆哮?难道我不曾听见过战场上的炮轰,天空中的霹雳?难道我不曾在白刃相交的激战中,听见过震天的杀声,万马的嘶奔,金鼓的雷鸣?你们现在却向我诉说女人的口舌如何可怕;就是把一枚栗子丢在火里,那爆声也要比它响得多哩。嘿,你们想捉了个跳蚤来吓小孩子吗?

葛鲁米奥　看来他是不害怕的。

葛莱米奥　霍坦西奥,这位朋友既然不以为意,那就再好不过了,他自己既可以人财两得,而且也帮了我们的大忙。

霍坦西奥　他所需要的一切求婚费用,就归我们两个人共同担负吧。

葛莱米奥　很好,只要他能够娶她回去。

特拉尼奥盛装偕比昂台罗上。

特拉尼奥　列位先生请了！我要大胆借问一声，到巴普提斯塔·米诺拉先生家里去走哪一条路最近？

比昂台罗　您说的就是有两位漂亮女儿的那位老先生吗？

特拉尼奥　就是他，比昂台罗。

葛莱米奥　先生，您说的不就是她——

特拉尼奥　也许是他，也许是她，这和你有什么相干？

彼特鲁乔　不会是爱骂人的那个她吧？

特拉尼奥　先生，我不爱骂人的人。比昂台罗，我们走吧。

路森修　（旁白）特拉尼奥，你扮得很好。

霍坦西奥　先生，请您慢走一步。请问您也是要去向您刚才说起的那位小姐求婚的吗？

特拉尼奥　假如我是去求婚的，那不会有什么罪吧？

葛莱米奥　只要你乖乖地给我回去，那就什么事都没有。

特拉尼奥　咦，我倒要请问，一条大路，你走得我就走不得？

葛莱米奥　她可不是你想得就能得的。

特拉尼奥　这是什么道理？

葛莱米奥　告诉你吧，因为她是葛莱米奥大爷的爱人。

霍坦西奥　因为她是霍坦西奥大爷的意中人。

特拉尼奥　两位先生稍安毋躁，你们倘若都是通情达理的君子，请听我说句话儿。巴普提斯塔是一位有名望的绅士，我的父亲和他也是旧交，他的女儿就是再美十倍，也应该有比现在更多十倍的男子向她求婚，为什么我就不能在其中参加一份呢？勒达①的美貌的女儿有一千个求婚者，那么美貌的比恩卡为什么不

---

① 勒达（Leda），古代斯巴达王后，宙斯与之私通而生海伦。

能在她原有的求婚者之外，再加上一个呢？虽然帕里斯希望鳌头独占，路森修却也要参加这一场竞赛。

葛莱米奥 啊，这个人的口才会把我们全部压倒哩。

路森修 让他试试身手吧，我知道他会临阵退缩的。

彼特鲁乔 霍坦西奥，你们这样尽说废话，有什么意思？

霍坦西奥 请问尊驾有没有见过巴普提斯塔的女儿？

特拉尼奥 没有，可是我听说他有两个女儿，大的那个是出名的泼辣，小的那个是出名的美貌温文。

彼特鲁乔 诸位，那个大的已经被我定下了，你们不用提她。

葛莱米奥 对了，这一份艰巨的工作，还是让我们伟大的英雄去独力完成吧。

彼特鲁乔 新来的朋友，让我告诉你，你听人家说起的那个小女儿，被她的父亲看管得非常严紧，在他的大女儿没有嫁人以前，他拒绝任何人向他的小女儿求婚，也不愿意把她许配给任何人。

特拉尼奥 这样说来，那么我们都要仰仗尊驾的大力，就是小弟也要沾您老兄的光了。您要是能够娶到他的大女儿，给我们开辟出一条路来，好让我们有机会争取他的小女儿，无论这幸运落在谁的头上，对您老兄都是一样终生感激的。

霍坦西奥 您说得有理，既然您说您自己也是一个求婚者，那么您对于这位朋友也该给他一些酬报才是，因为我们大家都是一样仰赖着他。

特拉尼奥 这没有问题，为了表示我的诚意，我想就在今天下午，请在场各位，大家在一块儿欢宴一次，恭祝我们共同的爱人健康。我们应该像法庭上打官司的律师，在竞争的时候是冤家对头，在吃喝的时候还是好朋友。

葛鲁米奥、比昂台罗 妙极妙极！咱们大家走吧。

霍坦西奥 这主意很好，就这么定吧。彼特鲁乔，让我来给你洗尘，好好款待你。（同下）

第二幕

第一场　帕度亚。巴普提斯塔家中一室

凯瑟丽娜及比恩卡上。

比恩卡　好姊姊,我是你的亲妹妹,不要把我当作婢子奴才一样看待。你要是不喜欢我身上穿戴的东西,那么请你松开我手上的捆缚,我会自己把它们拿下来的;只要你吩咐我,让我把裙子脱下来都可以;你要我怎么做,我就怎么做,因为你是姊姊,我是应该服从你的。

凯瑟丽娜　那么我要问你,在那些向你求婚的男人中间,你最爱哪一个?你可不许说谎。

比恩卡　相信我,姊姊,在这些男子中间,我到现在还没有遇到一个特别中意的人。

凯瑟丽娜　丫头,你说谎!是不是霍坦西奥?

比恩卡　姊姊,你要是喜欢他,我可以发誓我一定竭力帮助你得到他。

凯瑟丽娜　噢,那么你大概希望嫁到一个比霍坦西奥更有钱的人;你要葛莱米奥把你终生供养起来吗?

比恩卡　你是为了他才这样恨我吗？不，你是说着玩的；我现在知道了，你刚才的话原来都是说着玩的。凯德好姊姊，请你松开我的手吧。

凯瑟丽娜　你说我说着玩，我就打着你玩。（打比恩卡）

巴普提斯塔上。

巴普提斯塔　怎么，怎么，这丫头！又在撒泼吗？比恩卡，你站远些。可怜的孩子！你看，她被你欺侮得哭起来了。你去做你的针线活儿吧，别理她。你这恶鬼一样的贱人！她从来不曾惹过你，你怎么又欺侮她了？她什么时候顶撞过你一句？

凯瑟丽娜　她嘴里一声不响，心里却瞧不起我；我气不过，非让她知道些厉害不可。（追比恩卡）

巴普提斯塔　怎么，当着我的面你也敢这样放肆吗？比恩卡，你快进去。（比恩卡下）

凯瑟丽娜　啊！你不让我打她吗？好，我知道了，她是你的宝贝，她一定要嫁个好丈夫；我就只好在她结婚的那一天光着脚跳舞，因为你偏爱她，我一辈子也嫁不出去，死了在地狱里也只能陪猴子玩。不要跟我说话，我要去找个地方大哭一场。你看着吧，我总有一天要报仇的。（下）

巴普提斯塔　世上还有比我更倒霉的父亲吗？可是谁来了？

葛莱米奥率路森修作寒士装束、彼特鲁乔率霍坦西奥化装乐师、特拉尼奥率比昂台罗携七弦琴及书籍各上。

葛莱米奥　早安，巴普提斯塔先生！

巴普提斯塔　早安，葛莱米奥先生！各位先生，你们都好？

彼特鲁乔　您好，老先生。请问，您不是有一位美貌贤德的令嫒名叫凯瑟丽娜吗？

巴普提斯塔　先生，我是有一个小女叫凯瑟丽娜。

葛莱米奥　你说话太直接了，要慢慢地说到主题上去。

彼特鲁乔 葛莱米奥先生,请你不用管我。巴普提斯塔先生,我是从维洛那来的一个绅士,因为久闻令媛美貌多才,端庄贤淑,品格出众,举止温柔,所以不揣冒昧,到府上来做一个不速之客,想亲自瞻仰这位心仪已久的绝世佳人。为了表示寸心,我特地介绍这位朋友给您,(介绍霍坦西奥)他熟谙音律,精通数理,可以担任令媛的教师,我知道她对于这两门功课一定有所涉猎。您要是不嫌弃我,就请把他收留下来;他的名字叫里西奥,是曼多亚人。

巴普提斯塔 你们两位我都一样欢迎。可是说起小女凯瑟丽娜,我实在非常抱歉,她是仰攀不上您这样一位人物的。

彼特鲁乔 看来您是疼惜令媛,不愿把她遣嫁,否则就是您对我这个人不大满意。

巴普提斯塔 哪里的话,我说的是实在情形。请问贵乡何处,尊姓大名?

彼特鲁乔 鄙名是彼特鲁乔,安东尼奥是我的先父,他在意大利是很有些名望的。

巴普提斯塔 我跟他是很熟的,您原来就是他的贤郎,欢迎欢迎!

葛莱米奥 彼特鲁乔,不要尽管一个人说话,让我们也说几句吧;退后一步,你真太自鸣得意啦。

彼特鲁乔 啊,对不起,葛莱米奥先生,我也巴不得把事情早点讲妥呢。

葛莱米奥 我相信你能成功,可是以后你要是后悔今天不该来此求婚,可不要抱怨别人。巴普提斯塔先生,我相信您一定很乐意接受这份礼物;我因平日多蒙您关照,十分厚待,所以也应投桃报李,现在特地把这位青年学士介绍给您。(介绍路森修)他曾经在里姆留学多年,对于希腊文、拉丁文以及其他各国语言，都非常精通，不下于那位先生对音乐和数学的造诣。他的名字叫堪比奥，请您准许他为您服务吧。

巴普提斯塔 我非常感谢您的好意，葛莱米奥先生；堪比奥，我很欢迎你。（向特拉尼奥）可是这位先生好像是从外省来的，恕我冒昧，请问尊驾来此有何贵干？

特拉尼奥 巴普提斯塔先生，我才要请您多多包涵呢，因为我初到贵地，居然敢大胆前来，向您美貌贤德的令媛比恩卡小姐求婚，实在是冒昧万分。我也知道您的意思是要先给您那位大千金许配了婚姻，然后再谈其他，所以我现在唯一的请求，是希望您在知道我的家世以后，能够给我一个和其他各位求婚者同等的机会。这一件不值钱的乐器，和这一包希腊文和拉丁文的书籍，是奉献给两位令媛的一点小小礼物，您要是不嫌菲薄，受纳下来，那就是我莫大的荣幸了。

巴普提斯塔 台甫是路森修，请问府上何处？

特拉尼奥 敝乡是比萨，文森修就是家严。

巴普提斯塔 啊，他是比萨地方数一数二的人物，我闻名已久，您就是他的令郎，欢迎欢迎！（向霍坦西奥）你把这琴拿了，（向路森修）你把这几本书拿了，我就叫人领你们去见你们的学生。喂，来人！

一仆人上。

巴普提斯塔 你把这两位先生领去见大小姐二小姐，对她们说这两位就是来教她们的先生，叫她们千万不可怠慢。（仆人领霍坦西奥、路森修下）诸位，我们现在先到花园里散一会儿步，然后吃饭。你们都是难得的佳宾，请你们相信我的诚心欢迎。

彼特鲁乔 巴普提斯塔先生，我公务繁忙，不能每天到府上来求婚。您知道我父亲的为人，您也可以根据我父亲的为人，推测到我这个人是否靠得住！他去世以后，全部田地产业都已归我承继，我自己也亲手挣下了一些家产。现在我要请您告诉我，要是我得到了令嫒的垂青，您愿意拨给她一份怎样的嫁奁？

巴普提斯塔 我死了以后，我的田地的一半都归她，另外再给她二万个克朗。

彼特鲁乔 很好，您既然答应了我这样一份嫁奁，我也可以向她保证要是我比她先死，我的一切田地产业都归她所有。我们现在就把契约订好，双方各执一份为凭吧。

巴普提斯塔 好的，可是最要紧的，还是先去把她的爱求到了再说。

彼特鲁乔 啊，那算什么难事！告诉您吧，老伯，她固然心高气傲，可我也是天性刚强；两股烈火遇在一起，就把怒气燃烧殆尽了。一星星的火花，虽然会被微风吹成烈焰，可是一阵排山倒海的飓风，却可以把大火吹熄；我对她就是这样，她见了我一定会屈服的，因为我是个性格暴躁的人，我才不会像小孩子一样谈情说爱。

巴普提斯塔 那么很好，愿你马到成功！可是你要准备好听几句刺耳的话。

彼特鲁乔 那我也有恃无恐，尽管狂风吹个不停，山岳是始终屹立不动的。

霍坦西奥头破血流上。

巴普提斯塔 怎么，我的朋友！你怎么这样面无人色？

霍坦西奥 我是吓成这个样子的。

巴普提斯塔 怎么，我的女儿能不能当一个音乐家？

霍坦西奥 我看令嫒很可以带兵打仗去；只有铁链可以锁住她，我这琴儿是经不起她折腾的。

巴普提斯塔 难道她学不会用琴吗？

霍坦西奥 不，她用琴打人的技艺十分高明。我不过告诉她她把音柱弄错了,按着她的手教她怎样弹奏,她就冒起火来,喊道:"你管这些玩意儿叫琴柱吗?好,我就筑你几下。"说着就砰的迎头给我一下子,琴给她敲通了,我的头也被琴套住了;我像一个戴枷的犯人一样站着发怔,她还骂我弹琴的无赖,卖唱的叫花子,以及诸如此类的好多难听的话,好像她是有意要这么做似的。

彼特鲁乔 嗳呀,好一个勇敢的姑娘!我现在更加十倍地爱她了。啊,我真想好好跟她谈谈!

巴普提斯塔 (向霍坦西奥)好,你跟我去,请不要懊恼;你可以去教我的小女儿,她很愿意虚心学习,又识大体。彼特鲁乔先生,您愿意陪我们一块儿走走呢,还是让我叫我的女儿凯德出来见您?

彼特鲁乔 有劳您去叫她出来吧,我就在这儿等着她。(巴普提斯塔、葛莱米奥、特拉尼奥、霍坦西奥等同下)等她来了,我要提起精神来向她求婚。要是她开口骂人,我就对她说她唱的歌儿像夜莺一样动听;要是她向我皱眉,我就说她看上去像沐浴着朝露的玫瑰一样清丽;要是她默不作声,我就恭维她的能言善辩;要是她叫我滚蛋,我就向她道谢,好像她瞰多住一个星期一样;要是她不愿意嫁给我,我就向她请问吉期。她已经来啦,彼特鲁乔,现在要看看你的本领了。

凯瑟丽娜上。

彼特鲁乔 早安,凯德,我听说这是你的小名。

凯瑟丽娜 算你长着耳朵会听,可是我这名字是会刺痛你的耳朵的。人家提起我的时候,都叫我凯瑟丽娜。

彼特鲁乔 你骗我,你的名字就叫凯德,你是可爱的凯德,有时人家也叫你泼妇凯德;可是你是世上最美最美的凯德,我最娇美的凯德,一切娇美的东西都该叫凯德。所以,凯德,我的心上的凯德,请你听我诉说:我因为到处听见人家称赞你的温柔贤德,传扬你的美貌娇姿,虽然他们嘴里说的话,还抵不过你实在的好处的一半,可是我的心却被他们打动了,所以特地前来向你求婚,请你答应嫁给我吧。

凯瑟丽娜　打动了你的心!哼!叫那打动你的那家伙再打动你回去吧,我早知道你是个给人搬来搬去的东西。

彼特鲁乔　什么东西是给人搬来搬去的?

凯瑟丽娜　就像一张凳子一样。

彼特鲁乔　对了,来,坐在我的身上吧。

凯瑟丽娜　驴子是给人骑的,你也就是一头驴子。

彼特鲁乔　女人也是一样,你就是一个女人。

凯瑟丽娜　要想骑我,像尊驾那副模样可不行。

彼特鲁乔　好凯德,我不会叫你承担过多的重量,因为我知道你年纪轻轻——

凯瑟丽娜　要说轻,像你这样的家伙的确抓不住;要说重,我的分量也够瞧的。

彼特鲁乔　够瞧的!够——刁的。

凯瑟丽娜　叫你说着了,你就是个大笨雕。

彼特鲁乔　啊,我的小鸽子,让大雕捉住你好不好?

凯瑟丽娜　你拿我当温顺的鸽子吗?鸽子也会叼虫子哩。

彼特鲁乔　你火性这么大,就像一只黄蜂。

凯瑟丽娜　我要是黄蜂,你就留心我的刺吧。

彼特鲁乔　我就把你的刺拔下来。

凯瑟丽娜　你知道我的刺在什么地方吗?

彼特鲁乔　谁不知道黄蜂的刺是在什么地方?在屁股上。

凯瑟丽娜　在舌头上。

彼特鲁乔　在谁的舌头上?

凯瑟丽娜　你的，因为你话里带刺。好吧，再会。

彼特鲁乔　怎么，把我的舌头带在你屁股上吗？别走，好凯德，我可是个冠冕堂皇的绅士。

凯瑟丽娜　我倒要试试看。（打彼特鲁乔）

彼特鲁乔　你再打我，我也要打你了。

凯瑟丽娜　绅士动口不动手。你要打我，你就算不了绅士，算不了绅士也就别冠冕堂皇了。

彼特鲁乔　你也懂得绅士的冠冕和章服吗，凯德？欣赏欣赏我吧！

凯瑟丽娜　你的冠冕是什么？鸡冠子？

彼特鲁乔　要是凯德肯做我的母鸡，我也宁愿做老实的公鸡。

凯瑟丽娜　我不要你这个公鸡；你叫得太像鹌鹑了。

彼特鲁乔　好了好了，凯德，请不要这样横眉怒目的。

凯瑟丽娜　我看见了丑东西，总是这样的。

彼特鲁乔　这里没有丑东西，你应当和颜悦色才是。

凯瑟丽娜　谁说没有？

彼特鲁乔　请你指给我看。

凯瑟丽娜　我要是有镜子，就可以指给你看。

彼特鲁乔　啊，你是说我的脸吗？

凯瑟丽娜　年纪不大，识见倒很老成。

彼特鲁乔　凭圣乔治起誓，你会发现我是个年轻力壮的小伙子。

凯瑟丽娜　看你那一脸的皱纹。

彼特鲁乔　那是相思害的。

凯瑟丽娜　我才不在乎。

彼特鲁乔　请听我说，凯德，你想这样走了可不行。

凯瑟丽娜　我若留在这儿，只会叫你自讨没趣的，还是放我走吧。

彼特鲁乔　不，一点也不，我觉得你是无比的温柔。人家说你很暴躁，很骄傲，性情十分乖僻，现在我才知道别人的话全是假的，因为你是潇洒娇憨，和蔼谦恭，说起话来腼腼腆腆的，就像春天的花朵一样可爱。你不会颦眉蹙额，也不会斜着眼睛看人，更不会像那些乖戾的女人们一样咬着嘴唇；你不喜欢在谈话中间和别人顶撞，你款待求婚的男子，都是那么温和柔婉。为什么人家要说凯德走起路来有些跷呢？这些爱造谣言的家伙！凯德是像榛树的枝儿一样娉婷纤直的。啊，让我瞧瞧你走路的姿势吧，你那轻盈的步伐是多么迷人！

凯瑟丽娜　傻子，少说些疯话吧！去对你家里的下人们发号施令去。

彼特鲁乔　在树林里漫步的狄安娜女神，能够比得上在这间屋子里姗姗徐步的凯德吗？啊，让你做狄安娜女神，让她做凯德吧，你应当分给她几分贞洁，她应当分给你几分风流！

凯瑟丽娜　你这些好听的话是跟谁学来的？

彼特鲁乔　我这些话都是不假思索，脱口而出。

凯瑟丽娜　准是你妈妈口里的，你不过是个愚蠢学舌的儿子。

彼特鲁乔　我的话难道还不够火热吗？

凯瑟丽娜　勉强还算暖和。

彼特鲁乔　是啊，可爱的凯瑟丽娜，我正打算到你的床上去暖和暖和呢。闲话少说，让我老实告诉你，你的父亲已经答应把你嫁给我做妻子，你的嫁奁也已经议定了，你愿意也好，不愿意也好，我一定要和你结婚。凯德，我们两人是天造地设的一对，我真喜欢你，你是这样的美丽，你除了我之外，不能嫁给别人，

莎士比亚喜剧

因为我是天生下来要把你降伏的,我要把你从一个野性的凯德变成一个柔顺听话的贤妻。你的父亲来了,你不能不答应,我已经下了决心,一定要娶凯瑟丽娜做妻子。

巴普提斯塔、葛莱米奥及特拉尼奥重上。

巴普提斯塔　彼特鲁乔先生,您跟我的女儿谈得怎么样啦?

彼特鲁乔　难道还会不成功吗?我知道我一定不会失败。

巴普提斯塔　啊,怎么,凯瑟丽娜我的女儿!你怎么不大高兴?

凯瑟丽娜　你还叫我女儿吗?你真是一个好父亲,要我嫁给一个疯疯癫癫的汉子,一个轻薄的恶少,一个胡说八道的家伙,他以为凭着几句空话,就可以把事情硬干成功。

彼特鲁乔　老伯,事情是这样的:别人所讲的关于她的种种传言,都是错的,就是您自己也有些不大了解令嫒的为人;她那些泼辣的样子,都是故意装出来的,其实她一点也不倔强,却像鸽子一样地柔和,她一点不暴躁,却像黎明一样地安静,她的忍耐、她的贞洁,可以和古代的贤嫒媲美;总而言之,我们彼此十分情投意合,我们已经决定在星期日举行婚礼了。

凯瑟丽娜　我要看你在星期日上吊!

葛莱米奥　彼特鲁乔,你听,她说她要看你在星期日上吊。

特拉尼奥　这就是你所夸耀的成功吗?看来我们的希望也破灭了!

彼特鲁乔　两位不用着急,我自己选中了她,只要她满意,我也满意,不就行了吗?我们两人刚才已经约好,当着人的时候,她还是装做很泼辣的样子。我告诉你们吧,她那么爱我,简直不敢叫人相信;啊,最多情的凯德!她挽住我的头颈,把我吻了又吻,一遍遍地发着盟誓,我在一眨眼间,就完全被她征服了。啊,你们都是不曾经历过恋爱的美妙的人,你们不知道男人女人私下在一起的时候，一个最不中用的懦夫也会使世间最凶悍的女人驯如羔羊。凯德，让我吻一吻你的手。我就要到威尼斯去购办结婚礼服去了。岳父，您可以预备酒席，宴请宾客了。我可以断定凯瑟丽娜在那天一定是最美的新娘。

巴普提斯塔　我不知道该怎么说，可是把你们两人的手给我，彼特鲁乔，愿上帝赐您快乐！这门亲事算是定妥了。

葛莱米奥、特拉尼奥　阿门！我们愿意做证婚人。

彼特鲁乔　岳父，贤妻，各位，再见了。我要到威尼斯去，星期日就在眼前了。我们要有很多的戒指，很多的东西，很好的饰品。凯德，吻我吧，我们星期日就要结婚了。（彼特鲁乔、凯瑟丽娜各下）

葛莱米奥　有这样速成的婚姻吗？

巴普提斯塔　老实对两位说吧，我现在就像一个商人，因为货物急于出手，这桩买卖究竟做得做不得，也顾不了那么多了。

特拉尼奥　这是一笔棘手的滞货，现在有人买了去，也许有利可得，也许人财两空。

巴普提斯塔　我也不指望什么好处，但愿他们婚后相安无事就是了。

葛莱米奥　他娶了这样一位夫人回去，一定会家宅安宁的。可是巴普提斯塔先生，现在要谈到您的第二位令嫒了，我们好容易才盼到这一天。你我是邻居旧识，而且我是第一个来求婚的人。

特拉尼奥　可是我对于比恩卡的爱，是不能用言语来形容，也不是您所能想象得到的。

葛莱米奥　你是个后生小子，哪里会像我一样真心爱人。

特拉尼奥　瞧你胡须都斑白了，你的爱情早就结霜了。

葛莱米奥　你的爱情会把人烧坏。毛头小子，退后些，你不懂得应该让长者居先的规矩吗？

特拉尼奥 可是在娘儿们的眼睛里，年轻人才是更讨人喜欢的。

巴普提斯塔 两位不必争执，让我给你们公平调处；我们必须根据实际的条件判定谁是锦标的得主。你们两人中谁能够答应给我的女儿更重的聘礼，谁就可以得到我的比恩卡的爱。葛莱米奥先生，您能够给她什么？

葛莱米奥 第一，您知道我在城里有一所房子，陈设着许多金银器皿，金盆玉壶给她洗纤纤的嫩手，室内的帷幕都用古代的锦绣制成，象牙的箱子里满藏着金币，杉木的橱里堆垒着锦毡绣帐、绫罗绸缎、美衣华服、珍珠镶嵌的绒垫、金线织成的流苏以及铜锡家具，一切应用的东西。在我的田庄里，我还有一百头奶牛，一百二十头公牛，此外的一切可以依此类推。我必须承认我自己已经上了些年纪，要是我明天死了，这一切都是她的，只要我活着的时候，她愿意做我一个人的妻子。

特拉尼奥 这"一个人"三个字加得很妙！巴普提斯塔先生，请您听我说：我父亲只有我一个儿子，我是他唯一的后嗣，令媛倘若嫁给了我，我可以把我在比萨城内三四所像这位葛莱米奥老先生所有的一样好的房子归在她的名下，此外还有田地上每年两千块金圆的收入，都给她作为可继承的产业。葛莱米奥先生，您听了我的话很不舒服吗？

葛莱米奥 每年两千块金圆的收入！我的田地都加起来也不值那么多，可是我除了把我所有的田地给她之外，还可以给她一艘大商船，现在它就在马赛的码头边停泊着。啊，你听我说起了一艘大商船，吓得说不出话来了吗？

特拉尼奥 葛莱米奥，你去打听打听，我的父亲有三艘大商船，还有两艘大划船，十二艘小划船，我可以把这些都划给她；

你要是还有什么家私给她的话,我都可以加倍给她。

葛莱米奥　不,我的家私尽在于此,她可以得到我所有的一切。您要是认为满意的话,那么我和我的财产都是她的。

特拉尼奥　您已经有言在先,令媛当然是属于我的。葛莱米奥已经被我压倒了。

巴普提斯塔　我必须承认您所答应的条件比他强,只要令尊能够亲自给她保证,她就可以嫁给您;否则恕我说句不客气的话,要是您比令尊先死,那么她的财产岂不是落了空?

特拉尼奥　那您可太多心了,他年纪已老,我还年轻得很哩。

葛莱米奥　难道年轻的人就不会死?

巴普提斯塔　好,两位先生,我已经这样决定了。你们知道下一个星期日是我的大女儿凯瑟丽娜的婚期;再下一个星期,就是比恩卡的婚期,您要是能够给她确实的保证,她就嫁给您,否则就嫁给葛莱米奥。多谢两位光临,现在我要失陪了。

葛莱米奥　再见,巴普提斯塔先生。(巴普提斯塔下)我可不把你放在心上,你这败家的浪子!你父亲除非是一个傻子,才肯把全部财产让你来挥霍,活到这一把年纪来受你的摆布。哼!一只意大利的老狐狸是不会这样慷慨的,我的孩子!(下)

特拉尼奥　这该死的坏老头子!可是我刚才吹了那么大的牛,无非是想要成全我主人的好事,现在我这个冒牌的路森修,却必须去找一个冒牌的文森修来认做父亲。笑话年年有,今年分外多,人家都是先有父亲后有儿子,这回的婚事却是先有儿子后有父亲。(下)

第三幕

第一场　帕度亚。巴普提斯塔家中一室

路森修、霍坦西奥及比恩卡上。

路森修　喂，弹琴的，你也太猴急了；难道你忘记了她的姊姊凯瑟丽娜是怎样欢迎你的吗？

霍坦西奥　谁要你这穷酸学究多嘴！音乐是使宇宙和谐的守护神，所以还是让我先去教她音乐吧；等我教完了一钟点，你也可以给她讲一钟点的书。

路森修　荒唐的驴子，你因为没有学问，所以不知道音乐的用处！它不是在一个人读书或是工作疲倦了以后，可以舒散舒散他的精神吗？所以你应当让我先去跟她讲解哲学，等我讲完了，你再奏你的音乐好了。

霍坦西奥　嘿，我可不能受你的气！

比恩卡　两位先生，先教音乐还是先念书，那要看我的心情，你们这样争先恐后，未免太不像话了。我不是在学校里给先生打手心的小学生，我念书没有规定的钟点，自己喜欢学什么便学什么，你们何必这样子呢？大家不要吵，请坐下来；您把乐器

预备好,您一面调整弦音,他一面给我讲书;等您调好了音,他的书也一定讲完了。

霍坦西奥 好,等我把音调好以后,您可不要听他讲书了。(退坐一旁)

路森修 你去调你的乐器吧,我看你永远是个不入调的。

比恩卡 我们上次讲到哪里了?

路森修 这儿,小姐:Hac ibat Simois; hic est Sigeia tellus; Hic steterat Priami regia celsa senis.①

比恩卡 请您解释给我听。

路森修 Hac ibat,我已经对你说过了,Simois,我是路森修,hic est,比萨地方文森修的儿子,Sigeia tellus,因为希望得到你的爱,所以化装来此;Hic steterat,冒充路森修来求婚的,Priami,是我的仆人特拉尼奥,regia,他假扮成我的样子,celsa senis,是为了哄骗那个老头子。

霍坦西奥 (回原处)小姐,我的乐器已经调好了。

比恩卡 您弹给我听吧。(霍坦西奥弹琴)哎呀,那高音怎么这么难听!

路森修 朋友,你吐一口唾沫在那琴眼里,再给我去重新调一下吧。

比恩卡 现在让我来解释解释看:Hac ibat Simois,我不认识你;hic est Sigeia tellus,我不相信你;Hic steterat Priami,当心被他听见;regia,不要太自信;celsa senis,不必灰心。

霍坦西奥 小姐,现在调好了。

路森修 只除了下面那个音。

----

① 拉丁文,引自奥维德的《书信集》(Epistolae),原文大意为:"这里流着西摩亚斯河,这里是西基亚平原;这里耸立着普单阿摩斯的雄伟宫殿。"

霍坦西奥 说得很对;因为有个下流的混蛋在捣乱。我们的学究先生倒是满神气活现的!(旁白)这家伙一定在向我的爱人调情,我要格外注意他才好。

比恩卡 慢慢地我也许会相信你,可是现在我却不敢相信你。

路森修 请你不必疑心,埃阿西得斯就是埃阿斯,他是照他的祖父取名的。

比恩卡 你是我的老师,我必须相信你,否则我还要跟你辩论下去呢。里西奥,现在要轮到你啦。两位好先生,我跟你们随便说着玩的话,请不要见怪。

霍坦西奥 (向路森修)你可以到外面去走走,不要打搅我们,我这门音乐课用不着三部合奏。

路森修 还有这样的讲究吗?(旁白)好,我就等着,我要留心他的行动,因为我相信我们这位大音乐家有点儿色迷迷起来了。

霍坦西奥 小姐,在您没有接触这乐器、开始学习指法以前,我必须先从基本方面教起,简简单单地把全部音阶向您讲述一遍,您会知道我这教法要比人家的教法更有趣更简捷。我已经把它们写在这里。

比恩卡 音阶我早就学过了。

霍坦西奥 可是我还要请您读一读霍坦西奥的音阶。

比恩卡 (读)

G是"多",你是一切和谐的基础,
A是"来",霍坦西奥对你十分爱慕;
B是"迷",比恩卡,他要娶你为妻,
C是"发",他拿整个心儿爱着你;
D是"索",也是"来",一个调门两个音,

E是"拉",也是"迷",可怜他的一片痴心。这算是什么音阶?哼,我可不喜欢那个。还是老法子好,这种稀奇古怪的玩意儿我不懂。

一仆人上。

仆　人　小姐,老爷叫您不要读书了,让您去帮助他们把大小姐的房间装饰装饰,因为明天就是大喜的日子了。

比恩卡　两位先生,我现在要失陪了。(比恩卡及仆人下)

路森修　她已经去了,我还待在这儿干么?(下)

霍坦西奥　我还要仔细观察这个穷酸学究,我看他好像在害着相思。比恩卡,比恩卡,你要是甘心降尊纡贵,垂青到这样一个呆鸟身上,那么谁爱要你,谁就要你吧;如果你这样水性杨花,霍坦西奥也要和你一刀两断,另觅新欢了。(下)

第二场　同前。巴普提斯塔家门前

巴普提斯塔、葛莱米奥、特拉尼奥、凯瑟丽娜、比恩卡、路森修及从仆等上。

巴普提斯塔　(向特拉尼奥)路森修先生,今天是定好彼特鲁乔和凯瑟丽娜结婚的日子,可是我那位贤婿到现在还没有消息。这成什么话呢?牧师等着为新夫妇证婚,新郎却不知去向,这不是笑话吗!路森修,您说这丢脸不丢脸?

凯瑟丽娜　谁也不丢脸,就是我一个人丢脸。你们不管我愿意不愿意,硬要我嫁给一个疯头疯脑的家伙,他求婚的时候那么性急,一到结婚的时候,却又这样慢腾腾了。我对你们说吧,他是一个疯子,他故意装出这一副模样来开人家的玩笑;他为了要人家称赞他是一个爱寻开心的角色,会去向一千个女人求婚,和她们约定婚期,请好宾朋,宣布订婚,可是却永远不和她们结婚。人家现在将要指着苦命的凯瑟丽娜说,"瞧!这是那个疯汉彼特鲁乔的妻子,要是他愿意来娶她的话。"

特拉尼奥 不要烦心,好凯瑟丽娜;巴普提斯塔先生,您也不要生气。我可以保证彼特鲁乔没有恶意,他今天失约,一定有什么缘故。他虽然有些莽撞,可是我知道他是个很有见识的人;虽然爱开玩笑,但人倒是诚实。

凯瑟丽娜 算我倒霉碰到了他!(哭泣下,比恩卡及余众随下)

巴普提斯塔 去吧,孩子,我现在可不怪你伤心;受到这样的欺侮,就是圣人也会发怒,何况是你这样一个脾气暴躁的泼妇。

比昂台罗上。

比昂台罗 老爷,老爷!新闻!旧新闻!您从来没听见过这样奇怪的新闻!

巴普提斯塔 什么,新闻,又是旧新闻?这是怎么回事?

比昂台罗 彼特鲁乔来了,这不是新闻吗?

巴普提斯塔 他已经来了吗?

比昂台罗 没有。

巴普提斯塔 此话怎讲?

比昂台罗 他就要来了。

巴普提斯塔 他什么时候可以到这里?

比昂台罗 等他站在这和你们见面的时候。

特拉尼奥 可是你说你有什么旧新闻?

比昂台罗 彼特鲁乔就要来了;他戴着一顶新帽子,穿着一件旧马甲,他那条破旧的裤子管高高卷起;一双可以用来插蜡烛的千疮百孔的靴子,一只用扣子扣住,一只用带子缚牢;他还佩着一柄武器库里拿出来的锈剑,柄也断了,鞘子也坏了,剑锋也钝了；他骑的那匹马儿，鞍鞯已经蛀破，镫子根本不配套；那马儿鼻孔里流着涎，上腭发着炎肿，浑身都是疮疖，腿上也肿，脚上也肿，再加害上黄疸病、耳下腺炎、脑脊髓炎、寄生虫病，弄得脊梁歪转，肩膀脱臼；它的前腿是向内弯曲的，嘴里衔着只有半面拉紧的马衔，头上套着羊皮做成的缰勒，以防那马儿颠蹶，不知拉断了多少次，断了再把它结拢，现在已经打了无数结子，那肚带曾经补缀过六次，还有一副天鹅绒的女人用的马鞦，上面用小钉嵌着她名字的两个字母，好几块地方是用粗麻线补缀过的。

巴普提斯塔 谁跟他一起来的？

比昂台罗 啊，老爷！他带着一个跟班，装束得就跟那匹马差不多，一只脚上穿着麻线袜，一只脚上穿着粗布的连靴袜，用红蓝两色的布条做着袜带，破帽子上插着一卷烂纸充当羽毛，那样子活像一个妖怪，哪像个规矩的仆人或绅士的跟班！

特拉尼奥 他大概一时高兴，所以才打扮成这个样子；他平常出来的时候，往往装束得很俭朴。

巴普提斯塔 不管他怎么来法，既然来了，我也就放了心了。

比昂台罗 老爷，他没来。

巴普提斯塔 你刚才不是说他来了吗？

比昂台罗 谁来了？彼特鲁乔吗？

巴普提斯塔 是啊，你说彼特鲁乔来了。

比昂台罗 没有，老爷。我说他的马来了，他骑在马背上。

巴普提斯塔 那还不是一样吗？

比昂台罗 凭着圣杰美起誓！
　　　　　我敢跟你打个赌，
　　　　　一匹马，一个人，

比一个,多几分,

比两个,又不足。

彼特鲁乔及葛鲁米奥上。

彼特鲁乔 喂,这一班公子哥儿呢?谁在家里?

巴普提斯塔 您来了吗?欢迎欢迎!

彼特鲁乔 我来得很莽撞。

巴普提斯塔 你倒是不含糊。

特拉尼奥 可是我希望你能打扮得更体面一些。

彼特鲁乔 打扮有什么要紧?反正我尽快赶来了。但是凯德呢?我的可爱的新娘呢?老丈人,您好?各位先生,你们怎么都皱着眉头?为什么大家出神呆看,好像瞧见了什么奇迹,什么彗星,什么稀奇古怪的东西一样?

巴普提斯塔 您知道今天是您举行婚礼的日子,我们刚才很觉得扫兴,因为担心您也许不会来了;现在您来了,却这样一点没有准备,更使我们扫兴万分。快把这身衣服换一换,它太不合您的身份,而且在这样郑重的婚礼中,也会让人瞧笑话的。

特拉尼奥 请你告诉我们什么要紧的事情绊住了你,害你的新娘等得这样久?难道你这样忙,来不及换一身像样些的衣服吗?

彼特鲁乔 说来话长,你们一定不愿意听;总而言之,我现在已经守约前来,就是有些不周之处,也是没有办法;等我有了空,再向你们解释,一定使你们满意就是了。可是凯德在哪里?我应该快去找她,时间不早了,该到教堂里去了。

特拉尼奥 你穿得这样不成体统,怎么好见你的新娘?快到我的房间里去,把我的衣服挑一件穿上吧。

彼特鲁乔 谁要穿你的衣服?我就这样见她又有何妨?

巴普提斯塔 可是我希望您不是打算就这样和她结婚吧。

彼特鲁乔 当然，就是这样；别啰里啰嗦了。她嫁给我，又不是嫁给我的衣服；假使我把这身破烂的装束换掉，就能够补偿我为她所花的心思，那么对凯德和我说来都是莫大的好事。可是我这样跟你们说些废话，真是个傻子，我现在应该向我的新娘请安去，还要和她亲一个名正言顺的嘴哩。（彼特鲁乔、葛鲁米奥、比昂台罗同下）

特拉尼奥 他打扮得这样疯疯癫癫，一定另有用意。我们还是劝他穿得整齐一点，再到教堂里去吧。

巴普提斯塔 我要跟去，看这事到底怎样收场。（巴普提斯塔、葛莱米奥及从仆等下）

特拉尼奥 少爷，我们不但要得到她的欢心，还必须得到她父亲的好感，所以我也早就对您说过，我要去找一个人来扮作比萨的文森修，不管他是什么人，我们都可以利用他达到我们的目的。我已经夸下海口，说是我可以给比恩卡多重的一份聘礼，现在再找了个冒牌的父亲来，叫他许下更大的数目，这样您就可以如愿以偿，坐享其成，得到一位如花似玉的夫人了。

路森修 倘不是那个教音乐的同行一眼不眨地监视着比恩卡的话，我倒希望和她秘密举行婚礼，等到木已成舟，别人就是不愿意也无可奈何了。

特拉尼奥 那我们可以慢慢地等机会。我们要把那个花白胡子的葛莱米奥、那个精明的父亲米诺拉、那个可笑的音乐家、自作多情的里西奥，全都哄骗过去，让我的路森修少爷得到最后的胜利。

葛莱米奥重上。

特拉尼奥 葛莱米奥先生，您是从教堂里来的吗？

葛莱米奥 正像孩子们放学归来一样，我走出了教堂的门，也觉得如释重负。

特拉尼奥　新娘新郎都回来了吗？

葛莱米奥　你说他是个新郎吗？他是个卖破烂的货郎，是个口出不逊的郎中，那姑娘早晚会知道的。

特拉尼奥　难道他比她更凶？哪有这样的事？

葛莱米奥　哼，他是个魔鬼，是个魔鬼，简直是个魔鬼！

特拉尼奥　她才是个魔鬼母夜叉呢。

葛莱米奥　嘿！她比起他来，简直是头羔羊，是只鸽子，是个傻瓜呢。我告诉你，路森修先生，当那牧师正要问他愿不愿意娶凯瑟丽娜为妻的时候，他就说，"是啊，他妈的！"他还高声赌咒，把那牧师吓得连手里的《圣经》都掉下来了；牧师正要弯下身子去把它拾起来，这个疯狂的新郎又一拳把他连人带书、连书带人地打在地上，嘴里还说，"谁要是高兴，就去把他搀起来吧。"

特拉尼奥　牧师站起来以后，那女人怎么说呢？

葛莱米奥　她吓得浑身发抖，因为他顿足大骂，就像那牧师敲诈了他似的。可是后来仪式完毕了，他又叫人拿酒来，好像他是在一艘船上，在一场风波平静以后，和同船的人们开怀畅饮一样；他喝干了酒，把浸在酒里的面包丢到教堂司事的脸上，说是因为那司事的胡须稀疏，面带饥色，好像要向他讨些东西吃似的。然后他就搂着新娘的头颈，亲她的嘴，那咂嘴的声音响得那样厉害，弄得四壁都发出了回声。我看见这个样子，觉得非常不好意思，所以就出来了。闹得乱哄哄的这一班人，大概也要来了。这种疯狂的婚礼真是难得一见。听！听！那边不是乐声吗？

（音乐）

彼特鲁乔、凯瑟丽娜、比恩卡、巴普提斯塔、霍坦西奥、葛鲁米奥及扈从等重上。

彼特鲁乔　各位来宾，各位朋友，我谢谢你们的好意。我知道你们今天想要参加我的婚宴，已经为我备下了丰盛的酒席，可惜我因为事情很忙，不能久留，所以我想就此告别了。

巴普提斯塔　难道你今晚就要走吗？

彼特鲁乔　我必须在天色未暗以前赶回去。你们不要奇怪，要是你们知道我还有些什么事情必须办好，你们就该催我快走，不会留我了。我谢谢你们各位，你们已经看见我把自己奉献给这个最和顺、最可爱、最贤惠的妻子了。大家不要客气，陪我的岳父多喝几杯，我必须得走了，再见。

特拉尼奥　让我们请您吃过了饭再走吧。

彼特鲁乔　那不成。

葛莱米奥　请您赏我一个面子，吃了饭去。

彼特鲁乔　不能。

凯瑟丽娜　让我请求你多留一会儿。

彼特鲁乔　我很高兴。

凯瑟丽娜　你高兴留着吗？

彼特鲁乔　因为你留我，所以我很高兴；可是我不能留下来，你怎么请求我都没用。

凯瑟丽娜　你要是爱我，就不要走。

彼特鲁乔　葛鲁米奥，备马！

葛鲁米奥　大爷，马已经备好了；燕麦已经把马都吃光了。

凯瑟丽娜　好，那么随你的便吧，我今天不去，明天也不去，要是一辈子不高兴去，我就一辈子不去。大门开着，没人拦住你，你的靴子还能穿，就趿拉着走吧。可是我却要等自己高兴的时候再去；你刚一结婚就摆出这种威风来，将来我岂不要整天看你的脸色吗？

彼特鲁乔　啊，凯德！请你不要生气。

凯瑟丽娜　我生气你便怎样？爸爸，别理他，我说不去就不去。

葛莱米奥　你看，先生，有好戏看了。

莎士比亚喜剧

凯瑟丽娜 诸位先生，大家请入席吧。我知道一个女人倘若一点不知道反抗，她会终生被人愚弄的。

彼特鲁乔 凯德，你叫他们入席，他们必须服从你的命令。大家听新娘的话，快去喝酒吧，痛痛快快地高兴一下，要不然你们就给我上吊去。可是我那娇滴滴的凯德必须陪我一起去。嗳哟，你们不要睁大了眼睛，不要顿足，不要发怒，我自己的东西难道自己作不得主？她是我的家私，我的财产；她是我的房屋，我的家具，我的田地，我的谷仓，我的马，我的牛，我的驴子，我的一切；她现在站在这地方，看谁敢碰她一碰。谁要是挡住我的去路，不管他是个什么了不得的人物，我都要对他不起。葛鲁米奥，拿出你的武器来，我们现在给一群强盗围住了，快去把你的夫人救出来，才是个好小子。别怕，好娘儿们，他们不会碰你的，凯德，就算他们是百万大军，我也会保护你的。

（彼特鲁乔、凯瑟丽娜、葛鲁米奥同下）

巴普提斯塔 让他们走吧，走了倒清静些。

葛莱米奥 倘不是他们这么快就走了，我笑也要笑死了。

特拉尼奥 这样疯狂的婚姻今天真是第一次看到。

路森修 小姐，您对于令姊有什么意见？

比恩卡 我说，她自己就是个疯婆子，现在配到一个疯汉了。

葛莱米奥 我看彼特鲁乔这回讨了个制伏他的人回去了。

巴普提斯塔 各位高邻朋友，新娘新郎虽然缺席，可桌上有的是美酒佳肴。路森修，您就坐在新郎的位子上，让比恩卡代替她的姊姊吧。

特拉尼奥 比恩卡现在就要学做新娘了吗？

巴普提斯塔 是的，路森修。来，各位，我们进去吧。（同下）

第四幕

第一场　彼特鲁乔乡间住宅中的厅堂

葛鲁米奥上。

葛鲁米奥　他妈的，马这样疲乏，主人这样疯狂，路这样泥泞难走！谁给人这样打过？谁给人这样骂过？谁像我这样辛苦？他们叫我先回来生火，好让他们回来暖和暖和。倘不是我小小壶儿容易热，等不到走到火炉旁边，我的嘴唇早已冻结在牙齿上，舌头冻结在上颚上，我那颗心也冻结在肚子里了。现在让我一面扇火，一面自己也烘烘暖吧，像这样的天气，比我再壮实一点的人也要受寒的。喂！寇提斯！

寇提斯上。

寇提斯　谁在那儿冷冰冰地叫着我？

葛鲁米奥　是一块冰。你要是不相信，可以从我的肩膀上一直滑到我的脚跟。好寇提斯，快给我生起火来。

寇提斯　大爷和他的新夫人就要来了吗，葛鲁米奥？

葛鲁米奥　啊，是的，寇提斯，是的，所以快些生火呀，可别往上浇水。

寇提斯　她真是像人家所说的那样一个火性很大的泼妇吗？

葛鲁米奥　在寒冬没有到来以前，她是个火性很大的泼妇；可是像这样冷的天气，无论男人、女人、畜生，火性再大也是抵抗不住的。连我的旧主人，我的新夫人，还有我自己全让这股冷气制伏了，寇提斯大哥。

寇提斯　去你的，你这三寸的傻瓜！你自己是牲口，别和我称兄道弟的。

葛鲁米奥　我才有三寸吗？你脑袋上的绿头巾有一尺长，我也足有那么长。你要再不去生火，我可要告诉我们这位新奶奶，谁都知道她很有两手，一手下去，准叫你吃不消。谁叫你干这种热活却是那么冷冰冰的！

寇提斯　好葛鲁米奥，请你告诉我，外面有什么消息？

葛鲁米奥　外面正是冰天雪地，寇提斯，只有你的工作是热的；所以快生起火来吧，鞠躬尽瘁，自有厚赏。老爷和奶奶都快要冻死了。

寇提斯　火已经生好，你可以讲新闻给我听了。

葛鲁米奥　好吧，你爱听多少新闻就有多少。

寇提斯　得了，别这么急人了。

葛鲁米奥　那你就快生火呀；我这是冷得发紧。厨子呢？晚饭烧好了没有？屋子收拾了没有？芦草铺上了没有？蛛网扫净了没有？用人们穿上了新衣服白袜子没有？管家披上了礼服没有？公的酒壶、母的酒杯，里外全擦干净了没有？桌布铺上了没有？一切都布置好了吗？

寇提斯　都预备好了，那么请你讲新闻吧。

葛鲁米奥　第一，你要知道，我的马已经走得十分累了，大爷和奶奶也闹翻了。

寇提斯　怎么？

葛鲁米奥 从马背上翻到烂泥里,因此就有了下文。

寇提斯 讲给我听吧,好葛鲁米奥。

葛鲁米奥 把你的耳朵伸过来。

寇提斯 好。

葛鲁米奥 (打寇提斯)喏。

寇提斯 我要你讲给我听,谁叫你打我?

葛鲁米奥 这一个耳光是要把你的耳朵打清爽。现在我要开始讲了。首先:我们走下了一个崎岖的山坡,奶奶骑着马在前面,大爷骑着马在后面——

寇提斯 他们是一匹马还是两匹马?

葛鲁米奥 这跟你有什么关系?

寇提斯 咳,就是人马的关系。

葛鲁米奥 你要是知道得比我还清楚,那么请你讲吧。都是你打断了我的话头,否则你可以听到她的马怎样跌了一跤,把她压在底下;那地方是怎样的泥泞,她浑身脏成怎么一个样子;他怎么让那马把她压住,怎么因为她的马跌了一跤而把我痛打;她怎么在烂泥里爬起来把他扯开;他怎么骂人;她怎么向他求告,她是从来不曾向别人求告过的;我怎么哭;马怎么逃走;她的马缰怎么断了;我的马鞭怎么丢了;还有许许多多新鲜的事情,现在只有让它们永远埋没,你到死也不可能知道了。

寇提斯 这样说来,他比她还要厉害了。

葛鲁米奥 是啊,你们等他回来瞧着吧。可是我何必跟你讲这些话?去叫纳森聂尔、约瑟夫、尼古拉斯、腓力普、华特、休格索普他们这一批人出来吧,叫他们把头发梳光,衣服刷干净,袜带要大方而不扎眼,行起礼来不要忘记屈左膝,在吻手以前,连大爷的马尾巴也不要碰一碰。他们都预备好了吗?

寇提斯 都预备好了。

葛鲁米奥　叫他们出来。

寇提斯　你们听见了吗？喂！大爷就要来了，快出来迎接去，还要服侍新奶奶哩。

葛鲁米奥　她自己会走路。

寇提斯　这个谁不知道？

葛鲁米奥　你就好像不知道，不然你干吗要叫人来扶着她？

寇提斯　我是叫他们来给她帮帮忙。

葛鲁米奥　用不着，她不是来向他们借债的。

众仆人上。

纳森聂尔　欢迎你回来，葛鲁米奥！

腓力普　你好，葛鲁米奥！

约瑟夫　啊，葛鲁米奥！

尼古拉斯　葛鲁米奥，好小子！

纳森聂尔　怎么样，小伙子？

葛鲁米奥　欢迎你；你好，你；啊，你；好小子，你；现在我们打过招呼了，我的漂亮的朋友们，一切都预备好，收拾利索了吗？

纳森聂尔　一切都准备好了。大爷什么时候到来？

葛鲁米奥　就要来了，现在大概已经下马了；所以你们必须——嗳哟，静些！我听见他的声音了。

彼特鲁乔及凯瑟丽娜上。

彼特鲁乔　这些混账东西都在哪儿？怎么门口没有一个人来扶我的马镫，接我的马？纳森聂尔！葛雷古利！腓力普！

众　仆　人　有，大爷；有，大爷。

彼特鲁乔　有，大爷！有，大爷！有，大爷！有，大爷！你们这些木头人一样的不懂规矩的奴才！你们可以不用替主人做事，什么名分都不讲了吗？我先打发他回来的那个蠢才在哪里？

葛鲁米奥　在这里,大爷,还是和先前一样蠢。

彼特鲁乔　这婊子生的下贱东西!我不是叫你召齐了这批狗头们,到大门口来接我的吗?

葛鲁米奥　大爷,纳森聂尔的外衣还没有做好,盖勃里尔的鞋后跟上全是洞,彼得的帽子没有刷过黑炭,华特的剑在鞘子里锈住了拔不出来,只有亚当、拉尔夫和葛雷古利的衣服还算整齐,其余的都破旧不堪,跟一群叫花子似的。可是他们现在都来迎接您了。

彼特鲁乔　去,混蛋们,把晚饭拿来。(若干仆人下)(唱)"想当年,我也曾——"那些家伙全——坐下吧,凯德,你到家了,嗯,嗯,嗯,嗯。

　　数仆持食具重上。

彼特鲁乔　怎么,到这时候才来?——可爱的好凯德,你应当快乐一点。——混账东西,给我把靴子脱下来!死东西,有耳朵没有?(唱)"有个灰衣的行脚僧,在路上奔波不停——"该死的狗才!你把我的脚都拉痛了;我非得揍你,好叫你脱那只的时候当心一点。(打仆人)凯德,你高兴起来呀。喂!给我拿水来!我的猎狗特洛伊罗斯呢?嗨,小子,你去把我的表弟腓迪南找来。(仆人下)凯德,你应该跟他见个面,认识认识。我的拖鞋在什么地方?怎么,没有水吗?凯德,你来洗手吧。(仆人失手将水壶跌落地上,彼特鲁乔打仆人)这狗娘养的!你故意打翻吗?

凯瑟丽娜　请您别生气,这是他无心的过失。

彼特鲁乔　这狗娘养的笨虫!来,凯德,坐下来,我知道你肚子饿了。是由你来作祈祷呢,好凯德,还是我来作?这是什么?羊肉吗?

仆　甲　是的。

彼特鲁乔　谁拿来的？

仆　甲　是我。

彼特鲁乔　它焦了；所有的肉都焦了。这批狗东西！那个混账厨子呢？你们好大胆子，知道我不爱吃这种东西，敢把它拿了出来！（将肉等向众仆人掷去）盆儿杯儿盘儿一起还给你们吧，你们这些没有头脑不懂规矩的奴才！怎么，你在咕噜些什么？等着，我就来跟你算账。

凯瑟丽娜　夫君，请您不要那么生气，这肉烧得还不错哩。

彼特鲁乔　我对你说，凯德，它已经烧焦了；再说，医生也曾经特别叮嘱我不要碰羊肉；因为吃了有伤脾胃，会使人脾气暴躁的。我们两人的脾气本来就暴躁，所以还是挨些饿，不要吃这种烧焦的肉吧。请你忍耐些，明天我叫他们烧得好一点，今夜我们两个人大家饿一夜。来，我领你到你的新房里去。（彼特鲁乔、凯瑟丽娜、寇提斯同下）

纳森聂尔　彼得，你见过这样的事情吗？

彼　得　这就叫做以其人之道，还治其人之身。

寇提斯重上。

葛鲁米奥　他在哪里？

寇提斯　在她的新房里，向她大讲节制的道理，嘴里不断骂人，弄得她坐立不安，眼睛也不敢看，话也不敢说，只好呆呆坐着，像一个刚从梦里醒来的人一般，看样子怪可怜的。快去，快去！他来了。（四人同下）

彼特鲁乔重上。

彼特鲁乔　我已经开始巧妙地将她驾驭起来，希望能够得到美满的成功。我这只悍鹰现在非常饥饿，在她没有俯首听命以前，不能让她吃饱，不然她就不肯练习打猎了。我还有一个治服这鸷鸟的办法，能让她呼之则来，挥之则去；那就是总叫她睁着眼,不得休息,拿她当一只乱扑翅膀的倔强鹞子一样对待。今天她没有吃过肉,明天我也不给她吃;昨夜她不曾睡觉,今夜我也不让她睡觉,我要故意嫌被褥铺得不好,把枕头、枕垫、被单、毛毯满房乱丢,还说都是为了爱惜她才这样做;总之她将要整夜不能合眼,倘若她昏昏欲睡,我就骂人吵闹,吵得她睡不着。这是用体贴之名惩治妻子的法子,我就这样克制她的狂暴倔强的脾气;要是有谁知道还有比这更好的驯悍妙法,那么我倒想请教请教。(下)

第二场　帕度亚。巴普提斯塔家门前

特拉尼奥及霍坦西奥上。

特拉尼奥　里西奥朋友,难道比恩卡小姐除了路森修以外,还会爱上别人吗?我告诉你吧,她对我很有好感呢。

霍坦西奥　先生,为了证明我刚才所说的话,你且站在一旁,看看他是怎样教法。(二人站立一旁)

比恩卡及路森修上。

路森修　小姐,您的书念得怎么样?

比恩卡　先生,您在念什么书?先回答我。

路森修　我念的正是我的本行:奥维德的《恋爱的艺术》。

比恩卡　我希望您在这方面成为一个专家。

路森修　亲爱的,我希望您能做我实验的对象。(二人退后)

霍坦西奥　哼,他们的进步倒是很快!现在你还敢发誓说你的爱人比恩卡只爱着路森修吗?

特拉尼奥　啊,可恼的爱情!朝三暮四的女人!里西奥,我真想不到有这种事情。

霍坦西奥　老实告诉你吧,我不是里西奥,也不是一个音乐家。我为了她不惜降低身价,乔扮成这个样子;谁知道她不爱绅士,却去爱上一个穷酸小子。先生,我的名字是霍坦西奥。

特拉尼奥 原来足下便是霍坦西奥先生,失敬失敬!久闻足下对比恩卡十分倾心,现在你我已经亲眼看见她这种轻浮的样子,我看我们大家把这一段痴情割断了吧。

霍坦西奥 瞧,他们又在接吻亲热了!路森修先生,让我握你的手,我郑重宣誓,今后决不再向比恩卡求婚,像她这样的女人,是不值得我像过去那样痴情的。

特拉尼奥 我也愿意一秉至诚,作同样的宣誓,即使她向我苦苦哀求,我也决不娶她。不害臊的!瞧她那副浪相!

霍坦西奥 但愿除了他以外,所有的人都发誓把比恩卡舍弃。至于我自己,我一定坚守誓言;三天之内,我就要和一个富孀结婚,她已经爱我很久,可是我却迷上了这个鬼丫头。再会吧,路森修先生,讨老婆不在乎姿色,有良心的女人才值得我去爱她。好吧,我走了。我主意已定,决不更改。(霍坦西奥下;路森修、比恩卡上前)

特拉尼奥 比恩卡小姐,祝您爱情美满!我刚才已经窥见你们的秘密,而且我已经和霍坦西奥一同发誓把您舍弃了。

比恩卡 特拉尼奥,你又在说笑话了。你们两人真的都已发誓把我舍弃了吗?

特拉尼奥 是的,小姐。

路森修 那么里西奥不会再来打搅我们了。

特拉尼奥 不骗你们,他现在决心要娶一个风流寡妇,打算求婚结婚都在一天之内完成呢。

比恩卡 愿上帝赐他快乐!

特拉尼奥 他还要把她管束得十分驯服呢。

比恩卡 他不过说说罢了,特拉尼奥。

特拉尼奥　真的,他已经进了御妻学校了。

比恩卡　御妻学校!有这样一个所在吗?

特拉尼奥　是的,小姐,彼特鲁乔就是那个学校的校长,他教授着层出不穷的驯伏悍妇的妙计和对付长舌的秘诀。

比昂台罗奔上。

比昂台罗　啊,少爷,少爷!我守了半天,守得腿酸脚软,好容易给我发现了一位老人家,他从山坡上下来,看他的样子倒挺适合我们的条件。

特拉尼奥　比昂台罗,他是个什么人?

比昂台罗　少爷,他也许是个商店里的掌柜,也许是个老学究,我也弄不清楚,可是他的装束十分规矩,他的神气和相貌都像个老太爷的样子。

路森修　特拉尼奥,我们找他来干吗呢?

特拉尼奥　他要是能够听信我随口编造的谎言,我可以叫他情愿去冒充文森修,向巴普提斯塔允诺一份丰厚的聘礼。把您的爱人带进去,让我在这儿安排一切。(路森修、比恩卡同下)

老学究上。

学究　上帝保佑您,先生!

特拉尼奥　上帝保佑您,老人家!您是路过此地,还是有事到此?

学究　先生,我想在这儿耽搁一两个礼拜,然后动身到罗马去;要是上帝让我多活几年,我还希望到特里坡利斯去一次。

特拉尼奥　请问府上是什么地方?

学究　敝乡是曼多亚。

特拉尼奥　曼多亚吗,老先生!嗳哟,糟了!您敢到帕度亚来,难道不想活命了吗?

学究　怎么,先生!我不懂您的话。

特拉尼奥 曼多亚人到帕度亚来，都是要处死的。您还不知道吗？你们的船只只能停靠在威尼斯，我们的公爵和你们的公爵因为发生争执，已经宣布不准敌邦人民入境的禁令。大概您是新近到此，否则应该早就知道的。

学　究 啊，先生！这可怎么办呢？我还有从弗罗伦萨汇来的钱，要在这儿取呢！

特拉尼奥 好，老先生，我愿意帮您一下忙。第一要请您告诉我，您有没有到过比萨？

学　究 啊，先生，比萨是我常去的地方，那里是以正人君子多而出名的。

特拉尼奥 在那些正人君子中间，有一位文森修您认识不认识？

学　究 我不认识他，可是听过他的名字；他是一个非常有钱的商人。

特拉尼奥 老先生，他就是家父；不骗您，他的相貌可跟您有点儿像呢。

比昂台罗 （旁白）就像苹果跟牡蛎差不多一样。

特拉尼奥 您现在既然有生命危险，那么我看您不妨暂时权充家父，您长得像他，这也算是您的运气。您可以住在我的家里，受我的竭诚款待，可是您必须注意您的言行举止，别让人瞧出破绽来！您懂得我的意思吧，老先生；您可以这样住下来，等到办好了事情再走。如果不嫌怠慢，那么就请您接受我的好意吧。

学　究 啊，先生，这样您真是我的救命恩人了，我一定永远不忘您的大恩大德。

特拉尼奥 那么跟我去装扮起来。不错，我还要告诉您一件事：我跟这儿一位巴普提斯塔的女儿正在议订婚约，只等我的父

亲来允诺一桩聘礼,关于这件事情我可以仔细告诉您一切应付的方法。现在我们就去找一身合适一点的衣服给您穿吧。(同下)

第三场　彼特鲁乔家中一室

凯瑟丽娜及葛鲁米奥上。

葛鲁米奥　不,不,我不敢。

凯瑟丽娜　我越是心里委屈,他越是把我折磨得厉害。难道他娶了我来,是要饿死我吗?到我父亲门前求乞的叫花,也总可以讨到一点布施;这一家讨不到,那一家总会给一些冷饭残羹。可是从来不知道怎样恳求人家、也从来不需要向人恳求什么的我,现在却吃不到一点东西,得不到一刻钟的安眠;他用高声的詈骂使我不能合眼,让我饱听他的喧哗和吵闹;尤其可恼的,他这一切都借着爱惜我的名义,好像我一睡着就会死,吃了东西就会害病一样。求求你去给我找些食物来吧,不管什么东西,只要能吃的就行。

葛鲁米奥　您要不要吃红烧蹄子?

凯瑟丽娜　那好极了,请你拿来给我吧。

葛鲁米奥　恐怕您吃了会上火。清炖大肠好不好?

凯瑟丽娜　很好,好葛鲁米奥,给我拿来。

葛鲁米奥　我不大放心,恐怕那也是上火的。胡椒牛肉好不好?

凯瑟丽娜　那正是我爱吃的一道菜。

葛鲁米奥　嗯,可是胡椒太辣了点儿。

凯瑟丽娜　那么就是牛肉,别放胡椒了吧。

葛鲁米奥　那可不成,您要吃牛肉,就一定得放胡椒。

凯瑟丽娜　放也好,不放也好,牛肉也好,别的什么也好,随你的便给我拿些来吧。

葛鲁米奥　那么好,只有胡椒,没有牛肉。

凯瑟丽娜　给我滚开,你这欺人的奴才!(打葛鲁米奥)你不拿东西给我吃,却给我报出一道道菜名来逗我;你们瞧着我倒霉得意,看你们得意到几时!去,快给我滚!

彼特鲁乔持肉一盆,与霍坦西奥同上。

彼特鲁乔　我的凯德今天好吗?怎么,好人儿,不高兴吗?

霍坦西奥　嫂子,您好?

凯瑟丽娜　哼,我浑身发冷。

彼特鲁乔　不要这样垂头丧气的,向我笑一笑吧。亲爱的,你瞧我多么至诚,亲自给你煮了肉来了。(将肉盆置桌上)亲爱的凯德,我相信你一定会感谢我这一片好心的。怎么!一句话也不说吗?那么你不喜欢它;那我的辛苦都白费了。来,把这盆子拿走。

凯瑟丽娜　请您让它放着吧。

彼特鲁乔　最微小的服务,也应该得到一声道谢;你在没有吃这肉之前,应该谢谢我才是。

凯瑟丽娜　谢谢您,夫君。

霍坦西奥　嗳哟,彼特鲁乔先生,你何必这样!嫂子,让我奉陪您吧。

彼特鲁乔　(旁白)霍坦西奥,你倘若是个好朋友,请你尽管大吃。——凯德,这回你可高兴了吧;吃得快一点。现在,我的好心肝,我们要回到你爸爸家里去了;我们要打扮得非常体面,我们要穿绸衣,戴绢帽、金戒指;高高的绉领,飘飘的袖口,圆圆的裙子,肩巾,折扇,什么都要备着两套替换;还有琥珀的镯子,珍珠的项圈,以及诸如此类的玩意儿。啊,你还没有吃好吗?裁缝在等着替你穿新衣服呢。

裁缝上。

彼特鲁乔 来，裁缝，让我们瞧瞧你做的衣服；先把那件袍子展开来——

帽匠上。

彼特鲁乔 你有什么事？

帽　匠 这是您叫我做的那顶帽子。

彼特鲁乔 啊，样子倒很像一只汤碗。一个毛绒的碟子！呸，呸！寒伧死了，简直像个蚌壳或是胡桃壳，一块饼干，一个哄小孩的玩意儿，拿去！换顶大一点的来。

凯瑟丽娜 大一点的我不要；这一顶式样很新，贤媛淑女们都是戴这种帽子的。

彼特鲁乔 等你成为一个贤媛淑女以后，你也可以有一顶；现在还是不要戴它了。

霍坦西奥 （旁白）那倒还要经过相当的时间哩。

凯瑟丽娜 哼，我相信我也有说话的权利；我不是三岁小孩，比你尊长的人，也不能禁止我自由发言，你要是不愿意听，还是请你把耳朵塞住吧。我这一肚子的气恼，要是再不让我发泄出来，我的肚子就要气破了。

彼特鲁乔 是啊，你说得一点不错，这帽子真不好，活像块牛奶蛋糕，丝织的烧饼，值不了几个钱。你不喜欢它，所以我才格外爱你。

凯瑟丽娜 爱我也好，不爱我也好，我喜欢这顶帽子，我只要这一顶，不要别的。（帽匠下）

彼特鲁乔 你的袍子吗？啊，不错；来，裁缝，让我们瞧瞧看。嗳哟，天哪！这算是什么古怪的衣服？这是什么？袖子吗？那简直是一尊小炮。怎么回事，上上下下都是折儿，跟包子一样。这儿也是缝，那儿也开口，东一道，西一条，活像剃头铺子里的香炉。他妈的！裁缝，你把这叫做什么东西？

霍坦西奥　（旁白）看来她帽子袍子都穿戴不成了。

裁　　缝　这是您叫我照着流行的样式用心裁制的。

彼特鲁乔　是呀，可是我没有叫你做得这样乱七八糟。去，给我滚回你的狗窝里去吧，我以后决不再请你了。我不要这东西，拿去留着你自己穿吧。

凯瑟丽娜　我从来没有见过一件比这更漂亮、更好看的袍子。你大概想把我当作一个木偶一样任你摆布吧。

彼特鲁乔　对了，他就想把你当作木偶一样任意摆布。

裁　　缝　她说您想把她当作木偶一样任意摆布。

彼特鲁乔　啊，大胆的狗才！你胡说，你这拈针弄线的傻瓜，你这个长码尺、中码尺、短码尺、钉子一样长的混蛋！你这跳蚤，你这虫卵，你这冬天的蟋蟀！你拿着一绞线，竟敢在我家里放肆吗？滚！你这破布头，你这不是东西的东西！我非得好好用尺子揍你一顿，看你这辈子还敢不敢胡言乱语。好好的一件袍子，被你剪成这个样子。

裁　　缝　您弄错了，这袍子是我们东家照您吩咐的样子做起来的，葛鲁米奥一五一十地给我们讲好了尺寸和式样。

葛鲁米奥　我什么都没讲；我就把料子给他了。

裁　　缝　你没说怎么做吗？

葛鲁米奥　这我倒是说了，老兄，用针和线做。

裁　　缝　你没叫我们裁吗？

葛鲁米奥　这些地方是你放出来的。

裁　　缝　不错。

葛鲁米奥　少跟我放肆；这些玩意儿是你装上的，少跟我装腔。你要是放肆装腔，我是不买账的。我老实告诉你：我叫你们东家裁一件袍子，可没有叫他裁成碎片。所以你完全是信口胡说。

裁　缝　这儿有式样的记录，可以作证。

彼特鲁乔　你念念。

葛鲁米奥　反正要说是我说的，那记录也是撒谎。

裁　缝　（读）"一：肥腰身女袍一件。"

葛鲁米奥　老爷，我要是说过肥腰身，你就把我缝在袍子里面，拿一轴黑线把我打死。我明明就说女袍一件。

彼特鲁乔　往下念。

裁　缝　（读）"外带小披肩。"

葛鲁米奥　披肩我倒是说过。

裁　缝　（读）"灯笼袖。"

葛鲁米奥　我要的是两只袖子。

裁　缝　（读）"袖子的裁剪要新奇。"

彼特鲁乔　嘿，毛病就出在这儿。

葛鲁米奥　那是写错了，老爷，那是写错了。我不过叫他裁出袖子来，再给缝上。你这家伙要是敢否认半个字，就算你小拇指上套着顶针，我也要揍你。

裁　缝　我念的完全没有错。你要敢跟我到外面去，我就给你点颜色看。

葛鲁米奥　行啊，你拿着账单，我拿着码尺，咱们出去较量较量。

霍坦西奥　老天在上，葛鲁米奥！你拿着他的码尺，他可就没的耍了。

彼特鲁乔　总而言之，这袍子我不要。

葛鲁米奥　那是自然，老爷，本来也是给太太做的。

彼特鲁乔　卷起来，拿给你的东家去穿吧。

葛鲁米奥　混蛋，你敢卷？卷起太太的袍子，让你东家用？

彼特鲁乔　怎么了,你这话里有什么意思?

葛鲁米奥　唉呀,老爷,这意思可深着呢。卷起太太的袍子,让他东家用!嘿,这太不成话了!

彼特鲁乔　(向霍坦西奥旁白)霍坦西奥,你说工钱由你来付。(向裁缝)快拿去,走吧走吧,别多说了。

霍坦西奥　(向裁缝旁白)裁缝,那袍子的工钱我明天拿给你。他一时使性子说的话,你不必跟他计较;快去吧,替我问你们东家好。

(裁缝下)

彼特鲁乔　好吧,来,我的凯德,我们就老老实实穿着这身家常便服,到你爸爸家里去吧。只要我们口袋里有钱,身上穿得寒酸一点,又有什么关系?因为只有心灵才能使身体富足。正像太阳会从乌云中探出头来一样,布衣粗服,也会格外显出一个人的正直。鲣鸟并不因为羽毛的美丽,而比云雀更为珍贵;蝮蛇并不因为皮肉光泽,而比鳗鲡更有用处。所以,好凯德,你穿着这一身敝旧的衣服,也并不会降低了你的身价。你要是怕人笑话,那么让人家笑话我吧。你还是要高高兴兴的,我们马上就到你爸爸家里去喝酒作乐。去,叫他们准备好,我们就要出发了。我们的马在小路边等着,我们从那里出发。让我看,现在大概是七点钟,我们可以在吃中饭以前赶到那里。

凯瑟丽娜　我相信现在快两点钟了,到那里只怕晚饭都赶不上了。

彼特鲁乔　不到七点钟,我就不上马。我说什么,做什么,想什么,你总是要跟我作对。好,大家不用忙了,我今天不去了。你倘若要我去,那么我说是什么钟点,就得是什么钟点。

霍坦西奥　唷,这家伙简直想要太阳也归你管制哩。(同下)

第四场　帕度亚。巴普提斯塔家门前

特拉尼奥及老学究扮文森修上。

特拉尼奥　这儿已是巴普提斯塔的家了,我们要不要进去看看?

学　究　那还用说吗?我倘若没有弄错,那么巴普提斯塔先生也许还记得我,二十年以前,我们曾经在热那亚的天马旅店做过邻居哩。

特拉尼奥　这样很好,请你随时保持着做一个父亲的庄严风度吧。

学　究　您放心好了。瞧,您那跟班来了。我们应该把他教导一番才是。

比昂台罗上。

特拉尼奥　你不用担心他。比昂台罗,你要好好侍候这位老先生,就像他是真的文森修老爷一样。

比昂台罗　嘿!你们放心吧。

特拉尼奥　可是你去见巴普提斯塔没有?

比昂台罗　去见了,我对他说,您的老太爷已经到了威尼斯,您正在等着他今天到帕度亚来。

特拉尼奥　你事情办得很好,这几个钱拿去买杯酒喝吧。巴普提斯塔来啦,赶快装起一副严肃的面孔来。

巴普提斯塔及路森修上。

特拉尼奥　巴普提斯塔先生,我们正要来拜访您。(向学究)父亲,这就是我对您说起过的那位老伯。请您成全您儿子的好事,答应我娶比恩卡为妻吧。

学　究　吾儿且慢!巴普提斯塔先生,久仰久仰。我这次因

莎士比亚喜剧

为追索几笔借款，到帕度亚来，听见小儿向我说起，他跟令嫒十分相爱。像先生这样的家声，能够仰攀，实属万幸，我当然没有不赞成之理；而且我看他们两人如胶似漆，也很愿意让他早早成婚，了此一桩心事。要是先生不嫌弃的话，那么关于聘礼这一方面的种种条件，但有所命，无不乐从；先生盛名我久已耳闻，自然不会斤斤计较。

巴普提斯塔 文森修先生，恕我不会客套，您刚才那样开诚布公的说话，我听了很是高兴。令郎和小女的确十分相爱，如果是伪装，万不能如此逼真；您要是不忍拂令郎之意，愿意给小女一份适当的聘礼，那么我是毫无问题的，这桩婚事就一言为定吧。

特拉尼奥 谢谢您，老伯。那么您看我们在什么地方订下婚约合适？

巴普提斯塔 舍间恐怕不大方便，因为属垣有耳，我有许多仆人，也许会被他们听了泄漏出去；而且葛莱米奥那老头子痴心不死，也许会来打扰我们。

特拉尼奥 那么还是到敝寓去吧，家父就在那里留宿，我们今夜可以在那边悄悄地把事情谈妥。请您就叫这位尊驾去请令嫒出来；我就叫我这奴才去找个书记来。但恐事出仓卒，一切招待未能尽如尊意，要请您多多包涵。

巴普提斯塔 不必客气，这样很好。堪比奥，你到家里去叫比恩卡打扮打扮，我们就要到一处地方去；你也不妨告诉她路森修先生的尊翁已经到了帕度亚，她的亲事大概就可以定下来了。

比昂台罗 但愿神明祝福她嫁得一位如意郎君！

特拉尼奥 不要惊动神明了，快快去吧。巴普提斯塔先生，请了。我们只有些薄酒粗肴，谈不上什么款待；等您到比萨来的时候，再好好招待您一下吧。

巴普提斯塔　请了。(特拉尼奥、巴普提斯塔及老学究下)

比昂台罗　堪比奥！

路森修　有什么事，比昂台罗？

比昂台罗　您看见我的少爷向您眨着眼睛笑吗？

路森修　他向我眨着眼睛笑又怎么样？

比昂台罗　没有什么，可是他要我慢走一步，向您解释他的暗号。

路森修　那么你就解释给我听吧。

比昂台罗　他叫您不要担心巴普提斯塔，他正在和一个冒牌的父亲讨论他的冒牌的儿子的婚事。

路森修　那便怎样？

比昂台罗　他叫您带着他的女儿一同到他们那里吃晚饭。

路森修　带着她去又怎样？

比昂台罗　您可以随时去找圣路加教堂里的老牧师。

路森修　这到底是什么意思？

比昂台罗　我也不知道是什么意思，我只知道趁着他们都在那里假装订婚约的时候，您就赶快同着她到教堂里去，找到了牧师执事，再找几个靠得住的证人，取得"只此一家，不准翻印"的权利。这倘不是您盼望已久的好机会，那么您也从此不必再在比恩卡身上动念头了。(欲去)

路森修　听我说，比昂台罗。

比昂台罗　我不能待下去了。我知道有一个女人，一天下午在园里拔菜喂兔子，就这样莫名其妙地跟人家结了婚了；也许您也会这样。再见，先生。我的少爷还要叫我到圣路加教堂去，叫那牧师在那边等着你和你的随从。(下)

路森修　只要她肯，事情就好办；她一定愿意的，那么我还疑惑什么？不要管它，让我直截了当地对她说；堪比奥要是不能

把她弄到手,那才真是怪事哩。(下)

第五场 公 路

彼特鲁乔、凯瑟丽娜、霍坦西奥及从仆等上。

彼特鲁乔 走,走,到我们老丈人家里去。主啊,月亮照得多么光明!

凯瑟丽娜 什么月亮!这是太阳,现在哪里来的月亮?

彼特鲁乔 我说这是月亮的光。

凯瑟丽娜 这明明是太阳光。

彼特鲁乔 我指着我母亲的儿子——也就是我自己——起誓,我要说它是月亮,它就是月亮,我要说它是星,它就是星,我要说它是什么,它就是什么,你要是说我说错了,我就不到你父亲家里去。来,掉转马头,我们回去了。老是跟我闹别扭,闹别扭!

霍坦西奥 随他怎么说吧,否则我们永远去不成了。

凯瑟丽娜 我们已经走了这么远,请您不要再回去了吧。您高兴说它是月亮,它就是月亮;您高兴说它是太阳,它就是太阳;您要是说它是蜡烛,我也就当它是蜡烛。

彼特鲁乔 我说它是月亮。

凯瑟丽娜 我知道它是月亮。

彼特鲁乔 不,你胡说,它是太阳。

凯瑟丽娜 那它就是太阳。可是您要是说它不是太阳,它就不是太阳;月亮的盈亏圆缺,就像您心性的捉摸不定一样。随您叫它是什么吧,您叫它什么,凯瑟丽娜也叫它什么就是了。

霍坦西奥 彼特鲁乔,快赶路吧,你已经得到胜利了。

彼特鲁乔 好,前行,前行!正是顺水行舟快,逆风打桨迟。且慢,那边有谁来啦?

文森修作旅行装束上。

彼特鲁乔 (向文森修)早安,好姑娘,你到哪里去?亲爱的凯德,老老实实告诉我,我可曾看见过一个比她更娇好的淑女?她颊上又红润,又白嫩,相映得多么美丽!点缀在天空中的繁星,怎么及得上她那天仙般美的脸上那一双眼睛的清秀?可爱的美貌姑娘,早安!亲爱的凯德,因为她这样美,你应该和她亲热亲热。

霍坦西奥 把这人当作女人,他一定要发怒的。

凯瑟丽娜 年轻娇美的姑娘,你到哪里去?你家住在什么地方?你的父亲母亲生下你这样美丽的孩子,真是几生修得;不知哪个幸运的男人,有福消受你这如花美眷!

彼特鲁乔 啊,怎么,凯德,你疯了吗?这是一个满脸皱纹的白发老翁,你怎么说他是一个姑娘?

凯瑟丽娜 老丈,请您原谅我一时眼花,因为太阳光太眩目了,所以看什么都是迷迷糊糊的。现在我才知道您是一位年尊的老丈,请您宽恕我刚才的唐突吧。

彼特鲁乔 老伯伯,请你原谅她;还要请问你现在到哪儿去,要是咱们是同路的话,那么请跟我们同行吧。

文森修 好先生,还有你这位淘气的娘子,萍水相逢,你们把我这样打趣,倒把我弄得莫名其妙。我的名字叫文森修,舍间就在比萨,我现在要到帕度亚去,瞧瞧我的久别的儿子。

彼特鲁乔 令郎叫什么名字?

文森修 他叫路森修。

彼特鲁乔 原来尊驾就是路森修的尊翁,那巧极了,算来你还是我的姻伯呢。这就是拙荆,她有一个妹妹,现在多半已经和令郎成了婚了。你不用吃惊,也不必忧虑,她是一个名门淑女,嫁奁也很丰富,她的品貌才德,当得起君子好逑四字。文森修老先生,刚才多多失敬,现在我们一块儿看你令郎去吧,他见了你一定会非常高兴的。

文森修　您说的是真话,还是像有些爱寻开心的旅行人一样,路上见了什么人就随便开开玩笑?

霍坦西奥　老丈,我可以担保他的话都是真的。

彼特鲁乔　来,我们去吧,看看我的话究竟是真是假;你大概因为我先前和你开过玩笑,所以有点不相信我了。(除霍坦西奥外皆下)

霍坦西奥　彼特鲁乔,你已经鼓起了我的勇气。我也要照样去对付我那寡妇!她要是倔强抗命,我就记着你的方法,也要对她不客气了。(下)

第五幕

第一场　帕度亚。路森修家门前

比昂台罗、路森修及比恩卡自一方上；葛莱米奥在另一方行走。

比昂台罗　少爷，放轻脚步快快走，牧师已经在等了。

路森修　我巴不得飞过去，比昂台罗。可是他们在家里也许要叫你做事，你还是回去吧。

比昂台罗　不，我要把您送到教堂门口，然后再奔回去。（路森修、比恩卡、比昂台罗同下）

葛莱米奥　真奇怪，堪比奥怎么到现在还不来。

彼特鲁乔、凯瑟丽娜、文森修及从仆等上。

彼特鲁乔　老伯，这就是路森修家的门口；我的岳父就住在靠近市场的地方，我现在要到他家里去，先失陪了。

文森修　不，我一定要请您进去喝杯酒再走。我想我在这里是可以略尽地主之谊的。嘿，听起来里面已经准备好了。（叩门）

葛莱米奥　他们在里面忙得很，你还是敲得响一点。

老学究自上方上，凭窗下望。

学　究　谁在那里把门都要敲破了？

文森修　请问路森修先生在家吗？

学　究　他人是在家，可是他不能见你。

文森修　要是有人带了一二百镑钱来，送给他吃吃玩玩呢？

学　究　把你那一百镑钱留着自用吧，只要我一天活在世上，他就一天不愁没有钱用。

彼特鲁乔　我不是告诉过您吗？令郎在帕度亚是人缘极好的。废话少讲，请你通知一声路森修先生，说他的父亲已经从比萨来了，现在在门口等着和他说话。

学　究　胡说，他的父亲就在帕度亚，正在窗口跟你说话呢。

文森修　你是他的父亲吗？

学　究　是啊，你要是不信，可以去问问他的母亲。

彼特鲁乔　（向文森修）啊，怎么，朋友！你原来假冒别人的名字，这真是太不像话了。

学　究　把这坏家伙抓住！我看他是想要假冒我的名字，在这城里向人讹诈。

比昂台罗重上。

比昂台罗　我看见他们两人一块儿在教堂里，上帝保佑他们一帆风顺！可是谁在这儿？我的老太爷文森修！这可糟了，我们的计划都要败露了。

文森修　（见比昂台罗）过来，浑小子！

比昂台罗　我可以选择不过去吗？

文森修　过来，狗才！你难道不认我了吗？

比昂台罗　不认你！我怎么会不认你？我见都没有见过你哩。

文森修　怎么，你这该死的东西！你难道没有见过你家主人的父亲文森修吗？

比昂台罗　啊，你是说我们的老太爷吗？瞧那站在窗口的就是他。

文森修　真的吗？（打比昂台罗）

比昂台罗　救命！救命！救命！这疯子要杀我啦！（下）

学　究　吾儿，巴普提斯塔先生，快来救人！（自窗口下）

彼特鲁乔　凯德，我们站在一旁，看看热闹。（二人退后）

老学究自下方重上；巴普提斯塔、特拉尼奥及众仆上。

特拉尼奥　老头儿，你是个什么人，敢动手打我的仆人？

文森修　我是个什么人！嘿，你是个什么人？哎呀，天哪！你这家伙！你居然穿起绸缎的衫子、天鹅绒的袜子、大红的袍子，戴起高高的帽子来了！啊呀，完了！完了！我在家里舍不得花一个钱，我的儿子和仆人却在外面挥霍成这个样子！

特拉尼奥　啊，这是怎么回事？

巴普提斯塔　这家伙疯了吗？

特拉尼奥　瞧你这一身打扮，倒像一位明白道理的老先生，可是你说的却是一派疯话。我就是佩戴些金银珠玉，那又跟你什么相干？多谢上帝给我一位好父亲，他会供我随便花钱。

文森修　你的父亲！哼！他是在贝格摩做船帆的。

巴普提斯塔　你弄错了，你弄错了。请问你知道他叫什么名字？

文森修　他叫什么名字？你以为我不知道他的名字吗？我把他从三岁起抚养长大，他的名字叫做特拉尼奥。

学　究　去吧，去吧，你这疯子！他的名字是路森修，我叫文森修，他是我的独生子。

文森修　路森修！啊！他已经把他的主人谋害了。我用公爵的名义请你们赶快把他抓住。啊，我的孩子，我的孩子！狗才，快对我说，我的儿子路森修在哪里？

特拉尼奥　去叫一个官差来。

一仆人偕差役上。

特拉尼奥　把这疯子抓进监牢里去。岳父大人，叫他们把他好好看管起来。

文森修　把我抓进监牢里去！

葛莱米奥　且慢，官差，你不能把他送进监牢。

巴普提斯塔　您不用管，葛莱米奥先生，我非把他抓进监牢里不可。

葛莱米奥　宁可小心一点，巴普提斯塔先生，说不定您上了人家的圈套了。我敢发誓这个人才是真的文森修。

学　究　你有胆量就发个誓看看。

葛莱米奥　不，我不敢发誓。

特拉尼奥　那么你还是说我不是路森修吧。

葛莱米奥　不，我知道你是路森修。

巴普提斯塔　把那呆老头儿抓去！把他关起来！

文森修　你们这里是这样对待外方人的吗？好个混账的东西！

比昂台罗偕路森修及比恩卡重上。

比昂台罗　啊，我们的计划要完全败露了！他就在那里。不要去认他，假装不认识他，否则我们就完了！

路森修　（跪下）亲爱的爸爸，请您原谅我！

文森修　我最亲爱的孩子还在人世吗？（比昂台罗、特拉尼奥及老学究逃走）

比恩卡　（跪下）亲爱的爸爸，请您原谅我！

巴普提斯塔　你做错了什么事要我原谅？路森修呢？

路森修　路森修就在这里，我是这位真文森修的真正的儿子,已经正式娶您的女儿为妻,您却受了骗了。

葛莱米奥　他们都是一伙儿的,现在又拉了个人来欺骗我们了!

文森修　那个该死的狗头特拉尼奥竟敢对我如此放肆,他到哪儿去了?

巴普提斯塔　咦,这个人不是我们家里的堪比奥吗?

比恩卡　堪比奥已经变成路森修了。

路森修　是爱情造就了这些奇迹。我因为爱比恩卡,所以和特拉尼奥交换身份,让他在城里顶替我的名字;现在我已经达成所愿。特拉尼奥的所作所为,都是我强迫他做的;亲爱的爸爸,请您看在我的面上原谅他吧。

文森修　这狗才还要把我送进监牢里去,我一定要割下他的鼻子。

巴普提斯塔　(向路森修)我倒想请问你,你没有得到我的允许,怎么就可以和我的女儿结婚?

文森修　您放心好了,巴普提斯塔先生,我们一定会使您满意的。可是他们这样作弄我,我一定要去找他们出这一口闷气。(下)

巴普提斯塔　我也要去把这场诡计调查一个仔细。(下)

路森修　不要害怕,比恩卡,你爸爸不会生气的。(路森修、比恩卡下)

葛莱米奥　我的希望已成画饼,可是我也要跟他们一起进去,分一杯酒喝喝。(下)

彼特鲁乔及凯瑟丽娜上前。

凯瑟丽娜　夫君,我们也跟着去瞧瞧热闹吧。

彼特鲁乔　凯德,先吻我一下,我们就去。

凯瑟丽娜　怎么!就在大街上吗?

彼特鲁乔　啊！你觉得嫁了我这种丈夫辱没了你吗？

凯瑟丽娜　不，那我怎么敢；我只是觉得这样接吻，太难为情了。

彼特鲁乔　好，那么我们还是回家去吧。来，我们走。

凯瑟丽娜　不，我就给你一个吻。现在，我的爱，请你不要回去了吧。

彼特鲁乔　这样不很好吗？来，我的亲爱的凯德，知过能改是永远不嫌迟的。（同下）

第二场　路森修家中一室

室中张设筵席。巴普提斯塔、文森修、葛莱米奥、老学究、路森修、比恩卡、彼特鲁乔、凯瑟丽娜、霍坦西奥及寡妇同上；特拉尼奥、比昂台罗、葛鲁米奥及其他仆人等随侍。

路森修　虽然经过了长久的争论，我们的意见终于一致了；现在偃旗息鼓，正是我们杯酒交欢的时候。我的好比恩卡，请你向我的父亲表示欢迎；我也要用同样诚恳的心情，欢迎你的父亲。彼特鲁乔姻兄，凯瑟丽娜大姊，还有你，霍坦西奥，和你那位亲爱的寡妇，大家不要客气，在婚礼酒筵之后再来个不醉不归，都请坐下来吧，让我们一面吃，一面聊。（各人就座）

彼特鲁乔　这真是饱食终日，无所用心了！

巴普提斯塔　彼特鲁乔贤婿，帕度亚的风气是这么好客的。

彼特鲁乔　帕度亚人都是那么和和气气的。

霍坦西奥　对于你我两人，我希望这句不是假话。

彼特鲁乔　我敢说霍坦西奥一定叫他的寡妇制住了。

寡　妇　我会制住他？那才是没有的事。

彼特鲁乔　您太多心了，可是您还是没猜透我的意思；我是说霍坦西奥一定怕您。

寡　妇　头晕的人以为全世界都在转。

彼特鲁乔　您这话可是一点也不转弯抹角。

凯瑟丽娜　嫂子,请教这句话是什么意思?

寡　妇　我知道他的心事。

彼特鲁乔　知道我的心事?霍坦西奥不吃醋吗?

霍坦西奥　我的寡妇意思是说她明白你的处境。

彼特鲁乔　你倒挺会圆场。好寡妇,为了这个,您就该吻他一下。

凯瑟丽娜　"头晕的人以为全世界都在转。"请您解释解释这句话是什么意思。

寡　妇　尊夫因为家有悍妇,所以以己度人,猜想我的丈夫也有同样不可告人的隐痛。现在您懂得我的意思了吧?

凯瑟丽娜　您的意思真坏!

寡　妇　既然是说您,自然好不到哪去。

凯瑟丽娜　我和您比起来总还算不错哩。

彼特鲁乔　揍她,凯德!

霍坦西奥　揍她,寡妇!

彼特鲁乔　我敢赌一百马克,我的凯德能把她压倒。

霍坦西奥　压倒她的活儿应该由我来干。

彼特鲁乔　真不愧是条汉子。我敬你一杯,老兄。(向霍坦西奥敬酒)

巴普提斯塔　葛莱米奥先生,您看这些傻子们唇枪舌剑多有意思?

葛莱米奥　是啊,真是说得头头是道。

比恩卡　头头是道!要是赶上个嘴快的人,准得说得您头头是角。

文森修　嗳哟，媳妇，您听见斗嘴就醒了吗？

比恩卡　醒了，可不是吓醒的。我又要睡了。

彼特鲁乔　那可不行：既然你开始挑衅，我也得让你尝我一两箭！

比恩卡　你拿我当鸟吗？我要另择新枝了，你就张弓搭箭地跟在后面追吧。列位，失陪了。（比恩卡、凯瑟丽娜及寡妇下）

彼特鲁乔　特拉尼奥先生，她也是你瞄准的鸟儿，可惜让她飞去了；让我们为那些射而不中的人干一杯吧。

特拉尼奥　啊，彼特鲁乔先生，我被路森修占了便宜了；我就像他的猎狗，为他辛苦奔波，得来的猎物却都被主人拿去了。

彼特鲁乔　话应得虽然快，比方却有点狗臭气。

特拉尼奥　还是您好，先生，自己猎来，自己享用，可是人家都说您那头鹿儿把您逼得走投无路呢。

巴普提斯塔　哈哈，彼特鲁乔！现在你给特拉尼奥说中要害了。

路森修　特拉尼奥，你把他挖苦得很好，我要谢谢你。

霍坦西奥　快快招认吧，他是不是说着了你的心病？

彼特鲁乔　他挖苦的虽然是我，可是他的讥讽仅仅打我身边擦过，我怕受伤的十分之九倒是你们两位。

巴普提斯塔　不说笑话，彼特鲁乔贤婿，我想你是娶着一个最泼辣的女人了。

彼特鲁乔　不，我否认。让我们赌一局，各人去叫自己的妻子出来，谁的妻子最听话，出来得最快的，就算谁赢。

霍坦西奥　很好。赌什么？

路森修　二十个克朗。

彼特鲁乔　二十个克朗！这样的数目只够让我拿我的鹰犬打赌；要是拿我的妻子打赌，至少加二十倍。

路森修　那么一百克朗吧。

霍坦西奥　好。

彼特鲁乔　就是一百克朗,一言为定。

霍坦西奥　谁先去叫?

路森修　让我来。比昂台罗,你去对你太太说,我叫她马上来见我。

比昂台罗　我就去。(下)

巴普提斯塔　贤婿,我愿意代你拿出一半赌注,比恩卡一定会来的。

路森修　我不要和别人对分,我要独自下注。

比昂台罗重上。

路森修　啊,她怎么说?

比昂台罗　少爷,太太叫我对您说,她有事来不了。

彼特鲁乔　怎么!她来不了!这算是什么答复?

葛莱米奥　这样的答复已经算很有礼貌了,希望尊夫人没有给你一个更不客气的答复。

彼特鲁乔　我希望她会给我一个更满意的答复。

霍坦西奥　比昂台罗,你去请我的太太立刻出来见我。(比昂台罗下)

彼特鲁乔　哈哈!请她出来!那么她总应该出来的了。

霍坦西奥　老兄,我怕尊夫人随你怎样请也请不出来。

比昂台罗重上。

霍坦西奥　我的太太呢?

比昂台罗　她说您在开玩笑,不愿意出来;她叫您进去见她。

彼特鲁乔　更糟了,更糟了!她不愿意出来!嘿,是可忍,孰不可忍!葛鲁米奥,到你奶奶那儿去,说,我命令她出来见

我。(葛鲁米奥下)

霍坦西奥　我知道她的回答。

彼特鲁乔　什么回答？

霍坦西奥　她不出来。

彼特鲁乔　她要是不出来，就算是我晦气。

凯瑟丽娜重上。

巴普提斯塔　呀，我的天，凯瑟丽娜果然来了！

凯瑟丽娜　夫君，您叫我出来有什么事？

彼特鲁乔　你的妹妹和霍坦西奥的妻子呢？

凯瑟丽娜　她们都在火炉旁聊天。

彼特鲁乔　你去叫她们出来；她们要是不肯出来，就用鞭子把她们赶出来。快去。(凯瑟丽娜下)

路森修　真是怪事！

霍坦西奥　怪了怪了；这预兆着什么呢？

彼特鲁乔　它预兆着和睦、亲爱和恬静的生活，尊严的统治和合法的主权，总而言之，预兆着一切的美满和幸福。

巴普提斯塔　恭喜恭喜，彼特鲁乔贤婿！你已经赢了赌局；而且在他们输给你的现款之外，我还要额外给你二万克朗，算是我另外一个女儿的嫁奁，因为她已经完全变了一个人了。

彼特鲁乔　为了让你们知道我这赌局不是侥幸赢得，我还要向你们证明她是多么听话。瞧，她已经用她的说服力，把你们那两个桀骜不驯的妻子俘掳来了。

凯瑟丽娜率比恩卡及寡妇重上。

彼特鲁乔　凯瑟琳，你那顶帽子不好看，把那玩意儿摘了，扔在地上吧。(凯瑟丽娜脱帽掷地上)

寡　妇　谢谢上帝！我还没有像她这么傻！

比恩卡　呸！这算做什么愚蠢的妇道？

路森修　比恩卡，我希望你的妇道也跟她一样愚蠢就好了；为了你的聪明，我已经在一顿晚饭的工夫里损失了一百个克朗。

比恩卡　你自己不好，反来怪我。

彼特鲁乔　凯瑟琳，你去告诉这些倔强的女人，做妻子的应该向她们的夫主尽些什么本分。

寡　妇　好了，好了，别开玩笑了；我们才不要听这些个。

彼特鲁乔　说吧，先讲给她听。

寡　妇　用不着她讲。

彼特鲁乔　我偏要她讲；先讲给她听。

凯瑟丽娜　嗳呀！展开你那颦蹙的眉头，收起你那轻蔑的瞥视，不要让它伤害你的主人，你的君王，我的支配者。它会使你的美貌减色，就像严霜啮噬着草原，它会使你的名誉受损，就像旋风摧残着蓓蕾；它绝对没有可取之处，也丝毫引不起别人的同情。一个使性子的女人，就像一池受到激动的泉水，浑浊可憎，失去了一切的美丽，无论怎样喉干吻渴的人，也不愿把它啜饮一口。你的丈夫就是你的主人、你的生命、你的所有者、你的头脑、你的君王；他照顾着你，扶养着你，在海洋里陆地上辛苦劳作，夜里冒着风浪，白天忍受寒冷，你却穿得暖暖的住在家里，享受着安全与舒适。他希望你贡献给他的，只是你的爱情，你的温柔的辞色，你的真心的服从；你欠他的好处这么多，他所要求于你的酬报却是这么微薄！一个女人对待她的丈夫，应当像臣子对待君王一样忠心恭顺；倘使她倔强使性，乖张暴戾，不服从他正当的愿望，那么她岂不是一个大逆不道、忘恩负义的叛徒？应当长跪乞和的时候，她却向他挑战；应当尽心竭力服侍他、敬爱他、顺从他的时候，她却企图篡夺主权，发号施令：这种愚蠢的行为，真是女人的耻辱。我们的身体为什么这样柔软无力，耐不了苦，熬不起忧患？那不就是因为我们的性情必须和我们的外表一致，应当同样的温柔吗？听我的话吧，你们这些倔强而无力的可怜虫！我的心从前也跟你们一样高傲，也许我有比你们更多的理由，不甘心向人俯首听命，可是现在我知道我们的枪矛只是些稻草，我们的力量是如此软弱不堪的，我们所拥有的只是一个空虚的外表。所以你们还是挫去你们无益的傲气，跪下来向你们的丈夫请求怜爱吧。为了表示我的顺从，只要我的丈夫吩咐，我就可以向他下跪，让他因此而心中快慰。

彼特鲁乔　啊，这才是个好妻子！来，吻我，凯德。

路森修　老兄，真有你的！

文森修　对温顺的孩子们来说，这一番话大有好处。

路森修　对泼辣的女人来说，这一番话可毫无是处。

彼特鲁乔　来，凯德，我们该去睡了。我们三个人结婚，可是你们两人都输了。（向路森修）你虽然射中了靶心，我却赢了赌注；现在我就以得胜者的身份，祝你们晚安！（彼特鲁乔、凯瑟丽娜下）

霍坦西奥　你已经降伏了一个悍妇，可以踌躇满志了。

路森修　她会这样被他降伏，真是一桩意想不到的事。（同下）

威尼斯商人
Wei Ni Si Shang Ren

剧中人物

威尼斯公爵

摩洛哥亲王⎫
阿拉贡亲王⎭ 鲍西娅的求婚者

安东尼奥　威尼斯商人

巴萨尼奥　安东尼奥的朋友

葛莱西安诺⎫
萨莱尼奥　⎬ 安东尼奥和巴萨尼奥的朋友
萨拉里诺　⎭

罗兰佐　杰西卡的恋人

夏洛克　犹太富翁

杜伯尔　犹太人，夏洛克的朋友

朗斯洛特·高波　小丑，夏洛克的仆人

老高波　朗斯洛特的父亲

里奥那多　巴萨尼奥的仆人

鲍尔萨泽⎫
　　　　　⎬ 鲍西娅的仆人
斯丹法诺⎭

鲍西娅　富家嗣女

尼莉莎　鲍西娅的侍女

杰西卡　夏洛克的女儿

威尼斯众士绅、法庭官吏、狱吏、鲍西娅家中的仆人及其他侍从

地 点

一部分在威尼斯；一部分在大陆上的贝尔蒙特，鲍西娅邸宅所在地

第一幕

第一场 威尼斯。街道

安东尼奥、萨拉里诺及萨莱尼奥上。

安东尼奥 真的,我不知道我为什么这样闷闷不乐。你们说你们见我这样子,心里觉得很厌烦,其实我自己也觉得很厌烦呢;可是我怎样会让忧愁沾上身,这种忧愁究竟是怎么一种东西,它是从什么地方产生的,我却全不知道;忧愁已经使我变成了一个傻子,我简直有点自己都不了解自己了。

萨拉里诺 您的心是跟着您那些扯着满帆的大船在海洋上簸荡着呢;它们就像水上的达官富绅,炫示着它们的豪华,那些小商船向它们点头敬礼,它们却睬也不睬,扬帆直驶。

萨莱尼奥 相信我,老兄,要是我也有这么一笔买卖在外洋,我一定要用大部分的心思牵挂它;我一定常常拔草观测风吹的方向,在地图上查看港口码头的名字;凡是足以使我担心那些货物的命运的一切事情,不用说都会叫我忧愁。

萨拉里诺 我一想到海面上的一阵暴风将会造成怎样一场灾祸,吹凉我的粥的一口气,也会吹痛我的心,我一看见沙漏的时计，就会想起海边的沙滩，仿佛看见我那艘满载货物的商船倒插在沙里，船底朝天，它的高高的桅樯吻着它的葬身之地。要是我到教堂里去，看见那用石块筑成的神圣的殿堂，我怎么会不立刻想起那些危险的礁石，它们只要略微碰一碰我那艘好船的船舷，就会把满船的香料倾泻在水里，让汹涌的波涛披戴着我的绸缎绫罗——方才还是价值连城的，一转瞬间尽归乌有？要是我想到了这种情形，我怎么会不担心这种情形也许会果然发生，从而发起愁来呢？不用对我说，我知道安东尼奥是因为担心他的货物而忧愁。

安东尼奥 不，相信我；感谢我的命运，我的买卖的成败并不完全寄托在一艘船上，更不是倚赖着一处地方；我的全部财产，也不会因为这一年的盈亏而受到影响，所以我的货物并不能使我忧愁。

萨拉里诺 啊，那么您是陷入恋爱了。

安东尼奥 呸！哪儿的话！

萨拉里诺 也不是在恋爱吗？那么让我们说，您忧愁，因为您不快乐；正如您笑笑跳跳，说您很快乐，因为您不忧愁一样，实在再简单没有了。凭二脸神雅努斯①起誓，老天造下人来，真是无奇不有：有的人老是眯着眼睛笑，好像鹦鹉见了吹风笛的人；有的人终日皱着眉头，即使涅斯托②发誓说那笑话很可笑，他也不肯露一露他的牙齿，装出一个笑容来。

巴萨尼奥、罗兰佐及葛莱西安诺上。

萨莱尼奥 您的一位最尊贵的朋友，巴萨尼奥，跟葛莱西安

---

① 雅努斯（Janus），古罗马人的天门之神。传说有前后两副面孔。一个看着过去，一个看着未来。

② 涅斯托（Nestor），希腊神话中皮洛斯国王，涅琉斯之子，以严肃与睿智著称。

诺、罗兰佐都来了。再见,您现在有了更好的同伴,我们可以少陪啦。

萨拉里诺 倘不是因为您的好朋友来了,我一定要叫您快乐了才走。

安东尼奥 你们的友谊我是十分看重的。照我看来,恐怕还是你们自己有事,所以借着这个机会想抽身离开吧?

萨拉里诺 早安,各位大爷。

巴萨尼奥 两位先生,咱们什么时候再聚在一起谈谈笑笑?你们近来跟我十分疏远了。难道非要如此不可吗?

萨拉里诺 您什么时候有空,我们一定奉陪。(萨拉里诺、萨莱尼奥下)

罗兰佐 巴萨尼奥大爷,您现在已经找到安东尼奥,我们也要少陪啦;可是请您千万别忘记吃饭的时候咱们在什么地方会面。

巴萨尼奥 我一定不失约。

葛莱西安诺 安东尼奥先生,您的脸色不大好,您把世间的事看得太认真了;一个人思虑太多,就会失却做人的欢乐。相信我,您近来真是变化很大呢。

安东尼奥 葛莱西安诺,我把这世界不过看做一个世界,每一个人必须在这舞台上扮演一个角色,我扮演的是一个悲哀的角色。

葛莱西安诺 让我扮演一个小丑吧。让我在嘻嘻哈哈的欢笑声中不知不觉地老去;宁可用酒温暖我的肠胃,不要用折磨冰冷我的心。为什么一个身体里面流着热血的人,要那么正襟危坐,就像他祖宗爷爷的石膏像一样呢?明明醒着的时候,为什么偏要像睡去了一般?为什么动不动翻脸生气,把自己气出了一场黄疸病来?我告诉你吧,安东尼奥——因为我爱你,所以我才对你说这样的话：世界上有一种人，他们的脸上装出一副心如止水的神气，故意表示他们的冷静，好让人家称赞他们一声智慧深沉，思想渊博；他们的神气之间，好像说，"我的说话都是纶音天语，我要是一张开嘴来，不许有一头狗乱叫！"啊，我的安东尼奥，我看透这一种人，他们只是因为不说话，博得了智慧的名声；可是我可以确定说一句，要是他们说起话来，听见的人，准都会骂他们是傻瓜的。等有机会的时候，我再告诉你关于这种人的笑话吧；可是请你千万别再用悲哀做钓饵，去钓这种无聊的名誉了。来，好罗兰佐。回头见；等我吃完了饭，再来向你结束我的劝告。

罗兰佐 好，咱们在吃饭的时候再见吧。我大概也就是他所说的那种以不说话为聪明的人了，因为葛莱西安诺从不让我有说话的机会。

葛莱西安诺 嘿，你只要再跟我两年，就会连你自己说话的口音也听不出来。

安东尼奥 再见，有了你的指点，我会变得能说会道起来。

葛莱西安诺 那就再好没有了；只有干牛舌和没人要的老处女，才是应该沉默的。（葛莱西安诺、罗兰佐下）

安东尼奥 他到底是什么意思？

巴萨尼奥 葛莱西安诺比全威尼斯城里无论哪一个人都更会拉上一大堆废话。他的道理就像藏在两桶砻糠里的两粒麦子，你必须费去整天工夫才能够把它们找到，可是找到了它们以后，你会觉得费这许多气力找它们出来，是一点不值得的。

安东尼奥 好，您今天答应告诉我您立誓要去秘密拜访的那位姑娘的名字，现在请您告诉我吧。

巴萨尼奥 安东尼奥，您知道得很清楚，我怎样为了维持我外强中干的体面，把一份微薄的资产都挥霍光了；现在我已不再哀叹家道中落；我最大的烦恼是怎样可以解脱我过去由于挥霍而积欠下来的债务。无论在钱财方面或是友谊方面，安东尼奥，我欠您的债都是顶多的；因为你我交情深厚，我才敢大胆把我心里所打算的怎样了清这一切债务的计划全部告诉您。

安东尼奥 好巴萨尼奥，请您告诉我吧。只要您的计划跟您向来的立身行事一样光明正大，那么我的钱囊可以让您任意取用，我自己也可以供您驱使；我愿意用我所有的力量，帮助您达到目的。

巴萨尼奥 我在学校里练习射箭的时候，每次把一枝箭射得不知去向，便用另一枝同样射程的箭向着同一方向射过去，眼睛看准了它掉在什么地方，就往往可以把那失去的箭找回来；冒双重的险，却能找回两枝箭。我提起这一件儿童时代的往事作为譬喻，因为我将要对您说的话，完全是一种很天真的思想。我欠了您很多的债，而且像一个不听话的孩子一样，把借来的钱一起挥霍完了；可是您要是愿意向着您放射第一枝箭的方向，再射出您的第二枝箭，那么这一回我一定会把目标看准，即使不把两枝箭一起找回来，至少也可以把第二枝箭交还给您，让我仍旧对于您先前给我的援助做一个知恩图报的负债者。

安东尼奥 您是知道我的为人的，现在您用这种譬喻的话来试探我的友谊，不过是浪费时间罢了；您要是怀疑我不肯尽力相助，那就是比花掉我所有的钱还要对我不起。所以您只要对我说我应该怎么做，如果您知道哪件事是我的力量所能办到的，我一定会尽力办到。您说吧。

巴萨尼奥 在贝尔蒙特有一位富家的嗣女，长得非常美貌，尤其值得称道的，她有非常卓越的德性；从她的眼睛里，我曾经接到她脉脉含情的流盼。她的名字叫做鲍西娅，比起古代凯图的女儿，勃鲁托斯的贤妻鲍西娅来，她也毫无逊色。这广大的世界

777

也没有漠视她的好处,四方的风从每一处海岸上带来了声名赫赫的求婚者;她的光亮的长发就像是传说中的金羊毛,把她所住的贝尔蒙特变做了神话王国,引诱着无数的伊阿宋①前来向她追求。啊,我的安东尼奥!只要我有相当的财力,可以和他们中间无论哪一个人匹敌,那么我觉得我有充分的把握,一定会达到愿望的。

安东尼奥 你知道我的全部财产都在海上;我现在既没有钱,也没有可以变换现款的货物。所以我们还是去试一试我的信用,看它在威尼斯城里有些什么效力吧;我一定凭着我这一点面子,尽我最大的能力供给你到贝尔蒙特去见那位美貌的鲍西娅。去,我们两人就去分头打听什么地方可以借到钱,我就用我的信用做担保,或者用我自己的名义给你借下来。(同下)

第二场　贝尔蒙特。鲍西娅家中一室

鲍西娅及尼莉莎上。

鲍西娅 真的,尼莉莎,我这小小的身体已经厌倦了这个广大的世界了。

尼莉莎 好小姐,您的不幸要是跟您的好运气一样大,那么无怪您会厌倦这个世界的;可是照我的愚见看来,吃得太饱的人,跟挨饿不吃东西的人,一样是会害病的,所以中庸之道才是最大的幸福:富贵催人生白发,布衣蔬食易长年。

鲍西娅 箴言,念出来也好听。

尼莉莎 要是能够照着它做去,那就更好了。

鲍西娅 倘使做一件事情就跟知道应该做什么事情一样容

---

① 伊阿宋(Iason),希腊神话中的英雄,曾远征黑海东面的科尔喀斯获取会羊毛。

易,那么小教堂都要变成大礼拜堂,穷人的草屋都要变成王侯的宫殿了。一个好牧师要做到言行一致;我可以训导二十个人,吩咐他们应该做些什么事,可是要我做这二十个人中间的一个,履行我自己的训导,我就要敬谢不敏了。理智可以制定法律来约束感情,可是热情激动起来,就将冷酷的法令蔑弃不顾;年轻人是一头不受拘束的野兔,会跳过老年人所设立的理智的藩篱。可是我这样大发议论,是不会帮助我选择一个丈夫的。唉,说什么选择!我既不能选择我所中意的人,又不能拒绝我所憎厌的人;一个活着的女儿的意志,却要被一个死了的父亲的遗嘱所箝制。尼莉莎,像我这样不能选择,也不能拒绝,不是太叫人难堪了吗?

尼莉莎 老太爷生前道高德重,大凡有道君子临终之时,必有神悟;他既然定下这抽签取决的方法,叫谁能够在这金、银、铅三匣之中选中了他预定的一只,便可以跟您匹配成亲,那么能够选中的人,一定是值得您倾心相爱的。可是在这些已经到来向您求婚的王孙公子中间,您对于哪一个最有好感呢?

鲍西娅 请你列举他们的名字,当你提到什么人的时候,我就对他下几句评语;凭着我的评语,你就可以知道我对于他们各人的印象。

尼莉莎 第一个是那不勒斯的亲王。

鲍西娅 嗯,他真是一匹小马;他不讲话则已,讲起话来,老是说他的马怎么怎么;他因为能够亲自替自己的马装上蹄铁,算是一件天大的本领。我很有点儿疑心他的母亲大人是跟铁匠有过勾搭的。

尼莉莎 还有那位巴拉廷伯爵呢?

鲍西娅 他一天到晚皱着眉头,好像说,"你要是不爱我,随你的便。"他听见笑话也不露一丝笑容。我看他年纪轻轻,就这么愁眉苦脸,到老来只好一天到晚痛哭流涕了。我宁愿嫁给一个骷髅，也不愿嫁给这两人中间的任何一个；上帝保佑我不要落在这两个人手里！

尼莉莎 您说那位法国贵族勒·滂先生怎样？

鲍西娅 既然上帝造下他来，就算他是个人吧。凭良心说，我知道讥笑人是一桩罪过，可是他！嘿！他的马比那不勒斯亲王那一匹好一点，他的皱眉头的坏脾气也胜过那位巴拉廷伯爵。什么人的坏处他都有一点，可是一点没有他自己的特色；听见画眉唱歌，他就会手舞足蹈；见了自己的影子，也会跟它比剑。我倘若嫁给他，等于嫁给二十个丈夫；要是他瞧不起我，我会原谅他，因为即使他爱我爱到发狂，我也是永远不会报答他的。

尼莉莎 那么您说那个英国的少年男爵，福康勃立琪呢？

鲍西娅 你知道我没有对他说过话，因为我的话他听不懂，他的话我也听不懂；他不会说拉丁话、法国话，也不会说意大利话；至于我的英国话可怜的程度，你是可以替我出席法庭作证的。他的模样倒还长得不错，可是唉！谁高兴跟一个哑巴做手势谈话呀？他的装束多么古怪！我想他的紧身衣是在意大利买的，他的裤子是在法国买的，他的软帽是在德国买的，至于他的行为举止，那是他从四面八方学来的。

尼莉莎 您觉得他的邻居，那位苏格兰贵族怎样？

鲍西娅 他很懂得礼尚往来的睦邻之道，因为那个英国人曾经赏给他一记耳光，他就发誓说，一有机会，立即奉还；我想那法国人是他的保人，他已经签署契约，声明将来加倍报偿哩。

尼莉莎 您看那位德国少爷，萨克逊公爵的侄子怎样？

鲍西娅 他在早上清醒的时候，就已经很坏了，一到下午喝醉了酒，尤其坏透；当他顶好的时候，叫他是个人还有点不够资格，当他顶坏的时候，他简直比畜生好不了多少。要是最不幸的祸事降临到我身上，我也希望永远不要跟他在一起。

尼莉莎　要是他要求选择,结果居然给他选中了预定的匣子,那时候您倘若拒绝嫁给他,那不是违背老太爷的遗命了吗?

鲍西娅　为了预防万一起见,我要请你替我在错误的匣子上放好一杯满满的莱茵河葡萄酒;要是魔鬼在他的心里,诱惑在他的面前,我相信他一定会选中那一只匣子的。什么事情我都愿意做,尼莉莎,只要别让我嫁给一个酒鬼。

尼莉莎　小姐,您放心吧,您再也不会嫁给这些贵人中间的任何一个的。他们已经把他们的决心告诉了我,说除了您父亲所规定的用选择匣子决定取舍的办法以外,要是他们不能用别的方法得到您的应允,那么他们决定动身回国,不再麻烦您了。

鲍西娅　要是没有人愿意照我父亲的遗命把我娶去,那么即使我像西比拉①一样活到一千岁,也只好如狄安娜②那样终身不字。我很高兴这一群求婚者都是这么懂事,因为他们中间没有一个人我不是唯望其速去的;求上帝赐给他们一路顺风吧!

尼莉莎　小姐,您还记不记得,当老太爷在世的时候,有一个跟着蒙特佛拉侯爵到这儿来的文武双全的威尼斯人?

鲍西娅　是的,是的,那是巴萨尼奥;我想这是他的名字。

尼莉莎　正是,小姐;照我这双痴人的眼睛看起来,他是一切男子中间最值得匹配一位佳人的。

鲍西娅　我很记得他,他果然值得你的夸奖。

一仆人上。

鲍西娅　啊!什么事?

仆　人　小姐,那四位客人要来向您告别;另外还有第五位

---

①　西比拉(Sibylla),希腊神话中的女先知,被太阳神阿波罗所追求。阿波罗允诺实现她的一个愿望。西比拉要求她寿命的年数像她手中的砂粒一样多。

②　狄安娜(Diana),希腊罗马神话中的月神,处女神。

客人,摩洛哥亲王,他的一个仆人先来报信,说他的主人亲王殿下今天晚上就要到这儿来了。

鲍西娅 要是我能够竭诚欢迎这第五位客人,就像我竭诚欢送那四位客人一样,那就好了。假如他有圣人般的德性,偏偏生着一副魔鬼样的面貌,那么与其让他做我的丈夫,还不如让他听我的忏悔。来,尼莉莎。喂,你前面走。正是——
垂翅狂蜂方出户,寻芳浪蝶又登门。(同下)

第三场　威尼斯。广场

巴萨尼奥及夏洛克上。

夏洛克 三千块钱,嗯?

巴萨尼奥 是的,大叔,三个月为期。

夏洛克 三个月为期,嗯?

巴萨尼奥 我已经对你说过了,这一笔钱可以由安东尼奥签立借据。

夏洛克 安东尼奥签立借据,嗯?

巴萨尼奥 你愿意帮助我吗?你愿意应承我吗?可不可以让我知道你的答复?

夏洛克 三千块钱,借三个月,安东尼奥签立借据。

巴萨尼奥 你的答复呢?

夏洛克 安东尼奥是个好人。

巴萨尼奥 你有没有听见人家说过他不是个好人?

夏洛克 啊,不,不,不,不;我说他是个好人,我的意思是说他是个有身价的人。可是他的财产却还有些问题:他有一艘商船开到特里坡利斯,另外一艘开到西印度群岛,我在交易所里还听人说起,他有第三艘船在墨西哥,第四艘到英国去了,此外还有遍布在海外各国的买卖；可是船不过是几块木板钉起来的东西，水手也不过是些血肉之躯，岸上有旱老鼠，水里也有水老鼠，有陆地的强盗，也有海上的强盗，还有风波礁石各种危险。不过虽然这么说，他这个人还是靠得住的。三千块钱，我想我可以接受他的契约。

巴萨尼奥　你放心吧，不会有错的。

夏洛克　我一定要放了心才敢把债放出去，所以还是让我再考虑考虑吧。我可不可以跟安东尼奥谈谈？

巴萨尼奥　不知道你愿不愿意陪我们吃一顿饭？

夏洛克　是的，叫我去闻猪肉的味道，吃你们拿撒勒先知①把魔鬼赶进去的脏东西的身体！我可以跟你们做买卖，讲交易，谈天散步，以及诸如此类的事情，可是我不能陪你们吃东西喝酒做祷告。交易所里有些什么消息？那边来的是谁？

安东尼奥上。

巴萨尼奥　这就是安东尼奥先生。

夏洛克　（旁白）他的样子多么像一个摇尾乞怜的税吏！我恨他因为他是个基督徒，可是尤其因为他是个傻子，借钱给人不取利钱，把咱们在威尼斯城里干放债这一行的利息都压低了。要是我有一天抓住他的把柄，一定要痛痛快快地向他报复我的深仇宿怨。他憎恶我们神圣的民族，甚至在商人会集的地方当众辱骂我，辱骂我的交易，辱骂我辛辛苦苦赚下来的钱，说那些都是盘剥得来的腌臜钱。要是我饶过了他，让我们的民族永远没有翻身的日子。

巴萨尼奥　夏洛克，你听见吗？

夏洛克　我正在估计我手头的现款，照我大概记得起来的数

---

① 拿撒勒先知即耶稣。

莎士比亚喜剧

目,要一时凑足三千块钱,恐怕办不到。可是那没有关系,我们族里有一个犹太富翁杜伯尔,可以供给我必要的数目。且慢!您打算借几个月?(向安东尼奥)您好,好先生;哪一阵好风把尊驾吹了来啦?

安东尼奥 夏洛克,虽然我跟人家互通有无,从来不讲利息,可是为了我的朋友的急需,这回我要破一次例。(向巴萨尼奥)他有没有知道你需要多少?

夏洛克 嗯,嗯,三千块钱。

安东尼奥 三个月为期。

夏洛克 我倒忘了,正是三个月,您对我说过的。好,您的借据呢?让我瞧一瞧。可是听着,好像您说过您无论借债还是放债,从来不讲利息。

安东尼奥 我从来不讲利息。

夏洛克 当雅各替他的舅父拉班牧羊的时候①——这个雅各是我们圣祖亚伯兰的后裔,他的聪明的母亲设计使他做第三代的族长,是的,他是第三代——

安东尼奥 为什么说起他呢?他也是取利息的吗?

夏洛克 不,不是取利息,不是像你们所说的那样直接取利息。听好雅各用些什么手段:拉班跟他约定,生下来的小羊凡是有条纹斑点的,都归雅各所有,作为他牧羊的酬劳;到晚秋的时候,那些母羊因为淫情发动,跟公羊交合,这个狡狯的牧人就乘着这些毛畜正在进行传种工作的当儿,削好了几根木棒,插在淫浪的母羊的面前,它们这样怀下了孕,一到生产的时候,产下的小羊都是有斑纹的,所以都归雅各所有。这是致富的妙法,上帝也祝福他;只要不是偷窃,会打算盘总是好事。

---

① 见《旧约·创世记》。

安东尼奥 雅各虽然幸而获中，可是这也是他按约应得的酬报；上天的意旨成全了他，却不是出于他自己的力量。你提起这一件事，是不是要证明取利息是一件好事？还是说金子银子就是你的公羊母羊？

夏洛克 这我倒不能说；我只是叫它像母羊生小羊一样地快快生利息。可是先生，您听我说。

安东尼奥 你听，巴萨尼奥，魔鬼也会引证《圣经》来替自己辩护哩。一个指着神圣的名字作证的恶人，就像一个脸带笑容的奸徒，又像一只外观美好、心中腐烂的苹果。唉，奸伪的表面是多么动人！

夏洛克 三千块钱，这是一笔可观的整数。三个月——一年照十二个月计算——让我看看利钱应该有多少。

安东尼奥 好，夏洛克，我们可不可以仰仗你这一次？

夏洛克 安东尼奥先生，好多次您在交易所里骂我，说我盘剥取利，我总是忍气吞声，耸耸肩膀，没有跟您争辩，因为忍受迫害本来是我们民族的特色。您骂我异教徒，杀人的狗，把唾沫吐在我的犹太长袍上，只因为我用我自己的钱博取几个利息。好，看来现在是您来向我求助了；您跑来见我，您说，"夏洛克，我们要几个钱。"您这样对我说。您把唾沫吐在我的胡子上，用您的脚踢我，好像我是您门口的一条野狗一样；现在您却来问我要钱，我应该怎样对您说呢？我要不要这样说，"一条狗会有钱吗？一条恶狗能够借人三千块钱吗？"或者我应不应该弯下身子，像一个奴才似的低声下气，恭恭敬敬地说，"好先生，您在上星期三用唾沫吐在我身上；有一天您用脚踢我；还有一天您骂我狗；为了报答您这许多恩典，所以我应该借给您这么些钱吗？"

安东尼奥 我恨不得再这样骂你、唾你、踢你。要是你愿意把这钱借给我，不要把它当作借给你的朋友——哪有朋友之间通融几个钱也要斤斤较量地计算利息的道理？——你就把它当作借给你的仇人吧；倘使我失了信用，你尽管拉下脸来照约处罚就是了。

夏洛克 嗳哟，瞧您生这么大的气！我愿意跟您交个朋友，大家和睦相处；您从前加在我身上的种种羞辱，我愿意完全忘掉；您现在需要多少钱，我愿意如数供给您，而且不要您一个子儿的利息；可是您却不愿意听我说下去。我这完全是一片好心哩。

安东尼奥 这倒果然是一片好心。

夏洛克 我要叫你们看看我到底是不是一片好心。跟我去找一个公证人，就在那儿签好了约；我们不妨开个玩笑，在约里载明要是您不能按照约中所规定的条件，在什么日子、什么地点还给我一笔什么数目的钱，那您就得随我的意思，在您身上的任何部分割下整整一磅白肉，作为处罚。

安东尼奥 很好，就这么办吧；我愿意签下这样一张约，还要对人家说这个犹太人的心肠倒不坏呢。

巴萨尼奥 我宁愿安守贫困，不能让你为了我的缘故签这样的约。

安东尼奥 老兄，你怕什么；我决不会受罚的。就在这两个月之内，离开签约满期还有一个月，我就可以有九倍这笔借款的数目进门。

夏洛克 亚伯兰老祖宗啊！瞧这些基督徒因为自己待人刻薄，所以疑心人家对他们不怀好意。请您告诉我，要是他到期不还，我照着约上规定的条款向他执行处罚了，那对我又有什么好处？从人身上割下来的一磅肉，它的价值可以比得上一磅羊肉、牛肉或是山羊肉吗？我为了要博得他的好感，所以才向他卖这样一个交情；要是他愿意接受我的条件，很好，否则就算了。千万请你们不要误会我这一番诚意。

安东尼奥 好，夏洛克，我愿意签约。

夏洛克 那么就请您先到公证人的地方等我，告诉他这一张游戏的契约怎样写法；我就去马上把钱凑起来，还要回到家里去瞧瞧，让一个不太可靠的奴才看守着门户，有点放心不下；然后我立刻就来瞧您。

安东尼奥 那么你去吧，善良的犹太人。（夏洛克下）这犹太人快要变做基督徒了，他的心肠变得好多啦。

巴萨尼奥 我不喜欢口蜜腹剑的人。

安东尼奥 好了好了，这又有什么要紧？再过两个月，我的船就要回来了。（同下）

第二幕

第一场　贝尔蒙特。鲍西娅家中一室

　　喇叭奏花腔。摩洛哥亲王率侍从；鲍西娅、尼莉莎及婢仆等同上。

　　摩洛哥亲王　不要因为我的肤色而憎厌我；我是骄阳的近邻，我这一身黝黑的制服，便是它的威焰的赐予。给我在终年不见阳光、冰山雪柱的极北找一个最白皙姣好的人来，让我们刺血察验对您的爱情，看看究竟是他的血红还是我的血红。我告诉你，小姐，我这副容貌曾经吓破了勇士的肝胆；凭着我的爱情起誓，我们国土里最有声誉的少女也曾为它害过相思。我不愿变更我的肤色，除非为了取得您的欢心，我的温柔的女王！

　　鲍西娅　讲到选择这一件事，我倒并不单单凭信一双善于挑剔的少女的眼睛；而且我的命运由抽签决定，自己也没有任意取舍的权力；若是我的父亲倘不曾用他的远见把我束缚住了，使我只能委身于按照他所规定的方法赢得我的男子，那么您，声名卓著的王子，您的容貌在我的心目之中，并不比我所已经看到的那些求婚者有什么逊色。

摩洛哥亲王　您一番好话，已经使我万分感激了；请您带我去瞧瞧那几个匣子，试一试我的命运吧。凭着这一柄曾经手刃波斯王并且使一个三次战败苏里曼苏丹的波斯王子授首的宝剑起誓，我要瞪眼吓退世间最狰狞的猛汉，跟全世界最勇武的壮士比赛胆量，从母熊的胸前夺下哺乳的小熊；当一头饿狮咆哮攫食的时候，我要向它揶揄嘲弄，只为要博得你的垂青，小姐。可是唉！即使像赫刺克勒斯那样的盖世英雄，要是跟他的奴仆赌起骰子来，也许他的运气还不如一个下贱之人。我现在听从着盲目的命运的指挥，也许结果终于失望，眼看着一个不如我的人把我的意中人挟走，而自己在悲哀中死去。

鲍西娅　您必须信任命运，或者死了心放弃选择的尝试，或者当您开始选择以前，先立下一个誓言，要是选得不对，终身不再向任何女子求婚；所以还是请您考虑考虑吧。

摩洛哥亲王　我的主意已决，不必考虑了；来，带我去试我的运气吧。

鲍西娅　首先，先去教堂；吃过了饭，您就可以试试您的命运。

摩洛哥亲王　好，祝我幸运！若不能蒙天眷顾，便落地狱受苦。（奏喇叭；众下）

第二场　威尼斯。街道

朗斯洛特·高波上。

朗斯洛特　要是我从我的主人这个犹太人的家里逃走，我的良心是一定要责备我的。可是魔鬼拉着我的臂膀，引诱着我，对我说，"高波，朗斯洛特·高波，好朗斯洛特，拔起你的腿来，跑吧！"我的良心说，"不，留心，老实的朗斯洛特；留心，老实的高波；"或者就是这么说，"老实的朗斯洛特·高波，别逃跑；用你的脚跟把逃跑的念头踢得远远的。"好，那个大胆的魔鬼却劝我卷起铺盖滚蛋；"去呀！"魔鬼说，"去呀！看在老天的面上，鼓起勇气来，跑吧！"好，我的良心挽住我心里的脖子，很聪明地对我说，"朗斯洛特我的老实朋友，你是一个老实人的儿子，"——或者还不如说一个老实妇人的儿子，因为我的父亲的确有点儿不大那个，有点儿很丢脸的坏脾气——好，我的良心说，"朗斯洛特，别动！"魔鬼说，"动！"我的良心说，"别动！""良心，"我说，"你说得不错；""魔鬼，"我说，"你说得有理。"要是听良心的话，我就应该留在我的主人那犹太人家里，上帝恕我这样说，他也是一个魔鬼；要是从犹太人的地方逃走，那么我就要听从魔鬼的话，对不住，他本身就是魔鬼。可是我说，那犹太人一定就是魔鬼的化身；凭良心说话，我的良心劝我留在犹太人地方，未免良心太狠。还是魔鬼的话说得像个朋友。我要跑，魔鬼；我的脚跟听从着你的指挥；我一定要逃跑。

老高波携篮上。

老高波　年轻的先生，请问一声，到犹太老爷的家里该怎么走？

朗斯洛特　（旁白）天啊！这是我的亲生的父亲，他的眼睛差不多快瞎了，所以不认识我。待我戏弄他一下。

老高波　年轻的少爷先生，请问一声，到犹太老爷的家里该怎么走？

朗斯洛特　你在转下一个弯的时候，往右手转过去；临了一次转弯的时候，往左手转过去；再下一次转弯的时候，什么手也不用转，曲曲弯弯地转下去，就转到那犹太人的家里了。

老高波　嗳哟，这条路可不容易走哩！您知道不知道有一个住在他家里的朗斯洛特，现在还在不在他家里？

朗斯洛特　你说的是朗斯洛特少爷吗？（旁白）瞧着我吧，现在我要诱他流起眼泪来了。——你说的是朗斯洛特少爷吗？

老高波　不是什么少爷，先生，他是一个穷人的儿子；他的父亲，不是我说一句，是个老老实实的穷光蛋，多谢上帝，他还活得好好的。

朗斯洛特　好，不要管他的父亲是个什么人，咱们讲的是朗斯洛特少爷。

老高波　他是您少爷的朋友，他就叫朗斯洛特。

朗斯洛特　对不住，老人家，所以我要问你，你说的是朗斯洛特少爷吗？

老高波　是朗斯洛特，少爷。

朗斯洛特　所以就是朗斯洛特少爷。老人家，你别提起朗斯洛特少爷啦；因为这位年轻的少爷，根据天命气数鬼神这一类阴阳怪气的说法，是已经去世啦，或者说得明白一点是已经归天啦。

老高波　嗳哟，天哪！这孩子是我老年的拐杖，我的唯一的靠傍哩。

朗斯洛特　（旁白）我难道像一根棒儿，或是一根柱子？一根撑棍，或是一根拐杖？——爸爸，您不认识我吗？

老高波　唉，我不认识您，年轻的少爷；可是请您告诉我，我的孩子——上帝安息他的灵魂！——究竟是活着还是死了？

朗斯洛特　您不认识我吗，爸爸？

老高波　唉，少爷，我是个瞎子；我不认识您。

朗斯洛特　噢，真的，您就是眼睛明亮，也许会不认识我，只有聪明的父亲才会认出自己的儿子。好，老人家，让我告诉您关于您儿子的消息吧。请您给我祝福；真理总会显露出来，杀人的凶手总会给人捉住；儿子虽然会暂时躲过去，事实到最后总是瞒不过的。

老高波　少爷，请您站起来。我相信您一定不会是朗斯洛特，我的孩子。

朗斯洛特　废话少说，请您给我祝福：我是朗斯洛特，从前是您的孩子，现在是您的儿子，将来也还是您的小子。

老高波　我不能想象您是我的儿子。

朗斯洛特　那我倒不知道应该怎样想法了；可是我的确是在犹太人家里当仆人的朗斯洛特，我也相信您的妻子玛格蕾就是我的母亲。

老高波　她的名字果真是玛格蕾。你倘若真的就是朗斯洛特，那么你就是我亲生血肉了。上帝果然灵圣！你长了多长的一把胡子啦！你脸上的毛，比我那拖车子的马儿道平尾巴上的毛还多呐！

朗斯洛特　这样看起来，那么道平的尾巴一定是越长越短了；我还清楚记得，上一次我看见它的时候，它尾巴上的毛比我脸上的毛多得多哩。

老高波　上帝啊！你真是变了样子啦！你跟主人合得来吗？我给他带了点儿礼物来了。你们现在合得来吗？

朗斯洛特　合得来，合得来；可是从我自己这一方面讲，我既然已经决定逃跑，那么非到跑了一程路之后，我是决不会停下来的。我的主人是个十足的犹太人；给他礼物！还是给他一根上吊的绳子吧。我替他做事情，把身体都饿瘦了；您可以用我的肋骨摸出我的每一条手指来。爸爸，您来了我很高兴。把您的礼物送给一位巴萨尼奥大爷吧，他是会赏漂亮的新衣服给用人穿的。我要是不能服侍他，我宁愿跑到地球的尽头去。啊，运气真好！正是他来了。到他跟前去，爸爸。我要是再继续服侍这个犹太人，连我自己都要变做犹太人了。

巴萨尼奥率里奥那多及其他侍从上。

巴萨尼奥　你们就这样做吧,可是要赶快点儿,晚饭顶迟必须在五点钟预备好。这几封信替我分别送出;叫裁缝把制服做起来;回头再请葛莱西安诺立刻到我的寓所里来。(一仆下)

朗斯洛特　上去,爸爸。

老高波　上帝保佑老爷!

巴萨尼奥　谢谢你,有什么事?

老高波　老爷,这一个是我的儿子,一个苦命的孩子——

朗斯洛特　不是苦命的孩子,老爷,我是犹太富翁的跟班,不瞒老爷说,我想要——我的父亲可以给我证明——

老高波　老爷,正像人家说的,他一心一意地想要侍候——

朗斯洛特　总而言之一句话,我本来是侍候那个犹太人的,可是我很想要——我的父亲可以帮我说明——

老高波　不瞒老爷说,他的主人跟他有点儿意见不合——

朗斯洛特　干脆一句话,实实在在说,这犹太人欺侮了我,他叫我——我的父亲是个老头子,我希望他可以替我向您证明——

老高波　我这儿有一盘烹好的鸽子送给大爷,我要请求大爷一件事——

朗斯洛特　废话少说,这请求是关于我的事情,这位老实的老人家可以告诉您;不是我说一句,我这父亲虽然是个老头子,却是个苦人儿。

巴萨尼奥　让一个人说话。你们究竟要什么?

朗斯洛特　侍候您,老爷。

老高波　正是这一件事,老爷。

巴萨尼奥　我认识你;我可以答应你的要求;你的主人夏洛克今天曾经向我说起,要把你举荐给我。可是你不去侍候一个有钱的犹太人，反要来做一个穷绅士的跟班，恐怕没有什么好处吧？

朗斯洛特 老爷，一句老古话刚好说着了我的主人夏洛克跟您：他有的是钱，您有的是上帝的恩惠①。

巴萨尼奥 你说得很好。老人家，你带着你的儿子，先去向他的旧主人告别，然后再来打听我的住址。（向侍从）给他做一身比别人格外鲜艳一点的制服，不可有误。

朗斯洛特 爸爸，进去吧。我不能得到一个好差使吗？我生了嘴不会说话吗？好，（视手掌）在意大利要是有谁生得一手比我还好的掌纹，我一定会交好运的。好，这儿是一条笔直的寿命线；这儿有不多几个老婆；唉！十五个老婆算得什么，十一个寡妇，再加上九个黄花闺女，对于一个男人也不算太多啊。还要三次溺水不死，有一次几几乎在一张天鹅绒的床边送了性命，好几次死里逃生啊！好，要是命运之神是个女的，这一回她倒是个很好的娘儿。爸爸，来，我要用一霎眼的工夫向那犹太人告别。

（朗斯洛特及老高波下）

巴萨尼奥 好里奥那多，请你记好，这些东西买到以后，把它们安排停当，就赶紧回来，因为我今晚要宴请我的最有名望的相识；快去吧。

里奥那多 我一定给您尽力办去。

葛莱西安诺上。

葛莱西安诺 你家主人呢？

里奥那多 他就在那边走着，先生。（下）

葛莱西安诺 巴萨尼奥老爷！

巴萨尼奥 葛莱西安诺！

---

① 英文古谚："有上帝恩惠者有钱。"

葛莱西安诺 我要向您提出一个要求。

巴萨尼奥 我答应你。

葛莱西安诺 您不能拒绝我；我一定要跟您到贝尔蒙特去。

巴萨尼奥 啊，那么我只好让你去了。可是听着，葛莱西安诺，你这个人太随便，太不拘礼节，太爱高声说话了；这几点本来对于你是再合适不过的，在我们的眼睛里也不以为嫌，可是在陌生人家里，那就好像有点儿放肆啦。请你千万留心在你的活泼的天性里尽力放几分冷静进去，否则人家见了你这样狂放的行为，也许会对我发生误会，害我不能达到我的希望。

葛莱西安诺 巴萨尼奥老爷，听我说。我一定会装出一副安详的态度，说起话来恭而敬之，难得赌一两句咒，口袋里放一本祈祷书，脸孔上堆满了庄严；不但如此，在念食前祈祷的时候，我还要把帽子拉下来遮住我的眼睛，叹一口气，说一句"阿门"；我一定遵守一切礼仪，就像人家有意装得循规蹈矩去讨他老祖母的欢喜一样。要是我不照这样的话做去，您以后不用相信我好了。

巴萨尼奥 好，我们倒要瞧瞧你装得像不像。

葛莱西安诺 今天晚上可不算；您不能按照我今天晚上的行动来判断我。

巴萨尼奥 不，那未免太杀风景了。我倒要请你今天晚上痛痛快快地欢畅一下，因为我已经跟几个朋友约定，大家都要尽兴狂欢。现在我还有点事情，等会儿见。

葛莱西安诺 我也要去找罗兰佐他们那些人；晚饭的时候我们一定来看您。（各下）

第三场 同前。夏洛克家中一室

杰西卡及朗斯洛特上。

杰西卡　你这样离开我的父亲，使我很不高兴；我们这个家是一座地狱，幸亏有你这淘气的小鬼，多少解除了几分闷气。可是再会吧，朗斯洛特，这一块钱你且拿了去；你在晚饭的时候，可以看见一位叫做罗兰佐的，是你新主人的客人，这封信你替我交给他，留心别让旁人看见。现在你快去吧，我不敢让我的父亲瞧见我跟你谈话。

朗斯洛特　再见！眼泪哽住了我的舌头。顶美丽的异教徒，顶温柔的犹太人！要不是有个基督徒来把你拐跑，就算我有眼无珠。再会吧！这些傻气的泪点，快要把我的男子气概都淹没啦。再见！

杰西卡　再见，好朗斯洛特。（朗斯洛特下）唉，我真是罪恶深重，竟会羞于做我父亲的孩子！可是虽然我在血统上是他的女儿，在行为上却不是他的女儿。罗兰佐啊！你要是能够守信不渝，我将要结束我内心的冲突，皈依基督教，做你的亲爱的妻子。（下）

第四场　同前。街道

葛莱西安诺、罗兰佐、萨拉里诺及萨莱尼奥同上。

罗兰佐　不，咱们就在吃晚饭的时候溜了出去，在我的寓所里化装好了，只消一点钟工夫就可以把事情办好回来。葛莱西安诺咱们还没有好好儿准备呢。

萨拉里诺　咱们还没有提到过拿火炬的人。

萨莱尼奥　那一定要经过一番训练，否则叫人瞧着笑话；依我看来，还是不用了吧。

罗兰佐　现在还不过四点钟；咱们还有两个钟头可以准备起来。

朗斯洛特持函上。

罗兰佐　朗斯洛特朋友，你带什么消息来了？

朗斯洛特　请您把这封信拆开来，好像它会告诉您。

罗兰佐　我认识这笔迹；这几个字写得真好看；写这封信的那双手，是比这信纸还要洁白的。

葛莱西安诺　一定是情书。

朗斯洛特　老爷，小的告辞了。

罗兰佐　你还要到哪儿去？

朗斯洛特　呃，老爷，我要去请我的犹太旧主人今天晚上陪我的基督徒新主人吃饭。

罗兰佐　慢着，这几个钱赏给你；你去回复温柔的杰西卡，我不会误她的约；留心说话的时候别给旁人听见。各位，去吧。（朗斯洛特下）你们愿意去准备今天晚上的假面跳舞会吗？我已经有了一个拿火炬的人了。

萨拉里诺　是，我立刻就去准备起来。

萨莱尼奥　我也就去。

罗兰佐　再过一点钟左右，咱们大家在葛莱西安诺的寓所里相会。

萨拉里诺　很好。（萨拉里诺、萨莱尼奥同下）

葛莱西安诺　那封信不是杰西卡写给你的吗？

罗兰佐　我必须把一切都告诉你。她已经教我怎样带着她逃出她父亲的家，告诉我她随身带了多少金银珠宝，已经准备好怎样一身小童的服装。要是她的父亲那个犹太人有一天会上天堂，那一定因为上帝看在他善良的女儿面上特别开恩；恶运再也不敢侵犯她，除非因为她的父亲是一个奸诈的犹太人。来，跟我一块儿去；你可以一边走一边读这封信。美丽的杰西卡将是替我拿着火炬的人。（同下）

第五场　同前。夏洛克家门前

夏洛克及朗斯洛特上。

夏洛克　好，你就可以知道，你就可以亲眼瞧瞧夏洛克老头子跟巴萨尼奥有什么不同啦。——喂，杰西卡！——我家里容得你狼吞虎咽，别人家里是不许你这样放肆的——喂，杰西卡！——我家里还让你睡觉打鼾，把衣服胡乱撕破——喂，杰西卡！

朗斯洛特　喂，杰西卡！

夏洛克　谁叫你喊的？我没有叫你喊呀。

朗斯洛特　您老人家不是常常怪我一定要等人家吩咐了才做事吗？

杰西卡上。

杰西卡　您叫我吗？有什么吩咐？

夏洛克　杰西卡，人家请我去吃晚饭；这儿是我的钥匙，你好生收管着。可是我去干吗呢？人家又不是真心邀请我，他们不过拍拍我的马屁而已。可是我因为恨他们，倒要去这一趟，受用受用这个浪子基督徒的酒食。杰西卡，我的孩子，留心照看门户。我实在有点不愿意去；昨天晚上我做梦看见钱袋，恐怕不是个吉兆，叫我心惊肉跳。

朗斯洛特　老爷，请您一定去；我家少爷在等着您赏光呢。

夏洛克　我也在等着他赏我一记耳光哩。

朗斯洛特　他们已经商量好了；我并不说您可以看到一场假面跳舞，可是您要是果然看到了，那就怪不得我在上一个黑曜日①早上

---

① 黑曜日（Black-Monday）即复活节礼拜一。此名的由来，据说是因一三六〇年四月十四日的复活节礼拜一，英王爱德华三世进攻巴黎，正值暴风雨，兵士多冻死。流鼻血为不吉之兆，故云。

六点钟会流起鼻血来啦,那一年正是在圣灰节星期三第四年的下午。

夏洛克　怎么!还有假面跳舞吗?听好,杰西卡,把家里的门锁上了;听见鼓声和弯笛子的怪叫声音,不许爬到窗榥子上张望,也不要伸出头去,瞧那些脸上涂得花花绿绿的傻基督徒们打街道上走过。把我这屋子的耳朵都封起来——我说的是那些窗子;别让那些无聊的胡闹的声音钻进我的清静的屋子。凭着雅各的牧羊杖发誓,我今晚真有点不想出去参加什么宴会。可是就去这一次吧。小子,你先回去,说我就来了。

朗斯洛特　那么我先去了,老爷。小姐,留心看好窗外——"跑来一个基督徒,不要错过好姻缘。"(下)

夏洛克　嘿,那个夏甲的傻瓜后裔①说些什么?

杰西卡　没有说什么,他只是说,"再会,小姐。"

夏洛克　这蠢才人倒还好,就是食量太大;做起事来,慢腾腾的像条蜗牛一般;白天睡觉的本领,比野猫还胜过几分;我家里可容不得懒惰的黄蜂,所以才打发他走了,让他去帮着那个败家精,把借来的债花干净。好,杰西卡,进去吧;也许我一会儿就回来。记住我的话,把门随手关了。"缚得牢,跑不了",这是一句千古不磨的至理名言。(下)

杰西卡　再会;要是我的命运不跟我作梗,那么我将要失去一个父亲,你也要失去一个女儿了。(下)

第六场　同　前

葛莱西安诺及萨拉里诺戴假面同上。

---

①　夏甲(Hagar)为犹太人始祖亚伯兰(后上帝改其名为亚伯拉罕)正妻撒拉的婢女,撒拉因无子,亚伯兰纳夏甲为次妻;夏甲生子后,遭撒拉之妒,与其子并遭斥逐。见《旧约·创世记》。此处所云"夏甲后裔",系表示"贱种"之意。

葛莱西安诺　这儿屋檐下便是罗兰佐叫我们守望的地方。

萨拉里诺　他约定的时间快要过去了。

葛莱西安诺　他会迟到真是件怪事，因为恋人们总是赶在时钟的前面的。

萨拉里诺　啊！维纳斯的鸽子飞去缔结新欢的盟约，比之履行旧日的诺言，总是要快上十倍。

葛莱西安诺　那是一定的道理。谁在席终人散以后，他的食欲还像初入座时候那么强烈？哪一匹马在冗长的归途上，会像它起程时那么长驱疾驰？对于世间的任何事物，追求时候的兴致总要比享用时候的兴致浓烈。一艘新下水的船只扬帆出港的当儿，多么像一个娇养的少年，给那轻狂的风儿爱抚搂抱！可是等到它回来的时候，船身已遭风日的侵蚀，船帆也变成了百结的破衲，它又多么像一个落魄的浪子，给那轻狂的风儿肆意欺凌！

萨拉里诺　罗兰佐来啦；这些话你留着以后再说吧。

罗兰佐上。

罗兰佐　两位好朋友，累你们久等了，对不起得很；实在是因为我有点事情，急切里抽身不出。等你们将来也要偷妻子的时候，我一定也替你们守这么些时候。过来，这儿就是我的犹太岳父所住的地方。喂！里面有人吗？

杰西卡男装自上方上。

杰西卡　你是哪一个？我虽然认识你的声音，可是为了免得错认人，请你把名字告诉我。

罗兰佐　我是罗兰佐，你的爱人。

杰西卡　你果然是罗兰佐，也的确是我的爱人；除了你，谁会使我爱得像这个样子呢？罗兰佐，除了你之外，谁还知道我究竟是不是属于你的呢？

罗兰佐　上天和你的思想，都可以证明你是属于我的。

杰西卡　来，把这匣子接住了，你拿了去会大有好处。幸亏在夜里，你瞧不见我，我改扮成这个怪样子，怪不好意思哩。可是恋爱是盲目的，恋人们瞧不见他们自己所干的傻事；要是他们瞧得见的话，那么丘比特瞧见我变成了一个男孩子，也会红起脸来哩。

罗兰佐　下来吧，你必须替我拿着火炬。

杰西卡　怎么！我必须拿着烛火，照亮自己的羞耻吗？像我这样子，已经太轻狂了，应该遮掩遮掩才是，怎么反而要在别人面前露脸？

罗兰佐　亲爱的，你穿上这一身漂亮的男孩子衣服，人家不会认出你来的。快来吧，夜色已经在不知不觉中浓了起来，巴萨尼奥在等着我们去赴宴呢。

杰西卡　让我把门窗关好，再收拾些银钱带在身边，然后立刻就来。

（自上方下）

葛莱西安诺　凭着我的头巾发誓，她真是个基督徒，不是个犹太人。

罗兰佐　我从心底里爱着她。要是我有判断的能力，那么她是聪明的；要是我的眼睛没有欺骗我，那么她是美貌的；她已经替自己证明她是忠诚的；像她这样又聪明、又美丽、又忠诚，怎么不叫我把她永远放在自己的灵魂里呢？

杰西卡上。

罗兰佐　啊，你来了吗？朋友们，走吧！我们的舞侣们现在一定在那儿等着我们了。（罗兰佐、杰西卡、萨拉里诺同下）

安东尼奥上。

安东尼奥　那边是谁？

葛莱西安诺　安东尼奥先生！

安东尼奥　咦,葛莱西安诺!还有那些人呢?现在已经九点钟啦,我们的朋友们大家在那儿等着你们。今天晚上的假面跳舞会取消了;风势已转,巴萨尼奥就要立刻上船。我已经差了二十个人来找你们了。

葛莱西安诺　那好极了;我巴不得今天晚上就开船出发。

(同下)

第七场　贝尔蒙特。鲍西娅家中一室

喇叭奏花腔。鲍西娅及摩洛哥亲王各率侍从上。

鲍西娅　去把帐幕揭开,让这位尊贵的王子瞧瞧那几个匣子。现在请殿下自己选择吧。

摩洛哥亲王　第一只匣子是金的,上面刻着这几个字:"谁选择了我,将要得到众人所希求的东西。"第二只匣子是银的,上面刻着这样的约许:"谁选择了我,将要得到他所应得的东西。"第三只匣子是用沉重的铅打成的,上面刻着像铅一样冷酷的警告:"谁选择了我,必须准备把他所有的一切作为牺牲。"我怎么可以知道我选得错不错呢?

鲍西娅　这三只匣子中间,有一只里面藏着我的小像;您要是选中了那一只,我就是属于您的了。

摩洛哥亲王　求神明指示我!让我看;我且先把匣子上面刻着的字句再推敲一遍。这一个铅匣子上面说些什么?"谁选择了我,必须准备把他所有的一切作为牺牲。"必须准备牺牲;为什么?为了铅吗?为了铅而牺牲一切吗?这匣子说的话儿倒有些吓人。人们为了希望得到重大的利益,才会不惜牺牲一切;一颗贵重的心,决不会屈躬俯就鄙贱的外表;我不愿为了铅的缘故而作任何的牺牲。那个色泽皎洁的银匣子上面说些什么?"谁选择了我，将要得到他所应得的东西。"得到他所应得的东西！且慢，摩洛哥，把你自己的价值作一下公正的估计吧。照你自己判断起来，你应该得到很高的评价，可是也许凭着你这几分长处，还不配娶到这样一位小姐；然而我要是疑心我自己不够资格，那未免太小看自己了。得到我所应得的东西！当然那就是指这位小姐而说的；讲到家世、财产、人品、教养，我在哪一点上配不上她？可是超乎这一切之上，凭着我这一片深情，也就应该配得上她了。那么我不必迟疑，就选了这一个匣子吧。让我再瞧瞧那金匣子上说些什么话："谁选择了我，将要得到众人所希求的东西。"啊，那正是这位小姐了；整个儿的世界都希求着她，他们从地球的四角迢迢而来，顶礼这位尘世的仙真：赫堪尼亚的沙漠和广大的阿拉伯的辽阔的荒野，现在已经成为各国王子们前来瞻仰美貌的鲍西娅的通衢大道；把唾沫吐在天庭面上的傲慢不逊的海洋，也不能阻止外邦的远客，他们越过汹涌的波涛，就像跨过一条小河一样，为了要看一看鲍西娅的绝世姿容。在这三只匣子中间，有一只里面藏着她的天仙似的小像。难道那铅匣子里会藏着她吗？想起这样一个卑劣的思想，就是一种亵渎；即使作为幽暗的坟墓装放她的寿衣，都嫌粗鄙了。那么她是会藏在那价值只及纯金十分之一的银匣子里面吗？啊，罪恶的思想！这样一颗珍贵的珠宝，决不会装在比金子低贱的匣子里。英国有一种金子铸成的钱币，表面上刻着天使的形象；这儿的天使，拿金子做床，却躲在黑暗里。把钥匙交给我；我已经选定了，但愿我的希望能够实现！

鲍西娅 亲王，请您拿着这钥匙；要是这里边有我的小像，我就是您的了。(摩洛哥亲王开金匣)

摩洛哥亲王 嗳哟，该死！这是什么？一个死人的骷髅，那空空的眼眶里藏着一张有字的纸卷。让我读一读上面写着什么。

发闪光的不全是黄金,
古话常常能警示人心;
多少世人出卖了一生,
不过看到了我的外形,
蛆虫占据着镀金的坟。
你要是又大胆又聪明,
手脚壮健,见识却老成,
就不会得到这样回音:
再见,劝你冷却这片心。

　　　冷却这片心;真的是枉费辛劳!
　　永别了,热情!欢迎,凛冽的寒飚!
　　再见,鲍西娅;悲伤塞满了心胸,
　　莫怪我这败军之将去得匆匆。(率侍从下;喇叭奏花腔)

鲍西娅　他去得倒还知趣。把帐幕拉下。但愿像他一样肤色的人,都像他一样选不中。(同下)

第八场　威尼斯。街道

萨拉里诺及萨莱尼奥上。

萨拉里诺　啊,朋友,我看见巴萨尼奥开船,葛莱西安诺也跟他同船去;我相信罗兰佐一定不在他们船里。

萨莱尼奥　那个恶犹太人大呼小叫地吵到公爵那儿去,公爵已经跟着他去搜巴萨尼奥的船了。

萨拉里诺　他去迟了一步,船已经开出。可是有人告诉公爵,说他们曾经看见罗兰佐跟他的多情的杰西卡在一艘平底船里;而且安东尼奥也向公爵证明他们并不在巴萨尼奥的船上。

萨莱尼奥　那犹太狗像发疯似的，如此奇怪，狂怒而又混乱，在街上一路乱叫乱跳乱喊，"我的女儿！啊，我的银钱！啊，我的女儿！跟一个基督徒逃走啦！啊，我的基督徒的银钱！公道啊！法律啊！我的银钱，我的女儿！一袋封好的、两袋封好的银钱，给我的女儿偷去了！还有珠宝！两颗宝石，两颗珍贵的宝石，都给我的女儿偷去了！公道啊！把那女孩子找出来！她身边带着宝石，还有银钱。"

　　萨拉里诺　威尼斯城里所有的小孩子们，都跟在他背后，喊着：他的宝石呀，他的女儿呀，他的银钱呀。

　　萨莱尼奥　安东尼奥应该留心那笔债款不要误了期，否则他要在他身上报复的。

　　萨拉里诺　对了，你想起得不错。昨天我跟一个法国人谈天，他对我说起，在英、法二国之间的狭隘的海面上，有一艘从咱们国里开出去的满载着货物的船只出事了。我一听见这句话，就想起安东尼奥，但愿那艘船不是他的才好。

　　萨莱尼奥　你最好把你听见的消息告诉安东尼奥；可是你要轻描淡写地说，免得害他着急。

　　萨拉里诺　世上没有一个比他更仁厚的君子。我看见巴萨尼奥跟安东尼奥分别，巴萨尼奥对他说他一定尽早回来，他就回答说，"不必，巴萨尼奥，不要为了我的缘故而误了你的正事，你等到一切事情圆满完成以后再回来吧；至于我在那犹太人那里签下的约，你不必放在心上，你只管高高兴兴，一心一意地进行着你的好事，施展你的全副精神，去博得美人的欢心吧。"说到这里，他的眼睛里已经噙着一包眼泪，他就回转身去，把他的手伸到背后，亲亲热热地握着巴萨尼奥的手；他们就这样分别了。

　　萨莱尼奥　我看他只是为了他的缘故才爱这世界的。咱们现在就去找他，想些开心的事儿替他解解愁闷，你看好不好？

萨拉里诺 很好很好。(同下)

第九场　贝尔蒙特。鲍西娅家中一室

尼莉莎及一仆人上。

尼莉莎 赶快，赶快，扯开那帐幕；阿拉贡亲王已经宣过誓，就要来选匣子啦。

喇叭奏花腔。阿拉贡亲王及鲍西娅各率侍从上。

鲍西娅 瞧，尊贵的王子，那三个匣子就在这儿；您要是选中了有我的小像藏在里头的那一只，我们就可以立刻举行婚礼；可是您要是失败了的话，那么殿下，不必多言，您必须立刻离开这儿。

阿拉贡亲王 我已经宣誓遵守三项条件：第一，不得告诉任何人我所选的是哪一只匣子；第二，要是我选错了匣子，终身不得再向任何女子求婚；第三，要是我选不中，必须立刻离开此地。

鲍西娅 为了我这微贱的身子来此冒险的人，没有一个不曾立誓遵守这几个条件。

阿拉贡亲王 我已经下定决心。但愿命运满足我的心愿！一只是金的，一只是银的，还有一只是下贱的铅的。"谁选择了我，必须准备把他所有的一切作为牺牲。"你要我为你牺牲，应该再好看一点才是。那个金匣子上面说的什么？哈！让我来看吧："谁选择了我，将要得到众人所希求的东西。"众人所希求的东西！那"众人"也许是指那无知的群众，他们只知道凭着外表取人，信赖着一双愚妄的眼睛，不知道窥察到内心，就像燕子把巢筑在风吹雨淋的屋外的墙壁上，自以为可保万全，不想到灾祸就会接踵而至。我不愿选择众人所希求的东西，因为我不愿随波逐流，与庸众为伍。那么还是让我瞧瞧你吧，你这白银的宝库；待我再看一遍刻在你上面的字句："谁选择了我，将要得到他所应得的东西。"说得好，一个人要是自己没有几分长处，怎么可以妄图非分？尊荣显贵，原来不是无德之人所可以忝窃的。唉！要是世间的爵禄官职，都能够因功授赏，不藉钻营，那么多少脱帽侍立的人将会高冠盛服，多少发号施令的人将会唯唯听命，多少卑劣鄙贱的渣滓可以从高贵的种子中间筛分出来，多少隐暗不彰的贤才异能，可以从世俗的糠秕中间剔选出来，大放它们的光泽！闲话少说，还是让我考虑考虑怎样选择吧。"谁选择了我，将要得到他所应得的东西。"那么我就要取我所应得的东西了。把这匣子上的钥匙给我，让我立刻打开藏在这里面的我的命运。（开银匣）

鲍西娅　您在这里面瞧见些什么？怎么呆住了一声也不响？

阿拉贡亲王　这是什么？一个眯着眼睛的傻瓜的画像，上面还写着字句！让我读一下看。唉！你跟鲍西娅相去得多么远！你跟我的希望，跟我所应得的东西又相去得多么远！"谁选择了我，将要得到他所应得的东西。"难道我只应该得到一副傻瓜的嘴脸吗？那便是我的奖品吗？我不该得到好一点的东西吗？

鲍西娅　毁谤和评判，是两件作用不同、性质相反的事。

阿拉贡亲王　这儿写着什么？

　　这银子在火里烧过七遍；
　　那永远不会错误的判断，
　　也必须经过七次的试炼。
　　有的人终身向幻影追逐，
　　只好在幻影里寻求满足。
　　我知道世上尽有些呆鸟，
　　空有着一个镀银的外表；

　　　　　　随你娶一个怎样的妻房，
　　　　　　摆脱不了这傻瓜的皮囊；
　　　　　　去吧，先生，莫再耽搁时光！
　　　　　　我要是再留在这儿发呆，
　　　　　　愈显得是个十足的蠢才；
　　　　　　顶一颗傻脑袋来此求婚，
　　　　　　带两个蠢头颅回转家门。
　　　　　　别了，美人，我愿遵守誓言，
　　　　　　默忍着心头愤怒的熬煎。（阿拉贡亲王率侍从下）
　　鲍西娅　正像飞蛾在烛火里伤身，
　　　　　　这些傻瓜们自恃着聪明，
　　　　　　免不了被聪明误了前程。
　　尼莉莎　古话说得好，上吊娶媳妇，
　　　　　　都是一个人注定的天数。
　　鲍西娅　来，尼莉莎，把帐幕拉下了。

一仆人上。

　　仆　人　小姐呢？
　　鲍西娅　在这儿；尊驾有什么见教？
　　仆　人　小姐，门口有一个年轻的威尼斯人，说是来通知一声，他的主人就要来啦：他说他的主人叫他先来向小姐致意，除了一大堆恭维的客套以外，还带来了几件很贵重的礼物。小的从来没有见过这么一位体面的爱神的使者；预报繁茂的夏季快要来临的四月的天气，也不及这个为主人先驱的俊仆温雅。
　　鲍西娅　请你别说下去了吧；你把他称赞得这样天花乱坠，我怕你就要说他是你的亲戚了。来，来，尼莉莎，我倒很想瞧瞧这一位爱神差来的体面的使者。
　　尼莉莎　爱神啊，但愿来的是巴萨尼奥！（同下）

第三幕

第一场　威尼斯。街道

萨莱尼奥及萨拉里诺上。

萨莱尼奥　交易所里有什么消息？

萨拉里诺　他们都在那里说安东尼奥有一艘满装着货物的船在海峡里倾覆了；那地方的名字好像是古德温，是一处很危险的沙滩，听说有许多大船的残骸埋葬在那里，要是那些传闻之辞是确实可靠的话。

萨莱尼奥　我但愿那些谣言就像那些吃饱了饭没事做、嚼嚼生姜或者一把鼻涕一把眼泪地假装为了她第三个丈夫死去而痛哭的那些婆子们所说的鬼话一样靠不住。可是那的确是事实——不说啰哩啰嗦的废话，也不说枝枝节节的闲话——这位善良的安东尼奥，正直的安东尼奥——啊，我希望我有一个可以充分形容他的好处的字眼！——

萨拉里诺　好了好了，别说下去了吧。

萨莱尼奥　嘿！你说什么！总归一句话，他损失了一艘船。

萨拉里诺　但愿这是他最末一次的损失。

萨莱尼奥　让我赶快喊"阿门",免得给魔鬼打断了我的祷告,因为他已经扮成一个犹太人的样子来啦。

夏洛克上。

萨莱尼奥　啊,夏洛克!商人中间有什么消息?

夏洛克　有什么消息!我的女儿逃走啦,这件事情是你比谁都格外知道得详细的。

萨拉里诺　那当然啦,就是我也知道她飞走的那对翅膀是哪一个裁缝替她做的。

萨莱尼奥　夏洛克自己也何尝不知道,她羽毛已长,当然要离开娘家啦。

夏洛克　她干出这种不要脸的事来,死了一定要下地狱。

萨拉里诺　倘若魔鬼做她的判官,那是当然的事情。

夏洛克　我自己的血肉背叛了我!

萨莱尼奥　说什么,老东西,活到这么大年纪,还跟你自己过不去?

夏洛克　我是说我的女儿是我自己的血肉。

萨拉里诺　你的肉跟她的肉比起来,比黑炭和象牙还差得远;你的血跟她的血比起来,比红葡萄酒和白葡萄酒还差得远。可是告诉我们,你听没听见人家说起安东尼奥在海上遭到了损失?

夏洛克　说起他,又是我的一桩倒霉事情。这个败家精,这个破落户,他不敢在交易所里露一露脸;他平常到市场上来,穿着得多么齐整,现在可变成一个叫花子啦。让他留心他的借约吧;他老是骂我盘剥取利;让他留心他的借约吧;他是本着基督徒的精神,放债从来不取利息的;让他留心他的借约吧。

萨拉里诺　我相信要是他不能按约偿还借款,你一定不会要他的肉的;那有什么用处呢?

夏洛克　拿来钓鱼也好;即使他的肉不中吃,至少也可以出出我这一口气。他曾经羞辱过我，夺去我几十万块钱的生意，讥笑着我的亏蚀，挖苦着我的盈余，侮蔑我的民族，破坏我的买卖，离间我的朋友，煽动我的仇敌；他的理由是什么？只因为我是一个犹太人。难道犹太人没有眼睛吗？难道犹太人没有五官四肢、没有知觉、没有感情、没有血气吗？他不是吃着同样的食物，同样的武器可以伤害他，同样的医药可以疗治他，冬天同样会冷，夏天同样会热，就像一个基督徒一样吗？你们要是用刀剑刺我们，我们不是也会出血的吗？你们要是搔我们的痒，我们不是也会笑起来的吗？你们要是用毒药谋害我们，我们不是也会死的吗？那么要是你们欺侮了我们，我们难道不会复仇吗？要是在别的地方我们都跟你们一样，那么在这一点上也是彼此相同的。要是一个犹太人欺侮了一个基督徒，那基督徒怎样表现他的谦逊？报仇。要是一个基督徒欺侮了一个犹太人，那么照着基督徒的榜样，那犹太人应该怎样表现他的宽容？报仇。你们已经把残虐的手段教给我，我一定会照着你们的教训实行，而且还要加倍奉敬哩。

一仆人上。

仆　　人　两位先生，我家主人安东尼奥在家里，要请两位过去谈谈。

萨拉里诺　我们正在到处找他呢。

杜伯尔上。

萨莱尼奥　又是一个他的族中人来啦；世上再也找不到第三个像他们这样的人，除非魔鬼自己也变成了犹太人。（萨莱尼奥、萨拉里诺及仆人下）

夏洛克　啊，杜伯尔！热那亚有什么消息？你有没有找到我的女儿？

杜伯尔　我所到的地方，往往听见人家说起她，可是总找不到她。

夏洛克 哎呀，糟糕！糟糕！糟糕！我在法兰克福出两千块钱买来的那颗金刚钻也丢啦！咒诅到现在才降落到咱们民族头上；我到现在才觉得它的厉害。那一颗金刚钻就是两千块钱，还有别的贵重的贵重的珠宝。我希望我的女儿死在我的脚下，那些珠宝都挂在她的耳朵上；我希望她就在我的脚下入土安葬，那些银钱都放在她的棺材里！不知道他们的下落吗？哼，我不知道为了寻访他们，又花去了多少钱。你这你这——损失上再加损失！贼子偷了这么多走了，还要花这么多去寻访贼子，结果仍旧是一无所得，出不了这一口怨气。只有我一个人倒霉，只有我一个人叹气，只有我一个人流眼泪！

杜伯尔 倒霉的不单是你一个人。我在热那亚听人家说，安东尼奥——

夏洛克 什么？什么？什么？他也倒了霉吗？他也倒了霉吗？

杜伯尔 ——有一艘从特里坡利斯来的大船，在途中触礁。

夏洛克 谢谢上帝！谢谢上帝！是真的吗？是真的吗？

杜伯尔 我曾经跟几个从那船上出险的水手谈过话。

夏洛克 谢谢你，好杜伯尔。好消息，好消息！哈哈！什么地方？在热那亚吗？

杜伯尔 听说你的女儿在热那亚一个晚上花去八十块钱。

夏洛克 你把一把刀戳进我心里！我再也瞧不见我的金子啦！一下子就是八十块钱！八十块钱！

杜伯尔 有几个安东尼奥的债主跟我同路到威尼斯来，他们肯定地说他这次一定要破产。

夏洛克 我很高兴。我要摆布摆布他；我要叫他知道些厉害。我很高兴。

杜伯尔 有一个人给我看一个指环，说是你女儿拿它向他买了一头猴子。

夏洛克　该死该死！杜伯尔，你提起这件事，真叫我心里难过；那是我的绿玉指环，是我的妻子莉娅在我们没有结婚的时候送给我的；即使人家把一大群猴子来向我交换，我也不愿把它给人。

杜伯尔　可是安东尼奥这次一定完了。

夏洛克　对了，这是真的，一点不错。去，杜伯尔，现在离开借约满期还有半个月，你先给我到衙门里走动走动，花费几个钱。要是他愆了约，我要挖出他的心来；只要威尼斯没有他，生意买卖全凭我意旨了。去，去，杜伯尔，咱们在会堂里见面。好杜伯尔，去吧；会堂里再见，杜伯尔。（各下）

第二场　贝尔蒙特。鲍西娅家中一室

巴萨尼奥、鲍西娅、葛莱西安诺、尼莉莎及侍从等上。

鲍西娅　请您不要太急，停一两天再赌运气吧；因为要是您选得不对，咱们就不能再在一块儿，所以请您暂时缓一下吧。我心里仿佛有一种什么感觉——可是那不是爱情——告诉我我不愿失去您；您一定也知道，嫌憎是不会向人说这种话的。一个女孩儿家本来不该信口说话，可是唯恐您不能懂得我的意思，我真想留您在这儿住上一两个月，然后再让您为我冒险一试。我可以教您怎样选才不会有错；可是这样我就要违犯了誓言，那是断断不可的；然而那样您也许会选错；要是您选错了，您一定会使我起了一个有罪的愿望，懊悔我不该为了不敢背誓而忍心让您失望。顶可恼的是您这一双眼睛，它们已经瞧透了我的心，把我分成两半：半个我是您的，还有那半个我也是您的——不，我的意思是说那半个我是我的，可是既然是我的，也就是您的，所以整个儿的我都是您的。唉！都是这些无聊的世俗礼法，使人们不能享受他们合法的权利；所以我虽然是您的，却又不是您的。要是结果真是这样，造孽的是那命运，不是我。我说得太啰嗦了，可是我的目的是要尽量拖延时间，不放您马上就去选择。

巴萨尼奥　让我选吧；我现在这样提心吊胆，才像给人拷问一样受罪呢。

鲍西娅　给人拷问，巴萨尼奥！那么您给我招认出来，在您的爱情之中，隐藏着什么奸谋？

巴萨尼奥　没有什么奸谋，我只是有点怀疑忧惧，但恐我的痴心化为徒劳；奸谋跟我的爱情正像冰炭一样，是无法相容的。

鲍西娅　嗯，可是我怕你是因为受不住拷问的痛苦，才说这样的话。一个人给绑上了刑床，还不是要他怎样讲就怎样讲？

巴萨尼奥　您要是答应赦我一死，我愿意招认真情。

鲍西娅　好，赦您一死，您招认吧。

巴萨尼奥　"爱"便是我所能招认的一切。多谢我的刑官，您教给我怎样免罪的答话了！可是让我去瞧瞧那几个匣子，试试我的运气吧。

鲍西娅　那么去吧！在那三个匣子中间，有一个里面锁着我的小像；您要是真的爱我，您会把我找出来的。尼莉莎，你跟其余的人都站开些。在他选择的时候，把音乐奏起来，要是他失败了，好让他像天鹅一样在音乐声中死去；把这譬喻说得更确当一些，我的眼睛就是他葬身的清流。也许他会胜利的；那么那音乐又像什么呢？那时候音乐就像忠心的臣子俯伏迎新加冕的君王的时候所吹奏的号角，又像是黎明时分送进正在做着好梦的新郎的耳中，催他起来举行婚礼的甜柔的琴韵。现在他去了，他的沉毅的姿态，就像年轻的赫剌克勒斯奋身前去，在特洛亚人的呼叫声中，把他们祭献给海怪的处女拯救出来一样①，可是他心里却藏

---

① 希腊神话中，特洛亚王答应向海怪献祭他的女儿赫西俄涅，最后希腊英雄赫剌克勒斯斩杀海怪，救出赫西俄涅。

着更多的爱情;我站在这儿做牺牲,她们站在旁边,就像泪眼模糊的特洛亚妇女们,出来看这场争斗的结果。去吧,赫刺克勒斯!我的生命悬在你手里,但愿你安然生还;我这观战的人心中比你上场作战的人还要惊恐万倍!

巴萨尼奥独白时,乐队奏乐唱歌。

歌

告诉我爱情生长在何方?
还是在脑海?还是在心房?
它怎样发生?它怎样成长?
　　回答我,回答我。
爱情的火在眼睛里点亮,
凝视是爱情生活的滋养,
它的摇篮便是它的坟堂。
让我们把爱的丧钟鸣响,
　　丁当!丁当!
　　丁当!丁当!(众和)

巴萨尼奥　外观往往和事物的本身完全不符,世人却容易为表面的装饰所欺骗。在法律上,哪一件卑鄙邪恶的陈诉不可以用娓娓动听的言词掩饰它的罪状?在宗教上,哪一桩罪大罪极的过失不可以引经据典,文过饰非,证明它的确上合天心?任何彰明昭著的罪恶,都可以在外表上装出一副道貌岸然的样子。多少没有胆量的懦夫,他们的心其实软弱得就像下不去脚的流沙,他们的肝如果剖出来看一看,大概比乳汁还要白,可是他们的颊上却长着天神一样威武的须髯,人家只看着他们的外表,竟居然把他们当作英雄一样看待!再看那些世间所谓美貌吧,那是完全靠着脂粉装点出来的,愈是轻浮的女人,所涂的脂粉也愈重;至于那些随风飘扬像蛇一样的金丝鬈发,看上去果然漂亮,不知道却是

莎士比亚喜剧

从坟墓中死人的骷髅上借来的①。所以装饰不过是一道把船只诱进凶涛险浪的怒海中去的陷人的海岸,又像是遮掩着一个黑丑蛮女的一道美丽的面幕;总而言之,它是狡诈的世人用来欺诱智士的似是而非的真理。所以,你炫目的黄金,米达斯王的坚硬的食物②,我不要你;你,惨白的银子,在人们手里来来去去的下贱的奴才,我也不要你;可是你,寒伧的铅,你的形状只能使人退走,一点没有吸引人的力量,然而你的质朴却比巧妙的言辞更能打动我的心,我就选了你吧,但愿结果美满!

鲍西娅 (旁白)一切纷杂的思绪;多心的疑虑、鲁莽的绝望、战栗的恐惧、酸性的猜嫉,多么快地烟消云散了!爱情啊!把你的狂喜节制一下,不要让你的欢乐溢出界限,让你的情绪越过分寸;你使我感觉到太多的幸福,请你把它减轻儿分吧,我怕我快要给快乐窒息而死了!

巴萨尼奥 这里面是什么?(开铅匣)美丽的鲍西娅的副本!这是谁的神化之笔,描画出这样一位绝世的美人?这双眼睛是在转动吗?还是因为我的眼球在转动,所以仿佛它们也在随着转动?她的微启的双唇,是因为她嘴里吐出来的甘美芳香的气息而分裂的;唯有这样甘美的气息才能分开这样甜蜜的朋友。画师在描画她的头发的时候,一定曾经化身为蜘蛛,织下了这么一个金丝的发网,来诱捉男子们的心;哪一个男子见了它,不会比飞蛾投入蛛网还快地陷下网罗呢?可是她的眼睛!他怎么能够睁着眼睛把它们画出来呢?他在画了一只眼睛以后,我想它的逼人的光芒一定会使他自己目眩神夺,再也描画不成其余的一只。可是瞧,我用尽一切赞美的字句,还不能充分形容出这一个画中幻影

---

① 伊丽莎白时代妇女,有戴金色假发的风气。
② 米达斯(Midas),弗里吉亚(Phrygia)王,祷神求点金术,神允之,触指成金,食物亦变成金子无法食用。

的美妙；然而这幻影跟它的实体比较起来，又是多么望尘莫及！这儿是一纸手卷，宣判着我的命运。

　　你选择不凭着外表，
　　　　果然给你直中鹄心！
　　胜利既已入你怀抱，
　　　　你莫再往别处追寻。
　　这结果倘使你满意，
　　　　就请接受你的幸运，
　　赶快回转你的身体，
　　　　给你的爱深深一吻。

　　　　温柔的纶音！美人，请恕我大胆，（吻鲍西娅）
　　　　我奉命来把彼此的深情交换。
　　　　像一个夺标的健儿驰骋身手，
　　　　耳旁只听见沸腾的人声如吼，
　　　　虽然明知道胜利已在他手掌，
　　　　却不敢相信人们在向他赞赏。
　　　　绝世的美人，我现在神眩目晕，
　　　　仿佛闯进了一场离奇的梦境；
　　　　除非你亲口证明这一切是真，
　　　　我再也不相信我自己的眼睛。

　　鲍西娅　巴萨尼奥公子，您瞧我站在这儿，不过是这样的一个人。虽然为了我自己的缘故，我不愿妄想自己比现在的我更好一点；可是为了您的缘故，我希望我能够六十倍胜过我的本身，再加上一千倍的美丽，一万倍的富有；我但愿我有无比的贤德、美貌、财产和亲友，好让我在您的心目中占据一个很高的位置。可是我这一身却是一无所有，我只是一个不学无术、没有教养、缺少见识的女子；幸亏她的年纪还不是顶大，来得及发愤学习；

她的天资也不是顶笨，可以加以教导；尤其大幸的，她有一颗柔顺的心灵，愿意把它奉献给您，听从您的指导，把您当作她的主人、她的统治者和她的君王。我自己以及我所有的一切，现在都变成您的所有了；刚才我还拥有着这一座华丽的大厦，我的仆人都听从着我的指挥，我是支配我自己的女王，可是就在现在，这屋子、这些仆人和这一个我，都是属于您的了，我的夫君。凭着这一个指环，我把这一切完全呈献给您；要是您让这指环离开您的身边，或者把它丢了，或者把它送给别人，那就预示着您的爱情的毁灭，我可以因此责怪您的。

巴萨尼奥　小姐，您使我说不出一句话来，只有我的热血在我的血管里跳动着向您陈诉。我的精神是在一种恍惚的状态中，正像喜悦的群众在听到他们所爱戴的君王的一篇美妙的演辞以后那种心灵眩惑的神情，除了口头的赞叹和内心的欢乐以外，一切的一切都混和起来，化成白茫茫的一片模糊。要是这指环有一天离开这手指，那么我的生命也一定已经终结；那时候您可以放胆地说，巴萨尼奥已经死了。

尼莉莎　姑爷，小姐，我们站在旁边，眼看我们的愿望成为事实，现在该让我们来道喜了。恭喜姑爷！恭喜小姐！

葛莱西安诺　巴萨尼奥老爷和我的温柔的夫人，愿你们享受一切的快乐！因为我敢说，你们享尽一切快乐，也剥夺不了我的快乐。我有一个请求，要是你们决定在什么时候举行嘉礼，我也想跟你们一起结婚。

巴萨尼奥　很好，只要你能够找到一个妻子。

葛莱西安诺　谢谢老爷，您已经替我找到一个了。不瞒大爷说，我这一双眼睛瞧起人来，并不比您老爷慢；您瞧见了小姐，我也看中了使女；您发生了爱情，我也发生了爱情。老爷，我的手脚并不比您慢啊。您的命运靠那几个匣子决定，我也是一样；

因为我在这儿千求万告，身上的汗出了一身又是一身，指天誓日地说到唇干舌燥，才算得到这位好姑娘的一句回音，答应我要是您能够得到她的小姐，我也可以得到她的爱情。

鲍西娅 这是真的吗，尼莉莎？

尼莉莎 是真的，小姐，要是您赞成的话。

巴萨尼奥 葛莱西安诺，你也是出于真心吗？

葛莱西安诺 是的，老爷。

巴萨尼奥 我们的喜宴有你们的婚礼添兴，那真是喜上加喜了。

葛莱西安诺 我们要跟他们打赌一千块钱，看谁先养儿子。

尼莉莎 什么，还要赌一笔钱？

葛莱西安诺 不，我们怕是赢不了的，还是不赌了吧。可是谁来啦？罗兰佐和他的异教徒吗？什么！还有我那威尼斯老朋友萨莱尼奥？

罗兰佐、杰西卡及萨莱尼奥上。

巴萨尼奥 罗兰佐、萨莱尼奥，虽然我也是初履此地，让我僭用着这里主人的名义，欢迎你们的到来。亲爱的鲍西娅，请您允许我接待我这几个同乡朋友。

鲍西娅 我也是竭诚欢迎他们。

罗兰佐 谢谢。巴萨尼奥大爷，我本来并没有想到要到这儿来看您，因为在路上碰见萨莱尼奥，给他不由分说地硬拉着一块儿来啦。

萨莱尼奥 是我拉他来，大爷，我是有理由的。安东尼奥先生叫我替他向您致意。（给巴萨尼奥一信）

巴萨尼奥 在我没有拆开这信以前，请你告诉我我的好朋友近来好吗？

萨莱尼奥 他没有病，除非有点儿心病；也并不轻松，除非打开了心结。您看了他的信，就可以知道他的近况。

葛莱西安诺　尼莉莎，招待招待那位客人。把你的手给我，萨莱尼奥，威尼斯有些什么消息？那位善良的商人安东尼奥怎样？我知道他听见了我们的成功，一定会十分高兴；我们是两个伊阿宋，把金羊毛取了来啦。

萨莱尼奥　我希望你们能够把他失去的金羊毛取了回来，那就好了。

鲍西娅　那信里一定有些什么坏消息，巴萨尼奥的脸色都变白了；多半是一个什么好朋友死了，否则不会有别的事情会把一个堂堂男子激动到这个样子的。怎么，越来越糟了！恕我冒渎，巴萨尼奥，我是您自身的一半，这封信所带给您的任何不幸的消息，也必须让我分一半去。

巴萨尼奥　啊，亲爱的鲍西娅！这信里所写的，是自有纸墨以来最悲惨的字句。好小姐，当我初次向您倾吐我的爱慕之忱的时候，我坦白地告诉您，我的高贵的家世是我仅有的财产，那时我并没有向您说谎；可是，亲爱的小姐，单单把我说成一个两袖清风的寒士，还未免夸张过分，因为我不但一无所有，而且还负着一身债务；不但欠了我的一个好朋友许多钱，还累他为了我的缘故，欠了他仇家的钱。这一封信，小姐，那信纸就像是我朋友的身体，上面的每一个字，都是一处血淋淋的创伤。可是，萨莱尼奥，那是真的吗？难道他的船舶都一起遭难了？竟没有一艘平安到港吗？从特里坡利斯、墨西哥、英国、里斯本、巴巴里和印度来的船只，没有一艘能够逃过那些毁害商船的礁石的可怕的撞击吗？

萨莱尼奥　一艘也没有逃过。而且即使他现在有钱还那犹太人，那犹太人也不肯收他。我从来没有见过这种家伙，样子像人，却一心一意只想残害他的同类；他不分昼夜地向公爵絮叨，说是他们倘不给他主持公道,那么威尼斯根本不成其为自由邦。二十个商人、公爵自己,还有那些最有名望的士绅,都曾劝过他,可是谁也不能叫他回心转意,放弃他狠毒的控诉;他一口咬定,要求按照约文的规定,惩罚安东尼奥的违约。

杰西卡 我在家里的时候,曾经听见他向杜伯尔和丘斯,他的两个同族的人谈起,说他宁可取安东尼奥身上的肉,不愿收受比他的欠款多二十倍的钱。要是法律和威权不能阻止他,那么可怜的安东尼奥恐怕在劫难逃了。

鲍西娅 遭到这样危难的人,是不是您的好朋友?

巴萨尼奥 我的最亲密的朋友,一个心肠最仁慈的人,热心为善,多情尚义,在他身上存留着比任何意大利人更多的古代罗马的侠义精神。

鲍西娅 他欠那犹太人多少钱?

巴萨尼奥 他为了我的缘故,向他借了三千块钱。

鲍西娅 什么,只有这一点数目吗?还他六千块钱,把那借约毁了;两倍六千块钱,或者照这数目再赔三倍都可以,可是万万不能因为巴萨尼奥的过失,害这样一位好朋友损伤一根毛发。先和我到教堂里去结为夫妇,然后你就到威尼斯去看你的朋友;鲍西娅决不让你抱着一颗不安宁的良心睡在她的身旁。你可以带偿还这笔小小借款的二十倍那么多的钱去;债务清了以后,就带你的忠心的朋友到这儿来。我的侍女尼莉莎陪着我在家里,仍旧像未嫁的时候一样,守候着你们的归来。来,今天就是你结婚的日子,大家快快乐乐,好好招待你的朋友们。你既然是用这么大的代价买来的,我一定加倍地爱你。可是让我听听你朋友的信。

巴萨尼奥 "巴萨尼奥挚友如握:弟船只悉数遇难,债主煎迫,家业荡然。犹太人之约,业已愆期;履行罚则,殆无生望。足下前此欠弟债项,一切勾销,惟盼及弟未死之前,来相临视。

或足下燕婉情浓，不忍遽别，则亦不复相强，此信置之可也。"

鲍西娅 啊，亲爱的，快把一切事情办好，立刻就去吧！

巴萨尼奥 既然蒙您允许，我就赶快收拾动身；可是——此去经宵应少睡，长留魂魄系相思。（同下）

第三场　威尼斯。街道

夏洛克、萨拉里诺、安东尼奥及狱吏上。

夏洛克 狱官，留心看住他；不要对我讲什么慈悲。这就是那个放债不取利息的傻瓜。狱官，留心看住他。

安东尼奥 再听我说句话，好夏洛克。

夏洛克 我一定要照约实行；你倘若想推翻这一张契约，那还是请你免开尊口的好。我已经发过誓，非得照约实行不可。你曾经无缘无故骂我是狗，既然我是狗，那么你可留心着我的狗牙齿吧。公爵一定会给我主持公道的。你这糊涂的狱官，我真不懂你老是会答应他的请求，陪着他到外边来。

安东尼奥 请你听我说。

夏洛克 我一定要照约实行，不要听你讲什么鬼话；我一定要照约实行，所以请你闭嘴吧。我不像那些软心肠流眼泪的傻瓜们一样，听了基督徒的几句劝告，就会摇头叹气，懊悔屈服。别跟着我，我不要听你说话，我要照约实行。（下）

萨拉里诺 这是人世间一头最顽固的恶狗。

安东尼奥 别理他；我也不愿再费无益的唇舌向他哀求了。他要的是我的命，我也知道他这样做的原因。有好多次，人家落在他手里，还不出钱来，弄得走投无路，跑来向我诉苦，是我帮助他们解脱他的压迫，所以他才恨我。

萨拉里诺 我相信公爵一定不会允许他执行这一种处罚。

安东尼奥 公爵不能变更法律的规定,因为威尼斯的繁荣,完全倚赖着各国人民的来往通商,要是剥夺了异邦人应享的权利,一定会使人对威尼斯的法治精神发生重大的怀疑。去吧,这些不如意的事情,已经把我搅得心力交瘁,我怕到明天身上也许剩不满一磅肉来偿还我这位不怕血腥气的债主了。狱官,走吧。求上帝,让巴萨尼奥来亲眼看见我替他还债,我就死而无怨了!(同下)

第四场　贝尔蒙特。鲍西娅家中一室

鲍西娅、尼莉莎、罗兰佐、杰西卡及鲍尔萨泽上。

罗兰佐 夫人,不是我当面恭维您,您的确有一颗高贵真诚、不同凡俗的仁爱的心;尤其像这次敦促尊夫就道,宁愿割舍儿女的私情,这一种精神毅力,真令人万分钦佩。可是您倘若知道受到您这种好意的是个什么人,您所救援的是怎样一个正直的君子,他对于尊夫的交情又是怎样深挚,我相信您一定会格外因为做了这一件好事而自傲,一件寻常的善举可不能让您得到那么大的快乐。

鲍西娅 我做了好事从来不后悔,现在也当然不会。因为凡是常在一块儿谈心游戏的朋友,彼此之间都有一重相互的友爱,他们在容貌上、风度上、习性上,也必定相去不远;所以在我想来,这位安东尼奥既然是我丈夫的心腹好友,他的为人一定很像我的丈夫。要是我的猜想果然不错,那么我把一个跟我的灵魂相仿的人从残暴的迫害下救赎出来,花了这一点儿代价,算得什么!可是这样的话,太近于自吹自擂了,所以别说了吧,还是谈些其他的事情。罗兰佐,在我的丈夫没有回来以前,我要劳驾您替我照管家里;我自己已经向天许下密誓,要在祈祷和默念中过着生活，只让尼莉莎一个人陪着我，直到我们两人的丈夫回来。在两里路之外有一所修道院，我们就预备住在那儿。我向您提出这一个请求，不只是为了个人的私情，还有其他事实上的必要，请您不要拒绝我。

罗兰佐　夫人，您有什么吩咐，我无不乐于遵命。

鲍西娅　我的仆人们都已知道我的决心，他们会把您和杰西卡当作巴萨尼奥和我自己一样看待。后会有期，再见了。

罗兰佐　但愿美妙的思想和安乐的时光追随在您的身旁！

杰西卡　愿夫人一切如意！

鲍西娅　谢谢你们的好意，我也愿意用同样的愿望祝福你们。再见，杰西卡。（杰西卡、罗兰佐下）鲍尔萨泽，我一向知道你诚实可靠，希望你永远做一个诚实可靠的人。这一封信你给我火速送到帕度亚，交给我的表兄培拉里奥博士亲手收拆；要是他有什么回信和衣服交给你，你就赶快带着它们到码头上，乘公共渡船到威尼斯去。不要多说话，去吧；我会在威尼斯等你。

鲍尔萨泽　小姐，我尽快去就是了。（下）

鲍西娅　来，尼莉莎，我现在还要干一些你不知道的事情；我们要在我们的丈夫还没有想到我们之前去跟他们相会。

尼莉莎　我们要让他们看见我们吗？

鲍西娅　他们将会看见我们，尼莉莎，可是我们要打扮得叫他们认不出我们的本来面目。我可以拿无论什么东西跟你打赌，要是我们都扮成了少年男子，我一定比你漂亮点儿，带起刀子来也比你格外神气点儿；我会沙着喉咙讲话，就像一个正在发育的男孩子一样；我会把两个姗姗细步并成一个男人家的阔步；我会学着那些爱吹牛的哥儿们的样子，谈论一些击剑比武的玩意儿，再随口编造些巧妙的谎话，什么谁家的千金小姐爱上了我啦，我不接受她的好意，她害起病来死啦，我怎么心中不忍，后悔不该害了人家的性命啦,以及二十个诸如此类的无关紧要的谎话,人家听见了,一定以为我走出学校的门还不满一年。这些爱吹牛的娃娃们的鬼花样儿我有一千种在脑袋里,都可以搬出来应用。

尼莉莎 怎么,我们要扮成男人吗?

鲍西娅 为什么不?来,车子在林苑门口等着我们;我们上了车,我可以把我的整个计划一路告诉你。快去吧,今天我们要赶二十里路呢。(同下)

第五场 同前。花园

朗斯洛特及杰西卡上。

朗斯洛特 真的,不骗您,父亲的罪恶是要子女承当的,所以我倒真的在替您捏着一把汗呢。我一向喜欢对您说老实话,所以现在我也老老实实把我心里所担忧的事情告诉您;您放心吧,我想您总免不了下地狱。只有一个希望也许可以帮帮您的忙,可是那也是个不大高妙的希望。

杰西卡 请问你,是什么希望呢?

朗斯洛特 嗯,您可以存着一半儿的希望,希望您不是您的父亲所生,不是这个犹太人的女儿。

杰西卡 这个希望可真的太不高妙啦;这样说来,我的母亲的罪恶又要降到我的身上来了。

朗斯洛特 那倒也是真的,您不是为您的父亲下地狱,就是为您的母亲下地狱;逃过了凶恶的礁石,逃不过危险的漩涡。好,您下地狱是下定了。

杰西卡 我可以靠着我的丈夫得救;他已经使我变成一个基督徒了。

朗斯洛特 这就是他大大的不该。咱们本来已经有很多的基督徒，简直快要挤都挤不下啦；要是再这样把基督徒一批一批制造出来，猪肉的价钱一定会飞涨，大家吃起猪肉来，恐怕每人只好分到一片薄薄的咸肉了。

杰西卡　朗斯洛特，你这样胡说八道，我一定要告诉我的丈夫。他来啦。

罗兰佐上。

罗兰佐　朗斯洛特，你要是再拉着我的妻子在壁角里说话，我真的要吃起醋来了。

杰西卡　不，罗兰佐，你放心好了，我已经跟朗斯洛特翻脸啦。他老实不客气地告诉我，上天不会对我发慈悲，因为我是一个犹太人的女儿；他又说你不是国家的好公民，因为你把犹太人变成了基督徒，提高了猪肉的价钱。

罗兰佐　要是政府向我质问起来，我自有话说。可是，朗斯洛特，你把那黑人的女儿弄大了肚子，这该是什么罪名呢？

朗斯洛特　那个摩尔姑娘若是失去理智，给人弄大了肚子，那倒算是件严重的事；可是如果她本来就算不上是个规矩女人，那么反而是我看错人啦。

罗兰佐　看，连傻瓜都会说起俏皮话来啦！这样下去，连口才最好的才子，也只好哑口无言了。到时候就只听见八哥在那儿咭咭呱呱出风头！给我进去，小鬼，叫他们准备好开饭了。

朗斯洛特　先生，他们早已准备好了；他们都是有肚子的呢。

罗兰佐　老天爷，你的嘴真尖利！那么，关照他们把饭菜准备起来。

朗斯洛特　饭和菜，他们也准备好了，老爷。您只差说：把饭菜端上来。

罗兰佐　那么就有劳尊驾：把饭菜端上来。

朗斯洛特　小的不敢,小的只敢恪守本职。

罗兰佐　要怎样才能跟你讲得清楚!你可是打算把你的看家本领在今天一齐使出来?我求你啦——我是个老实人,不会跟你瞎扯。去对你那些同伴们说,桌子可以铺起来,饭菜可以端上来,我们要进来吃饭啦。

朗斯洛特　是,先生,我就去叫他们把饭菜铺起来,桌子端上来;至于您进不进来吃饭,那可悉随尊便。(下)

罗兰佐　啊,看他心眼儿多么"尖巧",说话严丝合缝!这个傻瓜,脑子里塞满了一大堆动听的字眼。我确实知道,有好多傻瓜,地位比他高,跟他一样,"满腹锦绣",一件事扯到哪儿他不管,只是卖弄了再说。你好吗,杰西卡?亲爱的好人儿,现在告诉我,你对于巴萨尼奥的夫人有什么意见?

杰西卡　好到没有话说。巴萨尼奥大爷娶到这样一位好夫人,享尽了人世天堂的幸福,自然应该不会走上邪路了。要是有两个天神打赌,各自拿一个人间的女子做赌注,如其一个是鲍西娅,那么还有一个必须另外加上些什么,才可以彼此相抵,因为这一个寒伧的世界还不能产生一个跟她同样好的人来。

罗兰佐　他娶到了这么一个好妻子,你也嫁着了我这么一个好丈夫。

杰西卡　那可要先问问我的意见。

罗兰佐　可以可以,可是先让我们吃了饭再说。

杰西卡　不,让我趁着胃口没有倒之前,先把你恭维两句。

罗兰佐　不,你有话还是留到吃饭的时候说吧;那么不论你说得好说得坏,我都可以连着饭菜一起吞去。

杰西卡　好,你且等着听我怎样说你吧。(同下)

第四幕

第一场 威尼斯。法庭

公爵、众绅士、安东尼奥、巴萨尼奥、葛莱西安诺、萨拉里诺、萨莱尼奥及余人等同上。

公　爵　安东尼奥来了吗？

安东尼奥　来了，殿下。

公　爵　我很为你难过；你是来跟一个心如铁石的对手当庭质对，一个不懂得怜悯、没有一丝慈悲心的不近人情的恶汉。

安东尼奥　听说殿下曾经用尽力量劝他不要过为已甚，可是他一味坚执，不肯略作让步。既然没有合法的手段可以使我脱离他的怨毒的掌握，我只有用默默承受他的愤怒，安心等待着他的残暴的处置。

公　爵　来人，传那犹太人到庭。

萨拉里诺　他在门口等着：他来了，殿下。

夏洛克上。

公　爵　大家让开些，让他站在我的面前。夏洛克，人家都以为——我也是这样想——你不过故意装出这一副凶恶的姿态，到了最后关头，就会显出你的仁慈恻隐来，比你现在这种表面上的残酷更加出人意料；现在你虽然坚持着照约处罚，一定要从这个不幸的商人身上割下一磅肉来，到了那时候，你不但愿意放弃这一种处罚，而且因为受到良心上的感动，说不定还会豁免他一部分的欠款。你看他最近接连遭逢的巨大损失，足以使无论怎样富有的商人倾家荡产，即使铁石一样的心肠，从来不知道人类同情的野蛮人，也不能不对他的境遇发生怜悯。犹太人，我们都在等候你一句温和的回答。

夏洛克 我的意思已经向殿下告禀过了；我也已经指着我们的圣安息日起誓，一定要照约执行处罚；要是殿下不准许我的请求，那就是蔑视宪章，我要到京城里去上告，要求撤销贵邦的特权。您要是问我为什么不愿接受三千块钱，宁愿拿一块腐烂的臭肉，那我可没有什么理由可以回答您，我只能说我欢喜这样，这是不是一个回答？要是我的屋子里有了耗子，我高兴出一万块钱叫人把它们赶掉，谁管得了我？这不是回答了您吗？有的人不爱看张开嘴的猪，有的人瞧见一头猫就要发脾气，还有人听见人家吹风笛的声音，就忍不住要小便；因为一个人的感情完全受着喜恶的支配，谁也做不了自己的主。现在我就这样回答您：为什么有人受不住一头张开嘴的猪，有人受不住一头有益无害的猫，还有人受不住咿咿唔唔的风笛的声音，这些都是毫无充分的理由的，只是因为天生的癖性，使他们一受到刺激，就会情不自禁地现出丑相来；所以我不能举什么理由，也不愿举什么理由，除了因为我对于安东尼奥抱着久积的仇恨和深刻的反感，所以才会向他进行这一场对于我自己并没有好处的诉讼。现在您不是已经得到我的回答了吗？

巴萨尼奥 你这冷酷无情的家伙，这样的回答可不能作为你的残忍的辩解。

夏洛克 我的回答本来不是为了讨你的欢喜。

巴萨尼奥 难道人们对于他们所不喜欢的东西,都一定要置之死地吗?

夏洛克 哪一个人会恨他所不愿意杀死的东西?

巴萨尼奥 初次的冒犯,不应该就引为仇恨。

夏洛克 什么!你愿意给毒蛇咬两次吗?

安东尼奥 请你想一想,你现在跟这个犹太人讲理,就像站在海滩上,叫那大海的怒涛减低它的奔腾的威力,责问豺狼为什么害母羊为了失去它的羔羊而哀啼,或是叫那山上的松柏,在受到天风吹拂的时候,不要摇头摆脑,发出谡谡的声音。要是你能够叫这个犹太人的心变软——世上还有什么东西比它更硬呢?——那么还有什么难事不可以做到?所以我请你不用再跟他商量什么条件,也不用替我想什么办法,让我爽爽快快受到判决,满足这犹太人的心愿吧。

巴萨尼奥 借了你三千块钱,现在拿六千块钱还你好不好?

夏洛克 即使这六千块钱中间的每一块钱都可以分做六份,每一份都可以变成一块钱,我也不要它们;我只要照约处罚。

公　爵 你这样一点没有慈悲之心,将来怎么能够希望人家对你慈悲呢?

夏洛克 我又不干错事,怕什么刑罚?你们买了许多奴隶,把他们当作驴狗骡马一样看待,叫他们做种种卑贱的工作,因为他们是你们出钱买来的。我可不可以对你们说,让他们自由,叫他们跟你们的子女结婚?为什么他们要在重担之下流着血汗?让他们的床铺得跟你们的床同样柔软,让他们的舌头也尝尝你们所吃的东西吧,你们会回答说:"这些奴隶是我们所有的。"所以我也可以回答你们:我向他要求的这一磅肉,是我出了很大的代价买来的;它是属于我的,我一定要把它拿到手里。您要是拒绝了我，那么你们的法律去见鬼吧！威尼斯城的法令等于一纸空文。我现在等候着判决，请快些回答我，我可不可以拿到这一磅肉？

公　爵　我已经差人去请培拉里奥，一位有学问的博士，来替我们审判这件案子；要是他今天不来，我可以有权宣布延期判决。

萨拉里诺　殿下，外面有一个使者刚从帕度亚来，带着这位博士的书信，等候着殿下的召唤。

公　爵　把信拿来给我；叫那使者进来。

巴萨尼奥　高兴起来吧，安东尼奥！喂，老兄，不要灰心！这犹太人可以把我的肉、我的血、我的骨头、我的一切都拿去，可是我决不让你为了我的缘故流一滴血。

安东尼奥　我是羊群里一头不中用的病羊，死是我的应分；最软弱的果子最先落到地上，让我也就这样结束了我的一生吧。巴萨尼奥，我只希望你活下去将来替我写一篇墓志铭，那你就是做了再好不过的事。

尼莉莎扮律师书记上。

公　爵　你是从帕度亚培拉里奥那里来的吗？

尼莉莎　是，殿下。培拉里奥叫我向殿下致意。（呈上一信）

巴萨尼奥　你这样使劲儿磨着刀干吗？

夏洛克　从那破产的家伙身上割下那磅肉来。

葛莱西安诺　狠心的犹太人，你不该在你的靴底上磨刀，你该把刀放在你的灵魂里磨：无论哪种铁器，就连刽子手的钢刀，都赶不上你这刻毒的心肠一半的厉害。难道什么恳求都不能打动你吗？

夏洛克　不能，无论你说得多么婉转动听，都没有用。

葛莱西安诺　万恶不赦的狗，看你死后不下地狱！让你这种东西活在世上，真是公道不生眼睛。你简直使我的信仰发生摇动,相信起毕达哥拉斯①所说畜生的灵魂可以转生人体的议论来了;你的前生一定是一头豺狼,因为吃了人给人捉住吊死,它那凶恶的灵魂就从绞架上逃了出来,钻进了你那老娘的腌臜的胎里,因为你的性情正像豺狼一样残暴贪婪。

夏洛克 除非你能够把我这一张契约上的印章骂掉,否则像你这样拉开了喉咙直嚷,不过白白伤了你的肺,何苦来呢?好兄弟,我劝你还是让你的脑子休息一下吧,免得它损坏了,将来无法收拾。我在这儿要求法律的裁判。

公　爵 培拉里奥在这封信上介绍一位年轻有学问的博士出席我们的法庭。他在什么地方?

尼莉莎 他就在这儿附近等着您的答复,不知道殿下准不准许他进来?

公　爵 非常欢迎。来,你们去三四个人,恭恭敬敬领他到这儿来。现在让我们把培拉里奥的来信当庭宣读。

书记(读)"尊翰到时,鄙人抱疾方剧;适有一青年博士鲍尔萨泽君自罗马来此,致其慰问,因与详讨犹太人与安东尼奥一案,遍稽群籍,折衷是非,遂恳其为鄙人庖代,以应殿下之召。凡鄙人对此案所具意见,此君已深悉无遗;其学问才识,虽穷极赞辞,亦不足道其万一,务希勿以其年少而忽之,盖如此少年老成之士,实鄙人生平所仅见也。倘蒙延纳,必能不辱使命。敬祈钧裁。"

公　爵 你们已经听到了博学的培拉里奥的来信。这儿来的大概就是那位博士了。

鲍西娅扮律师上。

公　爵 把您的手给我。足下是从培拉里奥老前辈那儿来

---

① 毕达哥拉斯(Pythagoras)为主张灵魂轮回说的古希腊哲学家。

的吗?

鲍西娅 正是,殿下。

公　爵 欢迎欢迎;请上坐。您有没有明了今天我们在这儿审理的这件案子的两方面的争议点?

鲍西娅 我对于这件案子的详细情形已经完全知道了。这儿哪一个是那商人,哪一个是犹太人?

公　爵 安东尼奥,夏洛克,你们两人都上来。

鲍西娅 你的名字就叫夏洛克吗?

夏洛克 夏洛克是我的名字。

鲍西娅 你这场官司打得倒也奇怪,可是按照威尼斯的法律,你的控诉是可以成立的。(向安东尼奥)你的生死现在操在他的手里,是不是?

安东尼奥 他是这样说的。

鲍西娅 你承认这借约吗?

安东尼奥 我承认。

鲍西娅 那么犹太人应该慈悲一点。

夏洛克 为什么我应该慈悲一点?把您的理由告诉我。

鲍西娅 慈悲不是出于勉强,它是像甘霖一样从天上降下尘世;它不但给幸福于受施的人,也同样给幸福于施与的人:它有超乎一切的无上威力,比皇冠更足以显出一个帝王的高贵:御杖不过象征着俗世的威权,使人民对于君上的尊严凛然生畏;慈悲的力量却高出于权力之上,它深藏在帝王的内心,是一种属于上帝的德性,执法的人倘能把慈悲调剂着公道,人间的权力就和上帝的神力没有差别。所以,犹太人,虽然你所要求的是公道,可是请你想一想,要是真的按照公道执行起赏罚来,谁也没有死后得救的希望;我们既然祈祷着上帝的慈悲,就应该遵照祈祷的指示,自己做一些慈悲的事。我说了这一番话,为的是希望你能够从你的法律的立场上作几分让步；可是如果你坚持着原来的要求，那么威尼斯的法庭是执法无私的，只好把那商人宣判定罪了。

夏洛克 我十分清楚自己做的事！我只要求法律允许我照约执行处罚。

鲍西娅 他是不是无力偿还这笔借款？

巴萨尼奥 不，我愿意替他当庭还清；照原数加倍也可以；要是这样夏洛克还不满足，那么我愿意签署契约，还他十倍的数目，拿我的手、我的头、我的心做抵押；要是这样还不能使他满足，那就是存心害人，不顾天理了。请堂上运用权力，把法律稍为变通一下，犯一次小小的错误，干一件大大的功德，别让这个残忍的恶魔逞他杀人的兽欲。

鲍西娅 那可不行，在威尼斯谁也没有权力变更既成的法律；要是开了这一个恶例，以后谁都可以借口有例可援，什么坏事情都可以干了。这是不行的。

夏洛克 一个丹尼尔①来做法官了！真的是丹尼尔再世！聪明的青年法官啊，我真佩服你！

鲍西娅 请你让我瞧一瞧那借约。

夏洛克 在这儿，可尊敬的博士；请看吧。

鲍西娅 夏洛克，他们愿意出三倍的钱还你呢。

夏洛克 不行，不行，我已经对天发过誓啦，难道我可以让我的灵魂背上毁誓的罪名吗？不，把整个儿的威尼斯给我，我都不能答应。

鲍西娅 好，那么就应该照约处罚；根据法律，这犹太人有权要求从这商人的胸口割下一磅肉来。还是慈悲一点，把三倍原

---

① 丹尼尔（Daniel），以色列人的著名士师，以善于折狱著称。

数的钱拿去，让我撕了这张约吧。

夏洛克 等他按照约中所载条款受罚以后，再撕不迟。您瞧上去像是一个很好的法官；您懂得法律，您讲的话也很有道理，不愧是法律界的中流砥柱，所以现在我就用法律的名义，请您立刻进行宣判，凭着我的灵魂起誓，谁也不能用他的口舌改变我的决心。我现在但等着执行原约。

安东尼奥 我也诚心请求堂上从速宣判。

鲍西娅 好，那么就是这样：你必须准备让他的刀子刺进你的胸膛。

夏洛克 啊，尊严的法官！好一位优秀的青年！

鲍西娅 因为这约上所订定的惩罚，对于法律条文而言并无抵触。

夏洛克 很对很对！啊，聪明正直的法官！想不到你瞧上去这样年轻，见识却这么老练！

鲍西娅 所以你应该把你的胸膛袒露出来。

夏洛克 对了，"他的胸部"，约上是这么说的；——不是吗，尊严的法官？——"附近心口的所在"，约上写得明明白白的。

鲍西娅 不错，称肉的天平有没有预备好？

夏洛克 我已经带来了。

鲍西娅 夏洛克，去请一位外科医生来替他堵住伤口，费用归你负担，免得他流血而死。

夏洛克 约上有这样的规定吗？

鲍西娅 约上并没有这样的规定；可是那又有什么相干呢？肯做一件好事总是好的。

夏洛克 我找不到；约上没有这一条。

鲍西娅 商人，你还有什么话说吗？

安东尼奥 我没有多少话要说;我已经准备好了。把你的手给我,巴萨尼奥,再会吧!不要因为我为了你的缘故遭到这种结局而悲伤,因为命运对我已经特别照顾了:她往往让一个不幸的人在家产荡尽以后继续活下去,用他凹陷的眼睛和满是皱纹的额角去挨受贫困的暮年;这一种拖延时日的刑罚,她已经把我豁免了。替我向尊夫人致意,告诉她安东尼奥的结局;对她说我怎样爱你,又怎样从容就死;等到你把这一段故事讲完以后,再请她判断一句,巴萨尼奥是不是曾经有过一个真心爱他的朋友。不要因为你将要失去一个朋友而懊恨,替你还债的人是死而无怨的;只要那犹太人的刀刺得深一点,我就可以在一刹那的时间把那笔债完全还清。

巴萨尼奥 安东尼奥,我爱我的妻子,就像我自己的生命一样;可是我的生命、我的妻子以及整个的世界,在我的眼中都不比你的生命更为贵重;我愿意丧失一切,把它们献给这恶魔做牺牲,来救出你的生命。

鲍西娅 尊夫人要是就在这儿听见您说这样话,恐怕不见得会感谢您吧。

葛莱西安诺 我有一个妻子,我可以发誓我是爱她的;可是我希望她马上归天,好去求告上帝改变这恶狗一样的犹太人的心。

尼莉莎 幸亏尊驾在她的背后说这样的话,否则府上一定要吵得鸡犬不宁了。

夏洛克 这些便是相信基督教的丈夫!我有一个女儿,我宁愿她嫁给强盗的子孙,不愿她嫁给一个基督徒,别再浪费光阴了;请快些儿宣判吧。

鲍西娅 那商人身上的一磅肉是你的;法庭判给你,法律许可你。

夏洛克　公平正直的法官!

鲍西娅　你必须从他的胸前割下这磅肉来;法律许可你,法庭判给你。

夏洛克　博学多才的法官!判得好!来,预备!

鲍西娅　且慢,还有别的话哩。这约上并没有允许你取他的一滴血,只是写明着"一磅肉";所以你可以照约拿一磅肉去,可是在割肉的时候,要是流下一滴基督徒的血,你的土地财产,按照威尼斯的法律,就要全部充公。

葛莱西安诺　啊,公平正直的法官!听着,犹太人;啊,博学多才的法官!

夏洛克　法律上是这样说吗?

鲍西娅　你自己可以去查查明白。既然你要求公道,我就给你公道,而且比你所要求的更公道。

葛莱西安诺　啊,博学多才的法官!听着,犹太人;好一个博学多才的法官!

夏洛克　那么我愿意接受还款;照约上的数目三倍还我,放了那基督徒。

巴萨尼奥　钱在这儿。

鲍西娅　别忙!这犹太人必须得到绝对的公道。别忙!他除了照约处罚以外,不能接受其他的赔偿。

葛莱西安诺　啊,犹太人!一个公平正直的法官,一个博学多才的法官!

鲍西娅　所以你准备着动手割肉吧。不准流一滴血,也不准割得超过或是不足一磅的重量;要是你割下来的肉,比一磅略微轻一点或是重一点,即使相差只有一丝一毫,或者仅仅一根汗毛之微,就要把你抵命,你的财产全部充公。

葛莱西安诺　一个再世的丹尼尔,一个丹尼尔,犹太人!现在你可掉在我的手里了,你这异教徒!

鲍西娅 那犹太人为什么还不动手?

夏洛克 把我的本钱还我,放我去吧。

巴萨尼奥 钱我已经预备好在这儿,你拿去吧。

鲍西娅 他已经当庭拒绝过了;我们现在只能给他公道,让他履行原约。

葛莱西安诺 好一个丹尼尔,一个再世的丹尼尔!谢谢你,犹太人,你教会我说这句话。

夏洛克 难道我单单拿回我的本钱都不成吗?

鲍西娅 犹太人,除了冒着你自己生命的危险割下那一磅肉以外,你不能拿一个钱。

夏洛克 好,那么魔鬼保佑他去享用吧!我不打这场官司了。

鲍西娅 等一等,犹太人,法律上还有一点牵涉你。威尼斯的法律规定:凡是一个异邦人企图用直接或间接手段,谋害任何公民,查明确有实据者,他的财产的半数应当归受害的一方所有,其余的半数没入公库,犯罪者的生命悉听公爵处置,他人不得过问。你现在刚巧陷入这一条法网,因为根据事实的发展,已经足以证明你确有运用直接间接手段,危害被告生命的企图,所以你已经遭逢着我刚才所说起的那种危险了。快快跪下来,请公爵开恩吧。

葛莱西安诺 求公爵开恩,让你自己去寻死吧;可是你的财产现在充了公,一根绳子也买不起啦,所以还是要让公家破费把你吊死。

公爵 让你瞧瞧我们基督徒的精神,你虽然没有向我开口,我自动饶恕了你的死罪。你的财产一半划归安东尼奥,还有一半没入公库;要是你能够诚心悔过,也许还可以减处你一笔较轻的罚款。

鲍西娅 这是说没入公库的一部分，不是说划归安东尼奥的一部分。

夏洛克 不，把我的生命连着财产一起拿了去吧，我不要你们的宽恕。你们拿掉了支撑房子的柱子，就是拆了我的房子；你们夺去了我的养家活命的根本，就是活活要了我的命。

鲍西娅 安东尼奥，你能不能够给他一点慈悲？

葛莱西安诺 白送给他一根上吊的绳子吧；看在上帝的面上，不要给他别的东西！

安东尼奥 要是殿下和堂上愿意从宽发落，免予没收他的财产的一半，我就十分满足了；只要他能够让我接管他的另外一半的财产，等他死了以后，把它交给最近和他的女儿私奔的那位绅士；可是还要有两个附带的条件：第一，他接受了这样的恩典，必须立刻改信基督教；第二，他必须当庭写下一张文契，声明他死了以后，他的全部财产传给他的女婿罗兰佐和他的女儿。

公　爵 他必须履行这两个条件，否则我就撤销刚才所宣布的赦令。

鲍西娅 犹太人，你满意吗？你有什么话说？

夏洛克 我满意。

鲍西娅 书记，写下一张授赠产业的文契。

夏洛克 请你们允许我退庭，我身子不大舒服。文契写好了送到我家里，我在上面签名就是了。

公　爵 去吧，可是临时变卦是不成的。

葛莱西安诺 你在受洗礼的时候，可以有两个教父；要是我做了法官，我一定给你请十二个教父①，不是领你去受洗，是送

---

① 当时法庭审判罪犯，由十二人组成陪审团。

你上绞架。

（夏洛克下）

公　爵　先生，我想请您到舍间去用餐。

鲍西娅　请殿下多多原谅，我今天晚上要回帕度亚去，必须现在就动身，恕不奉陪了。

公　爵　您这样贵忙，不能容我略尽寸心，真是抱歉得很。安东尼奥，谢谢这位先生，你这回全亏了他。（公爵、众士绅及侍从等下）

巴萨尼奥　最可尊敬的先生，我跟我这位敝友今天多赖您的智慧，免去了一场无妄之灾；为了表示我们的敬意，这三千块钱本来是预备还那犹太人的，现在就奉送给先生，聊以报答您的辛苦。

安东尼奥　您的大恩大德，我们是永远不忘记的。

鲍西娅　一个人做了心安理得的事，就是得到了最大的酬报；我这次帮两位的忙，总算没有失败，已经引为十分满足，用不着再谈什么酬谢了。但愿咱们下次见面的时候，两位仍旧认识我。现在我就此告辞了。

巴萨尼奥　好先生，我不能不再向您提出一个请求，请您随便从我们身上拿些什么东西去，不算是酬谢，只算是留个纪念。求您答应我两件事儿：既不要推却，还要原谅我的要求。

鲍西娅　你们这样殷勤，倒叫我却之不恭了。（向安东尼奥）把您的手套送给我，让我戴在手上留个纪念吧；（向巴萨尼奥）为了纪念您的盛情，让我拿了这戒指去。不要缩回您的手，我不再向您要什么了；您既然是一片诚意，想来总也不会拒绝我吧。

巴萨尼奥　这指环吗，好先生？唉！它是个不值钱的玩意儿；我不好意思把这东西送给您。

鲍西娅　我什么都不要，就是要这指环；现在我想我非把它要来不可了。

巴萨尼奥 这指环的本身并没有什么价值,可是因为有其他的关系,我不能把它送人。我愿意搜访威尼斯最贵重的一枚指环来送给您,可是这一枚却只好请您原谅了。

鲍西娅 先生,您原来是个口头上慷慨大方的人;您先教我怎样伸手求讨,然后再教我明白了一个叫花子会得到怎样的回答。

巴萨尼奥 好先生,这指环是我的妻子给我的;她把它套上我的手指的时候,曾经叫我发誓永远不把它出卖、送人或是遗失。

鲍西娅 人们在吝惜他们的礼物的时候,都可以用这样的话做推托的。要是尊夫人不是一个疯婆子,她知道了我对于这指环是多么受之无愧,一定不会因为您把它送掉了而跟您长久反目的。好,愿你们平安!(鲍西娅、尼莉莎同下)

安东尼奥 我的巴萨尼奥少爷,让他把那指环拿去吧;看在他的功劳和我的交情份上,违犯一次尊夫人的命令,想来不会有什么要紧。

巴萨尼奥 葛莱西安诺,你快追上他们,把这指环送给他;要是可能的话,领他到安东尼奥的家里去。去,赶快!(葛莱西安诺下)来,我就陪着你到你府上;明天一早咱们两人就飞到贝尔蒙特去。来,安东尼奥。(同下)

第二场 同前。街道

鲍西娅及尼莉莎上。

鲍西娅 打听打听这犹太人住在什么地方,把这文契交给他,叫他签了字。我们要比我们的丈夫先一天到家,所以一定得在今天晚上动身。罗兰佐拿到了这一张文契,一定高兴得不得了。

　　葛莱西安诺上。

　　葛莱西安诺　好先生,我好容易追上了您。我家老爷巴萨尼奥再三考虑之下,决定叫我把这指环拿来送给您,还要请您赏光陪他吃一顿饭。

　　鲍西娅　那可没法应命;他的指环我收下了,请你替我谢谢他。我还要请你给我这小兄弟带路到夏洛克老头儿的家里。

　　葛莱西安诺　可以可以。

　　尼莉莎　大哥,我要向您说句话儿。(向鲍西娅旁白)我要试一试我能不能把我丈夫的指环拿下来。我曾经叫他发誓永远不离手。

　　鲍西娅　你一定能够。我们回家以后,一定可以听听他们指天誓日,说他们是把指环送给男人的;可是我们要压倒他们,比他们发更厉害的誓。你快去吧,你知道我会在什么地方等你。

　　尼莉莎　来,大哥,请您给我带路。(各下)

第五幕

第一场　贝尔蒙特。通至鲍西娅住宅的林荫路

罗兰佐及杰西卡上。

罗兰佐　好皎洁的月色！微风轻轻地吻着树枝，不发出一点声响；我想正是在这样一个夜里，特洛伊罗斯登上了特洛亚的城墙，遥望着克瑞西达所寄身的希腊人的营幕，发出他的深心中的悲叹。

杰西卡　正是在这样一个夜里，提斯柏心惊胆战地踩着露水，去赴她情人的约会，因为看见了一头狮子的影子，吓得远远逃走。

罗兰佐　正是在这样一个夜里，狄多手里执着柳枝，站在辽阔的海滨，招她的爱人回到迦太基来。

杰西卡　正是在这样一个夜里，美狄亚采集了灵芝仙草，使衰迈的埃宋返老还童。①

罗兰佐　正是在这样一个夜里，杰西卡从犹太富翁的家里逃

---

①　奥维德《变形记》中，伊阿宋之父埃宋（Aeson），得伊阿宋的妻子美狄亚（Medea）之灵药而迈老还童。

了出来,跟着一个不中用的情郎从威尼斯一直走到贝尔蒙特。

杰西卡 正是在这样一个夜里,年轻的罗兰佐发誓说他爱她,用许多忠诚的盟言偷去了她的灵魂,可是没有一句话是真的。

罗兰佐 正是在这样一个夜里,可爱的杰西卡像一个小泼妇似的,信口毁谤她的情人,可是他饶恕了她。

杰西卡 倘不是有人来了,我可以搬弄出比你所知道的更多的夜的典故来。可是听!这不是一个人的脚步声吗?

斯丹法诺上。

罗兰佐 谁在这静悄悄的深夜里跑得这么快?

斯丹法诺 一个朋友。

罗兰佐 一个朋友!什么朋友?请问朋友尊姓大名?

斯丹法诺 我的名字是斯丹法诺,我来向你们报个信,我家女主人在天明以前,就要到贝尔蒙特来了;她一路上看见圣十字架,便停步下来,长跪祷告,祈求着婚姻的美满。

罗兰佐 谁陪她一起来?

斯丹法诺 没有什么人,只是一个修道的隐士和她的侍女。请问我家主人有没有回来?

罗兰佐 他没有回来,我们也没有听到他的消息。可是,杰西卡,我们进去吧;让我们按照着礼节,准备一些欢迎这屋子的女主人的仪式。

朗斯洛特上。

朗斯洛特 索拉!索拉!哦哈呵!索拉!索拉!

罗兰佐 谁在那儿嚷?

朗斯洛特 索拉!你看见罗兰佐老爷吗?罗兰佐老爷!索拉!索拉!

罗兰佐 别嚷啦,朋友;他就在这儿。

朗斯洛特　索拉！哪儿？哪儿？

罗兰佐　这儿。

朗斯洛特　对他说我家主人差一个人带了许多好消息来了；他在天明以前就要回家来啦。（下）

罗兰佐　亲爱的，我们进去，等着他们同来吧。不，还是不用进去。我的朋友斯丹法诺，请你进去通知家里的人，你们的女主人就要来啦，叫他们准备好乐器到门外来迎接。（斯丹法诺下）月光多么恬静地睡在山坡上！我们就在这儿坐下来，让音乐的声音悄悄送进我们的耳边；柔和的静寂和夜色，是最足以衬托出音乐的甜美的。坐下来，杰西卡。瞧，天宇中嵌满了多少灿烂的金钹；你所看见的每一颗微小的天体，在转动的时候都会发出天使般的歌声，永远应和着嫩眼的天婴的妙唱。在永生的灵魂里也有这一种音乐，可是当它套上这一具泥土制成的俗恶易朽的皮囊以后，我们便再也听不见了。

众乐工上。

罗兰佐　来啊！奏起一支圣歌来唤醒狄安娜女神；用最温柔的节奏倾注到你们女主人的耳中，让她被乐声吸引着回来。（音乐）

杰西卡　我听见了柔和的音乐，总觉得有些惆怅。

罗兰佐　这是因为你有一个敏感的灵魂。你只要看一群不服管束的畜生，或是那野性未驯的小马，逗着它们奔放的血气，乱跳狂奔，高声嘶叫，倘若偶尔听到一声喇叭，或是任何乐调，就会一齐立定，它们狂野的眼光，因为中了音乐的魅力，变成温和的注视。所以诗人会造出俄耳甫斯用音乐感动木石、平息风浪的故事，因为无论怎样坚硬顽固狂暴的事物，音乐都可以立刻改变它们的性质；灵魂里没有音乐，或是听了甜蜜和谐的乐声而不会感动的人，都是擅于为非作恶、使奸弄诈的；他们的灵魂像黑夜

845

一样昏沉,他们的感情像鬼域一样幽暗;这种人是不可信任的。听这音乐!

  鲍西娅及尼莉莎自远处上。

  鲍西娅 那灯光是从我家里发出来的。一枝小小的蜡烛,它的光照耀得多么远!一件善事也正像这枝蜡烛一样,在这罪恶的世界上发出广大的光辉。

  尼莉莎 月光明亮的时候,我们就瞧不见灯光。

  鲍西娅 小小的荣耀也正是这样给更大的光荣所掩盖。国王出巡的时候,摄政的威权未尝不就像一个君主,可是一到国王回来,他的威权就归于乌有,正像溪涧中的细流注入大海一样。音乐!听!

  尼莉莎 小姐,这是我们家里的音乐。

  鲍西娅 没有比较,就显不出长处;我觉得它比在白天好听得多哪。

  尼莉莎 小姐,那是因为晚上比白天静寂的缘故。

  鲍西娅 在无人欣赏时,乌鸦的歌声也就和云雀一样动听;要是夜莺在白天杂在群鹅的聒噪里歌唱,人家决不以为它比鹪鹩唱得更美。多少事情因为逢到有利的环境,才能够达到尽善的境界,博得一声恰当的赞赏!喂,静下来!月亮正在拥着她的情郎酣睡,不肯就醒来呢。(音乐停止)

  罗兰佐 要是我没有听错,这分明是鲍西娅的声音。

  鲍西娅 我的声音太难听,所以一下子就给他听出来了,正像瞎子能够辨认杜鹃一样。

  罗兰佐 好夫人,欢迎您回家来!

  鲍西娅 我们在外边为我们的丈夫祈祷平安,希望他们能够因我们的祈祷而多福。他们已经回来了吗?

  罗兰佐 夫人,他们还没有来;可是刚才有人来送过信,说他们就要来了。

鲍西娅　进去,尼莉莎,吩咐我的仆人们,叫他们就当我们两人没有出去过一样;罗兰佐,您也给我保守秘密;杰西卡,您也不要多说。(喇叭声)

罗兰佐　您的丈夫来啦,我听见他的喇叭的声音。我们不是搬嘴弄舌的人,夫人,您放心好了。

鲍西娅　这样的夜色就像一个昏沉的白昼,不过略微惨淡点儿;没有太阳的白天,瞧上去也不过如此。

巴萨尼奥、安东尼奥、葛莱西安诺及侍从等上。

巴萨尼奥　要是您在没有太阳的地方走路,我们就可以和地球那一面的人共同享有着白昼。

鲍西娅　让我发出光辉,可是不要让我像光一样轻浮;因为一个轻浮的妻子,是会使丈夫的心头沉重的,我决不愿意巴萨尼奥为了我而心头沉重。可是一切都是上帝做主!欢迎您回家来,夫君!

巴萨尼奥　谢谢您,夫人。请您欢迎我这位朋友;这就是安东尼奥,我曾经受过他无穷的恩惠。

鲍西娅　他的确使您受惠无穷,因为我听说您曾经使他受累无穷呢。

安东尼奥　没有什么,现在一切都已经圆满解决了。

鲍西娅　先生,我们非常欢迎您的光临;可是口头的空言不能表示诚意,所以一切客套的话,我都不说了。

葛莱西安诺　(向尼莉莎)我凭着那边的月亮起誓,你冤枉了我;我真的把它送给了那法官的书记。好人,你既然把这件事情看得这么重,那么我但愿拿了去的人是个割掉了鸡巴的。

鲍西娅　啊!已经在吵架了吗?为了什么事?

葛莱西安诺　为了一个金圈圈儿,她给我的一个不值钱的指环,上面刻着的诗句,就跟那些刀匠们刻在刀子上的差不多,什么"爱我毋相弃"。

尼莉莎 你管它什么诗句,什么值钱不值钱?我当初给你的时候,你曾经向我发誓,说你要戴着它直到死去,死了就跟你一起葬在坟墓里;即使不为我,为了你所发的重誓,你也应该把它看重,好好儿地保存着。送给一个法官的书记!呸!上帝可以替我判断,拿了这指环去的那个书记,一定是个脸上永远不会出毛的。

葛莱西安诺 他年纪长大起来,自然会出胡子的。

尼莉莎 一个女人也会长成男子吗?

葛莱西安诺 我举手起誓,我的确把它送给一个少年人,一个年纪小小、发育不全的孩子;他的个儿并不比你高,这个法官的书记。他是个多话的孩子,一定要我把这指环给他做酬劳,我实在不好意思不给他。

鲍西娅 恕我说句不客气的话,这是你的不对;你怎么可以把你妻子的第一件礼物随随便便给了人?你已经发过誓把它套在你的手指上,它就是你身体上不可分的一部分。我也曾经送给我的爱人一个指环,使他发誓永不把它抛弃;他现在就在这儿,我敢代他发誓,即使把世间所有的财富向他交换,他也不肯丢掉它或是把它从他的手指上取下来的。真的,葛莱西安诺,你太对不起你的妻子了;倘若是我的话,我早就发起脾气来啦。

巴萨尼奥 (旁白)嗳哟,我应该把我的左手砍掉了,那就可以发誓说,因为强盗要我的指环,我不肯给他,所以连手都给砍下来了。

葛莱西安诺 巴萨尼奥老爷也把他的指环给那法官了,因为那法官一定要向他讨那指环;其实他就是拿了指环去,也一点不算过分。那个孩子、那法官的书记,因为写了几个字,也就讨了我的指环去做酬劳。他们主仆两人什么都不要，就是要这两个指环。

鲍西娅　我的爷，您把什么指环送了人哪？我想不会是我给您的那一个吧？

巴萨尼奥　要是我可以用说谎来加重我的过失，那么我会否认的；可是您瞧我的手指上已没有指环；它已经没有了。

鲍西娅　正像您的虚伪的心里没有一丝真情一样。我对天发誓，除非等我见了这指环，我再也不跟您同床共枕。

尼莉莎　要是我看不见我的指环，我也再不跟你同床共枕。

巴萨尼奥　亲爱的鲍西娅，要是您知道我把这指环送给什么人，要是您知道我为了谁的缘故把这指环送人，要是您能够想到为了什么理由我把这指环送人，我又是多么舍不下这个指环，可是人家偏偏什么也不要，一定要这个指环，那时候您就不会生这么大的气了。

鲍西娅　要是您知道这指环的价值，或是识得了把这指环给您的那人的一半好处，或是懂得了您自己保存着这指环的光荣，您就不会把这指环抛弃。只要你肯稍为用诚恳的话向他解释几句，世上哪有这样不讲理的人，会好意思硬要人家留作纪念的东西？尼莉莎讲的话一点不错，我可以用我的生命赌咒，一定是什么女人把这指环拿去了。

巴萨尼奥　不，夫人，我用我的名誉、我的灵魂起誓，并不是什么女人拿去，的确是送给那位法学博士的；他不接受我送给他的三千块钱，一定要讨这指环，我不答应，他就老大不高兴地去了。就是他救了我的好朋友的性命；我应该怎么说呢，好太太？我没有法子，只好叫人追上去送给他；人情和礼貌逼着我这样做，我不能让我的名誉沾上忘恩负义的污点。原谅我，好夫人；凭着天上的明灯起誓，要是那时候您也在那儿，我想您一定会恳求我把这指环送给这位贤能的博士的。

鲍西娅 让那博士再也不要走近我的屋子。他既然拿去了我所珍爱的宝物,又是您所发誓永远为我保存的东西,那么我也会像您一样慷慨;我会把我所有的一切都给他,即使他要我的身体,或是我的丈夫的眠床,我都不会拒绝他。我总有一天会认识他的,那是我完全有把握的;您还是一夜也不要离开家里,像个百眼怪物那样看守着我吧;否则我可以凭着我的尚未失去的贞操起誓,要是您让我一个人在家里,我一定要跟这个博士睡在一床的。

尼莉莎 我也要跟他的书记睡在一床;所以你还是留心不要走开我的身边。

葛莱西安诺 好,随你的便,只要不让我碰到他;要是他给我捉住了,我就折断这个少年书记的那枝笔。

安东尼奥 都是我的不是,引出你们这一场吵闹。

鲍西娅 先生,这跟您没有关系;您来我们是很欢迎的。

巴萨尼奥 鲍西娅,饶恕我这一次出于不得已的错误,当着这许多朋友们的面前,我向您发誓,凭着您这一双美丽的眼睛,在它们里面我可以看见我自己——

鲍西娅 你们听他的话!我的左眼里也有一个他,我的右眼里也有一个他;您用您的两重人格发誓,我还能够相信您吗?

巴萨尼奥 不,听我说。原谅我这一次错误,凭着我的灵魂起誓,我以后再不违背对您作出的誓言。

安东尼奥 我曾经为了他的幸福,把我自己的身体向人抵押,倘不是幸亏那个把您丈夫的指环拿去的人,我几乎送了性命;现在我敢再立一张契约,把我的灵魂作为担保,保证您的丈夫决不会再有故意背信的行为。

鲍西娅 那么就请您做他的保证人,把这个给他,叫他比上回那一个保存得牢一些。

安东尼奥 拿着,巴萨尼奥;请您发誓永远保存这一个指环。

巴萨尼奥 天哪!这就是我给那博士的那一个!

鲍西娅 我就是从他手里拿来的。原谅我,巴萨尼奥,因为凭着这个指环,那博士已经跟我睡过觉了。

尼莉莎 原谅我,我的好葛莱西安诺;就是那个发育不全的孩子,那个博士的书记,因为我问他讨这个指环,昨天晚上已经跟我睡在一起了。

葛莱西安诺 嗳哟,这就像是在夏天把铺得好好的道路重新翻造。嘿!我们就这样冤冤枉枉地做起王八来了吗?

鲍西娅 不要说得那么难听。你们大家都有点莫名其妙;这儿有一封信,拿去慢慢地念吧,它是培拉里奥从帕度亚寄来的,你们从这封信里,就可以知道那位博士就是鲍西娅,她的书记便是这位尼莉莎。罗兰佐可以向你们证明,当你们出发以后,我就立刻动身;我回家来还没有多少时候,连大门也没有进去过呢。安东尼奥,我们非常欢迎您到这儿来;我还带着一个您所意料不到的好消息给您,请您拆开这封信,您就可以知道您有三艘商船,已经满载而归,马上要到港了。您再也想不出这封信怎么会那么巧地到了我的手里。

安东尼奥 我不知说什么好了。

巴萨尼奥 您就是那个博士,我却没认出您吗?

葛莱西安诺 你就是要叫我当王八的那个书记吗?

尼莉莎 是的,可是除非那书记会长成一个男子,他再也不能叫你当王八。

巴萨尼奥 好博士,你今晚就陪着我睡觉吧;当我不在的时候,您可以睡在我妻子的床上。

安东尼奥 好夫人,您救了我的命,又给了我一条活路;我从这封信里得到了确实的消息,我的船只已经平安到港了。

鲍西娅 喂,罗兰佐!我的书记也有一件好东西要给您哩。

尼莉莎 是的,我可以送给他,不收一点费用。这儿是那犹太富翁亲笔签署的一张授赠产业的文契,声明他死了以后,全部遗产都传给您和杰西卡,请你们收下吧。

罗兰佐 两位好夫人,你们像是散布玛哪①的天使,救济着饥饿的人们。

鲍西娅 天已经差不多亮了,可是我知道你们还想把这些事情知道得详细一点。我们大家进去吧;你们还有什么疑惑的地方,尽管再向我们发问,我们一定老老实实地回答一切问题。

葛莱西安诺 很好,我要我的尼莉莎宣誓答复的第一个问题,是现在离白昼只有两小时了,我们还是就去睡觉呢,还是等明天晚上再睡?正是——

不惧黄昏近,但愁白日长;

翩翩书记俊,今夕喜同床。

金环束指间,灿烂自生光,

唯恐娇妻骂,莫将弃道旁。(众下)

---

① 玛哪(Manna),上帝所降的粮食,见《旧约·出埃及记》。

第十二夜
Di Shi Er Ye

剧中人物

奥西诺　伊利里亚公爵

西巴斯辛　薇奥拉之兄

安东尼奥　船长，西巴斯辛之友

另一船长　薇奥拉之友

凡伦丁 ⎫
丘里奥 ⎭ 公爵侍臣

托比·培尔契爵士　奥丽维娅的叔父

安德鲁·艾古契克爵士

马伏里奥　奥丽维娅的管家

费　边 ⎫
赞斯特　小丑 ⎭ 奥丽维娅之仆

奥丽维娅　富有的伯爵小姐

薇奥拉　热恋公爵者

玛利娅　奥丽维娅的侍女

群臣、牧师、水手、警吏、乐工及其他侍从等

地　点

伊利里亚某城及其附近海滨

第一幕

第一场　公爵府中一室

伊利里亚公爵奥西诺、丘里奥、众臣同上；乐工随侍。

公　爵　假如音乐是爱情的食粮，那么奏下去吧；尽量地奏下去，好让爱情因过饱噎塞而死。又奏起这个调子来了！它有一种渐渐消沉下去的节奏。啊！它经过我的耳畔，就像微风吹拂一丛紫罗兰，发出轻柔的声音，一面把花香偷走，一面又把花香分送。够了！别再奏下去了！它现在已经不像原来那样甜蜜了。爱情的精灵呀！你是多么敏感而活泼；虽然你有海一样的容量，可是无论怎样高贵超越的事物，一进了你的范围，便会在顷刻间失去了它的价值。爱情是这样充满了神奇的意象，在一切事物中是最变幻莫测。

丘里奥　殿下，您要不要去打猎？

公　爵　什么，丘里奥？

丘里奥　去打鹿。

公　爵　啊，一点儿不错，我的心就像是一头鹿。唉！当我第一眼瞧见奥丽维娅的时候，我觉得好像空气被她澄清了。那时我就变成了一头鹿；从此我的情欲像凶暴残酷的猎犬一样，永远追逐着我。

凡伦丁上。

公　爵　怎样！她那边有什么消息？

凡伦丁　启禀殿下，他们不让我进去，只从她的侍女嘴里传来了这样一个答复：除非再过七个寒暑，就是青天也不能窥见她的全貌；她要像一个尼姑一样，蒙着面幕而行，每天用辛酸的眼泪浇洒她的卧室：这一切都是为着存留一个死去的哥哥的爱，她要把这情感永远活生生地保留在她悲伤的记忆里。

公　爵　唉！她有这么一颗优美的心，对于哥哥的爱也会炽热到这等地步。假如爱神那支有力的金箭把她心里一切其他的感情一齐射死；假如只有一个唯一的君王占据着她的心肝头脑——这些尊严的御座，这些珍美的财宝——那时她将要怎样恋爱着啊！

给我引道到芬芳的花丛；

相思在花荫下格外情浓。（同下）

第二场　海　滨

薇奥拉、船长及水手等上。

薇奥拉　朋友们，这儿是什么国土？

船　长　这儿是伊利里亚，姑娘。

薇奥拉　我在伊利里亚干什么呢？我的哥哥已经到极乐世界里去了。也许他侥幸没有淹死。水手们，你们以为怎样？

船　长　您也是侥幸才保全了性命的。

薇奥拉　唉，我的可怜的哥哥！但愿他也侥幸无恙！

船　长　不错，姑娘，您可以用侥幸的希望来宽慰您自己。

莎士比亚喜剧

我告诉您,我们的船撞破了之后,您和那几个跟您一同脱险的人紧攀着我们那只给风涛所颠摇的小船,那时我瞧见您的哥哥很有机智地把他自己捆在一根浮在海面的桅樯上,勇敢和希望教给了他这个计策;我见他像阿里翁①骑在海豚背上似的浮沉在波浪之间,直到我的眼睛望不见他。

  薇奥拉 你的话使我很高兴,请收下这些金币,聊表谢意。由于我自己脱险,使我抱着他也能够同样脱险的希望;你的话更把我的希望证实了几分。你认识这国土吗?

  船 长 是的,小姐,很熟悉;因为我就是在离这儿不到三小时旅程的地方长大的。

  薇奥拉 谁统治着这地方?

  船 长 一位名实相符的高贵的公爵。

  薇奥拉 他叫什么名字?

  船 长 奥西诺。

  薇奥拉 奥西诺!我曾经听见我父亲说起过他;那时他还没有娶亲。

  船 长 现在他还是这样,至少在最近我还不曾听见他娶亲的消息;因为只一个月之前我从这儿出发,那时刚刚有一种新鲜的风传——您知道大人物的一举一动,都会被一般人纷纷议论着的——说他在向美貌的奥丽维娅求爱。

  薇奥拉 她是谁呀?

  船 长 她是一位品德高尚的姑娘;她的父亲是位伯爵,约莫在一年前死去,把她交给他的儿子,也就是她的哥哥照顾,可是他不久也死了。他们说为了表示对于她哥哥深切的友爱,她已

---

  ① 阿里翁(Arion),希腊诗人和音乐家。传说他乘船自西西里至科林多,途中为水手谋害,跃入海中,被一只海豚负至岸上,以感激他优美的音乐。

经发誓不再跟男人们在一起,也不见他们的面。

薇奥拉 唉!要是我能够侍候这位小姐,就可以不用在时机没有成熟之前泄露我的身份了。

船　长 那很难办到,因为她不肯接纳无论哪一种请求,就是公爵的请求她也是拒绝的。

薇奥拉 船长,你瞧上去是个好人;虽然造物常常用一层美丽的墙来围蔽住内中的污秽,但是我可以相信你的心地跟你的外表一样好。请你替我保守秘密,不要把我的身份泄露出去,我以后会重谢你的;你得帮助我假扮起来,好让我达到我的目的。我要去侍候这位公爵,你可以把我作为一个净了身的侍童送给他;也许你会得到些好处的,因为我会唱歌,用各种的音乐向他说话,使他重用我。

以后有什么事以后再说;

我会使计谋,你只须静默。

船　长 我便当哑巴,你去做近侍;

倘多话挖去我的眼珠子。

薇奥拉 谢谢你;领着我去吧。(同下)

第三场　奥丽维娅宅中一室

托比·培尔契爵士及玛利娅上。

托　比 我的侄女见什么鬼把她哥哥的死看得那么重?悲哀是要损寿的呢。

玛利娅 真的,托比老爷,您晚上得早点儿回来;您那侄女,我的小姐很反对您深夜不归呢。

托　比 哼,让她去今天反对、明天反对,尽管反对下去吧。

玛利娅　嗳，但是您总得有个分寸，不要太失身份才是。

托　比　身份！我这身衣服难道不合身份吗？穿了这种衣服去喝酒，也很有身份的了；还有这双靴子，要是它们不合身份，就叫它们在靴带上吊死了吧。

玛利娅　您这样酗酒会作践了您自己的，我昨天听见小姐说起过；她还说起您有一晚带到这儿来向她求婚的那个傻骑士。

托　比　谁？安德鲁·艾古契克爵士吗？

玛利娅　嗳，就是他。

托　比　他在伊利里亚也算是一表人才了。

玛利娅　那又有什么相干？

托　比　哼，他一年有三千块钱收入呢。

玛利娅　嗳，可是一年之内就把这些钱全花光了。他是个大傻瓜，而且是个浪子。

托　比　呸！你说出这种话来！他会拉低音提琴；他会不看书本讲三四国文字，一个字都不模糊：他有很好的天分。

玛利娅　是的，傻子都是得天独厚的；因为他除了是个傻瓜之外，又是一个惯会惹是生非的家伙；要是他没有懦夫的天分来缓和一下他那喜欢吵架的脾气，有见识的人都以为他就会有棺材睡的。

托　比　我举手发誓，这样说他的人，都是一批坏蛋，信口雌黄的东西。是哪些人这么说？

玛利娅　他们又说您每夜跟他在一块儿喝酒。

托　比　我们都喝酒祝我的侄女健康呢。只要我的喉咙里有食道，伊利里亚有酒，我便要为她举杯祝饮。谁要是不愿为我的侄女举杯祝饮，喝到像抽陀螺似的天旋地转，他就是个不中用的汉子，是个卑鄙小人。嘿，丫头！放正经些！安德鲁·艾古契克爵士来啦。

安德鲁·艾古契克爵士上。

安德鲁 托比·培尔契爵士！您好，托比·培尔契爵士！

托 比 亲爱的安德鲁爵士！

安德鲁 您好，美貌的小泼妇！

玛利娅 您好，大人。

托 比 寒暄几句，安德鲁爵士，寒暄几句。

安德鲁 您说什么？

托 比 这是舍侄女的丫环。

安德鲁 好寒萱姊姊，我希望咱们多多结识。

玛利娅 我的名字是玛丽，大人。

安德鲁 好玛丽·寒萱姊姊——

托 比 你弄错了，骑士；"寒暄几句"就是跑上去向她应酬一下、招呼一下、客套一下、来一下的意思。

安德鲁 嗳哟，当着这些人我可不能跟她来一下。"寒暄"就是这个意思吗？

玛利娅 再见，先生们。

托 比 要是你让她这样走了，安德鲁爵士，你以后再不用充汉子了。

安德鲁 要是你这样走了，姑娘，我以后再不用充汉子了。好小姐，你以为和你交手的人都是些傻瓜吗？

玛利娅 大人，可是我还不曾跟您握过手呢。

安德鲁 那很好，让我们握手。

玛利娅 好了，大人，思想是无拘无束的。我赞美您，请您把这只手带到酒肆那里去，让它喝两盅吧。

安德鲁 这怎么讲，好人儿？你在打什么比方？

玛利娅 我是说它干巴巴怪没劲的。

安德鲁 是啊，我也这样想。不管人家怎么说我蠢，保持双手干燥的保养之道我还懂得。可是你说的是什么笑话?

玛利娅　没劲的笑话。

安德鲁　你一肚子都是这种笑话吗?

玛利娅　不错,大人,满手里抓的也都是。得,现在我放开您的手了,我的笑料也都没了。(下)

托　比　骑士啊!你应该喝杯酒儿。几时我见你这样给人愚弄过?

安德鲁　我想你从来没有见过;除非你见我被酒弄昏了头。有时我觉得我跟基督徒和平常人一样笨;可是我是个吃牛肉的老饕,我相信那对于我的聪明很有妨害。

托　比　一定一定。

安德鲁　要是我真那样想的话,以后我得戒了。托比爵士,明天我要骑马回家去了。

托　比　Pourquoi①,我亲爱的骑士?

安德鲁　什么叫Pourquoi?好还是不好?我理该把我花在击剑、跳舞和耍熊上面的工夫学几种外国话。唉!要是我读了文学多么好!

托　比　要是你花些工夫在你的鬈发钳②上头,你就可以有一头很好的头发了。

安德鲁　怎么,那跟我的头发有什么关系?

托　比　很简单,因为你瞧你的头发不用些工夫上去是不会鬈曲起来的。

安德鲁　可是我的头发不也已经够好看了吗?

托　比　好得很,它披下来的样子就像纺杆上的麻线一样,我希望有哪位奶奶把你夹在大腿里纺它一纺。

---

① 法文:"为什么"。
② 英文"鬈发钳"(tongs)与"外国话"(tongues)发音相近。

安德鲁　真的,我明天要回家去了,托比爵士。你侄女不肯接见我;即使接见我,多半她也不会要我。这儿的公爵也向她求婚呢。

托　比　她不要什么公爵不公爵;她不愿嫁给比她身份高、地位高、年龄高、智慧高的人,我听见她这样发过誓。嘿,老兄,还有希望呢。

安德鲁　我再耽搁一个月。我是世上心思最古怪的人;我有时老是喜欢喝酒跳舞。

托　比　这种玩意儿你很擅长的吗,骑士?

安德鲁　可以比得过伊利里亚任何一个人,只要不比我高明就行;可是我不愿跟老手比。

托　比　你跳舞的本领怎样?

安德鲁　不骗你,我会旱地拔葱。

托　比　我会葱炒羊肉。

安德鲁　讲到我的倒跳的本事,简直可以比得上伊利里亚的无论什么人。

托　比　为什么你要把这种本领藏匿起来呢?为什么这种天才要覆上一块幕布?难道它们也会沾上灰尘,像大姑娘的画像一样吗?为什么不跳着"加里阿"到教堂里去,跳着"科兰多"一路回家?假如是我的话,我要走步路也是"捷格"① 舞,撒泡尿也是五步舞呢。你是什么意思?这世界上是应该把才能隐藏起来的吗?照你那双出色的好腿看来,我想它们是在舞神的星光底下生下来的。

安德鲁　嗷,我这双腿很有气力,穿了火黄色的袜子倒也十分漂亮。我们喝酒去吧?

---

①　加里阿、科兰多、捷格,均为古典舞步。

托　比　除了喝酒，咱们还有什么事好做？咱们的命宫不是金牛星吗？

安德鲁　金牛星！金牛星管的是腰和心。

托　比　不，老兄，是腿和股。跳个舞给我看。哈哈！跳得高些！哈哈！好极了！（同下）

第四场　公爵府中一室

凡伦丁及薇奥拉男装上。

凡伦丁　要是公爵继续这样宠幸你，西萨里奥，你多半就要高升起来了；他认识你还只有三天，你就跟他这样熟了。

薇奥拉　看来你不是怕他的心性捉摸不定，就是怕我会玩忽职守，所以你才怀疑他是否会继续这样宠幸我。先生，他的恩宠是不是经常捉摸不定、有始无终？

凡伦丁　不，相信我。

薇奥拉　谢谢你。公爵来了。

公爵、丘里奥及侍从等上。

公　爵　喂！有谁看见西萨里奥吗？

薇奥拉　在这儿，殿下，听候您的吩咐。

公　爵　你们暂时走开些。西萨里奥，你已经知道了一切，我已经把我内心深处的秘密向你展示；因此，好孩子，到她那边去，别让他们把你拒之门外，站在她的门口，对他们说，你要站到脚底下生了根，直等她把你延见为止。

薇奥拉　殿下，要是她真像人家所说的那样沉浸在悲哀里，她永远不会允许我进去的。

公　爵　你可以跟他们吵闹，不用顾虑一切礼貌的界限，但一定不要毫无结果而归。

薇奥拉　假定我能够和她见面谈话了,殿下,接下来该怎样呢?

公　爵　噢!那么就向她宣布我的恋爱的热情,把我的一片挚诚说给她听,让她吃惊。你表演起我的伤心来一定很出色,你这样的青年一定比那些面孔板板的使者们更能引起她的注意。

薇奥拉　我想不见得吧,殿下。

公　爵　好孩子,相信我的话;因为像你这样的妙龄,还不能算是个成人:狄安娜的嘴唇也不比你的更柔滑而红润;你的娇细的喉咙像处女一样尖锐而清朗;在各方面你都像个女人。我知道你的性格很容易对付这件事情。四五个人陪着他去;要是你们愿意,都去也好;越清静我越欢喜。你倘能成功,那么你主人的财产你也可以有份,你将会和他一样生活无忧。

薇奥拉　我愿意尽力去向您的爱人求婚。(旁白)

啊,阻碍重重的局面,为意中人做婚嫁论,

我一定要成为他的夫人。(各下)

第五场　奥丽维娅宅中一室

玛利娅及小丑上。

玛利娅　不,你要是不告诉我你到哪里去来,我便把我的嘴唇抿得紧紧的,连一根毛发也钻不进去,不替你说句好话。小姐因为你不在,要吊死你呢。

小　丑　让她吊死我吧;好好地吊死的人,在这世上可以不怕敌人。

玛利娅　把你的话解释解释。

小　丑　因为他看不见敌人了。

玛利娅　好一句无聊的回答。让我告诉你"不怕敌人"这句话是怎么来的吧。

　　小　丑　怎么来的，善良的玛利娅小姐？

　　玛利娅　是从战场上来的；下回你再犯傻的时候，就可以放开胆子这样说。

　　小　丑　好吧，上帝给聪明与聪明人；至于傻子们呢，那只好靠他们的本事了。

　　玛利娅　可是你这么久在外边鬼混，小姐一定要把你吊死的，否则把你赶出去，那不是跟把你吊死一样好吗？

　　小　丑　好好地吊死常常可以防止坏的婚姻；至于赶出去，那在夏天倒还没甚要紧。

　　玛利娅　那么你已经下了决心了吗？

　　小　丑　不，没有；可是我决定了两端。

　　玛利娅　假如一端断了，一端还连着；假如两端都断了，你的裤子也落下来了。

　　小　丑　妙，真的很妙。好，去你的吧；要是托比老爷戒了酒，你在伊利里亚的雌儿中间也好算是个门当户对的调皮角色了。

　　玛利娅　闭嘴，你这坏蛋，别胡说了。小姐来啦；你还是好好地想出个托辞来。（下）

　　小　丑　才情呀，请你帮我好好地装一下傻瓜！那些自负才情的人，实际上往往是些傻瓜；我知道我自己没有才情，因此也许可以算做聪明人。昆那拍勒斯①怎么说的？"与其做愚蠢的智人，不如做聪明的愚人。"

　　奥丽维娅偕马伏里奥上。

　　小　丑　上帝祝福你，小姐！

----

①　为剧中杜撰的名人。

奥丽维娅　把这傻子撵出去！

小　丑　喂，你们没听见吗？把这位小姐撵出去。

奥丽维娅　算了吧！你是个干枯无味的傻子，我不要再看见你了；而且你已经变得不老实起来了。

小　丑　我的小姐，这两个毛病用酒和忠告都可以治好。只要给干枯无味的傻子一点酒喝，他就不干枯了。只要劝不老实的人洗心革面，弥补他从前的过失：假如他能够弥补的话，他就不再不老实了；假如他不能弥补，那么叫裁缝把他补一补也就得了。弥补者，弥而补之也：道德的失足无非补上了一块罪恶；罪恶悔改之后，也无非补上了一块道德。假如这种简单的论理可以通得过去，很好；假如通不过去，还有什么办法？当王八是一件倒霉的事，美人总是好比鲜花，这都是毋庸置疑的。小姐吩咐把傻子撵出去；因此我再说一句，把她撵出去吧。

奥丽维娅　尊驾，我吩咐他们把你撵出去呢。

小　丑　这就是大错而特错了！小姐，"戴了和尚帽，不定是和尚"；那就好比是说，我身上虽然穿着愚人的彩衣，可是我并不一定连头脑里也穿着它呀。我的好小姐，准许我证明您是个傻子。

奥丽维娅　你能吗？

小　丑　再便当也没有了，我的好小姐。

奥丽维娅　那么证明一下看。

小　丑　小姐，我必须把您盘问；我的贤淑的小乖乖，回答我。

奥丽维娅　好吧，先生，为了没有别的消遣，我就等候着你的证明吧。

小　丑　我的好小姐，你为什么悲伤？

奥丽维娅　好傻子，为了我哥哥的死。

小　丑　小姐，我想他的灵魂是在地狱里。

奥丽维娅　傻子，我知道他的灵魂是在天上。

小　丑　这就越显得你的傻了，我的小姐；你哥哥的灵魂既然在天上，为什么要悲伤呢？列位，把这傻子撵出去。

奥丽维娅　马伏里奥，你以为这傻子怎样？是不是更有趣了？

马伏里奥　是的，而且会变得越来越有趣，一直到死。衰老和孱弱会使聪明减退，可是对于傻子却能变本加厉。

小　丑　大爷，上帝保佑您快快衰老孱弱起来，好让您傻得格外厉害！托比老爷可以发誓说我不是狐狸，可是他不愿跟人家打赌两便士说您不是个傻子。

奥丽维娅　你怎么说，马伏里奥？

马伏里奥　我不懂您小姐怎么会喜欢这种没有头脑的混账东西。前天我看见他给一个像石头一样冥顽不灵的下等傻子算计了去。您瞧，他已经毫无招架之功了；要是您不笑笑给他一点题目，他便要无话可说。我说，听见这种傻子的话也会那么高兴的聪明人们，都不过是些傻子们的应声虫罢了。

奥丽维娅　啊！你是太自命不凡了，马伏里奥；你缺少一副健全的胃口。做一个宽容慷慨、气度汪洋的人，将炮弹看做是鸟箭。傻子有特许放肆的权利，虽然他满口骂人，人家不会见怪于他；君子出言必有分量，虽然他老是指摘人家的错处，也不能算为谩骂。

小　丑　墨丘利赏给你说谎的本领吧，因为你给傻子说了好话！

玛利娅重上。

玛利娅　小姐，门口有一位年轻的先生很想见您说话。

奥丽维娅　从奥西诺公爵那儿来的吧？

玛利娅　我不知道,小姐;他是一位漂亮的青年,有很多随从。

奥丽维娅　我家里有谁在跟他周旋呢?

玛利娅　是令亲托比老爷,小姐。

奥丽维娅　你去叫他走开;他满口都是些疯话。不害羞的!(玛利娅下)马伏里奥,你给我去;假若是公爵差来的,说我病了,或是不在家,随你怎样说,把他打发走。(马伏里奥下)你瞧,先生,你的打诨已经陈腐起来,人家不喜欢了。

小丑　我的小姐,你帮我说话就像你的大儿子也会是个傻子一般;愿上帝在他的头颅里塞满脑子吧!瞧你的那位有一副最不中用的头脑的令亲来了。

托比·培尔契爵士上。

奥丽维娅　嗳哟,又已经半醉了。叔叔,门口是谁?

托比　一个绅士。

奥丽维娅　一个绅士!什么绅士?

托比　有一个绅士在这儿——这种该死的咸鱼!怎样,蠢货!

小丑　好托比爷爷!

奥丽维娅　叔叔,叔叔,你怎么这么早就昏天黑地了?

托比　声天色地!我打倒声天色地!有一个人在门口。

小丑　是呀,他是谁呢?

托比　让他是魔鬼也好,我不管;我说,我心里耿耿三尺有神明。好,都是一样。(下)

奥丽维娅　傻子,醉汉像个什么东西?

小丑　像个溺死鬼,像个傻瓜,又像个疯子。多喝了一口就会把他变成个傻瓜;再喝一口就发了疯;喝了第三口就把他溺死了。

奥丽维娅　你去找个验尸的来吧,让他来验验我的叔叔;因为他已经喝酒喝到了第三个阶段,他已经溺死了。瞧瞧他去。

小　　丑　他还不过是发疯呢,我的小姐;傻子该去照顾疯子。(下)

马伏里奥重上。

马伏里奥　小姐,那个少年发誓说要见您说话。我对他说您有病;他说他知道,因此要来见您说话。我对他说您睡了;他似乎也早已知道了,因此要来见您说话。还有什么话好对他说呢,小姐?什么拒绝都挡不了他。

奥丽维娅　对他说我不要见他说话。

马伏里奥　这也已经对他说过了;他说,他要像州官衙门前竖着的旗杆那样立在您的门前不去,像凳子脚一样直挺挺地站着,非得见您说话不可。

奥丽维娅　他是怎样一个人?

马伏里奥　呃,就像一个人那样儿的。

奥丽维娅　可是是什么样子的呢?

马伏里奥　很无礼的样子;不管您愿不愿意,他一定要见您说话。

奥丽维娅　他的相貌怎样?多大年纪?

马伏里奥　说是个大人吧,年纪还太轻;说是个孩子吧,又嫌大些;就像是一颗没有成熟的豆荚,或是一只半生的苹果,又像大人又像小孩,所谓介乎两可之间。他长得很漂亮,说话也很刁钻;看他的样子,似乎有些未脱乳臭。

奥丽维娅　叫他进来。把我的侍女唤来。

马伏里奥　姑娘,小姐叫你呢。(下)

玛利娅重上。

奥丽维娅　把我的面纱拿来;来,罩住我的脸。我们要再听一次奥西诺来使说的话。

薇奥拉及侍从等上。

薇奥拉　哪一位是这里府中的贵小姐?

奥丽维娅　有什么话对我说吧;我可以代她答话。你来有什么见教?

薇奥拉　最辉煌的、卓越的、无双的美人!请您指示我这位是不是就是这里府中的小姐,因为我没有见过她。我不大甘心浪掷我的言辞;因为它不但写得非常出色,而且我费了好大的辛苦才把它背熟。两位美人,不要把我取笑;我是个非常敏感的人,一点点轻侮都受不了的。

奥丽维娅　你是从什么地方来的,先生?

薇奥拉　除了我背熟了的以外,我不能说别的话;您那问题是我所不曾预备作答的。温柔的好人儿,好好儿地告诉我您是不是府里的小姐,好让我陈说我的来意。

奥丽维娅　你是个唱戏的吗?

薇奥拉　不,我的深心的人儿;可是我敢当着最有恶意的敌人发誓,我并不是我所扮演的角色。您是这府中的小姐吗?

奥丽维娅　是的,要是我没有假冒我自己。

薇奥拉　假如您就是她,那么您的确是假冒您自己了;因为您有权力给与别人的,您却没有权力把它藏匿起来。但是这种话跟我来此的使命无关;我要继续着恭维您的言辞,然后告知您我的来意。

奥丽维娅　把重要的话说出来;恭维免了吧。

薇奥拉　唉!我好容易才把它背熟,而且它又是很有诗意的。

奥丽维娅　那么多半是些鬼话,请你留着不用说了吧。我听说你在我门口一味顶撞;让你进来只是为要看看你究竟是个什么人，并不是要听你说话。要是你没有发疯，那么去吧；要是你明白事理，那么说得简单一些：我现在没有那样心思去理会一段没有意思的谈话。

玛利娅　请你动身吧，先生；这儿便是你的路。

薇奥拉　不，好清道夫，我还要在这儿闲荡一会儿呢。亲爱的小姐，请您劝劝您这位"彪形大汉"别么神气活现。

奥丽维娅　把你的尊意告诉我。

薇奥拉　我是一个信使。

奥丽维娅　你那种礼貌那么可怕，你带来的信息一定是些坏事情。有什么话说出来。

薇奥拉　除了您之外不能让别人听见。我不是来向您宣战，也不是来要求您臣服；我手里握着橄榄枝，我的话里充满了和平，也充满了意义。

奥丽维娅　可是你一开始就不讲礼。你是谁？你要的是什么？

薇奥拉　我的不讲礼是我从你们对我的接待上学来的。我是谁，我要些什么，是个如处女般的秘密；在您的耳中是神圣，别人听起来就是亵渎。

奥丽维娅　你们都走开吧；我们要听一听这段神圣的话。（玛利娅及侍从等下）现在，先生，请教你的经文？

薇奥拉　最可爱的小姐——

奥丽维娅　倒是一种叫人听了怪舒服的教理，可以大发议论呢。你的经文呢？

薇奥拉　在奥西诺的心头。

奥丽维娅　在他的心头！在他的心头的哪一章？

薇奥拉　照目录上排起来，是他心头的第一章。

奥丽维娅　噢！那我已经读过了，无非是些旁门左道。你没有别的话要说了吗？

薇奥拉　好小姐，让我瞧瞧您的脸。

奥丽维娅　贵主人有什么事要差你来跟我的脸接洽的吗？你现在岔开你的正文了；可是我们不妨拉开幕儿，让你看看这幅图画。（揭除面幕）你瞧，先生，我就是这个样子；它不是画得很好吗？

薇奥拉　要是一切都出于上帝的手，那真是绝妙之笔。

奥丽维娅　它的色彩很耐久，先生，受得起风霜的侵蚀。

薇奥拉　那真是各种色彩精妙地调和而成的美貌；那红红的白白的都是造化亲自用他的可爱的巧手敷上去的。小姐，您是世上最忍心的女人，要是您甘心让这种美埋没在坟墓里，不给世间留下一份副本。

奥丽维娅　啊！先生，我不会那样狠心；我可以列下一张我的美貌的清单，一一开陈清楚，把每一件细目都载在我的遗嘱上，例如：一款，浓淡适中的朱唇两片；一款，灰色的倩眼一双，附眼睑；一款，玉颈一围，柔美一双，等等。你是奉命到这儿来恭维我的吗？

薇奥拉　我明白您是个什么样的人了。您太骄傲了；可是即使您是个魔鬼，您是美貌的。我的主人爱着您；啊！这么一种爱情，即使您是人间的绝色，也应该酬答他的。

奥丽维娅　他怎样爱着我呢？

薇奥拉　用崇拜、大量的眼泪，震响着爱情的呻吟，吞吐着烈火的叹息。

奥丽维娅　你的主人知道我的意思，我不能爱他；虽然我想他品格很高，知道他很尊贵，很有身份，年轻而纯洁，有很好的名声，慷慨，博学，勇敢，长得又体面；可是我总不能爱他，他老早就已经得到我的回音了。

薇奥拉　要是我也像我主人一样热情地爱着您,也是这样的受苦,这样了无生趣地把生命拖延,我不会懂得您的拒绝是什么意思。

奥丽维娅　啊,你预备怎样呢?

薇奥拉　我要在您的门前用柳枝筑成一所小屋,不时到府中访谒我的灵魂;我要吟咏着被冷淡的忠诚的爱情的篇什,不顾夜多么深我要把它们高声歌唱;我要向着回声的山崖呼喊您的名字,使饶舌的风都叫着"奥丽维娅"。啊!您在天地之间将要得不到安静,除非您怜悯了我!

奥丽维娅　你的口才倒是颇堪造就的。你的家世怎样?

薇奥拉　超过于我目前的境遇,但我是个有身份的绅士。

奥丽维娅　回到你主人那里去;我不能爱他,叫他不要再差人来了;除非或者你再来见我,告诉我他对于我的答复的感受。再会!多谢你的辛苦;这几个钱赏给你。

薇奥拉　我不是个要钱的信差,小姐,留着您的钱吧;不曾得到报酬的,是我的主人,不是我。但愿爱神使您所爱的人也是心如铁石,好让您的热情也跟我主人的一样遭到轻蔑!再会,残忍的美人!(下)

奥丽维娅　"你的家世怎样?""超过于我目前的境遇,但我是个有身份的绅士。"我可以发誓你一定是的;你的语调,你的脸,你的肢体、动作、精神,各方面都可以证明你的高贵。——别这么性急。且慢!且慢!除非颠倒了主仆的名分。——什么!这么快便染上那种病了?我觉得好像这个少年的美处在悄悄地蹑步进入我的眼中。好,让它去吧。喂!马伏里奥!

马伏里奥重上。

马伏里奥　有,小姐,听候您的吩咐。

奥丽维娅　去追上那个无礼的使者,公爵差来的人,他不管我要不要,硬把这戒指留下;对他说我不要,请他不要向他的主人献功,让他死不了心,我跟他没有缘分。要是那少年明天还打这儿走过,我可以告诉他为什么。去吧,马伏里奥。

马伏里奥　是,小姐。(下)
奥丽维娅　我的行事我自己全不懂,
　　　　　　怎一下子便会把人看中?
　　　　　　一切但凭着命运的吩咐,
　　　　　　谁能够做得了自己的主!(下)

第二幕

第一场 海 滨

安东尼奥及西巴斯辛上。

安东尼奥 您不愿住下去了吗?您也不愿让我陪着您去吗?

西巴斯辛 请您原谅,我不愿。我是个倒霉的人,我的晦气也许要连累了您,所以我要请您离开我,好让我独自担承我的恶运;假如连累到您身上,那是太辜负了您的好意了。

安东尼奥 可是让我知道您的去向吧。

西巴斯辛 不瞒您说,先生,我不能告诉您;因为我所决定的航行不过是无目的的漫游。可是我看您这样有礼,您一定不会强迫我说出我所保守的秘密来;因此按礼该我来向您表白我自己。安东尼奥,您要知道我的名字是西巴斯辛,罗德利哥是我的化名。我的父亲便是梅萨林的西巴斯辛,我知道您一定听见过他的名字。他死后丢下我和一个妹妹,我们两人是在同一个时辰出世的;我多么希望上天也让我们两人在同一个时辰死去!可是您,先生,却来改变我的命运,因为就在您把我从海浪里打救起来之前不久,我的妹妹已经淹死了。

安东尼奥　唉，可惜！

西巴斯辛　先生，虽然人家说她非常像我，许多人都说她是个美貌的姑娘；我虽然不好意思相信这句话，但是至少可以大胆说一句，即使妒嫉她的人也不能不承认她有一颗美好的心。她是已经给海水淹死的了，先生，虽然似乎我要用更多的泪水来淹没对她的记忆。

安东尼奥　先生，请您恕我招待不周。

西巴斯辛　啊，好安东尼奥！我才是多多打扰了您哪！

安东尼奥　要是您看在我的交情分上，不愿叫我痛不欲生的话，请您允许我做您的仆人吧。

西巴斯辛　您已经打救了我的生命，要是您不愿让我抱愧而死，那么请不要提出那样的请求，免得您白白救了我一场。我立刻告辞了；我的心是怪软的，还不曾脱去我母亲的影响，为了一点点理由，我的眼睛里就会露出我的弱点来。我要到奥西诺公爵的宫廷里去；再会了。（下）

安东尼奥　一切神明护佑着你！我在奥西诺的宫廷里有许多敌人，否则我就会马上到那边去会你——

　　　但无论如何我爱你太深，

　　　履险如夷我定要把你寻。（下）

第二场　街　道

薇奥拉上，马伏里奥随上。

马伏里奥　您不是刚从奥丽维娅伯爵小姐那儿来的吗？

薇奥拉　是的，先生；因为我走得慢，所以现在还不过在这儿。

马伏里奥　先生，这戒指她还给您；您当初还不如自己拿走呢,就会省却我辛苦跑一遭。她又说您必须叫您家主人死了心,明白她不要跟他来往。还有,您不用再那么莽撞地再来替他说话了,除非来回报一声您家主人已经接受了她的拒绝。好,拿去吧。

薇奥拉　她自己拿了我这戒指去的;我不要。

马伏里奥　算了吧,先生,您使性子把它丢给她;她的意思也要我把它照样丢还给您。假如它是值得弯下身子拾起来的话,它就在您的眼前;不然的话,让什么人看见就给什么人拿去吧。(下)

薇奥拉　我没有留下戒指呀:这位小姐是什么意思?但愿她不要迷恋了我的外貌才好!她把我打量得那么仔细;真的,我觉得她看得我那么出神,连自己讲的什么话儿也顾不到了,那么没头没脑,颠颠倒倒的。一定的,她爱上我啦;情急智生,才差这个无礼的使者来邀请我。不要我主人的戒指!嘿,他并没有把什么戒指送给她呀!我才是她意中的人;真是这样的话——事实上确是这样——那么,可怜的小姐,她真是做梦了!我现在才明白假扮的确不是一桩好事情,魔鬼会乘机大显他的身手。一个又漂亮又靠不住的男人,多么容易占据女人家柔弱的心!唉!这都是我们生性脆弱的缘故,不是我们自身的错处;因为上天造下我们是哪样的人,我们就是哪样的人。这种事情怎么了结呢?我的主人深深地爱着她;我呢,可怜的小鬼,也是那样恋着他;她呢,认错了人,似乎在思念我。这怎么了结呢?因为我是个男人,我没什么希望叫我的主人爱上我;因为我是个女人,唉!可怜的奥丽维娅也要白费无数的叹息了!这纠纷要让时间来理清,叫我打开这结儿怎么成!(下)

第三场　奥丽维娅宅中一室

托比·培尔契爵士及安德鲁·艾古契克爵士上。

托　比　过来，安德鲁爵士。深夜不睡即是起身得早；"起身早，身体好"，你知道的——

安德鲁　不，老实说，我不知道；我知道的是深夜不睡便是深夜不睡。

托　比　一个错误的结论；我听见这种话就像看见一个空酒瓶那么头痛。深夜不睡，过了半夜才睡，那就是到大清早才睡，岂不是睡得很早？我们的生命不是由四大原素组成的吗？

安德鲁　不错，他们是这样说；可是我以为我们的生命不过是吃吃喝喝而已。

托　比　你真有学问：那么让我们吃吃喝喝吧。玛利娅，喂！开一瓶酒来！

小丑上。

安德鲁　那个傻子来啦。

小　丑　啊，我的心肝儿们！咱们刚好凑成一幅《三个臭皮匠》。

托　比　欢迎，驴子！现在我们来一个轮唱歌吧。

安德鲁　说老实话，这傻子有一副很好的喉咙。我宁愿拿四十个先令去换他这么一条腿和这么一副可爱的声音。真的，你昨夜打诨打的很好，说什么匹格罗格罗密忒斯哪，维比亚人越过了丘勃斯的赤道线哪，真是好得很。我送六便士给你的姘头，收到了没有？

小　丑　你的恩典我已经放进了我的口袋；因为马伏里奥的鼻子不是鞭柄，我的小姐有一双玉手，她的跟班们不是开酒馆的。

安德鲁 好极了！嗯，无论如何这要算是最好的打诨了。现在唱个歌吧。

托 比 来，给你六便士，唱个歌吧。

安德鲁 我也有六便士给你呢；要是一个骑士大方起来——

小 丑 你们要我唱支爱情的歌呢，还是唱支劝人为善的歌？

托 比 唱个情歌，唱个情歌。

安德鲁 是的，是的，劝人为善有什么意思。

小 丑 （唱）

　　你到哪儿去，啊我的姑娘？
　　听呀，那边来了你的情郎，
　　　　嘴里吟着抑扬的曲调。
　　不要再走了，美貌的亲亲；
　　恋人的相遇终结了行程，
　　　　每个聪明人全都知晓。

安德鲁 真好极了！

托 比 好，好！

小 丑 （唱）

　　什么是爱情？它不在明天；
　　欢笑嬉游莫放过了眼前，
　　　　将来的事有谁能猜料？
　　不要蹉跎了大好的年华；
　　来吻着我吧，双十娇娃，
　　　　转眼青春早化成衰老。

安德鲁 凭良心说话，好一副流利的歌喉！

托 比 好一股恶臭的气息！

安德鲁　真的,很甜蜜又很恶臭。

托　比　用鼻子听起来,那么恶臭也很动听。可是我们要不要让天空跳起舞来呢?我们要不要唱一支轮唱歌,把夜枭吵醒:那曲调会叫一个织工听了三魂出窍?

安德鲁　要是你爱我,让我们来一下吧;唱轮唱歌我挺拿手啦。

小　丑　对啦,大人,有许多狗也会唱得很好。

安德鲁　不错不错。让我们唱《你这坏蛋》吧。

小　丑　《闭住你的嘴,你这坏蛋》,是不是这一首,骑士?那么我可不得不叫你做坏蛋啦,骑士。

安德鲁　人家不得不叫我做坏蛋,这也不是第一次。你开头,傻子;第一句是,"闭住你的嘴"。

小　丑　要是我闭住我的嘴,我就再也开不了头啦。

安德鲁　说得好,真的。来,唱起来吧。(三人唱轮唱歌)

玛利娅上。

玛利娅　你们在这里猫儿叫春似的闹些什么呀!要是小姐没有叫起她的管家马伏里奥来把你们赶出门外去,再不用相信我的话好了。

托　比　小姐是个骗子;我们都是大人物;马伏里奥是拉姆西的佩格姑娘;"我们是三个快活的人"。我不是同宗吗?我不是她的一家人吗?胡说八道,姑娘!

(唱)巴比伦有一个人,姑娘,姑娘!

小　丑　要命,这位骑士真会开玩笑。

安德鲁　嗷,他高兴开起玩笑来,开得可是真好,我也一样;不过他的玩笑开得富于风趣,而我的玩笑开得更为自然。

托　比

(唱)啊!十二月十二——

玛利娅　看在上帝的面上,别闹了吧!

马伏里奥上。

马伏里奥　我的爷爷们,你们疯了吗,还是怎么啦?难道你们没有脑子,不懂规矩,全无礼貌,在这种夜深时候还要像一群发酒疯的补锅匠似的乱吵?你们把小姐的屋子当作一间酒馆,好让你们直着喉咙,唱那种鞋匠的歌儿吗?难道你们全不想想这是什么地方,这儿住的是什么人,或者现在是什么时刻了吗?

托　比　老兄,我们的轮唱是严守时刻的。你去上吊吧!

马伏里奥　托比老爷,莫怪我说句不怕忌讳的话。小姐吩咐我告诉您说,她虽然把您当个亲戚留住在这儿,可是她不能容忍您那种胡闹。要是您能够循规蹈矩,我们这儿是十分欢迎您的;否则的话,要是您愿意向她告别,她一定会让您走。

托　比　
　　既然我非去不可,那么再会吧,亲亲!

玛利娅　别这样,好托比老爷。

小　丑
　　他的眼睛显示出他末日将要来临。

马伏里奥　岂有此理!

托　比
　　可是我决不会死亡。

小　丑　托比老爷,您在说谎。

马伏里奥　真有体统!

托　比
　　我要不要叫他滚蛋?

小　丑
　　叫他滚蛋又怎样?

托　比

要不要叫他滚蛋,毫无留贷?

小　丑　啊!不,不,不,你没有这个胆。

托　比　唱得走调了,先生,你鬼话连篇!你不过是一个管家,有什么可以神气的?你以为你自己道德高尚,人家便不能喝酒取乐了吗?

小　丑　是啊,凭圣安妮起誓,生姜吃下嘴去也总是辣的。

托　比　你说得一点儿也不错。——去,朋友,用面包屑去擦你的项链吧。开一瓶酒来,玛利娅!

马伏里奥　玛利娅姑娘,要是你没有把小姐的恩典看做一钱不值,你可不要帮助他们这样胡闹;我一定会去告诉她的。(下)

玛利娅　滚你的吧!

安德鲁　向他挑战,然后失约,愚弄他一下子,倒是个很好的办法,就像人肚子饿了喝酒一样。

托　比　好,骑士,我给你写挑战书,或者代你去口头通知他你的愤怒。

玛利娅　亲爱的托比老爷,今夜请忍耐一下子吧;今天公爵那边来的少年会见了小姐之后,她心里很烦。至于马伏里奥先生,我去对付他好了;要是我不把他愚弄得给人当作笑柄,让大家取乐儿,我便是个连直挺挺躺在床上都不会的蠢东西。我知道我一定能够。

托　比　告诉我们,告诉我们;告诉我们一些关于他的事情。

玛利娅　好,老爷,有时候他有点儿像清教徒。

安德鲁　啊!要是我早想到了这一点,我要把他像狗一样打一顿呢。

托　比　什么,为了像清教徒吗?你有什么绝妙的理由,亲爱的骑士？

安德鲁　我没有什么绝妙的理由，可是我有相当不错的理由。

玛利娅　他是个鬼清教徒，反复无常、逢迎取巧是他的本领；一头装腔作势的驴子，背熟了几句官话，便倒也似的倒了出来；自信非凡，以为自己真了不得，谁看见他都会爱他；我可以凭着那个弱点堂堂正正地给他一顿教训。

托　比　你打算怎样？

玛利娅　我要在他走过的路上丢下一封暧昧的情书，里面活生生地描写着他的胡须的颜色、他的腿的形状、他走路的姿势、他的眼睛、额角和脸上的表情：他一见就会觉得是写的他自己。我会学您侄女的笔迹写字；在已经忘记了的信件上，我们连自己的笔迹也很难辨认呢。

托　比　好极了，我嗅到了一个计策了。

安德鲁　我鼻子里也闻到了呢。

托　比　他见了你丢下的这封信，便会以为是我的侄女写的，以为她爱上了他。

玛利娅　我的意思正是这样。

安德鲁　你的意思是要叫他变成一头驴子。

玛利娅　驴子，那是毫无疑问的。

安德鲁　啊！那好极了！

玛利娅　出色的把戏，你们瞧着好了；我知道我的药对他一定生效。我可以把你们两人连那傻子安顿在他拾着那信的地方，瞧他怎样把它解释。今夜呢，大家上床睡去，梦着那回事吧。再见。（下）

托　比　晚安，好姑娘！

安德鲁　我说，她是个好丫头。

托　比　她是头纯种的小猎犬，很爱我；怎样？

安德鲁　我也曾经给人爱过呢。

托　比　我们去睡吧，骑士。你应该叫家里再寄些钱来。

安德鲁　要是我不能得到你的侄女，我就大上其当了。

托　比　去要钱吧，骑士；要是你结果终不能得到她，你就叫我傻子。

安德鲁　要是我不去要，就再不要相信我，随你怎么办。

托　比　来，来，我去烫些酒来；现在去睡太晚了。来，骑士；来，骑士。（同下）

第四场　公爵府中一室

公爵、薇奥拉、丘里奥及余人等上。

公　爵　给我奏些音乐。早安，朋友们。好西萨里奥，我只要听我们昨晚听的那支古曲；我觉得它比目前轻音乐中那种轻巧的乐调和警炼的字句更能慰解我的痴情。来，只唱一节吧。

丘里奥　启禀殿下，会唱这歌儿的人不在这儿。

公　爵　他是谁？

丘里奥　是那个弄人费斯特，殿下；他是奥丽维娅小姐的尊翁所宠幸的傻子。他就在这儿附近。

公　爵　去找他来，现在先把那曲调奏起来吧。（丘里奥下。奏乐）过来，孩子。要是你有一天和人恋爱了，请在甜蜜的痛苦中记着我；因为真心的恋人都像我一样，在其他一切情感上都轻浮易变，但他所爱的人儿的影像，却永远铭刻在他的心头。你喜不喜欢这个曲调？

薇奥拉　它传出了爱情的宝座上的回声。

公　爵　你说得很好。我相信你虽然这样年轻，你的眼睛一定曾经看中过什么人；是不是，孩子？

薇奥拉 略为有点，请您恕我。

公　爵 是个什么样子的女人呢？

薇奥拉 相貌跟您差不多。

公　爵 那么她是不配被你爱的。什么年纪呢？

薇奥拉 年纪也跟您差不多，殿下。

公　爵 啊，那太老了！女人应当拣一个比她年纪大些的男人，这样她才跟他合得拢来，不会失去她丈夫的欢心；因为，孩子，不论我们怎样自称自赞，我们的爱情总比女人们流动不定些，富于希求，易于反复，更容易消失而生厌。

薇奥拉 这一层我也想到，殿下。

公　爵 那么选一个比你年轻一点儿的姑娘做你的爱人吧，否则你的爱情便不能常青——

女人正像是娇艳的蔷薇，

花开才不久便转眼枯萎。

薇奥拉 是啊，可叹她刹那的光荣，

早枝头零落留不住东风！

丘里奥偕小丑重上。

公　爵 啊，朋友！来，把我们昨夜听的那支歌儿再唱一遍。好好听着，西萨里奥。那是个古老而平凡的歌儿，是晒着太阳的纺线工人和织布工人以及无忧无虑的制花边的女郎们常唱的；歌里的话儿都是些平常不过的真理，搬弄着纯朴的古代的那种爱情的纯洁。

小　丑 您预备好了吗，殿下？

公　爵 好，请你唱吧。（奏乐）

小　丑 （唱）

过来吧，过来吧，死神！

让我横陈在凄凉的柏棺的中央；
　飞去吧，飞去吧，浮生！
　　　我被害于一个狠心的美貌姑娘。
　为我罩上白色的殓衾铺满紫杉；
　　　没有一个真心的人为我而悲哀。

　莫让一朵花儿甜柔，
　　　撒上了我那黑色的、黑色的棺材；
　没有一个朋友迟候
　　　我尸身，不久我的骨骼将会散开。
　免得多情的人们千万次的感伤，
　　　请把我埋葬在无从凭吊的荒场。

公　　爵　这是赏给你的辛苦钱。

小　　丑　一点不辛苦，殿下；我以唱歌为乐呢。

公　　爵　那么就算赏给你的快乐钱。

小　　丑　不错，殿下，快乐总是要付出代价的。

公　　爵　现在允许我不再见你吧。

小　　丑　好，忧愁之神保佑着你！但愿裁缝用闪缎给你裁一身衫子，因为你的心就像猫眼石那样闪烁不定。我希望像这种没有恒心的人都航海去，好让他们过着漂泊动荡，千变万化的生活；因为这样的人总会两手空空地回家。再会。（下）

公　　爵　大家都退开去。（丘里奥及侍从等下）西萨里奥，你再给我到那位忍心的女王那边去；对她说，我的爱情是超越世间的，泥污的土地不是我所看重的事物；命运所赐给她的尊荣财富，你对她说，在我的眼中都像命运一样无常；吸引我的灵魂的是她的天赋的灵奇，绝世的仙姿。

薇奥拉　可是假如她不能爱您呢，殿下？

公　　爵　我不能得到这样的回音。

薇奥拉　可是您不能不得到这样的回音。假如有一位姑娘——也许真有那么一个人——也像您爱着奥丽维娅一样痛苦地爱着您；您不能爱她，您这样告诉她；那么她岂不是不得不接受这样的答复吗？

公　　爵　女人的小小的身体一定受不住像爱情强加于我心中的那种激烈的搏跳；女人的心没有这样广大，可以藏得下这许多；她们缺少含忍的能力。唉，她们的爱就像一个人的口味一样，不是从脏腑里，而是从舌尖上感觉到的，过饱了便会食伤呕吐；可是我的爱就像饥饿的大海，能够消化一切。不要把一个女人所能对我发生的爱情跟我对于奥丽维娅的爱情相提并论吧。

薇奥拉　噢，可是我知道——

公　　爵　你知道什么？

薇奥拉　我知道得很清楚女人对于男人会怀着怎样的爱情；真的，她们是跟我们一样真心的。我的父亲有一个女儿，她爱上了一个男人，正像假如我是个女人也许会爱上了您殿下一样。

公　　爵　她的经历怎样？

薇奥拉　一片空白而已，殿下。她从来不向人诉说她的爱情，让隐藏在内心中的抑郁像蓓蕾中的蛀虫一样，侵蚀着她的绯红的脸颊；她因相思而憔悴，疾病和忧愁折磨着她，像是墓碑上刻着的"忍耐"的化身，默坐着向悲哀微笑。这不是真的爱情吗？我们男人也许更多话，更会发誓，可是我们真的所表示的，总多于我们所决心实行的；不论我们怎样山盟海誓，我们的爱情总不过如此。

公　　爵　但是你的姊姊有没有殉情而死，我的孩子？

薇奥拉　我父亲的女儿只有我一个，儿子也只有我一个——可她有没有殉情我不知道。殿下，我要不要就去见这位小姐？

公　爵　对了，这是正事——

　　　　快前去，送给她这颗珍珠；

　　　　说我的爱情永不会认输。（各下）

第五场　奥丽维娅的花园

托比·培尔契爵士、安德鲁·艾古契克爵士及费边上。

托　比　来吧，费边先生。

费　边　噢，我就来；要是我把这场好戏略为错过了一点点儿，让我在懊恼里煎死了吧。

托　比　让这个卑鄙龌龊的丑东西出一场丑，你高兴不高兴？

费　边　我才要快活死哩！您知道那次我因为在这儿耍熊，被他在小姐跟前说我坏话。

托　比　我们再把那头熊牵来激他发怒；我们要把他作弄得体无完肤。你说怎样，安德鲁爵士？

安德鲁　要是我们不那么做，那才是终身的憾事呢。

托　比　小坏东西来了。

玛利娅上。

托　比　啊，我的小宝贝！

玛利娅　你们三人都躲到黄杨树后面去。马伏里奥正从这条道上走过来了；他已经在那边太阳光底下对他自己的影子练习了半个钟头仪法。谁要是喜欢笑话，就留心瞧着他吧；我知道这封信一定会叫他变成一个发痴的呆子的。凭着玩笑的名义，躲起来吧！你躺在那边；（丢下一信）这条鲟鱼已经来了，不撩到他的痒处是捉不到手的。（下）

马伏里奥上。

马伏里奥　不过是运气；一切都是运气。玛利娅曾经对我说过小姐喜欢我；我也曾经听见她自己说过那样的话，说要是她爱上了人的话，一定要选像我这种脾气的人。而且，她待我比待其他的下人显得分外尊敬。这点我应该怎么解释呢？

托　比　瞧这个自命不凡的混蛋！

费　边　静些！他已经痴心妄想得变成一头出色的火鸡了；瞧他那种蓬起了羽毛高视阔步的样子！

安德鲁　他妈的，我可以把这混蛋痛打一顿！

托　比　别吵啦！

马伏里奥　要做马伏里奥伯爵了！

托　比　啊，混蛋！

安德鲁　给他吃手枪！给他吃手枪！

托　比　别吵！别吵！

马伏里奥　这种事情是有前例可援的；斯特拉契夫人也下嫁给家臣了的。

安德鲁　该死，这畜生！

费　边　静些！现在他着了魔啦；瞧他越想越得意。

马伏里奥　跟她结婚过了三个月，我坐在我的宝座上——

托　比　啊！我要弹一颗石子到他的眼睛里去！

马伏里奥　身上披着绣花的丝绒袍子，召唤我的臣僚过来；那时我刚睡罢午觉，撇下奥丽维娅酣睡未醒——

托　比　大火硫磺烧死他！

费　边　别出声！别出声！

马伏里奥　那时我装出一副威严的神气，先目光凛凛地向众人瞭视一周，对他们表示我知道我的地位，他们也必须明白自己的身份；然后吩咐他们去请我的托比老叔过来——

托　比　把他铐起来！

费　边　别吵！别吵！别吵！好啦！好啦！

马伏里奥　我的七个仆人恭恭敬敬地前去找他。于是我皱了皱眉头，或者给我的表上了上弦，或者抚弄着我的——什么珠宝之类。托比上前来了，向我行了个礼——

托　比　这家伙还可以让他活命吗？

费　边　哪怕有几辆马车要把我们的静默拉走，也不要吵吧！

马伏里奥　我这样向他伸出手去，用一副庄严的威势来抑住我的亲昵的笑容——

托　比　那时托比不就给了你一个嘴巴子吗？

马伏里奥　说，"托比叔父，我已蒙令侄女不弃下嫁，请您准许我这样说话——"

托　比　什么？什么？

马伏里奥　"你必须把喝酒的习惯戒掉。"

托　比　他妈的，这狗东西！

费　边　嗳，别生气，否则我们的计策就要完蛋了。

马伏里奥　"而且，您还把您的宝贵的光阴跟一个傻瓜骑士在一块儿浪费——"

安德鲁　说的是我，一定的啦。

马伏里奥　"那个安德鲁爵士——"

安德鲁　我就知道是我；因为许多人都管我叫傻瓜。

马伏里奥　（见信）这儿有些什么东西呢？

费　边　现在那蠢鸟就要掉入圈套了。

托　比　啊，静些！但愿能操纵人心意的神灵叫他高声朗读。

马伏里奥　（拾信）嗳哟，这是小姐的手笔！瞧这一钩一弯一横一直，那不正是她的笔锋吗？没有问题，一定是她写的。

安德鲁 她的一钩一弯一横一直,那是什么意思?

马伏里奥 (读)"给不知名的恋人,至诚的祝福。"完全是她的口气!对不住,封蜡。且慢!这封口上的钤记不就是她一直用作封印的鲁克丽丝的肖像吗?一定是我的小姐。可是那是写给谁的呢?

费　边 这叫他心窝儿里都痒起来了。

马伏里奥

　　　　知我者天,
　　　　我爱为谁?
　　　　慎莫多言,
　　　　莫令人知。

"莫令人知。"下面还写些什么?又换了韵脚了!"莫令人知":说的也许是你哩,马伏里奥!

托　比 嘿,该死,这獾子!

马伏里奥

　　　　我可以向我所爱的人发号施令;
　　　　但隐秘的衷情如鲁克丽丝之刀,
　　　　杀人不见血地把我的深心剸刃:
　　　　我的命在M,O,A,I的手里飘摇。

费　边 无聊的谜语!

托　比 我说是个好丫头。

马伏里奥 "我的命在M,O,A,I的手里飘摇。"不,让我先想一想,让我想一想,让我想一想。

费　边 她给他吃了一服多好的毒药!

托　比 瞧那头鹰儿多么饿急似的想一口吞下去!

马伏里奥 "我可以向我所爱的人发号施令。"嗷,她可以命令我;我侍候着她,她是我的小姐。这是无论哪个有一点点脑子的人都看得出来的；全然合得拢。可是那结尾一句，那几个字母又是什么意思呢？能不能牵附到我的身上？——慢慢！M，O，A，I——

托　比　哎，这应该想个法儿；他弄糊涂了。

费　边　即使像一头狐狸那样臊气冲天，这狗子也会闻出味来，汪汪地叫起来的。

马伏里奥　M，马伏里奥；M，嘿，那正是我的名字的第一个字母哩。

费　边　我不是说他会想出来的吗？这狗的鼻子在没有味的地方也会闻出味来。

马伏里奥　M——可是这次序不大对；这样一试，反而不成功了。跟着来的应该是个A字，可是却是个O字。

费　边　我希望O字应该放在结尾的吧？

托　比　对了，否则我要揍他一顿，让他喊出个"O"来。

马伏里奥　A的背后又跟着个I。

费　边　哼，要是你背后生眼睛①的话，你就知道你眼前并没有什么幸运，你的背后却有倒霉的事跟着呢。

马伏里奥　M，O，A，I；这隐语可跟前面所说的不很合辙；可是稍微把它颠倒一下，也就可以适合我了，因为这几个字母都在我的名字里。且慢！这儿还有散文呢。"要是这封信落到你手里，请你想一想。照我的命运而论，我是在你之上，可是你不用惧怕富贵：有的人是生来的富贵，有的人是挣来的富贵，有的人是送上来的富贵。你的好运已经向你伸出手来，赶快用你的全副精神抱住它。你应该练习一下怎样才合乎你所将要做的那种人的身份，脱去你卑恭的旧习，放出一些活泼的神气来。对亲戚不妨

---

①　眼睛原文为eye，与I音相近。

莎士比亚喜剧

分庭抗礼,对仆人不妨摆摆架子;你嘴里要鼓唇弄舌地谈些国家大事,装出一副矜持的样子。为你叹息的人儿这样吩咐着你。记着谁曾经赞美过你的黄袜子,愿意看见你永远扎着十字交叉的袜带;我对你说,你记着吧。好,只要你自己愿意,你就可以出头了;否则让我见你一生一世做个管家,与众仆为伍,不值得抬举。再会!我是愿意跟你交换地位的,幸运的不幸者。"青天白日也没有这么明白,平原旷野也没有这么显豁。我要摆起架子来,谈起国家大事来;我要叫托比丧气,我要断绝那些鄙贱之交,我要一点不含糊地做起这么一个人来。我没有自己哄骗自己,让想象把我愚弄;因为每一个理由都指点着说,我的小姐爱上了我了。她最近称赞过我的黄袜子和我的十字交叉的袜带;她就是用这方法表示她爱我,用一种命令的方法叫我打扮成她所喜欢的样式。谢谢我的命星,我好幸福!我要放出高傲的神气来,穿了黄袜子,扎着十字交叉的袜带,立刻就去装束起来。赞美上帝和我的命星!这儿还有附启:"你一定想得到我是谁。要是你接受我的爱情,请你用微笑表示你的意思;你的微笑是很好看的。我的好人儿,请你当着我的面永远微笑着吧。"上帝,我谢谢你!我要微笑:我要做每一件你吩咐我做的事。(下)

费　边　即使波斯王给我一笔几千块钱的恩俸,我也不愿错过这场玩意儿。

托　比　这丫头想得出这种主意,我简直可以娶了她。

安德鲁　我也可以娶了她呢。

托　比　我不要她什么妆奁,只要再给我想出这么一个笑话来就行了。

安德鲁　我也不要她什么妆奁。

费　边　我那位捉蠢鹅的好手来了。

玛利娅重上。

托　　比　你愿意把你的脚搁在我的头颈上吗？

安德鲁　或者搁在我的头颈上？

托　　比　要不要我把我的自由作孤注一掷，做你的奴隶？

安德鲁　是的，要不要我也做你的奴隶？

托　　比　你已经叫他大做其梦，要是那种幻象一离开了他，他一定会发疯的。

玛利娅　可是您老实对我说，他中计了吗？

托　　比　就像收生婆喝了烧酒一样。

玛利娅　要是你们要看看这场把戏会闹出些什么结果来，请看好他怎样到小姐跟前去：他会穿起了黄袜子，那正是她所讨厌的颜色；还要扎着十字交叉的袜带，那正是她所厌恶的式样；他还要向她微笑，照她现在那样郁悒的心境，她一定会不高兴，管保叫他大受一场没趣。假如你们要看的话，跟我来吧

托　　比　好，就是到地狱门口也行，你这好机灵鬼！

安德鲁　我也要去。（同下）

第三幕

第一场　奥丽维娅的花园

薇奥拉及小丑持手鼓上。

薇奥拉　上帝保佑你和你的音乐，朋友！你是靠着打手鼓过日子的吗？

小　丑　不，先生，我靠着教堂过日子。

薇奥拉　你是个教士吗？

小　丑　没有的事，先生。我靠着教堂过日子，因为我住在我的家里，而我的家挨着教堂。

薇奥拉　你也可以说，国王靠着叫花窝，因为叫花子住在王宫的附近；教堂靠着你的手鼓，因为你的手鼓放在教堂旁边。

小　丑　您说得对，先生。人们一代比一代聪明了！一句话对于一个聪明人就像是一副小山羊皮的手套，一下子就可以翻了转来。

薇奥拉　嗯，那是一定的啦；善于在字面上翻弄花样的，很容易流于轻薄。

小　丑　那么，先生，我希望我的妹妹不要有名字。

第十二夜

薇奥拉　为什么呢，朋友？

小　丑　先生，她的名字不也是个字吗？在那个字上面翻弄翻弄花样，也许我的妹妹就会轻薄起来。可是文字自从失去自由以后，也就变成很危险的家伙了。

薇奥拉　你说出理由来，朋友？

小　丑　不瞒您说，先生，要是我向您说出理由来，那非得用文字不可；可是现在文字变得那么坏，我真不高兴用它们来证明我的理由。

薇奥拉　我敢说你是个快活的家伙，万事都不关心。

小　丑　不是的，先生，我所关心的事倒有一点儿；可是凭良心说，先生，我可一点儿不关心您；如果不关心您就是无所关心的话，先生，我倒希望您也能够化为乌有才好。

薇奥拉　你不是奥丽维娅小姐府中的傻子吗？

小　丑　真的不是，先生。奥丽维娅小姐不喜欢傻气；她要嫁了人才会在家里养起傻子来，先生；傻子之于丈夫，犹之乎小鱼之于大鱼，丈夫不过是个大一点儿的傻子而已。我真的不是她的傻子，我是给她说说笑话的人。

薇奥拉　我最近曾经在奥西诺公爵的地方看见过你。

小　丑　先生，傻气就像太阳一样环绕着地球，到处放射它的光辉。要是傻子不常到您主人那里去，如同常在我的小姐那儿一样，那么，先生，我可真是抱歉。我想我也曾经在那边看见过您这聪明人。

薇奥拉　哼，你要在我身上打趣，我可要不睬你了。拿去，这个钱给你。

小　丑　好，上帝保佑您长起胡子来吧！

薇奥拉　老实告诉你，我倒真为了胡子害相思呢；虽然我不愿它们在自己脸上长起来。小姐在里面吗？

小　丑　先生，如果有两个钱，不就可以养儿子了吗？

薇奥拉　不错，如果你拿它们去放债取利息。

小　丑　先生，我愿意做个弗里吉亚的潘达洛斯，给这个特洛伊罗斯找一个克瑞西达来。①

薇奥拉　我知道了，朋友；你很善于乞讨。

小　丑　我希望您认为这不太过分，先生，我要讨的不过是个叫花子——克瑞西达不就是个叫花子吗？小姐就在里面，先生。我可以对他们说明您是从哪儿来的；至于您是谁，您来有什么事，那就不属于我的领域之内了——我应当说"范围"，可是那两个字已经给人用得太熟了。（下）

薇奥拉　这家伙扮傻子很有点儿聪明。装傻装得好也是要靠才情的：他必须窥伺被他所取笑的人们的心情，了解他们的身份，还得看准了时机；然后像窥伺着眼前每一只鸟雀的野鹰一样，每个机会都不放过。这是一种和聪明人的艺术一样艰难的工作：

傻子不妨说几句聪明话，

聪明人说傻话难免笑骂。

托比·培尔契爵士、安德鲁·艾古契克爵士同上。

托　比　您好，先生。

薇奥拉　您好，爵士。

安德鲁　上帝保佑您，先生。

薇奥拉　上帝保佑您，我是您的仆人。

安德鲁　先生，我希望您是我的仆人；我也是您的仆人。

托　比　请您进去吧。舍侄女有请，要是您是来看她的话。

---

① 特洛伊罗斯（Troilus）与克瑞西达（Cressida）的故事参见莎士比亚悲剧《特洛伊罗斯与克瑞西达》。潘达洛斯（Pandarus）为媒人。克瑞西达因生性轻浮，被抛弃，沦为乞丐。

薇奥拉　我来正是要拜见令侄女，爵士；她是我的此行的目标。

托　比　请您试试您的腿吧，先生；把它们移动起来。

薇奥拉　我的腿倒是听我使唤，爵士，可是我却听不懂您叫我试试我的腿是什么意思？

托　比　我的意思是，先生，请您走，请您进去。

薇奥拉　好，我就移步前进。可是人家已经先来了。

奥丽维娅及玛利娅上。

薇奥拉　最卓越最完美的小姐，愿诸天为您散下芬芳的香雾！

安德鲁　那年轻人是一个出色的廷臣。"散下芬芳的香雾"！好得很。

薇奥拉　我的来意，小姐，只能让您自己的玉耳眷听。

安德鲁　"香雾"、"玉耳"、"眷听"，我已经学会了三句话了。

奥丽维娅　关上园门，让我们两人谈话。（托比、安德鲁、玛利娅同下）把你的手给我，先生。

薇奥拉　小姐，我愿意奉献我的绵薄之力为您效劳。

奥丽维娅　你叫什么名字？

薇奥拉　您仆人的名字是西萨里奥，美貌的公主。

奥丽维娅　我的仆人，先生！自从假作卑恭被认为是一种恭维之后，世界上从此不曾有过乐趣。你是奥西诺公爵的仆人，年轻人。

薇奥拉　他是您的仆人，他的仆人自然也是您的仆人；您的仆人的仆人便是您的仆人，小姐。

奥丽维娅　我不高兴想他；我希望他心里空无所有，不要充满着我。

薇奥拉　小姐，我来是要替他说动您那颗温柔的心。

奥丽维娅　啊！对不起，请你不要再提起他了。可是如果你肯为另外一个人求爱，我愿意听你的请求，胜过于听天乐。

薇奥拉　亲爱的小姐——

奥丽维娅　对不起，让我说句话。上次你到这儿来把我迷醉了之后，我叫人拿了个戒指追你；我欺骗了我自己，欺骗了我的仆人，也许欺骗了你；我用那种无耻的狡狯把你明知道不属于你的东西强纳在你手里，一定会使你看不起我。你会怎样想呢？你不曾把我的名誉拴在桩柱上，让你那残酷的心所想得到的一切思想恣意地把它虐弄吧？像你这样敏慧的人，我已经表示得太露骨了；掩藏着我的心事的，只是一层薄薄的蝉纱。所以，让我听你的意见吧。

薇奥拉　我可怜你。

奥丽维娅　那是到达恋爱的一个阶段。

薇奥拉　不，此路不通，我们对敌人也往往会产生怜悯，这是常有的经验。

奥丽维娅　啊，听了你的话，我倒是又要笑起来了。世界啊！微贱的人多么容易骄傲！要是做了俘虏，那么落于狮子的爪下比之豺狼的吻中要幸运多少啊！（钟鸣）时钟在谴责我把时间浪费。别担心，好孩子，我不会留住你。可是等到才情和青春成熟之后，你的妻子将会收获到一个出色的男人。向西是你的路。

薇奥拉　那么向西开步走！愿小姐称心如意！您没有什么话要我向我的主人说吗，小姐？

奥丽维娅　且慢，请你告诉我你以为我这人怎样？

薇奥拉　我以为你以为你不是你自己。

奥丽维娅　要是我以为这样，我以为你也是这样。

薇奥拉　你猜想得不错，我不是我自己。

奥丽维娅　我希望你是我所希望于你的那种人！

薇奥拉　那是不是比现在的我要好些，小姐？我希望好一些，因为现在我不过是你的弄人。

奥丽维娅　唉！他嘴角的轻蔑和怒气，
　　　　　冷然的神态可多么美丽！
　　　　　爱比杀人重罪更难隐藏；
　　　　　爱的黑夜有中午的阳光。
　　　　　西萨里奥，凭着春日蔷薇、
　　　　　贞操、忠信与一切，我爱你
　　　　　这样真诚，不顾你的骄傲，
　　　　　理智拦不住热情的宣告。
　　　　　别以为我这样向你求情，
　　　　　你就可以无须再献殷勤；
　　　　　须知求得的爱虽费心力，
　　　　　不劳而获的更应该珍惜。

薇奥拉　我起誓，凭着天真与青春，
　　　　我只有一条心一片忠诚，
　　　　没有女人能够把它占有，
　　　　只有我是我自己的君后。
　　　　别了，小姐，我从此不再来
　　　　为我主人向你苦苦陈哀。

奥丽维娅　你不妨再来，也许能感动
　　　　　我释去憎嫌把感情珍重。（同下）

第二场　奥丽维娅宅中一室

托比·培尔契爵士，安德鲁·艾古契克爵士及费边上。

安德鲁　不，真的，我一刻也不能再耽搁了。

托　比　为什么呢，恼火的朋友？说出你的理由来。

费　边　是啊，安德鲁爵士，您得说出个理由来。

安德鲁　嘿，我见你的侄小姐对待那个公爵的佣人比之待我好得多；我在花园里瞧见的。

托　比　她那时也看见你吗，老兄？告诉我。

安德鲁　就像我现在看见你一样明白。

费　边　那正是她爱您的一个很好的证据。

安德鲁　啐！你把我当作一头驴子吗？

费　边　大人，我可以用判断和推理来证明这句话的不错。

托　比　说得好，判断和推理在挪亚①还没有上船以前，已经就当上陪审官了。

费　边　她当着您的脸对那个少年表示殷勤，是要叫您发急，唤醒您那正在打瞌睡的勇气，给您的心里燃起火来，在您的肝脏里加点儿硫磺罢了。您那时就该走上去向她招呼，说几句崭新的俏皮话儿叫那年轻人哑口无言。她盼望您这样，可是您却大意错过了。您放过了这么一个大好的机会，我的小姐自然要冷淡您啦；您目前在她心里的地位就像挂在荷兰人胡须上的冰柱一样，除非您能用勇气或是手段干出一些出色的勾当，才可以挽回过来。

安德鲁　无论如何，我宁愿用勇气；因为我顶讨厌使手段。叫我做个政客，还不如做个布朗派②的教徒。

托　比　好啊，那么把你的命运建筑在勇气上吧。给我去向那公爵差来的少年挑战，在他身上戳十来个窟窿，我的侄女一定

---

① 挪亚（Noah）方舟的故事，见《圣经·创世记》第六章。
② 布朗派为英国伊丽莎白时代清教徒布朗（Robery T Browne）所创的教派。

会注意到。你可以相信,世上没有一个媒人会比一个勇敢的名声更能说动女人的心了。

费　边　此外可没有别的办法了,安德鲁大人。

安德鲁　你们准肯替我向他下战书?

托　比　快去用一手虎虎有威的笔法写起来;要干脆简单;不用说俏皮话,只要言之成理,别出心裁就得了。尽你的笔墨所能把他嘲骂:要是你把他"你"啊"你"的"你"了三四次,那不会有错;再把纸上写满了谎,即使你的纸大得足以铺满英国威尔地方的那张大床①。快去写吧。把你的墨水里掺满怨毒,虽然你用的是一支鹅毛笔。去吧。

安德鲁　我到什么地方来见你们?

托　比　我们会到你房间里来看你;去吧。(安德鲁下)

费　边　这是您的一个宝货,托比老爷。

托　比　我倒累他破费过不少呢,孩儿,约莫有两千多块钱的样子。

费　边　我们就可以看到他的一封妙信了。可是您不会给他送去的吧?

托　比　要是我不送去,你别相信我;我一定要把那年轻人激出一个回音来。我想就是叫牛儿拉着车绳也拉不拢他们两人在一起。你把安德鲁解剖开来,要是能在他肝脏里找得出一滴可以沾湿一只跳蚤的脚的血,我愿意把他那副臭皮囊吃下去。

费　边　他那个对头的年轻人,照那副相貌看来,也不像是会下辣手的。

托　比　瞧,一窠九只的鹡鸰中顶小的一只来了。

玛利娅上。

---

① 该床十一英尺见方,今收藏于伦敦维多利亚与阿尔伯特博物馆内。

玛利娅　要是你们愿意捧腹大笑,不怕笑到腰酸背痛,那么跟我来吧。那只蠢鹅马伏里奥已经信了邪道,变成一个十足的异教徒了;因为没有一个相信正道而希望得救的基督徒,会做出这种丑恶不堪的奇形怪状来的。他穿着黄袜子呢。

托　比　袜带是十字交叉的吗?

玛利娅　再难看不过的了,就像个在寺院里开学堂的塾师先生。我像是他的刺客一样紧跟着他。我故意掉下来诱他的那封信上的话,他每一句都听从;他笑容满面,脸上的笑纹比增添了东印度群岛的新地图上的线纹还多。你们从来不曾见过这样一个东西;我真忍不住要向他丢东西过去。我知道小姐一定会打他;要是她打了他,他一定仍然会笑,以为是一件大恩典。

托　比　来,带我们去,带我们到他那儿去。(同下)

第三场　街　道

西巴斯辛及安东尼奥上。

西巴斯辛　我本来不愿意麻烦你;可是你既然这样欢喜自己劳碌,那么我也不再向你多话了。

安东尼奥　我抛不下你;我的愿望比磨过的刀还要锐利地驱迫着我。虽然为了要看见你,再远的路我也会跟着你去;可并不全然为着这个理由:我担心你在这些地方是个陌生人,路上也许会碰到些什么;一路没人领导没有朋友的异乡客,出门总有许多不方便。我的诚心的爱,再加上这样使我忧虑的理由,迫使我来追赶你。

西巴斯辛　我的善良的安东尼奥,除了感谢、感谢、永远的感谢之外,再没有别的话好回答你了。一件好事常常只换得一声空口的道谢;可是我的钱财假如能跟我的衷心的感谢一样多,你的好心一定不会得不到重重的酬报。我们干些什么呢？要不要去瞧瞧这城里的古迹？

安东尼奥　明天吧，先生；还是先去找个下处。

西巴斯辛　我并不疲倦，到天黑还有许多时候呢；让我们去瞧瞧这儿的名胜，一饱眼福吧。

安东尼奥　请你原谅我；我在这一带街道上走路是冒着危险的。从前我曾经参加海战，和公爵的舰队作过对；那时我很立了一点儿功，假如在这儿给捉到了，可不知要怎样抵罪哩。

西巴斯辛　大概你杀死了很多的人吧？

安东尼奥　我的罪名并不是这么一种杀人流血的性质；虽然照那时的情形和争执的激烈看来，很容易有流血的可能。本来把我们夺来的东西还给了他们，就可以和平解决了，我们城里大多数人为了经商，也都这样做了；可是我却不肯屈服：因此，要是我在这儿给捉到了的话，他们决不会轻轻放过我。

西巴斯辛　那么你不要太出来招摇吧。

安东尼奥　那的确不大妥当。先生，这儿是我的钱袋，请你拿着吧。南郊的大象旅店是最好的下宿的地方，我先去定好膳宿；你可以在城里逛着见识见识，再到那边来见我好了。

西巴斯辛　为什么你要把你的钱袋给我？

安东尼奥　也许你会看中什么玩意儿想要买下；我知道你的钱不够买这些消遣的玩意儿，先生。

西巴斯辛　好，我就替你保管你的钱袋；过一个钟头再见吧。

安东尼奥　在大象旅店。

西巴斯辛　我记得。（各下）

第四场　奥丽维娅的花园

奥丽维娅及玛利娅上。

奥丽维娅　我已经差人去请他了。假如他肯来，我要怎样款待他呢？我要给他些什么呢？因为年轻人常常是买来的，而不是讨来或借来的。我说得太高声了。马伏里奥在哪儿呢？他这人很严肃，懂得规矩，以我目前的处境来说，很配做我的仆人。马伏里奥在什么地方？

玛利娅　他就来了，小姐；可是他的样子古怪得很。他一定给鬼迷了，小姐。

奥丽维娅　啊，怎么啦？他在说疯话吗？

玛利娅　不，小姐；他只是一味笑。他来的时候，小姐，您最好叫人保护着您，因为这人的神经有点儿不正常呢。

奥丽维娅　去叫他来。（玛利娅下）
　　　　　　他是痴汉，我也是个疯婆；
　　　　　　他欢喜，我忧愁，一样糊涂。

玛利娅偕马伏里奥重上。

奥丽维娅　怎样，马伏里奥！

马伏里奥　亲爱的小姐，哈哈！

奥丽维娅　你笑吗？我要差你做一件正经事呢，别那么快活。

马伏里奥　不快活，小姐！我当然可以不快活，这种十字交叉的袜带扎得我血脉不通；可是那有什么要紧呢？只要能叫一个人看了欢喜，那就像诗上所说的"一人欢喜，人人欢喜"了。

奥丽维娅　什么，你怎么啦，家伙？究竟是怎么一回事？

马伏里奥　我的腿儿虽然是黄的，我的心儿却不黑。那信已经到了他的手里,命令一定要服从。我想那一手簪花妙楷我们都是认得出来的。

奥丽维娅　你还是睡觉去吧,马伏里奥。

马伏里奥　睡觉去!对了,好人儿;我一定奉陪。

奥丽维娅　上帝保佑你!为什么你这样笑着,还老是吻你的手?

玛利娅　您怎么啦,马伏里奥?

马伏里奥　多承见问!是的,夜莺应该回答乌鸦的问话。

玛利娅　您为什么当着小姐的面前这样放肆?

马伏里奥　"不用惧怕富贵,"写得很好!

奥丽维娅　你说那话是什么意思,马伏里奥?

马伏里奥　"有的人是生来的富贵,"——

奥丽维娅　嘿!

马伏里奥　"有的人是挣来的富贵,"——

奥丽维娅　你说什么?

马伏里奥　"有的人是送上来的富贵。"

奥丽维娅　上天保佑你!

马伏里奥　"记着谁曾经赞美过你的黄袜子,"——

奥丽维娅　你的黄袜子!

马伏里奥　"愿意看见你永远扎着十字交叉的袜带。"

奥丽维娅　扎着十字交叉的袜带!

马伏里奥　"好,只要你自己愿意,你就可以出头了,"——

奥丽维娅　我就可以出头了?

马伏里奥　"否则让我见你一生一世做个管家吧。"

奥丽维娅　嗳哟,这家伙简直中了暑在发疯了。

一仆人上。

仆　人　小姐,奥西诺公爵的那位青年使者回来了,我好容易才请他回来。他在等候着小姐的意旨。

奥丽维娅 我就去见他。(仆人下)好玛利娅,这家伙要好好看管。我的托比叔父呢?叫几个人加意留心着他;我宁可失掉我的一半嫁妆,也不希望看到他有什么意外。(奥丽维娅、玛利娅下)

马伏里奥 啊,哈哈!你现在明白了吗?不叫别人,却叫托比爵士来照看我!我正合信上所说的:她有意叫他来,好让我跟他顶撞一下;因为她信里正要我这样。"脱去你卑恭的旧习;"她说,"对亲戚不妨分庭抗礼,对仆人不妨摆摆架子;你嘴里要鼓唇弄舌地谈些国家大事,装出一副矜持的样子;"随后还写着怎样装出一副严肃的面孔、庄重的举止、慢声慢气的说话腔调,学着大人先生的样子,诸如此类。我已经捉到她了;可是那是上帝的功劳,感谢上帝!而且她刚才临去的时候,她说,"这家伙要好好看管;"家伙!不说马伏里奥,也不照我的地位称呼我,而叫我家伙。哈哈,一切都符合,一点儿没有疑惑,一点儿没有阻碍,一点儿没有不放心的地方。还有什么好说呢?什么也不能阻止我达到我的全部的希望。好吧,促成这事情的是上帝,不是我,要感谢上帝!

玛利娅偕托比·培尔契爵士及费边上。

托 比 凭着神圣的名义,他在哪儿?要是地狱里的群鬼都缩小了身子,一起走进他的身体里去,我也要跟他说话。

费 边 他在这儿,他在这儿。您怎么啦,大爷?您怎么啦,老兄?

马伏里奥 走开,我用不着你;别搅扰了我的安静。走开!

玛利娅 听,魔鬼在他嘴里说着鬼话了!我不是对您说过吗?托比老爷,小姐请您看顾看顾他。

马伏里奥 啊!啊!她这样说吗?

托　比　好了，好了，别闹了吧！我们一定要客客气气对付他；让我一个人来吧。——你好，马伏里奥？你怎么啦？嘿，老兄！抵抗魔鬼呀！你想，他是人类的仇敌呢。

马伏里奥　你知道你在说些什么话吗？

玛利娅　你们瞧！你们一说了魔鬼的坏话，他就生气了。求求上帝，不要让他鬼迷心窍才好！

费　边　把他的小便送到巫婆那边去吧。

玛利娅　好，明天早晨一定送去。我的小姐舍不得他哩。

马伏里奥　怎么，姑娘！

玛利娅　主啊！

托　比　请你别闹，这不是个办法：你不见你惹他生气了吗？让我来对付他。

费　边　除了用软功之外，没有别的法子；轻轻地、轻轻地，魔鬼是个粗坯，你要跟他动粗是不行的。

托　比　喂，怎么啦，我的好家伙！你好，好人儿？

马伏里奥　爵士！

托　比　噢，小鸡，跟我来吧。嘿，老兄！跟魔鬼在一起玩是违反规则的。绞死他，该死的黑鬼！

玛利娅　叫他念祈祷，好托比老爷，叫他祈祷。

马伏里奥　叫我祈祷，小淫妇！

玛利娅　你们听着，跟他讲到关于上帝的话，他就听不进去了。

马伏里奥　你们全给我去上吊吧！你们都是些浅薄无聊的东西；我不是跟你们一样的人。你们就会知道的。（下）

托　比　有这等事吗？

费　边　要是这种情形在舞台上表演起来，我一定要批评它捏造得出乎情理之外。

托　比　这个计策已经把他迷得神魂颠倒了，老兄。

玛利娅　还是追上他去吧；也许这计策一漏了风，就会毁掉。

费　边　噉，我们真的要叫他发起疯来。

玛利娅　那时屋子里可以清静些。

托　比　来，我们要把他捆起来关在一间暗室里。我的侄女已经相信他疯了；我们可以这样依计而行，让我们开开心，叫他吃吃苦头。等到我们开腻了这玩笑，再向他发起慈悲来；那时我们宣布我们的计策，把你封作疯人的发现者。可是瞧，瞧！

安德鲁·艾古契克爵士上。

费　边　又有别的花样来了。

安德鲁　挑战书已经写好在此，你读读看；念起来有酸醋胡椒的味道呢。

费　边　真这样厉害吗？

安德鲁　对了，我保证；你只管读好了。

托　比　给我。（读）"年轻人，不管你是谁，你不过是个下贱的东西。"

费　边　好，真勇敢！

托　比　"不要吃惊，也不要奇怪为什么我这样称呼你，因为我不愿告诉你是什么理由。"

费　边　聪明的言辞，这样您就可以不受法律的攻击了。

托　比　"你来见奥丽维娅小姐，她当着我的面把你厚待；可是你说谎，那并不是我要向你挑战的理由。"

费　边　很简单明白，而且百分之百地——不通。

托　比　"我要在你回去的时候埋伏着等候你；要是命该你把我杀死的话——"

费　边　很好。

第十二夜

托　比　"你便是个坏蛋和恶人。"

费　边　您仍旧避过了法律方面的责任，很好。

托　比　"再会吧；上帝超度我们两人中一人的灵魂吧！也许他会超度我的灵魂；可是我比你有希望一些，所以你留心着自己吧。你的朋友（这要看你怎样对待他）和你的誓不两立的仇敌，安德鲁·艾古契克上。"——要是这封信不能激动他，那么他的两条腿也不能走动了。我去送给他。

玛利娅　您有很凑巧的机会；他现在正在跟小姐谈话，等会儿就要出来了。

托　比　去，安德鲁大人，给我在园子角落里等着他，像个衙役似的；一看见他，便拔出剑来；一拔剑，就高声咒骂；一句可怕的咒骂，神气活现地从嘴里厉声发出来，比之真才实艺更能叫人相信他是个了不得的家伙。去吧！

安德鲁　好，等着听我的咒骂吧。（下）

托　比　我可不去送这封信。因为照这位青年的举止看来，是个很有资格很有教养的人，否则他的主人不会差他来拉拢我的侄女的。这封信写得那么奇妙不通，一定不会叫这青年害怕：他一定会以为这是一个呆子写的。可是，老兄，我要口头去替他挑战，故意夸张艾古契克的勇气，让这位仁兄相信他是个勇猛暴躁的家伙；我知道他那样年轻一定会害怕起来的。这样他们两人便会彼此害怕，就像眼光能杀人的毒蜥蜴似的，两人一照面，就都呜呼哀哉了。

费　边　他和您的侄小姐来了；让我们回避他们，等他告别之后再追上去。

托　比　我可以想出几句可怕的挑战话儿来。（托比、费边、玛利娅下）

奥丽维娅偕薇奥拉重上。

奥丽维娅　我对一颗石子样的心太多费唇舌了，鲁莽地为我的名誉下了赌注。我心里有些埋怨自己的过错；可是那是个极其倔强的错，埋怨只能招它一阵讪笑。

薇奥拉　我主人的悲哀也正和您这种痴情的样子相同。

奥丽维娅　拿着，为我的缘故把这玩意儿戴在你身上吧，那上面有我的小像。不要拒绝它，它不会多话讨你厌的。请你明天再过来。你无论向我要什么，只要于我的名誉没有妨碍，还有什么我不能给你的呢？

薇奥拉　我向您要的，只是请您把真心的爱给我的主人。

奥丽维娅　我怎能不顾名誉将已经给了你的东西再给他呢？

薇奥拉　我会奉还给你。

奥丽维娅　好，明天再来吧。

　　再见！像你这样一个恶魔，

　　我甘愿被你向地狱里拖。（下）

托比·培尔契爵士及费边重上。

托　比　先生，上帝保佑你！

薇奥拉　上帝保佑您，爵士！

托　比　准备好防御吧。我不知道你做了什么对不起他的事情；可是你那位对头满心怀恨，一股子的杀气在园子尽头等着你呢。拔出你的剑来，赶快预备好；因为你的敌人是个敏捷精明而可怕的人。

薇奥拉　您弄错了，爵士，我相信没人会跟我争吵；我完全不记得我曾经得罪过什么人。

托　比　你会知道事情是恰恰相反的，我告诉你；所以要是你看重你的生命的话，留点儿神吧；因为你的冤家年轻力壮，武艺不凡，火气又那么大。

薇奥拉　请问爵士，他是谁呀？

托　比　他是个不靠军功而受封的骑士；可是跟人干起架来，那简直是个魔鬼：他已经叫三个人的灵魂出壳了。现在他的怒气已经一发而不可收拾，非把人杀死送进坟墓里去决不甘心。他的格言是不管三七二十一，拼个你死我活。

薇奥拉　我要回到府里去请小姐派几个人给我保镖。我不会跟人打架。我听说有些人故意向别人寻事，试验他们的勇气；这个人大概就是这种脾气。

托　比　不，先生，他的发怒是有充分理由的，因为你得罪了他；所以你还是上去答应他的要求吧。你不能回到屋子里去，除非你在没有跟他交手之前先跟我比个高低。横竖都得冒险，你何必不去会会他呢？所以上去吧，把你的剑赤条条地拔出来；无论如何你非得动手不可，否则以后你再不用佩剑了。

薇奥拉　这真是既无礼又古怪。请您帮我一下忙，去问问那骑士我得罪了他什么。那一定是我偶然的疏忽，决不是有意的。

托　比　我就去问他。费边先生，你陪着这位先生等我回来。（下）

薇奥拉　先生，请问您知道这是怎么一回事吗？

费　边　我知道那骑士对您很不乐意，抱着拼命的决心；可是详细的情形却不知道。

薇奥拉　请您告诉我他是个什么样子的人？

费　边　照他的外表上看起来，并没有什么惊人的地方；可是您跟他一交手，就知道他的厉害了。他，先生，的确是您在伊利里亚无论哪个地方所碰得到的最有本领、最凶狠、最厉害的敌手。您乐意去会一会他吗？我愿意替您跟他讲和，要是能够的话。

薇奥拉　那多谢您了。我是个宁愿亲近教士不愿亲近骑士的人；我是个胆小的人，即使让别人知道了，我也不在乎。（同下）

托比及安德鲁重上。

托　比　嘿,老兄,他才是个魔鬼呢;我从来不曾见过这么一个泼货。我跟他连剑带鞘较量了一回,他给我这么致命的一刺,简直无从招架;至于他还起手来,那简直像是你的脚踏在地上一样万无一失。他们说他曾经在波斯王宫里当过剑师。

安德鲁　糟糕!我又不想跟他动手了。

托　比　好,但是他可不肯甘休呢;费边在那边简直拦不住他。

安德鲁　该死!早知道他有这种本领,应该等他死了之后再向他挑战。假如他肯放过这回,我情愿把我的灰色马儿送给他。

托　比　我去跟他说去。站在这儿,摆出些威势来;这件事情总可以和平了结的。(旁白)你的马儿少不得要让我来骑,你可大大地给我捉弄了。

费边及薇奥拉重上。

托　比　(向费边)我已经叫他把他的马儿送上议和。我已经叫他相信这孩子是个魔鬼。

费　边　他也是以为他十分可怕,吓得心惊肉跳脸色发白,像是一头熊追在背后似的。

托　比　(向薇奥拉)无可挽回了,先生;他因为已经发过了誓,非得跟你决斗一下不可。他已经把这回吵闹考虑过,认为起因的确是微不足道的;所以为了他所发的誓起见,拔出你的剑来吧,他声明他不会伤害你的。

薇奥拉　(旁白)求上帝保佑我!一点点事情就会给他们知道我是不配当男人的。

费　边　要是你见他势不可当,就让让他吧。

托　比　来,安德鲁爵士,无可挽回了,这位先生为了他的名誉起见,不得不跟你较量一下,按着决斗的规则,他不能规避这一回事；可是他已经答应我，因为他是个堂堂君子又是个军人，他不会伤害你的。来吧，上去！

安德鲁 求上帝让他不要背誓！（拔剑）

薇奥拉 相信我，这全然不是出于我的本意。（拔剑）

安东尼奥上。

安东尼奥 放下你的剑。要是这位年轻的先生得罪了你，我替他担个不是；要是你得罪了他，我可不肯对你甘休。（拔剑）

托比 你，朋友！咦，你是谁呀？

安东尼奥 先生，我是他的好朋友；为了他的友爱，无论什么事情我可是说得出的便做得到。

托比 好吧，你既然这样喜欢管人家的闲事，我就奉陪了。（拔剑）

费边 啊，好托比老爷，住手吧！警官们来了。

托比 过会儿再跟你算账。

薇奥拉 （向安德鲁）先生，请你放下你的剑吧。

安德鲁 好，放下就放下，朋友；至于我方才发过的誓，我会信守承诺。那匹马你骑起来准很舒服，它也很听话。

二警吏上。

警吏甲 就是这个人；执行你的任务吧。

警吏乙 安东尼奥，我奉奥西诺公爵之命来逮捕你。

安东尼奥 你认错人了，朋友。

警吏甲 不，先生，一点儿没有错。我很认识你的脸，虽然你现在头上不戴着水手的帽子。——把他带走，他知道我认识他的。

安东尼奥 我只好服从。（向薇奥拉）这场祸事都是因为要来寻找你而起；可是没有办法，我必须去服罪。现在我不得不向你要回我的钱袋了，你预备怎样呢？叫我难过的倒不是我自己的遭遇，而是不能给你尽一点儿力。你吃惊吗？请你宽心吧。

警吏乙　来，朋友，去吧。

安东尼奥　那笔钱我必须向你要几个。

薇奥拉　什么钱，先生？为了您在这儿对我的好意相助，又看见您现在的不幸，我愿意尽我的微弱的力量借您几个钱；我的钱很少，这儿随身带着的钱，可以跟您平分。拿着吧，这是我一半的家私。

安东尼奥　你现在不认识我了吗？难道我给你的好处不能使你心动吗？别看着我倒霉好欺侮，要是激起我的性子来，我也会不顾一切，向你一一数说你的忘恩负义的。

薇奥拉　我什么都不知道；您的声音相貌我也完全不认识。我痛恨人们的忘恩，比之痛恨说谎、虚荣、饶舌、酗酒，或是其他存在于脆弱的人心中的任何腐败的恶德还要厉害。

安东尼奥　唉，天哪！

警吏乙　好了，对不起，朋友，走吧。

安东尼奥　让我再说句话，你们瞧这个孩子，他是我从死神的掌握中夺了来的，我用神圣的爱心照顾着他；我以为他的样子看起来十分高贵，才那样看重着他。

警吏甲　那跟我们有什么相干呢？别耽误了时间，去吧！

安东尼奥　可是唉！这个天神一样的人，原来却是个邪魔外道！西巴斯辛，你未免太羞辱了你这副好相貌了。
　　　　　　心上的瑕疵是真的垢污；
　　　　　　无情的人才是残废之徒。
　　　　　　善即是美；但美丽的奸恶，
　　　　　　是魔鬼雕就文彩的空椟。

警吏甲　这家伙发疯了；带他去吧！来，来，先生。

安东尼奥　带我去吧。（警吏带安东尼奥下）

薇奥拉　他的话儿句句发自衷肠；
　　　　他坚持不疑，我意乱心慌。
　　　　但愿想象的事果真不错，
　　　　是他把妹妹错认作哥哥！

托　比　过来，骑士；过来，费边；让我们悄悄地讲几句聪明话。

薇奥拉　他说起西巴斯辛的名字，
　　　　我哥哥正是我镜中影子，
　　　　兄妹俩生就一般的形状，
　　　　再加上穿扮得一模一样；
　　　　但愿暴风雨真发了慈心，
　　　　无情的波浪变作了多情！（下）

托　比　好一个刁滑的卑劣的孩子，比兔子还胆怯！他坐视朋友危急而不顾，还要装作不认识，可见他刁恶之一斑，至于他的胆怯呢，问费边好了。

费　边　一个懦夫，一个把怯懦当神灵一样敬奉的懦夫。

安德鲁　他妈的，我要追上去把他揍一顿。

托　比　好，把他狠狠地揍一顿，可是别拔出你的剑来。

安德鲁　要是我不——（下）

费　边　来，让我们去瞧去。

托　比　我可以赌无论多少钱，到头来不会有什么事发生的。（同下）

第四幕

第一场　奥丽维娅宅旁街道

西巴斯辛及小丑上。

小　　丑　你是要我相信我不是差来请你的吗？

西巴斯辛　算了吧，算了吧，你是个傻瓜；给我走开去。

小　　丑　装腔装得真好！是的，我不认识你；我也不是我的小姐差我来请你去讲话的；你的名字也不是西萨里奥大爷。凡是是的都不是。

西巴斯辛　请你到别处去大放厥辞吧；你又不认识我。

小　　丑　大放厥辞！他从什么大人物那儿听了这句话，却来用在一个傻瓜身上。大放厥辞！我担心整个痴愚的世界都要装腔作态起来了。请你别那么假装怯生生的告诉我应当向我的小姐放些什么"厥辞"。要不要对她说你就来？

西巴斯辛　傻东西，请你走开吧；这儿有钱给你；要是你再不去，我可就要不客气了。

小　　丑　真的，你倒是很慷慨。这种聪明人把钱给傻子，就像用十四年的收益来买一句好话。

安德鲁上。

安德鲁　呀,朋友,我又碰见你了吗?吃这一下。(击西巴斯辛)

西巴斯辛　怎么,给你尝尝这一下,这一下,这一下!(打安德鲁)所有的人们都疯了吗?

托比及费边上。

托　比　停住,朋友,否则我要把你的刀子摔到屋子里去了。

小　丑　我就去把这事告诉我的小姐。我不愿凭两便士就代人受过。(下)

托　比　(拉西巴斯辛)算了,朋友,住手吧。

安德鲁　不,让他去吧。我要换一个法儿对付他。要是伊利里亚是有法律的话,我要告他非法殴打的罪;虽然是我先动手,可是那没有关系。

西巴斯辛　拿开你的手!

托　比　算了吧,朋友,我不能放走你。来,我的年轻的勇士,放下你的家伙。你打架已经打够了;来吧。

西巴斯辛　你别想抓住我。(挣脱)现在你要怎样?要是你有胆子的话,拔出你的剑来吧。

托　比　什么!什么!那么我倒要让你流几滴莽撞的血呢。(拔剑)

奥丽维娅上。

奥丽维娅　住手,托比!我以生命的名义命令你!

托　比　小姐!

奥丽维娅　有这等事吗?忘恩的恶人!只配住在从来不懂得礼貌的山林和洞窟里的。滚开!——别生气,亲爱的西萨里奥。——莽汉,走开!(托比、安德鲁、费边同下)好朋友,你是个有见识的人，这回的惊扰实在太失礼、太不成话了，请你不要生气。跟我到舍下去吧；我可以告诉你这个恶人曾经多少次无缘无故地惹是招非，你听了就可以把这回事情一笑置之了。你一定要去的：

别推托！他灵魂该受天戮，

为你惊起了我心头小鹿。

西巴斯辛　滋味难名，不识其中奥妙；

是疯眼昏迷？是梦魂颠倒？

愿心魂永远在忘河沉浸；

有这般好梦再不须梦醒！

奥丽维娅　请你来吧；你得听我的话。

西巴斯辛　小姐，遵命。

奥丽维娅　但愿这回非假！（同下）

第二场　奥丽维娅宅中一室

玛利娅及小丑上；马伏里奥在相接的暗室内。

玛利娅　欧，我请你把这件袍子穿上，把这胡须套上，让他相信你是副牧师托巴斯师傅。快些，我就去叫托比老爷来。（下）

小　丑　好，我就穿起来，假装一下；我希望我是第一个扮作这种样子的。我的身材不够高，穿起来不怎么神气；略为胖一点儿，也不像个用功念书的：可是给人称赞一声是个老实汉子和很好的当家人，也就跟一个用心思的读书人一样好了。——那两个死对头的来了。

托比·培尔契爵士及玛利娅上。

托　比　上帝祝福你，牧师先生！

小　丑　早安，托比大人！目不识丁的布拉格的老隐士曾经向高波杜克王的侄女说过这么一句聪明话:"是什么,就是什么。"因此,我既是牧师先生,也就是牧师先生;因为"什么"即是"什么","是"即是"是"。

托　比　走过去,托巴斯师傅。

小　丑　呃哼,喂!这监狱里平安呀!

托　比　这小子装得很像,好小子。

马伏里奥　(在内)谁在叫?

小　丑　副牧师托巴斯师傅来看疯人马伏里奥来了。

马伏里奥　托巴斯师傅,托巴斯师傅,托巴斯好师傅,请您到我小姐那儿去一趟。

小　丑　滚你的,胡言乱道的魔鬼!瞧这个人给你缠得这样子!只晓得嚷小姐吗?

托　比　说得好,牧师先生。

马伏里奥　(在内)托巴斯师傅,从来不曾有人给人这样冤枉过。托巴斯好师傅,别以为我疯了。他们把我关在这个暗无天日的地方。

小　丑　啐,你这不老实的撒旦!我用最客气的称呼叫你,因为我是个最有礼貌的人,即使对于魔鬼也不肯失礼。你说这屋子是黑的吗?

马伏里奥　像地狱一样,托巴斯师傅。

小　丑　嘿,它的凸窗像壁垒一样透明,它的向着南北方的顶窗像乌木一样发光呢;你还说看不见吗?

马伏里奥　我没有发疯,托巴斯师傅。我对您说,这屋子是黑的。

小　丑　疯子,你错了。我对你说,世间并无黑暗,只有愚昧。埃及人在大雾中辨不清方向,还不及你在愚昧里那样莽撞。

马伏里奥　我说,这座屋子简直像愚昧一样黑暗,即使愚昧是像地狱一样黑暗。我说，从来不曾有人给人这样欺侮过。我并不比您更疯；您不妨提出几个合理的问题来问我，试试我疯不疯。

小　丑　毕达哥拉斯对于野鸟有什么意见？

马伏里奥　他说我们祖母的灵魂也许曾经在鸟儿的身体里寄住过。

小　丑　你对于他的意见觉得怎样？

马伏里奥　我认为灵魂是高贵的，绝对不赞成他的说法。

小　丑　再见，你在黑暗里住下去吧。等到你赞成了毕达哥拉斯的说法之后，我才可以承认你的头脑健全。留心别打山鹬，因为也许你要害得你祖母的灵魂流离失所了。再见。

马伏里奥　托巴斯师傅！托巴斯师傅！

托　比　我的了不得的托巴斯师傅！

小　丑　嘿，我可真是多才多艺呢。

玛利娅　你就是不挂胡须不穿道袍也没有关系；他又看不见你。

托　比　你再用你自己的口音去对他说话；怎样的情形再来告诉我。我希望这场恶作剧快快告个段落。要是不妨把他释放，我看就放了他吧；因为我已经大大地失去了我侄女的欢心，倘把这玩意儿尽管闹下去，恐怕不大妥当。等会儿到我的屋子里来吧。（托比、玛利娅下）

小　丑

　　　　嗨，罗宾，快活的罗宾哥，
　　　　问你的姑娘近况如何。

马伏里奥　傻子！

小　丑

　　　　不骗你，她心肠有点儿硬。

马伏里奥 傻子!

小 丑

唉,为了什么原因,请问?

马伏里奥 喂,傻子!

小 丑

她已经爱上了别人。

——嘿!谁叫我?

马伏里奥 好傻子,谢谢你给我拿一支蜡烛、笔、墨水和纸张来,以后我不会亏待你的。君子不扯谎,我永远感你的恩。

小 丑 马伏里奥大爷吗?

马伏里奥 是的,好傻子。

小 丑 唉,大爷,您怎么会发起疯来呢?

马伏里奥 傻子,从来不曾有人给人这样欺侮过。我的头脑跟你一样清楚呢,傻子。

小 丑 跟我一样?那么您真的是疯了,要是您的头脑跟傻子差不多。

马伏里奥 他们把我当作一件家具看待,把我关在黑暗里,差牧师们——那些蠢驴子!——来看我,千方百计想把我弄昏了头。

小 丑 您说话留点儿神吧;牧师就在这儿呢。——马伏里奥,马伏里奥,上天保佑你明白过来吧!好好地睡睡觉儿,别噜哩噜苏地讲空话。

马伏里奥 托巴斯师傅!

小 丑 别跟他说话,好伙计。——谁?我吗,师傅?我可不要,师傅。上帝和您同在,好托巴斯师傅!——呃,阿门!——好的,师傅,好的。

马伏里奥 傻子,傻子,傻子,我对你说!

小　丑　唉，大爷，您耐心吧！您怎么说，师傅？——师傅怪我跟您说话哩。

马伏里奥　好傻子，给我拿一点儿灯火和纸张来。我对你说，我跟伊利里亚无论哪个人一样头脑清楚呢。

小　丑　唉，我巴不得这样呢，大爷！

马伏里奥　我可以举手发誓我没有发疯。好傻子，拿墨水、纸和灯火来；我写好之后，你去替我送给小姐。你送了这封信去，一定会到手一笔空前的大赏赐的。

小　丑　我愿意帮您的忙。但是老实告诉我，您是不是真的疯了，还是装疯？

马伏里奥　相信我，我没有发疯，我老实告诉你。

小　丑　嘿，我可信不过一个疯子的话，除非我能看见他的脑子。我去给您拿蜡烛、纸和墨水。

马伏里奥　傻子，我一定会重重报答你。请你去吧。

小　丑

　　　　大爷我去了，
　　　　请您不要吵，
　　　　不多一会儿的时光，
　　　　小鬼再来见魔王；
　　　　手拿木板刀，
　　　　胸中如火烧，
　　　　向着魔鬼打哈哈，
　　　　样子像个疯娃娃：
　　　　爹爹不要恼，
　　　　给您剪指爪，
　　　　再见，我的魔王爷！（下）

第三场　奥丽维娅的花园

西巴斯辛上。

西巴斯辛　这是空气；那是灿烂的太阳；这是她给我的珍珠，我看得见也摸得到：虽然怪事这样包围着我，然而却不是疯狂。那么安东尼奥到哪儿去了呢？我在大象旅店里找不到他；可是他曾经到过那边，据说他到城中各处寻找我去了。现在我很需要他的指教；因为虽然我心里很觉得这也许是出于错误，而并非是一种疯狂的举动，可是这种意外和飞来的好运太有些未之前闻，无可理解了，我简直不敢相信我的眼睛；无论我的理智怎样向我解释，我总觉得不是我疯了便是这位小姐疯了。可是，真是这样的话，她一定不会那样井井有条，神气那么端庄地操持她的家务，指挥她的仆人，料理一切的事情，如同我所看见的那样。其中一定有些蹊跷。她来了。

奥丽维娅及一牧师上。

奥丽维娅　不要怪我太性急。要是你没有坏心肠的话，现在就跟我和这位神父到我家的礼拜堂里去吧；当着他的面前，在那座圣堂的屋顶下，你要向我充分证明你的忠诚，好让我小气的、多疑的心安定下来。他可以保守秘密，直到你愿意宣布出来依我的身份我们的婚礼将要举行的日期。你说怎样？

西巴斯辛　我愿意与你们同去圣堂；
　　　　　立过的盟誓永没有欺罔。

奥丽维娅　走吧，神父；但愿天公作美，
　　　　　一片阳光照着我们酣醉！（同下）

第五幕

第一场　奥丽维娅宅前

　　小丑及费边上。

费　边　看在咱们交情的分上，让我瞧一瞧他的信吧。

小　丑　好费边先生，你要答应我一个请求。

费　边　尽管说吧。

小　丑　别向我要这封信看。

费　边　这就是等于说，把一条狗给了人，要求的回报是再把那条狗要回。

　　公爵、薇奥拉、丘里奥及侍从等上。

公　爵　朋友们，你们是奥丽维娅小姐府中的人吗？

小　丑　是的，殿下；我们是附属于她的一两件零星小物。

公　爵　我认识你；你好吗，我的好朋友？

小　丑　不瞒您说，殿下，我的仇敌使我好些，我的朋友使我坏些。

公　爵　恰恰相反，你的朋友使你好些。

小　丑　不，殿下，坏些。

公　爵　为什么呢？

小　丑　呃，殿下，他们称赞我，把我当作驴子一样愚弄；可是我的仇敌却坦白地告诉我说我是一头驴子；因此，殿下，多亏我的仇敌我才能明白我自己，我的朋友却把我欺骗了；因此，结论就像接吻一样，说四声"不"就等于说两声"请"，这样一来，当然是朋友使我坏些，仇敌使我好些了。

公　爵　啊，这说得好极了！

小　丑　凭良心说，殿下，这一点不好；虽然您愿意做我的朋友。

公　爵　我不会使你坏些；这是给你的赏钱。

小　丑　倘不是恐怕犯了双重欺骗的罪名，殿下，我倒希望您把它再加一倍。

公　爵　啊，你给我出的好主意。

小　丑　把您的慷慨的手伸进您的袋里去，殿下；只这一次，不要犹疑吧。

公　爵　好吧，我姑且来一次罪上加罪，拿去。

小　丑　掷骰子有幺二三；古话说，"一不做，二不休，三回才算数"；跳舞要用三拍子；您只要听圣班纳特教堂的钟声好了，殿下——一，二，三。

公　爵　你这回可骗不动我的钱了。要是你愿意去对你小姐说我在这儿要见她说话，带着她到这儿来，那么也许会再唤醒我的慷慨来的。

小　丑　好吧，殿下，给您的慷慨唱个安眠歌，等着我回来吧。我去了，殿下；可是我希望您明白我的要钱并不是贪财。好吧，殿下，就照您的话，让您的慷慨打个盹儿，我等一会儿再来叫醒他吧。（下）

薇奥拉　殿下，来的人就是搭救了我的人。

莎士比亚喜剧

安东尼奥及警吏上。

公　爵　他那张脸我记得很清楚；可是上次我见他的时候，他脸上涂得黑黑的，在烽烟里像个伏尔甘①一样。他是一只小船的舰长，船小得毫不起眼，可是却使我们舰队中最好的船只大遭损失，就是心怀嫉恨的、给他打败的人也不得不佩服他。为了什么事？

警　吏　启禀殿下，这就是在坎迪地方把"凤凰号"和它的货物劫了去的安东尼奥；也就是在"猛虎号"上让您的侄公子泰特斯失去一条腿的那个人。我们在这儿的街道上看见他穷极无赖，在跟人家打架，因此抓了来了。

薇奥拉　殿下，他曾经拔刀相助，帮过我忙，可是后来却对我说了一番奇怪的话，似乎发了疯似的。

公　爵　好一个海盗！在水上行窃的贼徒！你怎么敢凭着你的愚勇，落到被你用血肉和巨量的代价结下冤仇的人们的手里呢？

安东尼奥　尊贵的奥西诺，请许我洗刷去您给我的称呼；安东尼奥从来不曾做过海盗或贼徒，虽然我有充分的理由和原因承认我是奥西诺的敌人。一种魔法把我吸引到这儿来。在您身边的那个最没有良心的小子，是我从汹涌的怒海的吞噬中救了出来的，否则他已经毫无希望了。我给了他生命，又把我的友情无条件地完全给了他；为了他的缘故，纯粹出于爱心，我冒着危险出现在这个敌对的城里，见他给人包围了，就拔剑相助；可是当我遭了逮捕，他的狡恶的心肠因恐我连累他受罪，便假装不认识我，一霎眼就像已经睽违了二十年似的，甚至于我在半个小时前给他任意使用的我自己的钱袋，也不肯还给我。

---

① 伏尔甘（Vulcan），希腊神话中的火神。

薇奥拉　怎么会有这种事呢？

公　　爵　他在什么时候到这城里来的？

安东尼奥　今天，殿下；三个月来，我们朝朝夜夜都在一起，不曾有一分钟分离过。

奥丽维娅及侍从等上。

公　　爵　这里来的是伯爵小姐，天神降临人世了！——可是你这家伙，完全在说疯话；这孩子已经侍候我三个月了。那种话等会儿再说吧。把他带到一旁去。

奥丽维娅　殿下有什么下示？除了断难遵命的一件事之外，凡是奥丽维娅力量所能及的，一定愿意效劳。——西萨里奥，你没有遵守对我的诺言。

薇奥拉　小姐！

公　　爵　温柔的奥丽维娅！——

奥丽维娅　你怎么说，西萨里奥？——殿下——

薇奥拉　我的主人要跟您说话；由于地位关系我不能开口。

奥丽维娅　殿下，要是您说的仍旧是那么一套，我可已经听厌了，就像奏过音乐以后的叫号一样令人不耐。

公　　爵　仍旧是那么残酷吗？

奥丽维娅　仍旧是那么坚定，殿下。

公　　爵　什么，坚定得不肯改变一下你的乖僻吗？你这无礼的女郎！向着你的无情的不仁的祭坛，我的灵魂已经用无比的虔诚吐露出最忠心的献礼。我该怎么办呢？

奥丽维娅　办法就请殿下自己斟酌吧。

公　　爵　假如我狠得起那么一条心，为什么我不可以像临死时的埃及大盗①一样，把我所爱的人杀死了呢？蛮性的嫉妒有时

---

① 典故出自赫利俄多洛斯（Heltodorus）所著希腊浪漫故事《埃塞俄比亚人》（Ethiopica）。

也带着几分高贵的气质。但是你听着我吧:既然你漠视我的诚意,我也有些知道谁在你的心中夺去了我的位置,你就继续做你的铁石心肠的暴君吧;可是你所爱着的这个宝贝,我当天发誓我曾经那样宠爱着他,我要把他从你的那双冷酷的眼睛里除去,免得他傲视他的主人。来,小子,跟我来。我的恶念已经成熟:

    我要牺牲我钟爱的羔羊,

    白鸽的外貌乌鸦的心肠。(走)

  薇奥拉 我甘心愿受一千次死罪,

    只要您的心里得到安慰。(随行)

  奥丽维娅 西萨里奥到哪儿去?

  薇奥拉 追随我所爱的人,

    我爱他甚于生命和眼睛,

    远过于对于妻子的爱情。

    愿上天鉴察我一片诚挚,

    倘有虚谎我决不辞一死!

  奥丽维娅 嗳哟,他厌弃了我!我受了欺骗了!

  薇奥拉 谁把你欺骗?谁给你气受?

  奥丽维娅 才不久你难道已经忘记?——请神父来。(一侍从下)

  公 爵 (向薇奥拉)走吧!

  奥丽维娅 到哪里去,殿下?西萨里奥,我的夫,别去!

  公 爵 你的夫?

  奥丽维娅 是的,我的夫;他能抵赖吗?

  公 爵 她的夫,嘿?

  薇奥拉 不,殿下,我不是。

  奥丽维娅 唉!是你的卑怯的恐惧使你否认了自己的身份。不要害怕,西萨里奥;别放弃了你的地位。你知道你是什么人,要是承认了出来,你就跟你所害怕的人并肩相垺了。

牧师上。

奥丽维娅 啊,欢迎,神父!神父,我请你凭着你的可尊敬的身份,到这里来宣布你所知道的关于这位少年和我之间不久以前所发生的事情;虽然我们本来预备保守秘密,但现在不得不在时机未到之前公布了。

牧　师 一个永久相爱的盟约,已经由你们两人握手缔结,用神圣的吻证明,用戒指的交换确定了。这婚约的一切仪式,都由我主持作证;照我的表上所指示,距离现在我不过向我的坟墓走了两小时的行程。

公　爵 唉,你这骗人的小畜生!等你年纪一大了起来,你将会变成个怎样的人呢?

　　也许你过分早熟的奸诡,
　　反会害你自己身败名毁。
　　别了,你尽管和她论嫁娶;
　　可留心以后别和我相遇。

薇奥拉 殿下,我要声明——

奥丽维娅 不要发誓;放大胆些,别亵渎了神祇!

安德鲁·艾古契克爵士头破血流上。

安德鲁 看在上帝的分上,叫个外科医生来吧!立刻去请一个来瞧瞧托比爵士。

奥丽维娅 什么事?

安德鲁 他把我的头给打破了,托比爵士也给他弄得满头是血。看在上帝的分上,救救命吧!谁要是给我四十镑钱,我也宁愿回到家里去。

奥丽维娅 谁干了这种事,安德鲁爵士?

安德鲁 一个公爵的跟班,名叫西萨里奥的。我们把他当作一个屠头,哪晓得他简直是个魔鬼。

公　爵　我的跟班西萨里奥?

安德鲁　他妈的!他就在这儿。你无缘无故敲破我的头!我不过是给托比爵士怂恿了才动手的。

薇奥拉　你为什么对我说这种话呢?我没有伤害你呀。你自己无缘无故向我拔剑;可是我对你很客气,并没有伤害你。

安德鲁　假如一颗血淋淋的头可以算得是伤害的话,你已经把我伤害了;我想你以为满头是血,是算不了一回事的。托比爵士一跷一拐地来了——

托比·培尔契爵士由小丑搀扶醉步上。

安德鲁　你等着瞧吧:如果他刚才不是喝醉了,你一定会尝到他的厉害手段。

公　爵　怎么,老兄!你怎么啦?

托　比　总而言之一句话:他把我打坏了,还有什么别的说的?傻瓜,你有没有看见狄克医生,傻瓜?

小　丑　喔!他在一个钟头之前就喝醉了,托比老爷;他的眼睛在早上八点钟就昏花了。

托　比　那么他便是个踱着八字步的混蛋。我顶讨厌酒鬼。

奥丽维娅　把他带走!谁把他们弄成这样子的?

安德鲁　我来扶着您吧,托比爵士;咱们一块儿裹伤口去。

托　比　你来扶着我?蠢驴,傻瓜,混蛋,瘦脸的混蛋,笨鹅!

奥丽维娅　招呼他上床去,好好看顾一下他的伤口。(小丑、费边、托比、安德鲁同下)

西巴斯辛上。

西巴斯辛　小姐,我很抱歉伤了令亲;可是即使他是我的同胞兄弟,为了自卫起见我也只好出此手段。您用那样冷淡的眼光瞧着我，我知道我一定冒犯了您了；原谅我吧，好人，看在不久以前我们彼此立下的盟誓分上。

公　爵　一样的面孔，一样的声音，一样的装束，化作两个身体；一副天然的幻镜，真实和虚妄的对照！

西巴斯辛　安东尼奥！啊，我的亲爱的安东尼奥！自从我不见了你之后，我的时间过得多么痛苦啊！

安东尼奥　你是西巴斯辛吗？

西巴斯辛　难道你不相信是我吗，安东尼奥？

安东尼奥　你怎么会分身呢？把一只苹果切成两半，也不会比这两人更为相像。哪一个是西巴斯辛？

奥丽维娅　真奇怪呀！

西巴斯辛　那边站着的是我吗？我从来不曾有过一个兄弟；我又不是一尊无所不在的神明。我只有一个妹妹，但已经被盲目的波涛卷去了。对不住，请问你我之间有什么关系？你是哪一国人？叫什么名字？你的父母是谁？

薇奥拉　我是梅萨林人。西巴斯辛是我的父亲；我的哥哥也是一个像你一样的西巴斯辛，他葬身于海洋中的时候也穿着像你一样的衣服。要是灵魂能够照着在生时的形状和服饰出现，那么你是来吓我们的。

西巴斯辛　我的确是一个灵魂；可是还没有脱离我的生而具有的物质的皮囊。你的一切都能符合，只要你是个女人，我一定会让我的眼泪滴在你的脸上，而说："大大地欢迎，溺死了的薇奥拉！"

薇奥拉　我的父亲额角上有一颗黑痣。

西巴斯辛　我的父亲也有。

薇奥拉　他死的时候薇奥拉才十三岁。

西巴斯辛　唉！那记忆还鲜明地留在我的灵魂里。他的确在我妹妹刚满十三岁的时候结束了他人世的任务。

薇奥拉 假如只是我这一身僭妄的男装阻碍了我们彼此的欢欣,那么等一切关于地点、时间、遭遇的枝节完全衔接,证明我确是薇奥拉之后,再拥抱我吧。我可以叫一个在这城中的船长来为我证明,我的女衣便是寄放在他那里的;多亏他的帮忙,我才侥幸保全了生命,能够来侍候这位尊贵的公爵。此后我便一直奔走于这位小姐和这位贵人之间。

西巴斯辛 (向奥丽维娅)小姐;原来您是弄错了:但那也是心理上的自然的倾向。您本来要跟一个女孩子订婚;可是拿我的生命起誓,您的希望并没有落空。您现在同时是一个女人和一个男人的未婚妻了。

公　爵 不要惊骇;他的血统也很高贵。要是这回事情果然是真,看来似乎不是一面骗人的镜子,那么在这番最幸运的覆舟里我也要沾点儿光。(向薇奥拉)孩子,你曾经向我说过一千次决不会像爱我一样爱着一个女人。

薇奥拉 那一切的话我愿意再发誓证明;那一切的誓我都要坚守在心中,就像分隔昼夜的天球中蕴藏着的烈火一样。

公　爵 把你的手给我;让我瞧你穿了女人的衣服是怎么样子。

薇奥拉 把我带上岸来的船长那里存放着我的女服;可是他现在跟这儿小姐府上的管家马伏里奥有点儿讼事,被拘留起来了。

奥丽维娅 一定要他把他放出来。去叫马伏里奥来。——唉。我现在记起来了,他们说,可怜的人,他发疯发得很厉害呢。因为我自己在大发其疯,所以把他的疯病完全忘记了。

小丑持信及费边上。

奥丽维娅 他怎样啦,小子?

小　丑　启禀小姐，他总算很尽力抵挡着魔鬼。他写了一封信给您。我本该今天早上就给您的；可是疯人的信不比福音，送没送到都没甚关系。

奥丽维娅　拆开来读给我听。

小　丑　傻子要念疯子的话了，请你们洗耳恭听。（读）"凭着上帝的名义，小姐——"

奥丽维娅　怎么！你疯了吗？

小　丑　不，小姐，我在读疯话呢。您小姐既然要我读这种东西，那么您就得准许我疯声疯气地读。

奥丽维娅　请你读得清楚一些。

小　丑　我正是在这样做，小姐；可是他的话怎么清楚，我就只能怎么读。所以，我的好公主，请您还是全神贯注，留意倾听吧。

奥丽维娅　（向费边）喂，还是你读吧。

费　边　（读）"凭着上帝的名义，小姐，您屈待了我；全世界都要知道这回事。虽然您已经把我幽闭在黑暗里，叫您的醉酒的令叔看管我，可是我的头脑跟您小姐一样清楚呢。您自己骗我打扮成那个样子，您的信还在我手里；我很可以用它来证明我自己的无辜，可是您的脸上却不好看哩。随您把我怎么看待吧。因为冤枉难明，不得不暂时僭越了奴仆的身份，请您原谅。被虐待的马伏里奥上。"

奥丽维娅　这封信是他写的吗？

小　丑　是的，小姐。

公　爵　这倒不像是个疯子的话哩。

奥丽维娅　去把他放出来，费边；带他到这儿来。（费边下）殿下，等您把这一切再好好考虑一下之后，如果您不嫌弃，肯认我作一个妹妹，而不是妻子，那么同一天将庆祝我们两对人的婚礼，地点就在我家，容我尽地主之谊。

公　爵　小姐，多蒙厚意，敢不领情。（向薇奥拉）你的主人解除了你的职务了。你事主多么勤劳，全然不顾那种职务多么不适于你的娇弱的身份和优雅的教养；你既然一直把我称作主人，来握住我的手吧。从此以后，你便是你主人的主妇了。

奥丽维娅　你是我的妹妹了！

费边偕马伏里奥重上。

公　爵　这便是那个疯子吗？

奥丽维娅　是的，殿下，就是他。——现在你怎么样，马伏里奥！

马伏里奥　小姐，您屈待了我，大大地屈待了我！

奥丽维娅　我屈待了你吗，马伏里奥？没有的事。

马伏里奥　小姐，您屈待了我。请您瞧这封信。您能抵赖说那不是您亲笔写的吗？您能写几笔跟这不同的字，几句跟这不同的句子吗？您能说这不是您的图章，不是您的语调吗？您可不能否认。好，那么承认了吧；凭着您的贞洁告诉我：为什么您向我表示这种露骨的恩意，吩咐我见您的时候脸带笑容，扎着十字交叉的袜带，穿着黄袜子，对托比大人和底下人要皱眉头？我满心怀着希望，一切服从您，您怎么要把我关起来，禁锢在暗室里，叫牧师来看我，给人当作闻所未闻的大傻瓜愚弄？告诉我为什么？

奥丽维娅　唉！马伏里奥，这不是我写的，虽然我承认很像我的笔迹；但这一定是玛利娅写的。现在我记起来了，第一个告诉我你发疯了的就是她；那时你便一路带笑而来，打扮和动作的样子就跟信里所说的一样。你别恼吧；这场诡计未免太恶作剧，等我们调查明白原因和主谋的人之后，你可以自己兼作原告和审判官来判断这件案子。

费　边　好小姐，听我说，不要让争闹和口角来打断了当前这个使我惊喜交加的好时光。我希望您不会见怪，我坦白地承认是我跟托比老爷因为看不上眼这个马伏里奥的顽固无礼，才想出这个计策来。因为托比老爷央求不过，玛利娅才写了这封信；为了答谢她，他已经跟她结了婚了。假如把两方所受到的难堪衡情酌理地判断起来，那么这种恶作剧的戏谑可供一笑，也不必计较了吧。

奥丽维娅　唉，可怜的傻子，他们太把你欺侮了！

小　丑　嘿，"有的人是生来的富贵，有的人是挣来的富贵，有的人是送上来的富贵。"这本戏文里我也是一个角色呢，大爷；托巴斯师傅就是我，大爷；但这没有什么相干。"凭着上帝起誓，傻子，我没有疯。"可是您记得吗？"小姐，您为什么要对这么一个没头脑的混蛋发笑？您要是不笑，他就开不了口啦。"六十年风水轮流转，您也遭了报应了。

马伏里奥　我一定要出这一口气，你们这批东西一个都不放过。（下）

奥丽维娅　他给人欺侮得太不成话了。

公　爵　追他回来，跟他讲个和；他还不曾把那船长的事告诉我们哩。等我们知道了以后，假如时辰吉利，我们便可以举行郑重的结合的典礼。贤妹，我们现在还不会离开这儿。西萨里奥，来吧；当你还是一个男人的时候，你便是西萨里奥——

　　　　等你换过了别样的衣裙，
　　　　你才是奥西诺心上情人。（除小丑外均下）

　　　　　　　　歌

小　丑

　　　　当初我是个小儿郎，
　　　　　嗨，呵，一阵雨儿一阵风；

莎士比亚喜剧

做了傻事毫不思量,
　　朝朝雨雨呀又风风。

年纪长大啦不学好,
　　嗨,呵,一阵雨儿一阵风;
闭门羹到处吃个饱,
　　朝朝雨雨呀又风风。

娶了老婆,唉!要照顾,
　　嗨,呵,一阵雨儿一阵风;
法螺医不了肚子饿,
　　朝朝雨雨呀又风风。

一壶老酒往头里灌,
　　嗨,呵,一阵雨儿一阵风;
掀开了被窝三不管,
　　朝朝雨雨呀又风风。

开天辟地有几多年,
　　嗨,呵,一阵雨儿一阵风;
咱们的戏文早完篇,
　　愿诸君欢喜笑融融!(下)

一报还一报

Yi Bao Huan Yi Bao

剧中人物

文森修　公爵

安哲鲁　公爵在假期中的摄政

爱斯卡勒斯　辅佐安哲鲁的老臣

克劳狄奥　少年绅士

路西奥　纨袴子

两个纨袴绅士

凡垦厄斯　公爵近侍

狱吏

托马斯 ⎫
彼得　 ⎬ 两个教士

陪审官

爱尔博　糊涂的差役

弗洛斯　愚蠢的绅士

庞贝　妓院中的当差

阿伯霍逊　刽子手

巴那丁　酗酒放荡的囚犯

依莎贝拉　克劳狄奥的姊姊

玛利安娜　安哲鲁的未婚妻

朱丽叶　克劳狄奥的恋人

弗兰西丝卡　女尼

咬弗动太太　鸨妇

大臣、差役、市民、童儿、侍从等

地　点

维也纳

第一幕

第一场　公爵宫廷中一室

公爵、爱斯卡勒斯、群臣及侍从等上。

公　　爵　爱斯卡勒斯！

爱斯卡勒斯　有，殿下。

公　　爵　关于政治方面的种种机宜，我不必多向你絮说，因为我知道你在这方面的经验阅历，胜过我所能给你的任何指示；对于地方上人民的习性，以及布政施教的宪章、信赏必罚的律法，你也都了如指掌，比得上任何博学练达之士，所以我尽可信任你的才能，让你自己去适宜应付。我给你这一道诏书，愿你依此而行。(以诏书授爱斯卡勒斯)来人，去唤安哲鲁过来。(一侍从下)你看：他这人能不能代理我的责任？因为我在再三考虑之下，已经决定当我出巡的时候，叫他摄理政务；他可以充分享受众人的畏惧爱敬，全权处置一切的事情。你以为怎样？

爱斯卡勒斯　在维也纳地方，要是有人值得受这样隆重的眷宠恩荣，那就是安哲鲁大人了。

公　　爵　他来了。

安哲鲁上。

安哲鲁 听见殿下的召唤，小臣特来恭听谕令。

公　爵 安哲鲁，在你的生命中有一种与众不同的地方，使人家一眼便知道你的全部的为人。你自己和你所有的一切，倘不拿出来贡献于人世，仅仅一个人独善其身，那实在是一种浪费。上天生下我们，是要把我们当作火炬，不是照亮自己，而是普照世界；因为我们的德行倘不能推及他人，那就等于没有一样。一个人有了才华智慧，必须使它产生有益的结果；造物是一个工于算计的女神，她所给与世人的每一分才智，都要受赐的人知恩感激，加倍报答。可是我虽然这样对你说，也许我倒是更应该受你教益的；所以请你受下这道诏书吧，安哲鲁；（以诏书授安哲鲁）当我不在的时候，你就是我的全权代表，你的片言一念，可以决定维也纳人民的生死，年高的爱斯卡勒斯虽然先受到我的嘱托，他却是你的辅佐。

安哲鲁 殿下，当您还没有在我这块顽铁上面打下这样光荣伟大的印记之前，最好请您先让它多受一番试验。

公　爵 不必推托了，我在详细考虑之后，才决定选中你，所以你可以受之无愧。我因为此行很是匆促，对于一切重要事务不愿多加过问。我去了以后，随时会把我在外面的一切情形写信给你；我也盼望你随时把这儿的情形告诉我。现在我们再会吧，希望你们好好执行我的命令。

安哲鲁 可是殿下，请您容许我们为您壮壮行色吧。

公　爵 我急于动身，这可不必了。你在代我摄政的时候，尽管放手干去，不必有什么顾虑；你的权力就像我自己一样，无论是需要执法从严的，或者不妨衡情宽恕的，都凭着你的判断执行。让我握你的手。我这回出行不预备给大家知道；我虽然爱我的人民，可是不愿在他们面前铺张扬厉，他们热烈的夹道欢呼，虽然可以表明他们对我的好感,可是我想,喜爱这一套的人是难以称为审慎的。再会吧!

安哲鲁　上天保佑您一路平安!

爱斯卡勒斯　愿殿下早日平安归来!

公　爵　谢谢你们。再见!(下)

爱斯卡勒斯　大人,我想请您准许我跟您开诚布公地谈一下,我必须知道我自己的地位。主上虽然付我以重托,可是我还不曾明白我的权限是怎样。

安哲鲁　我也是一样。让我们一块儿回去对这个问题作出圆满的安排吧。

爱斯卡勒斯　敬遵台命。(同下)

第二场　街　道

路西奥及二绅士上。

路西奥　我们的公爵和其他的公爵们要是跟匈牙利国王谈判不成功,那么这些公爵们要一致向匈牙利国王进攻了。

绅士甲　上天赐我们和平,可是不要让我们和匈牙利国王讲和平!

绅士乙　阿门!

路西奥　你倒像那个虔敬的海盗,带着十诫出去航海,可是把其中的一诫涂掉了。

绅士乙　是"不可偷盗"那一诫吗?

路西奥　对了,他把那一诫涂掉了。

绅士甲　是啊,有了这一诫,那简直是打碎了那海盗头子和他们这一伙的饭碗,他们出去就是为了劫取人家的财物。哪一个当兵的人在饭前感恩祈祷的时候,愿意上帝给他和平?

绅士乙　我就没有听见过哪个兵士不喜欢和平。

路西奥　我相信你没有听见过,因为你是从来不到祈祷的地方去的。

绅士乙　什么话?至少也去过十来次。

绅士甲　啊,你也听见过有韵的祈祷文吗?

路西奥　长长短短各国语言的祈祷他都听见过。

绅士甲　我想他不论什么宗教的祈祷都听见过。

路西奥　对啊,宗教尽管不同,祈祷总是祈祷;这就好比你尽管祈祷,总是一个坏人一样。

绅士甲　嘿,我看老兄也差不多吧。

路西奥　这我倒承认;就像花边和丝绒差不多似的。你就是花边。

绅士甲　你就是丝绒,上好丝绒;真称得起是光溜溜的。我宁可做英国粗纱的花边,也不愿意像你这样,头发掉得精光,冒充法国丝绒。这话说得够味儿吧?

路西奥　够味儿;说实话,这味儿很让人恶心。你既然不打自招,以后我可就学乖了,这辈子总是先向你敬酒,不喝你用过的杯子,免得染上脏病。

绅士甲　我这话反倒说出破绽来了,是不是?

绅士乙　可不是吗?有病没病也不该这么说。

路西奥　瞧,瞧,我们那位消灾解难的太太来了!我这一身毛病都是在她家里买来的,简直破费了——

绅士乙　请问,破费了多少?

路西奥　猜猜看。

绅士乙　一年三千块冤大头的洋钱。

绅士甲　哼,还许不止呢。

路西奥　还得添一个法国光头克朗。

绅士甲　你老以为我有病；其实你错了，我很健康。

路西奥　对啦，不是普通人所说的健康；而是好得像中空的东西那样会发出好听的声音；你的骨头早就空了，骨髓早让风流事儿吸干了。

咬弗动太太上。

绅士甲　啊，久违了！您的屁股上哪一面疼得厉害？

咬弗动太太　哼，哼，那边有一个人给他们捉去关在监牢里了，像你们这样的人，要五千个才抵得上他一个呢。

绅士乙　请问是谁啊？

咬弗动太太　嘿，是克劳狄奥大爷哪。

绅士甲　克劳狄奥关起来了！哪有此事！

咬弗动太太　嘿，可是我亲眼看见他给人捉住抓了去，而且就在三天之内，他的头要给砍下了呢。

路西奥　别说笑话，我想这是不会的。你真的知道有这样的事吗？

咬弗动太太　千真万真，原因是他叫朱丽叶小姐有了身孕。

路西奥　这倒有几分可能。他约我在两点钟以前和他会面，到现在还没有来，他这人是从不失信的。

绅士乙　再说，这和我们方才谈起的新摄政的旨意也有几分符合。

绅士甲　尤其重要的是：告示的确是这么说的。

路西奥　快走！我们去打听打听吧。（路西奥及二绅士下）

咬弗动太太　打仗的打仗去了，病死的病死了，上绞刑架的上绞刑架去了，本来有钱的穷下来了，我现在弄得没有主顾上门啦。

庞贝上。

咬弗动太太　喂，你有什么消息？

庞　贝　那边有人给抓了去坐牢了。

咬弗动太太　他干了什么事？

庞　贝　关于女人的事。

咬弗动太太　可是他犯的什么罪？

庞　贝　他在禁河里摸鱼。

咬弗动太太　怎么，谁家的姑娘跟他有了身孕了吗？

庞　贝　反正是有一个女人怀了胎了。您还没有听见官府的告示吗？

咬弗动太太　什么告示？

庞　贝　维也纳近郊的妓院一律拆除。

咬弗动太太　城里的怎么样呢？

庞　贝　那是要留着传种的；它们本来也要拆除，幸亏有人说情。

咬弗动太太　那么咱们在近郊的院子都要关门了吗？

庞　贝　是啊，连片瓦也不留。

咬弗动太太　嗳哟，这世界真是变了！我可怎么办呢？

庞　贝　您放心吧，好讼师总是有人请教的，您可以迁地为良，重操旧业，我还是做您的当差。别怕，您侍候人家辛苦了这一辈子，人家总会可怜您照应您的。

咬弗动太太　那边又有什么事啦，酒保大爷？咱们避避吧。

庞　贝　狱官带着克劳狄奥大爷到监牢里去啦，后面还跟着朱丽叶小姐。（咬弗动太太、庞贝同下）

狱吏、克劳狄奥、朱丽叶及差役等上。

克劳狄奥　官长，你为什么要带着我这样游行全城，在众人面前羞辱我？快把我带到监狱里去吧。

狱　吏　我也不是故意要你难堪，这是安哲鲁大人的命令。

克劳狄奥　威权就像是一尊天神，使我们在犯了过失之后必须受到重罚；它的命令是天上的纶音，不临到谁自然最好，临到谁的身上就没法反抗；可是我这次的确是咎有应得。

路西奥及二绅士重上。

路西奥　嗳哟，克劳狄奥！你怎么戴起镣铐来啦？

克劳狄奥　因为我从前太自由了，我的路西奥。过度的饱食有伤胃口，毫无节制的放纵，结果会使人失去了自由。正像饥不择食的饿鼠吞咽毒饵一样，人为了满足他的天性中的欲念，也会饮鸩止渴，送了自己的性命。

路西奥　我要是也像你一样，到了吃官司的时候还会讲这么一番大道理，我一定去把我的债主请几位来，叫他们告我。可是，说实话，与其道貌岸然地坐监，还是当个自由自在的蠢货好。你犯的是什么罪，克劳狄奥？

克劳狄奥　何必说起，说出来也是罪过。

路西奥　什么，是杀了人吗？

克劳狄奥　不是。

路西奥　是奸淫吗？

克劳狄奥　就算是吧。

狱　吏　别多说了，去吧。

克劳狄奥　官长，让我再讲一句话吧。路西奥，我要跟你说话。（把路西奥扯至一旁）

路西奥　只要是对你有好处的，你尽管说吧。官府把奸淫罪看得如此认真吗？

克劳狄奥　事情是这样的：我因为已经和朱丽叶互许终身，和她发生了关系；你是认识她的；她就要成为我的妻子了，不过没有举行表面上的仪式而已，因为她还有一注嫁奁在她亲友的保管之中，我们深恐他们会反对我们相爱，所以暂守秘密，等到那注嫁奁正式到她自己手里的时候，方才举行婚礼，可是不幸我们秘密的交欢，却在朱丽叶身上留下了无法遮掩的痕迹。

路西奥　她有了身孕了吗？

克劳狄奥　正是。现在这个新任的摄政，也不知道是因为不熟悉向来的惯例；或是因为初掌大权，为了威慑人民起见，有意来一次下马威；不知道这样的虐政是在他权限之内，还是由于他暂且高升，就擅自作为——这些我都不能肯定。可是他已经把这十九年来束诸高阁的种种惩罚，重新加在我的身上了。他一定是为了要博取名誉才这样做的。

路西奥　我相信一定是这个缘故。现在你的一颗头颅搁在你的肩膀上，已经快要摇摇欲坠了，一个挤牛奶的姑娘在思念情郎的时候，叹一口气也会把它吹下来的。你还是想法叫人追上公爵，向他求情开脱吧。

克劳狄奥　这我也试过，可是不知道他究竟在什么地方。路西奥，我想请你帮我一下忙。我的姊姊今天要进庵院修道受戒，你快去把我现在的情形告诉她，代我请求她向那严厉的摄政说情。我相信她会成功，因为在她的青春的魅力里，有一种无言的辩才，可以使男子为之心动；当她在据理力争的时候，她的美妙的辞令更有折服他人的本领。

路西奥　我希望她能够成功，因为否则和你犯同样毛病的人，大家都要惴惴自危，未免太教爱好风流的人丧气；而且我也不愿意看见你为了一时玩耍，没来由送了性命。我就去。

克劳狄奥　谢谢你，我的好朋友。

路西奥　两点钟之内给你回音。

克劳狄奥　来，官长，我们去吧。（各下）

第三场　寺　院

公爵及托马斯神父上。

公　爵　不，神父，别那么想，不要以为爱情的微弱的箭镞会洞穿一个铠胄严密的胸膛。我所以要请你秘密地收容我，并不是因为我有一般年轻人那种燃烧着的情热，而是为了另外更严肃的事情。

托马斯　那么请殿下告诉我吧。

公　爵　神父，你是最知道我的，你知道我多么喜爱恬静隐退的生活，而不愿把光阴消磨在少年人奢华糜费、争奇炫饰的所在。我已经把我的全部权力交给安哲鲁——他是一个持身严谨、屏绝嗜欲的君子——叫他代理我治理维也纳。他以为我是到波兰去了，因为我向外边透露了这样的消息，大家也都是这样相信着。神父，你要知道我为什么要这样做吗？

托马斯　我很愿意知道，殿下。

公　爵　我们这儿有的是严峻的法律，对于放肆不驯的野马，是不可缺少的羁勒，可是在这十四年来，我们却把它当作具文，就像一头蛰居山洞、久不觅食的狮子，它的爪牙全然失去了锋利。溺爱儿女的父亲倘使把藤鞭束置不用，仅仅让它作为吓人的东西，到后来它就会被孩子们所藐视，不会再对它生畏。我们的法律也是一样，因为从不施行的缘故，变成了毫无效力的东西，胆大妄为的人，可以把它恣意玩弄；正像婴孩殴打他的保姆一样，法纪完全荡然扫地了。

托马斯　殿下可以随时把这束置不用的法律实施起来，那一定比交给安哲鲁大人执行更能令人畏服。

公　爵　我恐怕那样也许会叫人过分畏惧了。因为我对于人民的放纵，原是我自己的过失；罪恶的行为，要是姑息纵容，不加惩罚，那就是无形的默许，既然准许他们这样做了，现在再重新责罚他们，那就是暴政了。所以我才叫安哲鲁代理我的职权，他可以凭藉我的名义重整颓风，可是因为我自己不在其位，人民也不致对我怨谤。一方面我要默察他的政绩，预备装扮作一个修道院的教士，在各处巡回察访，不论皇亲国戚或是庶民，我都要一一访问。所以我要请你借给我一套修道服，还要有劳你指教我一个教士所应有的一切行为举止。我这样的行动还有其他的原因，我可以慢慢告诉你，可是其中的一个原因，是因为安哲鲁这人平日拘谨严肃，从不承认他的感情会冲动，或是面包的味道胜过石子，所以我们倒要等着看看：要是权力能够转移人的本性，那么世上正人君子的本来面目究竟是怎样的。（同下）

第四场　修道院

依莎贝拉及弗兰西丝卡上。

依莎贝拉　那么你们做修女的没有其他的权利了吗？

弗兰西丝卡　你以为这样的权利还不够吗？

依莎贝拉　够了够了；我这样说并不是希望更多的权利，我倒希望我们皈依圣克莱尔的姊妹们，应该守持更严格的戒律。

路西奥　（在内）喂！上帝赐平安给你们。

依莎贝拉　谁在外面喊叫？

弗兰西丝卡　是个男人的声音。好依莎贝拉，你把钥匙拿去开门，问他有什么事。你可以去见他，我却不能，因为你还没有受戒。等到你立愿修持以后，你就不能和男人讲话，除非当着院长的面；而且讲话的时候，不准露脸，露脸的时候不准讲话。他又在叫了，请你就去回答他吧。（下）

依莎贝拉　平安如意！谁在那里叫门？

路西奥上。

路西奥　愿你有福，姑娘！我看你脸上的红晕，就知道你是个童贞女。你可以带我去见见依莎贝拉吗？她也是在这儿修行的，她有一个不幸的兄弟叫克劳狄奥。

依莎贝拉　请问您为什么要说"不幸的兄弟"？因为我就是他的姊姊依莎贝拉。

路西奥　温柔美丽的姑娘，令弟叫我向您多多致意。废话少说，令弟现在已经下狱了。

依莎贝拉　嗳哟！为了什么？

路西奥　假如我是法官，那么为了他所干的事，我不但不判他罪，还要大大地褒奖他哩。他跟他的女朋友要好，她已经有了身孕啦。

依莎贝拉　先生，请您少开玩笑吧。

路西奥　我说的是真话。虽然我惯爱跟姑娘们搭讪取笑，乱嚼舌头，可是您在我的心目中是崇高圣洁、超世绝俗的，我在您面前就像对着神明一样，不敢说半句谎话。

依莎贝拉　您这样取笑我，未免太亵渎神圣了。

路西奥　请您别那么想。简简单单、确确实实是这么一回事情：令弟和他的爱人已经同过床了。万物受过滋润灌溉，就会丰盛饱满，种子播了下去，一到开花的季节，荒芜的土地上就会变成万卉争荣；令弟的辛苦耕耘，也已经在她的身上结起果实来了。

依莎贝拉　有人跟他有了身孕了吗？是我的妹妹朱丽叶吗？

路西奥　她是您的妹妹吗？

依莎贝拉　是我的义妹，我们是同学，因为彼此相亲相爱，所以姊妹相称。

路西奥　正是她。

依莎贝拉　啊，那么让他跟她结婚好了。

路西奥　问题就在这里。公爵突然离开本地，许多人信以为真，准备痛痛快快地玩一下，我自己也是其中的一个；可是我们从熟悉政界情形的人们那里知道，公爵这次的真正目的，完全不是他向外边所宣布的那么一回事。代替他全权综持政务的是安哲鲁，这个人的血就像冰雪一样冷，从来感受不到感情的冲动，欲念的刺激，只知道用读书克制的工夫锻炼他的德性。他看到这里的民风习于淫佚，虽然有严刑峻法，并不能使人畏惧，正像一群小鼠在睡狮的身旁跳梁无忌一样，所以决心重整法纪；令弟触犯刑章，按律例应处死刑，现在给他捉去，正是要杀一儆百，给众人看一个榜样。他的生命危在旦夕，除非您肯去向安哲鲁婉转求情，也许有万一之望；我所以受令弟之托前来看您的目的，也就在于此。

依莎贝拉 他一定要把他处死吗？

路西奥 他已经把他判罪了，听说处决的命令已经下来。

依莎贝拉 唉！我有什么能力能够搭救他呢？

路西奥 尽量运用您的全力吧。

依莎贝拉 我的全力？唉！我恐怕——

路西奥 疑惑足以败事，一个人往往因为遇事畏缩的缘故，失去了成功的机会。到安哲鲁那边去，让他知道当一个少女有什么恳求的时候，男人应当像天神一样慷慨；当她长跪哀吁的时候，无论什么要求都应该毫不迟疑地允许她的。

依莎贝拉 那么我就去试试看吧。

路西奥 可是事不宜迟。

依莎贝拉 我马上就去；不过现在我还要去关照一声院长。谢谢您的好意，请向舍弟致意，事情成功与否，今天晚上我就给他消息。

路西奥 那么我就告别了。

依莎贝拉 再会吧，好先生。（各下）

第二幕

第一场　安哲鲁府中厅堂

安哲鲁、爱斯卡勒斯、陪审官、狱吏、差役及其他侍从上。

安哲鲁　我们不能把法律当作吓鸟用的稻草人，让它安然不动地矗立在那边，鸟儿们见惯以后，会在它顶上栖息而不再对它害怕。

爱斯卡勒斯　是的，可是我们的刀锋虽然要锐利，操刀的时候却不可大意，略伤皮肉就够了，何必一定要致人于死命？唉！我所要营救的这位绅士，他有一个德高望重的父亲。我知道你在道德方面是一丝不苟的，可是你要想想当你在感情用事的时候，万一时间凑合着地点，地点凑合着你的心愿，或是你自己任性的行动，可以达到你的目的，你自己也很可能——在你一生中的某一时刻——犯下你现在给他判罪的错误，从而堕入法网。

安哲鲁　受到引诱是一件事，爱斯卡勒斯，堕落又是一件事。我并不否认，在宣过誓的十二个陪审员中间，也许有一两个盗贼在内，他们所犯的罪，也许比他们所判决的犯人所犯的更重；可是法律所追究的只是公开的事实，审判盗贼的人自己是不是盗贼,却是法律所不问的。我们俯身下去拾起掉在地上的珠宝,因为我们的眼睛看见它;可是我们没看见的,就毫不介意而践踏过去。你不能因为我也犯过同样的过失而企图轻减他的罪名;倒是应该这样告诫我:现在我判他的罪,有朝一日我若蹈他的覆辙,就应该毫无偏袒地宣布自己的死刑。至于他,是难逃一死的。

爱斯卡勒斯　既然如此,就照你的意思办吧。

安哲鲁　狱官在哪里?

狱　　吏　有,大人。

安哲鲁　明天早上九点钟把克劳狄奥处决;让他先在神父面前忏悔一番,因为他的生命的旅途已经完毕了。(狱吏下)

爱斯卡勒斯　上天饶恕他,也饶恕我们众人!也有犯罪的人飞黄腾达,也有正直的人负冤含屈;十恶不赦的也许逍遥法外,一时失足的反而铁案难逃。

爱尔博及若干差役牵弗洛斯及庞贝上。

爱尔博　来,把他们抓去。这种人什么事也不做,只晓得在窑子里鬼混,假如他们可以算是社会上的好公民,那么我也不知道什么是法律了。把他们抓去!

安哲鲁　喂,你叫什么名字?吵些什么?

爱尔博　禀老爷,小的是公爵老爷手下的一名差役,名字叫做爱尔博。这两个穷凶极恶的好人,要请老爷秉公发落。

安哲鲁　好人!呃,他们是什么好人?他们不是坏人吗?

爱尔博　禀老爷,他们是好人是坏人小的也不大明白,总之他们不是好东西,完全不像一个亵渎神圣的好基督徒。

爱斯卡勒斯　好一个聪明的差役,越说越玄妙了。

安哲鲁　说明白些,他们究竟是什么人?你叫爱尔博吗?你干吗不说话了,爱尔博?

庞　贝　老爷，他不会说话；他是个哑巴。

安哲鲁　你是什么人？

爱尔博　他吗，老爷？他是个妓院里的酒保，兼充乌龟；他在一个坏女人那里做事，她的屋子在近郊的都给封起来了；现在她又开了一个窑子，我想那也不是好地方。

爱斯卡勒斯　那你怎么知道呢？

爱尔博　禀老爷，那是因为我的老婆，我当着天在您老爷面前发誓，我恨透了我的老婆——

爱斯卡勒斯　啊，这跟你老婆有什么相干？

爱尔博　是呀，老爷，谢天谢地，我的老婆是个规矩的女人。

爱斯卡勒斯　所以你才恨透了她吗？

爱尔博　我是说，老爷，这一家人家倘不是窑子，我就不但恨透我的老婆，而且我自己也是狗娘养的，因为那里从来不干好事。

爱斯卡勒斯　你怎么知道这些事的？

爱尔博　那都是因为我的老婆，老爷。她倘不是个天生规矩的女人，那么说不定在那边什么和奸略诱、不干不净的事都做出来了。

爱斯卡勒斯　一个女人会干这种事吗？

爱尔博　老爷，干这种事的正是一个女人，咬弗动太太；不过她"呸"地啐他一脸唾沫，根本没听他那一套。

庞　贝　禀老爷，他说得不对。

爱尔博　你是个好人，你就向这些混账东西说说看我怎么说得不对。

爱斯卡勒斯　（向安哲鲁）你听他说的话多么颠颠倒倒。

庞　贝　老爷，她进来的时候凸起一个大肚子，嚷着要吃煮熟的梅子——我这么说请老爷别见怪。说来这也是很久以前的事了。那时我们屋子里就只剩两颗梅子,放在一只果碟里,那碟子是三便士买来的,您老爷大概也看见过这种碟子,不是瓷碟子,可也是很好的碟子。

爱斯卡勒斯 算了算了,别尽碟子、碟子地闹个不清了。

庞　贝 是,老爷,您说得一点儿不错。言归正传,我刚才说的,这位爱尔博奶奶因为肚子里有了孩子,所以肚子凸得高高的;我刚才也说过,她嚷着要吃梅子,可是碟子里只剩下两颗梅子,其余的都给这位弗洛斯大爷吃去了,他是规规矩矩会过钞的。您知道,弗洛斯大爷,我可不欠您三便士啦。

弗洛斯 的确。

庞　贝 那么很好,您还记得吗?那时候您正在那儿嗑着梅子的核儿。

弗洛斯 不错,我正在那里嗑梅子核儿。

庞　贝 很好,您还记得吗?那时候我对您说,某某人某某人害的那种病,一定要当心饮食,否则无药可治。

弗洛斯 你说得一点儿不错。

庞　贝 很好——

爱斯卡勒斯 废话少说,你这讨厌的傻瓜!究竟你们对爱尔博的妻子做了些什么不端之事,他才来控诉你们?快快给我来个明白。

庞　贝 嗳哟,老爷,您可来不得。

爱斯卡勒斯 不,我不是那个意思。

庞　贝 可是,老爷,您先别性急,听我慢慢儿讲来。我先要请老爷瞧瞧这位弗洛斯大爷,他一年有八十镑钱进益,他的老太爷是在万圣节去世的。弗洛斯大爷,是在万圣节吗?

弗洛斯 在万圣节的前晚。

庞　贝　很好，这才是千真万确的老实话。老爷，那时候他坐在葡萄房间里的一张矮椅上面；那是您顶欢喜坐的地方，不是吗？

弗洛斯　是的，因为那里很开敞，冬天有太阳晒。

庞　贝　很好，这才没有半点儿假。

安哲鲁　这样说下去，就是在夜长的俄罗斯也可以说上整整一夜。我可要先走一步，请你代劳审问，希望你能够把他们每人抽一顿鞭子。

爱斯卡勒斯　我也希望这样。再见，大人。（安哲鲁下）现在你说吧，你们对爱尔博的妻子做了些什么事？

庞　贝　什么也没有做呀，老爷。

爱尔博　老爷，我请您问他这个人对我的老婆干了些什么。

庞　贝　请老爷问我吧。

爱斯卡勒斯　好，那么你说，这个人对她干了些什么？

庞　贝　请老爷瞧瞧他的脸。好弗洛斯大爷，请您把脸对着上座的老爷，我自有道理。老爷，您有没有瞧清楚他的脸？

爱斯卡勒斯　是的，我看得很清楚。

庞　贝　不，请您再仔细看一看。

爱斯卡勒斯　好，现在我仔细看过了。

庞　贝　老爷，您看他的脸是不是会欺侮人的？

爱斯卡勒斯　不，我看不会。

庞　贝　我可以按着《圣经》发誓，他的脸是他身上最坏的一部分。好吧，既然他的脸是他身上最坏的一部分，可是您老爷说的它不会欺侮人，那么弗洛斯大爷怎么会欺侮这位差役的奶奶？我倒要请您老爷评评看。

爱斯卡勒斯　他说得有理。爱尔博，你怎么说？

爱尔博　启上老爷，他这屋子是一间清清白白的屋子，他是个清清白白的小子，他的老板娘是个清清白白的女人。

庞　贝　老爷，我举手发誓，他的老婆才比我们还要清清白白得多呢。

爱尔博　放你的屁，混账东西！她从来不曾跟什么男人、女人、小孩子清清白白过。

庞　贝　老爷，他还没有娶她的时候，她就跟他清清白白过了。

爱斯卡勒斯　这场官司可越审越糊涂了。到底是谁执法，谁犯法呀？他说的是真话吗？

爱尔博　狗娘养的王八蛋！你说我还没有娶她就跟她清清白白过吗？要是我曾经跟她清清白白过，或是她曾经跟我清清白白过，那么请老爷把我革了职吧。好家伙，你给我拿出证据来，否则我就要告你一个殴打罪。

爱斯卡勒斯　要是他打了你一记耳光，你还可以告他诽谤罪。

爱尔博　谢谢老爷的指教。您看这个王八蛋应该怎样发落呢？

爱斯卡勒斯　既然他做了错事，你尽力想要揭发他，为了知道到底是什么错事，还是让他继续讲吧。

爱尔博　谢谢老爷。你看吧，你这混账东西，现在可叫你知道些厉害了，你继续讲吧，你这狗娘养的，快说！

爱斯卡勒斯　朋友，你是什么地方人？

弗洛斯　回大人，我是本地生长的。

爱斯卡勒斯　你一年有八十镑收入吗？

弗洛斯　是的，大人。

爱斯卡勒斯　好！（向庞贝）你是干什么营生的？

庞　贝　小的是个酒保，在一个苦寡妇的酒店里做事。

爱斯卡勒斯　你的女主人叫什么名字？

庞　贝　她叫咬弗动太太。

爱斯卡勒斯　她嫁过多少男人？

庞　贝　回老爷，一共九个，最后一个才是咬弗动先生。

爱斯卡勒斯　九个！——过来，弗洛斯先生。弗洛斯先生，我希望你以后不要再跟酒保、当差这一批人来往，他们会把你诱坏了的，你也会把他们送上绞刑架。现在你给我去吧，别让我再听见你和别人闹事。

弗洛斯　谢谢大人。我从来不曾自己高兴上什么酒楼妓院，每次都是给他们吸引进去的。

爱斯卡勒斯　好，以后你可别让他们吸引你进去了，再见吧。（弗洛斯下）过来，酒保哥儿，你叫什么名字？

庞　贝　小的名叫庞贝。

爱斯卡勒斯　有别名吗？

庞　贝　别名叫屁股，大爷。

爱斯卡勒斯　真的！你的屁股倒真的是你身上最了不起的地方。在畜类中，你可算得上称庞贝大王。庞贝，你虽然打着酒保的幌子，也是个乌龟，是不是？给我老实说，我不来难为你。

庞　贝　老老实实禀告老爷，小的是个穷小子，不过混碗饭吃。

爱斯卡勒斯　你要吃饭，就去当乌龟吗？庞贝，你说你这门生意是不是合法的？

庞　贝　只要官府允许我们，它就是合法的。

爱斯卡勒斯　可是官府不能允许你们，庞贝，维也纳地方不能让你们干这种营生。

庞　贝　您老爷的意思，是打算把维也纳城里的年轻人都阉起来吗？

爱斯卡勒斯　不，庞贝。

庞　　贝　那么，照小的看，他们是还会干下去的。老爷只要下一道命令把那些婊子、光棍们抓住重办，像我们这种王八羔子也就惹不了什么祸了。

爱斯卡勒斯　告诉你吧，上面正在预备许多命令，杀头的、绞死的人多着呢。

庞　　贝　您要是把犯风流罪的一起杀头、绞死，不消十年工夫，您就要无头可杀了。这种法律在维也纳行上十年，我就可以出三便士租一间最好的屋子。您老爷到那时候要是还健在的话，请记住庞贝曾经这样告诉您。

爱斯卡勒斯　谢谢你，好庞贝；为了报答你的预言，请你听好：我劝你以后小心一点儿，不要再给人抓到我这儿来；要是你再闹什么事情，或者仍旧回去干你那老营生，那时候我可要像当年的凯撒对待庞贝一样，狠狠地给你些颜色看。说得明白些，我可得叫人赏你一顿鞭子。现在姑且放过了你，快给我去吧。

庞　　贝　多谢老爷的嘱咐；（旁白）可是我听不听你的话，还要看我自己高兴呢，用鞭子抽我！哼！好汉不是拖车马，不怕鞭子不怕打，我还是做我的王八羔子去。（下）

爱斯卡勒斯　过来，爱尔博。你当官差当了多久了？

爱尔博　禀老爷，七年半了。

爱斯卡勒斯　我看你办事这样能干，就知道你是一个多年的老手。你说一共七年了吗？

爱尔博　七年半了，老爷。

爱斯卡勒斯　唉！那你太辛苦了！他们不应该叫你当一辈子的官差。在你同里之中，就没有别人可以当这个差事吗？

爱尔博　禀老爷，要找一个有脑筋干得了这个差事的人，可也不大容易，他们选来选去，还是选中了我。我为了拿几个钱，苦也吃够了。

爱斯卡勒斯 你回去把你同里之中最能干的拣六七个人,开一张名单给我。

爱尔博 名单开好以后,送到老爷府上吗?

爱斯卡勒斯 是的,拿到我家里来。你去吧。(爱尔博下)现在大概几点钟了?

陪审官 十一点钟了,大人。

爱斯卡勒斯 请你到舍间便饭去吧。

陪审官 多谢大人。

爱斯卡勒斯 克劳狄奥不免一死,我心里很是难过,可是这也没有办法。

陪审官 安哲鲁大人是太厉害了些。

爱斯卡勒斯 那也是不得不然。慈悲不是姑息,过恶不可纵容。可怜的克劳狄奥!咱们走吧。(同下)

第二场 同前。另一室

狱吏及仆人上。

仆人 他正在审案子,马上就会出来。我去给你通报。

狱吏 谢谢你。(仆人下)不知道他会不会回心转意。唉!他不过好像在睡梦之中犯下了过失,三教九流,年老的年少的,哪一个人没有这个毛病,偏偏他因此送掉了性命!

安哲鲁上。

安哲鲁 狱官,你有什么事见我?

狱吏 是大人的意思,克劳狄奥明天必须处死吗?

安哲鲁 我不是早就吩咐过你了吗?你难道没有接到命令?干吗又来问我?

狱　　吏　卑职因为事关人命，不敢儿戏，心想大人也许会收回成命。卑职曾经看见过法官在处决人犯以后，重新追悔他宣判的失当。

安哲鲁　追悔不追悔，与你无关。我叫你怎么做，你就怎么做；假如你不愿意，尽可呈请辞职，我这里不缺少你。

狱　　吏　请大人恕卑职失言，卑职还要请问大人，朱丽叶快要分娩了，她现在正在呻吟枕蓐，我们应当把她怎样处置才好？

安哲鲁　把她赶快送到适宜一点儿的地方去。

仆人重上。

仆　　人　外面有一个犯人的姊姊求见大人。

安哲鲁　他有一个姊姊吗？

狱　　吏　是，大人。她是一位贞洁贤淑的姑娘，听说她预备做修女，不知道现在有没有受戒。

安哲鲁　好，让她进来。（仆人下）你就去叫人把那个淫妇送出去，给她预备好一切需用的东西，可是不必过于浪费，我就会签下命令来。

依莎贝拉及路西奥上。

狱　　吏　大人，卑职告辞了！（欲去）

安哲鲁　再等一会儿。（向依莎贝拉）欢迎，请问有何贵干？

依莎贝拉　我是一个不幸之人，要向大人请求一桩恩惠，请大人俯听我的哀诉。

安哲鲁　好，你且说来。

依莎贝拉　有一件罪恶是我所深恶痛绝，切望法律把它惩治的，可是我却不能不违背我的素衷，要来请求您网开一面；我知道我不应当为它渎请，可是我的心里却徘徊莫决。

安哲鲁　是怎么一回事？

依莎贝拉　我有一个兄弟已经判处死刑，我要请大人严究他所犯的过失，宽恕了犯过失的人。

狱　吏　（旁白）上帝赐给你动人的辞令吧！

安哲鲁　严究他所犯的过失，而宽恕了犯过失的人吗？所有的过失在未犯以前，都已定下应处的惩罚，假使我只管细究那些记录在案的过失，而让犯过失的人逍遥法外，我的职守岂不等于是一句空话吗？

依莎贝拉　唉，法律是公正的，可是太残酷了！那么我已经失去了一个兄弟。上天保佑您吧！（转身欲去）

路西奥　（向依莎贝拉旁白）别这么就算罢了；再上前去求他，跪下来，拉住他的衣角；你太冷淡了，像你刚才那样子，简直就像向人家讨一枚针一样不算一回事。你再去说吧。

依莎贝拉　他非死不可吗？

安哲鲁　姑娘，毫无挽回余地了。

依莎贝拉　不，我想您会宽恕他的，您要是肯开恩的话，一定会得到上天和众人的赞许。

安哲鲁　我不会宽恕他。

依莎贝拉　可是要是您愿意，您可以宽恕他吗？

安哲鲁　听着，我所不愿意做的事，我就不能做。

依莎贝拉　可是您要是能够对他发生怜悯，就像我这样为他悲伤一样，那么也许您会心怀不忍而宽恕了他吧？您要是宽恕了他，对于这世界是毫无损害的。

安哲鲁　他已经定了罪，太迟了。

路西奥　（向依莎贝拉旁白）你太冷淡了。

依莎贝拉　太迟吗？不，我现在要是说错了一句话，就可以把它收回。相信我的话吧，任何大人物的章饰，无论是国王的冠冕、摄政的宝剑、大将的权标，或是法官的礼服，都比不上仁慈那样更能衬托出他们的庄严高贵。倘使您和他调换地位，也许您会像他一样失足,可是他决不会像您这样铁面无情。

安哲鲁 请你快去吧。

依莎贝拉 我愿我有您那样的权力,而您是处在我的地位!那时候我也会这样拒绝您吗?不,我要让您知道做一个法官是怎样的,做一个囚犯又是怎样的。

路西奥 (向依莎贝拉旁白)不错,打动他的心,这才对了。

安哲鲁 你的兄弟已经受到法律的裁判,你多说话也没有用处。

依莎贝拉 唉!唉!一切众生都是犯过罪的,可是上帝不忍惩罚他们,却替他们设法赎罪。要是高于一切的上帝毫无假借地审判到您,您能够自问无罪吗?请您这样一想,您就会恍然自失,嘴唇里吐出怜悯的话来的。

安哲鲁 好姑娘,你别伤心吧:法律判你兄弟的罪,并不是我。他即使是我的亲戚、我的兄弟,或是我的儿子,我也是一样对待他。他明天一定要死。

依莎贝拉 明天!啊,那太快了!饶了他吧!饶了他吧!他还没有准备去死呢。我们就是在厨房里宰一只鸡鸭,也要按着时令季节;为了满足我们的口腹之欲,尚且不能随便杀生害命,那么难道我们对于上帝所造的人类,就可以这样毫无顾虑地杀死吗?大人,请您想一想,有多少人犯过和他同样的罪,谁曾经因此而死去?

路西奥 (向依莎贝拉旁白)是,说得好。

安哲鲁 法律虽然暂时昏睡,它并没有死去。要是第一个犯法的人受到了处分,那么许多人也就不敢为非作恶了。现在法律已经醒了过来,看到了人家所作的事,像一个先知一样,它在镜子里望见了许多未来的罪恶,在因循息之中滋长起来,所以它必须乘它们尚未萌芽的时候,及时设法制止。

依莎贝拉 可是您也应该发发慈悲。

安哲鲁 我在秉公执法的时候,就在大发慈悲。因为我怜悯那些我所不知道的人,惩罚了一个人的过失,可以叫他们不敢以身试法。而且我也没有亏待了他,他在一次抵罪以后,也可以不致再在世上重蹈覆辙。你且宽心吧,你的兄弟明天是一定要死的。

依莎贝拉 那么您一定要做第一个判罪的人,而他是第一个受到这样刑罚的人吗?唉!有着巨人一样的膂力是一件好事,可是把它像一个巨人一样使用出来,却是残暴的行为。

路西奥 (向依莎贝拉旁白)说得好。

依莎贝拉 世上的大人先生们倘使都能够兴雷作电,那么天上的神明将永远得不到安静,因为每一个微僚末吏都要卖弄他的威风,让天空中充满了雷声。上天是慈悲的,它宁愿把雷霆的火力,去劈碎一株槎枒壮硕的橡树,却不去损坏柔弱的郁金香;可是骄傲的世人掌握到暂时的权力,却会忘记了自己琉璃易碎的本来面目,像一头盛怒的猴子一样,装扮出种种丑恶的怪相,使天上的神明们因为怜悯他们的痴愚而流泪;如果诸神与我们一般脾性,他们笑也会笑死的。

路西奥 (向依莎贝拉旁白)说下去,说下去,他会懊悔的。他已经有点动心了,我看得出来。

狱吏 (旁白)上天保佑她把他说服!

依莎贝拉 我们不能按着自己去评判我们的兄弟;大人物可以戏侮圣贤,显露他们的才华,可是在平常人就是亵渎不敬。

路西奥 (向依莎贝拉旁白)你说得对,再说下去。

依莎贝拉 将官嘴里一句一时气愤的话,在兵士嘴里却是大逆不道。

路西奥 （向依莎贝拉旁白）你明白了吧？再说下去。

安哲鲁 你为什么要向我说这些话？

依莎贝拉 因为当权的人虽然也像平常人一样有错误，可是他却可以凭藉他的权力，把自己的过失轻轻忽略过去。请您反躬自省，问一问您自己的心，有没有犯过和我的弟弟同样的错误；要是它自觉也曾沾染过这种并不超越人情的罪恶，那么请您舌上超生，收回要我弟弟命的话吧。

安哲鲁 她说得那样有理，倒叫我心思摇惑不定。——恕我失陪了。

依莎贝拉 大人，请您回过身来。

安哲鲁 我还要考虑一番。你明天再来吧。

依莎贝拉 请您听我说我要怎样报答您的恩惠。

安哲鲁 怎么！你要贿赂我吗？

依莎贝拉 是的，我要用上天也愿意嘉纳的礼物贿赂您。

路西奥 （向依莎贝拉旁白）亏得你这么说，不然事情又糟了。

依莎贝拉 我不向您呈献黄金铸成的钱财，也不向您呈献贵贱随人喜恶的宝石；我要献给您的，是黎明以前上达天听的虔诚的祈祷，它从太真纯璞的处女心灵中发出，是不沾染半点俗尘的。

安哲鲁 好，明天再来见我吧。

路西奥 （向依莎贝拉旁白）很好，我们去吧。

依莎贝拉 上天赐大人平安！

安哲鲁 （旁白）阿门；因为我已经受到诱惑了，我们两人的祈祷是貌同心异的。

依莎贝拉 明天我在什么时候访候大人呢？

安哲鲁 午前无论什么时候都行。

依莎贝拉　愿您消灾免难！（依莎贝拉、路西奥及狱吏下）

安哲鲁　免受你和你的德行的引诱！什么？这是从哪里说起？是她的错处？还是我的错处？诱惑的人和受诱惑的人，哪一个更有罪？嘿！她没有错，她也没有引诱我。像芝兰旁边的一块臭肉，在阳光下蒸发腐烂的是我，芝兰却不曾因为枯萎而失去了芬芳，难道一个贞淑的女子，比那些狂花浪柳更能引动我们的情欲吗？难道我们明明有许多荒芜的旷地，却必须把圣殿拆毁，种植我们的罪恶吗？呸！呸！呸！安哲鲁，你在干些什么？你是个什么人？你因为她的纯洁而对她爱慕，因为爱慕她而必须玷污她的纯洁吗？啊，让她的弟弟活命吧！要是法官自己也偷窃人家的东西，那么盗贼是可以振振有词的。啊！我竟是这样爱她，所以才想再听见她说话、饱餐她的美色吗？我在做些什么梦？狡恶的魔鬼为了引诱圣徒，会把圣徒作他钩上的美饵；因为爱慕纯洁的事物而驱令我们犯罪的诱惑，才是最危险的。娼妓用尽她天生的魅力，人工的狐媚，都不能使我的心中略起微波，可是这位贞淑的女郎却把我完全征服了。我从前看见人家为了女人发痴，总是讥笑他们，想不到我自己也会有这么一天！（下）

第三场　狱中一室

公爵作教士装及狱吏上。

公　爵　尊驾是狱官吗？愿你有福！

狱　吏　正是，师傅有何见教？

公　爵　为了存心济世，兼奉教中之命，我特地来此访问苦难颠倒的众生。请你许我看看他们，告诉我他们各人所犯的罪名，好让我向他们劝导指点一番。

狱　吏　师傅但有所命，敢不乐从。瞧，这儿来的一位姑娘，因为年轻识浅，留下了终身的玷辱，现在她怀孕在身，她的情人又被判死刑；他是一个风流英俊的青年，却为风流葬送了一生！

朱丽叶上。

公　爵　他的刑期定在什么时候？

狱　吏　我想是明天。（向朱丽叶）我已经给你一切预备好了，稍待片刻，就可以送你过去。

公　爵　美貌的人儿，你自己知道悔罪吗？

朱丽叶　我忏悔，我现在忍辱含羞，都是我自己不好。

公　爵　我可以教你怎样悔罪的方法。

朱丽叶　我愿意诚心学习。

公　爵　你爱那害苦你的人吗？

朱丽叶　我爱他，是我害苦了他。

公　爵　这么说来，那么你们所犯的罪恶，是彼此出于自愿的吗？

朱丽叶　是的。

公　爵　那么你的罪比他更重。

朱丽叶　是的，师傅，我现在忏悔了。

公　爵　那很好，孩子；可是也许你的忏悔只是因为你的罪恶给你带来了耻辱，这种哀痛的心情还是为了自己，说明我们不再为非作歹不是因为爱上帝，而是因为畏惧惩罚——

朱丽叶　我深知自己的罪恶，所以诚心忏悔，虽然身受耻辱，我也欣然接受。

公　爵　这就是了。听说你的爱人明天就要受死，我现在要去向他开导开导。上帝保佑你！（下）

朱丽叶　明天就要死！痛苦的爱情呀！你留着我这待死之身，却叫惨死的恐怖永远缠绕着我！

狱　吏　可怜！（同下）

第四场　安哲鲁府中一室

安哲鲁上。

安哲鲁　我每次要祈祷沉思的时候，我的心思总是纷乱无主：上天所听到的只是我的口不应心的空言，我的精神却贯注在依莎贝拉身上；上帝的名字挂在我的嘴边咀嚼，心头的欲念，兀自在那里奔腾。我已经厌倦于我所矜持的尊严，正像一篇大好的文章一样，在久读之后，也会使人掩耳；现在我宁愿把我这岸然道貌，去换一根因风飘荡的羽毛。什么地位！什么面子！多少愚人为了你这虚伪的外表而凛然生畏，多少聪明人为了它而俯首帖服！可是人孰无情，不妨把善良天使的名号写在魔鬼的角上，冒充他的标志。

一仆人上。

安哲鲁　啊，有谁来了？

仆　人　一个叫依莎贝拉的修女求见大人。

安哲鲁　领她进来。（仆人下）天啊！我周身的血液为什么这样涌上心头，害得我心旌摇摇不定，浑身失去了气力？正像一群愚人七手八脚地围集在一个晕去的人的身边一样，本想救他，却因阻塞了空气的流通而使他醒不过来；又像一个圣明的君主手下的子民，各弃所业争先恐后地拥挤到宫廷里来瞻望颜色，无谓的忠诚反而造成了罪过。

依莎贝拉上。

安哲鲁　啊，姑娘！

依莎贝拉　我来听候大人的旨意。

安哲鲁　我希望你自己已经知道，用不着来问我。你的弟弟不能活命。

依莎贝拉 好。上天保佑您！

安哲鲁 可是他也许可以多活几天；也许可以活得像你我一样长；可是他必须死。

依莎贝拉 您一定要判他死吗？

安哲鲁 是的。

依莎贝拉 那么请问他在什么时候受死？好让他在未死之前忏悔一下，免得灵魂受苦。

安哲鲁 哼！这种下流的罪恶！用暧昧的私情偷铸上帝的形象，就像从造化窃取一个生命，同样是不可饶恕的。用诈伪的手段剥夺合法的生命，和非法地使一个私生的孩子问世，完全没有差别。

依莎贝拉 这是天上的法律，人间却不是如此。

安哲鲁 你以为是这样的吗？那么我问你：你还是愿意让公正无私的法律取去你兄弟的生命呢，还是愿意像那个被他奸污的姑娘一样，牺牲肉体的清白，把他救赎出来？

依莎贝拉 大人，相信我，我情愿牺牲肉体，却不愿玷污灵魂。

安哲鲁 我不是跟你讲什么灵魂。你知道迫不得已犯下的罪恶是只能充数，不必计较的。

依莎贝拉 您这话是什么意思？

安哲鲁 当然，我不能保证这点；因为我所说的将来还可以否认。回答我这一个问题：我现在代表着明文规定的法律，宣布你兄弟的死刑；假使为了救你的兄弟而犯罪，这罪恶是不是一件好事呢？

依莎贝拉 请您尽管去作吧，有什么不是，我愿用灵魂去担承；这是好事，根本不是什么罪恶。

安哲鲁　那么按照同样的方式权衡轻重，你也可以让灵魂冒险去犯罪呀！

依莎贝拉　倘使我为他向您乞恕是一种罪恶，那么我愿意担当上天的惩罚；倘使您准许我的请求是一种罪恶，那么我会每天清晨祈祷上天，让它归并到我的身上，决不托累您。

安哲鲁　不，你听我。你误会了我的意思了。也许是你不懂我的话，也许你假装不懂，那可不大好。

依莎贝拉　我除了有一点自知之明之外，宁愿什么都不懂，事事都不好。

安哲鲁　智慧越是遮掩，越是明亮，正像你的美貌因为蒙上黑纱而十倍动人。可是听好，我必须明白告诉你，你兄弟必须死。

依莎贝拉　噢。

安哲鲁　按照法律，他所犯的罪名应处死刑。

依莎贝拉　是。

安哲鲁　我现在要这样问你，你的兄弟已经难逃一死，可是假使有这样一条出路——其实无论这个或任何其他作法，当然都不可能，这只是为了抽象地说明问题——假使你，他的姊姊，给一个人爱上了，他可以授意法官，或者运用他自己的权力，把你的兄弟从森严的法网中解救出来，唯一的条件是你必须把你肉体上最宝贵的一部分献给此人，不然他就得送命，那么你预备怎样？

依莎贝拉　为了我可怜的弟弟，也为了我自己，我宁愿接受死刑的宣判，让无情的皮鞭在我身上留下斑斑的血迹，我会把它当作鲜明的红玉；即使把我粉身碎骨，我也会从容就死，像一个疲倦的旅人奔赴他的渴慕的安息，我却不愿让我的身体蒙上羞辱。

安哲鲁　那么你的兄弟就再不能活了。

依莎贝拉　还是这样的好，宁可让一个兄弟在片刻的惨痛中死去，不要让他的姊姊因为救他而永远沉沦。

安哲鲁　那么你岂不是和你所申斥的判决同样残酷吗？

依莎贝拉　卑劣的赎罪和大度的宽赦是两件不同的事情；合法的慈悲，是不可和肮脏的徇纵同日而语的。

安哲鲁　可是你刚才却把法律视为暴君，把你兄弟的过失，认作一时的游戏而不是罪恶。

依莎贝拉　原谅我，大人！我们因为希望达到我们所追求的目的，往往发出违心之论。我爱我的弟弟，所以才会在无心中替我所痛恨的事情辩解。

安哲鲁　我们都是脆弱的。

依莎贝拉　如果你所说的脆弱，只限于我兄弟一人，其他千千万万的男人都毫无沾染，那么他倒是死得不冤了。

安哲鲁　不，女人也是同样的脆弱。

依莎贝拉　是的，正像她们所照的镜子一样容易留下影子，也一样容易碎裂。女人！愿上天帮助她们！男人若是利用她们的弱点来占便宜，恰恰是污毁了自己。不，你尽可以说我们是比男人十倍脆弱的，因为我们的心性像我们的容颜一样温柔，经不起虚伪的摧残。

安哲鲁　我同意你的话。你既然自己知道你们女人的柔弱，我想我们谁都抵抗不住罪恶的引诱，那么恕我大胆，我要用你的话来劝告你自己：请你保持你女人的本色吧；你既然不能做一个超凡绝俗的神仙，而从你一切秀美的外表看来，都不过是一个女人，那么就该接受一个女人不可避免的命运。

依莎贝拉　我只有一片舌头，说不出两种言语；大人，请您还是用您原来的语调对我说话吧。

安哲鲁　老老实实说，我爱你。

依莎贝拉　我的弟弟爱朱丽叶，你却对我说他必须因此受死。

安哲鲁 依莎贝拉，只要你答应爱我，就可以免他一死。

依莎贝拉 我知道你自恃德行高超，无须检点，但是这样对别人漫意轻薄，似乎也有失体面。

安哲鲁 凭着我的名誉，请相信我的话出自本心。

依莎贝拉 嘿！相信你的名誉！你那卑鄙龌龊的本心！好一个虚有其表的正人君子！安哲鲁，我要公开你的罪恶，你等着瞧吧！快给我签署一张赦免我弟弟的命令，否则我要向世人高声宣布你是一个怎样的人。

安哲鲁 谁会相信你呢，依莎贝拉？我的洁白无瑕的名声，我的持躬的严正，我的振振有词的驳斥，我的秉持国政的地位，都可以压倒你的控诉，使你自取其辱，人家会把你的话当作挟嫌诽谤，我现在一不做二不休，不再控制我的情欲，你必须满足我的饥渴，放弃礼法的拘束，解脱一切忸怩，这些对你要请求的事情是有害无利的；把你的肉体呈献给我，来救你弟弟的性命，否则他不但不能活命，而且因为你的无情冷酷，我要叫他遍尝各种痛苦而死去。明天给我答复，否则我要听任感情的支配，叫他知道些厉害。你尽管向人怎样说我，我的虚伪会压倒你的真实。（下）

依莎贝拉 我将向谁诉说呢？把这种事情告诉别人，谁会相信我？凭着一条可怕的舌头，可以操纵人的生死，把法律供自己的驱使，是非善恶，都由他任意判断！我要去看我的弟弟，他虽然因为一时情欲的冲动而堕落，可是他是一个爱惜荣誉的人，即使他有二十颗头颅，他也宁愿让它们在二十个断头台上被人砍落，而不愿让他姊姊的身体遭受如此的污辱。依莎贝拉，你必须活着做一个清白的人，让你的弟弟死去吧，贞操是比兄弟更为重要的。我还要去把安哲鲁的要求告诉他，叫他准备一死，使他的灵魂得到安息。（下）

第三幕

第一场 狱中一室

公爵作教士装及克劳狄奥、狱吏同上。

公　爵　那么你在希望安哲鲁大人的赦免吗？

克劳狄奥　希望是不幸者的唯一药饵；我希望活，可是也准备着死。

公　爵　能够抱着必死之念，那么活果然好，死也无所惶虑。对于生命应当作这样的譬解：要是我失去了你，我所失去的，只是一件愚人才会加以爱惜的东西，你不过是一口气，寄托在一个多灾多难的躯壳里，受着一切天时变化的支配。你不过是被死神戏弄的愚人，逃避着死，结果却奔进他的怀里。你并不高贵，因为你所有的一切配备，都沾濡着污浊下贱。你并不勇敢，因为你畏惧着微弱的蛆虫的柔软的触角。睡眠是你所渴慕的最好的休息，可是死是永恒的宁静，你却对它心惊胆裂。你不是你自己，因为你的生存全赖着泥土中所生的谷粒。你并不快乐，因为你永远追求着你所没有的事物，而遗忘了你所已有的事物。你并不静止不变，因为你的脾气像月亮一样随时变化。你即使富有，也和穷苦无异,因为你正像一头不胜重负的驴子,背上驮载着金块在旅途上跋涉,直等死来替你卸下负荷。你没有朋友,因为即使是你自己的骨血,嘴里称你为父亲尊长,心里也在咒诅着你不早早伤风发疹而死。你没有青春也没有年老,二者都只不过是你在餐后的睡眠中的一场梦景;因为你在年轻的时候,必须像一个衰老无用的人一样,向你的长者乞讨赒济;到你年老有钱的时候,你的感情已经冰冷,你的四肢已经麻痹,你的容貌已经丑陋,纵有财富,也享不到丝毫乐趣。那么所谓生命这东西,究竟有什么值得宝爱呢?在我们的生命中隐藏着千万次的死亡,可是我们对于结束一切痛苦的死亡却那样害怕。

克劳狄奥 谢谢您的教诲。我本来希望活命,现在却惟求速死;我要在死亡中寻求永生,让它临到我的身上吧。

依莎贝拉 (在内)有人吗!愿这里平安有福!

狱　吏 是谁?进来吧,这样的祝颂是应该得到欢迎的。

公　爵 先生,不久我会再来看你。

克劳狄奥 谢谢师傅。

依莎贝拉上。

依莎贝拉 我要跟克劳狄奥说两句话儿。

狱　吏 欢迎得很。瞧,先生,你的姊姊来了。

公　爵 狱官,让我跟你说句话儿。

狱　吏 您尽管说吧。

公　爵 把我带到一个地方去,可以听见他们说话,却不让他们看见我。(公爵及狱吏下)

克劳狄奥 姊姊,你给我带些什么安慰来?

依莎贝拉 我给你带了最好的消息来了。安哲鲁大人有事情要跟上天接洽,希望差你立刻起程。你可以永远住在那里,所以你快快准备好,明天就要出发了。

克劳狄奥 没有挽回了吗？

依莎贝拉 没有挽回了，除非为了要保全一颗头颅而劈碎了一颗心。

克劳狄奥 那么还有法想吗？

依莎贝拉 是的，弟弟，你可以活：法官有一种恶魔样的慈悲，你要是恳求他，他可以放你活命，可是你将终身披戴镣铐直到死去。

克劳狄奥 永久的禁锢吗？

依莎贝拉 是的，永久的禁锢；纵使你享有广大的世界，也不能挣脱这一种束缚。

克劳狄奥 是怎样一种束缚呢？

依莎贝拉 你要是屈服应承了，你的廉耻将被完全褫夺，使你毫无面目做人。

克劳狄奥 请明白告诉我吧。

依莎贝拉 啊，克劳狄奥，我在担心着你；我害怕你会爱惜一段狂热的生命，重视有限的岁月，甚于永久的荣誉。你敢毅然就死吗？死的惨痛大部分是心理上造成的恐怖，被我们践踏的一只无知的甲虫，它的肉体上的痛苦，和一个巨人在临死时所感到的并无异样。

克劳狄奥 你为什么要这样羞辱我？你以为温柔的慰藉，可以坚定我的决心吗？假如我必须死，我会把黑暗当作新娘，把它拥抱在我的怀里。

依莎贝拉 这才是我的好兄弟，父亲地下有知，也一定会这样说的。是的，你必须死，你是一个正直的人，决不愿靠着卑鄙的手段苟全生命。这个外表俨如神圣的摄政，板起面孔摧残着年轻人的生命，像鹰隼一样不放松他人的错误，却不料他自己正是一个魔鬼。他的污浊的灵魂要是揭露出来，就像是一口地狱一样幽黑的深潭。

克劳狄奥 正人君子的安哲鲁,竟是这样一个人吗?

依莎贝拉 啊,这是地狱里狡狯的化装,把罪恶深重的犯人装扮得像一个天神。你想得到吗,克劳狄奥?要是我把我的贞操奉献给他,他就可以把你释放。

克劳狄奥 天啊,那真太岂有此理了!

依莎贝拉 是的,我要是容许他犯这丑恶的罪过,他对你的罪恶就可以置之不顾了。今夜我必须去干那我所不愿把它说出口来的丑事,否则你明天就要死。

克劳狄奥 那你可干不得。

依莎贝拉 唉!他倘若要的是我的命,那我为了救你的缘故,情愿把它毫不介意地抛掷了。

克劳狄奥 谢谢你,亲爱的依莎贝拉。

依莎贝拉 那么克劳狄奥,你预备着明天死吧。

克劳狄奥 是。他也有感情,使他在执法的时候自己公然犯法吗?那一定不是罪恶;即使是罪恶,在七大重罪中也该是最轻的一项。

依莎贝拉 什么是最轻的一项?

克劳狄奥 倘使那是一件不可赦的罪恶,那么他是一个聪明人,怎么会为了一时的游戏,换来了终身的愧疚?啊,依莎贝拉!

依莎贝拉 弟弟你怎么说?

克劳狄奥 死是可怕的。

依莎贝拉 耻辱的生命是尤其可悯的。

克劳狄奥 是的,可是死了,到我们不知道的地方去,长眠在阴寒的囚牢里发霉腐烂,让这有知觉有温暖的、活跃的生命化为泥土;一个追求着欢乐的灵魂,沐浴在火焰一样的热流里,或者幽禁在寒气砭骨的冰山，无形的飚风把它吞卷，回绕着上下八方肆意狂吹：也许还有比一切无稽的想象所能臆测的更大的惨痛，那太可怕了！只要活在这世上，无论衰老、病痛、穷困和监禁给人怎样的烦恼苦难，比起死的恐怖来，也就像天堂一样幸福了。

依莎贝拉 唉！唉！

克劳狄奥 好姊姊，让我活着吧！你为了救你弟弟而犯的罪孽，上天不但不会责罚你，而且会把它当作一件善事。

依莎贝拉 呀，你这畜生！没有信心的懦夫！不知廉耻的恶人！你想靠着我的丑行而活命吗？为了苟延你自己的残喘，不惜让你的姊姊蒙污受辱，这不简直是伦常的大逆吗？我真想不到！愿上帝教我的母亲不曾失去过贞操；像你这样一个下流荒唐的不肖子，也太不像我父亲的亲骨肉了！从今以后，我和你义断恩绝，你去死吧！即使我只须一举手之劳可以把你救赎出来，我也宁愿瞧着你死。我要用千万次的祈祷求你快快死去，却不愿说半句话救你活命。

克劳狄奥 不，听我说，依莎贝拉。

依莎贝拉 呸！呸！呸！你的犯罪不是偶然的过失，你已经把它当作一件不足为奇的常事。对你怜悯的，自己也变成了淫媒。你还是快点儿死吧。（欲去）

克劳狄奥 啊，听我说，依莎贝拉。

公爵重上。

公　爵 年轻的姊妹，允许我跟你说句话。

依莎贝拉 请问有何见教？

公　爵 你要是有工夫，我有些话要跟你谈谈；我所要向你探问的事情，对你自己也很有关系。

依莎贝拉 我没有多余的工夫，留在这儿会耽误其他的事情；可是我愿意为你稍驻片刻。

公　爵　（向克劳狄奥旁白）孩子，我已经听到了你们姊弟俩的谈话。安哲鲁并没有向她图谋非礼的意思，他不过想试探试探她的品性，看看他对于人性的评断有没有错误。她因为是一个冰清玉洁的女子，断然拒绝了他的试探，那正是他所引为异常欣慰的。我曾经监临安哲鲁的忏悔，知道这完全是事实。所以你还是准备着死吧，不要抱着错误的希望，使你的决心动摇。明天你必须死，赶快跪下来祈祷吧。

克劳狄奥　让我向我的姊姊赔罪。现在我对生命已经毫无顾恋，但愿速了此生。

公　爵　打定这个主意吧，再会。（克劳狄奥下）

狱吏重上。

公　爵　狱官，跟你说句话儿。

狱　吏　师傅有什么见教？

公　爵　你现在来了，可是我希望你离开。让我和这位姑娘谈一会儿话，你可以相信我的誓言，我不会加害于她。

狱　吏　我就去。（下）

公　爵　造物给你美貌，也给你美好的德性；没有德性的美貌，是转瞬即逝的；可是因为在你的美貌之中，有一颗美好的灵魂，所以你的美貌是永存的。安哲鲁对你的侮辱，已经被我偶然知道了；倘不是他的堕落已有先例，我一定会对他大感不解。你预备怎样满足这位摄政，搭救你的兄弟呢？

依莎贝拉　我现在就要去答复他，我宁愿让我的弟弟死于国法，不愿有一个非法而生的孩子。唉！我们那位善良的公爵是多么受了安哲鲁的欺骗！等他回来以后，我要是能够当着他的面，一定要向他揭穿安哲鲁的治绩。

公　爵　那也好，可是照现在的情形看来，他仍旧可以有辞自解，他可以说，那不过是试试你罢了。所以我劝你听我的劝告，我因为欢喜帮助人家，已经想出了一个办法。我相信你可以对一位受委屈的、可怜的小姐做一件光明正大的好事，从愤怒的法律下救出你的兄弟，不但不使你冰清玉洁的身体白璧蒙玷，而且万一公爵回来后知道了这件事情，也一定会十分高兴的。

依莎贝拉 请你说下去。只要是无愧良心的事，我什么都敢去做。

公　　爵 有德必有勇，正直的人决不胆怯。你知道溺海而死的勇士弗莱德里克有一个妹妹名叫玛利安娜吗？

依莎贝拉 我曾经听人说起过这位小姐，提起她名字的时候人家总是称赞她的好处。

公　　爵 她和这个安哲鲁本来已经缔下婚约，婚期也已选定了，可是就在订婚以后举行婚礼以前，她的哥哥弗莱德里克在海中遇难，他妹妹的嫁奁就在那艘失事的船上，也一起同归于尽了。这位可怜的小姐真是倒霉透顶，她既然失去了一位高贵知名的哥哥，他对她是一向爱护备至的；而且她的嫁奁，她的大部分的财产，也随着他葬身鱼腹；这还不算，她又失去了一个已经订婚的丈夫，这个假道学的安哲鲁。

依莎贝拉 有这种事？安哲鲁就这样把她遗弃了吗？

公　　爵 他把她遗弃不顾，让她眼泪洗面，也不向她说半句安慰的话儿；故意说他发现了她的品行不端，把盟约完全撕毁。她直到如今，还在为他的薄幸而哀伤泣血，可是他却像一块大理石一样，眼泪洗不软他的硬心肠。

依莎贝拉 这位可怜的姑娘活着还不如死去，可是让这个家伙活在人世，那真是毫无天理了！可是我们现在怎么能够帮助她呢？

公　　爵 这一个裂痕你可以很容易把它修补；你要是能够成

全这一件好事,不但可以救活你的兄弟,也可以保全你的贞节。

依莎贝拉　好师傅,请你指点我。

公　爵　我所说起的这位姑娘,始终保持着专一的爱情;他的薄情无义,照理应该使她斩断情丝,可是像一道受到阻力的流水一样,她对他的爱反而因此更加狂烈。你现在可以去见安哲鲁,屈意应承他的要求,可是必须提出这样的条件:你和他约会的时间不能过于长久,而且必须在天黑人静以后便于来往的地方。他答应了这样的条件,我们就可以去劝这位受屈的姑娘顶替着你如约前往。这次的幽会将来暴露出来,他不能不设法向她补偿。这样你的兄弟可以救出,你自己的清白不受污损,可怜的玛利安娜因此重圆破镜,淫邪的摄政也可以得到教训。我会去向这位姑娘说,叫她依计而行。你要是愿意这样做,那么虽然是一种骗局,可是因为它有这么多重的好处,尽可问心无愧。你的意思怎样?

依莎贝拉　想象到这一件事,已经使我感觉安慰,我相信它一定会得到美满的结果。

公　爵　那可全仗你的出力。快到安哲鲁那边去,他即使要在今夜向你求欢,你也一口答应他。我现在就要到圣路加教堂去,玛利安娜所住的田庄就在它的附近,你可以在那边找我,事情要干得愈快愈妙。

依莎贝拉　谢谢你的好主意。再见,好师傅。(各下)

第二场　监狱前街道

公爵作教士装上;爱尔博、庞贝及差役等自对方上。

爱尔博　嘿,要是你们不肯改邪归正,一定要把男人女人像牲畜一样买卖,那么这世界上要碰来碰去都是私生子了。

公　爵　天啊！又是什么事情？

庞　贝　真是一个杀风景的世界！咱们放风月债的倒够了霉，他们放高利贷的，法律却让他穿起皮袍子来，怕他着了凉；那皮袍子是外面狐皮里面羊皮，因为狡猾的狐狸比善良的绵羊值钱，这世界到处是好人吃苦，坏人出头！

爱尔博　走吧，朋友。您好，师傅！

公　爵　您好，大哥。请问这个人所犯何事？

爱尔博　不瞒师傅说，他冒犯了法律，而且我们看他还是个贼，因为我们在他身上搜到了一把撬锁的东西，已经送到摄政老爷那里去了。

公　爵　好一个不要脸的王八！你靠着散播罪恶，做你活命的根本。你肚里吃的，身上穿的，没有一件不是用龌龊的造孽钱换来。你自己想一想，你喝着肮脏，吃着肮脏，穿着肮脏，住着肮脏，你还能算是一个人吗？快去好好地改过自新吧。

庞　贝　不错。肮脏是有些肮脏，可是我可以证明——

公　爵　哼，如果魔鬼给罪恶出过证明，你当然也可以证明了。官差，把他带到监狱里去吧。重刑和教诲必须同时并用，才可以叫这畜生畏法知过。

爱尔博　我们要把他带去见摄政老爷，他早就警告过他了。摄政老爷最恨的是这种王八羔子；一个乌龟要是来到摄政老爷面前，他就该上路了。

公　爵　我们要是大家都能像有些人在表面看来那样立身无过，那就好了！

爱尔博　您就要得到他的小命啦，只差一根绳索，师傅。

庞　贝　谢天谢地，救命的人来了，我的朋友到了。

路西奥上。

路西奥　啊，尊贵的庞贝！你给凯撒捉住了吗？他们奏凯归来,把你拖在车轮上面游行吗?难道你现在已经没有姑娘们应市,可以让你掏空人家的钱袋吗?你怎么说?哈,这个调门儿、这场把戏、这个办法不坏吧?上次下大雨没淹着吗?你怎么说,老丈?世界已经换了样子变得沉默寡言了吗?是怎么一回事?

公　爵　世界永远是这样,向着堕落的路上跑!

路西奥　你那宝贝女东家好不好?她现在还在干那老行当吗?

庞　贝　不瞒您说,大爷,她已经坐吃山空,连裤子都当光了。

路西奥　啊,那很好,俏姐儿、骚鸨儿,免不了有这么一天。你现在到监狱里去吗,庞贝?

庞　贝　是的,大爷。

路西奥　啊,那也很好,庞贝,再见!你去对他们说是我叫你来的。是为了欠了人家的钱吗,庞贝?还是为了什么?

庞　贝　他们因为我是个王八才抓我。

路西奥　好,那么把他关起来吧。他是个道地的王八,而且还是个世袭的哩。再见,好庞贝,给我望望坐牢的朋友们。这回你可以安分守己了,庞贝;因为你只好大门不出、二门不迈了。

庞　贝　好大爷,我想请您把我保出来。

路西奥　不,那不成,庞贝,我是不干那行的。我可以为你祈祷,求上天把你关长久一些。要是你没有耐性,在牢里惹事生非,那正说明你是个好样的。回头见,好庞贝。——祝福你,师傅。

公　爵　祝福你。

路西奥　布利吉姑娘还那么爱打扮吗,庞贝?

爱尔博　走吧,朋友,走吧。

庞　贝　那么您不肯保我吗?

路西奥 不保,庞贝。师傅,外面有什么消息?

爱尔博 走吧,朋友,快走。

路西奥 庞贝,钻到狗洞里去吧。(爱尔博、庞贝及差役等下)师傅,关于公爵你知道有什么消息?

公 爵 我不知道。你可以告诉我一些吗?

路西奥 有人说他去看俄罗斯皇帝,有人说他在罗马,可是你想他到底在哪里?

公 爵 我不知道。可是无论他在什么地方,我愿他平安。

路西奥 他这样悄悄溜走,不在朝里享福,倒去做一个云游的叫花子,简直是在发疯。安哲鲁大人代理他把地方治得很好,犯罪的都逃不过他。

公 爵 是的,他代理得很好。

路西奥 其实他对于犯奸淫的人稍为放松一点儿,也是不碍什么的,像他这样子,未免太苛了。

公 爵 这种罪恶太普遍了,必须用严刑方才能够矫正过来。

路西奥 对啊,这种罪恶是人人会犯的;可是师傅,你要是想把它完全消灭,那你除非把吃喝也一起禁止了。他们说这个安哲鲁不是像平常人那样爷娘生下来的,你想这话真不真?

公 爵 那么他是怎么生下来的呢?

路西奥 有人说他是女人鱼产下的卵,有人说他的父母是两条风干的鲞鱼。可是我的的确确知道他撒下的尿都冻成了冰,我也的的确确知道他是个活动的木头人。

公 爵 先生,你太爱开玩笑了。

路西奥 嘿,人家的鸡巴不安分,他就要人家的命,这还成什么话儿!公爵倘使还在这儿,他也会这样吗?哼,他不但不因为人家养了一百个私生子而把他吊死,他还要自己拿出钱来抚养一千个私生子哩。他自己也是喜欢逢场作戏的，所以他不会跟别人苦苦作对。

公　爵　我可从来不知道公爵也是喜欢玩女人的，他不是那样一个人吧。

路西奥　那你可受了人家的欺了，师傅。

公　爵　不见得吧。

路西奥　嘿，他看见了一个五十岁的老乞婆，也会布施她一块钱呢；他这人是有些想入非非的。告诉你知道吧，他还是个爱喝酒的。

公　爵　你把他说得太不成话了。

路西奥　我跟他非常熟悉。这位公爵是一个害羞的人，他这次离开的原因我是知道的。

公　爵　请问是什么原因呢？

路西奥　对不起，这是一个不能泄漏的秘密；可是我可以让你知道，一般人都认为这位公爵很有智慧。

公　爵　啊，他当然是很有智慧的。

路西奥　他是个浅薄愚笨、没有头脑的家伙。

公　爵　也许是你妒嫉他，也许是你自己愚蠢，也许是你看错了人，所以才会这样信口胡说。他的立身处世和他的操劳国事，都可以证明你所说的话完全不对。只要按照他的言行来检验，那么即使妒嫉他的人，也不得不承认他是一个学者、一个政治家和一个军人。你这样诽谤他，足见你自己的无知；或者，即使你略有所知，也是由于心怀恶意而故意掩盖真相。

路西奥　我认识他，我跟他很有交情哩。

公　爵　有交情就不会说这种话；真有交情，谈话里会体现出真挚的友情。

路西奥　算了吧，我可不会随便瞎说的。

公　爵　这我可不相信,因为你不知道你自己在说些什么话。可是公爵倘使有一天回来——这是我们众人都馨香祷祝的——我要请你当着他的面回答我的问话;你现在说的倘是老实话,那时候一定不会否认。我们后会有期;请教尊姓大名?

路西奥　鄙人名叫路西奥,公爵是很熟悉我的。

公　爵　要是我有机会向他谈起你的话,他一定会更加熟悉你的。

路西奥　我恐怕你不能吧。

公　爵　啊,你希望公爵永远不会回来,也许你以为我是个无足轻重的对手。当然,我的话恐怕伤害不了你,因为你准会矢口否认的。

路西奥　我要是否认就不得好死,你别看错人了。可是这些话不必多说。你知道克劳狄奥明天会不会死?

公　爵　他为什么要死?

路西奥　为什么?为了把一只漏斗插进人家的瓶子里去。但愿我们刚才所说的那位公爵早点儿回来,这个绝子绝孙的摄政要叫大家不许生男育女,好让维也纳将来死得不剩一个人。就是麻雀在他的屋檐下做窠,他也要因为它们的淫荡而把它们赶掉呢。公爵在这里的时候,对于这种不干不净的事情是不闻不问的,他决不会把它们在光天化日之下揭露出来,要是他回来了就好了!这个克劳狄奥就是因为松了松裤带,才给判了死罪。再见,好师傅,请你给我祈祷祈祷。我再告诉你吧,公爵在持斋的日子会偷吃羊肉。他人老心不老,看见个女叫花子也会拉住亲个嘴儿,尽管她满嘴都是黑面包和大蒜的气味。你就说我这样告诉你。再见。(下)

公　爵　人间的权力尊荣,总是逃不过他人的讥弹;最纯洁的德性,也免不了背后的诽谤。哪一个国王有力量堵塞住谗言的唇舌呢？可是有谁来了？

爱斯卡勒斯、狱吏及差役等牵咬弗动太太上。

爱斯卡勒斯　去，把她送到监狱里去！

咬弗动太太　好老爷，饶了我吧；您是一个慈悲的好人，我的好爷爷！

爱斯卡勒斯　再三告诫过你，你还是不知道悔改吗？无论怎样慈悲的人，看见像你这种东西，也会变做铁面阎罗的。

狱　　吏　禀大人，她当鸨妇已经当了十一年了。

咬弗动太太　老爷，这都是路西奥那家伙跟我作对信口胡说的。公爵老爷在朝的时候，他把一个姑娘弄大了肚皮，他答应娶她，那孩子到今年五月一日就该有一岁了，我一直替他养着，现在他反而到处说我的坏话！

爱斯卡勒斯　那家伙是个淫棍，去把他找来。把她送到监狱里去！走吧，别多说了。（差役推咬弗动太太下）狱官，我的同僚安哲鲁意见已决，克劳狄奥明天必须处决。给他请好神父；预备好一切身后之事。安哲鲁不肯发半点怜悯之心，我也没有办法。

狱　　吏　禀大人，这位师傅曾经去看过克劳狄奥，跟他谈论过死生的大道理。

爱斯卡勒斯　晚安，神父。

公　　爵　愿大人有福！

爱斯卡勒斯　你是从哪儿来的？

公　　爵　我不是本国人，只是由于偶然的机缘，目前在这里居留；我是一个以慈悲为事的教门的教徒，新近奉教皇之命，从教廷来办一些公务。

爱斯卡勒斯　外边有什么消息没有？

公　　爵　没有，可是我知道过于热中为善，需要一服解热的药剂;新奇的事物是众人追求的目标;习见既久,即成陈腐;常道一成不变,持恒即为至德;人心不可测,择交当谨慎。世间的事情,大抵就像这几句哑谜。虽然是老生常谈,可是每天都可以发见类似的例子。请问大人,公爵是个何等之人?

爱斯卡勒斯 他是一个重视自省工夫甚于一切纷争扰攘的人。

公　爵 他有些什么嗜好?

爱斯卡勒斯 他欢喜看见人家快乐,甚于自己追寻快乐,他是一个淡泊寡欲的君子。可是我们现在不用说他,但愿他平安如意吧。请你告诉我你看见克劳狄奥自知将死以后,有些什么准备?我听说你已经去访问过他了。

公　爵 他承认他所受的判决是情真罪当,愿意俯首听候法律的处分;可是他也抱着几分侥幸免死的妄想,我已经替他把这种妄想扫除,现在他已经安心待死了。

爱斯卡勒斯 你已经对上天尽了你的责任,也替这罪犯做了一件好事。我曾经多方设法营救他,可是我的同僚是这样的铁面无私,我不能不承认他是个严明的法官。

公　爵 他自己做人倘使也像他判决他人一样严正,那就很好了;要是他也有失足的一天,那么他现在已经对他自己下过判决了。

爱斯卡勒斯 我还要去看看这个罪犯。再会。

公　爵 愿您平安!(爱斯卡勒斯及狱吏下)
　　　　欲代上天行惩,
　　　　先应玉洁冰清;
　　　　持躬唯谨唯慎,
　　　　孜孜以德自绳;
　　　　诸事扪心反省,

待人一秉至公；
决不滥加残害，
对己放肆纵容。
安哲鲁则反之，
实乃羊皮虎质；
严谴他人小过，
自身变本加厉！
貌似正人君子，
企图一手遮天；
使尽狡猾伎俩，
索得名誉金钱。
何不以诈易诈，
令其弄假成真？
弱女虽遭遗弃，
亦可旧约重申；
即以其人之道，
还治其人之身。（下）

第四幕

第一场　圣路加教堂附近的田庄

玛利安娜及童儿上；童儿唱歌：

童　儿
　　　　莫以负心唇，
　　　　　　婉转弄辞巧；
　　　　莫以薄幸眼，
　　　　　　颠倒迷昏晓；
　　　　定情密吻乞君还，
　　　　　　当日深盟今已寒！

玛利安娜　别唱下去了，你快去吧，有一个可以给我安慰的人来了，他的劝告常常宽解了我的怨抑的情怀。（童儿下）

　　公爵仍着教士装上。

玛利安娜　原谅我，师傅，我希望您不曾看见我在这里好像毫没有心事似的听着音乐。可是相信我吧，音乐不能给我快乐，我只是借它抒泄我的愁怀。

公　爵　那很好，虽然音乐有一种魔力，可以感化人心向善，也可以诱人走上堕落之路。请你告诉我，今天有人到这儿来探问过我吗？我跟人家约好要在这个时候见面。

玛利安娜　我今天一直坐在这儿，不见有人问起过您。

公　爵　我相信你的话。现在时候就要到了，请你进去一会儿，也许随后我还要来跟你谈一些和你有切身利益的事。

玛利安娜　谢谢师傅。（下）

依莎贝拉上。

公　爵　你来得正好，欢迎欢迎。你从这位好摄政那边带了些什么消息来？

依莎贝拉　他有一个周围砌着砖墙的花园，在花园西面有一座葡萄园，必须从一道板门里进去，这个大钥匙便是开这板门的；从葡萄园到花园之间还有一扇小门，可以用这一个钥匙去开。我已经答应他在今夜夜深时分，到他花园里和他相会。

公　爵　可是你已经把路认清了吗？

依莎贝拉　我已经把它详详细细地记在心头；他曾经用不怀好意的殷勤，用耳语低声给我指点，领我在那条路上走了两趟。

公　爵　你们有没有约定其他应注意的事项必须叫他遵守？

依莎贝拉　没有，我只对他说我们必须在黑暗中相会，我也告诉他我不能久留，因为我假意对他说有一个仆人陪着我来，他以为我是为了我弟弟的事情而来的。

公　爵　这样很好。我还没有对玛利安娜说知此事。喂！出来吧！

玛利安娜重上。

公　爵　让我介绍你跟这位姑娘认识，她是来帮助你的。

依莎贝拉　我愿意能够为您效劳。

公　爵　你相信我是很尊重你的吧？

玛利安娜　好师傅，我一直知道您对我是一片诚心。

公　爵　那么请你把这位姑娘当作你的好朋友，她有话要对你讲。你们进去谈谈,我在外面等着你们;可是不要太长久,苍茫的暮色已经逼近了。

玛利安娜 请了。(玛利安娜、依莎贝拉同下)

公　爵 啊,地位!尊严!无数双痴愚的眼睛在注视着你,无数种虚伪矛盾的流言在传说着你的行动,无数个玩弄机巧的人把你奉若神明,在幻想中把你讥讽嘲弄!

玛利安娜及依莎贝拉重上。

公　爵 欢迎!你们商量得怎样了?

依莎贝拉 她愿意干那件事,只要你以为不妨一试。

公　爵 我不但赞成,而且还要求她这样做。

依莎贝拉 你和他分别的时候,不必多说什么,只要轻轻地说:"别忘了我的弟弟。"

玛利安娜 都在我身上,你放心好了。

公　爵 好孩子,你也不用担心什么。他跟你已有婚约在先,用这种诡计把你们牵合在一起,不算是什么罪恶,因为你和他已经有了正式的名分了,这就使欺骗成为合法。来,咱们去吧,要收获谷实,还得等待我们去播种。(同下)

第二场　狱中一室

狱吏及庞贝上。

狱　吏 过来,小子,你会杀头吗?

庞　贝 老爷,他要是个光棍汉子,那就好办;可是他要是个有老婆的,那么人家说丈夫是妻子的头,叫我杀女人的头,我可下不了这个手。

狱　吏 算了吧,别胡扯了,痛痛快快回答我。明儿早上要把克劳狄奥跟巴那丁处决。我们这儿的刽子手缺少一个助手,你要是愿意帮他,就可以脱掉你的脚镣恕你无罪;否则就要把你关到刑期满了，再狠狠抽你一顿鞭子，然后放你出狱，因为你是一个罪大恶极的王八。

庞　　贝　老爷，我做一个偷偷摸摸的王八也不知做了多少时候了，可是我现在愿意改行做一个正正当当的刽子手。我还要向我的同事老前辈请教请教哩。

狱　　吏　喂，阿伯霍逊！阿伯霍逊在不在？

阿伯霍逊上。

阿伯霍逊　您叫我吗，老爷？

狱　　吏　这儿有一个人，可以在明天行刑的时候帮助你。你要是认为他可用，就可以和他订一年合同，让他在这儿跟你住在一起；不然的话，暂时让他帮帮忙，再叫他去吧。他不能从你那得到什么尊重：他本来是一个王八。

阿伯霍逊　是个王八吗，老爷？他妈的！他要把咱们干这行巧艺的脸都丢尽了。

狱　　吏　算了吧，你也比他高不了多少；完全是半斤八两。（下）

庞　　贝　大哥，请您赏个脸——您的脸长得倒真是不错，就是有点儿杀气腾腾的味道——给我解释解释：您是管您这一行叫什么巧艺吗？

阿伯霍逊　不错，老弟，称得起是巧艺。

庞　　贝　我听人说调脂涂色算是巧艺；可是，大哥，您知道窑姐儿们对此都很拿手，她们是我的同僚，这就证明我干的那行也是巧艺；可是绞死人有何巧可言，不瞒您说，就是绞死我，我也想不出来。

阿伯霍逊　老弟，那确是巧艺。

庞　　贝　有何为证？

阿伯霍逊　良民的衣服，贼穿上满合适。要是贼穿着小点儿，良民会认为是够大的；要是贼穿着大点儿，他自己会认为是够小的。所以，良民的衣服，贼穿上永远合适。

狱吏重上。

狱　吏　你们说定了没有？

庞　贝　老爷，我愿意给他当下手；因为我发现当刽子手确实是比当王八更高尚；每逢杀人之前，他总得说一声："请您宽恕。"

狱　吏　你记着点；明天早上四点钟把斧头砧架都预备好。

阿伯霍逊　来吧，王八，让我传授给你一点儿手艺；跟我来。

庞　贝　我很愿意领教，要是您有一天用得着我，我愿意引颈而待，报答您的好意。

狱　吏　去把克劳狄奥和巴那丁叫来见我。（庞贝、阿伯霍逊同下）我很替克劳狄奥可惜，可是那个杀人犯巴那丁，却是个死不足惜的家伙。

克劳狄奥上。

狱　吏　瞧，克劳狄奥，这是执行你死刑的命令，现在已经是午夜，明天八点钟你就要与世永辞了。巴那丁呢？

克劳狄奥　他睡得好好的，像一个跋涉长途的疲倦的旅人一样，叫都叫不醒。

狱　吏　对他有什么办法呢？好，你去准备着吧。（内敲门声）听，什么声音？——愿上天赐给你灵魂安静！（克劳狄奥下）且慢。这也许是赦免善良的克劳狄奥的命令下来了。

公爵仍作教士装上。

狱　吏　欢迎，师傅。

公　爵　愿静夜的美好气氛降临到你身上，善良的狱官！刚才有什么人来过没有？

狱　吏　熄灯钟鸣以后，就没有人来过。

公　爵　依莎贝拉也没有来吗？

狱　　吏　没有。

公　　爵　大概他们就要来了。

狱　　吏　关于克劳狄奥有什么好消息没有？

公　　爵　也许会有。

狱　　吏　我们这位摄政是一个忍心的人。

公　　爵　不，不，他执法的公允，正和他立身的严正一样；他用崇高的克制功夫，摒绝他自己心中的人欲，也运用他的权力，整饬社会的风纪。假如他明于责人，暗于责己，那么他所推行的诚然是暴政；可是我们现在却不能不称赞他的正直无私。（内敲门声）现在他们来了。（狱吏下）这是一个善良的狱官，像他这样仁慈可亲的狱官，倒是难得的。（敲门声）啊，谁在那里？门敲得这么急，一定有什么要事。

狱吏重上。

狱　　吏　他必须在外面等一会儿，我已经把看门的人叫醒，去开门让他进来了。

公　　爵　你没有接到撤回成命的公文，克劳狄奥明天一定要死吗？

狱　　吏　没有，师傅。

公　　爵　天虽然快亮了，在破晓以前，大概还会有消息来的。

狱　　吏　也许你对内幕有所了解，可是我相信撤回成命是不可能的；因为这种事情毫无先例，而且安哲鲁大人已经公开表示他决不徇私枉法，怎么还会网开一面？

一使者上。

狱　　吏　这是他派来的人。

公　　爵　他拿着克劳狄奥的赦状来了。

使　　者　（以公文交狱吏）安哲鲁大人叫我把这公文送给你，他还要我吩咐你，叫你依照命令行事，不得稍有差池。现在天差不多亮了,再见。

狱　吏　我一定服从他的命令。(使者下)

公　爵　(旁白)这是用罪恶换来的赦状,赦罪的人自己也变成了犯罪的人;身居高位的如此以身作则,在下的还不翕然从风吗?法官要是自己有罪,那么为了同病相怜的缘故,犯罪的人当然可以逍遥法外。——请问这里面说些什么?

狱　吏　告诉您吧,安哲鲁大人大概以为我有失职的地方,所以要在这时候再提醒我一下。奇怪得很,他从来不曾有过这样的事情。

公　爵　请你读给我听。

狱　吏　"克劳狄奥务须于四时处决,巴那丁于午后处决,不可轻听人言,致干未便。克劳狄奥首级仰于五时送到,以凭察验。如有玩忽命令之处,即将该员严惩不贷,切切凛遵毋违。"师傅,您看这是怎么一回事?

公　爵　今天下午处决的这个巴那丁是个怎么样的人?

狱　吏　他是一个在这儿长大的波希米亚人,在牢里已经关了九年了。

公　爵　那个公爵为什么不放他出去或者把他杀了?我听说他惯常是这样的。

狱　吏　他有朋友们给他奔走疏通;他所犯的案子,直到现在安哲鲁大人握了权,方才有了确确凿凿的证据。

公　爵　那么现在案情已经明白了吗?

狱　吏　再明白也没有了,他自己也并不抵赖。

公　爵　他在监狱里自己知道不知道忏悔?他心里感觉怎样?

狱　吏　在他看来,死就像喝醉了酒睡了过去一样没有什么可怕,对于过去现在或未来的事情,他毫不关心,毫无顾虑,也一点儿没有忧惧;死在他心目中不算怎么一回事,可是他却是一个彻头彻尾的凡人。

公　爵　他需要劝告。

狱　吏　他可不要听什么劝告。他在监狱里是很自由的,给他机会逃走,他也不愿逃;一天到晚喝酒,喝醉了就一连睡上好几天。我们常常把他叫醒了,假装要把他拖去杀头,还给他看一张假造的公文,可是他却无动于衷。

公　爵　我们等会儿再说他吧。狱官,我一眼就知道你是个诚实可靠的人,我的老眼要是没有昏花,那么我是不会看错人的,所以我敢大着胆子,跟你商量一件事。你现在奉命执行死刑的克劳狄奥,他所犯的罪并不比判决他的安哲鲁所犯的罪更重。为了向你证明我这一句话,我要请你给我四天的时间,同时你必须现在就帮我做一件危险的事情。

狱　吏　请问师傅要我做什么事?

公　爵　把克劳狄奥暂缓处刑。

狱　吏　唉!这怎么办得到呢?安哲鲁大人有命令下来,限定时间,还要把他的首级送去验明,我要是稍有违背他的命令之处,我的头也要跟克劳狄奥一样保不住了。

公　爵　你要是听我吩咐,我可以保你没事。今天早上你把这个巴那丁处决了,把他的头送到安哲鲁那边去。

狱　吏　他们两人安哲鲁都见过,他认得出来。

公　爵　啊,人死了脸会变样子,你可以再把他的头发剃光,胡子扎起来,就说犯人因为表示忏悔,在临死之前要求这样,你知道这是很通行的一种习惯,假如你因为干了这事,不但得不到感激和好处,反而遭到责罚,那么凭我所信奉的圣徒起誓,我一定用我的生命为你力保。

狱　吏　原谅我,好师傅,这是违背我的誓言的。

公　爵　你是向公爵宣誓呢,还是向摄政宣誓的?

狱　吏　我向他也向他的代理人宣誓。

公　　爵　要是公爵赞许你的行动,那么你总不以为那是一件错事吧?

狱　　吏　可是公爵怎么会赞许我这样做呢?

公　　爵　那不仅是可能的,而且是一定的。可是你既然这样胆小,我的服装、我的人格和我的谆谆劝诱,都不能使你安心听从我,那么我可以比原来打算的更进一步,替你解除一切忧虑。你看吧,这是公爵的亲笔签署和他的印信,我相信你认识他的笔迹,这图章你也看见过。

狱　　吏　我都认识。

公　　爵　这里面有一通公爵就要回来的密谕,你等会儿就可以读它,里面说的是公爵将在这两天内到此。这件事情安哲鲁也不知道,因为他就在今天会接到几封古怪的信,也许是说公爵已经死了,也许是说他已经出家修行了,可是都没有提起他就要回来的话。瞧吧,晨星已经从云端里出现,召唤牧羊人起来放羊了。你不用惊奇事情会如此突兀,真相大白以后,一切的为难都会消释。把刽子手喊来,叫他把巴那丁杀了;我就去劝他忏悔去。来,不用惊讶,你马上就会明白一切的。天差不多已经大亮了。(同下)

第三场　狱中另一室

庞贝上。

庞　　贝　我在这里倒是很熟悉,就像回到妓院里一样。人们很可能错认这是咬弗动太太开的窑子,因为她的许多老主顾都在这儿。头一个是纨袴少爷,他借了人家一笔债,为了一笔大买卖——全是些废纸和生姜——折合一百九十七镑;可是脱手的时候才卖了五马克现钱;这也是没办法的事,因为当时生姜赶上滞销,爱吃姜的老婆子们全都死了。还有一个舞迷少爷,是让锦绣商店的老板告下来的,前后共欠桃红色缎袍四身,现在他可成为衣不蔽体的叫花子了。还有傻大爷，风流哥儿，贾黄金，喜欢拿刀动剑的磁公鸡，专给人闭门羹吃的浪荡子，在演武场上显手段的快马先生，周游列国、衣饰阔绰的鞋带先生，因为醉酒闹事把白干扎死的烧酒大爷……此外还有不知多少；原来都是挥金如土的阔少，这会儿只能向囚窗外面的过路人哀求乞讨了。

阿伯霍逊上。

阿伯霍逊　小子，去把巴那丁带来！

庞　贝　巴那丁大爷！您现在应该起来杀头了，巴那丁大爷！

阿伯霍逊　喂，巴那丁！

巴那丁　（在内）他妈的！谁在那儿大惊小怪？你是哪一个？

庞　贝　是你的朋友刽子手。请你好好地起来，让我们把你杀死。

巴那丁　（在内）滚开！混账东西，给我滚开！我还要睡觉呢。

阿伯霍逊　对他说他非赶快醒来不可。

庞　贝　巴那丁大爷，请你醒醒吧，等你杀过了头，再睡觉不迟。

阿伯霍逊　跑进去把他拖出来。

庞　贝　他来了，他来了，我听见他的稻草在响了。

阿伯霍逊　斧头预备好了吗，小子？

庞　贝　预备好了。

巴那丁上。

巴那丁　啊，阿伯霍逊！你来干吗？

阿伯霍逊　老实对你说，我要请你赶快祈祷，因为命令已经下来了。

巴那丁　混账东西，老子喝了一夜的酒，现在怎么能死去？

庞　　贝　啊，那再好没有了，因为你喝了一夜的酒，到早上杀了头，你就可以痛痛快快睡他一整天了。

阿伯霍逊　瞧，你的神父也来了，你还以为我们在跟你开玩笑吗？

公爵仍作教士装上。

公　　爵　闻知尊驾不久就要离开人世，我因为被不忍之心所驱使，特地前来向你劝慰一番，我还愿意跟你一起祈祷。

巴那丁　师傅，我还不想死哩；昨天晚上我狂饮了一夜，他们要我死，我可还要从容准备一下，尽管他们把我脑浆打出都没用。无论如何，要我今天就死我是不答应的。

公　　爵　嗳哟，这是没有法想的，你今天一定要死，所以我劝你还是准备走上你的旅途吧。

巴那丁　我发誓不愿在今天死，什么人劝我都没用。

公　　爵　可是你听我说。

巴那丁　我不要听，你要是有话，到我房间里来吧，我今天一定不走。（下）

狱吏上。

公　　爵　不配活也不配死，他的心肠就像石子一样！你们快追上去把他拖到刑场上去。（阿伯霍逊、庞贝下）

狱　　吏　师傅，您看这犯人怎样？

公　　爵　他是一个毫无准备的家伙，现在还不能就让他死去；叫他在现在这种情形之下糊里糊涂死去，是上天所不容的。

狱　　吏　师傅，在这儿监狱里有一个名叫拉戈静的著名海盗，今天早上因为发着厉害的热病而死了，他的年纪跟克劳狄奥差不多，须发的颜色完全一样。我看我们不如把这无赖暂时放过，等他头脑明白一点儿的时候再把他处决，至于克劳狄奥的首级，可以把拉戈静的头割下来顶替，您看好不好？

公　　爵　啊，那是天赐的机会！赶快动手，安哲鲁预定的时间快要到了。你就依此而行,按照命令把首级送去验看,我还要去劝这个恶汉安心就死。

狱吏 好师傅,我一定就这么办。可是巴那丁必须在今天下午处死,还有克劳狄奥却怎样安置呢?假使人家知道他还活着,那我可怎么办?

公爵 就这么吧,你把巴那丁和克劳狄奥两人都关在秘密的所在,在太阳对世界的另一半照临两次之前,你就可以平安无事。

狱吏 我一切都信托着您。

公爵 快去吧,首级割了下来,就去送给安哲鲁。(狱吏下)现在我要写信给安哲鲁,叫狱官带去给他;我要对他说我已经动身回来,进城的时候要让全体人民知道;他必须在城外九里的圣泉旁边接我,在那边我要不动声色,一步一步去揭露安哲鲁的罪恶。

狱吏重上。

狱吏 首级已经取来,让我亲自送去。

公爵 那再好没有。快些回来,我还要告诉你一些不能让别人听见的事情。

狱吏 我决不耽搁时间。(下)

依莎贝拉 (在内)有人吗?愿你们平安!

公爵 依莎贝拉的声音。她是来打听她弟弟的赦状有没有下来;可是我要暂时把实在的情形瞒过她,让她在绝望之后,突然发现她的弟弟尚在人世,而格外感到惊喜。

依莎贝拉上。

依莎贝拉 啊,师傅请了!

公爵 早安,好孩子!

依莎贝拉 多谢师傅。那摄政有没有颁下我弟弟的赦令?

公爵 依莎贝拉,他已经使他脱离烦恼的人世了;他的头已经割下，送去给安哲鲁了。

依莎贝拉 啊，那是不会有的事。

公　爵 确有这样的事。你是个聪明人，事已如此，也不用悲伤了。

依莎贝拉 啊，我要去挖掉他的眼珠。

公　爵 他会不准你去见他的。

依莎贝拉 可怜的克劳狄奥！不幸的依莎贝拉！万恶的世界！该死的安哲鲁！

公　爵 你这样于他无损，于你自己也没有什么益处，所以还是平心静气，一切信任上天做主吧。听好我的话，你会发现我的每一个字都没有虚假。公爵明天要回来了；——把你的眼泪揩干了，——我有一个同道是他的亲信，是他告诉我的。他已经送信去给爱斯卡勒斯和安哲鲁，他们预备在城外迎接他，就在那边归还他们的政权。你要是能够遵照我所指点给你的一条大道而行，就可以向这恶人报复你心头的仇恨，并且还可以得到公爵的眷宠，享受莫大的尊荣。

依莎贝拉 请师傅指教。

公　爵 你先去把这信送给彼得神父，公爵要回来就是他通知我的；你对他说，我要请他今晚在玛利安娜的家里会面。我把你和玛利安娜的事情详细告诉他以后，他就可以带你们去见公爵，你们可以放胆指着安哲鲁控告他。我自己因为还要履行一个神圣的誓愿，不能亲自出场。这信你拿去吧，不要再伤心落泪了。我决不会误你的事的。谁来了？

路西奥上。

路西奥 您好，师傅！狱官呢？

公　爵 他出去了，先生。

路西奥 啊，可爱的依莎贝拉，我见你眼睛哭得这样红肿，我心里真是不好过，你要宽心忍耐。这会儿一天两顿饭我只能喝水吃糠,根本不敢把肚子喂饱,一顿大餐就可以要我的命。可是他们说公爵明天就要回来了。依莎贝拉,令弟是我的好朋友;那个惯会偷偷摸摸的疯癫公爵要是在家,他就不会送了命。(依莎贝拉下)

公　爵　先生,听你说起来,好像你很不满意这位公爵;可是幸而他并不是像你所说的那样一个人。

路西奥　师傅,你知道他哪里有我知道他那样仔细;你瞧不出他倒是一个猎艳的好手呢。

公　爵　嘿,有一天他会跟你算账的。再见。

路西奥　不,且慢,咱们一块儿走;我要告诉你关于公爵的一些有趣的故事。

公　爵　你的话倘使是真的,那么你已经告诉我太多了;倘使你说的都是假话,那么你一辈子也编造不完,我可没有工夫听你。

路西奥　有一次我因为跟一个女人有了孩子,被他传去问话。

公　爵　你干过这样的事吗?

路西奥　是的,亏得我发誓说没有这样的事,否则他们就要叫我跟那个烂婊子结婚了。

公　爵　你不是个老实人,再见。

路西奥　不,我一定要陪你走完这条小巷。你要是不欢喜听那种下流话,我就不说好了。师傅,我就像是一根芒刺一样,钉住了人不肯放松。(同下)

第四场　安哲鲁府中一室

安哲鲁及爱斯卡勒斯上。

爱斯卡勒斯　他每一次来信,都跟上回所说的不同。

安哲鲁　他的话说得颠颠倒倒。他的行动也真有点疯头疯脑的。求上天保佑他不要真的疯了才好！他为什么要我们在城门外迎接他，就在那边把我们的政权交还他呢？

爱斯卡勒斯　我猜不透他的意思。

安哲鲁　他为什么又要我们在他进城以前的一小时内，向全体人民宣告，倘有什么冤枉的事，可以让他们拦道告状呢？

爱斯卡勒斯　他的理由大概是他以为这么一来，人家有不满意我们的可以当场控诉，当场发落，免得在我们归政之后，再有谁想来暗中算计我们。

安哲鲁　好，那么就请你这样宣布出去吧。明天一早我就到你家里来，各色人等需要他们一同去迎接的，都请你通告他们一声。

爱斯卡勒斯　是，大人，下官失陪了。

安哲鲁　再见。（爱斯卡勒斯下）这件事情害得我心神无主，作事也变成毫无头脑。一个失去贞操的女子，奸污她的却是禁止他人奸污的堂堂执法大吏！倘不是因为她不好意思当众承认她的失身，她将会怎样到处宣扬我的罪恶！可是她知道这样做是不聪明的，因为我的地位威权得人信仰，不是任何诽谤所能摇动；攻击我的人，不过自取其辱罢了。我本来可以让他活命，可是我怕他年轻气盛，假如知道他自己的生命是用耻辱换来的，一定会图谋报复。现在我倒希望他尚在人世！唉！我们一旦把羞耻放在脑后，所作所为，就没有一件事情是对的；又要这么做，又要那么做，结果总是一无是处。（下）

第五场　郊　外

公爵作本来装束及彼得神父同上。

公　爵　这几封信给我在适当的时候送出去。（以信交彼得神父）我们的计划，狱官是知道的。事情一着手以后，你就紧记我的吩咐做去，虽然有时看着情形的需要，你自己也可以变通一下。现在你先去看弗来维厄斯，告诉他我耽搁在什么地方；然后你再去通知伐伦提纳斯、罗兰特和克拉苏，叫他们把喇叭手召集起来，在城门口集合。可是你先去叫弗来维厄斯来。

彼　　得　是，我马上就去。（下）

凡里厄斯上。

公　　爵　谢谢你，凡里厄斯，你来得很快。来，我们一路走去吧，还有别的朋友们就会来迎接我。（同下）

第六场　城门附近的街道

依莎贝拉及玛利安娜上。

依莎贝拉　我喜欢说老实话，要我这样绕圈子说话可真有点儿不高兴。可是他这样吩咐我，说是事实的真相必须暂时隐瞒，方才可以达到全部的目的。他要叫你告发安哲鲁所干的事。

玛利安娜　你就听他的话吧。

依莎贝拉　而且他还对我说，假如他有时对我说话不客气，仿佛站在反对的一方，那也不用惊疑，因为良药的味道总是苦的。

玛利安娜　我希望彼得神父——

依莎贝拉　啊，别吵！神父来了。

彼得神父上。

彼　　得　来，我已经给你们找到一处很好的站立的地方，公爵经过那里的时候，一定会看见你们。喇叭已经响了两次了；有身份的士绅们都已恭立在城门口，公爵就要进来了；快去吧。（同下）

第五幕

第一场　城门附近的广场

玛利安娜蒙面纱及依莎贝拉、彼得神父各立道旁；公爵、凡里厄斯、众臣、安哲鲁、爱斯卡勒斯、路西奥、狱吏、差役及市民等自各门分别上。

公　爵　贤卿，久违了！我的忠实的老友，我很高兴看见你。

安哲鲁、爱斯卡勒斯　殿下安然归来，臣等不胜雀跃！

公　爵　多谢两位。我在外面听人说起你们治理国政是怎样的公正严明，为了答谢你们的勤劳，让我在没有给你们其他的褒奖之前，先向你们表示我的慰劳的微意。

安哲鲁　蒙殿下过奖，使小臣感愧万分。

公　爵　啊，你的功绩是有口皆碑的，它可以刻在铜柱上，永垂万世而无愧，我怎么可以隐善蔽贤呢？把你的手给我，让士民众庶知道表面上的礼遇，正可以反映出发自中心的眷宠。来，爱斯卡勒斯，你也应当在我的身旁一块儿走，你们都是我的良好的辅弼。

彼得神父及依莎贝拉上前。

彼　　得　现在你的时候已经到了，快去跪在他的面前，话说得响一些。

依莎贝拉　公爵殿下伸冤啊！请您低下头来看一个受屈含冤的——唉，我本来还想说，处女！尊贵的殿下！请您先不要瞻顾任何旁杂，真到您听我说完我没有半句谎言的哀诉，给我主持公道，主持公道啊！

公　　爵　你有什么冤枉？谁欺侮了你？简简单单地说出来吧。安哲鲁大人可以给你主持公道，你只要向他诉说好了。

依莎贝拉　嗳哟殿下，您这是要我向魔鬼求救了！请您自己听我说，因为我所要说的话，也许会因为不能见信而使我受到责罚，也许殿下会使我伸雪奇冤。求求您，就在这儿听着我吧！

安哲鲁　殿下，我看她有点儿疯头疯脑的；她曾经替她的兄弟来向我求情，她那个兄弟是依法处决的——

依莎贝拉　依法处决的！

安哲鲁　所以她怀恨在心，一定会说出些荒谬奇怪的话来。

依莎贝拉　我要说的话听起来很奇怪，可是的的确确是事实。安哲鲁是一个背盟毁约的人，这不奇怪吗？安哲鲁是一个杀人的凶手，这不奇怪吗？安哲鲁是一个淫贼，一个伪君子，一个蹂躏女性的家伙，这不是奇之又奇的事情吗？

公　　爵　唔，那真是太奇怪了。

依莎贝拉　奇怪虽然奇怪，真实却是真实，正像他是安哲鲁一样无法抵赖。真理是永远蒙蔽不了的。

公　　爵　把她撵走了吧！可怜的东西，她因为失去了理智才说出这样的话来。

依莎贝拉　啊！殿下，假使您希望来世能得到超度，请不要以为我是个疯子而不理我。似乎不会有的事，不一定不可能。世上最恶的坏人，也许瞧上去就像安哲鲁那样拘谨严肃，正直无私；安哲鲁在庄严的外表、清正的名声、崇高的位阶的重重掩饰下，也许就是一个罪大恶极的凶徒。相信我，殿下，我决不是诬蔑他，要是我有更坏的字眼可以用来形容他，也决不会把他形容得过分。

公　爵　她一定是个疯子，可是她疯得这样有头有脑，倒是奇怪得很。

依莎贝拉　啊！殿下，请您别那么想，不要为了枉法而驱除理智。请殿下明察秋毫，别让虚伪掩盖了真实。

公　爵　有许多不疯的人，也不像她那样说得头头是道。你有些什么话要说？

依莎贝拉　我是克劳狄奥的姊姊，他因为犯了奸淫，被安哲鲁判决死刑。立愿修道、尚未受戒的我，从一位路西奥的嘴里知道了这个消息——

路西奥　禀殿下，我就是路西奥，克劳狄奥叫我向她报信，请她设法运动安哲鲁大人，宽恕她弟弟的死刑。

公　爵　我没有叫你说话。

路西奥　是，殿下，可是您也没有叫我不说话。

公　爵　我现在就叫你不说话。等我有事情要问到你的时候，我倒希望你能说得动听一点儿。

路西奥　请您放心，绝对没错。

公　爵　这话用不着对我说；你自己当心点儿吧。

依莎贝拉　这位先生已经代我说出一些情况了——

路西奥　不错。

公　爵　她虽然不错，你不该说话而开了口，却是大错了。说下去吧。

依莎贝拉　我就去见这个恶毒卑鄙的摄政——

公　爵　你又在说疯话了。

依莎贝拉　原谅我，可是我说的是事实。

公　爵　好，就算是事实；那么你说下去吧。

依莎贝拉　我怎样向他哀求恳告，怎样向他长跪泣请，他怎样拒绝我，我又怎样回答他，这些说来话长，也不必细说。最后的结果，一提起就叫人羞愤填膺，难于启口。他说我必须把我这清白的身体，供他发泄他的兽欲，方才可以释放我的弟弟。在无数次反复思忖以后，手足之情，使我顾不得什么羞耻，我终于答应了他。可是到了下一天早晨，他的目的已经达到，却下了一道命令要我可怜的弟弟的首级。

公　爵　哪会有这等事！

依莎贝拉　啊，那是千真万确的！

公　爵　无知的贱人！你不知道你自己在说些什么话，也许你受了什么人的指使，有意破坏安哲鲁大人的名誉。第一，他的为人的正直，是谁都知道的；第二，他这样急不及待地惩治自己也有的过错，在道理上是完全说不通的；要是他自己也干了那一件坏事，那么他推己及人，怎么会一定要把你的兄弟处死？一定是有人在背后指使着你，快给我从实招来，谁叫你到这儿来呼冤的？

依莎贝拉　竟是这样吗？天上的神明啊！求你们给我忍耐吧！天理昭彰，暂时包庇起来的罪恶，总有一天会揭露出来的。愿上天保佑殿下，我只能含冤莫诉，就此告辞了。

公　爵　我知道你现在想要逃走了。来人！给我把她关起来！难道可以让这种恶意的诽谤诬蔑我所亲信的人吗？这一定是一种阴谋。是谁给你出的主意，叫你到这儿来的？

依莎贝拉　是洛度维克神父，我希望他也在这儿。

公　爵　是一个教士吗？有谁认识这个洛度维克？

路西奥　殿下，我认识他，他是一个爱管闲事的教士。我一见他就讨厌，要是他不是出家人，我一定要把他痛打一顿，因为他曾经在您的背后说过您的坏话。

公　爵　说过我的坏话！好一个教士！还要教唆这个坏女人来诬告我们的摄政！去把这教士找来！

路西奥　就在昨天晚上，我看见她和那个教士都在监狱里；他是一个放肆的教士，一个下流不堪的家伙。

彼　得　上帝祝福殿下！我方才始终在旁边听着，发现他们都在欺骗您。第一，这个女人控告安哲鲁大人的话都是假的，他碰也没有碰过她的身体。

公　爵　我相信你的话。你认识他所说起的那个教士洛度维克吗？

彼　得　我认识他，他是一个道高德重的人，并不像这位先生所说的那么下贱，那么爱管闲事，我可以担保他从来没有说过殿下一句坏话。

路西奥　殿下，相信我，他把您说得不堪入耳呢。

彼　得　好，他总会有一天给自己洗刷清楚的，可是禀殿下，他现在害着一种奇怪的毛病。他知道有人要来向您控告安哲鲁大人，所以他特意叫我前来，代他说一说他所知道的是非真相；这些话将来如果召他来，他都能宣誓证明。第一，关于这个女人对这位贵人的诬蔑之词，我可以当着她的面证明她的话完全不对，并且迫使她自己承认。

公　爵　师傅，你说吧。（差役执依莎贝拉下，玛利安娜趋前）安哲鲁，你对于这一幕戏剧觉得可笑吗？天啊，无知的人们是多么痴愚！端几张坐椅来。来，安哲鲁贤卿，我对这件案子完全处于旁观者的地位，你自己去做审判官吧。师傅，这个是证人吗？先让她露出脸来再说话。

玛利安娜　恕我，殿下；我要得到我丈夫的准许，才敢露脸。

公　爵　啊，你是一个有夫之妇吗？

玛利安娜　不，殿下。

公　爵　你是一个处女吗？

玛利安娜　不，殿下。

公　爵　那么是一个寡妇吗？

玛利安娜　也不是，殿下。

公　爵　咦，这也不是，那也不是；既不是处女，又不是寡妇，又不是有夫之妇，那么你究竟是什么？

路西奥　殿下，她也许是个婊子，许多婊子都是既不是处女，又不是寡妇，又不是有夫之妇。

公　爵　叫那家伙闭嘴！但愿有朝一日他犯了案，那时候我会让他有说话的份儿。

路西奥　是，殿下。

玛利安娜　殿下，我承认我从来没有结过婚；我也承认我已经不是处女。我曾经和我的丈夫发生过关系，可是我的丈夫却不知道他曾经和我发生过关系。

路西奥　殿下，那时他大概喝醉了酒，不省人事。

公　爵　你要是也喝醉了酒就好了，免得总这样唠唠叨叨。

路西奥　是，殿下。

公　爵　这妇人不能做安哲鲁大人的证人。

玛利安娜　请殿下听我分说。刚才那个女子控告安哲鲁大人和她通奸，同时也就控告了我的丈夫；可是她说他和她幽叙的时间，他正在我的怀抱里两情缱绻呢。

安哲鲁　她所控告的不仅是我一个人吗？

玛利安娜　那我可不知道。

公　　爵　不知道？你刚才不是说起你的丈夫吗？

玛利安娜　是的，殿下，那就是安哲鲁；他以为他所亲近的是依莎贝拉的肉体，却不知道他所亲近的是我的肉体。

安哲鲁　这一派胡言，说得太荒谬离奇了。让我们看一看你的脸吧。

玛利安娜　我的丈夫已经吩咐我，现在我可以露脸了。（取下面纱）狠心的安哲鲁！这就是你曾经发誓说它是值得爱顾的脸；这就是你在订盟的当时紧紧握过的手；这就是在你的花园里代替依莎贝拉的身体。

公　　爵　你认识这个女人吗？

路西奥　据她说，不仅认识，还发生过关系哩。

公　　爵　不准你再开口！

路西奥　遵命，殿下。

安哲鲁　殿下，我承认我认识她；五年以前，我曾经和她有过婚姻之议，可是后来未成事实，一部分的原因是她的嫁奁不足预定之数，主要的原因却是她的名誉不大好。从那时起直到现在，五年以来，我可以发誓我从来不曾跟她说过话，从来不曾看见过她，也从来不曾听到过她的什么消息。

玛利安娜　殿下，天日在上，我已经许身此人，无可更移，而且在星期二晚上，我们已经在他的花园里行过夫妇之道。倘使我这样的话是谎话，让我跪在地上永远站不起来，变成一座石像。

安哲鲁　我刚才还不过觉得可笑，现在可再也忍耐不住了；殿下，给我审判他们的权力吧。我看得出来这两个无耻的妇人，都不过是给人利用的工具，背后都有有力的人在那儿操纵着。殿下，让我把这种阴谋究问出来吧。

公　　爵　很好，照你的意思把她们重重地处罚吧。你这愚蠢的教士，你这刁恶的妇人，你们跟那个妇人串通勾结，你们以为指着一个个神圣的名字起誓，就可以破坏一个大家公认的正人君子的名誉吗？爱斯卡勒斯，你也陪着安哲鲁坐下来，帮助他推究出谁是这件事的主谋。还有一个指使他们的教士，快去把他抓来。

彼　得　殿下，他要是也在这儿，那就再好也没有了，因为这两个女人正是因为受他的怂恿，才来此呼冤的。他住的地方狱官知道，可以叫他去召他来。

公　爵　快去把他抓来。（狱吏下）贤卿，这件案子与你有关，你可以全权听断，照你所认为最适当的办法，惩罚这一辈中伤你名誉的人。我且暂时离开你们，可是你们不必起座，把这些造谣诽谤之徒办好了再说吧。

爱斯卡勒斯　殿下，我们一定要彻底究问。（公爵下）路西奥，你不是说你知道那个洛度维克神父是个坏人吗？

路西奥　他只是穿扮得像个学道修行之人，心里头可是千刁万恶。他把公爵骂得狗血喷头呢。

爱斯卡勒斯　请你在这儿等一等，等他来了，把他向你说过的话和他当面对质。这个神父大概是一个很刁钻的人。

路西奥　正是，大人，他的刁钻在维也纳可以首屈一指。

爱斯卡勒斯　把那依莎贝拉叫回来，我还要问她话。（一侍从下）大人，请您让我审问她，您可以看看我怎样对付她。

路西奥　听她方才的话，您未必比安哲鲁大人更对付得了她吧。

爱斯卡勒斯　你认为这样吗？

路西奥　我说，大人，您要是悄悄地对付她，她也许就会招认一切；当着众人的面，她会怕难为情不肯说的。

爱斯卡勒斯　那我要暗地里想些办法。

路西奥　那就对了，女人在光天化日之下是一本正经的，到了半夜三更才会轻狂起来。

差役等拥依莎贝拉上。

爱斯卡勒斯　（向依莎贝拉）来，姑娘，这儿有一位小姐说你的话完全不对。

路西奥　大人，我所说的那个坏蛋，给狱官找了来了。

爱斯卡勒斯　来得正好。你不要跟他说话，等我问到你的时候再说。

公爵化教士装，随狱吏上。

路西奥　禁声！

爱斯卡勒斯　来，是你叫这两个女人诽谤安哲鲁大人吗？她们已经招认是受你的主使。

公爵　没有那回事。

爱斯卡勒斯　怎么！你不知道你现在是在什么地方吗？

公爵　尊重你的地位！让魔鬼在他灼热的火椅上受人暂时的崇拜吧！公爵在哪里？他应该在这里听我说话。

爱斯卡勒斯　我们就代表公爵，我们要听你怎样说话，你可要说得小心一点。

公爵　我可要大胆地说。唉！你们这批可怜的人！你们要想在这一群狐狸中间找寻羔羊吗？你们的冤屈是没有伸雪的希望了！公爵去了吗？那么还有谁给你们作主？这公爵是个不公的公爵，把你们事实昭彰的控诉置之不顾，却让你们所控告的那个恶人来审问你们。

路西奥　就是这个坏蛋，我说的就是他。

爱斯卡勒斯　怎么，你这无礼放肆的教士！你嗾使这两个妇人诬告好人，难道还不够，还敢当着他的面，这样把他辱骂吗？你居然还敢把公爵也牵连在内，批评他审案不公！来，给他上刑！我们要敲断你的每一个骨节，好叫你老老实实招认出来。哼！不公！

公　　爵　别发这么大的脾气。就是公爵自己也不敢弯一弯我的手指，正像他不敢弯痛他自己的手指一样。我不是他的子民，也不是这地方的人。因为有事到此，使我有机会冷眼旁观这里的一切；我看见维也纳教化废弛，政令失修，各项罪恶虽然在法律上都有处罚的明文，可是因为当局的纵容姑息，严厉的法律反而像是牙科郎中门口挂起的一串碎牙，只能让人指点当笑话取笑。

爱斯卡勒斯　你竟敢毁谤政府！把他抓进监狱里去！

安哲鲁　路西奥，你有什么话要告发他的？他不就是你向我们说起的那个人吗？

路西奥　正是他，大人。过来，好秃老头儿，你认识我吗？

公　　爵　我听见你的声音，就记起你来了。公爵没有回来的时候，我们曾经在监狱门口会面过。

路西奥　啊，你还记得吗？那么你记不记得你说过公爵什么坏话？

公　　爵　我记得非常清楚哩。

路西奥　真的吗？你不是说他是一个色鬼、一个蠢货、一个懦夫吗？

公　　爵　先生，你要是把那样的话当作我说的，那你一定把你自己当作我了。你才真这样说过他，而且还说过比这更厉害、更不堪的话呢。

路西奥　嗳呀，你这该死的家伙！我不是因为你出言无礼，曾经扯过你的鼻子吗？

公　　爵　我可以发誓，我爱公爵就像爱我自己一样。

安哲鲁　这坏人到处散布大逆不道的妖言，现在倒又想躲赖了！

爱斯卡勒斯 这种人还跟他多讲什么。把他抓进监狱里去!狱官在哪里?把他抓进监狱里去,好好地关起来,让他不再搬嘴弄舌。那两个淫妇跟那另外一个同党也都给我一起抓起来。(狱吏欲捕公爵)

公 爵 且慢,等一会儿。

安哲鲁 什么!他想反抗吗?路西奥,你帮他们捉住他。

路西奥 好了,师傅,算了吧。嗳呀,你这撒谎的贼秃,你一定要戴着你那顶头巾吗?让我们瞧瞧你那奸恶的尊容吧。他妈的!我们倒要看看你是怎样一副豺狼面孔,然后再送你的终。你不愿意脱下来吗?(扯下公爵所戴的教士头巾,公爵现出本相)

公 爵 你是第一个把教士变成公爵的恶汉。狱官,这三个无罪的好人,先让我把他们保释了。(向路西奥)先生,别溜走啊;那个教士就要跟你说两句话儿。把他看起来。

路西奥 糟糕,我的罪名也许还不止杀头呢!

公 爵 (向爱斯卡勒斯)你刚才所说的话,不知不罪,你且坐下吧。我要请他起身让座。(向安哲鲁)对不起了。你现在还可以凭藉你的口才、你的机智和你的厚颜来为你自己辩护吗?如果你自认为还能,就请辩护吧;等一会儿我开口的时候,你就没得可讲了。

安哲鲁 啊,我的威严的主上!您像天上的神明一样炯察到我的过失,我要是还以为可以在您面前掩饰过去,那岂不是罪上加罪了吗?殿下,请您不用再审判我的丑行,我愿意承认一切。求殿下立刻把我宣判死刑,那就是莫大的恩典了。

公 爵 过来,玛利安娜。你说,你是不是和这女子订过婚约?

安哲鲁 是的,殿下。

公 爵 那么快带她去立刻举行婚礼。神父,你去为他们主

婚吧；完事以后，再带他回到这儿来。狱官，你也同去。（安哲鲁、玛利安娜、彼得及狱吏下）

爱斯卡勒斯 殿下，这事情虽然出人意表，可是更使我奇怪的是他会有这种无耻的行为。

公　爵 过来，依莎贝拉。你的神父现在是你的君王了；可是我的外表虽然有了变化，内心却仍是一样，当初我顾问着你的事情，现在我仍旧愿意为你继续效劳。

依莎贝拉 草野陋质，冒昧无知，多多劳动殿下，还望殿下恕罪！

公　爵 恕你无罪，依莎贝拉，今后你不用拘礼吧。我知道你为了你兄弟的死去，心里很是悲伤；你也许会不懂为什么我这样隐姓埋名，设法营救他，却不愿直截爽快运用我的权力，阻止他的处决。啊，善良的姑娘！我想不到他会这样快就被处死了，以致破坏了我原来的目的。可是愿他死后平安！他现在可以不用忧生怕死，比活着心怀恐惧快乐得多了，你也用这样的思想宽慰你自己吧。

依莎贝拉 我也是这样想着，殿下。

安哲鲁、玛利安娜、彼得神父及狱吏重上。

公　爵 这个新婚的男子，虽然他曾经用淫猥的妄想侮辱过你的无瑕的贞操，可是为了玛利安娜的缘故，你必须宽恕他。不过他既然把你的兄弟处死，自己又同时犯了奸淫和背约的两重罪恶，那么法律无论如何仁慈，也要高声呼喊出来，"克劳狄奥怎样死，安哲鲁也必须照样偿命！"一个死得快，一个也不能容他缓死，用同样的处罚抵销同样的罪，这才叫一报还一报！所以，安哲鲁，你的罪恶既然已经暴露，你就是再想抵赖，也无从抵赖，我们就判你在克劳狄奥授首的刑台上受死，也像他一样迅速处决。把他带去！

玛利安娜　啊，我的仁慈的主！请不要空给我一个名义上的丈夫！

公　爵　给你一个名义上的丈夫的，是你自己的丈夫。我因为顾全你的名誉，所以给你作主完成了婚礼，否则你已经失身于他，你的终身幸福要受到影响。至于他的财产，按照法律应当由公家没收，可是我现在把它全部判给你，你可以凭着它去找一个比他好一点儿的丈夫。

玛利安娜　啊，好殿下，我不要别人，也不要比他更好的人。

公　爵　不必为他求情，我的主意已经打定了。

玛利安娜　（跪下）求殿下大发慈悲——

公　爵　你这样也不过白费唇舌而已。快把他带下去处死！（向路西奥）朋友，现在要轮到你了。

玛利安娜　嗳哟，殿下！亲爱的依莎贝拉，帮助我，请你也陪着我跪下来吧，生生世世，我永不忘记你的恩德。

公　爵　你请她帮你求情，那岂不是笑话！她要是答应了你，她的兄弟的鬼魂也会从坟墓中起来，把她抓了去的。

玛利安娜　依莎贝拉，好依莎贝拉，你只要在我一旁跪下，把你的手举起，不用说一句话，一切由我来说。人家说，最好的好人，都是犯过错误的过来人；一个人往往因为有一点小小的缺点，将来会变得更好。那么我的丈夫为什么不会也是这样？啊，依莎贝拉，你愿意陪着我下跪吗？

公　爵　他必须抵偿克劳狄奥的性命。

依莎贝拉　（跪下）仁德无涯的殿下，请您瞧着这个罪人，就当作我的弟弟尚在人世吧！我想他在没有看见我之前，他的行为的确是出于诚意的，既然是这样，那么就恕他一死吧。我的弟弟犯法而死，咎有应得；安哲鲁的用心虽然可恶，幸而他的行为并未贻害他人；只好把他当作图谋未遂看待，应当减罪一等。因为思想不是具体的事实，居心不良，不能作为判罪的根据。

玛利安娜 对啊，殿下。

公　爵 你们的恳求都是没用的，站起来吧。我又想起了一件错误。狱官，克劳狄奥怎么不在惯例的时辰处死？

狱　吏 这是命令如此。

公　爵 你执行此事有没有接到正式的公文？

狱　吏 不，卑职只接到安哲鲁大人私人的手谕。

公　爵 你办事这样疏忽，应当把你革职。把你的钥匙交出来。

狱　吏 求殿下开恩，卑职一时糊涂，干下错事，后来仔细一想，非常懊悔，所以还有一个囚犯，本来也是奉手谕应当处死的，我把他留下来没有执行。

公　爵 他是谁？

狱　吏 他名叫巴那丁。

公　爵 我希望你把克劳狄奥也留下来就好了。去，把他带来，让我瞧瞧他是怎样一个人。（狱吏下）

爱斯卡勒斯 安哲鲁大人，像您这样一个人，大家都看您是这样聪明博学，居然会堕落至此；既然克制不住自己的情欲，事后又是这么鲁莽火裂，真太叫人失望了！

安哲鲁 我真是说不出的惭愧懊恼，我的内心中充满了悔恨，使我愧不欲生，但求速死。

狱吏率巴那丁、克劳狄奥及朱丽叶上；克劳狄奥以布罩首。

公　爵 哪一个是巴那丁？

狱　吏 就是这一个，殿下。

公　爵 有一个教士曾经向我说起过这个人。喂，汉子，他们说你有一个冥顽不灵的灵魂，你的一生都在浑浑噩噩中过去，不知道除了俗世以外还有其他的世界。你是一个罪无可逭的人，可是我赦免了你的俗世的罪恶，从此洗心革面，好好为来生作准备吧。神父，你要多多劝导他，我把他交给你了。——那个罩住了头的家伙是谁？

狱　　吏　这是另外一个给我救下来的罪犯，他本来应该在克劳狄奥枭首的时候受死，他的相貌简直就跟克劳狄奥一模一样。（取下克劳狄奥的首罩）

公　　爵　（向依莎贝拉）要是他真和你的兄弟生得一模一样，那么我为了你兄弟的缘故赦免了他；为了可爱的你的缘故，我还要请你把你的手给我，答应我你是属于我的，那么他也将是我的兄弟。可是那事我们等会儿再说吧。安哲鲁现在也知道他的生命可以保全了，我看见他的眼睛里似乎突然发出光来。好吧，安哲鲁，你的坏事干得不错，好好爱着你的妻子吧，她是值得你敬爱的。可是我什么人都可以饶恕，只有一个人却不能饶恕。（向路西奥）你说我是一个笨伯、一个懦夫、一个穷奢极侈的人、一头蠢驴、一个疯子；我究竟什么地方得罪了你，你竟这样辱骂我？

路西奥　真的，殿下，我不过是说着玩玩而已。您要是因此而把我吊死，那也随您的便；可是我希望您还是把我鞭打一顿算了吧。

公　　爵　先把你抽一顿鞭子，然后再把你吊死。狱官，我曾经听他发誓说过他曾经跟一个女人相好有了孩子，你给我去向全城宣告，有哪一个女子受过这淫棍之害的，叫她来见我，我就叫他跟她结婚；婚礼完毕之后，再把他鞭打一顿吊死。

路西奥　求殿下开恩，别让我跟一个婊子结婚。殿下刚才还说过，您本来是个教士，是我把您变成了一个公爵，那么好殿下，您就是为了报答我起见，也不该叫我变成一个乌龟呀。

公　爵　你必须和她结婚。我赦免了你的诽谤，其余的罪名也一概宽免。把他带到监狱里去，好好照着我的意思执行。

　　路西奥　殿下，跟一个婊子结婚，那可要了我的命，简直就跟压死以外再加上鞭打、吊死差不多。

　　公　爵　侮辱君王，应该得到这样的惩罚。克劳狄奥，你应当好好补偿你那位为你而受苦的爱人。玛利安娜，愿你从此快乐！安哲鲁，你要待她好一点儿，我曾经听过她的忏悔，知道她是一位贤淑的女子。爱斯卡勒斯，我的好朋友，谢谢你的贤劳，我以后还要重重酬答你。狱官，因为你的谨慎机密，我要给你一个好一点的官职。安哲鲁，他把拉戈静的首级冒充做克劳狄奥的，把你蒙混过去，你不要见怪于他，这完全是出于好意。亲爱的依莎贝拉，我心里有一种意思，对于你的幸福大有关系；你要是愿意听我的话，那么我的一切都是你的，你的一切也都是我的，来，打道回宫，我还要慢慢地把许多未了之事让你们大家知道。（同下）

图书在版编目（CIP）数据

莎士比亚喜剧：全三册 /（英）威廉·莎士比亚著；朱生豪译 . —长春：吉林出版集团股份有限公司，2017.11（2022.7 重印）

书名原文：Shakespeare Comedy

ISBN 978-7-5581-3061-8

Ⅰ.①莎… Ⅱ.①威… ②朱… Ⅲ.①喜剧—剧本—作品集—英国—中世纪 Ⅳ.① I561.33

中国版本图书馆 CIP 数据核字（2017）第 260811 号

莎士比亚喜剧：全三册

著　　者	［英］威廉·莎士比亚
译　　者	朱生豪
策划编辑	杜贞霞
责任编辑	白聪响
封面设计	老　刀
开　　本	650mm×960mm　1/16
字　　数	774 千
印　　张	64.5
版　　次	2018 年 4 月第 1 版
印　　次	2022 年 7 月第 2 次印刷
出版发行	吉林出版集团股份有限公司
电　　话	总编办：010-63109269
	发行部：010-63109269
印　　刷	三河市京兰印务有限公司

ISBN 978-7-5581-3061-8　　　　　定价：158.00 元（全三册）

版权所有　侵权必究